BUR
rizzoli

W0240018

Robert Ludlum in BUR

La serie di Bourne

The Bourne Supremacy
Doppio inganno
Narrativa - Pagine 672 - ISBN 1711368

The Bourne Identity
Un nome senza volto
Narrativa - Pagine 496 - ISBN 1710734

The Bourne Ultimatum
Il ritorno dello Sciacallo
Narrativa - Pagine 688 - ISBN 1711398

L'eredità di Bourne
con Eric Van Lustbader
Narrativa - Pagine 704 - ISBN 1702516

Storie di servizi segreti e di terrorismo internazionale

L'Agenda Icaro
Narrativa - Pagine 688 - ISBN 1711390

L'alleato
con Lynds Gayle
Narrativa - Pagine 594 - ISBN 1701074

Aquitania
Narrativa - Pagine 704 - ISBN 1711329

Cassandra Compact
con Shelby Philip
Narrativa - Pagine 480 - ISBN 1700243

Circolo Matarese
Narrativa - Pagine 500 - ISBN 1710735

Circolo Matarese
Conto alla rovescia
Narrativa - Pagine 500 - ISBN 1721096

Codice Altman
con Lynds Gayle
Narrativa - Pagine 630 - ISBN 1701874

Complotto
Narrativa - Pagine 600 - ISBN 1700644

La Direttiva
Narrativa - Pagine 780 - ISBN 1700348

Il dossier Matlock
Narrativa - Pagine 336 - ISBN 1712580

La fondazione Bancroft
Narrativa - Pagine 644 - ISBN 1702244

I guardiani dell'Apocalisse
Narrativa - Pagine 704 - ISBN 1720221

Il grido degli Halidon
Narrativa - Pagine 400 - ISBN 1720238

Le illusioni dello Scorpione
Narrativa - Pagine 520 - ISBN 1712723

L'inganno di Prometeo
Narrativa - Pagine 700 - ISBN 1703749

Laboratorio mortale
con Lynds Gayle
Narrativa - Pagine 520 - ISBN 1712723

Il manoscritto
Narrativa - Pagine 432 - ISBN 1711429

Il mosaico di Parsifal
Narrativa - Pagine 624 - ISBN 1711303

Il patto
Narrativa - Pagine 384 - ISBN 1711336

Protocollo SIGMA
Narrativa - Pagine 780 - ISBN 1710733

Il segreto di Ambler
Narrativa - Pagine 780 - ISBN 1701481

Sporco baratto
Narrativa - Pagine 480 - ISBN 1711438

La strada per Omaha
Narrativa - Pagine 560 - ISBN 1711454

Striscia di cuoio
Narrativa - Pagine 240 - ISBN 1711379

L'ultima verità
Narrativa - Pagine 464 - ISBN 1711414

Il vettore di Mosca
con Patrick Larkin
Narrativa - Pagine 540 - ISBN 1703888

ROBERT LUDLUM

Eric Van Lustbader

La colpa di Bourne

BUR rizzoli

Proprietà letteraria riservata
The Bourne Betrayal © 2007 by Myn Pyn, LLC
Published in agreement with the author,
c/o Baror International, Inc.,
Armonk, New York, U.S.A.
All rights reserved
© 2008 RCS Libri S.p.A., Milano

ISBN 978-88-17-04319-9

Titolo originale dell'opera:
The Bourne Betrayal

Traduzione di Fabrizio Pezzoli

Prima edizione Rizzoli 2008
Prima edizione BUR Narrativa luglio 2010

Questo romanzo è opera della fantasia. Nomi, personaggi, luoghi e avvenimenti sono il prodotto dell'immaginazione dell'Autore o, se reali, sono utilizzati in modo fittizio. Ogni riferimento a fatti o persone viventi o scomparse è del tutto casuale.

Realizzazione editoriale: Studio Editoriale Littera, Rescaldina (MI).

Per conoscere il mondo BUR visita il sito www.bur.eu

La colpa di Bourne

In memoria di Adam Hall (Elleston Trevor),
un mentore letterario.

Le rose sono anche per te.

Grazie a
Ken Dorph, il mio arabista
e a Jeff Arbital

e un ringraziamento
speciale a Victoria,
per il titolo.

Prologo

Il Chinook apparve improvvisamente con un selvaggio rombo e rotori d'eliche sullo sfondo di un cielo rosso sangue. Vibrò controvento, virando nell'aria rarefatta. Una ragnatela di nuvole, illuminate dal bagliore del sole al tramonto, si sfaldava rapida come fumo disperso da un velivolo in fiamme.

Martin Lindros osservava attentamente il paesaggio che scorreva fuori dal finestrino dell'elicottero militare, lo sguardo rivolto alle vette più elevate della catena montuosa dei Simien. Benché non avesse più operato direttamente sul campo da quando, quattro anni prima, il Grande Vecchio lo aveva designato vicedirettore della CIA, si era comunque impegnato a mantenersi in forma fisica e con l'istinto bene in allerta. Tre mattine a settimana si allenava al percorso a ostacoli ideato per la preparazione degli agenti segreti, appena fuori Quantico, e i giovedì sera verso le dieci si liberava del tedio delle lunghe ore spese a esaminare rapporti di intelligence e a firmare plichi di ordini operativi, per trascorrere novanta minuti al poligono, tenendosi così aggiornato su ogni tipo di arma da fuoco, vecchia, d'uso corrente e di nuova generazione. Inventarsi un po' d'azione serviva a placare la frustrazione per non essere abbastanza coinvolto sul campo. Questa routine tuttavia era finita nel momento in cui il Grande Vecchio aveva approvato il programma della Typhon, da lui stesso proposto.

Il lugubre sibilo del vento penetrò all'interno del Chinook modificato a uso della CIA. Anders, il comandante della Skorpion One, una squadra speciale composta da cinque agenti operativi di prima classe, gli diede una leggera gomitata, Lindros si voltò. Guardando fuori dal finestrino, tra le nubi sfilacciate, scorse il versante nord del Ras Dascian sferzato dal vento. La vetta, con i suoi 4620 metri d'altitudine era la più elevata dei Simien, emanava qualcosa di sinistro. Forse perché Lindros ricordava alcune leggende locali che parlavano di spiriti, antichi e maligni, che si diceva dimorassero sulle sue pendici.

Il vento ululava come se la montagna stesse cercando di staccarsi dalle proprie viscere.

Era giunto il momento.

Lindros annuì e si avvicinò al pilota, legato con la cintura di sicurezza al proprio sedile. Il vicedirettore era prossimo alla quarantina. Alto, capelli biondi, laureato alla Brown University, reclutato dalla CIA durante il suo ultimo anno di dottorato di ricerca in lingue straniere all'Università di Georgetown. Era dotato di un'intelligenza raffinata ed era l'ufficiale più dedito al dovere che il direttore dell'Agenzia avrebbe potuto desiderare. Chinandosi in avanti in modo da farsi sentire nonostante il rumore, Lindros impartì al pilota le coordinate finali della destinazione, che per motivi di sicurezza aveva tenuto per sé fino a quell'ultimo istante.

Era tornato in servizio attivo solo da tre settimane. In quel breve periodo due dei suoi uomini erano caduti in missione. Un prezzo terribile da pagare. «Perdite accettabili», avrebbe invece sentenziato il Grande Vecchio. Lindros avrebbe dovuto imporsi di nuovo quel tipo di cinismo e riabituarsi a pensarla nello stesso modo se voleva avere successo sul campo. Quanto può valere una vita umana? Era una questione sulla quale Jason Bourne e lui avevano spesso discusso, senza mai giungere a una conclusione. Da parte sua, Lindros era convinto che ad alcuni interrogativi non si potesse trovare una risposta moralmente accettabile.

Tuttavia, quando alcuni agenti segreti erano in missione, la situazione diventava ben diversa. Le «perdite accettabili», nel loro mestiere, erano inevitabili. Doveva, in qualche modo, superare la morte dei due agenti. Lindros aveva verificato la veridicità di un rapporto secondo il quale un'organizzazione terrorista aveva messo le mani, da qualche parte nel Corno d'Africa, su una partita di TSG. I TSG – *triggered spark gaps* – erano interruttori tanto minuscoli quanto potenti, utilizzati per attivare e disattivare dispositivi che impiegavano enormi quantità di energia: strumenti tecnologicamente sofisticati destinati a proteggere componenti elettronici come tubi a microonde e attrezzature impiegati in campo medico. Venivano utilizzati anche per la detonazione di ordigni nucleari.

Partendo da Città del Capo, Lindros aveva seguito una pista tortuosa che lo aveva portato in Botswana, in Zambia e, attraverso l'Uganda, ad Ambikwa, un piccolo villaggio agricolo – nulla più di un gruppo di capanne, una chiesa e una locanda – tra i pascoli montani delle valli del Ras Dascian. Ad Ambikwa era riuscito a impossessarsi di un TSG, immediatamente inviato negli Stati Uniti, direttamente al Grande Vecchio, per mezzo di un corriere assolutamente fidato.

Poi aveva scoperto qualcosa, qualcosa di terribile, e agghiacciante. In quel tugurio di locanda dal pavimento di sterco e sangue essiccato, Lindros aveva sentito dire che l'organizzazione terrorista stava trafugando dall'Etiopia qualcosa di peggio dei TSG. Se la voce era attendibile, le implicazioni sarebbero state terrificanti non solo per l'America, ma per il mondo intero, perché significava che i terroristi erano in possesso di uno strumento in grado di far precipitare il pianeta in un incubo.

Sette minuti più tardi il Chinook entrò nell'occhio di una tempesta di sabbia. Il piccolo altopiano era completamente deserto. Di fronte all'elicottero si ergeva un antico muro di pietra: l'ingresso, o almeno così voleva la leggenda, della dimora scelta dai demoni della montagna. Lindros sapeva che oltre una breccia nel muro diroccato avrebbe trovato un sentiero molto ripido che saliva ai giganteschi contrafforti rocciosi che sorvegliavano la sommità del Ras Dascian.

Lindros e gli agenti della Skorpion One si lanciarono dal velivolo. Raggiunsero il terreno accovacciandosi per evitare possibili colpi sparati contro di loro. Il pilota continuava a tenere il motore su di giri. Gli uomini indossavano gli occhiali di protezione contro la sabbia turbinante e la grandine di pietruzze sollevata in volute dall'elicottero. Gli auricolari erano collegati a minuscole astine microfoniche radio per consentire le comunicazioni nonostante il rumore assordante. Ognuno di loro era armato con un fucile d'assalto leggero XM-8 in grado di sparare 750 proiettili al minuto.

Lindros si mise alla testa del drappello procedendo lentamente sull'altopiano. Di fronte al muro di pietra si ergeva la minacciosa parete a strapiombo nella quale si apriva la nera bocca di una caverna. Tutto intorno le pareti di colore bruno grigiastro, ocra, rosso opaco. Sembrava il desolato e dannato paesaggio di un altro pianeta. La strada per l'inferno.

Anders dispose gli uomini in uno schieramento d'assalto standard, mandandoli prima a ispezionare i nascondigli più ovvi, poi a circoscrivere un perimetro di sicurezza. Due si diressero verso il muro di pietra e controllavano il lato più distante. Altri due ebbero l'incarico di perlustrare la caverna: uno restò di guardia all'imboccatura, l'altro si avviava all'interno.

Il vento, fischiando sopra la collina che torreggiava su di loro, sferzava il terreno spoglio, penetrando nelle uniformi. Laddove la parete di roccia non cadeva a strapiombo nel vuoto, incombeva sulle loro figure, minacciosa, sinistra, colossale, la cima spoglia sembrava ancor più vicina nell'aria rarefatta. L'attenzione di Lindros fu attirata da ciò che rimaneva di un fuoco da campo.

Al suo fianco, Anders, come ogni buon comandante, stava ricevendo informazioni via radio dagli uomini schierati sul perimetro della zona circoscritta. Nessuno era in agguato dietro il muro di pietra. Anders ascoltò attentamente il breve rapporto trasmesso dalla seconda squadra di agenti.

«Nella caverna c'è un corpo» riferì il comandante. «Ha un proiettile nel cranio. È morto. A parte questo, la caverna è sgombra.»

Lindros udì nell'auricolare la voce di Anders. «Cominceremo da qui» disse, indicando il fuoco da campo abbandonato. «L'unico segno di vita in questo posto dimenticato da Dio.»

Si accovacciarono intorno ai resti del focolare. Anders smosse la cenere e alcuni pezzetti di legno carbonizzato con le dita protette dai guanti.

«Qui c'è una buca poco profonda.» Il comandante scostò i residui inceneriti con le mani. «Vede? Il fondo è indurito dal calore delle fiamme. Qualcuno vi ha acceso non uno ma diversi fuochi negli ultimi mesi. Forse addirittura per un anno.»

Lindros annuì. «A quanto pare potremmo essere nel posto giusto.» Apprensione e impazienza rischiarono di travolgerlo. La voce raccolta nella locanda di Ambikwa sembrava sempre più verosimile. Aveva sperato con tutto se stesso che si trattasse di una semplice diceria; contro ogni logica aveva desiderato arrivare sul posto e non trovare nulla. Perché qualsiasi altro esito sarebbe stato inconcepibile.

Sganciati due piccoli apparecchi elettronici dall'imbracatura tattica, Lindros li attivò e li passò sopra la buca del fuoco da campo. Uno era un rivelatore di radiazioni alfa, l'altro un contatore Geiger. Quello che stava cercando, e che non voleva trovare, era una combinazione di radiazioni alfa e gamma.

Nessuno dei due apparecchi ne rilevò la benché minima traccia.

Lindros proseguì la ricerca. Usando la buca del focolare come punto centrale, si spostò in cerchi concentrici, gli occhi incollati sui due display. Al terzo giro, più o meno a un centinaio di metri dalla buca, il rivelatore di radiazioni alfa si attivò.

«Merda!» imprecò sottovoce.

«Trovato qualcosa?» domandò Anders.

Lindros si spostò di lato e il rivelatore alfa tacque. Il contatore Geiger non dava segni di vita. Era già qualcosa. Un rilevamento di radiazioni alfa, a quell'altitudine, poteva essere causato da qualsiasi altro fattore; forse perfino dalla montagna stessa.

Lindros tornò sopra il punto in cui il rivelatore aveva captato la radiazione alfa. Alzando lo sguardo, notò che era in linea con l'imboccatura della caverna. Lentamente, cominciò a camminare verso la grotta. La misurazione del rivelatore di radiazioni alfa restava costante, poi, a una ventina di metri dalla bocca della caverna, aumentò bruscamente. Lindros s'asciugò le gocce di sudore che gli imperlavano il labbro superiore. Maledizione!, pensò. Qualcuno stava aggiungendo un altro chiodo al coperchio destinato a sigillare la bara del mondo. Almeno non ci sono raggi gamma, pensò. È già qualcosa. Si mantenne aggrappato a quella speranza per altri dodici metri. Poi il contatore Geiger iniziò a crepitare.

Cristo santo! Radiazioni gamma in concomitanza con le alfa. Esattamente la «firma» che sperava di non trovare. Lindros si sentì percorrere la spina dorsale da un rivolo umido. Sudore freddo. Non aveva più provato una sensazione del genere da quando, tanti anni fa, aveva ucciso per la prima volta un altro essere umano nel corso di un'operazione: una lotta a mani nude, la disperazione e la determinazione sul suo volto e su quello dell'avversario che tentava in tutti i modi di ammazzarlo. Puro istinto di conservazione.

«Fate luce.» Con la gola serrata da un nodo di terrore mortale, Lindros si costrinse a pronunciare l'ordine. «Devo vedere il cadavere.»

Anders annuì e lo riferì subito a Brick, l'agente che aveva effettuato la prima ricognizione della grotta. Brick accese una torcia allo xeno e i tre uomini penetrarono nel ventre della montagna.

Non c'erano foglie secche o altro materiale organico che attenuasse l'intenso, penetrante fetore minerale. I tre avvertivano chiaramente tutto il peso della massa rocciosa sopra di loro. A Lindros ricordò la sensazione di claustrofobia e soffocamento provata quando era entrato nelle tombe dei faraoni nelle piramidi del Cairo.

Il brillante fascio di luce allo xeno scivolò lungo le pareti di roccia della caverna. In quell'ambiente lugubre e desolato il cadavere non sembrava affatto fuori luogo. Le ombre intorno al corpo si dispersero quando Brick vi puntò la torcia elettrica. Il cono di luce allo xeno prosciugò il cadavere di ogni traccia di colore dandogli un aspetto tutt'altro che umano: una sorta di zombie uscito da un film dell'orrore. La posizione suggeriva l'estremo riposo, la pace totale, smentita da un foro di proiettile in mezzo alla fronte. La faccia era rivolta altrove, come se desiderasse restare al buio.

«Non si tratta di suicidio, questo è sicuro» fu il commento di Anders. Per quanto banale, la considerazione era stata il punto di partenza del corso dei pensieri di Lindros stesso. «I suicidi scelgono sempre un sistema semplice: spararsi in bocca per esempio è un classico. Quest'uomo è stato assassinato da un professionista.»

«Già, ma perché?» Lindros sembrava sconvolto.

Il comandante alzò le spalle. «Con questa gente potrebbero esserci state almeno un migliaio di...»

«Stia indietro, porca puttana!»

Lindros aveva urlato così forte nell'astina del microfono che Brick, che aveva fatto il giro del corpo esanime, fece un balzo all'indietro.

«Mi scusi, signore» ansimò Brick. «Volevo solo mostrarvi una cosa strana.»

«Usi la luce per indicarla» ordinò Lindros. Ma sapeva già di quale particolare si sarebbe trattato. Nell'attimo stesso in cui avevano messo piede nella caverna il rivelatore di radiazioni alfa e il contatore Geiger avevano iniziato a emettere un crepitio terrificante.

Cristo!, pensò Lindros. Oh, Cristo!

Il cadavere era di una magrezza spaventosa ed estremamente giovane; si trattava di un adolescente. Aveva i tratti semitici di un arabo? Lindros concluse di no, ma era quasi impossibile stabilirlo perché...

«Oddio!»

A quel punto anche Anders si era accorto del particolare inquietante. Il cadavere non aveva più naso. La parte centrale del volto era stata corrosa, il sangue nero schiumava lentamente dalla raccapricciante cavità come se il corpo fosse ancora in vita, come se qualcosa lo stesse divorando dall'interno.

Il che, pensò Lindros con un'ondata di nausea, è precisamente quello che sta accadendo.

«Quale diavolo potrebbe essere la causa di una cosa simile?» domandò Anders con voce impastata. «Un virus letale? Una tossina dei tessuti?»

Lindros si rivolse a Brick. «Lo ha toccato? Mi dica, ha toccato il cadavere?»

«No, io...» Brick fu colto alla sprovvista. «Sono contaminato?»

«Vicedirettore... scusi, signore... in quale dannata faccenda ci ha ficcato? Sono abituato a essere tenuto all'oscuro nel corso delle missioni a codice nero, ma questo supera ogni limite.»

Appoggiando un ginocchio a terra, Lindros stappò una piccola bomboletta di metallo e, sempre indossando i guanti, con un dito raccolse un campione di terra in prossimità del cadavere. Dopo aver chiuso e sigillato ermeticamente il piccolo contenitore, si alzò.

«Dobbiamo uscire subito dalla caverna» disse, fissando Anders.

«Vicedirettore...»

«Non si preoccupi, Brick. Non corre alcun pericolo» lo rassicurò Lindros in tono autorevole. «Basta con le chiacchiere. Andiamo.»

Quando raggiunsero la bocca della grotta e il bagliore del paesaggio infuocato, rosso sangue, li raggiunse, Lindros comunicò nel microfono radio: «Anders, da questo momento a lei e ai suoi uomini è proibito l'ingresso nella caverna. Nemmeno per i bisogni fisiologici. Ci siamo capiti?».

Il comandante della squadra ebbe un istante di esitazione; la collera e l'ansia per l'incolumità dei suoi uomini erano evidenti sul suo volto. Poi parve dare un'alzata di spalle mentale. «Signorsì.»

Lindros impiegò i dieci minuti successivi a setacciare l'altopiano con il rivelatore di radiazioni alfa e il contatore Geiger. Voleva assolutamente scoprire come la contaminazione fosse arrivata fin lassù. Quale sentiero avevano percorso gli uomini che se l'erano portata addosso? Era inutile cercare la strada che avevano preso per andarsene. Il fatto che l'uomo senza naso fosse stato ucciso con un colpo di pistola in fronte gli suggeriva che i membri del gruppo avessero scoperto nel modo più orripilante di avere avuto una fuga di radiazioni. Avrebbero sicuramente provveduto a sigillare il contenitore prima di proseguire il cammino. Ma non ebbe fortuna. Lontano dalla grotta, le radiazioni alfa e gamma sparivano completamente. Non gli restava nessuna traccia, seppur vaga, per stabilire da quale parte fossero arrivati.

Alla fine rinunciò e tornò indietro per riunirsi agli altri.

«Dia ordine di evacuare la zona, comandante.»

«Avete sentito?» gridò Anders mentre si avvicinava di corsa all'elicottero che li stava aspettando. «In sella, ragazzi!»

«Wa'i» disse Fadi. Ora sapeva.

«Non è possibile.» Abbud ibn Aziz cambiò leggermente posizione a fianco di Fadi. Accovacciati dietro l'altura gibbosa trecento metri più in alto dell'altopiano i due fungevano da avanguardia per una cellula composta da una ventina di uomini armati, stesi bocconi sul terreno roccioso alle loro spalle.

«Con questo binocolo vedo tutto con estrema chiarezza. C'è stata una fuga.»

«Perché non ci è stato comunicato tempestivamente?»

Nessuna risposta. Non ce n'era bisogno. Non ne erano stati informati per semplice timore. Se Fadi l'avesse saputo, li avrebbe uccisi tutti: dal primo all'ultimo trasportatore etiope. Comandare servendosi del terrore comportava anche prendere simili decisioni.

Con gli occhi incollati a un potente binocolo 12×50 dell'Esercito russo, Fadi spostò a destra l'inquadratura per continuare a seguire i movimenti di Martin Lindros. Quel modello di binocolo forniva un campo visivo molto limitato che dava quasi le vertigini, ma compensava il difetto con un'eccezionale precisione del dettaglio. Fadi aveva visto che il capo della squadra, il vicedirettore della CIA, stava utilizzando sia un rivelatore di radiazioni alfa sia un contatore Geiger. Evidentemente l'americano sapeva che cosa cercare.

Alto, dalle spalle larghe, Fadi era un uomo dall'indubbio carisma. Quando parlava, chiunque fosse al suo cospetto ammutoliva. Il volto dai lineamenti eleganti e dall'espressione determinata era stato temprato dal sole del deserto e dal vento delle montagne. La barba e i capelli erano lunghi e ricci, il colore dell'inchiostro di una notte senza stelle. Le labbra erano turgide e ben disegnate. Quando sorrideva, dava l'impressione che il sole fosse disceso dal cielo per brillare direttamente sui suoi discepoli. La missione dichiarata di Fadi era di natura messianica: portare speranza laddove non ce n'era, massacrare migliaia di sudditi fedeli alla famiglia reale saudita, spazzarli via dalla faccia della terra, liberare il suo popolo, distribuire alla sua gente le oscene ricchezze dei despoti, restaurare il legittimo ordine nella sua amata patria, l'Arabia. Per prima cosa, Fadi lo sapeva bene, doveva incrinare il rapporto simbiotico tra la famiglia reale saudita e il governo degli Stati Uniti. E, per farlo, avrebbe dovuto colpire duramente l'America, attraverso un'esplicita dichiarazione.

Non poteva permettersi di sottovalutare la capacità degli americani di sopportare la sofferenza. Spesso i suoi compagni estremisti avevano commesso questo errore, mettendoli nei guai con i loro stessi connazionali, e questo più di ogni altra cosa era all'origine dei loro mali.

Fadi non era uno stupido. Aveva studiato la storia, ma soprattutto ne aveva tratto grandi insegnamenti. Quando Nikita Chruščëv aveva dichiarato all'America: «Vi seppelliremo!», ne era convinto tanto nel cuore quanto nell'anima. Ma che cos'era stato sepolto, invece? L'Unione delle Repubbliche Socialiste Sovietiche.

Quando i suoi compagni estremisti dicevano: «Abbiamo tante vite per seppellire l'America», si riferivano alla riserva infinita di giovani fanatici che ogni anno diventavano maggiorenni. Da questa potevano attingere i martiri che avrebbero fatto dono della propria vita per una causa più alta. Non provavano pietà né rimorso per la morte di quei giovani. Perché avrebbero dovuto? Il paradiso attendeva i martiri a braccia aperte. Eppure che cosa, in realtà, era stato raggiunto? L'America era stata in qualche modo piegata? No. Quegli atti efferati di terrorismo avevano minato le speranze del suo popolo? No. Perciò, qual era la risposta?

Fadi credeva – con il cuore e con l'anima, ma soprattutto con la sua mente eccezionale – di averla trovata.

Seguendo con il binocolo 12×50 i movimenti del vicedirettore della CIA, Fadi notò che l'uomo pareva riluttante ad andarsene. Osservando dall'alto il sito e la sua preda si sentiva come un rapace. Gli arroganti soldati americani erano saliti a bordo dell'elicottero, ma il loro comandante – non conosceva il nome dell'uomo – non avrebbe permesso che il superiore restasse sull'altopiano senza sorveglianza. Era un uomo astuto. Forse aveva subodorato qualcosa di invisibile agli occhi, o forse stava solo portando a termine scrupolosamente il suo dovere. In ogni caso, quando i due uomini si fermarono l'uno di fianco all'altro a confabulare, Fadi capì che non gli si sarebbe presentata un'occasione migliore di quella.

«Iniziate» disse sottovoce ad Abbud ibn Aziz senza distogliere lo sguardo dal binocolo.

Abbud ibn Aziz imbracciò il lanciarazzi RPG-7 spalleggiabile di fabbricazione sovietica. Era un uomo robusto, la faccia rotonda e un leggero strabismo congenito all'occhio sinistro. Con rapidità e sicurezza, inserì nella camera di propulsione del lanciarazzi il grosso proiettile rastremato, dotato di alette. Le quattro alette posteriori sulla granata rotante fornivano stabilità di volo, garantendo che avrebbe colpito il bersaglio con un'alta probabilità di precisione. Quando Abbud ibn Aziz avrebbe premuto il grilletto, il sistema di propulsione principale avrebbe lanciato la granata a una velocità di 117 metri al secondo. A sua volta l'esplosione di energia avrebbe innescato il sistema di propulsione secondario del razzo stesso all'interno del tubo di lancio, aumentando la velocità della testata esplosiva a 294 metri al secondo.

Abbud ibn Aziz allineò la pupilla destra al mirino ottico, montato in posizione leggermente arretrata rispetto al grilletto. Mirò al Chinook e pensò di sfuggita che era un vero peccato perdere quel magnifico velivolo bellico. Ma un tale oggetto del desiderio non faceva per lui. In ogni caso, era stato tutto meticolosamente pianificato dal fratello di Fadi, a partire dalla pista di indizi disseminati con cura che avevano costretto il vicedirettore della CIA a lasciare il suo comodo ufficio di Washington per quella missione sul campo, una pista tortuosa che lo aveva condotto fino alla regione nordoccidentale dell'Etiopia, e da là fin lassù, sulle estreme pendici del Ras Dascian.

Abbud ibn Aziz posizionò l'RPG-7 in modo che fosse puntato contro il pignone del rotore frontale dell'elicottero. Adesso era tutt'uno con l'arma, tutt'uno con la missione della cellula terrorista di cui faceva parte. Avvertiva l'assoluta determinazione dei suoi compagni fluire in lui come una marea, un'onda impetuosa che stava per frangersi sulla spiaggia nemica.

«Ricordati» lo ammonì Fadi.

Ma Abbud ibn Aziz, artigliere tra i più esperti, addestrato nel campo degli armamenti dal fratello di Fadi, non aveva bisogno di nessun promemoria. L'unico inconveniente del lanciarazzi era che, dopo la detonazione, emetteva una traccia di fumo piuttosto evidente. Sarebbero stati immediatamente visibili dal nemico. Anche questo, però, era stato messo in conto.

Abbud sentì l'indice di Fadi battergli sulla spalla, il che significava che il loro bersaglio era in posizione. Piegò il dito sul grilletto. Trasse un respiro profondo ed espirò lentamente.

A quel punto arrivò il rinculo, un uragano di aria surriscaldata. Poi il lampo e il tuono assordante dell'esplosione, il pennacchio di fumo, le pale del rotore ritorte che si alzavano insieme dai punti d'attacco opposti. Echi fragorosi, come pure l'indolenzimento nella spalla di Abbud ibn Aziz, stavano ancora risuonando quando gli uomini di Fadi si alzarono tutti insieme e si lanciarono di corsa verso l'altura, un centinaio di metri a est del punto in cui lui e Abbud ibn Aziz erano rimasti in agguato fino a quell'istante e dal quale si stavano allontanando di corsa. Secondo le istruzioni ricevute, i componenti della cellula terrorista scaricarono una serie di raffiche di mitra: la giusta rabbia degli uomini di fede.

Al-Hamdu li-'llah! Che Allah sia lodato! L'attacco era cominciato.

Un attimo prima Martin Lindros stava spiegando ad Anders perché voleva trattenersi qualche altro minuto sul posto, l'attimo successivo ebbe l'impressione che il cranio gli fosse stato schiacciato da una ruspa. Gli occorsero alcuni secondi per rendersi conto di essere steso a terra bocconi, la bocca piena di terra. Sollevò la testa lentamente. Pezzi di rottami in fiamme venivano scagliati all'impazzata nell'aria fumosa, ma non sentiva alcun suono, nient'altro che un'acuta pressione nei timpani, un sibilo interno, come se una lieve brezza avesse cominciato a soffiargli dentro la testa. Gocce di sangue gli rigavano le guance, calde come lacrime. L'odore acre e soffocante di gomma e plastica bruciata gli riempiva le narici, ma non riusciva a coprire del tutto qualcosa di peggiore: l'odore di carne bruciata.

Quando tentò di rigirarsi su un fianco scoprì che Anders era disteso per metà sopra di lui. Il comandante della Skorpion One aveva sostenuto l'urto dell'esplosione nel tentativo di proteggerlo. La faccia e la spalla nuda, dove l'uniforme era stata carbonizzata, erano ustionate e fumanti. I capelli erano bruciati, non restava che il cranio nudo e annerito. Lindros soffocò malamente i conati di vomito che lo travolsero, con un tremito convulso spinse da parte il cadavere per liberarsi del peso. Vomitò mentre si alzava a fatica sulle ginocchia.

Poi gli giunse alle orecchie un rombo, stranamente attutito, come se provenisse da molto lontano. Voltandosi, vide i membri della squadra speciale scendere dal Chinook semidistrutto, aprendo il fuoco con le semiautomatiche.

Uno di loro crollò al suolo sotto le raffiche di mitragliatrice. La mossa successiva di Lindros fu istintiva. Bocconi, strisciò fino all'uomo morto, gli strappò di mano l'XM-8 e cominciò a sparare.

I componenti della Skorpion One, temprati da tante battaglie, erano macchine da guerra praticamente perfette. Sapevano quando aprire il fuoco e quando restare al riparo. Tuttavia, quando ebbe inizio il fuoco incrociato, si ritrovarono impreparati, concentrati com'erano sul nemico di fronte a loro. Le scariche di proiettili li raggiunsero uno dopo l'altro, per la maggior parte più di una volta.

Lindros resistette strenuamente, perfino quando fu l'ultimo uomo a rimanere in piedi. Era strano che non mirassero direttamente a lui; nessun proiettile lo sfiorò nemmeno per errore. Aveva appena iniziato a domandarsene il motivo, quando l'XM-8 esaurì le munizioni. Restò in piedi con il fucile da assalto fumante in mano, a osservare i soldati nemici calare dall'altura sovrastante.

Erano silenziosi, magri come l'uomo devastato rinvenuto nella caverna, gli occhi infossati di chi ha visto scorrere troppo sangue. Due si staccarono dal gruppo e salirono sulla carcassa fumante del Chinook.

Lindros sobbalzò quando udì detonare alcuni colpi di arma da fuoco. Uno dei due membri della cellula terrorista saltò a terra dal portello aperto del Chinook annerito, pochi secondi dopo il suo compagno trascinò fuori di peso il pilota insanguinato, tenendolo saldamente per il bavero.

Era morto o soltanto svenuto? Lindros era ansioso di saperlo, ma gli altri terroristi lo avevano circondato. Riconobbe sui loro volti la tipica luce del fanatismo, un colorito malsano, una fiamma che poteva essere estinta solo con la loro morte.

Lasciò cadere a terra l'inutile arma ormai scarica e i nemici lo catturarono, piegandogli le braccia con forza dietro la schiena e bloccandogli le mani. Alcuni di loro raccolsero quanti giacevano a terra e li gettarono nel compartimento del Chinook destinato alle truppe. Altri due terroristi si fecero avanti con dei lanciafiamme. Con sconvolgente precisione, procedettero a incenerire l'elicottero e l'intero carico di morti e di vivi.

Lindros, barcollante e sanguinante, osservò le loro manovre, coordinate con il massimo grado di disciplina. Era sorpreso e impressionato al tempo stesso. Ma, sopra ogni cosa, era spaventato. Chiunque avesse pianificato quell'astuto agguato, chiunque avesse addestrato i membri di quella cellula, non era un terrorista comune. Senza farsi notare dai suoi carcerieri, si levò l'anello dal dito e lo lasciò cadere sul terreno cosparso di detriti di roccia sfaldata, attardandosi di un passo per coprirlo con la punta dello scarpone. Se qualcuno lo avesse cercato avrebbe potuto dedurne che era stato lì e che non era stato ucciso come tutti gli altri.

In quel momento, il gruppo di uomini che lo circondava si aprì a ventaglio. Lindros vide avanzare verso di lui con andatura decisa un arabo alto e ben piantato, il volto cesellato dal deserto, l'espressione sfrontata e grandi occhi penetranti. A differenza degli altri terroristi che Lindros aveva avuto modo di interrogare, questo aveva su di sé il marchio della civiltà. L'Occidente lo aveva influenzato, egli aveva attinto a piene mani dal pozzo della sua tecnologia.

Quando furono l'uno di fronte all'altro, Lindros lo guardò negli occhi.

«Buongiorno, signor Lindros» disse l'arabo.

Il vicedirettore della CIA continuò a fissarlo senza battere ciglio.

«Un americano muto. Dov'è finita la sua insolenza?» Sorridendo, aggiunse: «È inutile fingere. So che conosce l'arabo». Il terrorista sequestrò al prigioniero il rivelatore di radiazioni alfa e il contatore Geiger. «Devo dedurre che ha trovato quello che stava cercando.» Perquisendo le tasche di Lindros, estrasse il piccolo contenitore cilindrico di metallo. «Molto bene!» L'uomo lo aprì e rovesciò il contenuto tra gli scarponi di Lindros. «Che peccato. La vera prova non si trova più qui da molto tempo ormai. Le piacerebbe conoscere la sua destinazione finale?» L'ultima frase fu pronunciata in tono di scherno. Non era certo una domanda alla quale l'arabo avrebbe risposto.

«Il vostro servizio informazioni è eccellente» ribatté prontamente Lindros in un arabo impeccabile, provocando un certo stupore nei componenti della cellula terrorista, a parte il leader e un tipo tarchiato, che Lindros ritenne fosse il suo secondo.

Sul viso del leader arabo si formò di nuovo un sorriso. «I miei complimenti.»

Silenzio.

Senza preavviso, l'arabo colpì Lindros al viso con un ceffone così forte da fargli battere i denti. «Mi chiamo Fadi, il Redentore. Non ti dispiace se ti chiamo per nome e ti do del tu, vero, Martin? È meglio così, visto che nelle prossime settimane, per non dire mesi, diventeremo piuttosto intimi.»

«Non ho intenzione di dirvi nulla» affermò Lindros, passando bruscamente all'inglese.

«Le tue intenzioni e ciò che invece *farai* sono due cose ben distinte» replicò Fadi in un inglese altrettanto perfetto. Poi chinò leggermente la testa di lato. Lindros trasalì quando sentì la stretta morsa alle braccia bloccate dietro la schiena, così violenta da minacciare di slogargli le spalle.

«Hai scelto di non impegnarti nel primo round.» La delusione di Fadi sembrava sincera. «Quanta arroganza. Quanta imprudenza da parte tua. Ma, dopotutto, sei americano. Senza arroganza gli americani non sono tali, vero, Martin? Sei stato davvero poco lungimirante.»

Il pensiero che il suo interlocutore non fosse un terrorista comune tornò a balenare nella mente di Lindros. Fadi conosceva la sua identità. Nonostante il dolore lancinante che provava alle braccia rivolte verso l'alto dietro la schiena, Lindros si sforzò di mantenere l'espressione impassibile. Come mai non aveva una capsula di cianuro inserita in un dente, come gli agenti segreti nei romanzi di spionaggio? Prima o poi, sospettava, avrebbe desiderato averne una. Ciononostante, avrebbe resistito il più a lungo possibile, tanto quanto le sue forze gli avrebbero permesso.

«Sì, nasconditi dietro i tuoi stereotipi» dichiarò. «Ci accusate di non comprendervi, ma ci capite anche meno. Non sai nulla di me.»

«Ah, in questo, come nella maggior parte delle cose, ti sbagli, Martin. In realtà, ti conosco benissimo. Per un certo periodo di tempo ho fatto di te il mio... come dicono gli studenti americani?... corso di specializzazione. Studi antropologici o realpolitik?» Fadi alzò le spalle come se fossero due colleghi di lavoro davanti a un aperitivo. «Scegli pure tu il termine.»

Il sorriso del leader terrorista si fece smagliante mentre baciava Lindros su entrambe le guance. «Così ora passiamo al secondo round.» Quando si staccò dal prigioniero, l'arabo aveva le labbra sporche di sangue.

«Per tre settimane mi hai cercato per mari e monti. Invece sono stato io a trovarti.»

Il Redentore non si pulì dal sangue di Lindros con il dorso della mano. Si passò la lingua intorno alle labbra.

Libro primo

Capitolo 1

«Quando hanno avuto inizio questi ricordi improvvisi, signor Bourne?» chiese il dottor Sunderland.

Jason Bourne, incapace di stare fermo, si aggirava nell'accogliente stanza che sembrava più lo studio di un'abitazione privata che l'ambulatorio di un dottore. Muri color cremisi, rivestimento in legno di mogano, scrittoio d'epoca di legno massiccio e scuro, con le gambe che terminavano con dei piedini ad artiglio, due sedie imbottite e un piccolo sofà. La parete dietro lo scrittoio era tappezzata di attestati e diplomi di specializzazione, oltre che di un'impressionante serie di premi internazionali per ricerche importanti svolte nel campo della terapeutica, sia psicologica che psicofarmacologica, relativamente alla specialità del medico: la memoria. Bourne esaminò quei documenti da vicino e con attenzione, dopo di che scorse una fotografia in una cornice d'argento sullo scrittoio.

«Come si chiama?» domandò Bourne. «Sua moglie, intendo.»

«Katja» rispose il dottor Sunderland dopo un attimo d'esitazione.

Gli psichiatri in genere opponevano sempre una forte resistenza a lasciar trapelare qualsiasi informazione di carattere personale su se stessi e i loro famigliari. Ma in questo caso..., pensò Bourne.

Katja era in tenuta da sci. Il capo coperto da un berretto di lana fatto a maglia, a strisce multicolori, con tanto di pompon sulla nuca. Era bionda e molto bella. Un certo chissà che in lei suggeriva che si sentiva perfettamente a proprio agio davanti a una macchina fotografica. Sorrideva, guardando direttamente nell'obbiettivo, con il sole che le illuminava il volto. Le rughe sottili agli angoli degli occhi la rendevano stranamente vulnerabile.

Bourne sentì salire le lacrime agli occhi. Un tempo avrebbe detto che erano lacrime di David Webb. Ma le due personalità in conflitto – David Webb e Jason Bourne, il giorno e la notte della sua anima – si erano finalmente fuse insieme. Sebbene fosse vero che David Webb, ex docente di Linguistica all'Università di Georgetown, stava affondando sempre più nell'ombra, era altrettanto vero che Webb aveva smussato la maggior parte degli spigoli antisociali e paranoici di Bourne. Bourne non riusciva a vivere nel mondo normale di Webb, proprio come Webb non poteva sopravvivere nel brutale mondo d'ombra di Bourne.

La voce del dottor Sunderland si intromise nei suoi pensieri. «La prego, sieda, signor Bourne.»

Bourne obbedì. Provò un senso di sollievo nel distogliere gli occhi dalla fotografia.

Il volto del dottor Sunderland assunse un'espressione di sincera comprensione. «Questi ricordi, signor Bourne, immagino siano iniziati in seguito alla morte di sua moglie. Un evento traumatico come questo avrebbe...»

«Non è così, no...» si affrettò a precisare Jason Bourne. Ma era una bugia. Le schegge mnemoniche erano ricomparse in superficie la notte in cui aveva visto Marie. Lo avevano svegliato di soprassalto: incubi resi manifesti, perfino nella brillantezza delle luci che aveva acceso in casa.

Sangue. Sangue sulle sue mani, sangue che gli macchia il petto. Sangue sul viso della donna che porta in braccio. Marie! No, non Marie! Qualcun'altra, il suo collo liscio e pallido attraverso i rivoli di sangue. La vita della donna che gli cola addosso, gocciolando sui ciottoli della via cittadina mentre corre disperato. Ansimando nella notte gelida. Dove si trova? Perché sta correndo? Buon Dio, chi è lei?

Era fuggito, e benché fosse notte fonda, si era vestito ed era sgattaiolato fuori, mettendosi a correre a perdifiato nella campagna canadese finché la milza non aveva più retto. Il chiaro di luna di un bianco osseo lo aveva seguito come quelle dannate schegge di memoria. Era stato incapace di seminarle.

Ora si era affidato a quel dottore. Be', perché no? Non si fidava di lui, anche se Martin Lindros – vicedirettore della CIA nonché suo intimo amico – glielo aveva raccomandato, esibendogli le sue impressionanti credenziali. Lindros aveva preso il nominativo di Sunderland da un elenco fornito dall'ufficio del direttore dell'Agenzia. A questo riguardo non c'era bisogno di fare domande al suo amico: il nome di Anne Held, in calce a ogni pagina del documento, autenticava la sua ipotesi. Anne Held era l'assistente del direttore, il suo braccio destro.

«Signor Bourne?» lo incalzò il dottor Sunderland.

Non che avesse importanza. Bourne aveva davanti agli occhi il viso di Marie, pallido ed esangue, senza vita. Avvertiva la presenza di Lindros alle sue spalle mentre ascoltava l'inglese dal marcato accento franco-canadese del coroner: *La polmonite d'origine virale si era diffusa in modo troppo grave. Non saremmo stati in grado di salvarla comunque. Può trovare conforto nel fatto che non ha sofferto. Si è addormentata e non si è più svegliata.* Il coroner aveva alzato lo sguardo dalla donna deceduta rivolgendolo all'affranto marito e all'amico che c'era al suo fianco. *Se solo fosse tornata prima dall'escursione con gli sci...*

Bourne si era morso il labbro inferiore. *Si stava occupando dei nostri figli. Jamie si era storto una caviglia nell'ultimo tratto della discesa. Alison era terribilmente spaventata.*

Sua moglie non ha cercato un medico? Immagino che la caviglia fosse slogata... oppure fratturata.

Lei non capisce. Mia moglie... veniva da una famiglia di gente sportiva, abituata a stare all'aria aperta, allevatori, di razza robusta. Marie era stata cresciuta, imparando a badare a se stessa nella natura selvaggia fin da bambina. Non ne aveva paura per niente.

A volte, aveva detto il coroner, *provare un po' di paura è un fatto positivo.*

Non ha alcun diritto di giudicarla!, aveva ribattuto Bourne, alzando la voce per la rabbia e il dolore.

Passa troppo tempo tra i morti, aveva detto Lindros, redarguendo il coroner. *Deve migliorare la sua capacità di rapportarsi con i vivi.*

Scusate, aveva detto il coroner in tono dimesso.

Bourne aveva preso fiato e, rivolgendosi a Lindros, aveva detto: *Marie mi aveva telefonato. Pensava si trattasse solo di un brutto raffreddore.*

Una conclusione abbastanza naturale, aveva commentato il suo amico. *Era chiaramente assorbita dalla salute dei figli.*

«Dunque, signor Bourne, quando sono iniziati i flash mnemonici?» Nell'inglese del dottor Sunderland c'era una netta sfumatura d'accento rumeno. Aveva davanti a sé un uomo particolare, dalla fronte alta e spaziosa, la mascella quadrata e robusta, il naso grosso e sporgente, un tipo del quale poteva facilmente avere fiducia, con il quale confidarsi. Il dottore portava un paio di occhiali dalla montatura d'acciaio, aveva i capelli impomatati e pettinati all'indietro. Nessuna bizzarra suoneria di cellulare o SMS in arrivo. Soprattutto, niente impegni multipli ed efficienza di stampo nevrotico-manageriale. Sunderland indossava un completo con pesante gilet di lana cardata di tweed, e un papillon rosso a pois bianchi.

«Su, su.» Sunderland allungò il collo, sporgendo in avanti il suo testone e inclinandolo leggermente di lato, in un atteggiamento che gli ricordò un gufo. «Mi perdoni, ma ho la netta sensazione che lei stia... come posso dire?... nascondendo la verità.»

Immediatamente, Bourne si sentì messo nell'angolo. «Nascondendo...?»

Sunderland prese da un portafoglio in pelle di coccodrillo una banconota da cento dollari. Sventolando la banconota, disse: «Scommetto che i lampi casuali di memoria sono cominciati poco dopo il funerale di sua moglie. Tuttavia la scommessa sarà nulla se decide di non dirmi la verità».

«Chi si crede di essere? Un poligrafo umano?»

Saggiamente, il dottore non rivelò le proprie opinioni.

«Metta via i soldi» disse Bourne. Poi emise un sospiro. «Ha ragione, naturalmente. I ricordi inconsci sono iniziati il giorno in cui ho visto Marie per l'ultima volta.»

«Sotto quale forma si sono presentati?»

Bourne ebbe un attimo di esitazione. «La stavo guardando nella bara... nella camera ardente dell'impresa di pompe funebri, il giorno del funerale. Sua sorella e suo padre l'avevano già identificata e fatta trasferire là dall'obitorio del coroner. La stavo guardando dall'alto e... a un tratto non la vedevo più...»

«Che cosa vedeva, invece, signor Bourne?» La voce del dottor Sunderland era suadente, distaccata.

«Sangue. Solo sangue.»

«Cos'altro?»

«Be', il sangue non c'era, naturalmente. Non nella realtà. Era un ricordo che riaffiorava in superficie... senza preavviso... senza...»

«Accade sempre così, non è vero?»

Bourne annuì. «Il sangue... era fresco, brillante, reso bluastro dalla luce dei lampioni stradali. Il sangue copriva tutta la faccia...»

«La faccia di chi?»

«Non lo so... una donna... non era il viso di Marie. Era la faccia di... qualcun'altra.»

«Saprebbe descrivere questa donna?» domandò il dottor Sunderland.

«Il punto è proprio questo. Non ci riesco. Non so chi sia... Eppure la conosco. So di conoscerla.»

Seguì un breve silenzio, durante il quale Sunderland

inserì un'altra domanda apparentemente senza rapporti con il resto. «Mi dica, signor Bourne, che giorno è oggi?»

«Non è certo questo il problema di memoria di cui soffro.»

Il dottore piegò la testa di lato. «Mi accontenti, la prego.»

«Martedì, 3 febbraio.»

«Quattro mesi dopo il funerale, quattro mesi da che è iniziato il suo problema di memoria. Perché ha atteso così a lungo prima di cercare aiuto?»

Bourne rimase in silenzio per un po', poi finalmente dichiarò: «Settimana scorsa è successo qualcosa. Ho visto... ho rivisto un mio vecchio amico». Alex Conklin, che camminava per strada nel centro storico di Alexandria, dove Bourne aveva portato Jamie e Alison per l'ultima passeggiata che avrebbero fatto insieme per molto, molto tempo. Erano appena usciti da una gelateria, i due bambini con un grosso cono gelato in mano, ed ecco là Conklin, vivo e vegeto. Alex Conklin: il suo mentore, il suo maestro, la mente direttiva che si celava dietro l'identità di Jason Bourne. Senza Conklin, gli era impossibile immaginare dove sarebbe stato in quel momento.

Il dottor Sunderland allungò il collo. «Non capisco.»

«L'amico di cui parlo è morto tre anni fa.»

«Eppure lo ha visto.»

Bourne annuì. «L'ho chiamato ad alta voce per nome, e quando si è girato reggeva qualcosa tra le braccia... anzi, qualcuno. Una donna. Una donna coperta di sangue.»

«La donna insanguinata di cui mi ha riferito e che rivede nei lampi di memoria inconscia.»

«Sì. Lì per lì ho pensato di essere andato completamente fuori di testa.»

Era successo quando aveva deciso di allontanare i bambini. Alison e Jamie erano andati a stare dalla sorella e dal padre di Marie, che vivevano in un enorme ranch in Canada. Era meglio per loro, anche se Bourne sentiva terribilmente la loro mancanza. Non sarebbe stato un bello spettacolo vederlo in quello stato.

Da allora, quante volte aveva sognato i momenti che più temeva: rivedere davanti il volto esangue di Marie; raccogliere i suoi effetti personali nella stanza d'ospedale; restare fermo, in piedi, nella camera ardente avvolta nella penombra, con il direttore dell'impresa di pompe funebri alle sue spalle, a fissare il corpo di Marie nella bara, il suo viso immobile, cereo, truccato in un modo in cui Marie non si sarebbe mai sognata di conciarsi. Si era chinato su di lei, aveva allungato una mano, l'uomo gli aveva offerto un fazzoletto, che Bourne aveva usato per toglierle il rossetto dalla bocca e il fard dalle guance. Poi l'aveva baciata e il gelo delle sue labbra era finito in lui come una scarica elettrica. *È morta. È morta. È così. La mia vita insieme a lei è finita*, aveva pensato. Con un lieve cigolio, aveva abbassato il coperchio sulla bara. Rivolgendosi all'impresario delle pompe funebri aveva detto: «Ho cambiato idea. Niente bara aperta. Non voglio che qualcuno la veda in questo stato, specie i nostri figli».

«Ciononostante lo ha seguito» insistette il dottor Sunderland. «Davvero affascinante. Data la sua storia, la sua amnesia, il trauma della prematura perdita di sua moglie ha scatenato un particolare flashback mnemonico. Ha delle ipotesi sul perché il suo amico defunto è connesso alla donna coperta di sangue?»

«No.» Naturalmente la sua risposta non era sincera. Bourne sospettava di star rivivendo una vecchia missione, un'operazione in solitaria ordinatagli da Alex Conklin anni prima.

Il dottor Sunderland giunse le dita delle mani, formando una specie di guglia. «I suoi ricordi improvvisi e casuali possono essere innescati da qualsiasi fatto, ammesso che sia abbastanza vivido: qualcosa che ha visto, odorato, toccato, un che di onirico che riemerge in superficie. Solo che per lei questi sogni a occhi aperti sono veri. Sono i suoi ricordi. Sono veramente accaduti nella realtà.» Il dottore prese dallo scrittoio una penna stilografica d'oro. «Non c'è dubbio che un trauma psicologico come quello che ha recentemente sofferto sarebbe in cima all'elenco dei ricordi. E poi essere convinto di aver visto qualcuno che è morto... non c'è tanto da stupirsi che i flashback abbiamo preso a farsi più numerosi e frequenti.»

Quel ragionamento stava in piedi, ma l'aumento dei flashback aveva reso il suo stato di salute mentale molto più vulnerabile. Quel pomeriggio a Georgetown aveva abbandonato i suoi figli. Era successo solo per un momento, tuttavia quel fatto lo aveva terrorizzato, e lo spaventava ancora.

Marie se n'era andata, in un modo assurdo e terribile. E ora non era soltanto Marie a ossessionarlo, ma anche quelle strade antiche e silenziose, che lo guardavano con occhio malizioso, vie cittadine in possesso di una conoscenza che a lui sfuggiva, al corrente di qualcosa che lo riguardava, qualcosa che lui non riusciva nemmeno a immaginare. I suoi incubi ricorrenti arrivavano con inaspettati lampi di memoria che lo lasciavano in un bagno di sudore freddo. Rimaneva allora disteso a letto nell'oscurità, assolutamente certo che non avrebbe chiuso occhio. Inevitabilmente, invece, si addormentava di un sonno pesante, quasi narcotico. Quando si alzava dall'abisso in cui era sprofondato, si girava su un fianco, ancora in preda al sonno, in cerca, come faceva sempre, del corpo caldo, sinuoso, di Marie. A quel punto il pensiero tornava a investirlo come un treno merci in corsa in pieno petto.

Marie è morta. Morta e sepolta per sempre.

Il suono secco, ritmico del dottor Sunderland che scriveva sul suo blocco alcuni appunti riportò Bourne alla realtà dal suo oblio.

«Questi lampi di memoria inconscia mi stanno letteralmente facendo impazzire.»

«Non c'è affatto da meravigliarsi. Il suo desiderio di

conoscere il passato è troppo forte e la consuma. C'è chi potrebbe perfino definirlo un atteggiamento ossessivo. Di sicuro sarei vittima anch'io dello stesso disagio. Un'ossessione spesso priva chi ne soffre della capacità di vivere quella che si potrebbe definire un'esistenza normale, benché non approvi questa definizione semplicistica. Tuttavia, credo di poterla aiutare.»

Il dottor Sunderland allargò le mani, grandi e callose. «Permetta che cominci con lo spiegarle la natura del suo problema. I ricordi scaturiscono da impulsi elettrici provocati dalle sinapsi nel cervello che "sparano" dei neurotrasmettitori, come diciamo in gergo. Questo processo crea una memoria temporanea. Per rendere il ricordo permanente è necessario che avvenga ciò che viene definito "consolidamento". Non l'annoierò spiegandole tutto il processo nei minimi particolari. È sufficiente sapere che il processo di consolidamento richiede la sintesi di nuove proteine, e che occorrono parecchie ore. Questa successione però può essere bloccata o alterata da un'infinità di fattori: un grave trauma psicologico, per esempio, quello che comunemente viene definito uno shock, o la perdita dei sensi, cioè l'incoscienza temporanea. Ed è esattamente quello che è successo a lei. Mentre era incosciente, la sua attività cerebrale ha trasformato i suoi ricordi permanenti in ricordi temporanei. Le proteine che intervengono nel processo di memoria temporanea si deteriorano con estrema rapidità. Nel giro di poche ore, o perfino di pochi minuti, i ricordi scompaiono.»

«Ma i miei ricordi di tanto in tanto riemergono in superficie.»

«Perché il trauma – fisico, emotivo o una combinazione di entrambe le sfere – può inondare, quasi istantaneamente, di neurotrasmettitori certe sinapsi e, di conseguenza, fa per così dire "risorgere" dei ricordi precedentemente perduti.»

Il dottor Sunderland sorrise. «Tutto questo è per prepararla. L'idea di una cancellazione totale dei ricordi, benché studiata come mai prima d'ora, rimane ancora materia di fantascienza. Tuttavia, grazie alla mia preparazione sulle più recenti scoperte e procedure, posso dirle con estrema sicurezza che riuscirò a riportare a galla la sua memoria inconscia. Ma deve darmi due settimane di tempo.»

«Le do solo oggi, dottore.»

«Raccomando vivamente...»

«Oggi» ribadì Bourne con tono sempre più deciso.

Il dottor Sunderland lo studiò per un attimo, tamburellando la penna stilografica d'oro sul labbro inferiore. «Date le particolari circostanze... credo di poter *sopprimere* il ricordo, il che non equivale, però, a cancellarlo.»

«Capisco.»

«D'accordo.» Sunderland si batté la mano libera sulla coscia. «Venga in sala esami e farò del mio meglio per aiutarla.» Il dottore alzò un lungo indice d'avvertimento. «Suppongo sia superfluo rammentarle che la memoria è una creatura terribilmente sinuosa e infida.»

«Del tutto superfluo» confermò Bourne, mentre un altro presentimento nefasto si insinuava in lui.

«Perciò capisce che non c'è nessuna garanzia di riuscita. Ci sono eccellenti probabilità che il mio procedimento funzioni, ma per quanto riguarda la durata...» Il dottore si strinse nelle spalle.

Bourne annuì. Si alzò e seguì Sunderland nella stanza adiacente. Era un locale più ampio della sala dei consulti. Il pavimento era coperto dallo stesso linoleum punteggiato di nero scelto dal dottore per rivestire lo studio; i muri erano invece tappezzati di attrezzature d'acciaio inossidabile: un bancone e vari armadietti. In un angolo c'era un piccolo lavandino, e accanto un contenitore di plastica rossa dotato di adesivo che avvertiva: PERICOLO DI CONTAMINAZIONE – SOSTANZE BIOCHIMICHE. Il centro della stanza era occupato da quella che all'apparenza somigliava a una poltrona da dentista particolarmente lussuosa e futuristica. Diversi bracci mobili pendevano dal soffitto formando una sorta di cerchio intorno alla speciale poltrona. Sopra un paio di carrelli con ruote gommate c'erano due singolari apparecchi. Tutto emanava l'aspetto efficiente e sterile di una sala operatoria.

Bourne prese posto sulla poltrona e attese che il dottor Sunderland ne regolasse l'altezza e l'inclinazione. Da uno dei carrelli a rotelle il dottore prese otto sensori elettronici a ventosa e li appose in altrettante aree del cranio di Bourne.

«Eseguirò due serie di esami delle sue onde cerebrali, una da cosciente e l'altra privo di sensi. È fondamentale che io possa valutare entrambe le condizioni della sua attività cerebrale.»

«E poi?»

«Dipende da quello che scopro» rispose il dottor Sunderland. «Il trattamento implicherà lo stimolo di certe sinapsi nel cervello con specifiche proteine complesse.» Il dottore guardò Bourne dall'alto. «La parola chiave è "miniaturizzazione", capisce? È una delle mie specializzazioni. Non si può lavorare con le proteine, a un livello dimensionale infinitesimale, senza essere esperto di miniaturizzazione. Ha mai sentito parlare di nanotecnologia?»

Bourne annuì. «Minuscoli dispositivi elettronici fabbricati in laboratorio di dimensioni microscopiche. A tutti gli effetti, dei microcomputer.»

«Precisamente.» A Sunderland brillarono gli occhi. Sembrava molto compiaciuto delle conoscenze in materia del suo paziente. «Queste proteine complesse – questi neurotrasmettitori – agiscono esattamente come nanositi, vincolando e rafforzando sinapsi in aree del cervello nelle quali io stesso le dirigerò, per bloccare o suscitare i ricordi.»

Improvvisamente Bourne si strappò i sensori elettronici dal capo, si alzò dalla poltrona e, senza proferire parola, si allontanò alla svelta dallo studio. Risalì quasi di corsa, fino al termine, l'ampio corridoio dai muri rivestiti di marmo. Le suole delle scarpe producevano piccoli ticchettii come se un animale dalle numerose zampe lo stesse inseguendo. Che cosa diavolo stava facendo? Permettere a uno sconosciuto qualunque di armeggiare con il suo cervello!

Le due porte delle toilette erano una adiacente all'altra. Spalancata quella con la targhetta UOMINI, si precipitò all'interno, dopo di che restò fermo in piedi con le braccia rigide e tese, le mani piantate ai due lati di un lavandino di porcellana bianca. Ecco il suo volto, pallido, spettrale, riflesso nello specchio. Dietro la sua figura, mattonelle simili a quelle che rivestivano le pareti della camera ardente dell'impresa di pompe funebri. Vide Marie: distesa immobile nella bara, le mani incrociate sul suo addome piatto, da persona sportiva. Galleggiava come su una chiatta, come su un fiume dalle acque in rapido scorrimento, una corrente inarrestabile che la portava via, lontana da lui.

Bourne appoggiò la fronte allo specchio. Le chiuse si aprirono, le lacrime sgorgarono dagli occhi e rigarono le guance. Ricordava Marie così com'era: i capelli che fluttuavano al vento, la pelle della fronte liscia come raso. Quando avevano disceso le rapide spumeggianti dello Snake River, le braccia di Marie, muscolose e abbronzate, immergevano con decisione la pagaia nell'acqua ribollente e impetuosa, mentre l'azzurro sconfinato del cielo si rifletteva nei suoi occhi. Quando le aveva chiesto di sposarlo, sull'imperturbabile suolo granitico dell'Università di Georgetown, lei in abito da sera nero con le spalline sottili sotto un cappotto di visone canadese, in pelle di montone, mentre si tenevano per mano, scherzando e ridendo, diretti alla festa di Natale della facoltà. Quando si erano scambiati i voti nuziali, il sole che calava al tramonto dietro il profilo frastagliato di vette ammantate di neve delle Montagne Rocciose canadesi, mano nella mano, le fedi d'oro, nuove e scintillanti, all'anulare, le labbra unite in un bacio appassionato, i cuori che battevano all'unisono. Ricordò quando Marie aveva dato alla luce Alison: due giorni prima di Halloween era seduta alla macchina da cucire, intenta a confezionare un costume da pirata per Jamie, quando le si erano rotte le acque. Il parto era stato lungo e travagliato, c'era stata la complicazione di una grave emorragia. In quel momento per poco non l'aveva persa; l'aveva tenuta stretta a sé, facendole forza e incitandola, pregandola di non lasciarsi andare, di non abbandonarlo. Ora invece se n'era andata per sempre...

Si ritrovò a singhiozzare, incapace di controllarsi.

A quel punto, come un demone che lo perseguitava, il viso con rivoli di sangue di una donna sconosciuta, si alzò di nuovo dagli abissi della sua memoria per offuscare la sua adorata Marie. Il sangue colava. Gli occhi della donna lo fissavano sbarrati, ciechi. Che cosa voleva? Perché lo tormentava? Bourne strinse il capo tra le mani, premendosi le tempie, preso dalla disperazione, gemette. Avrebbe disperatamente voluto fuggire da quel corridoio, da quel piano, da quell'edificio, ma sapeva di non poterlo fare. Non così, non in quelle condizioni. Non con la mente in quello stato confusionale.

Il dottor Sunderland lo stava aspettando a labbra serrate, paziente e immobile come una pietra, nel suo ufficio. «Posso procedere?»

Il volto insanguinato della donna gli ottenebrava ancora i sensi, Bourne trasse un respiro profondo e annuì. «Proceda pure.»

Sedette di nuovo sulla poltrona e Sunderland riattaccò i sensori. Poi fece scattare un interruttore sul carrello mobile e cominciò a regolare manopole, alcune in fretta, altre con più cautela.

«Non si preoccupi» disse il dottor Sunderland in tono cortese. «Non si accorgerà di nulla.»

E, infatti, Bourne non sentì nulla.

Quando fu soddisfatto, il dottore premette un altro interruttore e un lungo tratto di carta molto simile ai nastri in rotolo delle apparecchiature per elettrocardiogramma uscì da una fessura. L'uomo studiò la stampata delle onde cerebrali in fase di veglia di Bourne. Non segnò appunti sul foglio, si limitò ad annuire tra sé, corrucciandosi come un temporale improvviso. Bourne non avrebbe saputo dire se si trattasse di segni positivi o negativi.

«Allora d'accordo» sentenziò finalmente il dottor Sunderland. Spense la macchina, spinse da parte il primo carrello mobile e tirò a sé il secondo.

Da un vassoio posto sul piano d'acciaio lucido del carrello, il dottore prese una siringa ipodermica. Con la coda dell'occhio Bourne notò che era già piena di un liquido chiaro.

«L'iniezione non le farà perdere completamente le facoltà mentali. Cadrà soltanto in un sonno profondo. Resteranno in funzione solo le onde delta, le onde cerebrali più lente.» In risposta al movimento esperto del pollice del dottore, una piccola quantità del liquido contenuto nella siringa schizzò dalla punta dell'ago ipodermico. «Mi occorre sapere se si verificano delle interruzioni insolite nel modello delle sue onde delta.»

Bourne assentì, dopo di che si risvegliò come se il tempo non fosse passato.

«Come si sente?» domandò il dottor Sunderland.

«Meglio, credo» ammise Bourne.

«Bene.» Sunderland gli mostrò una stampata. «Come sospettavo, nel modello delle sue onde delta si è verificata un'anomalia.» Indicò un punto sulla striscia di carta. «Qui, vede? E anche qui.» Il dottore passò a Bourne una seconda stampata. «Questo invece è il modello delle sue onde delta dopo il trattamento. L'anomalia è ampiamente diminuita.

A giudicare da come è andata la prova, è ragionevole desumere che i suoi flashback scompariranno del tutto nel corso dei prossimi dieci o quindici giorni. Anche se devo avvertirla che ci sono buone probabilità che possano invece peggiorare nelle prossime quarantotto ore, il tempo necessario perché le sue sinapsi si adattino al trattamento.»

Il breve crepuscolo invernale stava lasciando il posto alla notte quando Bourne uscì dal palazzo in cui si trovava lo studio del dottor Sunderland, un grande edificio in pietra calcarea in stile neogreco nella Strada K. Un vento gelido che soffiava dal fiume Potomac, che portava con sé odore di fosforo e marciume, gli agitò il cappotto.

Volgendo le spalle a un accanito e pungente turbine di polvere e sabbia, vide il proprio riflesso nella vetrina di un fiorista, un ventaglio di colori brillanti in bella mostra dietro il cristallo, così simile alle corone floreali al funerale di Marie.

Poi, alla sua destra, la porta con la targa in ottone del negozio si aprì e qualcuno uscì in strada, tenendo tra le braccia un mazzo di fiori avvolto nella carta: un'immagine che trasmetteva buon umore. Bourne annusò l'aria... Che profumo era quello che aleggiava dietro l'uomo? Sì, gardenie! Un bel mazzo di gardenie avvolto con cura nella carta, al riparo dal gelo invernale.

A quel punto, con l'occhio della mente, Bourne si ritrovò in braccio la donna emersa dal suo oscuro passato: sepolto nel subconscio, sentì il sangue caldo e pulsante della sconosciuta scorrergli sulle braccia. Era più giovane di quel che aveva presunto, poco più che ventenne. Le labbra della giovane donna si dischiusero, come se cercasse di comunicargli qualcosa e un brivido gli percorse la schiena. Era ancora viva! Gli occhi della ragazza cercavano i suoi. Un rivolo di sangue colò all'angolo della bocca socchiusa e alcune parole risuonarono, raggrumate, distorte. Bourne si sforzò di comprenderle. Che cosa stava dicendo? Stava cercando di dirgli qualcosa? Chi era?

Dopo un'altra raffica di vento, Bourne tornò al freddo pungente del crepuscolo di Washington. La visione orripilante era svanita. Il profumo intenso delle gardenie aveva rievocato l'immagine della giovane donna dal suo io più profondo? C'era un collegamento?

Bourne si voltò, quasi sul punto di fare ritorno allo studio del dottor Sunderland, sebbene l'avesse avvisato che avrebbe potuto essere tormentato ancora dai ricordi inconsci. Il suo cellulare trillò. Per qualche secondo pensò di ignorarlo. Poi aprì il telefonino e lo accostò all'orecchio.

Fu sorpreso di scoprire che si trattava di Anne Held, l'assistente del direttore della CIA. Si figurò la brunetta alta e slanciata, sui venticinque anni, dai tratti raffinati, le labbra carnose a bocciolo di rosa e i glaciali occhi grigi.

«Buongiorno, signor Bourne. Il direttore desidera vederla.» L'accento di Anne Held era quel che si definiva Middle Atlantic, vale a dire un miscuglio tra quello del suo luogo di nascita inglese e quello della sua residenza d'adozione americana.

«Io invece non ho alcuna intenzione di incontrarlo» ribatté Bourne con freddezza.

Anne Held sospirò, preparandosi psicologicamente a sostenere la sua posizione. «Signor Bourne, dopo Martin Lindros, nessuno conosce il tipo di rapporto antagonistico che lei ha con il Grande Vecchio – con l'Agenzia in generale – meglio di me. Dio le è testimone che le sue ragioni sono più che comprensibili: l'hanno usata un'infinità di volte come segugio da preda, dopo di che si sono convinti del suo voltafaccia criminale. Adesso però è assolutamente necessario che venga a parlare con il direttore.»

«Complimenti per l'eloquenza, ma le sue belle parole non basteranno a smuovermi di un millimetro. Se il direttore ha qualcosa da dirmi può farlo tramite Martin.»

«È proprio di Martin Lindros che il Grande Vecchio deve parlarle.»

Bourne si accorse che stava stringendo il cellulare con forza esagerata. La sua voce aveva il gelo del ghiaccio quando chiese: «Dov'è finito Martin?».

«È questo il problema. Non lo so. Nessuno lo sa, a parte il direttore. È chiuso nella Sala intercettazioni satellitari da prima dell'ora di pranzo. Perfino io non l'ho più visto. Tre minuti fa mi ha telefonato con l'ordine di convocarla in sede.»

«È così che si è espresso?»

«Le sue parole precise sono state: "So quanto siano amici Bourne e Lindros. È per questo che ho bisogno di lui". Signor Bourne, la imploro di soprassedere. Qui siamo in Codice Mesa.»

Codice Mesa era il termine con il quale alla CIA si indicava un'emergenza di Primo livello.

Mentre aspettava il taxi che aveva chiamato subito dopo la telefonata di Anne Held, Bourne ebbe tutto il tempo di riflettere su Martin Lindros.

Quante volte negli ultimi tre anni aveva parlato dell'argomento, spesso doloroso, la perdita di memoria, con Martin Lindros, il vicedirettore della CIA, il suo confidente meno probabile. Chi avrebbe mai potuto immaginare che Lindros diventasse amico di Jason Bourne? Nemmeno Bourne, che aveva visto crescere i suoi sospetti e le sue paranoie quando Lindros si era presentato nell'ufficio del campus del professor Webb, quasi tre anni prima. Di sicuro, aveva pensato Bourne, Lindros era andato da lui per tentare, per l'ennesima volta, di reclutare di nuovo Jason Bourne nella CIA. Non era un'idea poi tanto strana. Dopotutto, Lindros stava sfruttando il suo potere, appena conferitogli, per riformare l'Agenzia, trasformandola in un'organizzazione più pulita e agile, con la competenza necessaria per affrontare le minacce a livello globale presentate dall'Islam fondamentalista e radicale.

Un cambiamento di tale portata sarebbe stato assolutamente impensabile cinque anni prima, quando il Grande Vecchio dirigeva la CIA con pugno di ferro. Ma ora il direttore era davvero diventato anziano: nella realtà come nel soprannome che gli era stato affibbiato anni addietro. Si vociferava, seppur a toni sommessi, che stesse perdendo il controllo dell'Agenzia, che per lui fosse tempo di andare onorevolmente in pensione prima che lo licenziassero. Bourne si sarebbe augurato che lo facesse, ma c'erano grosse probabilità che quelle dicerie fossero state messe in circolazione dal Grande Vecchio stesso per far uscire allo scoperto e spazzar via i suoi avversari. Detrattori che, lo sapeva, si annidavano in segreto nel circondario di Washington delimitato dalla Beltway. Il direttore era uno scaltro vecchio bastardo, ben ammanicato e connesso alla rete dei vecchi «bravi ragazzi», che costituivano il solido fondamento della città più di chiunque altro.

Il taxi si accostò al cordolo del marciapiede. Bourne salì a bordo della vettura e fornì l'indirizzo all'uomo al volante. Non appena si rilassò, accomodandosi meglio sul sedile posteriore, i suoi pensieri tornarono a Lindros.

Con sua immensa e totale sorpresa, l'argomento del reclutamento ex novo non era mai emerso nella conversazione durante quel primo incontro. A cena, seduti a tavola, Bourne aveva iniziato a conoscere Lindros sotto una luce completamente diversa rispetto ai tempi in cui avevano lavorato insieme in campo operativo. Il fatto stesso che Lindros stesse tentando di cambiare la CIA dall'interno lo aveva isolato, trasformandolo in un lupo solitario all'interno della sua stessa organizzazione. Lindros godeva dell'assoluta, incrollabile, irremovibile fiducia del Grande Vecchio, che rivedeva in lui qualcosa di se stesso in gioventù, ma i capi dei sette diversi direttorati che costituivano l'Agenzia lo temevano molto perché in pratica aveva in pugno il loro futuro.

Lindros frequentava una donna di nome Moira, di cui era innamorato, ma a parte questo non aveva nessun confidente, nessun amico intimo. E nutriva una particolare empatia per la situazione di Bourne. «Non ci si può ricordare tutto della propria vita» aveva affermato nel corso di quella cena, la prima di una lunga serie di cene insieme. «Io non ho nessuna vita da ricordare...»

Forse ciò che li aveva spinti inconsciamente l'uno verso l'altro era il danno profondo e durevole che entrambi avevano dolorosamente subito. Dalla loro reciproca incompletezza era nata amicizia e fiducia.

Finalmente, una settimana prima, Bourne si era preso un periodo di congedo per malattia dall'Università di Georgetown. Aveva telefonato a Lindros, ma era irreperibile. Nessuno gli avrebbe rivelato dov'era. A Bourne mancava il tipo di analisi, attenta e razionale, che il suo amico sapeva fare delle sue condizioni mentali sempre più sfuggevoli. E ora Lindros era al centro di un mistero che aveva spinto la CIA ad adottare lo stato d'emergenza al massimo livello di guardia.

Nel momento stesso in cui Costin Veintrop – l'uomo che si faceva passare per il dottor Sunderland – ricevette una telefonata a conferma che Jason Bourne aveva effettivamente lasciato l'edificio, il sedicente psichiatra ripose con ordine e rapidità la sua attrezzatura nel compartimento rigido esterno di una valigetta di pelle nera. Da una delle due sezioni principali estrasse un PC portatile, che si affrettò ad accendere. Non si trattava di un normale computer. Veintrop, esperto di miniaturizzazione, una specializzazione accessoria ai suoi studi psicanalitici sulla memoria umana, lo aveva modificato personalmente. Collegata con l'apposito cavetto alla porta Firewire una fotocamera digitale ad alta definizione, attivò sullo schermo quattro ingrandimenti fotografici del laboratorio, tutte immagini scattate da quattro diverse angolazioni. Confrontando le foto con l'ambiente che aveva davanti agli occhi, si aggirò nella stanza assicurandosi che ogni oggetto fosse come l'aveva trovato quando era entrato nello studio un quarto d'ora prima che Bourne arrivasse. Quand'ebbe finito, spense le luci e si recò nella Sala dei consulti.

Veintrop eliminò dalle cornici le foto che aveva usato, indugiando per un momento con lo sguardo sulla donna che Bourne aveva identificato come sua moglie. In effetti era Katja, la sua Katja baltica, sua moglie per davvero. La sua ingegnosa sincerità lo aveva aiutato a spacciarsi verosimilmente a Jason Bourne per quel che non era. Veintrop era un uomo che credeva nella verosimiglianza. Era proprio per questo che era ricorso a una fotografia di sua moglie e non di una sconosciuta. Quando ci si inventa una favola – una nuova identità – è di fondamentale importanza mescolarvi piccoli frammenti di cose della cui veridicità si è convinti. Specie con un uomo con l'abilità e la competenza di Jason Bourne. In ogni caso, la foto di Katja aveva ottenuto su Bourne l'effetto desiderato. Disgraziatamente era anche servita a rammentare a Veintrop del luogo in cui si trovava Katja e del motivo per cui non poteva vederla. Per un attimo, le dita della mano libera gli si piegarono spontaneamente, formando un pugno talmente stretto che le nocche si fecero bianche.

Veintrop si riscosse. Basta con questa morbosa autocommiserazione, pensò. Hai un lavoro da svolgere. Deposto il portatile su un angolo della scrivania, aprì alcuni ingrandimenti delle foto digitali che aveva scattato in quella stanza. Come aveva fatto un attimo prima, fu assai meticoloso, assicurandosi che ogni singolo oggetto della Sala dei consulti tornasse a essere esattamente come lo aveva trovato. Era essenziale che, dopo essersene andato, non restasse nessuna traccia, neppur minima, della sua presenza.

Il telefono cellulare GSM a banda quadrupla squillò e se lo portò all'orecchio.

«Fatto» annunciò Veintrop in rumeno. Avrebbe anche potuto ricorrere all'arabo, la lingua del suo datore di lavoro, ma era stato deciso di comune accordo che l'uso del rumeno avrebbe attirato meno attenzione.

«Con sua completa soddisfazione?» Era una voce diversa, in qualche modo più profonda e rozza di quella avvincente dell'uomo che lo aveva assoldato, appartenente a qualcuno abituato a esortare seguaci fanatici.

«Ne sono più che sicuro. Ho affinato e perfezionato il procedimento sugli argomenti d'esame che mi avete fornito. Tutto quanto abbiamo concordato come da contratto è pronto.»

«Ne avremo la prova certa a breve.» La sfumatura d'impazienza dominante fu inasprita da un vago tono sommesso d'apprensione.

«Abbia fede, amico mio» disse Veintrop, dopo di che interruppe la comunicazione.

Tornato alla sua occupazione principale, Veintrop ripose nella valigetta il portatile, la fotocamera digitale e il cavo di collegamento Firewire; indossò il cappotto di tweed e il cappello di feltro. Presa la valigetta con una mano, si attardò ancora pochi secondi a dare un'ultima occhiata in giro con esigente precisione. Nel lavoro altamente specializzato che svolgeva non era possibile nessun margine d'errore.

Soddisfatto da quell'ultima ispezione, spense l'interruttore a muro centrale e, nell'oscurità più totale, sgusciò fuori dallo studio medico. In corridoio sbirciò l'orologio da polso: erano le 16:46. Tre minuti soltanto, largamente entro il tempo massimo assegnatogli dal suo datore di lavoro. Era martedì 3 febbraio, come aveva detto Bourne. E di martedì il dottor Sunderland teneva chiuso lo studio.

[illegible] della sua [illegible]

[illegible]

[illegible]

[illegible]

Nessuno più che [illegible] affermato [illegible] Dante [illegible]

[illegible] la prova [illegible] è stato [illegible]

[illegible]

[illegible]

[illegible]

[illegible] sempre [illegible]

Capitolo 2

La sede centrale della CIA, situata sulla 23ª Strada NW, era segnalata sulla cartina della città come una costruzione appartenente al ministero dell'Agricoltura. Per rafforzare ulteriormente la copertura, l'edificio era circondato da prati molto curati, punteggiati qui e là da alberi ornamentali d'alto fusto, divisi da serpeggianti vialetti di ghiaia. La struttura in sé era insignificante tanto quanto era possibile in una città consacrata alla grandiosità dell'architettura federale monumentale. A nord era delimitata da imponenti costruzioni in cui si trovavano il Dipartimento di Stato e l'Ufficio di medicina e chirurgia della Marina militare, mentre a est fronteggiava l'Accademia nazionale delle scienze. L'ufficio del direttore della CIA aveva la vista sul Vietnam Veterans Memorial, come pure lo scorcio del bianco e scintillante Lincoln Memorial.

Anne Held non aveva esagerato. Bourne dovette oltrepassare ben tre diversi posti di controllo del servizio di sicurezza prima di accedere all'atrio interno. La prima tappa del percorso consisteva nel superare l'atrio pubblico a prova di incendio e di esplosioni, era a tutti gli effetti un bunker. Celati dietro colonne e lastre di marmo decorative c'erano muri resistenti a eventuali esplosioni, erano in metacemento dello spessore di mezzo metro, rinforzati con un reticolo di putrelle d'acciaio e un'ulteriore copertura di rete in kevlar. Tutti i vetri erano infrangibili, i circuiti elettrici e di illuminazione erano pesantemente schermati e protetti. Alla prima postazione di controllo a Bourne fu chiesto di ripetere una frase in codice che veniva cambiata tre volte al giorno; alla seconda, dovette sottoporsi a uno scanner d'impronte digitali; alla terza, accostare l'occhio destro all'obbiettivo di un'apparecchiatura di un nero opaco e dall'aspetto sinistro, che scattò una fotografia della sua retina e la confrontò digitalmente alla foto-campione già presente nel database. Questo livello supplementare di misure di sicurezza ad alta tecnologia era in dotazione da quando era diventato possibile falsificare le impronte digitali con dei cerotti adesivi di silicone applicati sui polpastrelli delle dita. Bourne lo sapeva benissimo: aveva usato quel metodo in numerose occasioni.

Poco prima degli ascensori c'era un altro controllo da oltrepassare, e poi un altro ancora – una balaustra di legno in stile aule di tribunale, settore giuria, come da regolamento relativo al Codice Mesa – giusto all'ingresso del settore degli uffici assegnato al direttore generale della CIA, al quarto piano.

Quand'ebbe superato la spessa porta blindata, rivestita di palissandro, Bourne vide Anne Held. Era accompagnata da un uomo dal volto latteo, con muscoli guizzanti e tesi sotto la giacca del suo completo.

Anne gli rivolse un sorrisino nervoso. «Ho visto il direttore poco fa. Sembra invecchiato di colpo di almeno dieci anni.»

«Non sono venuto qui per lui» precisò Bourne. «Martin Lindros è l'unica persona nella CIA di cui mi importi qualcosa e del quale mi fido. Dov'è?»

«È in missione all'estero da tre settimane, a fare Dio solo sa cosa.» Come al solito Anne indossava abiti griffati e impeccabili: tailleur grigio antracite, camicetta di seta rosso fuoco e scarpe con tacchi a spillo da nove centimetri. «Sono pronta a scommettere qualsiasi cifra che le segnalazioni ricevute oggi dal direttore, di qualsiasi cosa si tratti, sono quelle che hanno provocato lo stato d'allarme che si è diffuso a macchia d'olio qui dentro.»

Il tipo dalla faccia lattea li scortò senza proferire parola in fondo a una serie di corridoi – un labirinto intenzionalmente sconcertante attraverso il quale gli ospiti in visita venivano condotti ogni volta per tragitti diversi – finché giunsero alla porta del direttore. Il loro gorilla di scorta si fece da parte, ma non se ne andò. Un altro segno del Codice Mesa, pensò Bourne rivolgendo un sorriso mellifluo all'occhio minuscolo della telecamera di sicurezza.

Un istante dopo, udì lo scatto metallico della serratura elettronica.

Il direttore della CIA era ritto all'estremità opposta di un ufficio grande quanto un campo di football. Con la mano sinistra reggeva una cartellina, con la destra una sigaretta accesa, una sfida palese al divieto di fumare che vigeva in tutto l'edificio per ordine del governo federale. Quando ha ricominciato a fumare?, si chiese Bourne. Alle spalle del Grande Vecchio si ergeva uno sconosciuto: alto, muscoloso, la faccia cavallina dallo sguardo torvo, capelli corti a spazzola.

«Sei arrivato finalmente!» Il direttore dell'Agenzia si diresse con decisione verso Bourne, facendo risuonare sul parquet di legno lucido i tacchi delle sue scarpe fatte su misura. Aveva la testa così incassata nelle spalle da sembrare gobbo e senza collo. Mentre si avvicinava, le luci fotoelettriche esterne lo illuminavano dalle finestre: le immagini in movimento del suo passato erano scritte sul suo volto come tenui esplosioni bianche.

Aveva un'aria vecchia e stanca, le guance segnate da solchi profondi come pendici di una montagna, gli occhi infossati nelle orbite e borse di pelle giallastra e macchiata. Una candela quasi completamente consumata. Si ficcò la sigaretta tra le labbra, facendo capire con questo gesto che non avrebbe offerto la mano per una stretta di saluto, per quanto fosse un uomo formale.

Lo sconosciuto presente lo seguì.

«Bourne, ti presento Matthew Lerner, il mio nuovo vicedirettore. Lerner, questo è Bourne.»

I due si scambiarono una breve stretta di mano.

«Pensavo che il vicedirettore fosse Martin» osservò perplesso Bourne, rivolgendosi a Lerner.

«È una faccenda complicata. Noi...»

«Lerner ti informerà di ogni cosa al termine di questo colloquio» lo interruppe il Grande Vecchio.

«Ammesso che siano necessari ulteriori dettagli dopo l'incontro.» Bourne si sentì improvvisamente a disagio. «Che ne è di Martin?»

Il direttore esitò. La vecchia antipatia nei confronti di Jason Bourne non era affatto stemperata: non si sarebbe mai dissipata. Bourne lo sapeva e lo accettava come un dato di fatto incontrovertibile. La situazione attuale doveva essere davvero grave se il Grande Vecchio si era abbassato a chiedere aiuto a Jason Bourne, cosa che aveva giurato non avrebbe mai fatto. D'altra parte il direttore della CIA era un uomo molto pragmatico. Aveva dovuto esserlo per forza di cose per mantenere così a lungo il suo posto di direttore. Era diventato immune alle tribolazioni del compromesso, un'arte difficile e spesso moralmente ambigua. Ora aveva bisogno di Bourne, e ciò lo faceva infuriare.

«Martin Lindros risulta scomparso da sette giorni.» Tutt'a un tratto il direttore parve più piccolo, come se l'abito stesse per scivolargli di dosso.

Bourne rimase immobile. Non c'era da stupirsi che non avesse più sentito Martin. «Cosa diavolo gli è capitato?»

Il Grande Vecchio si accese un'altra sigaretta con il mozzicone rovente della prima, spegnendo poi quest'ultimo in un portacenere di cristallo. La mano gli tremava leggermente. «Martin era in missione in Etiopia.»

«Come mai si trovava sul campo in veste di agente operativo?» chiese Bourne.

«La stessa domanda che ho fatto io quando l'ho saputo» precisò Lerner. «È stata una sua iniziativa.»

«La squadra di Martin aveva notato un aumento improvviso di voci su certe particolari frequenze usate dai terroristi.» Il direttore aspirò una boccata dalla sigaretta, riempiendosi i polmoni, ed espirò il fumo con un lieve sibilo. «I suoi analisti sono esperti nell'individuare le notizie reali dalla disinformazione, e che in altre agenzie di spionaggio e varie divisioni antiterroriste fanno gridare "al lupo" e mordere la coda a più di una squadra speciale.»

Il Grande Vecchio piantò gli occhi in quelli di Bourne. «Martin ci ha fornito una prova attendibile a conferma delle voci secondo le quali un attacco contro una delle tre principali città degli Stati Uniti – Washington, New York, Los Angeles – è imminente. Peggio ancora, si parla di un ordigno nucleare.»

Il direttore prese un pacchetto da una credenza e lo porse a Bourne.

Bourne lo aprì. Conteneva un piccolo oggetto metallico rettangolare.

«Sai cos'è?» Lerner parlò come se lo stesse sfidando.

«È un TSG. Un interruttore speciale detto "a scintilla d'innesco". In campo industriale viene usato per attivare macchinari di potenza smisurata, con voltaggi elevatissimi.» Bourne alzò lo sguardo dall'oggetto. «In campo bellico serve all'innesco e all'eventuale detonazione di ordigni nucleari.»

«Esatto. Specialmente questo.» L'espressione del Grande Vecchio era truce quando consegnò a Bourne una cartellina riservata al direttore. Conteneva un foglio di specifiche assai dettagliate su quel particolare dispositivo elettronico. «Di solito per trasmettere la corrente gli interruttori d'innesco a scintilla utilizzano una piccola quantità di gas: aria, argo, ossigeno puro, SF_6, o un composto di questi gas. Questo impiega un materiale solido.»

«È progettato per essere utilizzato una volta sola, e una soltanto.»

«Precisamente. È monouso. Questo esclude un'applicazione industriale.»

Bourne rigirò tra le dita il TSG. «L'unico utilizzo possibile, allora, sarebbe per un ordigno nucleare.»

«Un ordigno nucleare in mano a dei terroristi» precisò Lerner con espressione cupa.

Il direttore prese il TSG dalla mano tesa di Bourne e vi tamburellò sopra leggermente con la punta di un indice nodoso. «Martin stava seguendo la pista di un carico di questi TSG, il che lo aveva portato tra i monti dell'Etiopia nordoccidentale, dove riteneva che il carico fosse stato trafugato da una cellula terrorista.»

«Destinazione?»

«Sconosciuta» rispose il Grande Vecchio.

Bourne era molto turbato, ma decise di non far trapelare nessuna emozione. «D'accordo. Sentiamo i dettagli.»

«Alle 17:32, ora locale, di sei giorni fa, Martin e la squadra speciale di cinque elementi della Skorpion One si sono trasferiti in elicottero quasi in vetta al versante nord del Ras Dascian.» Lerner gli passò un foglio di carta velina. «Queste sono le coordinate esatte.»

Il direttore disse: «Il Ras Dascian è la cima più elevata della catena montuosa dei Simien. Tu ci sei stato. Meglio ancora, parli la lingua della popolazione tribale locale».

Lerner proseguì. «Alle 18:04, ora locale, abbiamo perso il contatto radio con la Skorpion One. Alle 10:06, ora di qui, ho ordinato alla Skorpion Two di raggiungere queste coordinate.» Lerner riprese il foglio di carta velina da Bourne. «Alle 10:46 di oggi abbiamo ricevuto un messaggio radio da Ken Jeffries, il comandante della Skorpion Two. L'unità ha rinvenuto la carcassa bruciata del Chinook su un piccolo altopiano alle stesse coordinate.»

«Quella è stata l'ultima comunicazione che abbiamo ricevuto dalla Skorpion Two» intervenne il direttore. «Da allora, nessuna notizia da parte di Lindros o di qualunque altro membro della spedizione.»

«La Skorpion Three è di stanza a Gibuti ed è pronta a partire» dichiarò Lerner, evitando con precisione l'occhiata disgustata del Grande Vecchio.

Bourne, ignorando Lerner, stava già valutando mentalmente le alternative possibili, il che lo aiutava a mettere da parte l'ansia riguardo al destino del suo amico. «Ci sono due possibilità» dichiarò. «Di queste due, può esserne avvenuta solo una. O Martin è morto o è stato catturato ed è sottoposto in queste ore a un estenuante interrogatorio. È chiaro che inviare sul posto una squadra speciale non è la scelta migliore per risolvere la faccenda.»

«Le unità Skorpion sono composte di alcuni dei nostri migliori e più brillanti agenti operativi, che si sono cimentati sui campi di battaglia della Somalia, dell'Afghanistan e dell'Iraq» fece notare Lerner. «Avrà bisogno del loro arsenale, creda a me.»

«L'arsenale di due unità Skorpion non è servito per risolvere la situazione sul Ras Dascian. Ci andrò da solo, o non ci andrò affatto.»

La posizione espressa da Bourne era chiara, ma il nuovo vicedirettore della CIA non era disposto ad accettarla. «Dove lei vede "flessibilità", Bourne, l'Agenzia vede irresponsabilità, un pericolo intollerabile per coloro che ha intorno a sé.»

«Sentite, mi avete convocato qui voi. Mi state chiedendo un favore.»

«Benissimo, lasciamo perdere la Skorpion Three» disse il Grande Vecchio. «So bene che lavori da solo.»

Lerner chiuse la cartellina. «In cambio, avrà tutte le informazioni segrete, tutti i mezzi di trasporto e tutto il supporto logistico che le serviranno.»

Il direttore avanzò di un passo verso Bourne. «So che non rinuncerai alla possibilità di andare in cerca del tuo amico.»

«In questo ha perfettamente ragione.» Bourne si diresse con calma verso la porta. «Fate quel diavolo che volete con i vostri sottoposti. In quanto a me, andrò in cerca di Martin senza il vostro aiuto.»

«Aspetta un momento.» La voce del Grande Vecchio rimbombò nell'immenso ufficio. In essa c'era una nota simile al fischio di un treno di passaggio in un paesaggio oscuro e desertico. Tristezza e cinismo mescolati insieme.

Bourne se la prese comoda prima di voltarsi.

Il direttore della CIA lo fulminò con uno sguardo carico di astio. «Come Martin possa andare d'accordo con te rimane un mistero.» Con le mani giunte con forza dietro la schiena, il Grande Vecchio si diresse con passo rigido e militaresco verso la finestra più vicina, e rimase là in piedi in silenzio per un momento con gli occhi fissi sul prato sottostante e, oltre il prato, il Vietnam Veterans Memorial, il grande muro di marmo nero su cui erano incisi i nomi di tutti i caduti nella guerra del Vietnam. Poi si girò e fissò Bourne con il suo implacabile sguardo. «La tua arroganza mi fa ribrezzo.»

Bourne sostenne gli occhi del suo interlocutore senza proferire parola.

«D'accordo, niente guinzaglio» dichiarò in modo brusco il direttore. Stava tremando per la collera che riusciva a stento a controllare. «Lerner provvederà a farti avere tutto ciò che ti serve. Ti avverto: riporta a casa Martin Lindros vivo. Sarà meglio per te.»

Capitolo 3

Lerner accompagnò Bourne fuori dal settore in cui si trovavano gli uffici del direttore generale, in fondo al corridoio, nel suo studio. Poi prese posto dietro la scrivania. Quando capì che Bourne aveva scelto di restare in piedi, si abbandonò contro lo schienale della poltrona.

«Quello che sto per dirle non può in nessuna circostanza e per nessun motivo uscire da questa stanza. Il Grande Vecchio ha nominato Martin direttore di un'agenzia operativa ultrasegreta il cui nome in codice è Typhon. È un'organizzazione interna alla CIA che si occupa esclusivamente di combattere i gruppi terroristi estremisti musulmani.»

Bourne ricordò che «Typhon» era un termine che traeva origine dall'antica mitologia greca. Era il temibile, spaventoso padre dalle cento teste della minacciosa, mortale Idra. «Abbiamo già il CTC, il Centro antiterrorismo.»

«Il CTC non sa dell'esistenza di Typhon» rivelò Lerner. «Anzi, in effetti perfino all'interno della CIA sono in pochi a sapere di questa agenzia fantasma. Ne sa qualcosa solo chi ha necessità effettiva di esserne al corrente.»

«Sicché la Typhon è una sezione speciale ultrasegreta "a doppia cortina".»

Lerner annuì. «Immagino che cosa sta pensando: non abbiamo avuto mai niente di simile dai tempi della Treadstone. Ma ci sono ragioni valide. Gli aspetti della Typhon sono... diciamo così... estremamente controversi, per quanto riguarda i forti elementi reazionari interni al governo e al Congresso.»

Il nuovo vicedirettore della CIA sporse in fuori le labbra. «La farò breve. Veniamo al dunque. Lindros aveva costituito la Typhon a partire dalle fondamenta. Non è una divisione interna: è un'organizzazione a sé stante. Lindros ha insistito per essere lasciato libero dai limitati nastri rossi dell'amministrazione. Inoltre, la Typhon è per necessità dislocata a livello globale: Lindros ha già costituito le squadre di Londra, Parigi, Istanbul, Dubai, Arabia Saudita e tre località del Corno d'Africa. È sua intenzione infiltrare delle talpe nelle cellule terroriste allo scopo di distruggere la rete del terrore dall'interno.»

«Infiltrazione» commentò Bourne. Allora era questo a cui Martin si riferiva quando gli aveva confidato che, a parte il direttore, era da solo dentro la CIA. «È il Santo Graal dell'antiterrorismo. Finora però nessuno è stato capace di arrivare vicino all'obiettivo che si propone.»

«Tra le loro fila hanno pochi musulmani e ancor meno arabisti. Se si considera l'FBI nel suo complesso, solo 33 agenti su 12.000 effettivi hanno una minima conoscenza dell'arabo, e nessuno tra chi lavora nelle sezioni del Bureau che indaga in campo terrorista entro i confini nazionali. I principali membri del governo sono ancora riluttanti all'impiego di musulmani e arabisti occidentali: non sono considerati affidabili.»

«È da stupidi e da miopi» osservò Bourne.

«Questa gente, però, esiste e Lindros sta lavorando con discrezione per reclutarli.» Lerner si alzò dalla scrivania. «Questo per quanto riguarda l'orientamento generale. La sua prossima tappa, ritengo, sarà il centro operativo della Typhon.»

Siccome si trattava di un'agenzia antiterrorista «a doppia cortina», la Typhon operava nel più assoluto riserbo. Il secondo piano sotterraneo della CIA era stato ristrutturato da cima a fondo da una ditta di costruzioni i cui lavoratori erano stati tutti esaminati minuziosamente prima ancora che fosse loro chiesto di firmare il contratto, un contratto strettamente confidenziale che avrebbe garantito loro un periodo di vent'anni in un penitenziario federale di massima sicurezza, se fossero stati abbastanza idioti o avidi da contravvenire al giuramento di segretezza siglato. Tutto il materiale che fino a quel momento aveva riempito il secondo piano sotterraneo era stato trasferito in un edificio adiacente.

Uscendo dall'ufficio del vicedirettore, Bourne si fermò un momento nel regno di Anne Held. Conoscendo i nominativi dei due funzionari assegnati al caso che avevano origliato la conversazione, alla base della spedizione di Martin Lindros in capo al mondo sulle tracce del carico di TSG, prese l'ascensore che scendeva nei sotterranei.

Quando il veloce ascensore sibilò fermandosi, si attivò un pannello LCD sulla porta di sinistra, e un occhio elettronico esaminò lo scintillante ottagono nero che Anne gli aveva appuntato al bavero della giacca. Il distintivo era codificato con un numero visibile solo allo scanner. Dopo di che le due porte d'acciaio scorrevoli si aprirono.

Martin Lindros si era immaginato ex novo il secondo piano sotterraneo come uno spazio gigantesco in cui si sarebbero susseguite postazioni di lavoro mobili, ciascuna delle quali con una treccia di cavi di collegamento elettronici che saliva a spirale verso il soffitto. I cavi erano fissati a binari, cosicché potevano essere spostati insieme alle singole postazioni di lavoro e il personale a esse assegnato, quando gli stessi venivano ricollocati di volta in volta in base ai diversi incarichi. In fondo al vasto locale si apriva una serie di sale riunioni, separate da un'alternanza di pannelli d'acciaio e vetro molato.

Perfettamente adatta a un'organizzazione che prendeva nome da un mostro con duecento occhi, l'ufficio della Typhon era stipato di monitor. Anzi, le pareti erano un mosaico di schermi piatti al plasma sui quali era trasmesso un assortimento vertiginoso di immagini digitali: diagrammi satellitari, immagini di telecamere a circuito chiuso poste in luoghi pubblici, centri di trasporto come aeroporti, stazioni d'autobus, stazioni ferroviarie, crocevia stradali, sezioni di strade a scorrimento veloce, tortuosi tratti autostradali, linee ferroviarie di periferia, banchine sotterranee di metropolitane dislocate in ogni parte del mondo e così via. Bourne riconobbe le metropolitane di New York, Londra, Parigi e Mosca. Gente di tutte le razze, aspetto, dimensioni, religioni ed etnie camminava, si accalcava irragionevolmente, restava in piedi indecisa, bighellonava, fumava, saliva e scendeva da mezzi di trasporto pubblici, chiacchierava, scambiava qualche parola, si ignorava, si isolava con gli auricolari collegati a un iPod, faceva spese, mangiava di corsa, si baciava, si abbracciava affettuosamente, pronunciava parole di rimprovero, con i telefoni cellulari incollati alle orecchie, accedendo con i palmari alla posta elettronica o a siti porno, procedeva con andatura indolente, strascicava i piedi, ubriaca, strafatta di sostanze tossiche, si faceva coinvolgere in liti e risse che esplodevano all'improvviso, era travolta da imbarazzi da primo appuntamento, si muoveva furtivamente, si appostava, mugugnava, borbottava tra sé. Un caos immenso di video non ancora classificati dai quali si chiedeva agli analisti di trovare modelli ripetitivi specifici, campioni comportamentali rivelatori, presagi digitali, segnali d'allarme elettronici.

Lerner doveva avere avvertito del suo arrivo gli ufficiali assegnati al caso, perché Bourne vide una donna molto attraente – sui trentacinque anni – staccarsi da uno schermo e andargli incontro. Capì subito che era, o almeno lo era stata, un agente operativo. Il suo passo non era né troppo lungo né troppo corto, né troppo veloce né troppo lento. Era, per riassumerlo in una parola, anonimo. Poiché dall'andatura di una persona si poteva dedurre l'identità della stessa al pari delle impronte digitali, studiarne il movimento era uno dei metodi migliori per individuare un avversario in una folla di pedoni, perfino un agente nemico il cui travestimento era, per il resto, di prim'ordine.

Il viso della donna era molto espressivo e denotava forza e fierezza, come la prua cesellata di una nave agile e aerodinamica che tagliava come un coltello affilato mari che avrebbero capovolto e fatto affondare imbarcazioni di dimensioni inferiori. I grandi e profondi occhi azzurri spiccavano come gioielli nel bruno cannella del suo volto arabo.

«Tu devi essere Soraya Moore» disse Bourne, «l'ufficiale anziano assegnato al caso.»

Il sorriso della donna si mostrò un momento, dopo di che fu subito celato dietro una nuvola di confusione e brusca freddezza. «Esatto, signor Bourne. Prego, da questa parte.»

La Moore lo accompagnò in fondo al vasto spazio aperto brulicante di persone fino alla seconda Sala riunioni. Aprendo la porta di vetro smerigliato, lo osservò passare con una strana curiosità. In fin dei conti, considerando il rapporto spesso conflittuale di Bourne con la CIA, forse non era un atteggiamento così bizzarro, dopotutto.

Nella Sala riunioni c'era un uomo, più giovane di Soraya di parecchi anni, o almeno così sembrava. Era di altezza media, atletico, capelli castano chiaro, incarnato altrettanto chiaro. Era seduto a un tavolo di consiglio di vetro, ovale, chino su un computer portatile. Il monitor era occupato per intero da quello che aveva tutta l'aria di essere un cruciverba molto difficile.

Lo sconosciuto alzò lo sguardo solo quando Soraya si schiarì la gola.

«Tim Hytner» si presentò l'analista, senza alzarsi.

Dopo che ebbe preso posto su una poltroncina tra i due ufficiali, Bourne scoprì che il cruciverba che Hytner stava cercando di risolvere era, in realtà, un messaggio cifrato, per giunta molto complicato.

«Ho poco più di cinque ore prima che parta il mio aereo per Londra» annunciò Bourne. «TSG, *triggered spark gaps*... ditemi tutto quel che mi occorre sapere.»

«Al pari del materiale fissile, i TSG sono gli articoli a massima restrizione di vendita al mondo» esordì Hytner. «Per essere più precisi, occupano il posto numero 2641 sull'elenco del controllo governativo.»

«Sicché la soffiata che ha messo in fibrillazione Lindros a tal punto da non poter fare a meno di andare personalmente sul campo riguardava un carico di TSG.»

Hytner era tornato a occuparsi della decodificazione del messaggio cifrato, perciò Soraya lo sostituì nelle spiegazioni. «Tutta la faccenda è cominciata in Sudafrica. A Città del Capo, per essere esatti.»

«Come mai Città del Capo?» domandò Bourne.

«All'epoca dell'apartheid il Sudafrica divenne rifugio di contrabbandieri e trafficanti d'ogni tipo.» Soraya parlava in fretta, con efficacia, ma con un inequivocabile distacco. «Adesso che il Sudafrica è sulla nostra "lista bianca" è consentito ai produttori americani l'esportazione di TSG in territorio sudafricano.»

«Allora si sono "perse"» intervenne Hytner senza alzare la testa dal guazzabuglio di lettere che occupava il monitor del PC portatile.

«"Persi" è il termine giusto» annuì Soraya. «I contrabbandieri sono più difficili da estirpare delle erbe infestanti. Come può immaginare, c'è ancora una rete di trafficanti che opera utilizzando Città del Capo come base, e oggigiorno sono altamente specializzati.»

«Da dove è arrivata la soffiata?» volle sapere Bourne.

Senza guardarlo, la Moore gli passò dei fogli di carta, una serie di stampate da computer. «I contrabbandieri comunicano tra loro tramite cellulari. Utilizzano apparecchi "bruciabili", cioè telefonini a buon mercato disponibili in qualsiasi grande magazzino o discount, roba che si mette nel carrello della spesa e si paga in contanti alla cassa. Li impiegano per pochissimo tempo, diciamo da un giorno a un massimo di una settimana, se possono mettere le mani su un'altra SIM card da sostituire all'originale. Dopo di che li gettano e se ne procurano di nuovi.»

«In pratica, sono impossibili da rintracciare. Roba da non credere.» Hytner aveva tutti i muscoli tesi. Evidentemente stava infondendo ogni energia e attenzione nella decifrazione del messaggio in codice. «Ma c'è un modo per farlo.»

«C'è sempre un modo» fu il commento di Bourne.

«Specialmente se hai uno zio che lavora in un'azienda telefonica.» Hytner scoccò un sorrisino a Soraya.

La Moore mantenne il suo contegno da iceberg. «Mio zio Kingsley è emigrato a Città del Capo trent'anni fa. Londra era troppo tetra per lui, o almeno così mi ha detto. Aveva bisogno di un posto che fosse ancora promettente.» La donna si strinse nelle spalle. «A ogni modo, abbiamo avuto fortuna. Siamo riusciti a intercettare una conversazione relativa a questa spedizione di materiale. La trascrizione del messaggio si trova sul secondo foglio. L'uomo che parla sta dicendo a uno dei suoi sottoposti che il carico non può passare attraverso i soliti canali.»

Bourne notò che Hytner lo stava fissando con curiosità. «E ciò che più si temeva riguardo a questo carico "perduto"» concluse Bourne «era che coincideva con la minaccia avanzata nei confronti degli Stati Uniti.»

«Proprio così, senza tralasciare il fatto che abbiamo catturato il contrabbandiere in questione» disse Hytner.

Bourne seguì con l'indice il testo della seconda pagina della trascrizione. «Non credo sia stata la mossa migliore, arrestarlo, infatti è probabile che, così facendo, abbiate messo in allarme il suo cliente.»

Soraya scosse il capo. «Non è questo il caso. Questa gente utilizza una fonte una volta sola, dopo di che passano ad altri collaboratori.»

«Quindi sapete chi ha comprato i TSG.»

«Diciamo che abbiamo un forte sospetto. Ed è proprio per questo che Lindros è entrato in azione.»

«Ha mai sentito parlare della Dujja?» domandò Hytner.

Bourne fece uno sforzo di memoria. «La Dujja sarebbe responsabile di almeno una dozzina di attentati terroristi in Giordania e in Arabia Saudita, il più recente, il mese scorso, l'esplosione di una bomba che ha causato la morte di 95 persone alla Grande Moschea di Khanaqin, 144 chilometri a nordest di Baghdad. Se ricordo bene, si presume che dietro gli assassinii di due membri della famiglia reale saudita, del ministro degli Esteri giordano e del capo della sicurezza interna iracheno ci sia la Dujja.»

Soraya riprese la trascrizione. «Non è plausibile che un'unica organizzazione terrorista sia responsabile di così tanti attacchi, ma è così. Un particolare collega tutti questi attentati: i sauditi. Nella moschea era in corso una riunione d'affari segreta alla quale partecipavano emissari sauditi d'alto livello. Il ministro degli Esteri giordano era amico personale della famiglia reale saudita. Il capo della sicurezza iracheno era un sostenitore degli Stati Uniti.»

«Ho familiarità con il materiale informativo post-operativo top secret» dichiarò Bourne. «Erano tutti attentati molto sofisticati, pianificati e curati con la massima efficienza e perizia. Sono stati pochi i casi in cui sono intervenuti dei kamikaze; nessuno degli esecutori materiali è stato catturato vivo. Chi è a capo della Dujja?»

La Moore ripose la trascrizione dell'intercettazione nel corrispondente dossier. «Si chiama Fadi.»

«Fadi in arabo significa il "redentore"» osservò Bourne. «Un appellativo che deve essersi dato da solo.»

«La verità è che, a parte come si fa chiamare, non abbiamo nessun'altra informazione su di lui, non conosciamo nemmeno la sua vera identità» disse Hytner acido.

«Alcune cose, però, le sappiamo» gli fece eco Bourne.

«Tanto per cominciare, gli attentati di questo stampo terrorista sono coordinati così bene che si può dedurre, con quasi assoluta certezza, che questo Fadi abbia studiato in Occidente o, almeno, vi sia stato in stretto contatto per anni. In secondo luogo, l'organico della Dujja è insolitamente bene equipaggiato con armi ultramoderne di solito non associate ai gruppi di terroristi fondamentalisti islamici o arabi in genere.»

Soraya annuì. «Da questo punto di vista sappiamo parecchio. La Dujja è un'organizzazione di nuova generazione che ha unito le forze con gruppi criminali e trafficanti internazionali di stupefacenti, che operano a partire dal Sudest asiatico e dall'America Latina.»

«A parer mio, se proprio lo vuole sapere» intervenne Hytner, «il vicedirettore Lindros è riuscito a convincere il Grande Vecchio ad approvare così in fretta la Typhon perché gli ha comunicato che la nostra prima direttiva è scoprire chi è Fadi, per stanarlo ed eliminarlo.» Hytner alzò gli occhi dal monitor. «Ogni anno la Dujja si è fatta più forte e influente tra gli estremisti islamici. Le informazioni raccolte indicano che gli adepti si stanno aggregando a Fadi in quantità senza precedenti.»

«Ciononostante, a tutt'oggi nessuna agenzia investigativa è stata capace di risalire alla base centrale dell'organizzazione, nemmeno noi della Typhon» intervenne Soraya.

«In fondo la nostra squadra è stata istituita solo di recente» aggiunse Hytner.

«Avete preso contatto con il servizio segreto saudita?» chiese Bourne.

La Moore gli riservò un'amara risatina. «Uno dei nostri informatori giura che il servizio segreto saudita sta seguendo una pista sulla Dujja, però i sauditi lo negano.»

Hytner distolse lo sguardo dal portatile. «Non ammettono neppure che le loro riserve petrolifere si stanno esaurendo.»

Soraya chiuse i suoi dossier e li depose accuratamente. «So che molti agenti operativi la chiamano il "Camaleonte" per via della sua leggendaria abilità nel camuffarsi. Fadi, chiunque sia, è altrettanto abile. Anche se abbiamo informazioni più che attendibili che lo disegnano come il regista degli attentati e attivamente implicato, non abbiamo nessuna sua foto segnaletica.»

«Neppure un identikit» disse Hytner con evidente disgusto.

Bourne si accigliò. «Che cosa vi fa credere che la Dujja abbia acquistato i TSG dal fornitore segreto?»

«Sappiamo che il fornitore tace su particolari di vitale importanza.» Hytner indicò il monitor del suo portatile. «Abbiamo scoperto questo messaggio cifrato su un bottone della sua camicia. La Dujja è l'unica organizzazione terrorista nota che ricorra a questi espedienti a un tale livello.»

«Voglio interrogarlo.»

«L'agente responsabile è Soraya» rispose Hytner. «Dovrà chiedere a lei il permesso.»

Bourne si voltò verso la donna.

La Moore esitò solo un momento, poi si alzò e indicò la porta. «Andiamo?»

Bourne la seguì. «Tim, faccia una copia su carta del messaggio cifrato, ci dia un quarto d'ora di tempo e poi ci raggiunga.»

Hytner alzò gli occhi dal monitor e ammiccò come se Bourne fosse controluce. «Tra un quarto d'ora non avrò ancora finito.»

«Invece sì.» Bourne aprì la porta. «O se non altro farà finta che sia così.»

Si accedeva alle celle penitenziarie attraverso una breve e ripida rampa di scale d'acciaio forato. In netto contrasto con la Sala riunioni fin troppo illuminata della Typhon, lo spazio in quel settore dei sotterranei era piccolo, buio, ristretto, come se le fondamenta di Washington stessa fossero riluttanti a cedere anche solo un centimetro della loro proprietà.

Bourne fermò Soraya in fondo alle scale. «Ho fatto o detto qualcosa che l'ha offesa?»

La donna lo fissò negli occhi come se stentasse a credere a quel che vedeva. «Si chiama Hiram Cevik» disse, ignorando la domanda di Bourne. «Cinquantun anni, sposato, tre figli. Di origine turca, emigrato in Ucraina quando aveva diciotto anni. Ha risieduto a Città del Capo negli ultimi ventitré. È titolare di una ditta di import-export. I suoi affari sono perlopiù leciti ma, di tanto in tanto, così pare, il signor Cevik compie azioni illegali.» Soraya fece spallucce. «Forse la sua amante ha un debole per i diamanti, forse perde troppo denaro giocando d'azzardo su Internet.»

«Oggigiorno è così duro sbarcare il lunario» commentò Bourne.

Soraya stava per scoppiare a ridere a quella battuta, ma si contenne.

«Di rado seguo i manuali alla lettera» disse Bourne. «Qualsiasi cosa faccia, qualunque cosa dica, andrà comunque bene. Sono stato chiaro?»

Per qualche secondo la Moore lo guardò negli occhi. Cosa sta cercando?, si chiese Bourne. Che cos'ha?

«Conosco bene i suoi metodi» ribatté Soraya in un tono a dir poco glaciale.

Cevik era appoggiato a una parete della sua cella e fumava una sigaretta. Quando vide Bourne avvicinarsi con Soraya, soffiò una nube di fumo e chiese: «Sei la cavalleria o l'inquisitore?».

Bourne lo osservò mentre la donna apriva la porta della cella.

«L'inquisitore.» Cevik lasciò cadere sul pavimento il mozzicone e lo pestò sotto il tacco della scarpa. «Forse dovrei dirti che mia moglie sa del mio vizio per il gioco d'azzardo... e della mia amante.»

«Non sono qui per ricattarla.» Bourne entrò nella cella. Avvertiva la presenza di Soraya alle sue spalle come se facesse parte di lui. Il cuoio capelluto prese a formicolargli. La donna era armata di pistola ed era pronta a usarla sul prigioniero se la situazione gli fosse sfuggita di mano. Era una perfezionista; Bourne lo intuiva.

Cevik si staccò dal muro e restò in piedi con le mani abbandonate lungo i fianchi, le dita leggermente ricurve. Era alto e ben piantato, le spalle larghe e massicce da ex giocatore di rugby, gli occhi come catarifrangenti d'oro. «A giudicare dalla sua forma fisica, devo prepararmi a un atto di coercizione fisica.»

Bourne si guardò intorno nella cella, avvertendo inconsciamente quello che si doveva provare a esser rinchiusi là dentro. Un bagliore di un frammento di ricordo, una sensazione di nausea in fondo allo stomaco. «Far uso improprio della forza non mi porterebbe da nessuna parte.» Ricorse alle parole per sbarazzarsi di quella sensazione.

«Fin troppo vero.»

Non era un vanto. Quella semplice risposta gli rivelò di Cevik più di quanto avrebbe scoperto dopo un'ora di serrato interrogatorio. Lo sguardo di Bourne tornò a indugiare sul sudafricano.

«Come risolvere questo dilemma?» Bourne allargò le mani in un gesto di resa. «Lei vuole uscire di qui. Io voglio informazioni. Tutto qui. Non è così complicato.»

Cevik si lasciò sfuggire dalle labbra una risatina sarcastica. «Se fosse così semplice come vorrebbe farlo sembrare, amico mio, sarei morto da tempo.»

«Permetta che mi presenti. Mi chiamo Jason Bourne. Adesso sta parlando con me. Non sono né il suo carceriere né il suo avversario.» Bourne si interruppe un momento. «A meno che non sia quello che vuole.»

«Dubito che mi preoccuperebbe» ribatté Cevik. «Ho sentito parlare di te.»

Bourne fece un cenno con il capo. «Venga a fare due passi con me.»

«Questa è una pessima idea.» Soraya si piantò tra i due uomini e l'esterno della cella.

Bourne le rivolse un brusco segnale con la mano.

La donna lo ignorò. «È una gravissima infrazione alle regole sulla sicurezza.»

«Io ho appena contravvenuto alle mie regole comportamentali personali per avvertirla» replicò Bourne. «Si scansi.»

Soraya si portò il cellulare all'orecchio mentre Bourne e Cevik la superavano uscendo dalla cella. Stava chiamando Tim Hytner, non il Grande Vecchio.

Benché fosse notte, le luci fotoelettriche trasformavano il prato e i suoi vialetti in oasi argentate in mezzo alle ombre a più braccia degli alberi spogli. Bourne passeggiava al fianco di Cevik. La Moore li seguiva a cinque passi di distanza come una governante deferente, l'espressione di disapprovazione dipinta sul volto e una mano sulla fondina della pistola.

Bourne era stato attanagliato da una sorta di compulsione, scatenata da un ricordo insinuante: una tecnica da interrogatorio adatta a soggetti particolarmente resistenti alle tecniche standard della tortura e della privazione sensoriale. Tutt'a un tratto Bourne era abbastanza sicuro che se Cevik avesse gustato l'aria aperta, sperimentato lo spazio libero dopo essere stato rinchiuso in cella per giorni, si sarebbe reso conto di tutto quello che aveva da guadagnare rispondendo alle sue domande in modo sincero, e di tutto quello che aveva da perdere.

«A chi ha venduto la partita di TSG?» domandò Jason Bourne.

«Ho già detto alla signora che ci segue che non lo so. L'ho solo sentito al telefono.»

Bourne era scettico. «Di solito vende TSG in questo modo?»
«Per cinque milioni di dollari, sì.»
Verosimile, ma era la verità?
«Uomo o donna?» domandò Bourne.
«Uomo.»
«Accento?»
«Inglese, come ho già detto ai miei carcerieri.»
«Si sforzi. Può fare di meglio.»
«Come sarebbe? Non mi credi?»
«Le sto solo chiedendo di ripensarci. Di rifletterci meglio. Si prenda un momento di tempo, poi mi dica che cosa ricorda.»
«Niente, io...» Cevik si fermò sotto le ombre incrociate di un melo in fiore. «Aspetta un momento. Forse, dico solo forse, c'era una vaga traccia di qualcos'altro, qualcosa di più esotico, forse dell'Europa dell'Est.»
«Lei ha vissuto per parecchi anni in Ucraina, non è così?»
«Precisamente.» Cevik fece una smorfia. «Forse era slavo. C'era un qualcosa... forse dell'Ucraina meridionale. A Odessa, sulla costa settentrionale del mar Nero, dove ho vissuto per un certo periodo, il dialetto è in qualche modo diverso, capisci?»
Bourne capiva benissimo, ma non proferì parola. Mentalmente, stava facendo il conto alla rovescia del momento in cui Tim Hytner sarebbe arrivato con il messaggio cifrato «decodificato».
«Sta ancora mentendo» disse al prigioniero. «Stavolta con me. Deve aver visto in faccia il suo acquirente quando è venuto a ritirare i TSG.»
«Non è stato così. L'affare si è concluso tramite una cosiddetta "consegna passiva".»
«Tutto a partire da una telefonata? Mi faccia il piacere, Cevik!»
«È la verità. L'acquirente mi ha indicato ora e luogo esat-

ti. Ho lasciato nel posto indicato metà partita e sono tornato un'ora dopo per prelevare la metà dei cinque milioni di dollari pattuiti. Il giorno dopo abbiamo completato la transazione. Non ho visto nessuno; credimi se ti dico che non desideravo affatto conoscere con chi avevo a che fare.»

Di nuovo, plausibile. Un accordo economico davvero ben organizzato. Ammesso che fosse vero.

«Gli esseri umani nascono curiosi.»

«Può darsi» ammise Cevik, annuendo. «Ma non mi piace correre il rischio di morire. Quest'uomo... aveva fatto sorvegliare dai suoi sgherri la "consegna passiva". Mi avrebbero sparato a vista. Lo sai, Bourne. Conosci benissimo questo tipo di situazioni.»

Cevik scosse il pacchetto di sigarette, facendone spuntare un paio dall'angolo strappato; ne offrì una a Bourne, che rifiutò, poi ne prese una per sé. L'accese con un fiammifero che staccò da una scatolina ormai quasi vuota. Notando la direzione dello sguardo di Bourne, spiegò: «Nel mio buco non c'è nulla che si possa bruciare, perciò mi permettono di tenerli».

Bourne udì risuonare un'eco nella mente, come se una voce stesse cercando di comunicargli qualcosa da molto lontano. «Finora sì, ma adesso la musica è cambiata» disse, sequestrando al prigioniero i fiammiferi.

Senza accennare ad alcun gesto d'opposizione, Cevik aspirò il fumo nei polmoni, e lo esalò con un sibilo attutito. Il rumore delle auto oltrepassava il fossato d'erba.

Nel mio buco non c'è nulla che si possa bruciare. Le parole rimbalzavano nella mente di Bourne come se il suo cervello fosse un flipper.

«Di' un po', Bourne, sei mai stato in carcere?»

Nel mio buco non c'è nulla che si possa bruciare. La frase, una volta evocata, continuava a ripetersi automaticamente, bloccando ogni altro pensiero razionale.

Con un gemito, Bourne pungolò Cevik a proseguire e la passeggiata riprese. Bourne voleva portare il prigioniero alla luce. Con la coda dell'occhio, scorse Tim Hytner che si dirigeva verso di loro con passo affrettato.

«Sai che cosa si prova a essere privato della libertà?» Cevik si levò un ricciolo di tabacco da sotto il labbro superiore. «Vivere tutta la vita nella miseria. Essere poveri è come guardare materiale pornografico: una volta che cominci non c'è modo di venirne fuori. Dà assuefazione, capisci, questa vita senza speranza. Non sei d'accordo con me?»

Ora a Bourne faceva male la testa, ogni volta che una parola veniva ripetuta sentiva il peso di un maglio colpirgli il cranio. Fu con estrema difficoltà che si rese conto che Cevik stava cercando di riconquistare una certa misura di autocontrollo. Il non rispondere alle domande del prigioniero era una regola basilare degli interrogatori. Se lo si faceva, si perdeva il potere su di loro.

Bourne aggrottò le sopracciglia. Avrebbe voluto dire qualcosa, ma cosa? «Può starne certo. Lei è esattamente dove vogliamo che sia.»

«Io?» rispose Cevik esterrefatto. «Io non sono nessuno. Un semplice collaboratore, occasionale per giunta, nulla di più. È al mio acquirente che dovreste dare la caccia. Cosa volete da me?»

«Sappiamo che può guidarci da chi vogliamo.»

«No, non posso. Vi ho già detto...»

Hytner si stava avvicinando tra ombre color dell'inchiostro e bagliori vitrei. Perché si trovava lì? Nel martellamento cerebrale che stava subendo, Bourne riusciva a malapena a ricordare. Finalmente colse l'idea che lo tormentava; gli era scivolata di mano come un pesce viscido, poi era riapparsa. «Il messaggio in codice, Cevik. L'abbiamo decifrato.»

Proprio come aveva chiesto, Hytner li raggiunse e passò il foglio di carta a Bourne, che per poco non se lo fece sfuggire di mano lasciandolo cadere a terra, tanto era frastornato dal campanello d'allarme che gli stava squillando nella mente.

«È stato davvero un rompicapo, per la miseria» commentò Hytner un po' a corto di fiato. «Alla fine ce l'ho fatta a venirne a capo. Il quindicesimo algoritmo che ho utilizzato si è dimostrato la...»

L'ultima parte di quello che Hytner aveva intenzione di dire si trasformò in un urlo lacerante di shock e dolore quando Cevik ficcò la punta rovente della sigaretta nell'occhio sinistro dell'analista. Contemporaneamente, Cevik girò Hytner di spalle e lo strinse a sé bloccandolo con l'avambraccio sinistro intorno al collo.

«Avvicinatevi di un solo passo» disse Cevik a bassa voce, in tono minaccioso «e gli spezzo il collo.»

«Ti uccideremo, di questo puoi starne certo.» Soraya, con un'occhiata fugace in direzione di Bourne, stava avanzando adagio, la pistola puntata contro l'aggressore, il braccio armato teso in avanti, l'altra mano stretta a coppa sotto il calcio della pistola, la canna in cerca di un punto letale, di un varco, in attesa di un'occasione favorevole. «Non farti ammazzare, Cevik. Pensa a tua moglie e ai tuoi tre bambini.»

Bourne era rimasto fermo immobile, come se fosse stato colpito in pieno viso. Notandolo, Cevik mostrò i denti in un sorriso feroce.

«Pensa ai cinque milioni di dollari.»

Gli occhi dorati di Cevik dardeggiarono per un istante verso la Moore. Ma stava già indietreggiando per allontanarsi da lei e da Bourne, tenendosi stretto al torace il suo scudo umano ferito e sanguinante.

«Non hai scampo» disse Soraya nel tono più pacato possibile. «Non puoi sfuggirci. Non con tutti gli agenti che abbiamo qui intorno. Non con un ostaggio che ti rallenta.»

«Sto pensando ai cinque milioni.» Cevik continuò ad allontanarsi lentamente da loro, per togliersi dal bagliore dei fari. Si stava dirigendo verso la 23ª Strada, oltre la quale sorgeva l'Accademia nazionale delle scienze.

Là c'era più gente – turisti, perlopiù – che avrebbero ostacolato l'inseguimento dei poliziotti.

«Ho chiuso con il carcere. Non ci rimarrò un giorno di più.»

Nel mio buco non c'è nulla che si possa bruciare. Bourne avrebbe voluto mettersi a urlare. E poi un'improvvisa esplosione di ricordi sopiti cancellò perfino quelle parole. Stava correndo su un antico acciottolato, nelle narici un penetrante vento dall'odore minerale. Il peso sulle braccia d'un tratto pareva eccessivo da sopportare. Abbassò lo sguardo e vide Marie... No, era la maschera di sangue della sconosciuta! Sangue dappertutto, che sgorgava e colava dalla donna benché lui cercasse freneticamente di fermarne in qualche modo il flusso...

«Non essere sciocco» stava dicendo Soraya a Cevik. «Città del Capo? Non riuscirai a nasconderti a lungo. Laggiù o in qualsiasi altro posto, ti scoveremo!»

Cevik piegò il capo di lato, indicando con un cenno del mento il suo ostaggio. «Guarda quello che ho fatto a questo qui.»

«È ferito, non morto» ribatté la Moore a denti stretti. «Lascialo andare.»

«Non appena mi consegnerai la pistola.» Il sorriso di Cevik era sarcastico. «No? Non capisci? Ai vostri occhi sono già un uomo morto. Non è forse così, Bourne?»

Bourne parve riemergere con estrema lentezza dal suo incubo. Vide Cevik metter piede nella 23ª Strada, Hytner che slittava giù dal cordolo del marciapiede come un bambino recalcitrante.

Nell'attimo stesso in cui Bourne si tuffò verso i due, Cevik scagliò Hytner verso di loro.

A quel punto tutto accadde in un millesimo di secondo. Hytner barcollò penosamente. Uno stridore di freni emesso da un Hummer nero nelle vicinanze. Appena dietro un autoarticolato carico di motociclette nuove fiammanti sbandò per evitare una collisione. Con l'assordante clacson a tromba in funzione, per poco non si scontrò con una Lexus rossa, il cui conducente deviò terrorizzato verso altre due auto. In un primo momento sembrava che Hytner avesse inciampato sul cordolo del marciapiede, poi uno spruzzo di sangue gli schizzò dal torace. Il poveretto ruotò su se stesso all'impatto di un proiettile.

«Oddio!» mormorò Soraya.

L'Hummer nero, ondeggiando sulle sospensioni, aveva inchiodato. Il parabrezza era parzialmente sfondato da un foro; il minaccioso scintillio di un silenziatore lampeggiò per un attimo. La Moore esplose due colpi in rapida successione prima che il fuoco di risposta costringesse lei e Bourne a gettarsi a terra per mettersi al riparo. La portiera posteriore dell'Hummer si spalancò di colpo e Cevik si tuffò all'interno. Il fuoristrada ripartì in accelerata ancor prima che il fuggitivo avesse il tempo di chiudere la portiera dietro di sé.

Alzando in aria la canna della pistola, Soraya corse verso il collega, gli sollevò il capo e lo adagiò con delicatezza sul suo grembo.

Nella memoria di Bourne fecero eco colpi d'arma da fuoco, si sentì liberato da una prigione di velluto oscura e indefinita. Superò con un balzo Soraya e la figura accasciata di Hytner, lanciandosi di corsa sulla 23ª Strada, tenendo d'occhio l'Hummer e l'autoarticolato che trasportava le motociclette. Il camionista si era ripreso dallo spavento e, grattando con la frizione, stava cambiando rapidamente le marce per riprendere velocità. Bourne si lanciò in una corsa frenetica verso la parte posteriore del camion, si aggrappò alla catena che bloccava la rampa mobile sollevata e si issò a bordo dell'automezzo.

Bourne si arrampicò sulla piattaforma sopra la quale le motociclette erano incatenate in file ordinate e precise. La fiamma guizzante nell'oscurità, la luce tremolante del fiammifero: l'accensione della sigaretta da parte di Cevik aveva avuto un duplice scopo. Il primo, fornirgli un'arma. Il secondo, segnalare la sua presenza. L'Hummer nero lo stava aspettando, pronto a intervenire. La fuga di Cevik era stata meticolosamente pianificata.

Da chi? Come avevano saputo dove si sarebbe trovato, e quando?

Non era quello il momento di cercare delle risposte. Bourne vedeva l'Hummer proprio davanti al camion. Non stava né accelerando né zigzagando pericolosamente in mezzo al traffico. Il conducente era evidentemente rassicurato dal sapere che il colpo era andato a segno.

Bourne staccò la catena della motocicletta più vicina alla parte posteriore del rimorchio e balzò in sella. Dov'erano le chiavi? Chinandosi e proteggendolo con la mano dal vento, accese un fiammifero preso dalla scatolina che Cevik gli aveva lanciato. Anche così, la fiamma durò solo pochi secondi, ma bastarono per vedere che le chiavi della moto erano fissate con del nastro adesivo alla parte inferiore dello scintillante serbatoio nero.

Inserita la chiave nel motorino d'accensione, Bourne avviò il Twin Cam 88B dell'Harley-Davidson. Diede gas al motore e spostò il peso sulla parte posteriore della sella. La moto si impennò accelerando, saltando oltre il bordo basso del rimorchio.

Mentre Bourne era in caduta libera, le macchine dietro l'autoarticolato frenarono bruscamente, sbandando pericolosamente. Bourne atterrò sull'asfalto, si piegò in avanti quando l'Harley-Davidson rimbalzò due volte sulle sospensioni, guadagnando trazione non appena entrambe le ruote fecero attrito sulla strada. In un ammasso confuso di pneumatici stridenti e gomma staccata dai cinturati, eseguì un'inversione a U e partì in accelerazione all'inseguimento dell'Hummer nero.

Dopo un lungo momento carico di tensione, lo scorse che attraversava la vasta piazza intasata di traffico in cui la 23ª Strada incrociava Constitution Avenue, diretta a sud verso il Lincoln Memorial. Il profilo del SUV era inconfondibile. Bourne scalò le marce, aumentando gradualmente la velocità, passando con il giallo, superando l'incrocio e zigzagando attraverso una cacofonia di ulteriori stridii di gomme, frenate e rabbiosi colpi di clacson.

Seguì l'Hummer quando il veicolo imboccò la strada a destra, descrivendo un quarto di cerchio intorno al Lincoln Memorial illuminato dalle luci fotoelettriche, a una velocità abbastanza ridotta da permettergli di colmare la maggior parte della distanza che li separava. Quando il SUV nero proseguì intorno al monumento verso la rampa d'accesso all'Arlington Memorial Bridge, Bourne accelerò, dando un colpetto con la ruota anteriore della moto al paraurti posteriore dell'auto sulla parte destra. L'effetto dell'urto della motocicletta sembrava quello che avrebbe prodotto una mosca contro un elefante. Prima che Bourne avesse il tempo di restare un po' indietro, il conducente dell'Hummer frenò di colpo. La motocicletta ci sbatté contro bruscamente, spedendo Bourne verso il guard-rail e le acque nere del Potomac sottostante. Una Volkswagen gli andò incontro, suonando il clacson e per poco non portò a termine l'opera cominciata dall'Hummer. All'ultimo istante, Bourne riuscì a riprendere il controllo della Harley-Davidson, schivò la Volkswagen in sbandata laterale e, zigzagando pericolosamente tra gli altri automezzi, tornò all'inseguimento dell'Hummer accelerando.

Sopra di sé udì il battito di rotori in movimento. Alzando lo sguardo, scorse un insetto scuro dagli occhi luminosi: un elicottero della CIA. Soraya non aveva perso tempo ad attaccarsi al cellulare.

Come se la donna avesse udito il suo pensiero, il suo cellulare trillò. Rispondendo, sentì nell'orecchio la voce dalle tonalità profonde della Moore.

«Sono sopra di te. C'è una rotonda al centro di Columbia Island, proprio davanti a te. Farai meglio ad assicurarti che l'Hummer passi di là.»

Bourne superò un furgoncino, guidando con una mano. «Hytner ce l'ha fatta?»

«Tim è morto per colpa tua, brutto figlio di puttana!»

L'elicottero atterrò sulla rotonda dell'isola fluviale e il livello del frastuono infernale diminuì all'improvviso quando il pilota portò al minimo il motore. L'Hummer nero proseguì come se niente fosse. Bourne, facendosi largo tra le ultime vetture che lo separavano dal suo bersaglio, riuscì ad avvicinarsi per la seconda volta al veicolo in fuga.

Soraya e due altri agenti della CIA emersero dalla fusoliera dell'elicottero con in testa dei caschi antisommossa della polizia e in mano dei fucili a pompa. Fece un brusco scarto laterale e si affiancò all'Hummer. Con una gomitata poderosa, infranse il finestrino del conducente.

«Fermati!» urlò. «Sali sulla rotonda o vi spareranno addosso!»

Un secondo elicottero spuntò sopra il Potomac e scese in virata stretta e in picchiata verso la loro posizione. Rinforzi della CIA.

L'Hummer non diede segno di rallentare. Senza distogliere gli occhi dalla strada, Bourne allungò una mano dietro la schiena e aprì la borsa attaccata alla sella. Frugando all'interno, trovò una chiave a brugola. Avrebbe avuto un'unica occasione, ne era consapevole. Calcolati i vettori e la velocità, scagliò la chiave contro l'auto. L'attrezzo andò a infilarsi con un urto sonoro nella parte anteriore del parafango della ruota posteriore dal lato del conducente. La ruota, girando velocemente, passò oltre la chiave a brugola e la lanciò verso l'alto con violenza verso il montaggio della ruota posteriore.

L'Hummer prese subito a ondeggiare, il che non fece altro che incastrare ancor più a fondo la chiave nel montaggio della sospensione. Poi qualcosa si ruppe, forse un semiasse, e il SUV nero decelerò in un movimento rotatorio a malapena controllato. In gran parte seguendo la forza d'inerzia in sbandata, l'automezzo finì la corsa sopra il bordo del marciapiede e sulla rotonda, e finalmente si fermò, il motore che ticchettava forte come un orologio.

La Moore e gli altri agenti si sparpagliarono, avanzando verso l'Hummer con le pistole puntate contro il lato del passeggero. Quando fu abbastanza vicina, Soraya sparò alle ruote anteriori, bucandole. Uno degli altri agenti fece lo stesso con le ruote posteriori. L'Hummer non sarebbe più andato da nessuna parte fino a quando un carro attrezzi della CIA non lo avesse rimorchiato alla sede centrale a beneficio della Scientifica.

«Fine della corsa!» urlò Soraya. «Scendete tutti dalla macchina! Scendete subito!»

Mentre gli agenti chiudevano il cerchio intorno al SUV, Bourne si accorse che indossavano i giubbotti antiproiettile. Dopo che Hytner era morto, Soraya non voleva correre più altri rischi.

Erano a meno di dieci metri dall'Hummer quando Bourne sentì formicolare il cuoio capelluto. In quella scena c'era qualcosa che non tornava, ma non riusciva ancora a individuare cosa. Guardò meglio; tutto sembrava al suo posto: il bersaglio accerchiato, gli agenti in lento avvicinamento, il secondo elicottero d'appoggio che orbitava sopra di loro, il livello di rumore che aumentava sempre più...

Poi capì.

«Oh, mio Dio!» ebbe appena il tempo di pensare, e girò bruscamente al massimo la manopola del gas sul manubrio della moto. Urlò un avvertimento agli uomini intorno al SUV, ma oltre al frastuono dei due elicotteri e della sua motocicletta non c'era nessuna possibilità che riuscissero a sentirlo. Soraya era davanti a tutti e si stava avvicinando alla portiera del conducente, mentre i suoi colleghi, schierati a ventaglio, si attardavano alle sue spalle per garantirle un fuoco incrociato di copertura, in caso di necessità.

La situazione sembrava ottimale, perfetta, anzi. Però non lo era.

Bourne si sporse in avanti quando la motocicletta attraversò la vasta rotonda. Aveva un centinaio di metri da percorrere, un tragitto che lo avrebbe portato a sinistra della scintillante fiancata dell'Hummer. Levò la mano destra dal manubrio, gesticolando freneticamente all'indirizzo degli agenti, ma questi erano del tutto concentrati sul bersaglio.

Bourne diede ancora gas; il basso rombo gutturale del motore della Harley-Davidson finalmente superò il pesante vortice vibratorio dell'elicottero sospeso in volo statico. Uno degli agenti lo vide sopraggiungere, lo osservò gesticolare. Chiamò l'agente più vicino, che lanciò un'occhiata a Bourne mentre sfrecciava rombando oltre l'Hummer.

La situazione sembrava presa direttamente da un manuale della CIA, e gestita di conseguenza, ma non lo era, perché il motore del SUV stava ticchettando – in fase di raffreddamento – *mentre era ancora in movimento.* Impossibile!

Soraya era a meno di cinque metri dal bersaglio, il corpo teso, piegata a metà in avanti, rannicchiata su se stessa. Sbarrò gli occhi non appena si accorse della sua presenza. Poi Bourne le piombò addosso.

Jason raccolse da terra la donna con il braccio destro all'infuori, e la sostenne aiutandola a montare in sella dietro di sé mentre si allontanava accelerando. Uno degli altri agenti, ormai bocconi a terra, aveva avvertito il secondo elicottero, perché il velivolo si sollevò all'improvviso nella notte ornata di lustrini e, oscillando, si allontanò rapidamente dalla zona.

Il ticchettio che Bourne aveva udito in corsa non proveniva affatto dal motore. Era emesso da un congegno a orologeria.

L'esplosione squarciò l'Hummer, trasformando i suoi componenti in una miriade di schegge fumanti, sibilanti dietro i due in motocicletta. Bourne, con la moto a massima velocità, sentì le braccia di Soraya attorno al suo torace stringergli le costole. Si curvò in avanti abbassandosi il più possibile sul manubrio, sentendo i seni della donna appoggiarsi morbidamente sulla schiena mentre lei fondeva il suo corpo con quello di lui. L'aria ululante s'era surriscaldata come quella di un altoforno; il cielo, arancione brillante, si ammantò di oleoso fumo nero. Una grandine di frammenti e pezzi di metallo ronzava e sibilava fischiando tutt'intorno, arando il terreno, sfregiando l'asfalto, sfrigolando nel fiume, accartocciandosi.

Jason Bourne, con Soraya Moore appiccicata a lui come una ventosa, accelerò nel bagliore luminoso della Washington monumentale.

Capitolo 4

Jakob Silver e suo fratello spuntarono fuori dopo cena, quando perfino le città come Washington apparivano deserte o, almeno, solitarie. Quando i due fratelli entrarono nel lusso silenzioso dell'Hotel Constitution all'angolo nordest tra la 20ª Strada e la F, Thomas, l'addetto di turno alla reception a quell'ora, si affrettò ad andare loro incontro tra le colonne di marmo scanalato, camminando sulla distesa sontuosa di moquette.

Aveva un buon motivo per muoversi. A Thomas, come ai suoi colleghi, era stata elargita una banconota da cento dollari nuova di zecca da Lev Silver, fratello di Jakob Silver, quando si era registrato in albergo. I due commercianti di diamanti, ebrei di Amsterdam, erano dei ricconi, o almeno questo era quanto supponeva l'impiegato dell'hotel. I Silver dovevano essere trattati con il massimo rispetto e la somma cura, come si addiceva al loro rango.

Thomas, un piccolo ometto, scialbo e dalla mano sudaticcia, notò che la faccia di Jakob Silver era rossa d'emozione come per l'entusiasmo di una vittoria. Era compito di Thomas prevedere i bisogni dei clienti VIP.

«Signor Silver, mi chiamo Thomas. È un piacere conoscerla, signore» disse. «C'è niente che possa fare per lei?»

«Certo che puoi, Thomas» ribatté Jakob Silver. «Una bottiglia del migliore champagne.»

«E dica al pachistano» soggiunse Lev Silver, «come si chiama...?»

«Omar, signor Silver.»

«Ah, sì, Omar. Dica a Omar di portarci lo champagne.»

«Benissimo.» Thomas si profuse in salamelecchi, trattenendosi solo dal prostrarsi a terra. «Subito, signor Silver.»

L'addetto alla reception corse via mentre i fratelli Silver entravano nell'ascensore, una lussuosa e spaziosa cabina che silenziosamente li portò in un baleno al quarto piano, cioè al livello dirigenziale.

«Com'è andata?» chiese Lev Silver.

«Ha funzionato alla perfezione» rispose Jakob Silver.

Superata la soglia della suite, Jakob si tolse cappotto e giacca, andò dritto in bagno e accese tutte le luci. Alle sue spalle, in salotto, sentì accendersi il televisore. Si levò la camicia madida di sudore.

Nel bagno di marmo rosa, tutto era pronto.

Jakob Silver, nudo fino alla cintola, si curvò sul lavandino di marmo e si staccò le lenti a contatto color oro. Alto, il fisico robusto da ex giocatore di rugby, pancia piatta con gli addominali in rilievo, spalle larghe e muscolose, arti possenti. Richiuso il contenitore di plastica biposto nel quale aveva sistemato con cura le lenti a contatto d'oro, guardò nel grande specchio del bagno. Dietro la sua immagine riflessa scorgeva buona parte della suite color panna e argento. Udiva il mormorio basso e monotono della CNN. Poi il canale cambiò sulle Fox News e quindi sulla MSNBC.

«Niente.» La vibrante voce tenorile di Muta ibn Aziz emerse dall'altra stanza. Quest'ultimo aveva scelto personalmente il suo nome di copertura: Lev. «Niente su nessun canale di notizie ventiquattr'ore su ventiquattro.»

«E non se ne parlerà affatto» disse Jakob Silver. «La CIA è di un'efficienza estrema nell'arte del manipolare i mass media.»

Muta ibn Aziz apparve allo specchio, una mano appoggiata allo stipite della porta del bagno, l'altra dietro la schiena. Capelli corvini, occhi neri, un classico volto semitico, una determinazione inestinguibile, era il fratello minore di Abbud ibn Aziz.

Muta si trascinò dietro una sedia, che posizionò di fronte alla toilette. Dopo essersi osservato allo specchio, disse: «Senza barba sembriamo nudi».

«Questa è l'America.» Jakob fece un breve cenno col capo. «Torna di là.»

Di nuovo solo, Jakob Silver si concesse di tornare a pensare come Fadi. Aveva abbandonato l'identità di Hiram Cevik nell'attimo stesso in cui insieme a Muta era sceso dall'Hummer nero. Muta, com'era stato addestrato in precedenza, aveva lasciato la pistola Beretta semiautomatica con il suo minaccioso silenziatore M9 sul sedile anteriore quando erano rotolati sul marciapiede. Muta ibn Aziz aveva avuto un'ottima mira, ma in fondo Fadi non aveva mai dubitato della precisione di tiro del suo compagno.

Se l'erano filata senza essere notati mentre l'Hummer ripartiva a tutta velocità, scomparendo dietro l'angolo di un incrocio, e avevano raggiunto rapidamente a piedi l'angolo tra la 20ª Strada e la F, dileguandosi come spettri nell'atrio dell'albergo dalla facciata brillante di luci.

Nel frattempo, a un chilometro e mezzo di distanza, Ahmad, con il suo carico di panetti di esplosivo C4 ammassati nel vano anteriore della cabina del SUV, si era già martirizzato e si trovava già in paradiso. Un eroe per la sua famiglia, per i suoi cari, per il suo popolo.

«L'obiettivo è portare con te più nemici possibile» gli aveva detto Fadi quando Ahmad si era offerto di condannarsi al martirio. Per la verità, c'erano stati molti volontari, con ben poca differenza tra l'uno e l'altro. Erano tutti assolutamente affidabili. Fadi aveva scelto Ahmad perché era suo cugino. In effetti era uno fra i tanti, ma Fadi era in debito di un favore con suo zio, e con quella decisione si era sdebitato.

Fadi si frugò in bocca con le dita e rimosse i rivestimenti di porcellana che si era applicato sui denti per aumentare la larghezza della mandibola di Hiram Cevik. Dopo averli accuratamente lavati con acqua e sapone, li ripose nella valigetta che in genere i commercianti di preziosi usavano per il trasporto di gemme e gioielli. Muta l'aveva sistemata con cura sul bordo largo due spanne della vasca da bagno, in modo che il suo contenuto fosse a portata di mano: un labirinto di piccole vaschette mobili e scompartimenti, pieni di ogni tipo di cosmetico e trucco teatrale, pinzette d'ogni misura, solventi, gengive alla resina sintetica, parrucche, lenti a contatto colorate e protesi in lattice per nasi, mascelle, guance, denti e orecchie.

Spremendo da un flacone un po' di struccatore su un grosso batuffolo di cotone, Fadi pulì metodicamente il cerone che aveva in faccia, sul collo e sulle mani. Il suo colorito naturale, caratterizzato da una pelle scurita dal sole, riapparve a striature, ringiovanendolo, strato dopo strato, di almeno dieci anni finché riecco il Fadi che conosceva, quello di sempre. Dopo poco tempo era previsto che lui e Muta ibn Aziz se ne sarebbero andati, salendo tra le nuvole verso la destinazione successiva.

Si asciugò volto e mani e tornò nel salotto della suite dove Muta lo attendeva in piedi, assorto nell'osservazione di un episodio della serie *I Soprano*, sul canale HBO.

«Questa creatura, Carmela, la moglie del boss, mi disgusta» disse.

«E non a torto. Guarda le braccia nude di quella svergognata!»

Carmela stava in piedi sulla soglia spalancata della sua casa oscenamente immensa, a osservare il marito oscenamente enorme che saliva sulla sua Cadillac Escalade, oscenamente gigantesca.

«E la figlia di questi due ha avuto rapporti prematrimoniali. Perché Tony non la uccide, come impone la legge coranica? Ucciderla sarebbe l'unico modo di salvaguardare il suo onore e quello della famiglia.» In un impulso di ribrezzo, Muta ibn Aziz si avvicinò al televisore e lo spense.

«Noi ci sforziamo di inculcare nelle nostre donne la saggezza di Maometto, il Corano e la vera fede perché siano loro da guida» commentò Fadi. «Questa donna americana è un'infedele. Non ha niente e non è niente.»

A quel punto ci fu un discreto bussare di nocche alla porta.

«È Omar» disse Muta. «Permettimi di andare ad accoglierlo.»

Fadi diede il suo silenzioso assenso, prima di ritirarsi in bagno.

Muta calpestò il sontuoso tappeto e aprì la porta per fare entrare Omar. Questi era un uomo dall'altezza fuori dell'ordinario, le spalle larghe, non più di quarant'anni d'età, testa rasata, un sorriso fugace e l'inclinazione a raccontare barzellette incomprensibili. Aveva un vassoio d'argento su cui portava una bottiglia in un enorme secchiello del ghiaccio, due flûte e un piatto di frutta fresca tagliata a fettine. Omar riempiva con la sua mole l'intera soglia d'ingresso, pensò Muta, tanto quanto Fadi, dato che i due avevano circa la stessa corporatura.

«Lo champagne che avete ordinato» annunciò Omar. Attraversata la stanza, depose il vassoio sul piano di vetro del tavolino da cocktail. Il ghiaccio tritato produsse un rumore fastidioso quando il cameriere estrasse la bottiglia dal secchiello d'argento.

«La stappo io» esordì Muta, afferrando la pesante bottiglia di champagne dalle mani del cameriere.

Quando Omar profferse la cartelletta rilegata in cuoio con la nota d'addebito da firmare, Muta disse ad alta voce: «Jakob, lo champagne è arrivato. Devi firmare».

«Di' a Omar di venire in bagno.»

Omar guardò prima il suo interlocutore con espressione interrogativa.

«Vai pure.» Muta ibn Aziz elargì un sorriso accattivante. «Non morde, te l'assicuro.»

Con la piccola cartelletta di cuoio tesa in avanti come un'offerta, Omar seguì con passo pesante l'eco della voce di Fadi.

Muta lasciò di nuovo cadere la bottiglia nel suo letto di ghiaccio tritato. Non aveva la più pallida idea di che sapore avesse lo champagne e non gli interessava scoprirlo. Quando udì il tonfo improvviso proveniente dal bagno, usò il telecomando per riaccendere il televisore e alzare il volume. Cambiando i canali perché l'episodio dei *Soprano* era terminato, si fermò quando riconobbe il volto di Jack Nicholson. La voce dell'attore riempì la stanza.

«Sono il lupo cattivo!» si vantò Nicholson attraverso lo squarcio che aveva prodotto nella porta del bagno con un'ascia.

Omar, con le mani legate dietro la schiena, era tenuto prigioniero sulla sedia sistemata dentro la vasca da bagno. I suoi grandi e liquidi occhi marroni fissavano Fadi, in piedi accanto a lui. Sulla mascella aveva un brutto livido che stava cominciando a gonfiarsi.

«Tu non sei ebreo» disse Omar in urdu. «Sei musulmano.»

Fadi fece come se non avesse nemmeno aperto bocca e proseguì nelle sue faccende, le quali, al momento, erano inerenti il suo omicidio.

«Sei musulmano, proprio come me» ripeté Omar. Con sua grande sorpresa, non era spaventato. Sembrava sprofondato in una specie di stato onirico, come se dalla nascita fosse stato destinato a quell'incontro. «Come puoi farmi questo?»

«Tra poco diventerai un martire per il bene della causa» disse Fadi in urdu, lingua che suo padre si era assicurato di fargli imparare da bambino. «Di cosa ti lamenti?»

«La causa, come la chiami tu» ribatté Omar con calma olimpica, «è la "vostra" causa. Non la mia. L'Islam è una religione di pace, eppure eccovi qui a scatenare una guerra sanguinosa e terribile che devasta famiglie e intere generazioni.»

«Gli imperialisti americani non ci danno altra scelta. Succhiano alla mammella del nostro petrolio, ma questo non gli basta. Vogliono divenire padroni della mammella. Perciò si inventano un'infinità di menzogne e le usano per invadere la nostra terra. Il presidente americano dichiara – naturalmente falso come Giuda – che il suo Dio gli ha parlato. Gli americani hanno ravvivato l'epoca delle crociate. Sono i principali infedeli del mondo: ovunque vadano, l'Europa li segue, volente o nolente. L'America è come un colossale rullo compressore che percorre il mondo intero, i suoi cittadini sbriciolano fino a ridurre in merda – una merda globale uguale dappertutto – qualsiasi cosa trovino sulla propria strada. Se non li fermiamo, sarà la nostra fine. Ci schiacceranno. Non vogliono altro che questo. Siamo con le spalle al muro. Ci hanno trascinato in questa guerra di sopravvivenza nostro malgrado. Gli americani ci hanno sistematicamente privati di forza, potere e dignità. Ora vogliono occupare militarmente tutto il Medio Oriente.»

«Parli spinto da un odio terribile.»

«Un dono degli americani. Ripulisciti di tutta la corruzione occidentale.»

«Io sono convinto, invece, che finché vi concentrerete unicamente sull'odio, sarete destinati a un'infausta sconfitta. Il vostro odio vi ha reso ciechi a qualsiasi altra alternativa, a parte l'unica che avete escogitato.»

Un tremore di collera a malapena repressa si diffuse in Fadi. «Io non ho escogitato nulla! Sto solo difendendo la nostra identità. Perché non riesci a capire che il nostro stesso modo di vivere è appeso a un filo?»

Fadi tirò indietro di scatto la testa, e la sua voce assunse un tono corrosivo. «Ah, sì, mi hai aperto gli occhi, Omar. Rinuncerò al mio popolo, al mio retaggio. Diventerò come te, un servo sempre pronto ad assecondare i decadenti capricci degli americani, un cagnolino che si sfama con le briciole che cadono dal loro tavolo.»

«Tu vedi solo quello che vuoi vedere.» L'espressione di Omar era di profonda tristezza. «Basta solo considerare il modello israeliano per sapere quello che si può raggiungere attraverso il duro lavoro e...»

«Gli israeliani hanno come sostegno il denaro e la potenza militare degli Stati Uniti» sibilò Fadi. «Dispongono anche della bomba atomica.»

«Naturalmente, questa è la tua opinione. Ma gli israeliani abbondano di premi Nobel in Fisica, Economia, Chimica, Letteratura; sono vincitori di premi in tecnologia dei computer, in termodinamica dei buchi neri, in teoria delle "stringhe". Gli israeliani sono i fondatori della Packard Bell, di Oracle, della SanDisk Corporation, della Akamai Technologies, della Mercury Interactive, di Check Point Software Technologies, della Amdocs, della ICQ.»

«Il tuo è un discorso incomprensibile.»

«Per te, certo. Perché l'unica reazione a tutto questo, per te, è la distruzione. Questa gente ha creato una vita per sé, per i propri figli, per i figli dei figli. Questo è il modello che vi occorre seguire. Guardati dentro, aiuta il tuo popolo, educalo, permettigli di trarre qualcosa di buono da sé.»

«Sei pazzo!» ribatté Fadi, infuriato. «Mai. Non c'è altro da fare. È la fine.» La sua mano tagliò l'aria di scatto. Stringeva nel pugno una lama brillante che recise la gola di Omar da un orecchio all'altro.

Dopo un'ultima occhiata alla faccia ghignante e maniacale di Nicholson, Muta ibn Aziz seguì Omar nel grottesco bagno di marmo rosa, che gli ricordava il colore della carne dopo che la pelle era stata scuoiata. Omar era seduto sulla sedia che era stata piazzata dentro la vasca da bagno. Anche Fadi era là, chino sul morto, intento a osservare e studiare in dettaglio le fattezze di Omar come per memorizzarle. La valigetta «cosmetica» di Fadi era stata rovesciata sul pavimento quando Omar si era messo a scalciare e l'aveva urtata nell'agonia della morte. Vasetti di vetro, flaconcini, bottigliette in frantumi, protesi e materiale da trucco erano sparsi sul pavimento. Non che avesse importanza.

«Ha un'aria davvero triste, accasciato così sulla sedia» rifletté Muta a voce alta.

«È al di là della tristezza» commentò Fadi. «È al di là di ogni dolore e piacere.»

Muta fissò gli occhi vitrei di Omar, osservandone le pupille fisse e dilatate nell'istante supremo della morte. «Gli hai spezzato il collo con un colpo netto e preciso.»

Fadi sedette sul bordo della vasca da bagno. Dopo un attimo di esitazione, Muta raccolse dal pavimento piastrellato un tagliacapelli elettrico. Fadi aveva attaccato uno specchio al muro retrostante la testiera della vasca usando delle ventose di gomma. Guardò fisso nello specchio, esaminando ogni movimento, mentre Muta cominciava a tagliargli i capelli.

Quando l'operazione fu portata a compimento, Fadi si alzò, si rimirò nello specchio sopra il lavandino, dopo di che tornò a osservare il corpo esanime di Omar. Si girò di lato, e Muta voltò la testa di Omar da una parte in modo da rendere visibile lo stesso lato del capo. Poi lo spostò dall'altro lato.

«Ancora un pochino qui...» Fadi indicò un punto sulla sommità del suo cuoio capelluto «... dove Omar è già calvo.»

Quando fu soddisfatto, Fadi cominciò a truccarsi, adottando il naso, i denti superiori leggermente sporgenti, i lobi allungati delle orecchie di Omar.

Insieme, spogliarono la loro vittima, recuperandone l'uniforme, i calzettoni e le calzature. Fadi non tralasciò nemmeno la biancheria, e si rivestì con quella. Lo scopo era di apparire assolutamente identico a Omar.

«*La illaha ila'llah.*» Muta sogghignò. «Sembri in tutto e per tutto il cameriere pachistano.»

Fadi annuì. «Allora è arrivato il momento.»

Tornato in salotto, Fadi raccolse il vassoio portato nella suite da Omar. Uscito nel corridoio del piano, prese l'ascensore di servizio e scese nell'interrato. Giunto là sotto, tolse di tasca un apparecchio video portatile e cercò nei file interni le planimetrie dell'albergo. Per individuare il locale contenente i quadri di comando elettronici dell'impianto di riscaldamento e raffreddamento ad aria condizionata, dell'impianto elettrico e dell'impianto antincendio gli ci vollero meno di tre minuti. Una volta raggiunto il locale, smontò il coperchio del quadro elettrico dell'impianto antincendio e sostituì i fili relativi al quarto piano. Il colore codificato dei cavi sarebbe sembrato corretto a chiunque avesse verificato, ma adesso i fili elettrici erano collegati in modo da causare un corto circuito, mettendo fuori uso le bocchette antincendio sui soffitti del piano prescelto.

Fadi tornò al quarto piano ripercorrendo a ritroso il tragitto seguito per scendere. Imbattendosi in una cameriera che entrava nell'ascensore di servizio al primo piano, mise alla prova la sua imitazione della voce di Omar. La ragazza scese al terzo piano senza sospettare nulla.

Tornato nella suite dei sedicenti fratelli Silver, andò in bagno. Dall'ultimo cassetto in basso della valigetta, estrasse una piccola bomboletta spray e due contenitori di metallo di disolfuro di carbonio. Vuotò un contenitore nel grembo di Omar e il tipico odore di uova marce si diffuse nell'aria. Tornato in soggiorno, vuotò il secondo contenitore sotto il davanzale della finestra, dove cadeva l'orlo delle pesanti tende scure. Poi spruzzò sulla stoffa una sostanza chimica che l'avrebbe resa da ignifuga a infiammabile.

Di nuovo in salotto, domandò: «Hai tutto quel che ti serve?».

«Non ho dimenticato niente, Fadi.»

Fadi tornò un'ultima volta in bagno e accese il liquido accelerante nel grembo di Omar. Praticamente nessuna traccia del cameriere pachistano – nessun resto di ossa né di carne riconoscibile – sarebbe sopravvissuta all'intenso calore dell'inferno che le sostanze acceleranti avrebbero generato. Mentre Muta stava a guardare, Fadi appiccò il fuoco alla base delle tende in soggiorno, dopo di che i due uscirono dalla suite. Si separarono quasi immediatamente: Muta ibn Aziz si diresse verso le scale, Fadi di nuovo verso l'ascensore riservato al personale dell'albergo. Due minuti dopo uscì dall'ingresso di servizio laterale: Omar si prendeva una pausa per fumarsi una sigaretta. Quarantatré secondi più tardi fu raggiunto da Muta.

Avevano appena svoltato l'angolo tra la 20ª Strada e la H, protetti alla vista dalla mole di uno degli edifici facenti parte della George Washington University, quando, con un tuonante ruggito, l'incendio divampò dalla finestra del quarto piano, mentre incendiava completamente le tre stanze della suite dei fratelli Silver.

I due terroristi risalirono la via in un baccano di urla, strepiti, ululanti sirene sempre più vicine. Un rosso e guizzante calore si sollevò nella notte, una luce straziante di disastro e morte.

Fadi e Muta ibn Aziz la conoscevano bene.

A un mondo di distanza dal lusso sfrenato e dal terrorismo internazionale, nel Nordest della capitale erano altri i disastri: la miseria, il malcontento generale, la privazione dei diritti civili e dei privilegi: ingredienti nocivi fin troppo familiari a Fadi e a Muta ibn Aziz.

Le gang imperversavano indisturbate; droga e gioco d'azzardo erano il commercio che dava di che mangiare ai boss. Feroci guerre territoriali, sparatorie e omicidi, scontri tra bande rivali e incendi dolosi erano la quotidianità. Nessun agente di pattuglia si sarebbe avventurato nelle vie della zona a piedi e senza rinforzi armati. Sulle stesse volanti della polizia, anziché due agenti, se ne aggiungevano altri due, nelle notti di particolare tensione.

Bourne e Soraya sfrecciavano in quelle vie di periferia, quando Bourne notò per la seconda volta negli specchietti della motocicletta una Camaro nera.

«Qualcuno ci sta seguendo» disse Jason al di sopra della spalla.

Soraya non si disturbò a voltarsi. «È gente della Typhon.»

«Come lo sa?»

Nonostante il vento che sibilava, Bourne udì lo scatto metallico di un coltello a serramanico che si apriva. Poi sentì il filo della lama contro la gola.

«Fermati» gli mormorò Soraya all'orecchio.

«È pazza. Metta via il coltello.»

La donna premette la lama. «Fa' come ti dico.»

«Non lo faccia, Soraya.»

«Sei tu quello che ha bisogno di riflettere sulle proprie azioni.»

«Non capisco di cosa...»

La Moore gli assestò un colpo alla schiena con la mano libera. «Maledizione! Fermati immediatamente!»

Bourne rallentò. La Camaro nera gli si affiancò sulla sinistra per chiuderlo contro il bordo del marciapiede. Mentre la donna assisteva con non celata soddisfazione alla manovra, Bourne le piantò il pollice nel nervo all'interno del polso. La mano si aprì involontariamente e Bourne afferrò per il manico il coltello a serramanico prima che cadesse, richiuse la lama estraibile e se lo mise in tasca.

La Camaro, seguendo alla lettera le procedure del caso, si era messa di traverso di fronte alla moto, stringendola contro il bordo del marciapiede. La porta del passeggero si spalancò, mentre l'auto stava ancora sobbalzando sulle sospensioni, e saltò giù un agente armato. Bourne girò il manubrio della moto, e svoltò, a tutto gas, a destra, per infilarsi in un vicoletto tra due case.

Sentì le portiere sbattere alle sue spalle e la Camaro sgommare, ma ormai tutto era inutile. Il vicolo era troppo stretto perché l'automobile riuscisse a seguire la motocicletta. Avrebbero potuto tentare di bloccarlo all'uscita dall'altra parte, ma Bourne aveva già previsto anche quella possibilità. Conosceva come le sue tasche quel quartiere di Washington, era certo che i suoi inseguitori invece non avessero la più pallida idea di come destreggiarsi lì dentro.

Con Soraya la lotta non era ancora finita. Poteva anche averla disarmata del coltello, ma la donna avrebbe potuto comunque colpirlo, infatti gli piantò le nocche nei reni, gli diede forti gomitate alle costole, tentò perfino di cavargli un occhio con le dita, allo scopo evidente di vendicarsi del povero Tim Hytner.

Bourne sopportò il dolore con stoicismo, respingendola e parandone i colpi meglio che poté mentre la motocicletta sfrecciava a razzo nel vicoletto, tra mura scrostate e sporche su ambo i lati. Bidoni della spazzatura e ubriachi in preda ai fumi dell'alcol o addormentati erano gli unici ostacoli.

All'improvviso tre adolescenti spuntarono allo sbocco del vicolo. Due erano armati di mazze da baseball, che brandivano minacciosamente a due mani, di taglio. Il terzo, due passi dietro i compagni, gli puntò contro una Saturday Night Special.

«Si tenga forte!» gridò a Soraya. Sentendo le braccia della donna stringergli la vita, Bourne si piegò all'indietro, spostando di colpo il loro baricentro, e nello stesso tempo dando gas alla Harley-Davidson. La parte anteriore della motocicletta si sollevò da terra impennandosi. Bourne udì esplodere un colpo, ma la parte sottostante della moto li protesse. Poi si ritrovarono in mezzo al terzetto. Bourne strappò una mazza da baseball dalle mani del teppistello a sinistra, e la calò dall'alto sul polso del terzo, facendogli volar via di mano la pistola.

Sbucarono a tutta velocità fuori dall'imbocco del vicolo. Bourne si piegò in avanti, riportando la motocicletta su due ruote appena in tempo per prendere la curva stretta a destra, in una strada disseminata di immondizia e cani randagi, che guairono al fragoroso passaggio della moto.

Bourne disse: «Adesso possiamo alzarci...».

Non terminò la frase. Soraya gli aveva messo un braccio attorno al collo stringendogli la trachea in una mossa che avrebbe potuto rivelarsi letale.

Capitolo 5

«Maledetto!» continuava a urlare Soraya come un'indemoniata.

Bourne la sentiva a malapena. Era troppo impegnato a salvarsi la pelle. La motocicletta stava sfrecciando a cento chilometri all'ora, senza contare che si trovavano contromano. Bourne riuscì a sterzare evitando per un soffio una vecchia Ford, il cui conducente si era attaccato disperatamente al clacson, imprecando una sequela di oscenità, ma subito dopo sfiorò la fiancata di una Lincoln che procedeva parallela al marciapiede opposto. La motocicletta urtò l'auto, sobbalzando contro il paraurti dentellato della Continental. Soraya teneva ancora il collo di Bourne nella morsa del suo braccio impedendogli quasi di respirare, mentre la vista a tratti gli si oscurava.

Riuscì comunque ad accorgersi che il conducente della Lincoln si era ripreso e, effettuata una brusca inversione a U, si era lanciato all'inseguimento della Harley che gli aveva danneggiato la macchina, schiacciando a tavoletta l'acceleratore. Un camion procedeva spedito verso la moto, occupando la maggior parte delle due carreggiate.

Ricorrendo a una sorprendente riserva di velocità, la Continental affiancò Bourne, il finestrino oscurato si abbassò e un uomo di colore dalla faccia a forma di luna gli mostrò un grugno inferocito, coprendolo di insulti. Poi spuntò il muso vorace di un fucile a canne mozze.

«Ti faccio vedere io, brutto figlio di puttana!»

Prima che Faccia di Luna avesse il tempo di premere il grilletto, la Moore sferrò un calcio verso l'alto con la gamba sinistra. La punta del suo stivaletto urtò il fucile, che si alzò ondeggiando all'impazzata. Seguì un colpo che disseminò pallottole sulle grondaie dei tetti che costeggiavano la via. Sfruttando il proprio vantaggio, Bourne accelerò in direzione del grosso camion. L'autista si accorse di quella manovra suicida e, preso dal panico, sterzò bruscamente e puntò il piede con tutto il peso sul pedale del freno. Il camion, quasi ululando, sbandò di lato mettendosi di traverso sulle due carreggiate.

Soraya, vedendo la morte andar loro incontro a velocità spaventosa, cominciò a urlare in arabo. Liberò il collo di Bourne per aggrapparsi con tutta la forza al suo torace.

Bourne tossì, risucchiò nei polmoni roventi un po' di aria fresca e si piegò al massimo a destra, portando di colpo il motore al minimo un istante prima di avere la certezza che sarebbero andati a sbattere contro il camion.

Soraya gridò dal terrore, ma il suono le si bloccò in gola. La motocicletta si rovesciò di lato in un caos di scintille e schizzi di sangue che provenivano dalla gamba destra di Bourne, escoriata al contatto con l'asfalto.

Arrivati dall'altra parte, dopo la scivolata sotto il camion, Bourne accelerò di nuovo, sfruttando la forza d'inerzia e il peso combinato dei loro due corpi per tornare in equilibrio sulla moto.

Soraya, con i nervi ancora troppo scossi per riprendere a lottare, disse: «Fermati, per favore, fermati subito».

Bourne non le diede retta. Sapeva dov'era diretto.

Il direttore della CIA era in riunione con Matthew Lerner, che lo stava informando sui particolari dell'evasione di Hiram Cevik e dei concitati minuti che ne erano seguiti.

«A parte Hytner» disse Lerner, «nessun'altra perdita. Due agenti hanno riportato tagli e abrasioni, uno dei quali anche una commozione cerebrale a causa dell'esplosione. Un terzo agente disperso. Danni di lieve entità all'uccello a terra» – intendendo con quest'espressione l'elicottero – «nessuno a quello in volo.»

«Doveva essere un semplice interrogatorio» commentò il Grande Vecchio. «Si è comportato come un dilettante.»

«Cosa diavolo pensava di ottenere, Bourne, portando Cevik a fare due passi all'aperto?»

Lo sguardo del direttore si alzò sul ritratto del presidente appeso a una parete della Sala riunioni. Su quella opposta capeggiava un ritratto del suo predecessore. Ti fanno il ritratto solo dopo che ti hanno appeso fuori a essiccare, pensò con amarezza. Tanti anni si erano accumulati sulle sue spalle e certi giorni – esattamente come quello che stava vivendo in quel momento – si sentiva seppellire da ogni granello di sabbia che scorreva nella clessidra del tempo. Un po' come Atlante con le spalle curve sotto il peso del mondo.

Il direttore sfogliò alcune carte, e alzò un foglio in controluce. «Mi ha chiamato il capo della Polizia metropolitana di Washington; stessa cosa dicasi per il direttore della F fottuta BI.» I suoi occhi penetranti perforarono quelli di Lerner. «Sai cosa volevano, Matthew? Volevano sapere se potevano rendersi utili. Ci crederesti? Be', io sì.»

Il Grande Vecchio fece una pausa, che durò poco. «Il presidente in persona ha telefonato per chiedere che cosa diavolo stesse accadendo, se si stesse parlando di un attacco terrorista e se, per lui, fosse il caso di partire per Oz.» Oz era uno dei tanti modi con cui si riferiva alla località segreta dalla quale il presidente degli Stati Uniti e il suo staff potevano dirigere la nazione nell'eventualità di grave emergenza. «Gli ho detto che tutto era sotto controllo. Adesso ti rivolgo la stessa domanda, e sarà meglio che tu mi dia la risposta che voglio.»

«Gira e rigira, alla fine si torna sempre a Bourne» sentenziò Lerner, leggendo dalle note frettolosamente redatte che il capo della sua squadra gli aveva infilato in mano un attimo prima che entrasse in Sala riunioni. «In fin dei conti la storia recente della CIA è crivellata di smacchi e disastri che, in un modo o nell'altro, sono conseguenza delle azioni di Jason Bourne.

«Mi rincresce dire che l'avevo avvertita e che tutto questo si sarebbe potuto evitare se avesse tenuto Lindros qui alla sede centrale. So che una volta era un ottimo agente operativo, ma parliamo di tanti anni fa. Il sesto senso viene rapidamente intorpidito dalle faccende amministrative. Lindros ha il suo orticello da coltivare. Chi prenderà il suo posto se ci ha lasciato la pelle? L'evasione di Cevik è stata il diretto risultato della Typhon rimasta decapitata del suo leader.»

«Hai ragione su tutti i fronti, maledizione! Non avrei mai dovuto permettere che Martin mi convincesse a organizzare questa squadra speciale. Poi al Ras Dascian è successo un disastro dopo l'altro. Be', se non altro stavolta Bourne non si darà alla macchia.»

Lerner scosse la testa. «Sono costretto a chiedermi se questo basterà.»

«Cosa intendi dire?»

«C'è una non troppo vaga probabilità che Bourne abbia avuto parte in qualche modo alla fuga di Cevik.»

Le folte sopracciglia del Grande Vecchio si aggottarono. «Ne hai le prove?»

«Ci sto lavorando» disse Lerner. «Ma è evidente. L'evasione è stata pianificata. Quel che serviva ai complici di Cevik era farlo uscire di cella, Bourne ha fatto del suo meglio per renderlo possibile. È tutt'altro che inefficiente, questo lo sappiamo.»

Il Grande Vecchio batté la mano aperta sul tavolo. «Se dietro tutto questo c'è Jason Bourne, giuro che lo scorticherò vivo.»

«Mi occuperò io di lui.»

«Agiamo con calma, Matthew. Per il momento ne abbiamo bisogno. Dobbiamo riportare a casa Martin Lindros e al momento Bourne rappresenta la nostra unica speranza. Dopo le dovute considerazioni, il Dipartimento Operazioni ha inviato sul posto la Skorpion Two in soccorso alla One, e abbiamo perso entrambe le squadre.»

«Con i miei contatti le dico che potremmo organizzare una piccola unità...»

«Di liberi professionisti, ex agenti operativi della National Security Agency che adesso lavorano nel settore privato.» Il direttore scosse il capo. «Non è affatto una buona idea. Non potrei mai dare il beneplacito a un branco di mercenari, uomini che non conosco di persona, uomini che non rispondono direttamente a me, per una missione così delicata.»

«Ma Bourne... dannazione, conosce il suo passato, e ora la storia si ripete. Fa tutto ciò che gli passa per la testa, mandando a quel paese chiunque.»

«Quello che dici è vero. Lo sai che disprezzo quell'uomo. Rappresenta tutto quello che mi è stato insegnato a considerare una minaccia per un'organizzazione come la CIA, ma di una cosa sono sicuro: è leale e fedele ai suoi amici e Martin rientra in questa cerchia. Se al mondo c'è qualcuno in grado di trovare Martin e di liberarlo, quello è Bourne.»

La porta si aprì ed entrò Anne Held.

«Signore, c'è un problema interno. La mia autorizzazione è stata revocata. Ho chiamato la Sicurezza Elettronica e mi hanno confermato che non si tratta di un errore.»

«È tutto a posto, Anne. Fa parte del piano di riorganizzazione di Matthew. Aveva l'impressione che non ti servisse un'autorizzazione ai massimi livelli per svolgere il lavoro che ti ho assegnato.»

«Ma signore...»

«Il personale impiegatizio ha determinate priorità d'autorizzazione» intervenne Lerner. «Il personale operativo altre. Chiaro e tondo, senza ambiguità.» Il nuovo vicedirettore guardò negli occhi Anne. «È ancora un problema, signorina Held?»

Anne era furibonda. Si voltò in direzione del Grande Vecchio. Capì subito che non avrebbe ricevuto alcun aiuto da parte sua. Percepì il suo silenzio, la sua complicità, come un tradimento del rapporto che avevano instaurato faticosamente. Si sentiva costretta a difendersi, ma sapeva che quello era il momento e il posto sbagliato.

Anne stava per chiudere la porta quando un fattorino del Dipartimento Operazioni giunse alle sue spalle. Anne prese un foglio di carta dal nuovo arrivato e si girò verso l'interno della sala.

«Abbiamo appena ricevuto notizie dell'agente disperso» disse.

Negli ultimi minuti l'umore del direttore si era fatto sempre più cupo. «Chi è?» scattò in modo brusco.

«Soraya Moore» rispose Anne.

«Vede?» disse Lerner con severità. «Un altro dei nostri agenti trasferito altrove e sottratto alla mia giurisdizione. Come può aspettarsi che svolga il mio lavoro quando delle persone sulle quali non ho alcun controllo spariscono tra le maglie del sistema? Questa è una conseguenza della gestione di Lindros, signore. Se passasse a me il controllo della Typhon almeno fino a quando Martin sarà trovato oppure confermato morto...»

«Soraya è con Bourne» intervenne Anne Held, rivolgendosi al suo diretto superiore, prima che Lerner avesse il tempo di dire altro.

«Maledizione!» esplose il direttore. «Come diavolo è accaduto?»

«Nessuno lo sa» ribatté Anne.

Il direttore era balzato in piedi, il volto rosso di rabbia. «Matthew, credo che alla Typhon serva un direttore ad interim. Da questo istante te ne occuperai tu. Procedi e risolvi questa situazione il più presto possibile.»

«Ferma la moto» intimò Soraya all'orecchio di Bourne.

Bourne scosse il capo. «Siamo ancora troppo vicini al...»

«Subito.» La donna gli puntò alla gola la lama di un coltello. «Non sto scherzando.»

Bourne svoltò in una via laterale, accostò la motocicletta al bordo del marciapiede e abbassò la leva del cavalletto. Mentre smontavano di sella, si girò verso Soraya. «Insomma, cosa diavolo significa tutto questo?»

Gli occhi della Moore lampeggiavano di collera furibonda. «Hai ucciso Tim, brutto figlio di puttana!»

«Cosa?! Come può anche solo pensare una cosa del genere?»

«Hai detto ai tirapiedi di Cevik dove si sarebbe trovato.»

«Lei è completamente pazza.»

«Davvero? È stata tua l'idea di portarlo all'aperto. Ho tentato di impedirtelo, ma...»

«Non sono responsabile della morte di Hytner.»

«Perché te ne sei stato impalato mentre veniva ucciso?»

Bourne non ribatté, perché non aveva nessuna risposta plausibile. Ricordava che in quel momento la sua mente era stata pervasa da un suono, e... – si sfregò la fronte – da un'emicrania insostenibile. Soraya aveva ragione. La fuga di Cevik, la morte di Hytner. Come aveva potuto permettere che tutto questo accadesse?

«L'evasione di Cevik è stata progettata con cura. Ma come?» si stava chiedendo Soraya. «Come potevano i complici di Cevik sapere dove si trovava? Sei stato tu a fare la soffiata?» L'agente speciale della CIA scosse la testa. «Avrei dovuto prestare maggiore attenzione alle voci che circolavano su di te e sul fatto che ti eri messo contro l'Agenzia. In tutta la CIA c'erano solo due uomini che si fidavano di te. Uno è morto e l'altro è disperso!»

Con una certa fatica, Bourne si costrinse a schiarirsi le idee. «C'è un'altra possibilità.»

«Sarà meglio per te che sia attendibile.»

«Non ho chiamato nessuno mentre eravamo nei sotterranei della prigione o fuori all'aperto...»

«Potresti aver fatto dei segnali manuali, o essere ricorso a qualsiasi altro metodo.»

«Ha ragione circa il metodo, ma si sbaglia di grosso in merito al messaggero. Si ricorda quando Cevik ha acceso il fiammifero?»

«Come potrei dimenticarlo?» ribatté Soraya con amarezza.

«Quello è stato il segnale per l'Hummer in agguato.»

«È proprio questo il punto: l'Hummer lo stava già aspettando. Tu lo sapevi perché l'agguato lo hai organizzato tu.»

«Se fossi io il responsabile, per quale motivo sarei qui a discuterne con lei? Rifletta, Soraya! Lei ha telefonato a Hytner per avvertirlo che stavamo uscendo all'aperto. È stato Hytner ad avvisare i complici di Cevik.»

Seguì la risata isterica della Moore. «Cosa?! Allora perché hanno fatto fuori Tim?»

«Per coprire le loro tracce. Morto Hytner, non c'era più rischio che venisse scoperto o che svelasse la verità.»

Soraya scosse il capo con testardaggine. «Conoscevo Tim da molto tempo. Non era un traditore.»

«Di solito le spie sono le persone più insospettabili, Soraya.»

«Taci!»

«Forse ha dovuto farlo. Forse è stato costretto.»

«Non azzardarti a fare altre supposizioni di questo tipo!» Soraya brandì il coltello a serramanico. «Stai solo cercando di salvarti la pelle.»

«Senta, sono convinto quanto lei che la fuga di Cevik sia stata pianificata in anticipo. Ma io non sapevo dove lo tenevate prigioniero. Non sapevo nemmeno che avevate in custodia qualcuno finché non me l'ha detto lei stessa neanche dieci minuti prima di portarmi nella sua cella.»

A queste parole, la Moore ammutolì. Lo guardò negli

occhi con un'espressione strana. Era lo stesso sguardo che gli aveva rivolto la prima volta che aveva posato gli occhi su di lui nei sotterranei della CIA, nel centro operativo della Typhon.

«Se fossi suo nemico, perché l'avrei salvata dall'esplosione?»

Soraya fu percorsa da un brivido quasi impercettibile. «Non pretendo di avere una risposta a tutto...»

Bourne fece spallucce.

La donna trasse un profondo respiro, dilatando le narici. «Non so più a cosa credere. Da quando sei sceso nel centro operativo della Typhon...»

Con un gesto fulmineo, Bourne la disarmò. Soraya rimase a bocca aperta quando rigirò lestamente il coltello, afferrandolo per la lama e porgendoglielo con il manico rivolto verso di lei.

«Se fossi suo nemico...»

Soraya abbassò lo sguardo e fissò a lungo il coltello; poi puntò gli occhi in quelli di Jason mentre afferrava l'arma e la riponeva nell'apposito fodero in neoprene che aveva allacciato dietro di sé.

«D'accordo, così non sei tu il nostro nemico. Ma non lo era neppure Tim. Dev'esserci per forza un'altra spiegazione.»

«Allora la troveremo insieme» dichiarò Bourne. «Io devo riscattare il mio buon nome, e lei quello di Hytner.»

«Dammi la mano destra» gli ordinò la donna.

Stretto il polso di Bourne con la sinistra, Soraya gli girò la mano con il palmo all'insù. Con la destra, appoggiò di piatto la lama del coltello, che aveva di nuovo rapidamente impugnato, sulla punta dell'indice di Bourne.

«Non muoverti.»

Con un unico, abile movimento, la donna passò il filo della lama sulla pelle del dito, ma anziché far sgorgare del sangue, con la punta del coltello Soraya sollevò un minuscolo ovale adesivo, di materiale traslucido, talmente piccolo e così sottile che Bourne non lo aveva né sentito né notato.

«Ecco fatto.» Soraya alzò il minuscolo oggetto al fioco bagliore del lampione più vicino in modo che Bourne lo vedesse. «Nel nostro ambiente è conosciuto come NET, da *nano-electronic tag*, o contrassegno nanoelettronico, come lo chiamano gli esperti di tecnologia della DARPA.» Soraya si riferiva all'Agenzia per i progetti di ricerca avanzata per la Difesa, una sezione collaterale del Dipartimento della Difesa. «È grazie a questo che ti ho rintracciato immediatamente con l'elicottero.»

Bourne si era infatti domandato come avesse fatto l'elicottero della CIA a localizzarlo così in fretta, ma era giunto alla conclusione che fosse a causa del profilo caratteristico dell'Hummer individuato dall'alto. Rifletté un momento sul particolare. Ora ricordava con vivida chiarezza l'occhiata curiosa che Hytner gli aveva riservato quando gli aveva passato la trascrizione della conversazione telefonica di Cevik. Era in quel modo che gli avevano «impiantato» il NET sul dito.

«Figlio di buona donna!» Bourne osservò Soraya che riponeva il NET in un minuscolo contenitore di plastica ovale e riavvitava il coperchio. «Mi avrebbero tenuto sotto stretta sorveglianza per tutto il tragitto da qui al Ras Dascian, dico bene?»

Soraya annuì. «Per ordine del direttore.»

«Alla faccia della promessa di non tenermi al guinzaglio» commentò Bourne in tono sarcastico.

«Adesso sei libero.»

Bourne annuì. «Grazie.»

«Cosa ne dici di restituirmi il favore?»

«Sarebbe a dire?»

«Accetta il mio aiuto.»

Bourne scosse la testa. «Se mi conoscesse meglio, saprebbe che lavoro da solo.»

La donna diede l'impressione di voler aggiungere qualcosa, ma cambiò idea. «Senti, come hai detto tu stesso, sei già in rotta con il Grande Vecchio. Ti servirà qualcuno all'interno dell'Agenzia. Una persona di cui fidarsi ciecamente.» Soraya si avviò verso la motocicletta. «Perché sai benissimo che il Grande Vecchio troverà il modo di fregarti in un modo o nell'altro e con qualunque mezzo.»

Capitolo 6

Kim Lovett era stanca. Avrebbe voluto tornarsene a casa da suo marito, con cui era sposata da sei mesi. Abitavano in quel quartiere da così poco tempo, lui non aveva ancora ceduto alla separazione imposta dal lavoro della moglie.

Kim era sempre fisicamente a pezzi. La Fire Investigation Unit di Washington, non conosceva orari e gli agenti investigativi come Kim, brillanti ed esperti, che sapevano il fatto loro, venivano invitati a prestare servizio come un chirurgo in un ospedale da campo in zona di guerra.

Kim aveva ricevuto la richiesta di intervento dal Fire Department del Distretto di Columbia, il corpo dei vigili del fuoco di Washington, in un momento di calma: stava infatti compilando scartoffie su una montagna di indagini su incendi dolosi. Kim si era concessa un attimo di respiro per pensare a suo marito, alle sue ampie spalle, alle sue braccia forti e muscolose, al profumo del suo corpo. Il sogno a occhi aperti aveva avuto breve durata. Kim, munitasi della valigetta degli attrezzi, era già in viaggio verso l'Hotel Constitution.

Appena salita in auto, aveva messo in funzione la sirena. Dall'incrocio tra la Vermont Avenue e la 11ª Strada fino all'angolo nordest dell'incrocio tra la 10ª Strada e la T non c'erano voluti più di sette minuti. L'albergo era accerchiato da pattuglie della polizia e autopompe dei vigili del fuoco, ma ormai l'incendio era stato domato. Rivoli d'acqua colavano sulla facciata dell'albergo, defluendo dalla ferita aperta all'estremità del quarto piano. I mezzi di pronto intervento e soccorso erano già giunti sul posto ma ormai se n'erano andati; sulla scena regnavano le ceneri e quel senso di svuotamento da adrenalina che il padre di Kim le aveva tante volte descritto così bene.

Il capitano O'Grady la stava aspettando. Kim scese dalla macchina e, mostrata la tessera di riconoscimento, fu ammessa oltre il cordone dagli agenti in divisa.

«Lovett» borbottò O'Grady in segno di saluto. Era un uomo grande e grosso, dai corti capelli bianchi ricci e ribelli, dalle orecchie della medesima forma e dimensione di due spesse braciole di maiale. I suoi occhi tristi e liquidi la osservavano attenti. Era uno di quelli, e non erano pochi, che riteneva che alle donne sarebbe dovuto essere precluso il corpo dei vigili del fuoco.

«Cos'è successo?»

«Un'esplosione e un incendio.» O'Grady alzò il mento nella direzione dello squarcio aperto nella facciata dell'albergo.

«Ci sono stati morti o feriti tra i nostri?»

«No, ma la ringrazio per avermelo chiesto.» O'Grady si terse la fronte sudata con una salviettina di carta sporca. «Però un morto c'è stato... Probabilmente il cliente della suite in cui si è verificato l'incidente, anche se dai frammenti di resti che ho trovato posso già dirle che sarà impossibile risalire alla sua identità. Inoltre la polizia ci ha comunicato che un dipendente dell'albergo risulta scomparso. Un bilancio tutto sommato fortunato per una buriana di fuochi d'artificio come questa.»

«Ha detto che "probabilmente" la vittima era l'ospite della suite.»

«Esatto. Il colore delle vampate che esalavano dall'incendio era innaturale... È stato difficile domare quel figlio di puttana! Per questo ho chiesto l'intervento dell'unità investigativa del corpo.»

«Nessuna ipotesi su ciò che abbia potuto causare l'esplosione?» domandò Kim.

«Be', di certo non è stato lo scaldabagno» rispose il capitano in tono brusco. Poi si avvicinò di un passo a Kim: il puzzo di cenere e gomma bruciata le arrivavano a ondate. Quando aprì bocca di nuovo, la sua voce era bassa, e incalzante. «Ha un'oretta scarsa per stare lassù prima che la Polizia metropolitana passi la mano ai colleghi della Homeland Security. Sa bene cosa accadrà quando quegli sprovveduti cominceranno a calpestare la scena del crimine.»

«Ricevuto.» Kim annuì.

«Okay. Vada. Un certo Overton la sta aspettando.»

O'Grady si allontanò col suo passo pesante e l'andatura claudicante sulle gambe storte.

L'atrio dell'Hotel Constitution pullulava di agenti di polizia e vigili del fuoco. I poliziotti stavano interrogando il personale e gli ospiti dell'albergo, stretti in angoli separati come due fazioni cospiratrici. I pompieri erano occupati a trascinare le loro attrezzature sul pavimento di marmo annerito e la passatoia sporca di fuliggine. Nell'ampio locale si respirava la stessa ansia che si percepisce in un vagone di metropolitana stipato di gente, fermo in galleria, nell'ora di punta.

Kim prese l'ascensore e salì al quarto piano, uscendo su un corridoio carbonizzato e distrutto che, a eccezione della sua presenza, era completamente deserto. Appena oltre la soglia della suite trovò il detective Overton, un tipo alto dalle spalle curve con una faccia cavallina e funerea, assorto nella lettura dei suoi appunti.

«Cosa diavolo è successo?» domandò Kim dopo essersi presentata. «Nessuna idea?»

«Forse abbiamo qualcosa.» Il detective Overton aprì un taccuino. «I clienti di questa suite erano Jakob e Lev Silver. Fratelli. Commercianti di diamanti di Amsterdam. Sono rientrati intorno alle 19:45. Lo sappiamo perché hanno avuto una breve conversazione con un addetto alla reception...» il detective voltò pagina «... un certo Thomas. Uno dei due ha ordinato una bottiglia di champagne, forse per festeggiare qualcosa. Dopo di che Thomas non li ha più visti. Giura di non averli visti lasciare l'albergo.»

Overton e Kim entrarono nella suite vera e propria.

«Mi potrebbe dire qual è la causa dell'esplosione?»

«Sono qui proprio per questo.» Kim si infilò un paio di guanti in lattice e si mise al lavoro. Trascorsero venti minuti durante i quali l'investigatrice passò al setaccio la stanza principale, a partire dall'epicentro dell'esplosione che aveva provocato l'incendio. Secondo la procedura, avrebbe dovuto prelevare campioni dal tappeto o dalla moquette bruciata per valutare se era stato impiegato un accelerante, un liquido a base di idrocarburi, altamente infiammabile, per esempio acquaragia, acetone, nafta o sostanze combustibili simili. Due segni rivelatori: il liquido avrebbe impregnato il tappeto o la moquette fino allo strato sottostante. Inoltre ci sarebbe dovuto essere quello che veniva chiamato «spazio di testa» – diminutivo di gascromatografia dello spazio di testa – che avrebbe individuato le tracce dei gas rilasciati nel momento in cui l'accelerante avrebbe preso fuoco. Dato che ogni componente rilasciava un'impronta «digitale» unica, lo spazio di testa poteva determinare se era stato utilizzato un accelerante e, più precisamente, quale tipo di sostanza.

Là, tuttavia, il fuoco era stato di un'intensità tale che aveva arso e corroso la moquette e lo strato sottostante. Non c'era da meravigliarsi se O'Grady e i suoi uomini avevano avuto parecchia difficoltà a spegnere l'incendio.

Kim esaminò ogni frammento metallico, ogni scheggia di legno, ogni fibra di stoffa e ogni mucchietto di cenere. Aperto il kit da lavoro, sottopose ad analisi diversi campioni, poi li sistemò in provette e barattoli di vetro, sigillandoli con tappi a tenuta ermetica sia d'aria sia d'acqua; poi li infilò, uno a uno, nell'apposita imbottitura anatomica della sua valigetta. «Sono in grado di affermare con assoluta certezza che è stato fatto uso di un accelerante» dichiarò senza smettere di riporre le prove nel capiente kit da lavoro. «Dovrò andare in laboratorio per scoprire di quale sostanza si tratta. Ma posso già dirle questo: non era un accelerante d'uso comune, come per esempio quelli utilizzati per il barbecue in giardino. Il calore, il grado di distruzione...»

Il detective Overton la interruppe. «Ma l'esplosione...»

«Non c'è nessuna traccia di residuo d'esplosione» dichiarò Kim. «Gli acceleranti hanno temperature d'ignizione che spesso provocano delle detonazioni interne o a partire da se stesse. Ma ne sarò certa solo una volta che avrò eseguito gli esami in laboratorio.»

A quel punto Kim si era spostata seguendo un movimento circolare, partendo dall'epicentro dell'esplosione.

Poi si accovacciò e disse: «Avete scoperto come mai gli sprinkler dell'impianto antincendio non sono scattati automaticamente?».

Overton consultò i suoi appunti. «Si dà il caso che l'impianto antincendio sia entrato in funzione in tutti i piani tranne che al quarto. Quando siamo scesi nel sotterraneo siamo giunti alla conclusione, e, per farlo, ci siamo avvalsi della consulenza di un elettricista, che l'impianto era stato manomesso.»

«Perciò l'incidente è stato intenzionale.»

«Jakob e Lev Silver erano ebrei. Il cameriere che ha portato loro in camera la bottiglia di champagne – il dipendente dell'albergo che risulta scomparso – è pachistano. Da qui il mio dovere di passare questo caso rognoso ai colleghi della Homeland Security.»

Kim alzò gli occhi da quello che stava facendo. «Ritiene che il cameriere sia un terrorista?»

Il detective Overton si strinse nelle spalle. «Scommetto che si è trattato di una vendetta ai danni dei fratelli Silver per questioni d'affari. Ma vorrei trovare delle prove prima che lo facciano quelli della Homeland Security, questo è poco ma sicuro, dannazione!»

Kim scosse il capo. «Questa faccenda è troppo curata

nei minimi particolari per essere un attentato di stampo terrorista.»

«Come si dice, un diamante è per sempre.»

Kim si alzò. «Vediamo il cadavere.»

«"Cadavere" non è il termine più appropriato per indicare quello che è rimasto del corpo della vittima.»

Overton accompagnò Kim in bagno, insieme osservarono dall'alto i frammenti d'ossa carbonizzate sparsi sul fondo della vasca da bagno di porcellana.

«Nemmeno uno scheletro.» Kim Lovett annuì tra sé. Poi effettuò un esame completo e accurato dei resti umani. «Ci troviamo di fronte a Jakob o a Lev Silver, questo è abbastanza evidente. Ma dov'è l'altro fratello?»

«Potrebbe essere ridotto completamente in cenere. No?»

«Alla temperatura sviluppata da questo tipo d'incendio è probabile» rispose Kim. «Mi ci vorranno parecchi giorni, se non addirittura alcune settimane, per passare al setaccio le macerie in cerca di ceneri di natura umana. E potrei comunque non scoprire un bel niente.»

Kim sapeva che Overton e i suoi sottoposti avevano perlustrato tutta la suite da cima a fondo, tuttavia passò al vaglio ogni angolino e fessura.

Mentre tornavano in bagno, il detective lanciò un'occhiata nervosa all'orologio. «Ci vorrà ancora molto? Per me il tempo è agli sgoccioli.»

Kim entrò nella vasca da bagno disseminata di ossa carbonizzate. «Cosa c'è tra lei e quelli della Homeland Security?»

«Niente. È solo che...» L'uomo fece spallucce. «Ho tentato, per ben cinque volte, il trasferimento alla Homeland Security come agente investigativo. Per cinque volte hanno respinto la mia candidatura. È questa la mia posta in gioco in questo caso. Se riesco a dimostrare le mie capacità, saranno costretti a prendermi quando presenterò la richiesta per la sesta volta.»

Kim si rigirava con cautela nella vasca, maneggiando la

sua attrezzatura. «Qui dentro ci sono residui di accelerante» commentò, «come nell'altra stanza. Vede, la porcellana che viene prodotta a temperature molto elevate tollera gli acceleranti meglio di qualsiasi altro materiale, perfino di certi metalli.» L'investigatrice si abbassò sul fondo della vasca da bagno. «Sono sostanze pesanti, perciò tendono a penetrare nella materia. Ecco perché ne cerchiamo la loro eventuale presenza nello strato inferiore di un tappeto o di una moquette o tra le fessure di un parquet. In questo caso un accelerante sarebbe filtrato nel punto più basso della vasca e scivolato nel tubo di scarico.»

Kim passò diversi tamponi nel tubo di scarico, spingendosi sempre più a fondo a ogni giro. A un tratto si fermò. Ritirò l'ultimo tampone, lo infilò in un sacchetto di cellophane e lo ripose nella valigetta. Poi esaminò l'interno del tubo di scarico con il fascio di luce allo xeno di una piccola torcia a stilo.

«Oh! Cosa c'è qui dentro?»

Kim calò un paio di pinzette nel tubo. Un attimo dopo estrasse qualcosa che sembrava molto familiare a entrambi.

Il detective Overton si chinò in avanti finché la testa e il torso non furono sopra la vasca da bagno. «Un paio di denti di uno dei fratelli Silver.»

Kim stava esaminando da vicino i due denti, rigirandoli nella fredda luce penetrante della torcia. «Forse» disse. Ma aveva aggrottato le sopracciglia. O forse no, dopotutto, pensò.

La casa verde oliva in una trasversale della 7ª assomigliava alle abitazioni vicine: decadente, consumata dal tempo, bisognosa di un nuovo portico. Lo scheletro della costruzione a destra della casa si reggeva ancora in piedi, più o meno, ma il resto era stato sventrato e annerito da un incendio doloso molti anni prima. La squallida veranda alla sua destra era abitata da una nidiata di adolescenti, che ascoltavano hip-hop della peggior specie da una malconcio e mastodontico lettore CD portatile. Erano illuminati da un ronzante lampione che sarebbe stato meglio riparare.

Il branco di minorenni abbandonò la veranda quando la grossa motocicletta si accostò al marciapiede davanti alla casa verde oliva. Bourne rivolse loro un cenno di saluto mentre, con tutta la calma del mondo, smontava di sella, preceduto da Soraya.

Bourne si esibì nel tipico saluto da rapper con il più alto del gruppetto. «Come butta, Tyrone?»

«Butta» rispose il ragazzo. «Sai com'è.»

«Questa è Soraya Moore.»

Tyrone riservò alla donna un'occhiata di striscio con i suoi grandi occhi neri. «Deron si incazzerà. Qui non dovrebbe venire nessuno, a parte te.»

«Me ne assumo la responsabilità» disse Bourne. «Sistemerò io la cosa con Deron.»

In quello stesso momento la porta d'ingresso della casa si spalancò. Un uomo molto alto, magro, di bell'aspetto, con la pelle color cacao uscì sul portico.

«Jason! Cosa diavolo...?!» Il volto di Deron si incupì mentre scendeva i gradini del portico. Indossava un paio di jeans e una camicia da lavoro di chambray, le maniche arrotolate per lasciar scoperti gli avambracci. Sembrava impenetrabile al freddo. «Conosci le regole. Le hai stabilite tu stesso con mio padre. Nessuno, a parte te, mette piede qui dentro.»

Bourne si frappose tra Deron e Soraya. «Ho poco più di un paio d'ore prima del mio aereo per Londra» spiegò a bassa voce. «Ho un sacco di questioni da risolvere. Mi serve l'aiuto di questa donna tanto quanto il vostro.»

Deron li raggiunse con passo lungo e fiacco. Adesso era abbastanza vicino perché Soraya vedesse che aveva in mano una pistola: una Magnum 357.

Quando Soraya indietreggiò, senza nemmeno accorgersene, di un passo, Deron recitò con un ricercato accento britannico: «Ah, chi sei qui? Avvicinati, sia tu amico o nemico, dimmi chi è vincitore: York o Warwick? Ma perché te lo chiedo? Lo dice chiaro il mio corpo straziato, il mio sangue, il mancar delle mie forze, l'affievolirsi del mio cuore, tutto dice che devo cedere alla terra il mio corpo, al nemico la vittoria».

Soraya ribatté: «Ma vediamo chi è. Nemico o amico, la battaglia è ormai giunta al termine, e perciò gli va usato ogni riguardo».

«Vedo che conosci bene Shakespeare» disse Deron.

«*Enrico VI*, Parte terza, uno dei miei preferiti a scuola.»

«La battaglia è davvero conclusa?»

«Gli mostri il NET» suggerì Bourne.

Soraya porse a Deron il piccolo contenitore di plastica ovale.

Infilata la Magnum nella cintura dei jeans, Deron tese la mano dalle affusolate dita da chirurgo, o da borseggiatore, per aprire il contenitore.

«Ah...» Gli occhi gli si illuminarono mentre estraeva la microspia per esaminarla da vicino.

«Il guinzaglio più moderno della CIA» disse Bourne. «È stata Soraya a staccarmi dal corpo questo diavoletto.»

«Un progetto della DARPA» dedusse Deron. Ci mancò poco che si leccasse le labbra, deliziato. Al mondo non c'era nulla che gli piacesse di più degli ultimi ritrovati tecnologici.

Deron non era né un chirurgo né un borseggiatore. Bourne informò di questo Soraya mentre seguivano il ragazzo di colore all'interno della casa verde oliva. Era uno dei migliori falsari a livello mondiale. I Vermeer erano la sua specialità (Deron aveva un'abilità particolare con la luce), ma per la verità era capace di riprodurre praticamente qualsiasi cosa, e spesso lo faceva, a prezzi a dir poco astronomici. Ogni suo cliente era pronto a dichiarare che la sua opera valeva la cifra che si pagava.

Deron li guidò nel corridoio d'ingresso e chiuse la porta alle loro spalle. L'inaspettato, pesante clangore fece trasalire Soraya. Non era una porta comune, sebbene fosse quello che dava l'impressione di essere dall'esterno. Sul lato interno, la piastra di metallo della blindatura rifletteva la luce calda di un lume a olio.

La donna si guardò intorno, meravigliata. Di fronte a loro si stagliava uno scalone curvo in rovere pregiato; a sinistra, un corridoio. A destra si apriva un ampio soggiorno. Sui pavimenti di legno lucidato a specchio erano sistemati preziosi tappeti persiani; le pareti erano decorate con capolavori della storia dell'arte classica: Rembrandt, Vermeer, van Gogh, Monet, Degas e molti altri maestri. Naturalmente, erano tutti falsi. Oppure no? Soraya li esaminò da vicino, e sebbene non fosse esperta d'arte riconobbe la maestria della riproduzione. Era sicura che se li avesse visti appesi in un museo o a un'asta d'arte non avrebbe dubitato neppure per un istante della loro autenticità. Ammiccando, si avvicinò ancora di più a quelle tele. A meno che alcune non fossero *davvero* originali.

Voltandosi, vide che Deron aveva stretto Bourne in un abbraccio affettuoso.

«Non ho mai avuto la possibilità di ringraziarti per essere venuto al funerale» disse Bourne. «Ha significato molto per me. So che sei molto impegnato.»

«Amico, nella vita ci sono cose che superano di valore tutte le altre» replicò Deron con un sorriso mesto. Poi il ragazzo di colore respinse gentilmente Bourne per guardarlo meglio. «Per prima cosa, occupiamoci della gamba. Di sopra, prima porta a destra. Sai già come fare. Lavati e ripulisciti. Lassù ci sono anche un paio di pantaloni nuovi.» Deron sorrise. «La selezione più elegante della boutique Deron apposta per te.»

L'agente Moore seguì Deron attraverso un lungo corridoio verniciato a smalto giallo, poi in una grande cucina e in quella che un tempo doveva essere stata la lavanderia e la dispensa della casa. L'ampio locale era arredato con armadietti e schedari che arrivavano all'altezza della vita, sormontati da piani di lavoro rivestiti in zinco, scrivanie per computer e un'infinità di strumenti elettronici non meglio identificati.

«So cosa sta cercando Jason» mormorò tra sé Deron come se Soraya avesse cessato di esistere. Metodicamente, cominciò ad aprire antine e cassetti, pescando qualcosa qui, una manciata di minuscoli oggetti là.

Osservandolo con la coda dell'occhio, con ostentata indifferenza, Soraya fu stupita di riconoscere nasi, orecchie e denti finti. Allungando la mano, prese un oggetto a forma di naso e se lo rigirò in mano.

«Non si preoccupi» disse Deron. «Sono fatti tutti di lattice e porcellana.» Poi estrasse da un cassetto quello che sembrava un pezzo di ponte dentale. «Realistici, però, non crede? Ragionandoci, c'è ben poca differenza tra questa protesi e una vera dentatura, tranne che in questo punto interno, vede? I denti veri avrebbero una piccola rientranza atta ad accogliere la radice del dente. Questo invece, come può constatare con i suoi occhi, è solo un rivestimento esterno di porcellana per ricoprire i denti veri.»

Soraya non riuscì a trattenersi: indossò il naso finto, suscitando le risate del ragazzo di colore. Deron frugò in un altro cassetto e le offrì un modello molto più piccolo. Questo le calzava meglio. Solo per dimostrazione, Deron ricorse a un mastice cosmetico per modellarglielo.

«Naturalmente nella vita di tutti i giorni si utilizzerebbe un altro tipo di colla, e trucco, per nascondere i bordi della protesi.»

«Non è un problema quando si suda o... non so, magari si nuota?»

«Non è un trucco di Chanel» ribatté Deron, ridendo.

«Una volta applicato, occorre un solvente speciale per toglierselo.»

Bourne tornò da loro proprio mentre Soraya si stava staccando con fatica il naso finto. Si era pulito, disinfettato e fasciato la ferita alla gamba, e si era cambiato con un paio di pantaloni e una camicia nuovi.

Bourne disse: «Soraya, io e te dobbiamo fare quattro chiacchiere in privato». Finalmente si era deciso a passare al «tu».

La donna lo seguì in cucina, dove si fermarono accanto a un enorme frigorifero d'acciaio inossidabile a ridosso della parete più lontana dal laboratorio di Deron.

Bourne si voltò verso di lei. «Tu e Deron avete avuto una piacevole conversazione mentre ero di sopra?»

«Intendi dire se ha cercato di carpirmi delle informazioni?»

«Intendi dire se gli ho chiesto di carpirti delle informazioni?»

«Esatto.»

«In effetti, no.»

Soraya annuì. «Non mi ha messa sotto torchio» ammise. Poi restò in attesa.

«Non c'è nessun modo delicato per entrare in argomento.» Bourne la scrutò a fondo negli occhi. «Tu e Tim eravate intimi?»

Soraya rivolse lo sguardo altrove per un attimo, si mordicchiò il labbro inferiore. «Che ti importa? Tanto per te è un traditore.»

«Soraya, sta' a sentire: o lo è Tim Hytner o lo sono io. E so per certo che la seconda ipotesi non è vera.»

L'espressione di Soraya era deliberatamente scontrosa. «Allora dimmi perché hai portato fuori Cevik.»

«Volevo fargli provare un po' della libertà che da un pezzo non aveva più.»

«Solo questo? Non ti credo?»

Bourne corrugò la fronte. Non sarebbe stata la prima

volta dalla morte di Marie che si sarebbe chiesto se il suo trauma più recente avesse in qualche modo ridotto la sua capacità di giudizio. «Temo proprio che sia la pura e semplice verità.»

«Mettendo da parte il fatto che io non ti credo» continuò Soraya, «come pensi di darla a bere al Grande Vecchio?»

«Che importanza ha? Il direttore della CIA odia a morte i cani sciolti.»

Soraya fissò per un istante la punta dei suoi stivaletti, dopo di che scosse la testa. Inspirò una boccata d'aria e sospirò. «Sono stata io a proporre Tim perché entrasse a far parte della Typhon. Ora è morto.»

Bourne restò in silenzio. Era un vero combattente, duro come la roccia. Cosa ti aspetti?, pensò Soraya. Lacrime e pentimento? No di certo, ma mostrare un briciolo d'emozione sarebbe stato così grave? Poi si ricordò del recente decesso della moglie e si vergognò di quanto aveva appena pensato.

Soraya si schiarì la voce: «Eravamo a scuola insieme. Era uno di quei tipi che le ragazze adorano prendere in giro in continuazione».

«E tu no?»

«Io non ero come le altre. Capivo che era dolce e vulnerabile. Provavo qualcosa per lui.» Soraya si strinse nelle spalle. «Gli piaceva raccontare episodi della sua infanzia spensierata. Era nato in una zona rurale del Nebraska. Per me era come sentir parlare di un altro Paese.»

«Non era la persona ideale per la Typhon» commentò Bourne senza mezzi termini.

«Non era adatto per il lavoro sul campo, questo è vero» ribatté Soraya altrettanto schiettamente.

Bourne si ficcò le mani in tasca. «Allora tutto questo a dove ci conduce?»

La donna trasalì come se Jason l'avesse punzecchiata con la punta di una lama. «Tutto, cosa?»

«Ciascuno di noi ha salvato la vita all'altro, tu hai tentato di uccidermi due volte. Punto. Questo è quanto. Non ci fidiamo l'uno dell'altra.»

Gli occhi di Soraya, grandi e lucidi di lacrime sul punto di sgorgare, lo fissarono. «Ti ho svelato il NET, e tu mi hai portato qui da Deron. Cosa intendi per fiducia?»

Bourne ribatté: «Avete scattato delle foto di Cevik quando era detenuto?».

L'agente Moore annuì, aspettando che calasse l'ascia. Che cosa avrebbe preteso da lei, ora? Che cosa, invece, pretendeva da lui? In realtà, lo sapeva bene, ma era troppo doloroso ammetterlo anche solo con se stessa, figurarsi farlo con lui.

«D'accordo. Telefona alla Typhon. Di' loro di trasmetterti le fotografie in allegato a un SMS sul tuo cellulare.» Bourne si avviò nel corridoio, Soraya lo seguì cercando di adattare il passo al suo. «Poi di' loro di inviarti per e-mail, sempre sul tuo cellulare, il messaggio cifrato che Hytner ha trovato su Cevik.»

«Dimentichi che la CIA a quest'ora è ancora chiusa. Quindi, per il momento, non è effettuabile alcun trasferimento di dati.»

«Credo che tu possa procurarmi quel che mi serve, Soraya. Ho fiducia in te.»

Apparve all'improvviso una singolare espressione sul suo viso, ma se ne andò come se non fosse mai esistita. Quando entrarono nella stanza di lavoro di Deron, un locale a forma di L ricavato dalla vecchia cucina e dispensa, Soraya era già al telefono con la sezione Typhon della CIA. L'atelier da pittore era al piano superiore, nella stanza più luminosa e soleggiata della casa. In quanto a Deron, era chino su un banco da lavoro, assorto nell'esame del minuscolo NET.

Nessuno nella Typhon, tranne il direttore, era autorizzato a trasmettere per e-mail dati così riservati durante la chiusura notturna della sede. Soraya sapeva che avrebbe dovuto bussare altrove per ottenere ciò che serviva a Bourne.

Soraya udì al telefono la voce di Anne Held e si identificò.

«Senti, Anne. Ho bisogno del tuo aiuto.»

«Davvero? Scommetto che non mi dirai neppure dove ti trovi in questo momento.»

«Non è importante. Non sono in pericolo.»

«Be', è un sollievo sentirtelo dire. Perché il localizzatore miniaturizzato ha smesso di trasmettere?»

«Non lo so.» Soraya si premurò di tenere bassa la voce. «Forse è difettoso.»

«Dal momento che sei ancora insieme a Bourne, non dovrebbe essere difficile scoprirlo.»

«Sei matta? Non posso avvicinarmi così tanto a lui.»

«Eppure ti serve un favore. Parla pure.»

Soraya le riferì cosa le occorreva.

Una lunga pausa di silenzio. «Com'è che non mi chiedi mai nulla di facile?»

«Per le cose semplici potrei sempre rivolgermi ad altre persone.»

«Fin troppo vero.» Poi: «Ma se mi scoprono...».

«Anne, credo che siamo sulla strada giusta per scovare Cevik, ma ci occorrono le informazioni che ti ho chiesto.»

«Okay» disse Anne. «In cambio, però, dobbiamo scoprire che cos'è successo al localizzatore. Dovrò pur raccontare al Grande Vecchio qualcosa che lo possa soddisfare. Sembra pronto a decapitare qualcuno e vorrei che non fosse la mia testa a rotolare per terra.»

Soraya ci rifletté un po' su, ma non riuscì a escogitare nulla. Sarebbe stata costretta a far bere ad Anne qualche cosa di plausibile. «D'accordo, penso di potermi inventare qualcosa.»

«Bene. A proposito, Soraya, per quanto riguarda il nuovo vicedirettore, se fossi in te mi guarderei le spalle. Non è amico di Lindros e nemmeno della Typhon.»

«Grazie dell'avvertimento, Anne. Grazie di tutto.»

«Fatto» annunciò Soraya. «I dati sono stati caricati e trasmessi senza problemi.»

Bourne le prese dalla mano il cellulare e lo consegnò a Deron, che distolse a malincuore il suo sguardo dal suo nuovo giocattolino per collegare il telefonino di Soraya a uno dei suoi computer e scaricare i file inviati via e-mail.

Il volto di Cevik apparve su uno dei tanti monitor.

«Devi arrivare al k.o.» Deron tornò allo studio minuzioso del NET.

Bourne sedette su una poltrona da ufficio ed esaminò con minuzia le fotografie per diversi minuti. Sentiva la presenza di Soraya, china su di sé sopra la spalla destra. Avvertiva – che cosa? – un fantasma del passato. Si massaggiò le tempie con i polpastrelli delle dita, sforzandosi di ricordare, ma quell'esile e sottile lama di luce sgusciò via, lasciandolo nell'oscurità. Con una certa inquietudine, rivolse di nuovo l'attenzione ai lineamenti di Cevik.

In quel viso c'era qualcosa – non un particolare tratto somatico, ma un'impressione generale – che vagava come un'ombra nella memoria di Jason Bourne. Bourne premeva lo zoom su una zona della faccia di Cevik dopo l'altra: la bocca, il naso, la fronte, le tempie, le orecchie. Gli ingrandimenti avevano come unico risultato quello di sospingerlo nei recessi ignoti della sua mente. Poi si concentrò sugli occhi dalle pupille dorate. C'era qualcosa nell'occhio sinistro. Ingrandendo il particolare, Bourne notò una minuscola mezzaluna luminosa al margine esterno dell'iride. Zoomò ancora, ma la risoluzione troppo alta sgranò l'immagine, che cominciò a farsi indistinta. Tornò all'immagine precedente finché la mezzaluna si fece più nitida. Era davvero minuscola. Poteva non significare nulla, magari era un semplice riflesso dell'illuminazione nella cella. Ma perché si trovava sul margine esterno dell'iride? Se si fosse trattato di un riflesso sull'iride, la luce avrebbe formato una piccola macchia chiara più vicina al centro, dove il bulbo oculare è più sporgente. Questo riflesso invece era sul bordo esterno, dove...

Bourne rise silenziosamente tra sé.

In quell'istante il cellulare di Soraya squillò. Bourne la udì rispondere e interloquire con qualcuno. Poi la donna disse ad alta voce: «Gli esami preliminari della Scientifica indicano che l'Hummer era stipato di una quantità inverosimile di panetti di C4».

Bourne si voltò verso di lei. «Il che spiega perché non hanno risposto alle intimazioni di fermarsi.»

«Cevik e i suoi complici erano kamikaze imbottiti di esplosivo.»

«Forse no.» Bourne riportò l'attenzione sulla foto segnaletica, indicando con la punta di una matita la minuscola mezzaluna di luce. «Lo vedi questo? È un riflesso sul bordo di una lente a contatto, perché è leggermente sollevato sulla superficie dell'iride e ha deviato la luce. Adesso guarda qui. Noti questa piccola macchiolina d'oro che si intromette sul margine sinistro incurvato della pupilla? Questo effetto è possibile soltanto se Cevik indossava lenti a contatto colorate.»

Bourne scrutò il viso dell'agente della CIA. «Perché l'avrebbe fatto se era il vero Cevik?» Bourne aspettò che la donna rispondesse. «Soraya?»

«Ci sto pensando.»

«Il travestimento, il piano di fuga meticolosamente programmato, l'attentato dinamitardo premeditato...»

«Nella giungla» fu il commento di Soraya «soltanto un camaleonte sa riconoscere un altro camaleonte.»

«Già» ammise Bourne, fissando la foto. «Credo abbiamo a che fare con Fadi.»

Un'altra pausa, questa volta più breve. Soraya stava riflettendo con tale velocità che Bourne ebbe l'impressione di udire le sue cellule grigie muoversi rapidamente.

«Ci sono ottime probabilità che Cevik non sia morto nell'esplosione» concluse Soraya, mettendo fine al flusso dei suoi pensieri.

«Sono pronto a scommetterci.» Bourne rifletté un momento. «Non avrebbe potuto scendere dall'Hummer. L'unico momento in cui non ho tenuto sotto controllo il fuoristrada è stato quando stavo avviando la motocicletta sul camion. Questo significa prima dell'incrocio tra la 23ª e la Constitution Avenue.»

«Potrebbe anche darsi che lo stesse aspettando un altro automezzo.»

«Verifica pure, ma francamente ne dubito» ribatté Bourne. Adesso capiva perché Fadi avesse impiegato l'Hummer. Voleva che lo inseguissero e che, alla fine, fosse circondato dagli agenti della CIA. Voleva infliggere all'Agenzia il peggiore dei danni possibili.

«Per lui non c'era modo di prevedere in anticipo in quale punto della città sarebbe riuscito a fuggire» continuò Jason Bourne.

Soraya annuì. «Farò avviare le ricerche dal punto in cui l'Hummer ha preso a bordo Fadi.» L'agente speciale della CIA stava già telefonando alla Typhon. «Metterò subito in movimento un paio di squadre di perlustrazione.» Soraya impartì gli ordini al cellulare, restò in ascolto qualche minuto con espressione preoccupata, dopo di che interruppe la comunicazione. «Jason, devo informarti che è in corso una spaccatura interna all'agenzia. Il direttore sta facendo fuoco e fiamme per l'evasione di Cevik. E ritiene te il diretto responsabile.»

«C'era da immaginarselo.» Bourne scosse la testa. «Se non fosse per Martin, non mi sarei mai e poi mai immischiato negli affari della CIA o della Typhon. Ma Martin è mio amico: crede in me, si è battuto per me quando l'Agenzia mi voleva, vivo o morto. Non gli volterò le spalle. Però, giuro che questa sarà la mia ultima missione per l'Agenzia.»

Per Martin Lindros le ombre si scomponevano nelle nuvole riflesse nelle acque tranquille del lago. Provava un vago dolore, non insopportabile, ma fastidioso quanto il trapano di un dentista. Quel dolore, tuttavia, lontano all'orizzonte, non riusciva a disturbare la sua concentrazione sulla trota che aveva abboccato all'amo. Agì sul mulinello, ritirando un po' di lenza, alzò la canna da pesca verticalmente finché non si incurvò come un arco, e girò di nuovo il mulinello. Proprio come gli aveva insegnato suo padre. Era quello il modo di stancare il pesce, perfino il combattente più vigoroso e resistente. Con disciplina e pazienza si poteva tirare all'asciutto qualsiasi pesce.

Le ombre sembravano raggrupparsi sopra di lui, assorbendo e oscurando il sole. Il freddo sempre più intenso lo costrinse a pensare esclusivamente alla cattura del pesce.

Il padre di Martin Lindros aveva insegnato a suo figlio tante altre cose. Uomo dai talenti singolari, Oscar Lindros aveva fondato la Vaultline, facendola diventare in seguito la più affermata e fidata agenzia di sicurezza privata del mondo. Erano soprattutto società multinazionali, i cui affari e commerci spesso portavano i dipendenti in zone pericolose, ad affidarsi ai servizi offerti dalla Vaultline. Oscar Lindros o uno dei suoi agenti operativi, addestrati da lui, li proteggevano ovunque andassero.

Sporgendosi oltre il bordo della barca, Martin Lindros vedeva il riflesso iridiscente e argentato della trota. Era davvero grossa, la più grossa che avesse pescato fino a quel momento. Nonostante la resistenza tenace opposta dal pesce, che guizzava incessante e si dibatteva disperato, Lindros vedeva la testa triangolare, la bocca ossea che si apriva e chiudeva. Sollevò la canna e la trota emerse a metà dall'acqua, spruzzandolo di minute goccioline.

Ancora in giovane età, Martin Lindros aveva sviluppato un forte interesse per il mondo dello spionaggio. Inutile dire che il suo desiderio di diventare una spia avesse emozionato il padre. Così Oscar Lindros si era messo a insegnare a suo figlio tutto quel che sapeva del mestiere e dell'arte del lavorare in clandestinità. La prima lezione da imparare era sopravvivere a qualsiasi forma di cattura o tortura. Il tutto si riduceva a una questione psicologica, aveva spiegato più volte al figlio. Si doveva addestrare la mente a non far penetrare il mondo esterno e, passaggio successivo, riuscire ad anestetizzare quelle parti specifiche del cervello che trasmettono il dolore. Per riuscirci, era necessario evocare un momento passato e un luogo particolare, legato a quello stesso ricordo, e si doveva rendere reale quel luogo a livello mentale: tanto reale quanto si era capaci di farne esperienza con tutti e cinque i sensi. Ci si doveva rifugiare là per tutta la durata necessaria. Altrimenti alla fine o si cedeva alle torture o si impazziva.

Era là che Martin Lindros si trovava attualmente, per l'esattezza da quando era stato fatto prigioniero dalla Dujja e portato nel luogo reale in cui ora il suo corpo giaceva a terra sanguinante e colto da spasmi inconsulti.

Sulla riva del lago, Lindros riuscì a portare all'asciutto la trota. Il pesce si dibatteva e boccheggiava disperatamente sul fondo della barca, l'occhio fisso su di lui, nonostante si stesse già velando di grigio. Chinatosi sul pesce, Martin rimosse l'amo uncinato dalla cartilagine dura intorno alla bocca della trota. Quanti pesci aveva pescato da quando era uscito in barca? Impossibile ricordarlo: una volta staccati dall'amo, i pesci non servivano più al suo scopo.

Lindros agganciò una nuova esca all'amo e lanciò la lenza nell'acqua. Non poveva smettere; doveva continuare a pescare, altrimenti il dolore, un vago profilo di nubi all'orizzonte, si sarebbe avventato contro di lui investendolo con la furia devastante di un uragano.

Seduto in business class sull'aereo di linea notturno per Londra, Bourne espose il cartellino NON DISTURBARE ed estrasse dal bagaglio a mano il Sony PS3 fornitogli da Deron, modificato con un'espansione di memoria e monitor ad altissima risoluzione. L'hard drive era precaricato con un mucchio di leccornie tecnologiche di ultima generazione, inventate da Deron in persona. I falsi dei capolavori dell'arte potevano anche servirgli per pagare l'affitto e mangiare, ma la sua vera passione era progettare e realizzare nuovi gadget miniaturizzati. Da qui l'interesse per il NET, che Bourne aveva di nuovo riposto al sicuro nell'apposita custodia di plastica.

Deron lo aveva fornito di tre diversi passaporti falsi, oltre a quello diplomatico della CIA, già in suo possesso. In ogni fototessera che Deron aveva nel suo dossier, Bourne aveva un aspetto completamente diverso. Jason aveva con sé la sua valigetta cosmetica con i trucchi da camuffamento, varie lenti a contatto colorate e aggeggi simili, oltre a una delle pistole create da Deron, in plastica rivestita di gomma. Secondo quanto affermato da Deron, i proiettili di gomma con involucro in kevlar erano in grado di abbattere un elefante, ammesso di piazzarli nel punto giusto.

Bourne selezionò da un file la foto segnaletica di Hiram Cevik, ovvero Fadi. Quante altre identità aveva assunto nel corso degli anni quel mago dello spionaggio? Era possibile che esistessero altre immagini dell'uomo, registrate magari da telecamere di sorveglianza, ma Fadi indubbiamente sarebbe apparso diverso ogni volta. Bourne aveva consigliato a Soraya di controllare tutti i videonastri e tutte le immagini disponibili della zona poco prima e poco dopo gli attentati perpetrati dalla Dujja, e confrontarne i volti con le foto segnaletiche di Cevik, benché nutrisse ben poche speranze che Soraya riuscisse a cavarne qualcosa di significativo. La sua stessa immagine nel corso degli anni era stata registrata e trasposta in fotografie segnaletiche da telecamere di sorveglianza e a circuito chiuso. Non se ne preoccupava affatto, perché colui che nell'ambiente era noto come il «Camaleonte» mostrava un aspetto sempre diverso. Nessuno era stato in grado di individuare qualche rassomiglianza; se ne era assicurato al cento per cento. E così aveva agito anche Fadi, l'altro camaleonte.

Bourne fissò a lungo l'immagine sul monitor. Sebbene si sforzasse di resistere, la stanchezza ebbe la meglio su di lui, e si assopì...

... Marie cammina verso di lui, in un luogo circondato da acacie maestose e percorso da strade di ciottoli. Nell'aria aleggia un intenso e penetrante odore minerale, come di mare agitato. Un vento umido le solleva i capelli sopra le orecchie, che le fluiscono sulle spalle come un lungo strascico.

Lui le parla: «Puoi procurarmi quel che mi serve. Ho fede in te».

C'è paura negli occhi di lei, ma anche coraggio e determinazione. Farà quel che le ha chiesto, indipendentemente dai rischi, lui lo sa. Le rivolge un cenno di saluto col capo, in silenzio, e lei svanisce...

Lui si ritrova nello stesso viale dalle acacie incombenti che aveva già evocato dalla memoria. L'acqua nera gli sta di fronte. Adesso sta precipitando, fluttuando nell'aria come appeso a un paracadute. Sta correndo a perdifiato su una spiaggia di notte. Alla sua sinistra c'è una lunga fila di chioschi. Sta portando... ha qualcosa tra le braccia. No, non è qualcosa, ma qualcuno. Sangue ovunque, una pulsazione insistente nelle vene. Un volto pallido, gli occhi sono chiusi, una guancia appoggiata al braccio sinistro. Corre veloce sulla spiaggia, sentendosi terribilmente vulnerabile e indifeso. È venuto meno al suo impegno solenne con se stesso, e per questo moriranno tutti: lui, la figura che sorregge tra le braccia... la giovane donna ricoperta di sangue. Lei gli sta dicendo qualcosa, ma non riesce a sentirla, non capisce che cosa sta mormorando. Passi in corsa alle sue spalle, sono vicini, e il pensiero, chiaro come la luna crescente che si staglia all'orizzonte: Siamo stati traditi...

Quando Matthew Lerner entrò nell'anticamera degli uffici del direttore generale della CIA, Anne Held ci mise un momento prima di distogliere lo sguardo dai fogli sulla sua scrivania. Non stava lavorando a nulla di particolare. A niente, in effetti, che richiedesse la sua concentrazione. Eppure era importante che Lerner pensasse che fosse così. In segreto, Anne paragonava l'anticamera dell'ufficio del Grande Vecchio al fossato circostante un castello, e se stessa all'anfibio dai denti aguzzi che vi nuotava all'interno.

Quando ritenne che Lerner avesse aspettato a sufficienza, Anne alzò gli occhi dalle sue scartoffie, rivolgendogli un freddo sorrisino.

«Il direttore desidera vedermi?»

«In realtà, sono io che desidero vederla.» Anne si alzò dalla scrivania, si passò le mani sulle gambe, per spianare le eventuali pieghe che potevano essersi formate sulla gonna restando seduta. Una luce perlacea si riflesse sulle sue unghie smaltate da perfetta manicure. «Le andrebbe una tazza di caffè?» soggiunse mentre gli andava incontro.

Lerner inarcò le sopracciglia. «Pensavo che a voi inglesi piacesse solo il tè.»

Anne aprì la porta e lo invitò a precederla. «Questa è solo una delle tante idee sbagliate che si è fatto sul mio conto.»

Sull'ascensore rivestito d'acciaio che scese nella sala ristoro della CIA regnò il silenzio assoluto. Anne teneva lo sguardo fisso, dritto davanti a sé, mentre Lerner, senza alcun dubbio, si stava sforzando di immaginare di che cosa volesse parlargli.

L'atmosfera della sala era sommessa, silenziosa. I pavimenti erano rivestiti di moquette di un blu presidenziale. I divanetti e le sedie di pelle rossa imbottita. Il soffitto era costituito da una serie di deflettori antiacustici, in materiale fonoassorbente, che smorzavano qualunque suono. Camerieri in gilet si aggiravano con discrezione e perizia, senza produrre il benché minimo rumore o brusio, su e giù per le ampie corsie tra i tavoli e i séparé. Si sarebbe potuto dire che la sala da pranzo della CIA somigliasse più a un club per soli uomini che a una mensa.

Il direttore di sala, riconoscendo Anne, accompagnò la coppia al tavolo d'angolo riservato al direttore, quasi per l'intero perimetro circondato da una delle panchette a séparé a schienale alto. La Held e Lerner vi si accomodarono, il caffè fu servito, dopo di che furono lasciati discretamente da soli.

Lerner si perse un momento a rimescolare lo zucchero nella tazzina. «Allora, di che cosa si tratta?»

Anne sorseggiò il caffè nero, assaporò lungamente il liquido caldo come degustando un vino pregiato; poi, soddisfatta, deglutì e depose la tazza sul piattino.

«Beva, Matthew. È caffè etiope di qualità eccelsa. Forte e speziato.»

«Tra le nuove regole di protocollo che ho istituito, signorina Held, c'è quella di non rivolgersi ai colleghi usando i nomi di battesimo.»

«Il problema con certe qualità di caffè forte» proseguì Anne, ignorando il commento, «è che può risultare piuttosto acidulo alterando il sistema digestivo. Può perfino bruciare lo stomaco, producendovi un piccolo foro. Quando questo succede, il caffè deve essere vomitato.»

Lerner si abbandonò contro lo schienale. «Con questo che cosa intende dire?» Aveva capito che Anne non stava parlando semplicemente di caffè.

Anne si concesse di piantargli gli occhi in faccia in silenzio per diversi secondi. «È stato nominato vicedirettore della CIA... quando?... sei mesi fa? I cambiamenti sono difficili per tutti. Ma ci sono certe regole di protocollo che non possono essere...»

«Arrivi al punto.»

Anne bevve un altro sorso di caffè. «È una pessima idea, Matthew, andare in giro a sparlare di Martin Lindros.»

«Ah sì? E cosa lo renderebbe tanto speciale?»

«Se avesse lavorato a questo livello più a lungo, non avrebbe bisogno di chiederlo.»

«Perché stiamo sprecando tempo a parlare di Lindros? È molto probabile che sia morto.»

«Questo non lo sappiamo» ribatté Anne.

«Comunque, in realtà qui non stiamo parlando del territorio di competenza di Lindros. Sbaglio, signorina Held?»

Anne arrossì suo malgrado. «Non aveva nessun valido motivo per abbassare il mio grado d'autorizzazione.»

«Qualsiasi cosa possa pensare che la sua posizione l'autorizzi a essere, non è come crede. Lei fa ugualmente parte del personale di supporto.»

«Sono il braccio destro del direttore. Se gli occorrono informazioni, gliele procuro.»

«Da oggi è stata sostituita con Reilly del Dipartimento Operazioni. D'ora in avanti sarà lui a occuparsi di questo genere di ricerche.» Lerner emise un sospiro. «Leggo l'espressione che le si è dipinta sul volto. Non prenda sul piano personale questi cambiamenti. Sono normali procedure operative. Inoltre, se lei godesse ancora di un trattamento speciale, gli altri impiegati di supporto comincerebbero a risentirsene, e questo tipo di sentimento dà adito alla diffidenza. Non possiamo accettarlo.»

Lerner spinse da parte la tazza di caffè. «Che decida di crederlo o meno, signorina Held, la CIA è moribonda. Lo è stata per anni. Ciò che più necessita è una trasformazione radicale. Io me ne occuperò.»

«Martin Lindros è stato messo a capo di una CIA riorganizzata» ribatté Anne in tono gelido.

«Lindros è il punto debole del Grande Vecchio. Il suo metodo non è quello giusto. Il mio invece lo è.» Lerner sorrise, mentre si alzava dalla sedia. «Ah, e un'altra cosa... Non si azzardi più a trarmi in inganno. Non spetta al personale di supporto far perdere tempo al vicedirettore con caffè e opinioni personali.»

Kim Lovett, nel laboratorio scientifico della sede centrale del FIU – l'unità investigativa del corpo dei vigili del fuoco – in Vermont Avenue, era nella fase cruciale della sua lunga serie di esami. Doveva trasferire i campioni di residui di materiale solido che aveva raccolto nella suite del quarto piano dell'Hotel Constitution dalle provette alle apparecchiature per la gascromatografia dello «spazio di testa». Dato che tutti gli acceleranti noti sono idrocarburi liquidi altamente volatili, dei gas rilasciati dai composti spesso ne rimane traccia sulla scena per diverse ore dopo lo scoppio dell'incendio. L'idea era individuare i gas nello «spazio di testa» nel materiale solido impregnato dagli acceleranti: frammenti di legno carbonizzato, fibre di tappeti e moquette, strati di intonaco che Kim aveva diligentemente staccato con uno speculum da dentista. Avrebbe eseguito poi un cromatogramma di ogni gas in base al punto di ebollizione. In questo modo sarebbe risalita all'impronta distintiva dell'accelerante utilizzato dal piromane e, di conseguenza, avrebbe individuato anche l'idrocarburo liquido.

Kim stava inserendo il lungo ago di una speciale siringa nel coperchietto di ogni contenitore e di ogni provetta di vetro, aspirando il gas che si era formato sopra il residuo di materiale solido e lo iniettava nel cilindro del gascromatografo, evitando di sottoporlo al contatto con l'aria. Assicurandosi che le tarature dell'apparecchio fossero esatte, faceva scattare l'interruttore che avrebbe iniziato il processo di separazione e analisi.

Kim prendeva nota della data, dell'ora e del numero di campionatura. Proprio in quel momento udì aprirsi la porta del laboratorio e, voltandosi, vide entrare il detective Overton. Il poliziotto indossava un cappotto fumo di Londra e reggeva in mano due bicchieri di caffè da distributore automatico. Gliene offrì uno. Kim lo ringraziò.

Overton sembrava più imbronciato che mai. «Che novità ci sono?»

Kim assaporò la dolcezza quasi rovente del caffè. «Tra poco sapremo il nome dell'accelerante.»

«E questo come potrebbe aiutarmi?»

«Avevo capito che aveva intenzione di passare il caso alla Homeland Security.»

«Bastardi di prima categoria! Stamattina due agenti erano già nell'ufficio del mio capitano a chiedere i miei appunti sul caso» disse Overton. «Non che non l'avessi previsto, infatti li avevo copiati su un altro taccuino, perché voglio risolvere da solo questo caso e sbatterglielo in faccia.»

Risuonò un *bip.*

«Ci siamo.» Kim si rigirò sulla poltroncina da ufficio. «L'esame è finito.» L'investigatrice lesse i risultati del cromatografo. «Disolfuro di carbonio» annunciò, annuendo tra sé. «Interessante. Di solito nei casi di incendio doloso non troviamo traccia di questo particolare accelerante.»

«Allora perché i piromani hanno optato proprio per questa sostanza?»

«Ottima domanda. Secondo me perché raggiunge una temperatura molto elevata e ha un limite esplosivo del cinquanta per cento: di gran lunga più alto di qualsiasi altro accelerante.» Kim ruotò di nuovo sulla sedia girevole. «Si ricorda che ho trovato tracce di accelerante in due posti diversi? In bagno e sotto la finestra. Ciò mi ha molto incuriosita e adesso ne conosco il motivo. Il gascromatografo mi ha fornito due risultati distinti. In bagno hanno usato solo il disolfuro di carbonio, invece in soggiorno, sotto la finestra, ho trovato un altro composto, piuttosto complesso e singolare.»

«Vale a dire?»

«Non si tratta di un semplice esplosivo, ma di qualcosa di davvero insolito. Ho effettuato alcune verifiche e ho scoperto una miscela di idrocarburi che neutralizza i ritardanti antincendio. Questo spiega perché le tende abbiano preso fuoco, e perché l'esplosione abbia frantumato i vetri delle finestre, producendo un buco nella facciata dell'albergo. Tra l'ossigeno che ha alimentato le fiamme e gli sprinkler antincendio manomessi, ne è conseguito il massimo grado di danni nel lasso di tempo più breve.»

«Ecco il motivo per cui non sono rimaste tracce, nemmeno uno scheletro intatto o una dentatura con i quali arrivare a un'identificazione dei resti umani ritrovati.» Overton si sfregò con la mano gli spuntoni di barba bluastri sul mento. «Gli esecutori materiali dell'incendio doloso hanno pensato a tutto, eh?»

«Forse non proprio a tutto.» Kim gli mostrò i due denti falsi di porcellana che aveva estratto a fatica dal tubo di scarico della vasca da bagno. Li aveva ripuliti dello strato sottile di cenere, e ora brillavano di un color bianco avorio.

«Giusto!» esclamò Overton. «Al momento stiamo cercando di scoprire tramite i nostri canali internazionali ad Amsterdam se Jakob o Lev Silver avessero dei ponti dentali. Se non altro, se così fosse, saremmo in grado di riconoscere l'entità della persona rimasta vittima sulla scena del crimine.»

«Be', il fatto è» disse Kim «che non sono affatto sicura che questo sia un ponte dentale.»

Overton le prese di mano i due denti e li esaminò sotto una lampada ad alta intensità luminosa. A parer suo, e per quel che ne poteva capire, non c'era nulla di anormale. «Che cos'altro potrebbe essere?»

«Ho chiamato al telefono una mia amica. Forse lei ce lo potrà spiegare.»

«Ah, sì? Che lavoro fa?»

Kim lo guardò negli occhi, prima di rispondere. «La spia.»

Bourne salì a bordo di un aereo di linea diretto da Londra ad Addis Abeba, e da Addis Abeba a Gibuti. Riposò molto poco, dormì ancora meno. Era troppo concentrato a dare un senso alle informazioni sui movimenti noti di Lindros che Soraya gli aveva fornito. A causa della mancanza di dettagli, Jason non riusciva a ricostruirli in modo esaustivo. Non c'era affatto da sorprendersi. Lindros aveva seguito le tracce di una delle più pericolose organizzazioni terroriste internazionali. Qualsiasi tipo di comunicazione sarebbe stata quasi impossibile e avrebbe compromesso il livello di sicurezza.

Quando non stava memorizzando tutti i dati raccolti, Bourne rivedeva per l'ennesima volta le informazioni video che Anne Held aveva trasmesso a Soraya per e-mail sul suo cellulare, e che Jason aveva trasferito nel Sony PS3, analizzando in special modo il tentativo di Tim Hytner di decifrare il messaggio in codice che la Typhon aveva trovato addosso a Cevik. A quel punto Bourne doveva porsi delle domande sul messaggio cifrato stesso. Era una comunicazione autentica della Dujja o si trattava di un falso messaggio, nascosto apposta su Cevik, per chissà quale motivo, perché la Typhon ne entrasse in possesso e lo decifrasse? Uno sconcertante labirinto di ambiguità gli si era parato davanti. Da quel momento in poi ogni suo passo in quella direzione sarebbe stato pericoloso. Una sola ipotesi sbagliata avrebbe potuto farlo scivolare nelle sabbie mobili.

All'improvviso a Bourne fu chiaro di trovarsi di fronte a un avversario dalla volontà di ferro e dall'intelligenza straordinaria, un burattinaio in grado di rivaleggiare con Carlos, la sua vecchia nemesi.

Chiuse gli occhi per un momento e subito l'immagine di Marie si materializzò nella sua mente. Lei era stata la sua roccia, il suo punto fermo, la donna che lo aveva aiutato a superare i tormenti e le ossessioni del passato. Ma Marie era morta. Ogni giorno che passava, la sentiva sempre più lontana. Cercava di resistere allo sbiadire dei ricordi, ma l'identità «Bourne» era inesorabile, non gli avrebbe permesso di soffermarsi troppo sui sentimentalismi, sul dolore e la disperazione. Tutte queste emozioni lo attanagliarono, ma il suo io «Bourne», e il suo bisogno implacabile di risolvere casi quasi impossibili le riducevano in ombre. Naturalmente da dove scaturiva questa sua capacità l'aveva capito anche prima che il dottor Sunderland l'avesse riassunta in modo così conciso: era spinto dalla necessità impellente di districare l'enigma di chi fosse in realtà.

A Gibuti lo stava aspettando un elicottero della CIA, già pronto a partire. Bourne attraversò di corsa la pista bagnata di pioggia sotto un cielo minaccioso, invaso di nuvole livide, contro folate sferzanti di vento umido e vorticoso, e salì a bordo. Era la mattina del terzo giorno dopo la partenza da Washington. Sentiva braccia e gambe intorpidite, i muscoli rattrappiti. Era affamato d'azione e di movimento, e non moriva di certo dalla voglia di sorbirsi un'altra ora di volo fino alla cima Ras Dascian.

La colazione gli venne servita su un vassoio d'acciaio. Puntò i piedi sul pavimento quando l'elicottero decollò. Non assaporò niente del cibo e non vide niente: rinchiuso com'era nel guscio della sua mente. Per la millesima volta stava ripassando mentalmente il messaggio cifrato di Fadi, questa volta considerandolo nel suo insieme, dato che la strada algoritmica scelta da Tim Hytner non lo aveva portato ad alcun risultato. Se Fadi avesse in effetti sfruttato Hytner – l'unica conclusione sensata alla quale Bourne era giunto finora – l'analista della CIA non si sarebbe adoperato a decifrare veramente il messaggio in codice alfanumerico. Ecco perché aveva voluto che Soraya gli fornisse il messaggio cifrato e la possibile decriptazione di Hytner. Se il lavoro di Hytner si fosse rivelato mera simulazione, avrebbe ottenuto la prova della colpevolezza dell'uomo, e, al contempo, della sua innocenza. Ma, naturalmente, non sarebbe stato sufficiente a definire se il messaggio contenesse informazioni attendibili o, al contrario, fuorvianti e create ad hoc per confondere la Typhon.

Purtroppo, Bourne era lontano dalla decifrazione dell'algoritmo, anche solo per capire se Hytner aveva imboccato la pista giusta. Aveva trascorso due notti in bianco, attraversate non da sogni, ma da frammenti di ricordi. Era deluso perché la cura del dottor Sunderland aveva avuto un effetto a così breve termine, ma non poteva certo dire che il dottore non l'avesse avvertito. Peggio ancora, e di gran lunga, era la sensazione di incombente calamità. Tutti i lampi di memoria inconscia giravano intorno agli imponenti alberi, all'odore minerale dell'acqua, alla corsa disperata sulla spiaggia. Disperata non solo per lui, ma anche per qualcun altro. Era venuto meno a una delle sue regole cardini, e ora l'avrebbe pagata cara. Qualcosa aveva dato la stura alla serie di ricordi dai contorni indefiniti e Bourne aveva il forte sospetto che quell'origine fosse la chiave di lettura per comprendere ciò che gli era accaduto. Era esasperante non avere accesso – o nella migliore delle ipotesi, avere accesso limitato – al suo passato. La sua vita era una tabula rasa, priva di segni, ogni giorno simile al giorno in cui era nato. La conoscenza era negata. Come poteva anche solo iniziare a conoscere se stesso se gli avevano sottratto il suo passato?

L'elicottero, volteggiando sotto la spessa coltre di nubi, virò verso nordovest, diretto alla catena montuosa dei Simien. Dopo la colazione, Bourne indossò una tuta anti-G da paracadutista adatta a condizioni di temperature estreme e scarponi di fattura speciale, con suole dallo spessore inusuale dotate di lame in metallo, vagamente simili a ramponi da ghiaccio, che gli avrebbero garantito un appoggio e un equilibrio sicuro su ghiaccio e terreno roccioso.

Mentre guardava fuori dal finestrino, si perse di nuovo nei suoi pensieri, stavolta concentrandosi sul suo amico Martin Lindros. Lo aveva conosciuto dopo che il suo maestro e mentore, Alex Conklin, era stato assassinato. Era stato Lindros a schierarsi dalla sua parte, sostenendo la sua innocenza, a credere in lui quando il Grande Vecchio aveva emesso una sentenza di morte a livello internazionale nei suoi confronti. Da allora, Lindros era stato il suo fedele sostegno nella CIA. Bourne si irrigidì, preparandosi psicologicamente all'azione. Qualunque cosa fosse successa a Lindros – vivo o morto che fosse – sentiva il dovere di riportarlo in patria.

Dopo poco più di un'ora raggiunse il versante nord del Ras Dascian. I raggi del sole creavano sulle pendici della montagna ombre nette e affilate come coltelli. La vetta sembrava emergere e farsi incombente in un mare increspato di nuvole, attraverso il quale, di tanto in tanto, si potevano avvistare avvoltoi, che volteggiavano senza battito d'ali sulle correnti calde.

Bourne era appena dietro la spalla destra di Davis quando il giovane pilota indicò in basso sotto di loro. Si potevano scorgere le carcasse dei due Chinook, su un guanciale di neve fresca, striata di nero: i rottami di metallo erano ritorti, arricciati e divelti come sotto l'azione di un apriscatole gigantesco brandito da un demone.

«Solo i missili terra-aria possono provocare danni così pesanti» commentò Davis.

Così Soraya aveva ragione. Quel genere di materiale bellico era così costoso che solo un'alleanza con il crimine organizzato avrebbe potuto renderne possibile il pagamento. Bourne scrutò più attentamente sotto di sé, mentre si avvicinavano al sito. «Ma c'è qualcosa che non quadra. Il relitto di sinistra...»

«Dai contrassegni si può dedurre che fosse l'elicottero che trasportava la Skorpion One.»

«Guardi i rotori. A differenza dell'altro, questo è stato abbattuto in fase di decollo. Dev'essersi schiantato al suolo con forza tremenda. Probabilmente è stato colpito mentre stava per atterrare.»

Davis annuì. «Proprio così. Il nemico era bene armato, questo è evidente. Ed è piuttosto strano in questa regione.»

Bourne non avrebbe potuto essere più d'accordo.

Prendendo un binocolo, diede indicazione a Davis di stazionare sopra i due Chinook. Nel momento stesso in cui mise a fuoco il terreno, fu assalito da un'intensa sensazione di déjà vu. Era già stato in quella zona del Ras Dascian, ne era sicuro. Ma quando? Per quale ragione? Sapeva, per esempio, dove guardare per controllare i nascondigli del nemico: scrutò ogni angolo e crepaccio, ogni cavità in ombra intorno al punto d'atterraggio.

Sapeva che il Ras Dascian, la vetta più alta della catena dei Simien, faceva parte della regione tribale degli Amara, uno dei nove gruppi etnici dell'Etiopia. L'etnia amara costituiva il trenta per cento della popolazione del Paese. L'amarico era addirittura la lingua ufficiale dell'Etiopia. In effetti, dopo l'arabo, l'amarico era la seconda lingua semitica più diffusa nel mondo.

Bourne conosceva bene le tribù amara montane. Nessuna poteva disporre dei mezzi – finanziari e tecnologici – per infliggere danni di quella portata. «Chiunque sia il responsabile di tutto questo, ora non è più qui. Mi porti giù.»

Davis fece atterrare l'elicottero una decina di metri più a nord delle carcasse dei due elicotteri. Il velivolo scivolò leggermente di lato sul ghiaccio sottostante lo strato di neve fresca, dopo di che Davis atterrò senza problemi. Quando toccarono terra, il pilota consegnò a Bourne un telefono satellitare Thuraya. Poco più grande di un normale cellulare, era l'unico modello che avrebbe funzionato in quella zona montagnosa, su quel terreno roccioso, dove i normali segnali GSM non erano disponibili.

«Resti qui» disse Bourne quando il pilota fece per sganciare la cintura di sicurezza. «A prescindere da quel che potrebbe accadere, mi aspetti. Mi metterò in contatto con lei ogni due ore. Se dovessero trascorrere sei ore dal mio ultimo messaggio, decolli pure senza di me.»

«Questo non posso farlo, signore. Non ho mai abbandonato nessuno dei nostri.»

«Questa volta è diverso.» Bourne strinse la spalla del pilota. «Per nessun motivo deve venire a cercarmi, ha capito?»

«Signorsì» rispose Davis con tono rassegnato e contrariato. Bourne prese un fucile d'assalto e aprì il portello laterale dell'elicottero. La gelida aria pungente si insinuò di prepotenza all'interno.

«Vuole tenersi occupato con qualcosa? Tenga sotto tiro la bocca di quella caverna laggiù. Qualsiasi cosa che si muova a lei non familiare, spari per primo. Le domande gliele faremo più tardi.»

Bourne balzò a terra. L'aria era gelida. Le estreme pendici del Ras Dascian non erano il luogo ideale in cui fare una scampagnata d'inverno. La coltre di neve era spessa, ma così asciutta che il vento costante l'aveva sospinta formando dune di proporzioni sahariane. In altre zone vi erano macchie di erba arsa dal sole e affioramenti rocciosi.

Anche se aveva già effettuato una ricognizione a 360 gradi dall'alto dell'elicottero, Bourne avanzò con cautela verso le carcasse dei due Chinook. Il punto che più lo preoccupava era la grotta. Al suo interno ci si sarebbe potuti imbattere in superstiti feriti della Skorpion One e Two, come i membri della Dujja.

Giunto al fianco dei due rottami scorse dei corpi: scheletri carbonizzati e crani con ciuffi di capelli bruciacchiati. Resistette all'impulso di guardare all'interno dei compartimenti destinati alle truppe in cerca di segni della presenza di Lindros. Rendere sicuro il sito era la prima cosa da fare.

Raggiunse la grotta senza incidenti. Il vento, fischiando sinuoso tra le rocce, produceva grida insistenti, che mettevano i brividi, simili ai lamenti agghiaccianti di una persona sottoposta a tortura. L'imbocco della caverna lo fissava con malignità, sfidandolo a entrare. Restò in piedi un momento, appoggiato alla facciata di roccia viva, raggelante fino alle ossa, a inspirare profondamente. Poi balzò all'interno, eseguendo una capriola in avanti e rotolando nel buio.

Accesa una potente torcia elettrica, indirizzò il fascio luminoso verso le nicchie e gli anfratti più scuri, dove era sicuro che si sarebbero nascosti gli eventuali nemici appostati in agguato. Non c'era nessuno. Rialzatosi, avanzò di un passo; poi, con le narici dilatate, si fermò di colpo.

Una volta, in Egitto, era stato condotto in un dedalo sotterraneo da un collaboratore locale della CIA. A un certo punto aveva sentito un odore strano, dolciastro e aromatico, qualcosa che non gli ricordava nulla. Quando aveva fatto la domanda, il collaboratore che gli faceva da guida aveva acceso una torcia elettrica a batterie per una decina di secondi soltanto, Bourne aveva visto dei cadaveri, pelli scure tese come cuoio, rinsecchite, in attesa di essere sepolte.

«L'odore che sente» gli aveva spiegato il collaboratore spegnendo la torcia «è quello di cadavere svuotato di tutti i fluidi corporei.»

Bourne aveva riconosciuto lo stesso lezzo in quella grotta che si apriva nella pendice nord del Ras Dascian. Carne umana essiccata, e qualcos'altro: il fetore nauseante della decomposizione.

Sciabolando l'oscurità che aveva di fronte con il cono di luce della torcia, Bourne avanzò lentamente, un passo dopo l'altro. Le suole degli scarponi speciali producevano un rumore scricchiolante, secco, netto. Scoprì che il pavimento della caverna era disseminato di ossa animali, ma anche umane. Proseguì, finché non intravide qualcosa che spuntava dal fondo roccioso: un cadavere seduto con la schiena appoggiata alla parete della grotta.

Accovacciandosi sulle anche si portò all'altezza della testa del morto, o di ciò che ne era rimasto. Un ampio buco aveva cominciato ad aprirsi al centro del volto, dal quale il veleno sgorgava come lava da un vulcano, cancellando prima il naso, poi gli occhi, gli zigomi e le guance, scorticando la pelle e consumando la carne sottostante. Perfino alcune parti del teschio – l'osso stesso – erano forate e sfregiate dalla stessa sostanza che aveva divorato il resto.

Con il cuore che batteva all'impazzata, Bourne si rese conto di essere rimasto senza fiato. Aveva già visto in passato quel particolare genere di necrosi. La causa poteva essere soltanto una: radiazioni atomiche.

Questo rispondeva a diversi quesiti: che cosa avesse così all'improvviso e irresistibilmente convinto Lindros a entrare in azione; perché quell'area fosse così importante, al punto da essere difesa con missili terra-aria e Dio solo sapeva quali altri pezzi d'artiglieria. Bourne provò un tuffo al cuore. A tutti i membri della Skorpion One e della Two – Martin compreso – sarebbe toccata la morte per proteggere quel segreto sconvolgente. Qualcuno stava trafugando molto più che semplici interruttori TSG attraverso quella rotta del contrabbando di armi internazionale; qualcuno aveva in suo possesso dell'uranio. Era di questa sostanza che la persona che aveva davanti era morta: di avvelenamento per esposizione a radioattività fuoriuscita accidentalmente o per incuria da un contenitore d'uranio che la vittima stava trasportando. In sé, il minerale d'uranio di varietà «yellowcake» non valeva nulla e non era affatto pericoloso: costava poco, era abbastanza facile da ottenere, impossibile da raffinare fino a trasformarlo in uranio arricchito. A meno di non avere a disposizione un laboratorio speciale sito in uno stabilimento scientifico grande più di un chilometro quadrato disposto su tre piani, per non parlare dei fondi quasi illimitati necessari per un'operazione del genere.

Inoltre, lo «yellowcake» non avrebbe affatto rilasciato quella «firma» radioattiva. No, senza dubbio, ciò su cui la Dujja era riuscita in qualche modo a metter mano era diossido d'uranio in polvere, solo a un passo di distanza dall'uranio arricchito HEU d'uso militare. La domanda che ora si stava ponendo era la stessa che doveva aver spinto così precipitosamente Lindros a esporsi in prima persona a rischiare la pelle: che cosa avrebbe fatto una cellula terrorista con del biossido di uranio e degli interruttori TSG *a meno che non avesse a disposizione uno stabilimento scientifico con il personale specialistico e la capacità di produrre ordigni atomici?*

La risposta poteva essere una sola: la Dujja disponeva di potenziali maggiori di quello che la Typhon aveva previsto. Era il cardine stesso di una rete nucleare internazionale segreta. Un'organizzazione simile era stata sgominata nel 2004, quando lo scienziato pachistano Abdul Qadeer Khan aveva ammesso di aver venduto tecnologia nucleare all'Iran, alla Corea del Nord e alla Libia.

Stordito da questa rivelazione, Bourne si alzò e uscì dalla caverna. Si voltò, inspirò diverse boccate d'aria a pieni polmoni, anche se il vento freddo lo agghiacciava, e fu scosso dai brividi. Mostrato a Davis il pollice in su di «via libera», tornò al luogo dell'attacco ai due elicotteri della CIA. Non riusciva a fermare il turbine di pensieri che gli ronzavano in testa come uno sciame d'api. La minaccia all'America intercettata dalla sezione Typhon non solo era reale e verosimilmente attuabile: era di portata e di conseguenze davvero devastanti.

Ricordò l'interruttore TSG monouso: la canna fumante di una recente indagine di Martin. A meno che non riuscisse a fermare Fadi, un attacco nucleare sarebbe stato portato a compimento contro una delle più grandi metropoli americane.

Capitolo 7

Anne Held intercettò Soraya Moore nell'attimo stesso in cui, di ritorno, fece il suo ingresso nell'atrio della sede centrale della CIA.

«Toilette» le sussurrò sottovoce. «Subito!»

Una volta entrate nei bagni riservati alle donne dell'atrio, Anne controllò i gabinetti uno per uno per assicurarsi che fossero sole.

«La mia parte del patto» esordì Soraya. «Il NET è entrato in contatto col fuoco, che ne ha distrutto la metà dei circuiti.»

«Be', è qualcosa che posso rifilare al Grande Vecchio» disse Anne. «Ha sete del sangue di Bourne... e lo stesso vale per Lerner.»

«A causa di quel che è avvenuto con Cevik.» Soraya corrugò la fronte. «Perché Lerner ce l'ha tanto con lui?»

«È per questo che ti ho condotto qui» ribatté Anne in tono brusco. «Mentre eri con Bourne, Lerner ha messo in atto un colpo di mano.»

«Che cos'ha fatto?!»

«Ha convinto il Grande Vecchio a nominarlo direttore ad interim della Typhon.»

«Oh, Cristo santo!» esclamò la Moore. «Come se la situazione non fosse già abbastanza complicata!»

«Ho la vaga sensazione che tu non abbia visto ancora niente. Lerner è più che deciso a riorganizzare la CIA da cima a fondo, e adesso che ha messo le grinfie sulla Typhon ribalterà tutto anche di quella sezione.»

Qualcuno cercò di entrare nella toilette, ma Anne scoraggiò l'intrusa. «Qui è tutto allagato» disse in tono autoritario. «Provi al piano di sopra.»

Quando furono di nuovo sole, la Held proseguì. «Lerner farà fuori tutti quelli di cui non si fida. E dato il rapporto – per quanto breve – che hai instaurato con Bourne, scommetto la testa che sei al primo posto della lista nera.» L'assistente del Grande Vecchio si diresse verso la porta. «Stai all'erta, tesoro.»

Bourne era seduto con la testa tra le mani, nel vano tentativo di riflettere su come trarsi d'impaccio da quell'incubo che sembrava andare di male in peggio. Il problema era che non aveva abbastanza informazioni. Non c'era altro che potesse fare, se non proseguire per la sua strada alla ricerca di Lindros o, casomai questo non fosse stato possibile – se il suo amico fosse malauguratamente già morto – continuare la sua missione per stanare Fadi e la Dujja, e fermarli prima che mettessero in atto con successo la loro minaccia.

Alla fine si alzò. Dopo avere ispezionato i rottami all'esterno dei Chinook, aggirò il primo, quello più vicino alla caverna, salì a bordo di quel che restava dell'elicottero sul quale aveva viaggiato Lindros.

L'interno aveva un aspetto surreale, come un quadro di Salvador Dalí: chiazze di plastica sciolta, metallo fuso in pozze di vari composti. Gli sembrava che tutto fosse troppo carbonizzato per un'altitudine così elevata: non c'era abbastanza ossigeno per alimentare così a lungo un incendio di tale intensità, di certo non abbastanza per provocare quel tipo di danni. La fonte del fuoco doveva essere stata un'altra: un lanciafiamme.

Bourne rivide la faccia di Hiram Cevik sullo schermo. Dietro l'agguato ci doveva essere Fadi. Le armi ultramoderne, la coordinazione precisa degli attacchi, la tattica così ben pianificata che aveva contato la morte dei membri di due squadre speciali della CIA perfettamente addestrate: ogni prova puntava in quella direzione.

Ma c'era un'altra domanda sulla quale rimuginava da un po': perché Fadi si era lasciato arrestare dalla CIA? C'erano diverse risposte possibili. La più plausibile era che il famigerato leader terrorista stesse mandando un messaggio all'Agenzia: *Credevate di avermi nel mirino, ma non avete la minima idea della persona con cui avete a che fare.* Bourne era conscio che Fadi su quel punto non si sbagliava: su di lui non si sapeva pressoché nulla. Forse proprio questo atto di arroganza poteva fornirgli l'opportunità che gli serviva. Il successo di Bourne era sempre derivato dalla sua capacità di penetrare nella mente dei suoi avversari. L'esperienza gli aveva insegnato che era impossibile farlo con una persona che restava ammantata di mistero. Adesso però Fadi era emerso alla luce e aveva mostrato la sua faccia per la prima volta. Bourne se ne era fatto un'idea – per quanto approssimativa e imprecisa – dalla quale avviare una ricerca senza tregua.

Bourne riportò l'attenzione all'interno del Chinook. Contò quattro scheletri. Era una vera e propria rivelazione. Mancavano due persone. C'era la possibilità che fossero ancora vivi? Martin era uno di loro?

Le unità Skorpion della CIA erano coordinate e dirette come l'Esercito. Tutti gli agenti portavano al collo delle piastrine metalliche di riconoscimento che li identificavano come soldati aggregati a un'inesistente unità di Ranger dell'Esercito americano. Bourne raccolse il più in fretta possibile le quattro piastrine. Le ripulì della neve, della cenere e della fuliggine per leggerne i nomi, che conosceva a memoria dopo averle lette tra le informazioni ricevute dalla Typhon. Martin non c'era! Mancava anche il pilota, Jaime Cowell.

Spostatosi sul luogo dei resti della Skorpion Two, scoprì i cinque scheletri della seconda squadra speciale. A giudicare dalla quantità delle ossa di arti sparse qua e là, si poteva dedurre con certezza che nessuno di loro fosse operativo nel momento in cui il Chinook era precipitato. Erano stati un bersaglio facile. Bourne ispezionò attorno alla carcassa, e raccolse anche le loro piastrine.

Tutt'a un tratto nella penombra dell'elicottero si agitò qualcosa, poi lo scintillio fugace di occhi e una testa che si voltava. Bourne allungò il braccio nello spazio a nicchia sottostante la plancia degli strumenti di bordo. Un dolore acuto pervase la sua mano, dopo di che una sagoma indistinta si avventò contro di lui, sbattendolo a terra.

Rialzatosi, si lanciò dietro la figura umana fuori dal Chinook e si lanciò all'inseguimento, facendo segno a Davis di non sparare. Con la coda dell'occhio notò il rosso semicerchio di segni di denti sul dorso della mano proprio mentre il fuggitivo balzava sopra il basso muricciolo di pietra che si ergeva lungo il lato nordest del luogo dell'attacco.

Bourne fece un salto, atterrò con i piedi in cima al muretto e si gettò sulla schiena dell'ombra che scappava.

Caddero a terra entrambi, rotolando insieme, ma Bourne mantenne una presa ferrea sui capelli del fuggiasco, tirandogli indietro la testa per vederlo in faccia. Si trovò davanti un ragazzino di non più di undici anni.

«E tu chi sei?» disse Bourne nel dialetto amarico locale. «Che ci fai qui?»

Il ragazzino gli sputò in faccia, lo graffiò, divincolandosi, nel tentativo di liberarsi dalla sua presa. Bloccandogli i polsi dietro la schiena con una sola mano, Bourne lo costrinse a sedersi sul lato sottovento del muretto, al riparo dalla gelida corrente d'aria sibilante. Il ragazzo era molto magro, le ossa che sporgevano dalle spalle e dalle anche, le guance incavate.

«Quand'è stata l'ultima volta che hai mangiato?»

Nessuna risposta. Questa volta, se non altro, il ragazzo non reagì sputandogli in faccia, forse perché non aveva più saliva ed era quasi completamente disidratato. La neve crocchiava sotto i suoi piedi. Con la mano libera Bourne sganciò il tappo della borraccia e la stappò con i denti.

«Voglio lasciarti andare. Non ho nessuna intenzione di farti del male. Ti va un sorso d'acqua?» Il ragazzo spalancò la bocca come un uccellino nel nido.

«In cambio dovrai rispondere alle mie domande. Ci stai a questo scambio?»

Il ragazzo lo guardò un momento con i suoi grandi occhi neri, poi annuì. Bourne lasciò la presa sui suoi polsi e il ragazzo allungò le mani per afferrare la borraccia, che portò alla bocca e ingollò l'acqua a lunghi sorsi.

Mentre il ragazzo beveva, Bourne ammucchiò la neve ai due lati costruendo un riparo dal vento che riflettesse il loro caldo corporeo. Poi si riprese la borraccia.

«Prima domanda: sai che cosa è successo qui?»

Il ragazzo scosse la testa.

«Devi aver visto i lampi delle armi, le nubi di fumo che si alzavano sulla montagna.»

Una piccola esitazione. «Le ho viste, sì.» Aveva una voce acuta, quasi femminile.

«Immagino che ti abba incuriosito e sei salito fin quassù, vero?»

Il ragazzo rivolse lo sguardo altrove, si morse il labbro inferiore.

Quel sistema non funzionava. Bourne capì che doveva trovare un altro modo per convincere il ragazzo ad aprirsi.

«Mi chiamo Jason» disse. «E tu?»

Di nuovo, l'esitazione di poco prima. «Alem.»

«Alem, hai mai perso qualcuno? Una persona a te molto cara?»

«Perché?» chiese Alem, insospettito.

«Perché io ho perso qualcuno. Il mio migliore amico. Ecco perché sono qui. Era in uno di quei grandi uccelli bruciati. Mi occorre sapere se lo hai visto o se sai che cosa gli è accaduto.»

Alem stava già scuotendo la testa.

«Si chiama Martin Lindros. Hai mai sentito questo nome prima d'ora?»

Alem si morse di nuovo il labbro inferiore, che aveva cominciato a tremare leggermente, ma non a causa del freddo, pensò Bourne. Scosse il capo.

Bourne abbassò la mano ferita per terra, coprì il dorso con la neve, nel punto in cui Alem lo aveva morso. Notò che gli occhi di Alem seguivano ogni suo gesto.

«Mio fratello maggiore è morto sei mesi fa» disse Alem dopo un po'.

Bourne continuò ad ammucchiare la neve sopra la mano ferita. Meglio fingersi indifferente, rifletté. «Cosa gli è successo?»

Alem si abbracciò le ginocchia. «È rimasto sepolto sotto una frana che ha anche azzoppato mio padre.»

«Mi dispiace» disse Bourne, con sincerità. «Senti, a proposito di questo mio amico. E se fosse ancora vivo? Vorresti che morisse?»

Alem stava grattando con le dita di una mano i detriti ghiacciati alla base del muretto. «Mi picchierai» mormorò.

«Perché dovrei farlo?»

«Ho rovistato tra i rottami e ho trovato qualcosa.» Il ragazzo indicò con un cenno del capo il punto in cui gli elicotteri erano stati distrutti. «Là.»

«Te lo prometto, Alem. L'unica cosa che mi interessa è ritrovare il mio amico.»

Evitando di guardare Bourne negli occhi, Alem estrasse di tasca un anello. Jason lo prese e lo esaminò alla luce del sole. Riconobbe lo scudo con un libro aperto in ogni quadrante: lo stemma della Brown University.

«È l'anello del mio amico.» Con la massima cura, lo restituì ad Alem. «Mi fai vedere dove l'hai trovato?»

Alem gli fece scavalcare il muretto, dopo di che arrancò nella neve fino a un punto a parecchie centinaia di metri dal luogo in cui si trovavano i resti dei Chinook. Poi si accovacciò. Bourne lo imitò.

«Qui?»

Alem annuì. «Era sotto la neve, sepolto a metà.»

«Come se fosse stato calpestato apposta per nasconderlo con la terra» concluse Bourne. «Ma tu lo hai trovato ugualmente.»

«Ero quassù con mio padre.» Alem aveva appoggiato i polsi sulle ginocchia ossute. «Stavamo frugando tra i rottami e qui intorno.»

«Tuo padre che cosa ha trovato?»

Alem si strinse nelle spalle.

«Mi porteresti da lui?»

Alem fissò l'anello nel palmo sudicio della mano. Chiuse le dita a pugno e lo rimise in tasca. Poi alzò lo sguardo su Bourne.

«Non gli dirò niente» lo rassicurò Bourne in tono pacato. «Te lo prometto.»

Alem assentì e si rialzarono insieme. Da Davis, Bourne ottenne dell'antisettico e un cerotto per la mano. Poi il ragazzo lo guidò verso valle dal piccolo, desolato prato alpino per un sentiero ripidissimo, mozzafiato, che zigzagava a tornanti sul versante roccioso e ghiacciato del Ras Dascian.

Anne non aveva esagerato quando le aveva detto che Matthew Lerner aveva sete di sangue. Nel sotterraneo assegnato all'unità Typhon c'erano due agenti dall'aria truce ad attendere Soraya Moore non appena sbucò dall'ascensore. Anche solo per stare lì, lo sapeva, dovevano essere provvisti di un tesserino di riconoscimento speciale emesso dalla Typhon. Brutte notizie, una peggiore dell'altra.

«Il direttore ad interim Lerner vuole vederla» disse quello a sinistra.

«Ci ha chiesto di accompagnarla» aggiunse l'altro alla sua destra. «Deve seguirci.»

Soraya ricorse al suo tono di voce più accomodante e

civettuolo. «Pensate che possa darmi prima una rinfrescatina, ragazzi?»

Il tipo a sinistra, quello più alto, precisò: «Subito. Sono ordini del direttore ad interim».

Stoici o eunuchi, o entrambe le cose. La donna alzò le spalle e si rassegnò. In realtà, non aveva molta altra scelta. Mentre marciava nei corridoi tra i due angeli custodi, cercò di non fasciarsi la testa in anticipo. La cosa migliore che potesse fare al momento era mantenere il controllo mentre tutti quelli che la circondavano la stavano perdendo. Senza dubbio Lerner l'avrebbe punzecchiata, pronto a infilzarla come una falena, avrebbe fatto del suo meglio per metterla con le spalle al muro. Ne aveva sentite di cotte e di crude sul suo conto, ed era alla CIA solo da... quanto?... sei mesi in tutto? Aveva saputo che deplorava i suoi metodi, e avrebbe di certo insistito su questa divergenza di opinioni.

In fondo al corridoio Anne si trovò di fronte all'ufficio d'angolo. L'agente più allampanato bussò con le nocche callose alla porta con un breve tamburellio tipicamente militare. Poi aprì la porta e si fece da parte invitandola ad accomodarsi. Lui e il suo sosia non se ne andarono. Entrarono nell'ufficio dopo di lei, chiusero la porta e si tennero in disparte appena oltre la soglia, appoggiati al muro, come per sostenerlo con le spalle poderose.

La Moore provò un tuffo al cuore. In un batter d'occhio, Lerner aveva preso possesso dell'ufficio di Lindros ed eliminato tutti gli effetti personali del vicedirettore, nascondendoli Dio solo sapeva dove. Le fotografie erano state staccate dalle pareti o girate verso il muro.

Il direttore ad interim della Typhon si trovava dietro la scrivania di Lindros, il grosso posteriore comodamente appoggiato sulla poltrona di Lindros, intento a far scorrere i fogli contenuti in una cartellina verde chiaro, un cosiddetto CAD, un dossier di procedimento in corso, e, al contempo, a rispondere con abilità alle telefonate di

Lindros come se fossero sue. Adesso lo erano a tutti gli effetti, rammentò Soraya, e provò un immediato senso di depressione. Desiderò con tutta se stessa il ritorno di Lindros, e pregò in silenzio che Bourne lo trovasse e lo riportasse a casa sano e salvo. In cos'altro poteva sperare?

«Ah, signorina Moore...» Lerner appoggiò la cornetta del telefono. «Ha fatto bene a raggiungerci.» Il direttore ad interim sorrise, ma non le offrì di sedersi. Era chiaro che voleva tenerla in piedi, sulle spine, come un alunno delle scuole medie condotto davanti al vicepreside per un provvedimento disciplinare.

«Dov'era finita?»

Soraya immaginava che Lerner lo sapesse già, perché si era fatta sentire al cellulare prima di rientrare alla sede centrale. A quanto pareva, ciò che Lerner voleva era una confessione. Era quel genere d'uomo, Soraya lo capiva bene, per il quale il mondo esisteva sotto forma di una serie di scatole, tutte della stessa dimensione, dentro le quali poteva sistemare tutto e tutti, ciascuno nel suo bugigattolo. In questo modo si illudeva di poter tenere sotto controllo il caos della realtà.

«Sono stata a consolare la madre e le sorelle di Tim Hytner nel Maryland.»

«Ci sono determinate procedure» disse Lerner in tono severo. «Esistono per una ragione precisa. O non ci ha pensato?»

«Tim era mio amico.»

«È stato presuntuoso da parte sua ritenere la CIA incapace di prendersi cura dei suoi agenti caduti in servizio.»

«Conosco i famigliari di Hytner. Era più naturale che fossi io a comunicare loro la brutta notizia. Ho reso loro le cose più facili.»

«Mentendo, dicendo che Hytner era un eroe, anziché un inetto pasticcione che si è permesso di farsi manipolare dal nemico?»

Soraya stava cercando con tutte le sue forze di mantenere i nervi saldi. Si detestava perché si lasciava intimidire da quell'uomo.

«Tim non era un agente operativo.» Soraya si rese subito conto di aver commesso un errore tattico.

Lerner prese in mano il dossier CAD. «Eppure il rapporto redatto di suo pugno attesta che Hytner è stato coinvolto sul campo direttamente da Jason Bourne.»

«Tim era impegnato a decifrare il messaggio in codice alfanumerico che abbiamo trovato addosso a Cevik... l'uomo che adesso sappiamo essere Fadi. Bourne voleva sfruttare quel fatto per indurlo a vuotare il sacco.»

Il volto di Lerner si fece duro e teso. Soraya ebbe l'impressione che i suoi occhi fossero diventati due fori di proiettile: neri, letali, pronti a eruttare. A parte questo, il nuovo direttore della Typhon le sembrava un tipo alquanto comune. Sarebbe potuto benissimo essere scambiato per un commesso di un negozio di scarpe, un qualunque impiegatucolo di mezz'età. Ed era proprio questo il punto, pensò Soraya. Un buon agente operativo lo si doveva dimenticare subito dopo averlo visto. Dall'anonimato e dall'ordinaria banalità si traevano i maggiori vantaggi.

«Mi permetta di essere franco, signorina Moore. Sta difendendo Jason Bourne?»

«È stato Bourne a riconoscere Fadi. Ci ha fornito un punto di partenza per...»

«Strano che abbia effettuato questa identificazione *dopo* che Hytner è stato ucciso, *dopo* che ha permesso a Cevik di evadere.»

Soraya non credeva ai propri orecchi. «Sta dicendo che non è convinto che Cevik sia in realtà Fadi?»

«Sto dicendo che tutto quello che ha in mano è solo la teoria di un agente di cui non ci si può fidare, la cui parola è ben lontana dall'essere Vangelo. È pericolosissimo permettere ai suoi sentimenti di intralciare la sua capacità di giudizio.»

«Non è questo il caso...»

«Chi le ha dato l'autorizzazione per questa piccola escursione a casa dei parenti di Hytner?»

Soraya tentò di mantenere il controllo durante quel continuo cambio di discorso. «Al momento non c'era nessuno a cui chiedere l'autorizzazione.»

«Adesso c'è.» Con un gesto teatrale, Lerner chiuse il dossier CAD. «Le do un piccolo consiglio, signorina Moore: non vagabondi un'altra volta fuori dalla riserva. Sono stato chiaro su questo punto?»

«Chiarissimo» ribatté Soraya.

«Mi chiedevo una cosa. Vede, in questi ultimi giorni non è stata qui, perciò si è persa un'importante riunione dello staff. Le importa esserne aggiornata?»

«Certamente» rispose Soraya a denti stretti.

«Glielo riassumo brevemente» proseguì Lerner con garbo. «Cambierò la missione della Typhon.»

«Che cosa?!»

«Vede, signorina Moore, quello di cui questa agenzia ha bisogno è meno riflessioni inutili e più azione. Non ha proprio nessuna importanza ciò che pensano o sentono gli islamici. Ci vogliono morti. Di conseguenza, andremo là fuori e li prenderemo a calci da qui fino al mar Rosso. Semplice.»

«Signore, se posso permettermi... Non c'è nulla di semplice in questo conflitto. Non è come altre...»

«Ora può ritenersi informata su tutto, signorina Moore» tagliò corto Lerner.

Soraya aveva lo stomaco in subbuglio. Non riusciva a credere a quanto stava accadendo. Tutta la pianificazione accurata di Lindros, il duro lavoro di tanti esperti... tutto sarebbe finito nel cesso. Dov'era andato a cacciarsi Lindros proprio ora che la sua presenza era così necessaria? Era ancora vivo? Soraya doveva crederlo con tutta se stessa. Ma per il momento, almeno, a comandare era quel maniaco dell'azione. Se non altro l'interrogatorio era finito.

Con i gomiti piantati sulla scrivania, Lerner giunse le

dita delle mani, come a formare una guglia. «Mi stavo chiedendo» disse, adottando di nuovo il suo tono mellifluo, «se poteva chiarirmi una certa questione.» Preso il fascicolo CAD, lo agitò in alto e in basso in gesto d'ammonimento. «Come diavolo ha fatto a incasinare tutto in questo modo?»

Soraya restò in piedi immobile, dritta come un palo, malgrado la collera che la invase come un fiume in piena. L'aveva indotta a credere che il colloquio fosse finito, invece era solo all'inizio. Lerner, fino ad allora, aveva girato intorno al vero motivo per cui l'aveva convocata.

«Ha permesso a Bourne di far uscire di cella Hiram Cevik. Era sul posto quando il prigioniero ha messo in atto la sua fuga. È stata lei a ordinare agli elicotteri di entrare in azione.» Il nuovo direttore ad interim lasciò cadere il dossier sulla scrivania. «In cosa ho sbagliato con lei?»

Soraya pensò per un attimo di restare in silenzio, ma non voleva dare al suo interlocutore una soddisfazione così grande. «Niente» rispose senza energia.

«Era lei l'agente speciale che aveva in consegna Cevik. Ne era lei la responsabile.»

Fin lì non c'erano scuse. Soraya si irrigidì. «Sì, ero io.»

«Ce n'era quanto bastava per aprire il fuoco, signorina Moore, vero?»

«Non mi è venuto in mente.»

«È proprio questo il problema. Le sarebbe *dovuto* venire in mente. Proprio come avrebbe dovuto immaginare che non era una buona idea far uscire Cevik di cella.»

A prescindere da quel che Soraya diceva, Lerner trovava il modo di ritorcerglielo contro. «Mi scusi, ma avevo ordine dall'ufficio del direttore di assecondare Bourne in tutto e per tutto.»

Lerner la fissò per diversi secondi. Poi fece un gesto di invito in uno stile quasi paterno. «Perché diavolo non si è ancora accomodata?» disse.

Soraya si lasciò andare a sedere su una sedia di fronte al suo superiore.

«A proposito dell'argomento "Bourne"» Lerner la guardò negli occhi. «Sembrerebbe una specie d'esperta.»

«Non direi.»

«Il suo fascicolo personale dice che ha lavorato con lui a Odessa.»

«Suppongo si possa affermare che conosco Jason Bourne meglio della maggior parte dei miei colleghi.»

Lerner si abbandonò contro lo schienale della poltrona. «Sono sicuro, signorina Moore, che non pensa neppure lontanamente di avere imparato tutto quello che c'è da sapere sul suo mestiere.»

«Infatti. No.»

«Allora sono sicuro al cento per cento che andremo d'accordo, che alla fine mi sarà fedele così come lo era a Martin Lindros.»

«Perché parla di Lindros al passato?»

Lerner ignorò la domanda. «Per il momento devo rispondere della situazione che si è creata. In veste di direttore ad interim della Typhon, la responsabilità del disastro della fuga di Cevik è attribuibile soltanto a lei. Di conseguenza, non posso fare altro che chiedere le sue dimissioni.»

Soraya sentì il cuore balzarle in gola. «Dimissioni?» riuscì a malapena a mormorare.

Lerner, con gli occhi stretti in due fessure, disse: «Una lettera di dimissioni farà un'impressione diversa nel suo dossier personale. Perfino lei dovrebbe essere in grado di capirlo».

Soraya balzò in piedi dalla sedia. Aveva giocato crudelmente e con maestria con lei come un gatto col topo, il che la fece infuriare ancora di più. Odiava quell'uomo e voleva farglielo sapere. Altrimenti non le sarebbe rimasto un briciolo di autostima. «Chi diavolo crede di essere per venire qui a spadroneggiare?»

«Tutto qui. Abbiamo finito, signorina Moore. Liberi al più presto il suo ufficio delle sue cose. È licenziata.»

Capitolo 8

Il sentiero di montagna, infido e lastricato di ghiaccio, sul quale Alem guidava Bourne, sembrava non finire. All'improvviso, però, serpeggiando verso l'interno da una vertiginosa parete scoscesa del monte emerse in un prato alpino molto più vasto di quello sul quale i due Chinook erano stati abbattuti e quasi del tutto sgombro dalla neve.

Il villaggio era poco più di un agglomerato di catapecchie cadenti, davvero piccole. Era attraversato da una rete intricata di viottoli, all'apparenza fatta di sterco essiccato. Un gregge di capre brune si innervosì all'arrivo dei due e gli animali sollevarono le loro teste triangolari quando si fecero più vicini, ma riconoscendo Alem tornarono a brucare ciuffi di secca erba marrone. Poco lontano, alcuni cavalli nitrirono, scuotendo la testa quando l'odore degli uomini arrivò alle loro narici.

«Dov'è tuo padre?» domandò Bourne.

«Alla locanda, come al solito.» Alem alzò lo sguardo per fissarlo nei suoi occhi. «Non t'accompagnerò da lui. Ci devi andare da solo. È meglio non fargli sapere che ti ho raccontato del suo sciacallaggio.»

Bourne annuì. «Ti prometto che non gli dirò niente, Alem.»

«E neanche che mi hai incontrato.»

«Come faccio a riconoscerlo?»

«Dalla gamba. Quella sinistra è sottile, e si vede subito che è più corta della destra. Si chiama Zaim.»

Bourne stava per voltarsi e avviarsi quando Alem gli mise in mano l'anello di Lindros.

«Ma l'hai trovato tu, Alem...»

«Appartiene al tuo amico» disse il ragazzo. «Se te lo restituisco, forse lo ritroverai vivo.»

Era ora di mangiare. Ancora. «A prescindere dal modo in cui resisti» aveva insegnato Oscar Lindros a suo figlio, «non puoi rifiutarti di mangiare. Devi farlo per mantenerti in forze. I tuoi rapitori possono affamarti, naturalmente, ma solo se hanno intenzione di ucciderti.» Tuttavia era ormai chiaro che i terroristi della Dujja volevano tenerlo in vita. Certo potevano drogarlo attraverso le vettovaglie che gli servivano, e dopo che la tortura si era dimostrata infruttuosa era proprio quello che avevano fatto i rapitori di Martin Lindros. Invano. Idem per la privazione sensoria. La sua mente si era del tutto estraniata, chiudendosi in una sorta di tomba familiare; suo padre aveva provveduto ad addestrarlo. Il Pentothal sodico, per esempio, lo aveva fatto farneticare e balbettare come un poppante, ma niente di compromettente era uscito dalle sue labbra. Tutto quel che i suoi aguzzini volevano sapere era come chiuso in una cripta, a loro inaccessibile.

Erano in perfetto orario sulla loro tabella di marcia, di conseguenza a quel punto lo avevano lasciato più o meno solo. Non lo rifocillavano con regolarità, sebbene a volte i suoi carcerieri sputassero nel suo piatto. Nessuno di loro lo puliva quando se la faceva addosso. Quando la puzza diventava insopportabile, tiravano fuori una grossa manichetta di gomma da pompieri. Il potentissimo getto di acqua gelata lo sollevava da terra e lo sbatteva contro la parete di roccia della caverna che gli faceva da cella. Poi giaceva a terra per ore, il sangue e l'acqua che si mescolavano in rivoletti rosa, mentre girava il mulinello della canna da pesca e tirava fuori dal pacifico lago le trote, una dopo l'altra, senza tregua.

Questo avveniva parecchie settimane prima, o almeno

così era convinto lui. Ora stava meglio. Avevano perfino fatto venire un medico a visitarlo; l'uomo gli aveva messo dei punti di sutura per chiudere le ferite peggiori, gliene aveva fasciate e incerottate altre, gli aveva somministrato degli antibiotici per la febbre che lo aveva divorato per giorni.

Ora poteva non ricorrere all'espediente del lago per periodi di tempo sempre più lunghi. Poteva osservare l'ambiente che lo circondava, capire che si trovavano in una caverna. A giudicare dal freddo pungente, dall'ululato del vento che fischiava alla bocca della grotta, si trovava a una notevole altitudine, da qualche parte sulle estreme pendici del Ras Dascian. Non vedeva mai Fadi, ma, di tanto in tanto, riconosceva il suo luogotenente, l'uomo che si chiamava Abbud ibn Aziz. Era stato lui a sottoporlo ai violenti interrogatori, dopo che Fadi non era riuscito a piegare la sua resistenza durante i primi giorni di prigionia.

Abbud ibn Aziz era un tipo a lui familiare. Era essenzialmente ferino, selvaggio e crudele, vale a dire del tutto estraneo alla civiltà. Lo sarebbe sempre stato. Si sentiva a suo agio nel deserto, dov'era nato e cresciuto. Lindros l'aveva dedotto dall'idioma arabeggiante che lui parlava: Abbud ibn Aziz era un beduino. Il suo concetto di bene e male corrispondeva alla differenza tra bianco e nero, scolpito nella pietra. In quel senso era esattamente come Oscar Lindros.

Abbud ibn Aziz sembrava trarre gusto a conversare con Martin. Forse apprezzava l'impotenza del prigioniero. Forse sentiva che se chiacchieravano abbastanza a lungo Lindros avrebbe finito per considerarlo un amico, che sarebbe scattata la sindrome di Stoccolma, facendo sì che Lindros si identificasse con il suo rapitore. Forse recitava semplicemente la parte del poliziotto buono, perché era sempre lui ad asciugare con una salvietta Martin dopo i violenti lavaggi con la manichetta da pompiere, era sempre lui a cambiare gli indumenti di Lindros quando questi era troppo debole o privo di sensi per farlo da sé.

Lindros non era il tipo che si lasciava influenzare dalla tentazione di liberarsi dal suo isolamento, facendosi un amico. Non aveva mai stretto amicizia con facilità; preferiva essere un solitario. Suo padre aveva addirittura incoraggiato questa sua tendenza naturale all'introversione. Non legare troppo con le persone era un vantaggio se si aspirava a diventare una spia, gli aveva ripetuto più volte Oscar Lindros. Questa indole era anche stata annotata nel dossier personale di Martin quando aveva dovuto subire l'estenuante esame di un mese escogitato dai sadici psicologi della CIA nella fase finale precedente l'accettazione della sua domanda di entrare a far parte dell'Agenzia.

Sapeva benissimo ciò che Abbud ibn Aziz voleva da lui. Restava per lui un enigma il fatto che il terrorista volesse informazioni su una missione che la CIA aveva pianificato e attuato anni prima contro Hamid ibn Ashef. Che collegamento c'era tra Hamid ibn Ashef e Abbud ibn Aziz?

Naturalmente avevano cercato di carpirgli altre informazioni. Una miriade di informazioni. E malgrado l'apparente risolutezza di Abbud ibn Aziz, Lindros aveva notato con interesse che il terzo grado sulla missione della CIA contro Hamid ibn Ashef avveniva solo quando Abbud restava solo con lui.

Da questo aveva dedotto che quella linea particolare di interrogatorio non aveva nulla a che fare con la ragione per cui la Dujja lo aveva rapito.

«Come ti senti oggi?»

Abbud ibn Aziz era in piedi davanti a lui. Aveva portato con sé due piatti di cibo identici. Ne appoggiò uno nelle mani tremanti di Lindros. Quanto al cibo, Lindros conosceva le leggi coraniche. Ogni alimento rientrava in una categoria specifica, che erano poi due: *haram* o *halal*. Ovviamente, tutte le vivande che gli servivano lì erano *halal*.

«Niente caffè, oggi, mi sa» disse Abbud. «Ma i datteri e le giuncate di latte sono ottime.»

I datteri erano un tantino asciutti, e le giuncate avevano un gusto strano. Nel mondo ristretto di Lindros questi erano piccoli particolari, ma significativi. I datteri si stavano seccando, le giuncate si stavano inacidendo e il caffè era finito. Non erano arrivati altri rifornimenti. Perché?

Entrambi mangiarono con la mano destra, mostrando i denti mentre addentavano la polpa scura dei datteri. Lindros era concentrato in un turbinio di pensieri.

«Com'è il tempo?» domandò dopo un po'.

«Freddo, e il vento incessante lo rende ancora più gelido.» Abbud rabbrividì. «Si sta avvicinando un altro fronte di gelo.»

Lindros sapeva che Abbud era abituato a sopportare temperature oltre i 40 °C, alla sabbia nel cibo, all'abbacinante riverbero del sole bianco, al beato e fresco sollievo di una notte stellata. Quell'interminabile gelo che penetrava fin nelle ossa era intollerabile, per non parlare dell'altitudine. Le ossa e i polmoni di Abbud dovevano dolergli come quelli di un vecchio decrepito costretto a una marcia forzata. Lo osservò mentre spostava il suo Ruger semiautomatico nella piega del braccio sinistro.

«Deve essere una pena per te stare quassù.» La domanda di Lindros non era assolutamente ironica.

L'alzata di spalle di Abbud si concluse con un altro brivido di freddo irrefrenabile.

«Ti manca molto il deserto.» Lindros mise da parte il piatto con gli avanzi. Subire maltrattamenti quasi costanti, giorno dopo giorno, produceva effetti terribili sull'appetito. «Ti manca il mondo dei tuoi antenati, vero?»

«La civiltà occidentale è un abominio» disse Abbud. «La sua influenza sulla nostra società è come una malattia infettiva che occorre debellare dalle radici.»

«Avete paura della civiltà occidentale perché non la comprendete.»

Abbud sputò sul piatto il nocciolo del dattero che stava masticando. «Potrei dire lo stesso di voi americani.»

Lindros annuì. «E avresti ragione. Ma questo dove ci porta?»

«A scannarci reciprocamente.»

Bourne ispezionò l'interno della locanda. Era molto simile alla facciata esterna: muri di pietra spoglia e legno grezzo calcinati col fango. Il pavimento era di sterco battuto, duro e secco. Puzzava di fermentazione, sia alcolica sia umana. Un fuoco ruggiva nel focolare, aggiungendo calore e un odore particolare. Dentro c'era uno sparuto gruppetto di amara, tutti intontiti da vari gradi di sbronza. Se non fosse stato così, la comparsa di Bourne sulla soglia avrebbe prodotto un'agitazione ai limiti del parossismo. Invece non provocò nulla di più di un vago mormorio.

Bourne arrancò con passo pesante verso il bancone, lasciandosi dietro una scia di neve. Ordinò una birra che, in modo promettente, gli fu servita in bottiglietta. Mentre beveva il liquido fermentato, leggero, stranamente salmastro, diede un'occhiata in giro. In verità non c'era granché da vedere: solo uno stanzone rettangolare con un pugno di tavoli grezzi e sgabelli. Ciononostante, annotò ogni oggetto nella memoria, disegnando mentalmente una specie di pianta della locanda, nell'eventualità si fosse presentata la necessità di fuggire. Un paio di minuti dopo, la perlustrazione visiva adocchiò l'uomo con la gamba menomata. Zaim era seduto da solo in un angolo, una bottiglia di chissà quale torcibudella in una mano e un bicchiere lercio nell'altra. Era stempiato, la fronte alta e sporgente, la pelle scura e coriacea del tipico abitante di montagna. Degnò l'intruso di uno sguardo vago e fugace mentre si avvicinava al suo tavolo.

Bourne agganciò la punta di uno scarpone a una delle gambe dello sgabello libero, tirandolo da sotto il tavolo, e sedette di fronte al padre di Alem.

«Sta' alla larga da me, maledetto turista» borbottò Zaim.

«Non sono un turista» ribatté Bourne nello stesso dialetto.

Il padre di Alem spalancò gli occhi, girò la testa di lato, sputò sul pavimento. «Devi lo stesso volere qualcosa. Nessuno osa avventurarsi sulle pendici del Ras Dascian in inverno.»

Bourne ingollò un lungo sorso di birra. «Hai ragione.» Notando che la bottiglia di Zaim era quasi vuota, disse: «Che cosa stai bevendo?».

«Polvere» fu la risposta del padre di Alem. «È l'unica cosa che c'è da bere quassù. Polvere e cenere.»

Bourne andò al bancone, comprò un'altra bottiglia e tornò a sedersi al tavolo, appoggiando la bottiglia davanti a Zaim. Mentre stava per riempire il bicchiere, Zaim lo fermò con la mano.

«Non ci sarà tempo di bere» borbottò a bassa voce il padre di Alem. «Visto che ti sei portato dietro anche il tuo nemico.»

«Non sapevo di avere un nemico» replicò Bourne. Non c'era nessun vantaggio a rivelare a quell'uomo la verità.

«Sei venuto dal Luogo della Morte, non è così?» Zaim scrutò a fondo Bourne con i suoi occhi liquidi. «Sei entrato nelle carcasse di ferro degli uccelli di guerra, hai rovistato tra le ossa dei guerrieri ancorati all'interno. Non scomodarti a negarlo. Sei uno di quelli che attira i nemici su di sé proprio come un cadavere in putrefazione attira le mosche.» Zaim agitò nell'aria la mano libera in un gesto circolare. Il palmo e le dita, di una callosità fuori dal comune, erano talmente impregnati di sudiciume che non sarebbero mai stati puliti. «Ne hai addosso l'odore. Lo sento.»

«Il nemico di cui parli» disse Bourne, «al momento mi è ignoto.»

Zaim sogghignò, mettendo in mostra i molti spazi neri tra i pochi denti che gli erano rimasti. Aveva l'alito fetido come una fogna. «Allora sono diventato prezioso per te. Sicuramente più di una bottiglia di liquore.»

«I miei nemici erano nascosti, a guardia del Luogo della Morte?»

«Quanto vale per te» disse Zaim, «che io ti mostri il volto del tuo nemico?»

Bourne fece scivolare una mazzetta di banconote sul piano del tavolo.

Zaim fece sparire la mazzetta con un rapido colpetto da prestigiatore. «Il tuo nemico sorveglia il Luogo della Morte giorno e notte. È come una ragnatela, capisci? Vuole vedere quali insetti attrae e ci restano impigliati.»

«Che cosa rappresenta per lui?»

Zaim si strinse nelle spalle. «Molto poco.»

«Allora c'è qualcun altro.»

Zaim si sporse sul tavolo, avvicinandosi a Bourne. «Noi siamo solo pedine, capisci? Burattini nati. Per cos'altro serviamo? In quale altro modo possiamo sopravvivere in questa vita da miserabili?» Zaim si strinse di nuovo nelle spalle. «Anche così, uno può solo tenere a bada i tempi di magra solo per un po'. Prima o poi i lutti e le afflizioni arrivano sotto la forma peggiore e più dolorosa.»

Bourne pensò al primogenito di Zaim, sepolto vivo dalla frana. Ma non poteva dir nulla al riguardo; lo aveva promesso ad Alem.

«Sto cercando un mio caro amico» spiegò sottovoce. «Era stato portato sul Ras Dascian dal primo uccello di guerra. Il suo corpo non è tra le vittime al Luogo della Morte. Perciò credo sia ancora vivo. Ne sai qualcosa?»

«Io? Non so niente. A parte qualcosa sentita in giro.» Zaim si grattò la barba con le unghie nere e scheggiate. «Ma forse c'è una persona che può aiutarti.»

«Mi ci potresti accompagnare?»

Zaim sorrise. «Questo dipende solo da te.»

Bourne sospinse un'altra mazzetta di banconote sul tavolo macchiato. L'uomo del villaggio l'afferrò, borbottò, la piegò a metà e la fece sparire.

«D'altro canto» precisò, «non possiamo far niente fino

a quando il tuo nemico ci sorveglia.» Zaim sporse le labbra con aria cogitabonda. «L'occhio del tuo nemico siede a cavalcioni sulla tua spalla sinistra: un soldato semplice, un fante, direi, niente di più, nessun graduato.»

«Adesso ti sei compromesso» disse Bourne, indicando con un cenno del capo la tasca in cui l'uomo aveva fatto sparire il denaro.

Il padre di Alem alzò le spalle. «La cosa non mi preoccupa. Conosco quest'uomo; conosco la gente a cui appartiene. Non mi capiterà niente di male perché parlo con te, stanne certo.»

«Voglio togliermelo dai piedi» disse Bourne. «Voglio che l'occhio dorma.»

«È ovvio.» Zaim si sfregò il mento. «Si può sistemare qualsiasi cosa, perfino una cosa così apparentemente difficile.»

Bourne gli passò con discrezione altro denaro in contanti, e Zaim annuì soddisfatto, così sembrava per il momento. A Bourne ricordava una macchina mangiasoldi di Las Vegas: non avrebbe mai smesso di spillargli soldi finché Bourne non avesse deciso di lasciar perdere.

«Aspetta tre minuti esatti – né un secondo di più né uno di meno – poi seguimi uscendo dalla porta interiore.» Zaim si alzò. «Procedi per un centinaio di passi sulla via principale del villaggio, gira a sinistra in un vicolo, poi prendi la prima a destra. Non posso rischiare di far vedere che ti aiuto. In ogni caso, confido che tu sappia come muoverti. Da quel punto in poi prosegui il cammino senza tornare sui tuoi passi. Ti troverò io.»

«C'è un messaggio per te» annunciò Peter Marks quando Soraya tornò alla Typhon per sgomberare la sua scrivania dai suoi effetti personali.

«Pensaci tu, Pete» disse Soraya in tono sconsolato. «Mi hanno appena sbattuta fuori.»

«Cosa diavolo...?»

«Decisione del direttore ad interim.»

«Distruggerà tutto quello in cui ha creduto Lindros.»

«L'intenzione sembra proprio questa.»

Soraya stava per andarsene, quando Marks la trattenne afferrandola per un braccio. Era giovane, ben piantato, gli occhi infossati, capelli color grano, un vago accento nasale del Nebraska. «Soraya, voglio solo dirti che per conto mio – be', per conto di tutti noi, in effetti – nessuno ti biasima per quanto è successo a Tim. Gli incidenti purtroppo capitano quando meno te l'aspetti e, in questo mestiere, quando accadono finisce sempre in tragedia.»

Soraya trasse un respiro profondo ed espirò lentamente. «Grazie, Pete. Lo apprezzo molto.»

«Immaginavo che ti fossi già fustigata abbastanza per aver permesso a Bourne di calpestare te e Tim.»

La Moore rimase in silenzio un momento, senza capire bene quel che stava provando. «Bourne non c'entra nulla» disse alla fine, «e non è stata colpa mia. È successo e basta, Pete. Tutto qui.»

«Certo, d'accordo. Volevo solo dire che... be', lo sai, Bourne è un altro estraneo che ci è stato imposto dal Grande Vecchio. Come quel gran figlio di puttana di Lerner. Se proprio vuoi il mio parere, il Grande Vecchio sta perdendo colpi, uno dietro l'altro.»

«È un problema che non mi riguarda più» disse Soraya camminando verso il suo ufficio.

«Ma questo messaggio...»

«Oddio, Pete, occupatene tu.»

«Ma è contrassegnato "urgente".» Marks le porse il foglio. «È da parte di Kim Lovett.»

Dopo che Zaim fu uscito dalla locanda, Bourne andò al gabinetto, che puzzava come un pollaio. Ricorrendo al telefono satellitare Thuraya, compose la chiamata che ogni due ore indirizzava a Davis, come da accordi.

«Ho avuto informazioni nuove secondo le quali il sito è sotto sorveglianza» disse. «Perciò stai bene all'erta e pronto a sparare.»

«Anche lei» disse Davis. «C'è un fronte d'aria gelida che annuncia una grossa perturbazione in arrivo.»

«Lo so. La nostra strategia di fuga potrebbe essere compromessa?»

«Non si preoccupi» lo rassicurò Davis. «Mi occuperò io della situazione quassù.»

Uscito da quel lurido buco, Bourne pagò il conto al bancone. Mentre aspettava il resto, guardò di sfuggita «l'occhio del suo nemico», come lo chiamava Zaim. Capì subito che chi lo stava pedinando era un amara del posto. L'uomo non si diede la pena di abbassare lo sguardo; anzi, gli rivolse un'occhiata in cagnesco con ostilità più che evidente. Quello era il suo territorio, dopotutto.

Bourne, che aveva dato inizio al conto alla rovescia dei tre minuti concordati nell'attimo in cui Zaim aveva varcato la soglia della locanda, procedendo in direzione della porta, si rese conto che era ora di andare. Scelse un tragitto tra i tavoli che lo portò a passare accanto all'Occhio. Fu gratificato di notare che i muscoli dell'uomo si tesero quando gli si avvicinò. La mano sinistra dello sconosciuto scese all'anca destra, a portata di qualsiasi arma avesse addosso. Bourne a quel punto capì che cosa gli si richiedeva.

Uscì dalla locanda. Mentre in silenzio contava cento passi, a un tratto fu consapevole che l'Occhio lo aveva seguito in strada. Accelerando l'andatura in modo che il suo pedinatore fosse costretto ad affrettarsi per stargli dietro, arrivò all'incrocio descrittogli da Zaim e svoltò a sinistra in un vicoletto angusto pieno di neve. Notò la strada successiva a destra, e l'imboccò in fretta e furia.

Fatti solo due passi, si fermò e si girò, si appiattì contro la parete di ghiaccio e restò in attesa finché non spuntò l'Occhio. Bourne afferrò il suo pedinatore, gli diede una spinta contro l'angolo dell'edificio, così forte da fargli battere bruscamente i denti. Un pugno alla tempia lo mise fuori combattimento facendogli perdere i sensi.

Un istante dopo Zaim sfrecciò zoppicando nel vicolo. «Presto, adesso!» disse, quasi del tutto senza fiato. «Ce ne sono altri due che non avevo contato.»

Zaim guidò Bourne a un incrocio tra i vicoli e svoltò a sinistra. Si ritrovarono di colpo all'estrema periferia del villaggio. La neve era più alta, lo strato superficiale fragile e secco. Zaim aveva difficoltà ad arrancare sul terreno ingombro di neve, specie al passo che aveva adottato. Ben presto giunsero a un fabbricato annesso a una casa, tutto in rovina, oltre il quale tre cavalli pasturavano in un piccolo recinto.

«Sei capace di cavalcare a pelo?» domandò Zaim.

«Me la caverò in qualche modo.»

Bourne appoggiò la mano sul muso di un cavallo grigio, lo guardò negli occhi, dopo di che gli montò in groppa con un balzo deciso. Piegandosi in avanti, afferrò Zaim sopra al gomito e lo aiutò a montare in groppa a un cavallo marrone. Partirono al piccolo galoppo.

Il vento stava aumentando. Non c'era bisogno che Bourne fosse del posto per prevedere che era in arrivo una tempesta da nordovest, carica di neve. Per Davis sarebbe stato duro mettere al riparo l'elicottero e sarebbe stato costretto a restare lassù: non c'era modo di lasciarsi rapidamente alle spalle la montagna.

Zaim si stava dirigendo verso il limitare della foresta, ma, guardando dietro di sé, Bourne vide che era già troppo tardi. I cavalieri – senza dubbio i due amara di cui Zaim era preoccupato – li stavano inseguendo al gran galoppo, colmando alla svelta la distanza che li separava.

Fatto un rapido calcolo, Bourne concluse che i due li avrebbero raggiunti alcune centinaia di metri prima che avessero la possibilità di far perdere le loro tracce nel bosco. Appoggiando la testa sulla criniera del suo cavallo, lo spronò battendogli i fianchi coi tacchi. Il cavallo grigio balzò in avanti, correndo verso gli alberi. Allarmato, ma solo per pochi secondi, Zaim spronò a sua volta il proprio cavallo, scattando all'inseguimento di Bourne.

A metà strada dalla pineta, Bourne si rese conto che non ce l'avrebbero fatta. Senza pensarci due volte, strinse saldamente le ginocchia contro i fianchi dell'animale e gli tirò la criniera a destra. Senza perdere il passo, il cavallo grigio deviò a destra, prendendo la direzione contraria, e prima che i loro inseguitori avessero il tempo di reagire, Bourne stava galoppando diritto incontro a loro.

I due cavalieri si separarono, come Bourne aveva previsto. Piegandosi sul fianco destro del cavallo in corsa, alzò di scatto la gamba sinistra e sferrò con forza un calcio, accompagnato da una spinta dell'anca. Il suo scarpone dalla suola spessa centrò in pieno petto uno degli amara, disarcionandolo. A quel punto, l'altro aveva avuto il tempo di fare dietrofront. Aveva estratto una pistola – una vecchia ma pur sempre letale Makarov PM 9mm – e la stava puntando contro di lui.

Risuonò uno sparo che sollevò l'amara dalla sella, che consisteva in una semplice coperta. Bourne si voltò e vide Zaim impennarsi sul cavallo, armato di pistola, che agitava la mano libera per incitarlo, dopo di che si diressero il più in fretta possibile all'estremo limitare del bosco d'abeti più vicino.

Un altro sparo squarciò qualche ramoscello sopra le loro teste mentre galoppavano nella foresta. L'amara che Bourne aveva disarcionato era rimontato a cavallo e si era lanciato di nuovo all'inseguimento.

Zaim si infilò, senza indugio, tra gli alberi. Si era fatto notevolmente più freddo e umido. Perfino là, al riparo della foresta, il vento gelido penetrava fin nelle ossa, scuotendo i rami, dai quali cadevano cascate di neve. Nonostante il prurito che sentiva lungo la spina dorsale, Bourne continuò a cavalcare in coda al cavallo marrone che lo precedeva.

Il terreno cominciò a digradare, dapprima con lieve pendenza, poi più ripidamente. I cavalli abbassarono la testa, sbuffando e fiutando con le narici, come per prevedere meglio le pietre sepolte nella neve, con le loro superfici tondeggianti, lastricate di ghiaccio, che rendevano davvero difficile mantenere l'equilibrio.

Bourne udì uno scalpiccio provenire dalle loro spalle e spronò il cavallo grigio a proseguire più in fretta. Avrebbe voluto chiedere a Zaim dov'erano diretti e quanto mancava, ma alzare la voce avrebbe soltanto rivelato la loro posizione nel dedalo della foresta. Proprio mentre stava formulando questi pensieri, scorse di sfuggita una radura tra gli alberi, subito seguita dallo scintillio sfavillante di una lastra di ghiaccio: un fiume serpeggiava ai margini di un pascolo alpino fino a un'altra radura.

In quel momento udì una detonazione e, un istante dopo, il cavallo di Zaim crollò di schianto sotto il suo compagno, sbalzandolo a terra. Zaim cadde rovinosamente, rotolando sul terreno. Spronando il cavallo grigio a proseguire, Bourne raggiunse il compagno, allungò un braccio verso di lui e lo trascinò con sé fino a farlo montare in groppa dietro di lui.

Erano quasi arrivati all'argine del fiume ghiacciato. Un altro colpo, che spezzò alcuni ramoscelli vicini.

«Dammi la tua pistola!» disse Bourne.

«L'ho persa quando ha sparato al mio cavallo» rispose Zaim, amareggiato.

«Ci ammazzerà!»

Bourne calò a terra Zaim, facendolo giacere sulla coltre di neve gelata, dopo di che scivolò dal cavallo grigio. Uno schiaffo secco sul posteriore mandò l'animale a galoppare imbizzarrito nella pineta lungo un tragitto più o meno parallelo al torrente.

«Adesso cosa facciamo?» Zaim si batté una mano sulla gamba malata. «Con questa, non abbiamo speranze, qui allo scoperto.»

«Andiamo!» Afferrando il compagno per il pesante giaccone di lana, Bourne scese di corsa l'argine del torrente ghiacciato.

«Cos'hai intenzione di fare?» Zaim aveva gli occhi sbarrati per la paura.

Bourne lo sollevò di peso da terra un istante prima di atterrare in corsa sul ghiaccio. Compensando il peso del compagno claudicante, Bourne iniziò a scivolare a falcate da pattinatore sul ghiaccio. Usando come pattini le lame nelle suole dei suoi scarponi, acquistò rapidamente velocità con la pendenza naturale del fiume diretto a valle.

Affrontò con destrezza le curve serpeggianti del fiume, ma non aveva quasi nessun controllo sulla velocità acquisita, e stava pattinando sempre più in fretta, man mano che il corso del fiume si inclinava sempre più.

Imboccarono a tutta velocità un'altra curva del fiume e Zaim emise un urlo inarticolato. Un attimo dopo Bourne ne comprese il motivo. Poco più avanti, il fiume si trasformava in una cascata, in quel periodo ghiacciata.

«Quant'è alta?» gridò Bourne cercando di superare il vento sibilante che gli sferzava la faccia.

«Troppo» gemette Zaim, terrorizzato. «Troppo, davvero troppo alta!»

Capitolo 9

Bourne tentò di curvare da una parte e dall'altra, ma non ci riuscì. Stava scivolando lungo una piega nel ghiaccio che gli impediva di cambiare direzione. In ogni caso, era troppo tardi. L'orlo increspato della cascata era vicinissimo, perciò fece la prima cosa che gli venne in mente: deviò verso il centro del fiume, dove l'acqua era più profonda e il ghiaccio più sottile.

Raggiunsero il punto a piena velocità, che si aggiunse al loro peso per frantumare lo strato di ghiaccio sottile che si era formato sopra l'acqua che scorreva calma. Precipitarono nella cascata, rotolando e piroettando nell'acqua gelata che mozzò loro il fiato, congelandoli a partire dagli arti inferiori.

Mentre cadeva dall'alto, Bourne si sforzò di mantenere l'orientamento: sarebbe morto assiderato o affogato se non fosse riuscito a rompere il ghiaccio sottile alla base della cascata. Doveva anche evitare, mentre era sott'acqua, che la corrente non lo trascinasse troppo lontano dalla zona alla base della cascata: il ghiaccio avrebbe potuto ispessirsi in uno strato troppo duro da infrangere.

Luce e ombra, blu e nero, grigio opalino gli annebbiarono la vista mentre rotolava nell'acqua in tumulto. Urtò con la spalla una roccia, un dolore lancinante lo penetrò come una scarica elettrica. Cercò la luce nella confusione dell'oscurità. Non c'era nessuna luce! Gli girava la testa e le mani erano quasi completamente intirizzite e insensibili. Il cuore era affaticato sia dallo scombussolamento fisico sia dalla mancanza di ossigeno.

Allungò, in un movimento convulso, le braccia in avanti: il corpo di Zaim era vicino al suo; quando lo trascinò da parte, scorse una luce perlacea che brillava dietro Zaim e capì in che direzione si trovava la superficie del fiume verso la quale muoversi. Zaim sembrava privo di sensi. Un fiotto di sangue si perdeva nell'acqua, calando da una tempia. Bourne immaginò che anche lui avesse urtato un masso.

Con un braccio intorno al compagno esanime e agitando i piedi, Bourne si spinse con forza verso la superficie, andando a sbattere la testa contro lo strato di ghiaccio prima del previsto. La crosta non cedette.

Gli pulsavano le tempie e i fiotti di sangue che sgorgavano dalla ferita di Zaim gli oscuravano la vista. Grattò il ghiaccio con la punta delle dita, ma non trovò nessuna presa. Non trovò nessuna crepa nel ghiaccio, né un'imperfezione da poter sfruttare: il ghiaccio era troppo spesso, perfino alla base della cascata. I polmoni gli bruciavano e il mal di testa provocato dalla mancanza di ossigeno stava diventando insopportabile. Forse Zaim era già morto annegato. Sicuramente sarebbe morto anche lui se non avesse rotto la superficie ghiacciata e fosse riemerso in fretta.

Un mulinello impetuoso li risucchiò, minacciando di mandarli entrambi a fondo in un gorgo, destinati a morte sicura nell'oscurità dove il ghiaccio era più spesso. Mentre si dibatteva per resistere al vortice, le sue unghie si aggrapparono a qualcosa: non proprio una crepa, ma qualcosa di simile. Vide che una parte lasciava entrare più luce e fu proprio in quel punto che concentrò i suoi sforzi. I suoi pugni, intorpiditi, appesantiti e maldestri, si rivelarono inutili.

Gli restava un'ultima possibilità. Lasciò andare Zaim un momento e nuotò verso il fondo buio finché non sentì il letto del fiume. Rovesciatosi, si piegò sulle ginocchia e si lanciò verso l'alto in verticale. Il capo batté nella breccia della lastra di ghiaccio che si frantumò in schegge quando anche le spalle emersero all'esterno. Aspirò voracemente l'aria nei polmoni una volta, due, tre. Poi si immerse di nuovo sotto lo strato sfondato. Zaim non era più dove lo aveva lasciato. Era stato afferrato dal vortice d'acqua turbolenta, fortissima, adesso veniva trascinato a fondo verso l'oscurità impenetrabile.

Bourne agitò i piedi spingendosi in basso, nuotando con forza nella corrente impetuosa, allungandosi più che poté in avanti per afferrare l'uomo alla caviglia. Pian piano, con sicurezza sempre maggiore, lo trascinò indietro, strappandolo al gorgo e riportandolo verso la luce, infine trainandolo in superficie, stendendolo a faccia in giù sulla lastra di ghiaccio del fiume prima di issarsi a sua volta fuori dall'acqua.

Erano precipitati sott'acqua poco più a est della cascata, ai margini di una fitta pineta che proseguiva ininterrotta a nord e a est.

In ginocchio, piegato in avanti, Bourne riprese fiato, nascosto dall'ombra degli alberi che si proiettava sul fiume. A parte una manciata di secondi, non poteva sprecare altro tempo. Controllò i segnali vitali di Zaim: il polso, il respiro, le pupille. L'uomo era ancora vivo. La ferita, che aveva riportato al capo, era superficiale. Il cranio robusto di Zaim aveva resistito al colpo, proteggendolo da traumi più gravi.

Il problema, ora, a parte tamponare il flusso di sangue che fuoriusciva dalla tempia, era asciugarlo prima che morisse per assideramento. Bourne aveva goduto della protezione, seppure parziale, della tuta da paracadutista da temperature estreme, anche se notò che era stata lacerata in più punti durante il violento salto giù dalla cascata. L'acqua si stava già congelando sulla pelle esposta all'aria. Aperta un momento la tuta, si strappò una manica della camicia, la riempì in fretta di neve e l'avvolse come una benda intorno alla testa ferita di Zaim. Issò in spalla il compagno ancora svenuto, facendo attenzione ad appoggiarlo dalla parte che non gli faceva male, e, barcollando, si arrampicò per l'argine infido del fiume per addentrarsi nel bosco. Sentiva il gelo penetrare lentamente nei gomiti e nelle spalle, nei punti in cui lo strato esterno della tuta anti-G era ridotta a brandelli.

Zaim si stava facendo sempre più pesante, ma Bourne proseguì imperterrito, deviando in direzione nordest, lontano dal fiume. Un vago ricordo riemerse in superficie: un flash simile a quello che aveva avuto la prima volta che era salito sul Ras Dascian, ma più vivido di dettagli. Doveva esserci un altro villaggio – più grande di quello in cui aveva trovato Zaim – alcuni chilometri più avanti.

D'un tratto fu riportato alla realtà da un rumore che gli era familiare: lo sbuffare di un cavallo. Sistemò adagio Zaim per terra contro un tronco d'albero, poi avanzò con cautela verso quel rumore. Circa cinquecento metri più avanti si imbatté in una piccola radura. Vi scoprì il cavallo grigio, il muso affondato nella coltre nevosa in cerca di qualcosa da brucare. Apparentemente l'animale aveva seguito il corso del fiume a valle fino a quello spiazzo. Era proprio quello di cui Bourne aveva bisogno per trarre in salvo Zaim e se stesso.

Stava per avanzare nella radura quando il cavallo grigio alzò la testa e dilatò le narici. Cosa aveva fiutato? Il vento soffiava incessante, portando con sé l'odore del pericolo.

Bourne ritenne di aver capito, e ringraziò in silenzio il cavallo. Ritraendosi di nuovo al riparo degli alberi, cominciò un percorso d'aggiramento alternativo a sinistra, mantenendo la visuale sulla radura mentre camminava, il vento che gli sferzava contro. A un quarto del tragitto a semicerchio, scorse una macchia di colore, e poi un leggero movimento. Dirigendosi obliquamente verso il suo obiettivo, vide che si trattava dell'amara che aveva disarcionato al primo scontro. L'uomo doveva aver portato là il cavallo grigio come esca, per attirarli nel caso fossero sopravvissuti al salto nella cascata.

Tenendosi basso, Bourne si avventò con uno slancio contro l'avversario, cogliendolo alla sprovvista dall'angolo cieco. L'uomo stramazzò al suolo con un gemito, liberò la mano sinistra mentre Bourne, a cavalcioni sopra di lui, lo prendeva a pugni. L'amara estrasse un pugnale dalla lama ricurva e vibrò un colpo, mirando dritto al fianco scoperto di Bourne appena sopra i reni. Bourne rotolò di lato, evitando il colpo. Nello stesso tempo, agganciò le caviglie al collo dell'avversario, incrociandole e stringendo forte sulla nuca e sul pomo d'Adamo. Con una torsione rapida e violenta, spezzò il collo dell'amara.

Bourne si alzò da terra, sottrasse al morto il pugnale, il fodero e la Makarov PM 9mm. Poi raggiunse a passo sostenuto la radura e portò il cavallo grigio dove aveva lasciato Zaim. Issato il compagno sulla groppa robusta dell'animale, montò a sua volta sul cavallo e lo spronò ad addentrarsi tra gli abeti, scendendo a valle, lasciandosi guidare dal ricordo del villaggio.

Quando Soraya Moore varcò la soglia del laboratorio dell'unità investigativa dei vigili del fuoco, Kim Lovett stava ancora discutendo di prove medico-legali con il detective Overton del Dipartimento di Polizia.

Dopo essersi presentate, Kim entrò subito in argomento, informando Soraya delle ultime scoperte relative al caso dell'incendio doloso scoppiato all'Hotel Constitution. Poi le passò il ponte con i due denti di oro-ceramica, molto simile a porcellana.

«Li ho trovati nel tubo di scarico della vasca da bagno della suite» disse. «A un primo sguardo, potrebbero facilmente essere scambiati per un ponte dentale, ma non credo lo sia.»

Osservando la parte cava interna ai denti, Soraya si ricordò di aver visto qualcosa di molto simile nel laboratorio «cosmetico» di Deron. A un'occhiata più accurata, riconobbe l'alta qualità della lavorazione. Senza dubbio il ponte faceva parte dell'arsenale trasformista di un camaleonte molto abile. Non aveva dubbi su cosa avesse in mano, e a chi appartenesse. Credeva di essere uscita da tutta quella storia quando Matthew Lerner l'aveva sbattuta fuori a calci dalla Typhon, ma in quel momento comprese a fondo la verità. Forse l'aveva sempre saputo: non aveva affatto chiuso la partita con Fadi, neppure lontanamente.

«Hai ragione, Kim» disse. «È una protesi.»

«Una protesi?» le fece eco Overton. «Non riesco a seguirla.»

«È fasulla, vuota come una conchiglia» gli spiegò la Moore. «Serve solo per camuffarsi. La si infila sopra ai propri denti. Non è un sostituto per denti devitalizzati o rotti, ma serve ad alterare la forma della bocca e la linea delle guance.» Soraya si mise in bocca il ponte. Sebbene fosse troppo grande per lei, sia Kim che Overton furono stupiti di constatare coi loro occhi quanto cambiasse la forma della bocca e delle labbra dell'agente della CIA. «Il che significa che il vostro sedicente Jakob Silver e suo fratello erano sotto falso nome» concluse, sputando la protesi. Poi, rivolta a Kim, aggiunse: «Ti spiace se la prendo in prestito per un po'?».

«Fai pure» ribatté Kim. «Ma dovrò annotarlo sul rapporto.»

Il detective Overton scosse il capo. «È tutto quanto così assurdo!»

«Le sembrerebbe molto più chiaro se fosse a conoscenza di tutti i fatti.» Soraya raccontò loro per sommi capi l'incidente avvenuto fuori dalla sede centrale della CIA. «L'uomo che si è spacciato per un imprenditore di Città del Capo di nome Hiram Cevik è, in realtà, un saudita che si fa chiamare Fadi, un leader terrorista che, in qualche modo, dispone di quella che pare essere una somma spropositata di denaro. Non ho la più pallida idea di quale possa essere la sua reale identità. È scomparso nel giro di pochi isolati dal punto in cui l'Hummer lo ha prelevato.» Soraya indicò il ponte dentale fasullo. «Adesso sappiamo dov'è andato.»

Kim rifletté su tutto quanto aveva appena loro rivelato la Moore. «Allora i resti umani che abbiamo rinvenuto nella suite non appartengono a nessuno dei due presunti fratelli.»

«Ne dubito. L'incendio ha tutta l'aria di essere un'azione diversiva per permettere a Fadi di eclissarsi da Washington, di lasciare insomma il Paese indisturbato.» Soraya si avvicinò al bacile di metallo in cui Kim aveva raccolto le ossa ritrovate nella vasca da bagno della suite dell'albergo. «Sono convinta che questi siano i resti di Omar, il cameriere pachistano.»

«Cristo santo!» Finalmente stiamo facendo luce su qualcosa, pensò Overton. «Quale dei due fratelli era Fadi?»

Soraya si voltò verso di lui. «Jakob, senza dubbio. È stato Lev a registrarsi in albergo. Fadi era a Città del Capo, e poi in stato d'arresto e d'incarcerazione.»

Overton era euforico. Adesso sì che la fortuna girava dalla sua parte. Avvalendosi dell'aiuto di quelle due esperte aveva raggiunto il suo obiettivo. Prestissimo, ormai, avrebbe avuto informazioni a sufficienza da portare alla Homeland Security. In un sol colpo sarebbe diventato la loro nuova recluta e il loro nuovo eroe.

Soraya si rivolse di nuovo a Kim: «Hai trovato qualcos'altro?».

«Poco o niente. A parte l'accelerante.» La Lovett prese alcuni fogli stampati dal computer. «Era disolfuro di carbonio. Non ricordo neppure l'ultima volta in cui mi ci sono imbattuta. I piromani, di solito, utilizzano acetone, cherosene, o qualche altro combustibile di facile reperimento.» L'investigatrice si strinse nelle spalle. «D'altro canto, in questo caso il disolfuro di carbonio sembra molto più logico. È più pericoloso delle altre sostanze a causa della sua bassa temperatura d'ignizione e dell'elevata probabilità di una detonazione una volta acceso. Fadi voleva che le finestre esplodessero verso l'esterno, in modo che le fiamme fossero ulteriormente alimentate dall'ossigeno all'esterno del palazzo. Ma bisogna essere un vero professionista per farne uso, evitando al contempo di farsi saltare in aria.»

Soraya diede una rapida scorsa ai fogli con i dati che Kim le aveva consegnato. «Qui c'è di sicuro la mano di Fadi. È evidente. Dove ci si potrebbe procurare il disolfuro di carbonio?»

«Si dovrebbe avere accesso direttamente a un'azienda produttrice o a una delle ditte che le forniscono le materie prime» rispose Kim. «Viene usato nella lavorazione della cellulosa, del tetracloruro di carbonio e di altri composti solforici organici.»

«Puoi prestarmi un momento il tuo computer?»

«Accomodati pure» disse Kim.

Soraya sedette alla postazione di lavoro di Kim e si collegò a Internet. Navigando su Google, inserì nella casella del motore di ricerca «disolfuro di carbonio».

«"La cellulosa è usata nella produzione del rayon e del cellophane"» lesse Soraya ad alta voce a beneficio dei due colleghi. «"In passato il tetracloruro di carbonio, noto anche come freon 10, era un elemento fondamentale negli estintori e nei frigoriferi, sebbene sia stato abbandonato a causa della sua tossicità. I ditiocarbammati, il dmit e gli xantati sono agenti flottanti nella lavorazione dei minerali. Il disolfuro di carbonio viene anche usato nella produzione di metham-sodio, un fumigante per uso agricolo."»

«Una cosa è certa» intervenne Kim. «Queste sostanze non le trovi di sicuro nel negozio all'angolo. Devi sapere dove prenderle.»

La Moore annuì. «E presuppone un'approfondita conoscenza del composto chimico e delle sue caratteristiche specifiche.» La donna annotò qualche rapido appunto sul suo palmare e poi si alzò. «Okay. Qui ho finito.»

«Le spiace se mi aggrego?» domandò Overton. «Finché non è spuntata lei questo caso era in un vicolo cieco.»

«Non credo sia possibile.» Soraya scoccò un'occhiata alla Lovett. «Stavo per dirvelo quando sono entrata. Sono appena stata licenziata.»

«Cosa?!» Kim era scioccata. «Perché?»

«Il nuovo direttore ad interim non apprezza la mia vena ribelle. Credo che voglia stabilire a tutti i costi la sua autorità. Oggi ha deciso di silurare me.»

Kim le andò vicino e l'abbracciò con aria comprensiva. «Se c'è qualcosa che posso fare per te...»

Soraya sorrise. «So a chi rivolgermi. Grazie.»

Era troppo preoccupata per notare lo sguardo torvo di disapprovazione e di malcontento che aveva rabbuiato Overton. Non aveva nessuna intenzione di essere ostacolato, tanto meno quand'era così vicino al suo obiettivo.

Quando Bourne e Zaim arrivarono al villaggio aveva ormai iniziato a nevicare. Era proprio là, annidato in una stretta vallata, esattamente come Bourne lo ricordava. Le nuvole, basse e grevi, facevano sembrare i monti piccoli e insignificanti, come se stessero per essere schiacciati in uno scontro fra titani. La guglia della chiesa era la struttura più visibile da lontano, e Bourne puntò in quella direzione.

Zaim si stiracchiò e gemette per il dolore. Si era svegliato un po' di tempo prima e Bourne lo aveva fatto scendere da cavallo, giusto in tempo per vomitare tra gli abeti. Bourne gli aveva fatto mangiare un po' di neve per reidratarlo. Era intontito e debole, ma capì tutto senza problemi quando Bourne gli raccontò cos'era successo. L'amara disse a Jason che la loro destinazione era un accampamento alle porte del villaggio.

Ora ci erano arrivati. Benché Bourne fosse ansioso di incontrare la persona che Zaim affermava avrebbe potuto portarlo da Lindros, gli indumenti dell'uomo erano congelati: se non si fosse riscaldato il più in fretta possibile, i vestiti gli si sarebbero attaccati alla pelle e l'avrebbero scorticato vivo nel momento in cui avesse tentato di toglierseli.

Il cavallo grigio, che Bourne aveva spronato a pieno galoppo nella coltre nevosa alta fino al ginocchio, era quasi completamente sfiancato quando giunsero al margine dell'accampamento. Tre amara spuntarono come dal nulla, brandendo pugnali dalla lama ricurva simili a quello che Bourne aveva sottratto all'uomo al quale aveva spezzato il collo.

Bourne se l'era aspettato. Nessun accampamento sarebbe stato lasciato privo di sentinelle. Restò seduto, nell'immobilità più assoluta, in sella all'ansimante cavallo grigio mentre gli amara facevano smontare Zaim dalla cavalcatura. Quando videro di chi si trattava, uno dei tre corse verso una tenda al centro dell'accampamento. Tornò pochi minuti dopo con un altro uomo che, verosimilmente, era il *negus*, ossia il capotribù.

«Zaim» disse, «cosa ti è capitato?»

«Quest'uomo mi ha salvato la vita» mormorò Zaim.

«E lui la mia.» Bourne smontò da cavallo. «Strada facendo per venire qui siamo stati attaccati.»

Se il *negus* rimase sorpreso di sentire Bourne parlare amarico non lo diede affatto a vedere. «Come tutti gli occidentali, ti porti dietro guai e nemici.»

Bourne rabbrividì di freddo. «Hai ragione soltanto a metà. Siamo stati attaccati da tre amara.»

«Tu sai chi li paga?» domandò Zaim debolmente.

Il *negus* annuì. «Portateli tutt'e due nella mia capanna, dove c'è caldo. Ravviveremo il fuoco.»

Abbud ibn Aziz era in piedi a fissare con gli occhi semisocchiusi il cielo minaccioso che vorticava intorno alla parete nord del Ras Dascian, tendendo l'orecchio in attesa del ronzio di rotori lontani.

Dov'era Fadi? Il suo elicottero era in ritardo. Abbud ibn Aziz aveva controllato regolarmente le condizioni climatiche per tutta la mattina. Con il fronte di maltempo in arrivo, sapeva che il pilota disponeva di una zona estremamente ridotta nella quale effettuare l'atterraggio.

In realtà, non era contro il gelo o l'aria rarefatta cui era rivolta la sua rabbia, ma che lui e Fadi erano lì in prima persona. Il piano. Abbud sapeva chi c'era dietro. Soltanto un uomo avrebbe potuto escogitare un disegno così instabile e ad altissimo rischio: Karim al Jamil, il fratello di Fadi. Quest'ultimo poteva anche essere l'attivista della Dujja, ma Abbud ibn Aziz, unico tra i tanti seguaci di Fadi, sapeva che Karim al Jamil era l'anima dell'organizzazione, il cervello, il maestro di scacchi, il ragno paziente che tesseva le ragnatele per il futuro. Soltanto pensare a ciò che Karim al Jamil forse stava progettando faceva girare la testa ad Abbud ibn Aziz. Come Fadi e Karim al Jamil, anche lui era stato educato e istruito in Occidente. Conosceva la storia, la politica e l'economia del mondo nonarabo: un requisito indispensabile, per quanto riguardava Fadi e Karim al Jamil, per elevarsi al rango di leader nella catena di comando gerarchica della Dujja.

Il problema di Abbud ibn Aziz era che non si fidava per niente di Karim al Jamil. Tanto per cominciare, aveva l'indole del solitario. In secondo luogo, a quanto gli risultava, Karim parlava solo con Fadi. Che questo potesse anche non essere vero – cioè che sapesse meno di quel che sospettava su Karim al Jamil – non faceva altro che metterlo ulteriormente a disagio e renderlo irrequieto.

Ciò che irritava Abbud era che lui, vicecomandante di Fadi, suo braccio destro e compagno più intimo, fosse escluso dai meccanismi interni della Dujja. Questo gli sembrava intollerabile, e sebbene fosse assolutamente fedele a Fadi, il fatto di non prendere parte al vertice di potere lo innervosiva. Era ben consapevole che il sangue contava più dell'acqua. Chi, tra i membri delle tribù del deserto, non l'avrebbe capito? Ma Fadi e Karim al Jamil erano arabi solo a metà. La madre era inglese. Entrambi erano nati a Londra dopo che il padre aveva trasferito nella capitale britannica la sede centrale della sua società dall'Arabia Saudita.

Abbud ibn Aziz era ossessionato da parecchi interrogativi ai quali da un lato, nell'inconscio, non voleva trovare risposta. Perché Abu Sarif Hamid ibn Ashef al Wahhib aveva lasciato l'Arabia Saudita? Perché si era dedicato sentimentalmente a un'infedele? Perché era diventato socio in affari con la stessa donna? Perché aveva aggravato il suo peccato addirittura sposandola? Abbud ibn Aziz non trovava nessuna motivazione pratica che avrebbe potuto spingere un saudita a compiere simili scelte. In verità, né Fadi né Karim al Jamil erano figli del deserto, come Abbud. Erano nati e cresciuti in Occidente, avevano studiato a Londra, una metropoli palpitante. Che cosa ne sapevano del profondo silenzio, della severa bellezza, dei profumi incontaminati del deserto? Il deserto, dove la grazia e la saggezza di Allah potevano manifestarsi in ogni cosa.

Fadi, come si addiceva a un fratello maggiore, era protettivo nei confronti di Karim al Jamil. Questo se non altro era un atteggiamento che Abbud ibn Aziz poteva anche capire. Provava lo stesso sentimento nei riguardi dei suoi fratelli minori. Nel caso di Karim al Jamil, da un po' di tempo, Abbud si chiedeva in quali acque oscure e profonde stesse conducendo la Dujja. Era davvero sicuro di voler rimanere in quella situazione? Finora Abbud era salito nella scala gerarchica dell'organizzazione ed era andato così lontano senza alzare la voce perché era fedele a Fadi. Era stato Fadi a indottrinarlo, arruolandolo alla causa del terrorismo nella guerra che erano stati costretti a dichiarare in seguito alle insistenti incursioni dell'Occidente nelle terre dei loro avi. Era stato Fadi a mandarlo in Europa a completare gli studi, un periodo della sua vita che Abbud aveva odiato, ma che nondimeno si era dimostrato di grande profitto. «Conoscere il nemico» gli aveva ripetuto innumerevoli volte Fadi, «equivale a sconfiggerlo».

A Fadi, Abbud doveva tutto: lo avrebbe seguito fedelmente in capo al mondo, ovunque avesse deciso di andare. D'altra parte, non era né sordo, né muto, né cieco. Se in futuro, dopo aver ottenuto maggiori informazioni, avesse avuto l'impressione che Karim al Jamil stava portando la Dujja – e di conseguenza Fadi – alla rovina, si sarebbe fatto sentire, a prescindere da quello che sarebbe potuto accadere.

Un vento impetuoso e asciutto lo colpì in volto. Il ronzio dei rotori di un elicottero gli giunse all'orecchio come emergendo da un sogno. Era di quei pensieri che avrebbe dovuto liberarsi. Alzò lo sguardo al cielo, avvertendo i primi fiocchi di neve appoggiarsi sulle guance e le ciglia.

Localizzò il puntino nero sullo sfondo delle tante sfumature di grigio plumbeo e livido del cielo, che si ingrandì rapidamente. Agitando le braccia sopra la testa, Abbud ibn Aziz si ritrasse dalla piattaforma d'atterraggio. Tre minuti più tardi l'elicottero era atterrato. Il portello del passeggero si aprì e Muta ibn Aziz saltò a terra.

Abbud ibn Aziz si era aspettato di veder comparire anche Fadi, ma, all'esterno del vorticoso cerchio prodotto dalle pale del rotore in rallentamento graduale gli andò incontro solo suo fratello.

«È filato tutto liscio.» L'abbraccio con suo fratello fu impacciato, rigido, formale. «Fadi si è messo in contatto con me.»

Muta restò immobile in piedi nella turbolenza d'aria.

Molto tempo prima, e per un po' di anni, era sorta tra loro una disputa, stagliandosi e creando un baratro sempre più profondo alla frontiera delle loro rispettive vite. Come una faglia freatica prodotta da un terremoto, le divergenze li avevano separati più di quanto ognuno di loro sarebbe mai stato disposto ad ammettere. Come un sisma aveva sconquassato e peggiorato il loro rapporto fraterno, covando sacche di magma che ora, anni dopo, si erano trasformate in scorie: dure, secche, accidentate come brutte cicatrici.

Muta socchiuse gli occhi. «Fratello, dov'è andato Fadi dopo che io e lui ci siamo separati?»

Abbud non riuscì a stemperare una punta di superiore autorità nella voce. «I suoi interessi sono rivolti altrove.»

Muta borbottò. Un gusto amaro, fin troppo familiare, gli aveva allagato la bocca. Non è cambiato niente, pensò. Abbud usa il suo potere per tenermi lontano da Fadi e da Karim al Jamil. In questo modo mi tiranneggia. In questo modo mi obbliga a mantenere il nostro segreto. È mio fratello maggiore. Come posso contrastarlo o combatterlo? Muta digrignò i denti. Come sempre, devo obbedirgli in ogni cosa.

Muta tremò di freddo; si mise al riparo dal vento, riparandosi dietro una formazione rocciosa. «Racconta, fratello: come sono andate le cose, qui?»

«Bourne è arrivato sul Ras Dascian stamattina. Sta facendo progressi.»

Muta ibn Aziz annuì. «Allora dobbiamo trasferire Lindros in una località più sicura.»

«Stiamo per farlo» rispose Abbud con una punta di gelo nel tono di voce.

Con il cuore colmo di bile, Muta annuì. «Ormai è quasi finita. Nel giro di pochi giorni il piano fatto per Jason Bourne giungerà al termine.» Muta sorrise tra sé, senza lasciar trapelare il benché minimo segno di soddisfazione. «Come ha detto Fadi, la vendetta è dolce. Che piacere immenso sarà per lui vedere Jason Bourne morto!»

La capanna del *negus* era sorprendentemente spaziosa e accogliente, specie per quel tipo di costruzione. Il pavimento consisteva di grandi tappeti a più strati. Varie pellicce erano appese alle pareti: aiutavano a mantenere il calore del fuoco alimentato da mattonelle di sterco secco.

Avvolto in una coperta di lana grezza, Bourne era seduto a gambe incrociate davanti al focolare, mentre gli uomini del *negus* spogliavano Zaim con cautela. Quando ebbero finito, lo avvolsero in una coperta e lo fecero sedere accanto a Bourne. Poi servirono a entrambi delle tazze fumanti di tè forte, bollente.

Altri uomini curarono la ferita di Zaim, pulendola, disinfettandola e medicandola con un impacco a base di erbe, infine fasciandola con una benda linda. Il *negus* intanto prese posto a fianco di Jason Bourne. Era un uomo basso, poco attraente, a parte gli occhi neri che ardevano come due lampade in quel volto di bronzo brunito. Aveva un corpo asciutto e nervoso, sottile come un grissino, ma Bourne non si lasciò ingannare dalle apparenze. Il *negus* era un uomo abile nel mantenere vivo se stesso e i suoi uomini, attraverso azioni sia offensive sia difensive.

«Il mio nome è Kabur» esordì il *negus*. «Zaim mi ha detto che il tuo è Bourne.» Pronunciò il nome in due sillabe separate: Bo-orn.

Jason annuì. «Sono venuto sul Ras Dascian per cercare il mio amico che era a bordo di uno degli uccelli da guerra che sono stati abbattuti quasi una settimana fa. È al corrente di questo?»

«Sì» rispose Kabur.

Il *negus* portò la mano al petto ed estrasse un oggetto argentato che mostrò a Bourne. Era la piastrina di riconoscimento del pilota.

«Chi la portava non ne ha più bisogno» disse semplicemente Kabur.

Bourne provò un tuffo al cuore. «È morto?»

«Sì.»

«Sa qualcosa del mio amico?»

«È stato catturato insieme a quest'altro.» Il *negus* offrì

a Bourne una ciotola di legno contenente uno stufato molto piccante, guarnito con fette di pane azzimo sistemate a mo' di corona. Mentre Bourne mangiava, usando il pane come cucchiaio, Kabur proseguì. «Non da noi, bada bene. Noi non c'entriamo nulla in questa faccenda, anche se, come tu stesso ne sei già stato testimone, qualcuno del posto ha preso soldi da loro in cambio di qualche piccolo servigio.» Kabur scosse la testa. «Questo è male, una forma di schiavitù per la quale qualcuno ha pagato il prezzo supremo.»

«"Loro"» ripeté Bourne, riflettendo. Mangiato a sazietà, mise da parte la ciotola. «A chi ti riferisci, di preciso?»

Kabur piegò di lato la testa. «Sono sorpreso. Mi sarei aspettato che su di loro sapessi molto più di me. Sono arrivati qui in Etiopia attraverso il golfo di Aden. Dallo Yemen, immagino. Non sono yemeniti, però. Solo Allah sa dove hanno stabilito la loro base. Alcuni sono egiziani, altri sauditi, altri ancora afgani.»

«E il loro capo?»

«Ah, Fadi! È saudita.» Un'ombra velò i fieri occhi neri del *negus*. «Detto tra noi, francamente abbiamo paura di Fadi.»

«Perché?»

«Perché?! Perché è potente, perché è crudele oltre ogni immaginazione. Perché nel palmo della sua mano reca la morte.»

Bourne pensò al trafugamento di uranio. «Ha visto la prova del tipo di morte che riesce a provocare?»

Il *negus* annuì. «Con i miei occhi. Uno dei figli di Zaim...»

«Il ragazzo nella caverna?»

Kabur si girò verso Zaim, nel cui sguardo c'era un mare di dolore. «Un figlio ribelle che non sapeva accettare consigli. Ora non possiamo toccarlo, nemmeno seppellirlo.»

«Posso farlo io» si offrì Bourne. Ora capiva perché Alem si era nascosto nella carcassa del Chinook più vicina alla grotta. Voleva stare vicino al fratello. «Posso seppellirlo lassù, vicino alla vetta.»

Il *negus* era silenzioso. A Zaim salirono le lacrime agli occhi quando incrociò di nuovo lo sguardo di Bourne. «Sarebbe una vera benedizione... per lui, per me, per la mia famiglia.»

«È una promessa» disse Bourne. Poi si rivolse di nuovo a Kabur. «Mi aiuterà a ritrovare il mio amico?»

Il *negus* ebbe un momento di esitazione mentre scrutava in volto Zaim. Alla fine emise un sospiro. «Trovare il suo amico offenderà Fadi?»

«Sì» disse Bourne. «Lo offenderà a morte.»

«È un viaggio molto difficile che ci chiedi di fare con te. Ma per via del mio amico, per il tuo legame con lui, per la promessa che gli hai appena fatto, l'onore mi impone di acconsentire alla tua richiesta.»

Kabur alzò la mano destra e un uomo gli portò un oggetto simile a un narghilè. «Fumiamo insieme per suggellare questo patto.»

Soraya aveva tutta l'intenzione di tornare a casa, ma per un motivo o per l'altro si ritrovò a guidare in direzione nordest. Fu solo quando girò nella 7ª Strada che ne comprese il motivo. Effettuata un'altra svolta, parcheggiò davanti alla casa di Deron.

Per un momento rimase seduta in macchina, ad ascoltare lo sporadico ticchettio metallico del motore che si raffreddava. Cinque o sei teppisti dall'aria truce infestavano la veranda a sinistra, ma, benché la osservassero con gli occhi stretti in due fessure, non mossero un dito per fermarla quando scese dall'automobile e salì i gradini che portavano alla porta d'ingresso.

Bussò diverse volte. Rimase in attesa, poi bussò di nuovo. Nessuna risposta. Sentendo qualcuno che risaliva il vialetto d'accesso alle sue spalle, Soraya si voltò, aspettandosi di vedere Deron. Invece si trovò davanti un giovanotto alto e slanciato, un membro della gang.

«Ehi, lei, Miss Spia... Sono Tyrone. Che cosa ci fa qui?»

«Sai dov'è Deron?»

Tyrone mantenne un'espressione neutra. «Potrebbe rivolgersi a me, Miss Spia.»

«Lo farei volentieri, Tyrone» ribatté Soraya, «se tu sapessi spiegarmi l'uso del disolfuro di carbonio.»

«Uhm, pensa che sia un povero negretto, vero?»

«Detto sinceramente, non so nulla di te.»

Senza cambiare espressione, Tyrone disse: «Mi segua».

Soraya annuì. Istintivamente capì che qualsiasi esitazione da parte sua avrebbe avuto brutte ripercussioni.

Percorsero insieme il vialetto e svoltarono a destra, oltre la veranda aperta sotto la quale i ragazzi erano appollaiati come una banda di corvi assassini.

«Deron è giù nel Sud da suo padre. Non sarà di ritorno che tra un paio di giorni.»

«Non è una balla?»

«È la pura verità.» Tyrone sporse in fuori le labbra. «Dunque, cosa vuole sapere di me? Vuole forse che le racconti della mia cara mammina tossicodipendente? O le interessa mio padre, da anni a marcire in prigione? O della mia sorellina che allatta già un figlio quando dovrebbe essere a scuola a finire le superiori? Vuole che le parli di mio fratello maggiore, che si spezza la schiena con un lavoro precario come motorista nella metropolitana? Deve aver già sentito storie come questa, perciò non le occorre ascoltarne altre.»

«È la tua vita» disse Soraya. «Questo la rende diversa da qualsiasi altra storia abbia sentito.»

Tyrone sbuffò, ma dalla sua espressione Soraya capì che era soddisfatto di quella risposta.

«Penso di essere tagliato per stare in strada. Sono nato con una mentalità da ingegnere. Questo cosa vuol dire?» Il giovane di colore alzò le spalle e indicò chissà che in lontananza. «Laggiù in Florida stanno tirando su un bel carico di caseggiati popolari alti dieci piani. Voglio andare laggiù a sfruttare ogni possibilità che mi offrono, capisci?»

La Moore incrociò un attimo lo sguardo del giovane. «Penseresti che sono matta se ti dicessi che esistono altri modi per usare il tuo cervello?»

«Forse per te.» Un sorriso pigro si diffuse sul volto di Tyrone in un'espressione che dimostrava una maturità superiore alla sua effettiva età. «Stiamo andando nella mia galera, ragazza.»

Soraya rifletté se fosse il caso o meno di ribattere, ma decise che per il momento aveva fatto fin troppa pressione sul ragazzo. «Devo andare.»

Tyrone sporse in fuori le labbra. «Senti, giusto perché tu lo sappia. Un'auto ti ha seguita fin qui.»

Soraya restò come paralizzata. «Dimmi che non è vero, che è soltanto uno scherzo.»

Tyrone girò di scatto la testa e la guardò come un cobra fissa la preda.

Soraya era furibonda con se stessa. Si era lasciata a tal punto inghiottire dai pensieri da non prendere neppure in considerazione la possibilità che qualcuno la stesse tenendo sotto controllo. Aveva mancato di controllare, cosa che di solito faceva quasi meccanicamente. Ovviamente era più inviperita con Lerner, che l'aveva messa alla porta, che per qualche altro motivo. Ora aveva pagato per la sua mancanza di accortezza.

«Tyrone, ti devo un favore.»

Il giovane di colore si strinse nelle spalle. «Deron mi paga per questo. La protezione costa, ma la fedeltà non ha prezzo.»

Soraya lo guardò negli occhi, ma per la prima volta parve vederlo davvero. «Dov'è l'auto che mi ha seguita fin qui?»

Fecero qualche passo. «Più avanti, all'incrocio con l'8ª» disse Tyrone. «Sul lato opposto. L'uomo al volante ha una bella visuale su di te e su quello che stai facendo.» Il giovane di colore alzò le spalle. «Di lui si occuperà la mia gang.»

«Non che non apprezzi l'offerta, Tyrone» Soraya gli rivolse un'occhiata seria, «ma sono stata io a portarlo qui. Spetta a me sistemarlo.»

«Ammiro molto questo tuo gesto di coraggio.» Tyrone si fermò e restò immobile in piedi a fissarla per un minuto. La sua espressione era seria tanto quanto quella della Moore. La truce determinazione era inequivocabile. Da quelle parti era lui l'oggetto irremovibile. «Deve essere allontanato da qui prima che si faccia qualche idea su Deron, chiaro? Dopo di che niente potrebbe salvarlo. Nemmeno tu.»

«Sistemo subito la faccenda.» Soraya allungò il collo, tutto d'un tratto intimidita. «Grazie.»

Tyrone annuì e tornò dai suoi scagnozzi. Dopo un bel respiro profondo, Soraya proseguì sulla sua strada, diretta verso l'angolo dell'8ª, dove il detective Overton era seduto in auto, intento a scarabocchiare qualcosa su un pezzetto di carta a righe.

Soraya bussò con le nocche sul vetro del finestrino. Overton alzò gli occhi, fece frettolosamente sparire ciò che aveva in mano nel taschino della camicia.

Quando il finestrino fu abbassato con un sussurro affaticato, Soraya disse: «Cosa diavolo crede di fare?».

Overton mise da parte la biro. «Mi sto assicurando che non le succeda niente di grave. Questo è un quartiere pericoloso.»

«So badare a me stessa, grazie tante.»

«Senta, so che sta seguendo una traccia... qualcosa di veramente importante di cui la Homeland Security non ha il benché minimo indizio o sentore. Devo avere l'informazione a tutti i costi.»

Soraya gli rivolse un'occhiata incendiaria. «Quel che invece deve fare è filarsela e subito!»

A un tratto il volto di Overton si trasformò in una maschera di granito. «Voglio sapere tutto quello che scopre un secondo dopo che l'ha saputo.»

Soraya si sentì avvampare d'ira. «Oppure cosa farà?»

Senza preavviso, il detective spalancò la portiera, sbattendogliela contro. Soraya cadde sulle ginocchia, ansimante.

Lentamente, Overton scese dall'auto e la squadrò dall'alto. «Non prendermi per il culo, signora. Sono più vecchio ed esperto di te. Me ne sbatto del regolamento. Conosco più trucchi di quelli che tu potrai mai imparare.»

La Moore chiuse gli occhi un momento, per fargli credere che stava cercando di riprendere fiato e riacquistare la calma. Nel frattempo con la mano sinistra aveva estratto dalla fondina una pistola a canna corta. Gliela puntò dritta in faccia. «Questa è caricata con proiettili Parabellum 9×19mm» sibilò. «A questa distanza, ne basta uno solo per farti a brandelli.» Soraya inspirò un paio di volte a pieni polmoni. La mano che reggeva la pistola era perfettamente ferma. «Togliti subito dalle palle!»

Overton batté in ritirata, tornando a sedersi al volante dell'auto senza toglierle gli occhi di dosso. Prese un pacchetto di sigarette tutto sgualcito e scuotendolo ne estrasse una, se la infilò tra le labbra sottili ed esangui poi l'accese con un movimento languido e aspirò una boccata interminabile.

«Va bene, madame.» Nella sua voce non c'era niente; tutto il veleno era negli occhi. Chiuse la portiera con un colpo secco.

La osservò rimettersi in piedi mentre il motore si avviava rombando e partì. Lanciando un'occhiata allo specchietto vide che lo teneva sotto tiro con la pistola finché l'auto non scomparve nel traffico.

Quando la perse di vista, estrasse il cellulare e premette il tasto di composizione rapida di un numero in rubrica. Nell'attimo stesso in cui udì la voce di Matthew Lerner, disse: «Aveva ragione, signor Lerner. Soraya Moore sta ancora andando in giro a ficcare il suo bel nasino, e può essere considerata, a tutti gli effetti, pericolosa».

Kabur li condusse all'interno della chiesa, la cui guglia aveva guidato Bourne al villaggio. Come tutte le chiese del Paese, faceva parte della Chiesa tewahedo ortodossa etiope. Era una religione antica e, con oltre 36 milioni di fedeli, rappresentava il credo orientale con più adepti al mondo. Anzi, era l'unica chiesa cristiana precoloniale in quella parte dell'Africa.

Nella luce chiara, liquida della chiesa ci fu un momento in cui Bourne pensò che Kabur lo avesse tratto in trappola. Che non solo il figlio di Zaim, divorato dalle radiazioni atomiche, ma anche il *negus* stesso fossero al soldo di Fadi. Estrasse la Makarov dalla fondina, poi le ombre e le chiazze di luce si scomposero e vide una figura che gli stava facendo un cenno d'invito senza proferire parola.

«Quello è padre Mihret» bisbigliò Zaim. «Lo conosco.»

Sebbene si stesse ancora rimettendo della ferita alla tempia, Zaim aveva insistito per accompagnarlo. Adesso si era attaccato a Bourne. Si erano salvati la vita a vicenda, e questo li aveva legati indissolubilmente.

«Figlioli» esordì sottovoce padre Mihret, «temo che siate arrivati troppo tardi.»

«Il pilota» esclamò Bourne, comprendendo subito a cosa si riferiva. «Per favore, mi porti da lui.»

Mentre affrettavano il passo attraverso la chiesa, Bourne domandò: «È ancora vivo?».

«A malapena.» Il prete era alto e magro come un chiodo, aveva gli occhi grandi e l'aspetto emaciato di un asceta. «Abbiamo fatto tutto il possibile per salvarlo, purtroppo invano.»

«Com'è arrivato fino a lei, padre?» chiese Zaim.

«È stato trovato da alcuni mandriani ai confini del villaggio, in un bosco vicino al fiume. Sono venuti a informarmi e io ho ordinato loro di condurlo qui su una barella, ma temo che questo abbia peggiorato le sue già gravi condizioni.»

«Posso disporre di un elicottero militare» disse Bourne. «Posso trasportarlo per via aerea.»

Padre Mihret scosse il capo. «Presenta molteplici fratture alle vertebre cervicali e alla spina dorsale. Non c'è modo di immobilizzarlo con sicurezza. Non sopravvivrebbe a un altro trasferimento.»

Il pilota, Jaime Cowell, giaceva nel letto di padre Mihret. Due donne si prendevano cura di lui: una gli ungeva con una pomata la pelle scorticata, l'altra inumidiva le sue labbra semisocchiuse con un panno bagnato. Un barlume di riconoscimento comparve negli occhi di Cowell quando Bourne entrò nel suo campo visivo.

Bourne gli rivolse le spalle un paio di secondi. «Riesce a parlare?» domandò al prete.

«Pochissimo» rispose padre Mihret. «Quando si muove, anche solo leggermente, la sofferenza è atroce.»

Bourne si avvicinò al letto, al fianco del moribondo, in modo che Cowell potesse vederlo bene in faccia. «Sono venuto a portarti a casa, Jaime. Capisci quello che dico?»

Cowell mosse le labbra, emettendo un sibilo sommesso.

«Senti, non voglio stancarti» disse Bourne. «Ti ruberò solo pochi secondi. Devo assolutamente trovare Martin Lindros. Voi due siete gli unici sopravvissuti agli attacchi. Lindros è ancora vivo?»

Bourne fu costretto a chinarsi fin quasi a sfiorare con l'orecchio le labbra di Cowell.

«Sì. Quando... l'ho visto per l'ultima volta... era vivo.» La voce di Cowell era come sabbia soffiata dal vento sopra una duna.

Nonostante una fitta dolorosa al cuore, Bourne provò sgomento per il tanfo. Il sacerdote non si sbagliava. La morte era già entrata in quella stanza, ammantandola del suo fetore.

«Jaime, questo è molto importante. Sai dov'è Lindros?»

Di nuovo, il lezzo terribile mentre si chinava sul moribondo.

«Tre miglia a ovest-sudovest... oltre il... fiume.» Cowell stava sudando a profusione per lo sforzo di parlare e la sofferenza straziante. «Accampamento... strenuamente difeso.»

Bourne stava per allontanarsi dal letto quando lo stridente balbettio di Cowell ricominciò. Il petto, alzandosi e abbassandosi con rapidità innaturale, fu preso da convulsioni. I muscoli già sotto eccessiva tensione cedettero agli spasmi. Cowell chiuse gli occhi; le lacrime sgorgarono da sotto le palpebre chiuse.

«Tranquillo, rilassati» lo esortò Bourne. «Adesso riposa.»

«No! Oddio!»

Cowell spalancò gli occhi e quando fissò Bourne sopra di sé l'oscurità dell'abisso fu visibile nel suo lento e inesorabile avvicinarsi.

«Quest'uomo... il loro leader...»

«Fadi.» Bourne fornì il nome del terrorista.

«Sta torturan... torturando Lindros.»

Bourne sentì un macigno premergli sulla bocca dello stomaco. «Lindros sta tenendo duro? Cowell! Cowell... puoi rispondermi?»

«Per lui le domande sono finite per sempre.» Padre Mihret si accostò al letto e pose la mano sulla fronte madida di sudore di Cowell. «Dio gli ha accordato un beato sollievo dalle sue sofferenze.»

Presto lo avrebbero portato altrove. Martin Lindros l'aveva capito perché sentiva, anche se da molto lontano, Abbud ibn Aziz abbaiare una moltitudine di ordini di continuo, tutti in funzione del loro trasferimento fuori da quella caverna infernale. Poi gli giunse alle orecchie lo scalpiccio rude di piedi che calzavano scarponi pesanti, il fragore metallico di armi, il brontolio e i gemiti di uomini che sollevavano carichi grevi. Quindi udì il tartagliare di un motore di camion che si avviava ed entrava in retromarcia nella bocca della grotta.

Poco dopo, Abbud ibn Aziz in persona venne a bendargli gli occhi.

L'arabo si accovacciò accanto a Lindros. «Non preoccuparti» disse.

«Non mi preoccupo più» ribatté Lindros con una voce incrinata e gracchiante che riconobbe a malapena come la propria.

Abbud ibn Aziz prese in mano il cappuccio che di lì a poco avrebbe infilato in testa a Lindros. Era cucito con del panno nero e non aveva fori per gli occhi. «Qualsiasi cosa tu sappia su quella vecchia operazione della CIA per assassinare Hamid ibn Ashef, questo sarebbe il momento giusto per parlare.»

«Te l'ho detto e ripetuto più volte. Non so niente. Non mi credi ancora.»

«No.» Abbud ibn Aziz gli calò in testa il cappuccio. «Non ti credo.»

Poi, del tutto inaspettatamente, Abbud strinse per un breve momento la spalla a Lindros, in un gesto quasi affettuoso.

E questo che significa?, si domandò Lindros. Un segno di empatia? Era un gesto singolare che lì per lì Lindros non poté apprezzare del tutto. Poteva osservare quella stretta come osservava tutto in quei giorni, ossia da dietro una lastra di vetro antiproiettile che lui stesso aveva fabbricato mentalmente. Che il vetro fosse solo metaforico non lo rendeva meno efficace. Da quando aveva fatto ritorno alla realtà dal suo sepolcro privato, Lindros si era ritrovato in uno stato semidissociativo, come se non sapesse abitare appieno il proprio corpo. Tutto ciò che faceva – mangiare, dormire, defecare, camminare per tenersi in esercizio, perfino conversare di tanto in tanto con Abbud ibn Aziz – sembrava fosse qualcun altro a farlo. Riusciva a malapena a credere di essere stato rapito. Che la dissociazione fosse una conseguenza inevitabile del fatto di essersi chiuso così a lungo nel suo rifugio mentale – che quella condizione si sarebbe piano piano dissolta e alla fine svanisse – al momento aveva tutta l'apparenza di essere un puro sogno irrealizzabile. Lindros aveva l'impressione che avrebbe abitato per il resto dei suoi giorni in quel limbo artificiale: vivo, sì, ma non davvero vivente.

Fu costretto rudemente ad alzarsi, con la sensazione di trovarsi in un sogno immaginato più e più volte durante il tempo trascorso fuori da sé e dalla realtà presente sul placido lago. Perché volevano che si muovesse così in fretta? Qualcuno era venuto a cercarlo? Dubitava che fosse la CIA; da qualche frammento di notizia origliata qualche giorno prima sapeva che la Dujja aveva distrutto il secondo elicottero di agenti mandati sul posto a cercarlo. No. C'era solo una persona che aveva la conoscenza, l'esperienza, la tenacia e l'abilità pura e semplice di raggiungere la cima del Ras Dascian senza essere ucciso: Jason Bourne! Jason era venuto per riportarlo a casa!

Matthew Lerner era seduto a un tavolo nella parte più interna del Golden Duck. Benché si trovasse a Chinatown, il piccolo ristorante era pubblicizzato su diverse guide turistiche di Washington, il che voleva dire che era frequentato dai turisti e snobbato dalla gente del posto, compresi i membri dell'associazione segreta di spie e agenti al servizio del governo, di cui Lerner era parte integrante. Questo, naturalmente, cadeva a fagiolo. Aveva almeno una mezza dozzina di luoghi simili nel Distretto di Columbia, per organizzare a caso i suoi appuntamenti segreti con vari collaboratori e certe altre persone di cui trovava utili i servigi.

Il piccolo ristorante, chiassoso e sudicio, odorava di olio di sesamo, di spezie orientali e del ribollente contenuto di una grossa friggitrice dalla quale venivano sollevati rollè all'uovo e parti di pollo impanate.

Lerner stava centellinando una Tsingtao, sorseggiandola direttamente dalla bottiglia perché trovava allarmanti le macchie d'unto sui bicchieri di vetro. A dire il vero, avrebbe preferito di gran lunga bersi un Johnny Walker etichetta nera, ma non era quello il momento, non in occasione di quell'incontro.

Il suo cellulare emise un ronzio sgradevole; lo aprì e lesse il messaggio: «FUORI DALLA PORTA SUL RETRO, NELLA 7A. TRA CINQUE MINUTI».

Cancellato subito l'SMS, rimise in tasca il telefonino e rivolse di nuovo l'attenzione a quel che restava della Tsingtao. Dopo di che, gettò un paio di banconote sul tavolo, prese il cappotto dalla spalliera della sedia e andò alla toilette. Naturalmente, aveva familiarità con la pianta del ristorante, come l'aveva con tutti gli altri luoghi d'appuntamento segreti che utilizzava. Dopo aver orinato, uscì dal gabinetto, voltò a destra subito dopo la porta, passò davanti a una cucina invasa di vapori come una nuvola, animata di voci bercianti in cantonese e dell'irato sfrigolare di grossi tegami di ferro sopra i fornelli roventi.

Aperta la porta che dava sul retro del ristorante, varcò la soglia e si ritrovò sulla 7ª. La Ford ultimo modello appariva anonima tra le tante automobili poco appariscenti di Washington, dove tutte le agenzie di governo avevano l'ordine di comprare prodotti americani per quanto atteneva ai mezzi di trasporto. Con un rapido sguardo nelle due opposte direzioni, Lerner aprì la portiera posteriore e salì furtivamente a bordo. La Ford partì.

Lerner si abbandonò, rilassato, contro lo schienale del sedile posteriore. «Ciao, Frank.»

«Salve, signor Lerner» rispose l'uomo al volante. «Come butta?»

«Da buttare» ribatté Lerner in tono ironico. «Come al solito.»

«Sono tutto orecchi.» Frank annuì. Era un omaccione muscoloso dal collo taurino, l'aria di uno che passava ore e ore ad allenarsi in palestra.

«Di che umore è il segretario questo pomeriggio?»

«Lo sa.» Frank schioccò le dita. «Qual è l'aggettivo corretto?»

«Arrabbiato? Inviperito? Incavolato?»

Frank gli scoccò un'occhiata fugace nello specchietto retrovisore. «Direi che ci siamo.»

Passarono sopra il George Mason Memorial Bridge, dopo di che deviarono a sudest imboccando la Washington Memorial Parkway. Tutto nel Distretto di Columbia, osservò Lerner, sembrava avere attaccato al nome l'aggettivo «commemorativo». Politica demagogica nella sua peggiore forma. Proprio il genere di cose che facevano arrabbiare il segretario.

La limousine lo stava aspettando alla periferia del Washington National Airport, terminal trasporti, il colossale motore che ronfava tranquillo come un aereo pronto al decollo. Quando Frank fermò la Ford, Lerner scese ed effettuò il trasferimento, come aveva già fatto un'infinità di volte negli ultimi anni.

L'interno della limousine non assomigliava a nessuna vettura, salvo l'Air Force One, l'aereo presidenziale. Rivestimenti in radica lucida coprivano i finestrini dov'era necessario, come in quel momento. Una scrivania in noce, un centro comunicazioni wi-fi all'avanguardia, un lussuoso divano ultraimbottito trasformabile in letto, un paio di poltrone girevoli e un frigorifero mezza misura completavano il quadro.

Un uomo distinto, prossimo alla settantina, con un'aureola di capelli argentati a spazzola era seduto alla scrivania, le dita vagavano sulla tastiera di un computer portatile. I grandi occhi, leggermente sporgenti, erano vigili e animati come lo erano stati in gioventù. Smentivano le guance incavate, il pallore diafano della pelle, il molle bargiglio sotto il mento.

«Segretario» lo salutò Lerner, con un'efficace combinazione di rispetto e soggezione frammista ad ammirazione.

«Accomodati, Matthew.» Il marcato accento strascicato del Texas del segretario della Difesa Halliday lo identificava come un uomo nato e pasciuto nei selvaggi sobborghi urbani di Dallas. «Sarò da te tra un attimo.»

Mentre Lerner sceglieva una delle poltrone, la limousine partì. Bud Halliday veniva preso dall'ansia se restava troppo a lungo nello stesso posto. Ciò che Lerner rispondeva alla maggior parte di coloro che gli chiedevano come fosse riuscito ad arrivare così in alto, era che, senza falsa modestia, era uno che si era fatto tutto da solo, cresciuto lontano dai pozzi petroliferi che avevano generato molti degli uomini in cui si era imbattuto nel corso degli anni passati nel Distretto di Columbia. Il segretario invece aveva guadagnato i milioni che possedeva alla vecchia maniera, il che lo rendeva unico padrone di se stesso. Non aveva obblighi verso nessuno, nemmeno con il presidente. Gli affari di cui discuteva per conto suo e dei suoi elettori erano così lungimiranti e intrecciati alla politica che invariabilmente aumentavano la sua già notevole influenza, mentre nel contempo di rado lo mettevano in condizione di sentirsi in qualche modo in debito verso qualcuno dei suoi colleghi.

Terminato il lavoro a cui si stava dedicando, il segretario Halliday alzò gli occhi dal portatile, tentò di abbozzare un sorriso e fallì miseramente. L'unica prova evidente dell'ictus che aveva subito circa dieci anni prima era l'angolo sinistro della bocca, che non sempre reagiva agli stimoli cerebrali come Halliday avrebbe voluto.

«Fin qui tutto bene, Matthew. Quando mi hai riferito che il direttore della CIA aveva proposto il tuo trasferimento, stentavo a credere a quale colpo di fortuna sarebbe stato.

In un modo o nell'altro, sotto sotto, ho cercato di assumere il controllo della CIA per anni. L'attuale direttore è un dinosauro, l'ultimo "bravo ragazzo dei bei vecchi tempi" rimasto in circolazione e in servizio. Ormai è anziano, e invecchia a vista d'occhio a ogni minuto che passa. Mi sono giunte all'orecchio voci secondo cui sta cominciando a perdere colpi. Voglio agire ora, mentre è accerchiato. Non posso toccarlo pubblicamente. Entro i confini della Beltway ci sono altri dinosauri, anche se in pensione, che dispongono ancora di muscoli e potere. Ecco perché ho assunto te e Mueller. Io devo tenermi a distanza. Quando pioverà merda a palate, io dovrò essere nella situazione di poter smentire tutto, senza creare sospetti di sorta.

«Al di là di tutto questo, il punto focale è che se ne deve andare. La sua Agenzia ha bisogno di una ripulita da cima a fondo. Hanno sempre marciato in testa a tutti nel ramo del cosiddetto "intelligence umano", che nel gergo della Beltway sta per spionaggio. Il Pentagono, che è sotto il mio comando, e l'NSA, che è sotto il comando del Pentagono, hanno sempre avuto una posizione secondaria. Avevamo la responsabilità dei satelliti da ricognizione e sorveglianza aerea, e dell'intercettazione radio – preparatori del campo di battaglia, come piace dire a Luther LaValle, il mio braccio destro al Pentagono.

«Di questi tempi siamo in guerra aperta, sono convinto che sia necessario che al Pentagono spetti la sfera della raccolta di informazioni segrete, dell'intelligence umano, insomma. Voglio il controllo assoluto di tutto il lavoro di spionaggio, il mio obiettivo è trasformarci in una macchina più efficiente nella distruzione di ogni dannata rete e organizzazione terrorista all'opera per l'annientamento dell'America sia al di fuori dei nostri confini sia all'interno.»

Lerner scrutò il volto del segretario della Difesa, sebbene la natura del loro rapporto interpersonale fosse talmente intima e di lunga data da permettergli di prevedere ciò che sarebbe accaduto poi. Chiunque altro sarebbe stato più che soddisfatto dei suoi progressi al riguardo; non Halliday. Lerner si preparò mentalmente ad affrontare la sfida: ogni qual volta che riceveva un complimento dal segretario, l'elogio era sempre e comunque seguito da richieste di fatto impossibili. Non che a Halliday importasse qualcosa. Era stato forgiato nello stesso stampo coriaceo di Lyndon Johnson, un duro, brutale figlio di puttana.

«Le spiacerebbe spiegarmi cosa intende con questo discorso?»

Halliday lo scrutò negli occhi un momento. «Adesso che hai confermato i miei sospetti in merito al fatto che la CIA è diventata di nuovo un covo infestato di arabi e musulmani, il tuo primo provvedimento dopo che ci saremo occupati del direttore sarà di epurarli.»

«Chi, di preciso?» disse Lerner. «Ha stilato un elenco?»

«Un elenco?! Non mi occorre nessun elenco!» scattò Halliday in tono spazientito. «Quando dico epurare, intendo epurare. Li voglio *tutti* fuori.»

Ci mancò poco che Lerner trasalisse. «Ci vorrà del tempo, segretario Halliday. Piaccia o non piaccia, di questi tempi la questione religiosa è particolarmente delicata.»

«Non voglio sentire simili scuse, Matthew. Ho avuto una dolorosa spina nel fianco per quasi dieci anni. Sai cosa provocava la sofferenza?»

«Sissignore. La questione religiosa.»

«Esatto, maledizione! Siamo in guerra con i musulmani. Non tollererò che qualcuno di loro minacci dall'interno le nostre agenzie di sicurezza, capito?»

«Perfettamente, signore.»

Tra loro era sempre una sorta di combattimento violento di routine, sebbene Lerner dubitasse che il segretario lo avrebbe ammesso. Se possedeva un residuo di senso umoristico, doveva essere sepolto sotto terra come le ossa dell'uomo di Neandertal.

«Visto che siamo in argomento, c'è il problema di Anne Held da risolvere.»

Lerner sapeva che questo era solo l'incipit. «Cosa c'è che non va con quella?»

Halliday pescò una cartellina da un pacco di faldoni che aveva sulla scrivania, lo rigirò e lo spinse verso Lerner. Questi lo aprì e sfogliò il fascio di documenti. Poi alzò lo sguardo.

Halliday annuì solennemente. «Esatto, amico io. Anne Held ha dato inizio alla sua indagine personale sulle tue origini e il tuo passato professionale.»

«Quella stronza! Pensavo di averla sotto controllo.»

«È astuta come una volpe, Matthew, e altrettanto tenace. Ed è leale al direttore. Il che significa che non accetterà mai e poi mai la tua ascesa sulla scala gerarchica della CIA. Ora è diventata una minaccia. Va eliminata.»

«Non posso silurarla, né tanto meno farla uccidere. Anche se facessi in modo che sembri una violazione di domicilio a scopo di rapina o un incidente...»

«Lascia perdere. L'incidente sarebbe indagato così a fondo e con tale scrupolo che ci resteresti invischiato fino al Giorno del Giudizio.» Halliday tamburellò le labbra con il cappuccio della penna stilografica. «Ecco perché ti propongo di trovare la maniera di troncarla dall'Agenzia in un modo che sarà molto più imbarazzante e penoso per lei e per lui. L'ennesimo scandalo di una lunga serie. Privato del suo fedele braccio destro in gonnella, il direttore sarà ancora più vulnerabile. La tua stella sorgerà ancor più rapidamente, affrettando il decesso del dinosauro. Me ne occuperò io.»

Capitolo 10

Dopo aver attraversato da sponda a sponda il fiume ghiacciato, diretti a ovest-sudovest, l'oscurità della montagna a picco sopra di loro li avvolse completamente. Bourne e Zaim erano guidati da tre soldati semplici di Kabur, che conoscevano la zona meglio del suo compagno di viaggio.

Bourne si sentiva a disagio a viaggiare in quello che, secondo i suoi canoni, era un gruppo troppo numeroso. La sua metodologia dipendeva dalla segretezza e dall'invisibilità che, in quelle circostanze, erano difficili da mantenere. Tuttavia, mentre avanzavano rapidi, dovette ammettere che gli uomini di Kabur erano silenziosi e del tutto concentrati sulla loro missione, cioè farli arrivare vivi all'accampamento di Fadi.

Dopo la salita sulla sponda occidentale del fiume, il terreno si appianava per un tratto, si ritrovarono su un piccolo altopiano ricoperto di conifere. La montagna incombeva sempre più minacciosa: una parete di roccia quasi a strapiombo che, trenta metri più in alto, si protendeva all'infuori in una massiccia sporgenza.

La neve, che aveva cominciato a cadere abbondante alla loro partenza dal villaggio, si era ridotta a un sottile nevischio che non ostacolava la loro avanzata. Avevano percorso i primi due chilometri e mezzo senza incidenti. A quel punto, uno degli uomini di Kabur fece segno di fermarsi, dopo di che mandò in avanscoperta i suoi due compagni. Bourne, Zaim e il capopattuglia restarono in attesa, accovacciati tra gli abeti che sibilavano e sussurravano mentre la neve continuava a scendere leggera su di loro. Un silenzio terrificante era calato con le avvisaglie della tormenta, che ora si estendeva su tutta la zona come se il massiccio riparo di roccia avesse assorbito tutti i rumori dalla pendice della montagna.

I due amara tornarono, segnalando che davanti a loro la strada era sgombra di sentinelle. Si rimisero tutti in marcia, arrancando nella neve, con gli occhi e le orecchie vigili e all'erta. Quando furono più vicini alla sporgenza rocciosa, l'altopiano si inerpicò e il sentiero divenne simultaneamente più roccioso e meno fitto di alberi. A Bourne pareva ovvio che Fadi avesse appostato l'accampamento-base in vetta alla montagna.

Dopo aver percorso un altro mezzo chilometro, il capopattuglia di Kabur ordinò un'altra tappa e di nuovo mandò avanti un compagno in esplorazione. Questa volta l'uomo restò via più a lungo, quando fece ritorno si rannicchiò accanto al suo superiore e i due confabularono animatamente. L'uomo di Kabur si allontanò dal suo subalterno e si accostò a Bourne e a Zaim.

«Abbiamo conferma della presenza del nemico proprio davanti a noi. Ce ne sono due a est del punto in cui ci troviamo.»

«Ora dobbiamo essere più vicini al loro accampamento» commentò Bourne.

«Questi due non sono sentinelle. Stanno perlustrando la pineta, stanno venendo da questa parte.» Il capopattuglia corrugò la fronte. «Mi chiedo se in un modo o nell'altro sospettassero del nostro arrivo.»

«Non c'è modo di saperlo» intervenne Zaim. «In ogni caso, non possiamo far altro che ucciderli.»

La preoccupazione del comandante si fece più acuta. «Questi sono uomini di Fadi. Le conseguenze saranno pesanti.»

«Tiratene fuori» ribatté in tono brusco Bourne. «Zaim e io andremo avanti da soli.»

«Mi prende per vigliacco?» Il capopattuglia scosse la

testa. «La nostra missione è condurvi all'accampamento di Fadi. Ed è quello che faremo.»

L'uomo fece un segnale ai suoi uomini, che si avviarono in direzione est. «Noi tre proseguiremo seguendo il tragitto prestabilito. Lasciate che i miei fratelli svolgano il loro dovere.»

Si inerpicarono sul pendio sempre più ripido; la montagna si elevava impervia. Per il momento aveva smesso di nevicare e il sole faceva capolino da uno squarcio tra le nubi che si muovevano veloci nel cielo.

Tutt'a un tratto una breve scarica di colpi d'arma da fuoco echeggiò nell'aria. I tre si fermarono, accovacciandosi al riparo degli alberi. Risuonò una seconda serie di colpi ravvicinati, stavolta non lontana da loro, dopo di che fu di nuovo il silenzio assoluto.

«Dobbiamo muoverci» disse il comandante, e si alzarono insieme, riprendendo il cammino in direzione ovest-sudovest.

Di lì a pochi minuti udirono il trillo caratteristico di un uccello. Poco dopo, i due soldati agli ordini del capopattuglia li raggiunsero. Uno era ferito, ma solo di striscio e non gravemente. Proseguirono con tenacia, un piccolo gruppo ma molto compatto, con l'esploratore a fare da apripista.

Subito dopo il terreno in salita cominciò a farsi più pianeggiante, gli alberi si diradarono sempre più. Quando l'uomo in avanscoperta si abbassò sulle ginocchia sembrava che fosse inciampato in un sasso o nella radice di un arbusto. Poi il sangue si sparse a spruzzo sulla neve quando il secondo soldato fu colpito in mezzo alla fronte. Il resto del gruppo si mise precipitosamente al riparo. Erano stati colti alla sprovvista, pensò Bourne, perché i colpi erano giunti da ovest. La coppia di soldati in perlustrazione proveniente da est aveva creato un diversivo, come parte di un'azione d'accerchiamento a tenaglia, sia da est che da ovest. Bourne aveva appena imparato qualcos'altro su Fadi. Il leader terrorista aveva accettato il rischio di perdere due uomini pur di tendere un'imboscata a tutto il drappello.

Altri spari esplosero qua e là, una vera e propria scarica di fucileria, tanto che era impossibile determinare quanti fossero gli uomini di Fadi. Bourne si separò da Zaim e dal capopattuglia, i quali stavano entrambi rispondendo al fuoco da dietro qualunque riparo improvvisato riuscisse loro di trovare. Dirigendosi a destra per allontanarsi un po', si arrampicò in fretta su per una salita ripida, abbastanza accidentata da potergli fornire appigli e punti d'appoggio sotto la neve. Sapeva che era stato un errore permettere agli uomini di Kabur di accompagnarlo – non avrebbe nemmeno voluto l'aiuto di Zaim –, ma la cultura e le tradizioni locali avevano reso impossibile rifiutare le offerte.

Raggiunta la cima dell'altura, strisciò carponi fino al bordo estremo, dove la roccia precipitava a strapiombo. Da quel favorevole punto d'osservazione contò quattro uomini, armati di fucili e pistole. Perfino da quella distanza sarebbe stato impossibile scambiarli per amara. Dovevano per forza far parte della cellula terrorista di Fadi.

Adesso il problema era logistico. Dotato solo di una pistole, Bourne era in netto svantaggio contro avversari con fucili. L'unica possibilità era portarsi più vicino al nemico. Un piano del genere aveva i suoi rischi, ma non aveva altra scelta.

Aggirandoli con ogni cautela, Bourne arrivò alle spalle dei quattro uomini al servizio di Fadi. Ben presto si rese conto che un semplice assalto non sarebbe bastato. I terroristi avevano appostato un uomo a guardar loro le spalle. La sentinella era seduta su un grande masso che aveva ripulito della neve, imbracciava un fucile di precisione da cecchino – un Mauser SP66 – di fabbricazione tedesca. Utilizzava munizioni da 7.62×51mm ed era equipaggiato di mirino telescopico di precisione Zeiss Diavari. Tutti questi dettagli erano di importanza vitale per la mossa successiva di Bourne. Benché il Mauser fosse un'arma eccellente per abbattere bersagli a lunga distanza, aveva una canna pesante e la ricarica veniva operata manualmente tramite leva. Aveva scarsissima efficacia se si era costretti a sparare in fretta e furia a distanza ravvicinata.

Bourne strisciò a una quindicina di metri dall'uomo, estrasse silenziosamente dal fodero il pugnale a lama ricurva che aveva sottratto al soldato amara. Uscendo all'improvviso allo scoperto, si alzò davanti al terrorista, che balzò in piedi di scatto sul masso, fornendo a Bourne un bersaglio facile da colpire. Stava ancora armeggiando con l'ingombrante fucile, nel vano tentativo di prendere la mira, quando Bourne lanciò il coltello facendo sibilare la lama nell'aria. Il pugnale colpì l'uomo appena sotto lo sterno, affondando fino all'impugnatura. La lama ricurva lacerò organi e tessuti vitali. Prima di stramazzare nella neve, il terrorista stava morendo soffocato nel proprio sangue.

Bourne recuperò il pugnale mentre scavalcava il cadavere, pulì la lama nella neve e lo rimise nel fodero. Poi raccolse il Mauser e andò in cerca di un buon nascondiglio.

Aveva sentito dei colpi di differenti tipi di detonazioni, lunghe e brevi, come una sorta di alfabeto Morse che compitava le morti dei combattenti. Cominciò a correre verso la postazione dei terroristi, ma questi si stavano già muovendo. Abbassò il Mauser ed estrasse la Makarov.

Sporgendosi dal ciglio dell'altura, vide sotto di sé il capopattuglia riverso supino nella neve in mezzo a una chiazza di sangue. Spostandosi avanti ancora di qualche centimetro vide due terroristi. Sparò a uno dritto al cuore di spalle. Il secondo si voltò e rispose al fuoco. Bourne si tuffò dietro una roccia.

Altri spari risuonarono negli immediati paraggi, scariche rabbiose, colpi ravvicinati, sparati a ripetizione, amplificati dall'enorme sporgenza rocciosa, rimbombanti nei timpani di Bourne. Questi si sollevò sulle ginocchia e tre colpi finirono su un masso lì vicino, alzando in aria scintille.

Bourne fece finta di muoversi a destra, attirando il fuoco dell'avversario, poi strisciò sulla pancia verso sinistra finché non scorse una spalla del terrorista. Sparò due volte, in rapida successione, e udì un gemito di dolore. Fece finta di alzarsi, venendo in avanti, e quando il terrorista sbucò fuori di colpo da dietro il riparo, con la Makarov puntata contro di lui, Bourne sparò all'uomo in mezzo agli occhi con la precisione di Billy the Kid.

Avanzando, Bourne cercò il terzo terrorista. Lo trovò a contorcersi nella neve, una mano premuta sull'addome. Quando vide Bourne, all'uomo passò un lampo negli occhi e, stranamente, un abbozzo di sorriso gli passò sul volto. Poi, in uno spasmo finale, il sangue gli eruppe dalla bocca, gli occhi si velarono fino a diventare vitrei.

A quel punto Bourne iniziò a correre. Una trentina di metri più avanti trovò Zaim. L'amara era in ginocchio. Aveva ricevuto due colpi in pieno torace. Aveva gli occhi strabuzzati per il dolore. Quando Bourne lo raggiunse, disse: «No, lasciami stare. Per me è finita».

«Zaim...»

«Vai avanti. Trova il tuo amico. Riportalo a casa.»

«Non posso abbandonarti qui.»

Zaim riuscì a formare sulle sue abbra un sorriso. «Ancora non capisci. Non ho nessun rimpianto, perché mio figlio sarà seppellito. È l'unica cosa che desidero.»

Con un lungo sospiro rantolante, Zaim stramazzò di lato e non si mosse più.

Bourne gli si avvicinò e, inginocchiatosi, chiuse gli occhi del suo compagno. Poi proseguì verso l'accampamento di Fadi. Un quarto d'ora più tardi, dopo aver zigzagato nelle macchie d'abeti sempre più fitte, lo vide: una fila di tende militari piantate su un tratto di terreno pianeggiante che, a giudicare dai ceppi che ancora spuntavano qua e là, era stato disboscato tempo prima in modo da dar spazio a una radura.

Rannicchiato al riparo di un tronco d'abete, osservò con estrema attenzione l'accampamento: nove tende, tre fuochi da campo, una latrina. Il problema era che non vedeva in giro nessuno: sembrava deserto.

Allora si alzò in piedi e diede inizio al giro di ricognizione intorno ai margini estremi dell'accampamento. Nell'attimo stesso in cui abbandonò il suo rifugio sotto i bassi rami dell'abete che lo nascondeva, una scarica di proiettili crivellò la neve tutt'intorno. Nel fulmineo movimento per mettersi al riparo, scorse almeno una mezza dozzina di uomini.

Bourne cominciò a correre.

«Quassù! Da questa parte! Svelto!»

Alzando lo sguardo nella direzione da cui proveniva la voce, Bourne vide Alem steso bocconi su un masso ricoperto di neve. Trovò un punto d'appoggio per il piede e, con un balzo e un volteggio acrobatico, si issò sulla sporgenza. Alem si ritrasse strisciando dall'orlo a fianco di Bourne, che era già steso a pancia sotto, intento a osservare gli uomini di Fadi che si sparpagliavano a ventaglio per dargli la caccia.

Seguendo l'indicazione di Alem, Bourne si spinse ancora più indietro. Quando furono abbastanza lontani dall'orlo dell'altura per poter rimettersi in piedi, Alem disse: «Hanno trasferito il tuo amico. Sotto la grande sporgenza rocciosa ci sono delle caverne. È lì che l'hanno portato».

«Che cosa ci fai qui?» domandò Bourne in tono di rimprovero, mentre davano inizio all'arrampicata.

«Dov'è mio padre? Perché non è con te?»

«Sono profondamente dispiaciuto, Alem. Gli hanno sparato ed è morto.»

Bourne allungò una mano verso il ragazzo, ma questi

si allontanò di scatto. Alem si aggrappò alla roccia, lo sguardo fisso nel vuoto.

«Ha combattuto con estremo coraggio, se questo può esserti di conforto.» Bourne si accovacciò accanto ad Alem. «Alla fine era sereno, in pace con se stesso. Gli ho promesso di seppellire tuo fratello.»

«Puoi farlo davvero?»

Bourne annuì. «Certo.»

Gli occhi neri di Alem scrutarono Bourne. Poi il ragazzo annuì e, in silenzio, ripresero a salire. Aveva ricominciato a nevicare: una densa cortina bianca a larghi fiocchi scendeva dall'alto, quasi isolandoli dal resto del mondo. La neve attutiva qualsiasi suono e rumore, il che per loro rappresentava un vantaggio e uno svantaggio: se da un lato non avrebbe segnalato la loro posizione, dall'altro anche loro non si sarebbero potuti accorgere della presenza dei loro inseguitori.

Ciononostante, Alem fece da apristrada. Stava seguendo un canale che attraversava in diagonale l'enorme protuberanza sovrastante la massiccia sporgenza rocciosa. Procedeva con passo sicuro, senza fermarsi. Nel giro di una quindicina di minuti, erano arrivati in cima.

Alem e Bourne strisciarono cauti sulla superficie irregolare. «Ci sono cunicoli che scendono fino in fondo alle grotte» disse il ragazzo. «Ci ho giocato a nascondino un'infinità di volte con mio fratello. So quale seguire per raggiungere il tuo amico.»

Nonostante i grossi fiocchi di neve, Bourne riusciva a vedere che la sporgenza rocciosa era butterata in corrispondenza delle gallerie scavate dalla crosta di ghiaccio risalente all'era glaciale.

Chino sopra uno di questi buchi, Bourne spazzò via con le mani la neve che si era accumulata e ne ispezionò l'interno. La luce non penetrava fino in fondo, ma il cunicolo aveva tutta l'aria di essere profondo alcune centinaia di metri.

Al suo fianco, Alem disse: «I tuoi nemici vi stavano sorvegliando».

«Me l'aveva detto anche tuo padre.»

Alem annuì. La cosa non lo sorprendeva per niente. «Il tuo amico è stato portato via dall'accampamento in modo che tu non lo trovassi.»

Bourne si ritrasse dall'imboccatura della galleria granitica e contemplò in silenzio il ragazzo per qualche secondo. «Perché me lo dici solo ora? Ammesso che sia vero.»

«Hanno ucciso mio padre. Adesso penso che fosse quello che avevano sempre avuto intenzione di fare. Che cosa gliene importa di noi, quanti dei nostri sono uccisi, mutilati o storpiati se, in cambio, ottengono quello che vogliono? Mi avevano assicurato che mio padre non avrebbe corso alcun rischio, che sarebbe stato protetto, e io sono stato abbastanza stupido da credere alla loro parola. Perciò ora dico: possano morire quelle carogne! Voglio aiutarti a salvare il tuo amico.»

Bourne non disse nulla; restò immobile, senza battere ciglio.

«So di dovermi dimostrare degno della tua fiducia, perciò scenderò per primo nel cunicolo. Se hanno teso una trappola, se i tuoi sospetti sono giusti, se pensano che ti introdurrai qui dentro per raggiungere il tuo amico, allora spareranno a me, e tu sarai salvo.»

«A prescindere da quello che hai fatto, Alem, non voglio che ti succeda nulla di male.»

L'espressione del ragazzo denotò un'intensa confusione. Evidentemente era la prima volta che uno straniero mostrava dell'affetto sincero nei suoi confronti.

«Ti ho detto la verità» dichiarò Alem. «I terroristi non sanno della presenza di questo cunicolo.»

Dopo qualche secondo di esitazione, Bourne ribatté: «Puoi dimostrare la tua lealtà a me e a tuo padre, ma non in questo modo». Bourne si frugò in tasca e pescò un piccolo oggetto ottagonale fatto di plastica speciale rivestita di gomma grigio scuro, al centro del quale c'erano due pulsanti, uno nero e uno rosso.

Mettendolo in mano ad Alem, spiegò: «Mi occorre che tu scenda di nuovo sotto la sporgenza rocciosa, diretto a sud. Senza dubbio ti imbatterai in qualche uomo di Fadi. Non appena li avvisti, premi il pulsante nero. Quando sei a cento metri da loro premi il pulsante rosso, dopo di che scaglia contro di loro quest'affare con quanta più forza puoi. Hai capito bene?».

Il ragazzo fissò lo strano oggetto ottagonale. «È esplosivo?»

«Sì, lo è.»

«Conta su di me» disse Alem in tono solenne.

«Bene. Non mi muoverò di qui finché non udirò la detonazione. Poi mi calerò nella galleria.»

«L'esplosione li attirerà e li distrarrà da questo punto.» Alem si alzò, pronto a svolgere il compito che gli era stato richiesto. «A circa due terzi della discesa il cunicolo si divide in due diramazioni. Segui quella di destra. Quando arrivi in fondo, svolta ancora a destra. A quel punto sarai a cinquanta metri da dove tengono prigioniero il tuo amico.»

Bourne rimase a osservare il ragazzo che percorreva la sommità della sporgenza rocciosa, scomparendo nella tormenta di neve mentre scendeva dal lato sud. Non appena il ragazzo uscì dal suo campo visivo, Bourne contattò Davis con il telefono satellitare.

«La tua posizione è compromessa» disse. «Hai notato qualche attività? Niente del tutto?»

«C'è un silenzio di tomba» rispose il pilota. «Nessun movimento. Ha stabilito un orario di partenza? C'è un fronte perturbato a dir poco preoccupante che si sta formando a nordovest.»

«Lo so. Adesso apri bene le orecchie: ho bisogno che tu te ne vada da lì. A circa venti chilometri a nordovest dalla tua posizione attuale ho oltrepassato un pascolo alpino pianeggiante. Dirigiti là, ma prima voglio che tu seppellisca il cadavere rinvenuto nella caverna. Non riuscirai a scavare in quella terra gelida, perciò con delle pietre forma un tumulo. Poi dedica una preghiera al defunto. Ah, un'altra cosa... Indossa la tenuta completa antiradiazioni che ho visto in cabina di pilotaggio.»

Bourne si concentrò su come avrebbe dovuto agire. Doveva fidarsi del fatto che Alem questa volta gli avesse detto la verità, tuttavia doveva prendere delle precauzioni casomai si sbagliasse. Anziché aspettare la detonazione, come aveva detto ad Alem che avrebbe fatto, si calò subito nel cunicolo, scendendo a fatica nello stretto pertugio. In quel momento forse il ragazzo stava consegnando la granata speciale a uno degli uomini di Fadi. Se non altro Bourne non si sarebbe trovato dove Alem riteneva che fosse.

Si servì di ginocchia, caviglie e gomiti per discendere nella galleria rocciosa. La pressione che esercitava su quelle parti del corpo era l'unico modo per non precipitare nel vuoto e schiantarsi sul pavimento di roccia sottostante.

Proprio come lo aveva avvertito Alem, il cunicolo si divideva in due diramazioni a due terzi della discesa. Bourne fece una breve tappa all'altezza del crocevia, riflettendo sull'imprevedibile. O credeva ad Alem oppure no: era così che stavano le cose. Naturalmente non era affatto così semplice decidere quando si trattava di impulsi e motivazioni umane.

Scelse di prendere la diramazione a destra. Percorsi pochi metri, il pertugio si stringeva e in certi punti fu addirittura costretto a spingersi a forza. Una volta dovette perfino ruotare di 45 gradi per far passare le spalle. Alla fine sbucò in fondo alla grotta. Era una caverna a galleria. Con la Makarov in pugno, guardò in entrambe le direzioni. Nessun terrorista era nascosto nei paraggi. Ma una stalagmite alta un metro e mezzo si ergeva dal fondo della caverna, un deposito di calcite prodotto dall'acqua ricca di minerale colata all'interno dal cunicolo.

Bourne sferrò un calcio, spezzando la stalagmite a una spanna dalla base. Dopo averla raccolta, si diresse lungo la caverna. Non passò molto tempo prima che questa curvasse a sinistra. Bourne rallentò il passo, dopo di che si accovacciò sui calcagni.

Quello che vide quando si azzardò a dare un'occhiata fugace oltre l'angolo era un uomo di Fadi in piedi di guardia. Imbracciava un fucile semiautomatico Ruger. Bourne restò in attesa, respirando lentamente e a fondo. Il terrorista si spostò, e Bourne scorse Martin Lindros. Legato e imbavagliato era seduto per terra, la schiena appoggiata a una grossa sacca da viaggio di tela. Bourne sentì accelerare il battito cardiaco. Martin era vivo!

Non ebbe il tempo di valutare le condizioni fisiche generali del suo amico perché in quello stesso momento l'eco di un'esplosione giunse all'interno della caverna. Alem aveva dato prova di essere degno di fiducia; aveva lanciato la granata speciale ideata da Deron, proprio come aveva promesso.

Il terrorista di guardia si spostò di nuovo di lato, impedendo a Bourne di vedere Lindros. Ora riusciva a scorgere altri due terroristi, riunitisi al primo, il quale stava parlando rapidamente in arabo con qualcuno al telefono satellitare, per decidere che cosa avrebbero dovuto fare. Fadi aveva lasciato tre uomini a guardia del prigioniero. Adesso Bourne disponeva di informazioni di importanza cruciale.

I tre terroristi si schierarono in formazione difensiva a triangolo equilatero: un uomo in un punto, vicino alla bocca della caverna, gli altri due a qualche metro di distanza l'uno dall'altro alle spalle di Lindros, vicino al punto in cui era rannicchiato Bourne.

Jason rinfoderò la Makarov. Non poteva permettersi di usare un'arma da fuoco. Il boato degli spari avrebbe di certo allertato il resto degli uomini di Fadi. Reggendo la stalagmite con una mano, estrasse con l'altra dal fodero il pugnale a lama ricurva. Lanciò il pugnale per primo, con forza micidiale e mira letale, che si conficcò nella schiena della guardia più distante, rivolta a sinistra. Mentre l'altra si voltava, Bourne lanciò la stalagmite come una lancia. L'aguzzo pezzo di roccia colpì il terrorista alla gola, perforandogli la trachea e il collo come una lama. L'uomo annaspò con le mani nel tentativo di strapparsela dalla ferita mentre crollava a terra. Poi stramazzò accanto al compagno già morto.

Il terrorista all'entrata della grotta si era girato e stava imbracciando il Ruger per prendere la mira, ma Bourne alzò immediatamente le mani in segno di resa e avanzò di qualche passo verso l'uomo di Fadi.

Il terrorista gli intimò in arabo: «Fermo!».

Bourne si era già lanciato di corsa superando gli ultimi metri che lo separavano dal terzo carceriere. Piombò addosso all'uomo mentre questi aveva ancora gli occhi sbarrati dalla scioccante sorpresa. Spingendo di lato la canna del Ruger, Bourne colpì il terrorista con un violento colpo di karatè al naso. Sangue e pezzettini di cartilagine schizzarono in aria. Bourne calò un pugno dall'alto sulla clavicola dell'avversario, fratturandogliela. Il terrorista era caduto sulle ginocchia e dondolava intontito. Jason gli strappò dalle mani il Ruger e usò il calcio del fucile per completare l'opera con un colpo di grazia alla tempia. L'uomo si rovesciò su un fianco e giacque immobile.

Bourne si stava allontanando a grandi passi. Tagliò col pugnale le corde che legavano le mani alle caviglie di Lindros. Mentre lo aiutava ad alzarsi da terra, lo liberò del bavaglio.

«Tranquillo» disse. «Stai bene?»

Lindros si limitò ad annuire.

«Okay. Vediamo di filarcela subito.»

Mentre sorreggeva l'amico, sospingendolo nella direzione del breve tragitto fatto all'andata, Bourne gli slegò i polsi. La faccia di Martin era gonfia e pallida, gli effetti più evidenti delle torture subite. A quali atroci agonie fisiche e mentali lo aveva sottoposto Fadi? Bourne era stato vittima di torture più di una volta. Sapeva che certe persone le sopportavano meglio di altre.

Aggirata la base spezzata della stalagmite rotta da Bourne, arrivarono al cunicolo.

«Dobbiamo arrampicarci passando da qui» disse Bourne. «È l'unico modo per uscire.»

«Farò quel che devo meglio che posso.»

«Non preoccuparti» lo rincuorò Bourne. «Ti aiuterò io.»

Un istante prima di cominciare la risalita attraverso la galleria granitica, Lindros gli mise una mano sul braccio.

«Jason, non ho mai perso la speranza. Ero sicuro che mi avresti trovato» disse. «Ti devo un favore che non potrò mai ripagare adeguatamente.»

Bourne gli strinse il braccio in un gesto d'affettuosa amicizia. «Su, andiamo. Seguimi.»

Per uscire ci volle molto più tempo di quello impiegato per scendere. Tanto per cominciare, arrampicarsi nel cunicolo era di gran lunga più difficile e faticoso. Poi c'era Lindros. Bourne fu obbligato diverse volte a fermarsi e a tornare indietro di un metro o due per aiutare l'amico a superare i passaggi impervi. Fu costretto a issare Lindros di peso in uno dei punti più stretti.

Finalmente, dopo trenta strazianti minuti, emersero in superficie sulla massiccia sporgenza di roccia. Mentre Martin riprendeva fiato, Bourne valutò le condizioni del tempo. Il vento aveva cambiato direzione. Adesso soffiava da sud. I fiocchi di neve erano tutto quello che cadeva dal cielo. La perturbazione si era allontanata. Questa volta gli antichi demoni del Ras Dascian avevano avuto misericordia.

Bourne aiutò Lindros a rimettersi in piedi, insieme cominciarono il lungo e faticoso cammino per raggiungere l'elicottero che li stava aspettando.

Capitolo 11

Anne Held abitava in una casa signorile a due piani, dalla facciata in mattoni rossi, a due passi da Dumbarton Oaks, a Georgetown. Aveva le imposte di legno nere, il tetto in tegole d'ardesia e una bella siepe di ligustro perfettamente potata sulla parte anteriore. La casa era appartenuta a Joyce, la sua povera sorella. Joyce e suo marito Peter erano morti tre anni prima, quando il loro aereo privato si era schiantato al suolo nella nebbia fitta mentre erano in volo per Martha's Vineyard. Anne aveva ereditato la casa che con i suoi soli mezzi non avrebbe mai potuto permettersi.

La maggior parte delle sere, tornando a casa dalla sede centrale della CIA, Anne non sentiva la mancanza del suo Grande Amore. Tanto per cominciare, il direttore la tratteneva quasi tutti i giorni in ufficio fino a tardi. Era sempre stato un lavoratore instancabile, ma dopo che sua moglie lo aveva piantato due anni prima, non aveva più nessuna ragione per lasciare l'ufficio in oriario decente. In secondo luogo, una volta rientrata a casa, Anne si teneva occupata fino al momento in cui si prendeva un sedativo, si infilava sotto le coperte e spegneva l'abat-jour sul comodino.

Ma c'erano altre sere – come quella – in cui non riusciva a togliersi dalla mente il suo Grande Amore. Aveva una struggente nostalgia del profumo della sua pelle, del tocco delle sue braccia muscolose, del rapido movimento eccitato del suo ventre piatto contro il proprio, della sensazione viva, acuta, che la inebriava quando lui la faceva sua... o quando lei lo faceva suo. La sensazione di vuoto interiore per l'assenza del suo Grande Amore era una sofferenza fisica, i cui unici anestetici erano altro lavoro o un sonno indotto da farmaci.

Il suo Grande Amore, naturalmente, aveva un nome. E un migliaio di nomignoli affettuosi che lei aveva inventato per lui, in tutti gli anni trascorsi insieme. Ma nella sua mente, nei suoi sogni, era solo il suo Grande Amore. Lo aveva conosciuto a Londra, a un party consolare: l'ambasciatore, di cui non si ricordava più quale Paese, festeggiava i suoi settantacinque anni, i suoi seicento e più amici erano stati invitati, compresa lei. All'epoca lavorava per il direttore del MI6 britannico, un vecchio e fidato amico del direttore della CIA.

Lì per lì si era sentita girare la testa ed era un tantino intimorita per la sua vicinanza, quasi spaventata dagli stravolgenti effetti che lui aveva su di lei. A soli vent'anni, Anne non mancava di esperienza per quanto riguardava l'altro sesso. Tuttavia, si era finora limitata a ragazzi immaturi e inesperti. Il suo Grande Amore era un uomo. Ora ne sentiva la mancanza con una pena che le lasciava un nodo nel petto.

Aveva la gola riarsa. Attraversò l'atrio di ingresso a piano terra ed entrò in biblioteca, dalla parte opposta della quale un corridoio portava direttamente in cucina. Non aveva fatto che tre o quattro passi nella biblioteca di casa che si fermò di colpo.

Nulla era come l'aveva lasciato. La vista la strappò di colpo dal pozzo emotivo nel quale era precipitata. Senza distogliere gli occhi dalla scena, aprì la borsetta ed estrasse la sua Smith & Wesson J-frame. Anne era un'ottima tiratrice: si esercitava due volte al mese al poligono di tiro della CIA. Non che fosse maniaca delle armi da fuoco, ma l'addestramento era obbligatorio per tutto il personale d'ufficio.

Così armata, si guardò intorno con attenzione e cautela. Non era come se un ladro avesse commesso effrazione in casa sua e l'avesse messa a soqquadro. Il lavoro fatto era stato ben organizzato e pulito. Anzi, se non avesse potuto contare sulla sua memoria di ferro e non fosse stata una maniaca dell'ordine, forse non avrebbe mai notato i cambiamenti, tanto erano piccoli e insignificanti. I fogli e i documenti sulla scrivania non erano sistemati in pacchi e pile come sempre; le matite colorate in successione leggermente diversa; i libri sugli scaffali non erano allineati al solito modo.

La prima cosa che fece fu di passare in rassegna ogni stanza e ogni armadio a muro della casa per assicurarsi di essere sola. Poi controllò tutte le porte e le finestre. Nessuna era stata manomessa o rotta o danneggiata. Il che significava che qualcuno aveva le sue chiavi o aveva forzato con perizia la serratura della porta d'ingresso. Delle due possibilità, la seconda sembrava quella più probabile.

Poi tornò in biblioteca e, con metodo ed estrema cura, esaminò ogni singolo oggetto. Per lei era importante cogliere la sensazione di chi aveva invaso casa sua. Mentre passava da uno scaffale all'altro, se lo immaginò che la seguiva furtivamente passo a passo, provocandola con dei colpetti di gomito, pungolandola con delle spintarelle, nel tentativo di frugare nei suoi segreti più intimi.

In un certo senso, considerato il tipo di lavoro di cui si occupava, sembrava inevitabile che capitasse una cosa del genere. Però questa consapevolezza non placò il terrore suscitato da quella violazione della sua sfera privata. Naturalmente era protetta, in modo efficace, quasi invasivo sia nella sua abitazione sia in ufficio. Chiunque le avesse fatto visita non aveva trovato nulla di prezioso, di questo era più che sicura. Era l'atto stesso, in sé, che le dava più che fastidio. Era stata attaccata. Perché? Da chi? Tutte domande senza una risposta immediata.

Lascia perdere il bicchiere d'acqua, adesso, pensò. Si versò invece un bicchierino di whisky scozzese di malto e, centellinandolo, salì di sopra in camera da letto. Si sedette sul letto, si tolse le scarpe senza chinarsi, aiutandosi coi calcagni. L'adrenalina che le scorreva ancora nelle vene non le avrebbe concesso tregua. Si alzò, andò al cassettone, orientò lo specchio rotabile vecchio stile. In piedi davanti allo specchio, si sbottonò la camicetta e se la tolse. Poi andò all'armadio a muro, scostò una fila di altre camicette per prendere una gruccia libera. Allungò la mano verso la gruccia e si bloccò a metà movimento. Il cuore cominciò a batterle come un martello pneumatico e si sentì invadere da un'ondata di nausea.

Là, dondolante dalla gruccia di ferro cromato, c'era un cappio da boia in miniatura, col suo piccolo nodo scorsoio. E, strangolata dal cappio, stretto come attorno al collo di un condannato a morte, c'era una delle sue mutandine.

«Volevano sapere ciò di cui ero al corrente. Volevano sapere perché stavo seguendo le loro tracce.» Martin Lindros era seduto con la testa adagiata allo schienale del sedile d'aereo anatomico. «Mi sarei preso a calci da solo. Mi avevano scoperto nello Zambia. Non l'avrei mai immaginato.»

«È inutile crogiolarsi nei mea culpa» disse Bourne. «Non sei abituato al lavoro sul campo.»

Lindros scosse la testa. «Non è una scusa sufficiente.»

«Martin» insistette Bourne in tono gentile, «cosa t'è successo alla voce?»

Lindros trasalì. «Devo aver urlato per giorni e giorni. Non ricordo.» Il vicedirettore della CIA si sforzò di cancellare i ricordi di quei giorni dalla sua memoria.

Il suo amico era ancora in preda allo shock post-liberazione, questo era abbastanza chiaro a Bourne. Aveva chiesto due volte qual era stata la sorte di Jaime Cowell, il pilota del suo elicottero, come se non avesse sentito Bourne la prima volta o non fosse stato in grado di assorbire la notizia. Jason aveva scelto di non dirgli nulla della sorte toccata al secondo elicottero; per questo ci sarebbe stato tempo in seguito. Era successo così tanto in così poco tempo che a malapena erano stati capaci di comunicare fino a quel momento. Nell'attimo in cui erano decollati dal Ras Dascian a bordo dell'elicottero, Davis aveva preso contatto radio con l'aeroporto di Ambouli a Gibuti per richiedere un medico della CIA. Per affrontare quel volo turbolento Lindros era stato disteso e legato su una barella, in preda a un sonno agitato, un dormiveglia stressante. Era più magro di come Bourne lo avesse mai visto, la faccia tirata e stravolta, grigia e cerulea. La barba alterava il suo aspetto in modo inquietante: lo faceva assomigliare a uno dei suoi rapitori.

Davis, un pilota eccezionale, aveva guidato magistralmente l'elicottero in una turbolenza infernale, sfrecciando nella cruna di un ago, uno squarcio nel vento ululante al margine laterale del fronte della perturbazione. Lo aveva seguito con destrezza, scendendo di quota dalla montagna, fino a sbucare in una schiarita e in un'ampia zona di tempo sereno. Alle spalle di Davis giaceva Lindros, bianco in volto, la maschera a ossigeno allacciata al suo posto.

Nel corso del volo agghiacciante, Bourne si era sforzato di allontanare dalla mente l'immagine del volto orripilante del fratello di Alem. Avrebbe tanto voluto seppellire il giovane con le proprie mani. La cosa si era dimostrata impossibile, perciò aveva optato per la scelta migliore. Immaginando il tumulo di pietre eretto da Davis, aveva recitato una preghiera silenziosa per il defunto, come aveva fatto alcuni mesi prima davanti alla lapide di Marie.

A Gibuti il medico della CIA era salito a bordo dell'elicottero un secondo dopo l'atterraggio. Era un tipo piuttosto giovane, l'espressione seria e i capelli prematuramente brizzolati. Dopo aver visitato Lindros per quasi un'ora, lui e Bourne scesero dall'elicottero e si attardarono nelle vicinanze a parlare.

«È evidente che ha subito dei brutali maltrattamenti» aveva confermato il dottore. «Lividi, contusioni, una costola rotta. È disidratato, ma almeno non ci sono tracce di emorragie interne. Gli sto somministrando un antibiotico tramite flebo e gliene ho attaccata un'altra con soluzione fisiologica, per almeno un'ora non può essere mosso. Nel frattempo lei si dia una ripulita, trovi qualcosa di proteico da mangiare.»

Il dottore aveva rivolto a Bourne una parvenza di sorriso. «Fisicamente si rimetterà senza problemi. Quello che non posso quantificare sono i danni subiti a livello psicologico ed emotivo. La valutazione ufficiale delle sue condizioni dovrà attendere fino al nostro rientro a Washington. Nel frattempo lei può essergli d'aiuto. Durante il viaggio di ritorno lo tenga impegnato mentalmente, quando è possibile. Mi par di capire che siete buoni amici. Gli parli delle occasioni in cui avete trascorso del tempo insieme, veda se riesce a intuire quali cambiamenti sono avvenuti in lui, ammesso che ce ne siano stati.»

«Chi ti ha interrogato?» chiese Bourne a Lindros. Erano seduti fianco a fianco a bordo dell'aviogetto della CIA.

Il suo amico chiuse gli occhi un istante. «Il loro comandante. Fadi.»

«Fadi in persona era sul Ras Dascian?»

«Sì.» Lindros fu percorso da un lieve brivido, come se fosse stato investito da una folata di vento. «Questa spedizione di materiale era troppo importante per lasciarla nelle mani di un luogotenente.»

«Quindi avevi scoperto tutto prima che ti catturassero.»

«È uranio, sì. Avevo portato con me dei rilevatori di radiazioni.» Lindros distolse lo sguardo, dirigendolo verso l'oscurità fuori dal finestrino in plexiglas dell'aviogetto. «Ho cominciato a sospettare che la Dujja fosse responsabile in qualche modo del traffico di TSG, ma non aveva senso. Voglio dire, perché avrebbero dovuto avere dei microinterruttori a scintilla d'innesco a meno che...» Lindros fu scosso da capo a piedi da un altro spasmo, questa volta più leggero. «Dobbiamo presumere che hanno a disposizione tutto quanto, Jason. Gli interruttori speciali e, molto peggio, i mezzi per arricchire l'uranio impoverito. Credo che stiano costruendo una bomba nucleare.»

«Anch'io sono giunto alla stessa conclusione.»

«E non si tratta affatto di una di quelle stronzate sulla "bomba sporca", con un impatto di un paio di isolati quadrati. Abbiamo a che fare con una bomba vera, dotata della potenza sufficiente a devastare una grossa città e a irradiare le aree circostanti. Per amor di Dio, stiamo parlando di milioni di vite umane!»

Lindros aveva ragione. A Gibuti, mentre il dottore stava valutando le condizioni di salute di Martin, Bourne aveva telefonato al Grande Vecchio e gli aveva fornito una relazione sintetica sulla liberazione di Lindros, sulla loro situazione attuale e, soprattutto, su quanto avevano scoperto riguardo alla minaccia della Dujja e sulla capacità di quest'ultima di attuarla. Per ora, però, non poteva far altro che valutare le condizioni psicologiche del suo amico. «Raccontami il periodo della prigionia.»

«In effetti non c'è molto da dire. Per la maggior parte del tempo mi tenevano incappucciato. Che tu ci creda o no, sono arrivato a temere le volte in cui mi sfilavano il cappuccio, perché era allora che Fadi mi interrogava.»

Bourne era consapevole del rischio che correva. Ma doveva arrivare alla verità, anche se non fosse stata quella che voleva sentire. «Sapeva che lavori per la CIA?»

«No.»

«Glielo hai detto?»

«Gli ho detto che lavoravo per la National Security

Agency e l'ha bevuta. Non aveva nessun motivo per non crederlo. Per questa gente un'agenzia di spionaggio americana vale l'altra.»

«Voleva carpirti informazioni sul dislocamento di personale dell'NSA o sulle missioni in corso o in progetto?»

Lindros scosse la testa. «Come ti ho già spiegato, quello che gli interessava era com'ero riuscito a seguirlo e quanto avevo scoperto del loro piano.»

Bourne ebbe un attimo di esitazione. «Lo ha saputo?»

«So dove vuoi arrivare, Jason. Avevo la forte convinzione che se avessi ceduto mi avrebbe ucciso.»

Bourne rimase in silenzio per un momento. Il respiro di Lindros si era fatto affannoso, la fronte gli si era imperlata di sudore freddo. Il dottore lo aveva avvertito che se si fosse spinto troppo in là, e troppo in fretta, con Lindros, avrebbe potuto provocare una reazione fisica.

«Vuoi che chiami il dottore?»

Lindros fece un cenno di diniego col capo. «Dammi un minuto di tempo. Mi passerà.»

Bourne si recò in cambusa e preparò un paio di piatti. A bordo dell'aereo non c'era nessun attendente: soltanto il dottore, un pilota della CIA e un secondo pilota armato, tutti e tre all'interno della cabina di pilotaggio. Tornato al suo posto, Bourne servì il cibo all'amico, poi si accomodò al suo fianco. Per un po' Jason restò seduto a consumare il suo pasto, senza fare altre domande. Di lì a poco si accorse che Lindros si era calmato abbastanza per iniziare a sbocconcellare qualcosa.

«Raccontami che cosa è successo mentre ero via.»

«Vorrei poterti dare delle buone notizie. I tuoi agenti avevano catturato quel trafficante di Città del Capo che aveva venduto i TSG alla Dujja...»

«Hiram Cevik, sì.»

Bourne prese il PS3 portatile, richiamò sul monitor la foto segnaletica di Cevik e la mostrò a Lindros.

«Lo riconosci?»

«No» rispose Lindros. «Perché?»

«Questo è l'uomo arrestato a Città del Capo e trasferito a Washington. È fuggito e durante l'evasione uno dei suoi complici ha sparato a Tim Hytner, uccidendolo.»

«Maledizione! Hytner era una brava persona.» Lindros indicò il monitor del PS3. «Allora questo chi è?»

«Sono convinto che sia Fadi.»

Lindros rimase esterrefatto. «Vuoi dire che lo avevamo in pugno e ce lo siamo fatti scappare?»

«Temo proprio di sì. D'altra parte, questa rappresenta la prima traccia che abbiamo circa l'aspetto fisico di Fadi.»

«Fammi vedere bene.» Lindros fissò la fotografia. Dopo un tempo interminabile, disse: «Cristo! È Fadi!».

«Sei sicuro?»

Lindros annuì. «Era presente quando ci hanno catturato. Qui è truccato in modo impressionante, ma riconosco i lineamenti del viso. E gli occhi.» Martin annuì, restituendo il Sony PS3 all'amico. «È Fadi, senza ombra di dubbio.»

«Sapresti fare uno schizzo del suo volto a mo' di identikit?»

Lindros annuì. Bourne si alzò e si allontanò; poco dopo tornò con un blocco per appunti e una manciata di matite che gli aveva fornito il pilota in seconda.

Mentre Lindros si metteva al lavoro, Bourne espresse una cosa che aveva notato nell'amico. «Martin, hai l'aria di avere qualcos'altro di cui vuoi parlarmi.»

Lindros alzò gli occhi dal taccuino. «Probabilmente non è niente, ma...» Il vicedirettore della CIA scosse il capo. «Quando ero solo in compagnia di un altro dei miei aguzzini... un uomo che si chiama Abbud ibn Aziz, che tra parentesi è il braccio destro di Fadi... continuava a fare il nome di un certo Hamid ibn Ashef.»

«Non lo conosco.»

«Davvero? Ero convinto di aver letto il suo nome nel tuo dossier personale.»

«Se è così, doveva trattarsi di un riferimento a una missione pianificata da Alex Conklin. Ammesso che vi sia stato coinvolto, non ricordo più niente.»

«Mi stavo solo chiedendo perché Abbud ibn Aziz volesse delle informazioni su quella particolare missione. Mi sa tanto che non lo saprò mai.» Lindros bevve un lungo sorso d'acqua. Stava seguendo le prescrizioni del medico relative al riposo e alla reidratazione. «Jason, può darsi che non mi sia ancora rimesso in sesto del tutto, ma non sono più sotto shock. So che gli alti papaveri mi sottoporranno senz'altro a una serie completa di esami per stabilire la mia idoneità al servizio.»

«Tornerai di certo in servizio attivo, Martin.»

«Spero proprio che tu sia consapevole che giocherai un ruolo essenziale nella decisione che prenderanno. Dopotutto, sei quello che mi conosce meglio di chiunque altro. La tua opinione avrà un grande peso sulle alte sfere della CIA, che dovranno fidarsi di te.»

Bourne non poté fare a meno di ridere. «Questa sì che sarebbe una svolta!»

Lindros inspirò a fondo ed espirò lentamente, con un sospiro accompagnato da un flebile sibilo di dolore. «Al di là di tutto questo, voglio che tu mi prometta una cosa.»

Bourne scrutò a fondo gli occhi dell'amico, avvolto nella penombra, in cerca di qualche segno di cui sapeva che gli alti papaveri sarebbero andati effettivamente in cerca: se gli avessero fatto il lavaggio del cervello, se lo avessero trasformato in una bomba a orologeria, un'arma umana da usare contro l'Agenzia. Era un pensiero che lo aveva sempre tormentato, seppur relegato in un angolino remoto del suo cervello, mentre andava alla ricerca del suo amico. Quale sarebbe l'orrore peggiore?, si domandava. Trovare Martin morto o scoprire che lo avevano trasformato in un nemico?

«L'organizzazione rigida, efficiente, quasi professionale della Dujja, la sua disponibilità di armamenti moderni, oserei dire illimitata, il fatto che Fadi sia evidentemente occidentalizzato e che abbia studiato nei nostri Paesi: tutti questi fattori messi insieme rendono questa cellula terrorista diversa da qualsiasi altra con cui abbiamo avuto a che fare finora» proseguì Lindros. «La costruzione di un impianto per l'arricchimento dell'uranio impoverito comporta spese enormi e fondi immensi. Chi possiede capitali di questo genere da buttare via? La mia ipotesi è che si tratti di un'organizzazione criminale, un cartello di narcotrafficanti internazionali. Denaro derivante dallo smercio di droga prodotta nelle coltivazioni di oppio in Afghanistan o di cocaina in Colombia. Basta chiudere quel rubinetto – i finanziatori – e la Dujja non avrà più mezzi per continuare a operare. Non c'è un modo più sicuro di questo di farli regredire all'Età del Ferro.» Lindros abbassò la voce. «Nel Botswana ho scoperto quella che ritengo sia la pista finanziaria della Dujja: parte da Odessa. Ho un nome: Lemontov. Edor Vladovič Lemontov. Le informazioni segrete che ho raccolto in Uganda indicano inequivocabilmente che Lemontov ha la sua base centrale a Odessa.»

Gli occhi di Martin emisero un lampo di luce: gli stava tornando il vecchio entusiasmo. «Pensaci, Jason! Finora l'unica modalità che si seguiva per distruggere una rete terrorista islamica era tentare di infiltrare una talpa al suo interno. Una tattica talmente difficile da essere in pratica irrealizzabile. Ora, per la prima volta, abbiamo un'altra opzione. Un mezzo tangibile per smantellare la cellula terrorista più letale del mondo dall'esterno all'interno.

«Di questo particolare posso occuparmene io. Ma per quanto riguarda il finanziatore, non mi fido di nessun altro come di te. Mi occorre che tu vada a Odessa al più presto possibile, che stani Lemontov e lo elimini.»

L'ampio edificio dalla struttura irregolare, di pietra, era stato costruito più di un secolo prima. Da allora aveva avuto il tempo sufficiente per adattarsi e integrarsi alle verdi colline ondulate della Virginia. Aveva finestre ad abbaino, tetto in tegole d'ardesia, un alto muro di pietra, tutt'intorno alla proprietà, con cancelli in ferro battuto che si aprivano elettricamente con comando a distanza. I vicini dicevano che la tenuta fosse di un anziano scrittore con manie da eremita, il quale, se qualcuno si fosse preso la briga di dare un'occhiata a una copia dell'atto notarile conservato nel palazzo del municipio a una cinquantina di chilometri di distanza, aveva acquistato la proprietà ventidue anni prima per 240.000 dollari, dopo che la contea aveva chiuso il sanatorio. Si diceva anche che lo scrittore fosse una specie di paranoico. Per quale altro motivo il muro, già alto, sarebbe stato elettrificato? Per quale altra ragione la coppia di Dobermann smilzi e sempre affamati vagava senza posa nei giardini, annusando e ringhiando sinistramente?

In realtà l'austero palazzo era di proprietà della CIA. Gli agenti più anziani ed esperti, quelli che sapevano dell'esistenza della misteriosa tenuta, l'avevano soprannominata Bleak House, il «lugubre palazzo», perché era là che la CIA allestiva gli interrogatori più serrati. I veterani dell'Agenzia si inventavano scherzi e battute macabre al riguardo, perché la sola esistenza di quell'edificio li riempiva d'ansia. Bourne e Lindros furono condotti in auto là, in una gelida mattina d'inverno, subito dopo l'atterraggio al Dulles International Airport di Washington.

«Appoggi la testa qui. Bene, così.»

L'agente della CIA posò la mano a coppa dietro la nuca di Martin Lindros, proprio come pochi secondi prima aveva fatto con Jason Bourne.

«Guardi dritto in avanti, per favore» proseguì l'uomo «e cerchi di non sbattere le ciglia.»

«L'ho già fatto almeno un migliaio di volte» brontolò Lindros.

L'agente fece come se non avesse neppure parlato; accese l'analizzatore della retina e osservò il risultato della scannerizzazione del centro dell'occhio destro di Lindros. Dopo aver scattato la fotografia, l'analizzatore elettronico confrontò il campione retinale con quello corrispondente al nome di Lindros che aveva nel database. La combinazione era perfetta.

«Bentornato a casa, vicedirettore.» L'agente sorrise, tendendo la mano. «Ha l'autorizzazione a varcare la soglia della Bleak House. Seconda porta a sinistra. Lei invece terza porta a destra, signor Bourne.»

L'uomo indicò loro con un cenno del capo l'ascensore che era stato installato quando la CIA aveva acquistato il palazzo. Poiché era lui che ne aveva il comando a distanza, le porte scorrevoli si erano aperte, l'ampia cabina li stava aspettando immobile. Dentro non c'era bisogno di numeri o pulsanti da premere. L'ascensore scendeva soltanto nel sotterraneo, dove un vero e proprio dedalo di corridoi di cemento grezzo, locali claustrofobici senza finestre e misteriosi laboratori scientifici in cui lavorava una vera falange di esperti medici e psicologi li attendeva come una sala degli orrori medievale.

Tutti alla CIA sapevano che essere portati alla Bleak House voleva dire che qualcosa era andato terribilmente storto. Ospitava, per brevi periodi, disertori, agenti doppiogiochisti, incompetenti e traditori.

Dopo di che, di queste persone non si sentiva parlare mai più; il loro destino era solo fonte di macabre dicerie senza fine all'interno dell'Agenzia.

Bourne e Lindros arrivarono nel sotterraneo e uscirono in corridoio, che profumava vagamente di liquido detergente con un retrogusto acido. Si fermarono un momento l'uno di fronte all'altro, a guardarsi senza parlare. Non c'era più niente da dire. Si strinsero con forza la mano come gladiatori pronti a entrare nell'arena sporca di sangue, e si separarono.

Nella saletta oltre la terza porta a destra, Bourne prese posto su una sedia in tubolari di metallo, imbullonata al pavimento di cemento. I lunghi tubi fluorescenti da lampadario industriale sospesi al soffitto, coperti da una griglia d'acciaio, ronzavano come un tafano contro il vetro di una finestra. La luce rivelava un tavolo di metallo e un'altra sedia, identica a quella su cui aveva preso posto. In un angolo c'era una toilette d'acciaio inox, in stile carcerario, e un piccolo lavandino. A parte questo, la stanza era spoglia, salvo un grande specchio magico in un muro, attraverso il quale Bourne poteva essere osservato da chiunque fosse stato incaricato di effettuare l'interrogatorio.

Per due ore restò in attesa con l'unica compagnia del rabbioso ronzio dei tubi fluorescenti. Poi la porta si spalancò bruscamente. Entrò un agente. L'uomo si sedette sulla sedia libera dall'altra parte del tavolo. Estrasse un piccolo registratore a microcassette, lo accese, lo orientò in direzione di Bourne, aprì un fascicolo sul tavolo e diede inizio alla sequenza di domande.

«Mi racconti con tutti i particolari che si ricorda ciò che è avvenuto dal momento in cui è arrivato sulla pendice settentrionale del Ras Dascian al momento in cui è decollato a bordo dell'elicottero con il soggetto.»

Mentre Bourne parlava, l'agente non distolse mai lo sguardo dal volto dell'interrogato. Era un uomo di mezza età, d'altezza media, la fronte alta, stempiato al limite della calvizie, eccetto per la presenza di pochi capelli radi e sottili. Aveva un mento sfuggente, ma gli occhi di una volpe. Non guardò mai dritto negli occhi Bourne, lo studiò, invece, in continuazione con la coda dell'occhio, come se questo potesse dargli il vantaggio dell'intuizione, o almeno dell'intimidazione.

«Quali erano le condizioni del soggetto quando lo ha trovato?»

L'agente stava chiedendo a Bourne di ripetere quello

che aveva già raccontato. Era una procedura operativa standard, un modo per scoprire le menzogne dalla verità. Se un soggetto stava mentendo, prima o poi la sua versione dei fatti avrebbe rivelato delle piccole incongruenze. «Era legato e imbavagliato. Aveva un aspetto molto emaciato, magro da far paura, in gran parte com'è ancora adesso, come se i suoi rapitori lo avessero tenuto in vita col minimo indispensabile di cibo.»

«Immagino che abbia avuto enormi difficoltà ad arrampicarsi su per il cunicolo di roccia e poi risalire il monte fino all'elicottero.»

«All'inizio ho pensato che lui non ce l'avrebbe fatta e che sarei stato costretto a portarlo in spalla. Aveva i muscoli atrofizzati, i crampi, la capacità di resistenza praticamente ridotta a zero. L'ho nutrito con un paio di barrette proteiche, che hanno avuto l'effetto sperato: nel giro di un'ora camminava con passo più sicuro e riuscendo a mantenere l'equilibrio.»

«Qual è stata la prima cosa che ha detto?» chiese l'uomo con mitezza artefatta.

Bourne sapeva che maggiore era l'indifferenza casuale dimostrata in una domanda, maggiore era l'importanza che l'inquisitore le attribuiva. *Farò quel che devo meglio che posso.*

L'inquirente scosse il capo. «Intendo non appena l'ha visto. Quando gli ha tolto il bavaglio.»

«Gli ho chiesto se stesse bene...»

L'agente alzò gli occhi al soffitto come se fosse scocciato. «E che cosa ha detto di preciso?»

Bourne rimase assolutamente impassibile. «Ha annuito. Non ha proferito parola.»

L'uomo dall'altra parte del tavolo assunse un'espressione perplessa, un segno evidente che stava cercando di far cadere in contraddizione Bourne. «Perché no? Crede che dopo oltre una settimana di prigionia non avrebbe detto qualcosa?»

«Era molto rischioso. In quel momento meno parlavamo meglio era. Il soggetto lo sapeva.»

Bourne era di nuovo ai margini della vista periferica dell'inquirente. «Così le sue prime parole sono state...»

«Gli ho detto che per evadere dalla caverna avremmo dovuto arrampicarci su per il cunicolo naturale e lui ha risposto: "Farò quel che devo meglio che posso".»

L'agente della CIA sembrava scettico. «D'accordo, passiamo oltre. Secondo lei, qual era la sua condizione psicologica in quel momento?»

«Mi sembrava a posto. Era sollevato. Voleva uscire di là.»

«Non era disorientato? Non mostrava alcun vuoto di memoria? Non ha detto niente di strano? Nulla fuori luogo?»

«No, nulla di tutto questo.»

«Sembra molto sicuro di sé, signor Bourne. Non soffre lei stesso di difficoltà di memoria?»

Bourne capì che il suo interlocutore stava cercando di farlo abboccare a un amo, e si sforzò di rilassarsi il più possibile. Questo era il tipico metodo da ultima spiaggia, quando ogni altra strada per tentare di minare una versione dei fatti era ormai stata battuta fino all'esaurimento. «In relazione a eventi del passato. I miei ricordi relativi a ieri, a una settimana fa, a un mese fa o anche più sono chiarissimi.»

Senza un istante d'esitazione l'inquirente disse: «Il soggetto ha subito il lavaggio del cervello? La sua volontà è stata piegata ad altri fini?».

«L'uomo nella stanza dall'altra parte del corridoio è Martin Lindros, com'è sempre stato» replicò Bourne. «Sull'aereo, durante il viaggio di ritorno, abbiamo parlato di cose di cui solo lui e io siamo a conoscenza.»

«La prego di essere più specifico.»

«Ha confermato l'identità di Fadi, il noto leader terrorista. Ha disegnato uno schizzo del suo volto. Un passo avanti da gigante per noi. Prima di questa svolta, Fadi era solo un messaggio cifrato. Martin mi ha fornito anche il nome del braccio destro di Fadi, Abbud ibn Aziz.»

L'agente gli fece un'altra decina di domande, molte delle quali ripetute solo sotto altra forma e con parole diverse. Bourne rispose a tutte con la pazienza di Giobbe. Nulla avrebbe scomposto la sua calma olimpica.

Con la stessa brusca e inaspettata rudezza con cui era cominciato, l'interrogatorio giunse alla conclusione. Senza alcuna conferma o spiegazione, l'uomo che aveva di fronte spense il registratore a microcassette, dopo di che uscì dalla stanza portando via il dittafono e il fascicolo di appunti.

Seguì un altro lungo periodo d'attesa, interrotto solo dall'ingresso di un altro agente, più giovane, che portò un vassoio con un pasto frugale. Lo lasciò sul tavolo senza dire una parola.

Fu solo dopo le sei di sera, secondo l'orologio da polso di Bourne (un giorno intero passato in interrogatorio) che la porta si aprì ancora.

Bourne, che ormai pensava di essere pronto a tutto, fu a dir poco sorpreso di vedere entrare il direttore della CIA in persona. Il Grande Vecchio restò in piedi a fissarlo per qualche minuto, un tempo che sembrò interminabile. Sul suo volto Bourne riconobbe le emozioni in conflitto che gli impedivano di dare voce ai propri pensieri, bloccandogli la gola con un nodo emotivo. Gli era costato parecchio andare là di persona, e ora quello che era venuto a dirgli gli si era conficcato nell'esofago come una lisca di pesce. Finalmente disse: «Hai mantenuto la promessa. Hai riportato a casa Martin».

«Martin è mio amico. Non lo avrei mai abbandonato.»

«Sai, Bourne, non è un segreto che vorrei non averti mai conosciuto.» Il Grande Vecchio scosse la testa. «Tuttavia sei uno stramaledetto enigma.»

«Anche per me stesso.»

Il direttore batté diverse volte le palpebre. Poi girò i

tacchi e uscì a grandi passi, lasciando la porta spalancata. Bourne si alzò. Supponeva di essere libero di andarsene, e la stessa cosa valeva per Martin. Solo questo contava. Martin aveva superato l'estenuante serie di esami fisici e psicologici. Entrambi erano sopravvissuti alla Bleak House.

Seduto sulla poltrona del direttore della Typhon, alla scrivania del direttore della Typhon, Matthew Lerner capì che c'era qualcosa che non andava nell'attimo stesso in cui udì l'applauso. Distolse lo sguardo dal computer, dove fino a quel momento aveva lavorato sodo per escogitare un nuovo sistema di catalogazione dei file informatici dell'unità speciale.

Si alzò, si diresse alla porta e l'aprì. Fu accolto dalla vista di Martin Lindros circondato festosamente dai membri della Typhon, tutti che sorridevano, tutti che ridevano allegri, tutti che agitavano in aria le braccia con sommo entusiasmo in gesti di vittoria ed euforia quando non incitavano il loro superiore con il loro battere di mani spontaneo.

Lerner stentava a credere ai suoi occhi. Ecco che arriva Cesare, pensò con amarezza. Per quale motivo il direttore non si è neppure degnato di avvisarmi? Con un misto di repulsione e invidia, osservò il prodigo generale aprirsi lentamente e trionfalmente la strada nella sua direzione. Perché sei qui? Perché non sei morto?

Non senza penosa fatica, si stampò in faccia un sorriso di circostanza e tese la mano.

«Tutti acclamano l'eroe ritornato.»

Lindros ricambiò il sorriso stitico di Lerner con tutto il sarcasmo d'acciaio temprato di cui era capace. «Grazie per avermi scaldato la poltrona, Matthew.»

Martin superò Lerner di slancio ed entrò nel suo ufficio. Si fermò là, al centro della stanza, a fare un inventario dei cambiamenti evidenti. «Come? Non hai ridipinto l'ufficio?» Mentre Lerner lo seguiva all'interno, aggiunse: «Prima che tu salga di sopra vorrei una dettagliata spiegazione».

Lerner fece come richiesto mentre si aggirava titubante nell'ufficio per raccogliere i suoi effetti personali. Quand'ebbe finito, Lindros disse: «Gradirei riavere l'ufficio esattamente come l'ho lasciato, Matthew».

Lerner lo fulminò con un'occhiata assassina che durò un microsecondo; poi rimise con cura al loro posto tutte le foto in cornice, le stampe, gli oggetti e i ricordi che aveva messo da parte, sperando di non vederli mai più. Come un esperto comandante, sapeva quand'era il momento di abbandonare il campo di battaglia. Era consapevole che quella era una guerra, ed era solo all'inizio.

Tre minuti dopo la mesta dipartita di Lerner dagli uffici della Typhon, il telefono di Lindros squillò. Era il Grande Vecchio.

«Scommetto che è una sensazione magnifica essere di nuovo seduto a quella scrivania.»

«Non ne ha idea» rispose Lindros.

«Bentornato, Martin. E lo dico con la massima sincerità. La conferma della minaccia rappresentata dalla Dujja che hai ottenuto è d'inestimabile valore.»

«Sì, signore. Ho già elaborato un piano per annientarli.»

«Bravo» disse il direttore della CIA. «Metti insieme la squadra e porta a termine il tuo dovere, Martin. Non dar loro tregua. Finché la crisi non sarà risolta, la tua missione è la missione della CIA stessa. Da questo momento hai accesso illimitato a tutte le risorse della CIA.»

«Sistemerò la faccenda, signore.»

«Conto su di te, Martin» gli fece eco il direttore. «Potrai riferirmi i primi dettagli del caso stasera a cena. Alle otto spaccate.»

«Non vedo l'ora, signore.»

Il direttore si schiarì la gola. «Dunque, che cosa proponi di fare con Bourne?»

«Non capisco, signore.»

«Non fare il finto tonto con me, Martin. Quell'uomo è pericoloso. Lo sappiamo entrambi.»

«Mi ha liberato e riportato a casa, signore. Nessun altro sarebbe stato capace di farlo.»

Il Grande Vecchio sbuffò con aria sprezzante. «Siamo nel bel mezzo di una crisi nazionale di gravità e proporzioni senza precedenti. L'ultima cosa che ci serve è un cane sciolto. Voglio che ti sbarazzi di lui.»

Lindros si agitò sulla poltrona, guardò fuori dalla finestra le gocce argentee della pioggia che cadeva. Si appuntò mentalmente di verificare se il volo di linea di Bourne per Odessa avesse subito un ritardo alla partenza. Nel silenzio che si prolungava un po' troppo, disse: «Avrò bisogno di chiarimenti a questo riguardo».

«Oh, no, niente di tutto questo. A ogni modo, si dice che quel figlio di puttana abbia nove vite.» Il direttore si interruppe un momento. «So che vi lega un'amicizia profonda, ma è un rapporto controproducente. Credi a me, lo so per certo. Tieni presente che solo tre anni fa abbiamo sepolto Alex Conklin. È rischioso per chiunque essergli troppo vicino.»

«Signore...»

«Se può servire, ti concedo un'ultima prova di lealtà, Martin. Da questo dipende il tuo proseguimento nella missione della Typhon. Non c'è bisogno che ti ricordi che una certa persona è pronta a farti le scarpe. Da questo momento devi troncare tutti i legami con Jason Bourne. Non deve ricevere alcuna informazione – proprio nessuna – dal tuo ufficio o da qualsiasi altra persona qui in sede centrale. Sono stato chiaro?»

«Signorsì.» Lindros interruppe la comunicazione.

Con il telefono cordless stretto nel pugno contratto, si alzò e andò alla finestra, dove appoggiò una guancia al vetro, in cerca di frescura. I dolori e le fitte fin nelle ossa permanevano, insieme a un'emicrania straziante che aveva tralasciato di menzionare ai dottori della CIA, che non lo abbandonava quasi mai. Tutti promemoria vividi di quanto gli era accaduto, di quanto fosse stato lungo e interminabile il suo viaggio fin lì.

Composto un numero, portò all'orecchio la cornetta. «L'aereo di Bourne è in orario?» Annuì alla risposta. «Bene. Lui è già al Washington National? Sei entrato in contatto visivo? Eccellente, torna pure a casa. Sì, esatto.» Lindros interruppe la telefonata. Qualsiasi cosa sarebbe accaduta nella sede centrale della CIA, Bourne stava per partire per Odessa.

Tornato alla scrivania, aprì l'intercom e comunicò alla sua segretaria di organizzare una teleconferenza immediata con tutti gli agenti speciali della Typhon all'estero. Quando tutto fu pronto, attivò il telefono in vivavoce sugli altoparlanti della grande Sala riunioni dove aveva fatto convocare tutto il personale della sezione speciale. In tal modo informò tutti in dettaglio di ciò che aveva saputo della minaccia terrorista, dopo di che delineò il piano che aveva già elaborato. Diviso tutto il personale ai suoi ordini in squadre composte da quattro persone ciascuna, assegnò a ognuno incarichi specifici che, disse loro, avrebbero avuto inizio immediatamente.

«Da questo preciso momento tutte le altre missioni sono temporaneamente sospese» disse loro. «Trovare e fermare la Dujja è la nostra prima e unica priorità. Finché non ci saremo riusciti, tutti i permessi e le ferie sono annullati. Abituatevi a queste pareti, gente. Da ora comincia un programma d'emergenza ventiquattr'ore su ventiquattro.»

Quando fu certo che i suoi ordini venivano eseguiti alla lettera, se ne andò dalla sede centrale della CIA per recarsi nell'appartamento di Soraya Moore ad appianare qualsiasi grana Matthew Lerner avesse piantato con la sua più stretta collaboratrice. In auto, aprì il cellulare GSM quad-band e compose il numero di un telefono fisso di Odessa.

Quando la voce maschile a lui familiare rispose, Lindros disse: «Tutto fatto. Bourne arriverà da Monaco domani pomeriggio alle 16:40 ora locale». Passò con il rosso a un semaforo e svoltò a destra. Il condominio in cui Soraya aveva il suo appartamento era tre isolati più avanti. «Lo terrai stretto al guinzaglio, come abbiamo stabilito... No, voglio semplicemente assicurarmi che non abbiate deciso di effettuare cambiamenti al piano prestabilito. Allora d'accordo. Troverà il modo di arrivare al chiosco, perché è là che crede che Lemontov sia acquartierato. Prima che possa scoprire la verità, lo ucciderete.»

Libro secondo

Capitolo 12

A Odessa, c'è un chiosco, uno tra tanti altri che si susseguono sulla spiaggia davanti al mar Nero. È decadente, grigio come l'acqua che sale ribollente alla linea di alta marea. Bourne forza la serratura di una porta laterale del chiosco, si intrufola furtivo all'interno. Dov'è finita la persona che stava portando in braccio? Non ricorda, ma vede che le sue mani sono imbrattate di sangue. Si sente addosso un intenso odore di morte. Che cos'è successo, si chiede. Non c'è tempo, non c'è tempo! Da qualche parte un orologio scandisce inesorabilmente i secondi. Deve sbrigarsi e procedere.

Il chiosco, che dovrebbe essere brulicante di vita, è immoto come un cimitero. Sul retro, c'è una cucina con vetrina a finestra, illuminata da tubi fluorescenti. Bourne nota un movimento oltre il vetro e, accovacciatosi, si fa strada tra cassette di birra e gazzosa impilate come colonne in una cattedrale. Vede la sagoma dell'uomo che è stato mandato là a uccidere, che ha fatto del suo meglio per confonderlo e sfuggirgli.

Invano.

Stava per effettuare l'approccio finale al suo bersaglio quando qualcosa alla sua sinistra attirò la sua attenzione. Una donna, sbucando dalla penombra, veniva verso di lui... Marie! Che cosa ci fa a Odessa?! Come ha saputo dove si trovava?

«Tesoro» gli dice. «Vieni con me, vieni via di qui.»

«Marie.» Si sente attanagliare il petto da una morsa di panico. «Non puoi stare qui. È troppo pericoloso.»

«Sposarti lo è stato, tesoro. Ma questo non mi ha fermata.»

Un gemito acuto, simile a un lamento funebre, comincia, riecheggiando nel vuoto dentro di lui. «Ma ora sei morta.»

«Morta? Sì, suppongo di sì.» Un'espressione corrucciata spez-

za per un istante la bellezza del suo viso. «Perché non eri là, tesoro? Perché non eri là a proteggere me e i bambini? Adesso sarei ancora viva se tu non fossi stato in capo al mondo, se non fossi stato con lei.»

«Lei?!» Il cuore di Bourne accelera all'impazzata, e il suo panico aumenta inesorabilmente.

«Sei un esperto a mentire con tutti, eccetto con me, tesoro.»

«Che cosa intendi dire?»

«Guardati le mani.»

Bourne abbassa lo sguardo e fissa il sangue che gli si sta coagulando nelle pieghe dei palmi. «Di chi è questo sangue?»

Desideroso di risposta, alza gli occhi. Marie non c'è più. Non c'è nient'altro che la luce vivida che si riversa sul pavimento come sangue che sgorga da una ferita.

«Marie» chiama sottovoce, quasi invocandola. «Marie, non abbandonarmi!»

Martin Lindros e i suoi rapitori avevano viaggiato a lungo. Avevano raggiunto in volo la località in cui si trovava attualmente, prima a bordo di un elicottero e, dopo una breve pausa, a bordo di un jet, che aveva fatto scalo almeno una volta per rifornirsi di carburante. Non ne era sicuro al cento per cento, perché o si era assopito senza accorgersene o gli avevano somministrato qualcosa per farlo dormire. Non che avesse importanza. Sapeva di non essere più sul Ras Dascian, lontano dalla regione nordoccidentale dell'Etiopia, lontano perfino dal continente africano.

Jason. Che ne era di Jason? Era morto o era vivo? Chiaramente Jason non era riuscito a trovarlo in tempo. Non voleva neppure pensare all'ipotesi che Jason fosse morto. Non ci avrebbe creduto nemmeno se glielo avesse detto Fadi in persona. Conosceva troppo bene Bourne. Trovava sempre il modo di respingere l'ultima palata di terra e di uscire dalla fossa che qualcuno aveva scavato per lui. Jason era vivo, Lindros lo sapeva, se lo sentiva.

Ma dubitava che anche questo avesse un benché minimo valore. Jason sospettava che Karim al Jamil avesse preso il posto di Lindros? Ammesso che si fosse lasciato trarre in inganno, anche se era sopravvissuto al tentativo di liberazione sul Ras Dascian, avrebbe rinunciato all'operazione di salvataggio. Uno scenario perfino peggiore gli provocò in tutto il corpo i brividi di sudore freddo. E se Jason avesse trovato Karim al Jamil e lo avesse riportato in America alla sede centrale della CIA? Cristo santo! Era questo che Fadi aveva escogitato fin dall'inizio?

Lindros si sentì ondeggiare e sballottare quando l'aereo attraversò una turbolenza. Per stabilizzarsi, si appoggiò con la schiena alla gelida paratia concava del velivolo. Portò la mano alle bende che gli coprivano metà faccia. Sotto le dita sentì il vuoto della cavità chirurgica in cui fino a poco tempo prima c'era stato il suo occhio destro. Toccarsi in quel punto era ormai diventata un'abitudine. La testa gli pulsava di un dolore indicibile. Era come se il suo occhio avesse preso fuoco, solo che l'occhio non era più suo: apparteneva al fratello di Fadi, Karim al Jamil ibn Hamid ibn Ashef al Wahhib. All'inizio, il solo pensiero gli procurava conati di vomito dolorosi, ora gli faceva solo male al cuore.

La violazione del suo corpo, il trapianto dell'organo mentre era ancora vivo, era un orrore dal quale non si sarebbe mai ripreso. Innumerevoli volte, mentre era in barca sul lago argentato a pescare trote arcobaleno, l'idea di togliersi la vita gli era passata per la mente, ma non l'aveva mai presa seriamente in considerazione. Il suicido era la via di fuga dei vigliacchi.

Per giunta voleva sopravvivere a tutti i costi, anche solo per vendicarsi di Fadi e di Karim al Jamil.

Bourne si svegliò di colpo. Si guardò intorno, per un momento, disorientato. Dove si trovava? Vide uno scrittoio a ribalta, un comodino, due tende tirate per non far filtrare nella stanza la luce del sole. Arredamento anonimo, pesante e consumato. Una camera d'albergo. Ma dove?

Sceso dal letto, camminò sul liso tappeto macchiato, aprì le pesanti tende scure. Un bagliore improvviso lo investì in pieno. Strizzò gli occhi per l'abbagliante luce solare, oro luccicante sullo sfondo grigio scuro dell'acqua. Il mar Nero. Si trovava a Odessa.

Se l'era sognata, Odessa, o la stava solo ricordando?

Si voltò, la mente brulicante di ricordi onirici. Marie a Odessa? Mai! E poi che cosa ci faceva Marie in quel suo lampo di memoria di...

Odessa!

In quella città era nato il suo frammento di ricordo. Era già stato lì. Era stato mandato là a uccidere... qualcuno. Chi? Non ne aveva la più pallida idea.

Tornò a sedersi sul letto, si sfregò gli occhi con i polpastrelli del pollice e dell'indice. Sentiva ancora la voce di Marie.

Adesso sarei ancora viva se tu non fossi stato in capo al mondo, se non fossi stato con lei. Il suo tono non era accusatorio, solo triste.

Che importanza aveva dov'era e che cosa stava facendo? Non vi era stato con lei. Marie gli aveva telefonato. Sua moglie pensava di avere un raffreddore, tutto qui. Poi era giunta la seconda telefonata, che lo aveva quasi fatto impazzire per il dolore e per il senso di colpa.

Sarebbe dovuto essere a casa a proteggere i suoi famigliari, proprio come anni prima sarebbe dovuto essere a casa a difendere la sua prima famiglia. La storia si ripeteva... Per ironia della sorte, essere così lontano dalla scena del disastro lo aveva fatto avvicinare di più, all'orlo stesso del nero vuoto interiore che albergava in lui. Perdendo lo sguardo dentro l'abisso, aveva provato quella vecchia, opprimente disperazione che scaturiva dalla parte più segreta di sé: un bisogno di castigarsi o punire qualcun altro.

Si sentiva completamente, assolutamente solo. Era una sensazione inquietante, come se fosse uscito da se stesso, come accade nei sogni. Solo che quello non era un sogno; era la realtà. Si domandò per l'ennesima volta se la sua capacità di giudizio fosse stata indebolita dal suo attuale tumulto emotivo. Non riusciva a trovare altre spiegazioni logiche per certe anomalie: il fatto di avere sentito l'impulso di portar fuori di cella Hiram Cevik alla sede della CIA; il fatto di svegliarsi in quel letto e di non sapere dove si trovava. Per un breve, angosciante momento, si chiese se la morte di Marie lo avesse ridotto a pezzi a tal punto, se i delicati fili che tenevano insieme le sue identità multiple si fossero spezzati. Sto diventando pazzo?

Il cellulare squillò.

«Jason, dove sei?» Era Soraya.

«A Odessa» rispose con voce impastata. Si sentiva la bocca ovattata, come se fosse piena di batuffoli di cotone.

Soraya ebbe un rapido, percepibile trasalimento. Poi: «Cosa diavolo ci fai a Odessa?».

«Mi ha mandato qui Lindros. Sto seguendo una pista che mi ha fornito lui. È convinto che un certo Lemontov stia finanziando la Dujja. Edor Vladovič Lemontov. Con ogni probabilità dietro quest'uomo si cela un'organizzazione criminale... traffico internazionale di stupefacenti, forse. Il nome ti suggerisce qualcosa?»

«No, ma verificherò nel database della CIA.»

La Moore gli riassunse i fatti accaduti all'Hotel Constitution. «Ciò che è davvero strano è che è stato impiegato un accelerante assolutamente fuori dal comune: il disolfuro di carbonio. La mia amica dice di non essersi mai imbattuta prima d'ora in questa sostanza nelle sue indagini sugli incendi dolosi.»

«Di solito per cosa viene utilizzato?»

«Principalmente nella lavorazione della cellulosa, nella produzione del tetracloruro di carbonio, in tutti i composti a base di zolfo. Viene anche utilizzato nei fumiganti per uso agricolo, e come agente flottante nella lavorazione dei minerali. In passato veniva usato come componente liquido nei frigoriferi e negli estintori antincendio. La mia amica ritiene che sia stato impiegato per via della bassa temperatura d'ignizione.»

Bourne annuì tra sé mentre osservava fuori dalla finestra una petroliera che arrivava senza carico da Istanbul. «Trasformandolo così in un esplosivo.»

«Efficacissimo. Ha fatto saltare in aria mezza suite. Ha provocato un incendio devastante. Siamo stati fortunati a trovare la protesi dentale, che è rimasta protetta nel tubo di scarico della vasca da bagno. Non è rimasto nient'altro di utile, nemmeno i resti di un cadavere sufficienti per l'identificazione.»

«A quanto pare la fortuna di Fadi sta finendo nel cesso» commentò con sarcasmo Bourne.

Soraya rise. «La pista Lemontov mi interessa perché ho pensato che i frigoriferi e gli estintori di vecchia generazione che sono stati banditi negli Stati Uniti, ma probabilmente non altrove, come nei Paesi dell'Europa dell'Est, in Ucraina, a Odessa...»

«È un'ipotesi attendibile» commentò Bourne un attimo prima di interrompere la comunicazione.

Sebbene fosse passata l'una di notte, Martin Lindros era ancora al computer a inserire dati. La CIA era ancora in Codice Mesa. Era in corso una grave crisi, tutti i permessi e le ferie erano stati revocati. Il sonno era un lusso che nessuno poteva concedersi.

Un lieve bussare di nocche alla porta annunciò l'arrivo di Soraya, che fece capolino sulla soglia dell'ufficio e rivolse a Lindros un'espressione interrogativa. Il direttore della Typhon le fece cenno di accomodarsi e la Moore obbedì, richiudendosi la porta alle spalle. Preso posto su una sedia di fronte alla scrivania, vi appoggiò qualcosa.

«E questo cos'è?» domandò Lindros.

«Una protesi dentale. Una mia amica – un'esperta di incendi dolosi del reparto investigativo dei vigili del fuoco – si è messa in contatto con me.» Soraya aveva già informato Lindros in merito ai fatti accaduti all'Hotel Constitution. «Aveva trovato qualcosa nella suite dei fratelli Silver che non riusciva a spiegarsi. Questa protesi. Viene usata nei camuffamenti ad altissima sofisticazione.»

Lindros raccolse quell'oggetto dalla scrivania. «Sì. Una volta Jason mi ha mostrato qualcosa di simile. Si usa per cambiare aspetto.»

Soraya annuì. «È una prova sufficiente per concludere che Jakob Silver era, in realtà, Fadi, che il presunto fratello di Jakob Silver era un altro terrorista e che sono loro i responsabili dell'incendio.»

«Nella suite non è stato trovato un cadavere? Non era il corpo di uno dei Silver?»

«Può darsi di sì come può darsi di no. Pare più che probabile che i resti del corpo carbonizzato rinvenuti in bagno siano quelli di un cameriere pachistano. I fratelli Silver non sono mai esistiti.»

«Ingegnoso» rifletté Lindros a voce alta, rigirandosi la protesi dentale tra le dita. «Ma ormai non ci serve più a niente.»

«Al contrario.» La Moore si fece restituire l'oggetto. «Ho intenzione di verificare se riesco a scoprire chi l'ha fabbricata.»

Lindros si perse in chissà quali pensieri per un momento.

«Ho parlato con Bourne meno di un'ora fa» proseguì Soraya.

«E allora?»

«Voleva che trovassi tutte le informazioni disponibili su un trafficante di droga internazionale che risponde al nome di Edor Vladovič Lemontov.»

Lindros poggiò i gomiti sulla scrivania e giunse le mani.

Quella era una situazione che poteva sfuggire al suo controllo se l'avesse permesso. Mantenendo un tono di voce neutro, disse: «E che cos'hai scoperto?».

«Ancora niente. Prima volevo aggiornarla sul ritrovamento della protesi dentale.»

«Hai fatto bene.»

«Grazie, capo.» Soraya si alzò. «Scusi, ma mi aspettano ore e ore di affaticamento degli occhi.»

«Lascia perdere la ricerca al computer. Non riesco a trovare nulla su questo tizio. Chiunque sia, è sicuramente "schermato". Proprio il genere d'uomo che la Dujja utilizzerebbe come finanziatore.» Lindros aveva già rivolto di nuovo l'attenzione al monitor del suo computer. «Voglio invece che tu prenda il primo volo di linea per Odessa. Voglio che tu funga da appoggio logistico e da rinforzo a Bourne.»

La Moore era davvero stupita. «A Bourne l'idea non piacerà.»

«Non gli è richiesto di gradire o meno gli ordini» tagliò corto Lindros.

Quando Soraya allungò la mano per riprendersi la protesi dentale, Lindros l'afferrò per primo. «Di questa me ne occuperò di persona.»

«Signore, se mi consente di dirlo, ha già un mucchio di cose da fare.»

Lindros la scrutò a fondo negli occhi. «Soraya, volevo essere io a darti una sgradevole notizia. Abbiamo scoperto la presenza di una talpa all'interno della Typhon.» Lindros la sentì con chiarezza trasalire e ne fu compiaciuto. Aperto un cassetto della scrivania, le porse un sottile fascicolo che aveva preparato allo scopo.

Soraya prese la cartellina e ne aprì la copertina. Non appena cominciò a leggere, sentì le lacrime alterarle la vista. Era Tim Hytner. Bourne aveva avuto ragione, dopotutto. Hytner era stato al soldo della Dujja.

Soraya si ricompose e alzò lo sguardo su Martin Lindros. «Perché?»

Lindros alzò le spalle. «Per denaro. È tutto scritto lì dentro. A livello informatico sono risalito a un conto corrente segreto alle isole Cayman. Hytner era nato spiantato, vero? Suo padre è ricoverato da tempo in una clinica per malattie terminali che la sua assicurazione non rimborsa, non è così? Sua madre non ha il becco di un quattrino. Tutti hanno un punto debole, Soraya. Perfino i nostri migliori amici.»

Lindros si riprese il fascicolo. «Dimentica Hytner. È ormai storia passata. Hai del lavoro da svolgere. Ti voglio al più presto a Odessa.»

Quando udì la porta richiudersi, Lindros guardò nella direzione da cui Soraya era uscita come se potesse vederla allontanarsi a piedi. Sì, certo, pensò. A Odessa sarai uccisa prima che tu possa scoprire chi ha fabbricato questa dannata protesi dentale.

Capitolo 13

A Bourne avevano prenotato una camera all'Hotel Samarin, un albergo gigantesco e caotico che s'affacciava sul porto marittimo, proprio davanti al molo, dove i traghetti attraccavano e salpavano regolarmente per tutto il giorno secondo una fitta tabella oraria. L'ultima volta che Bourne era stato lì, l'elegante e ultramoderno Hotel Odessa sorgeva sul massiccio molo d'attracco. Ai suoi occhi sembrava fuori luogo come un completo Dolce & Gabbana addosso a un vagabondo.

Rasato, lavato e vestito a nuovo, scese dalle scale nella vasta sonnolenta hall, decorata come un berretto pasquale dei primi dell'Ottocento. In effetti, tutto in quell'albergo ricordava i primi decenni di quel secolo, dall'arredamento di velluto liso e legno massiccio alla vecchia tappezzeria floreale.

Bourne fece colazione tra uomini d'affari nella soleggiata sala da pranzo che dava sulla baia del porto. Aleggiava nell'aria un vago profumo di burro fritto frammisto a birra. Quando il cameriere gli portò il conto, Bourne gli chiese: «In questo periodo dell'anno dove si può andare a spassarsela un po'?».

Bourne aveva parlato in russo. Benché fosse in Ucraina, il russo era la lingua ufficiale parlata a Odessa.

«L'Ibitza è chiuso» rispose il cameriere «Come anche tutti gli altri night club d'Arkadia.» L'Arkadia era il quartiere dei divertimenti in riva al mare; d'estate il lido brulicava di giovani russe benestanti e di turisti in cerca d'avventure. «Dipende. Che cosa preferisce: le donne o gli uomini?»

«Né le une né gli altri» rispose Bourne. Si portò l'indice al naso, sfiorando la punta con il polpastrello e inalò rumorosamente.

«Ah, quel genere di commercio è aperto tutto l'anno» disse il cameriere. Era un uomo magrissimo, dalle spalle un po' troppo ricurve, invecchiato prima del tempo. «Quanto gliene occorre?»

«Più di quanto riuscirebbe a procurarmene. Tratto all'ingrosso.»

«Questa è tutta un'altra faccenda» disse il cameriere.

«Questo è tutto quello che deve sapere.» Bourne sospinse con discrezione sul tavolo un rotolo di dollari americani.

Senza la minima esitazione il cameriere fece subito sparire le banconote. «Sa dov'è il mercato Privoz?»

«Lo troverò.»

«Nella corsia delle uova, terza bancarella dall'entrata est. Dica a Evgenij Feijodovič che desidera uova marroni, solo marroni.»

Il Samarin, come tutto il resto nella città vecchia di Odessa, era stato costruito in stile neoclassico, il che significava che era francesizzato. Questo non era poi tanto sorprendente, dato che uno dei padri fondatori di Odessa era il duca de Richelieu, principale architetto e urbanista della città nel corso degli undici anni in cui era stato governatore nei primi dell'Ottocento. Era stato il poeta russo Aleksandr Puškín, in esilio in quella città di mare, a dire che nei negozi e nei caffè di Odessa si poteva odorare il profumo dell'Europa.

Nell'ombreggiato viale Primorskaija, ai cui lati si allungavano dei tigli, Bourne venne subito accolto da un vento gelido e umido che gli sferzò il volto, arrossandogli la pelle. A sud, al largo sul mare, si andavano addensando nuvole scure, cariche di pioggia mista a nevischio sopra le onde leggermente increspate.

L'aria salmastra che spirava dal mare gli riportò alla mente con trepida ferocia vari ricordi. Una notte a Odessa, le sue mani sporche di sangue, una vita in sospeso, la disperata ricerca del suo bersaglio, il chiosco.

Rivolse lo sguardo verso l'entroterra, in direzione dei terreni terrazzati che salivano sulle colline formando una sorta di cerchio, a guardia della baia che ricordava una scimitarra. Consultando una piantina che gli era stata fornita dall'anziano concierge dell'albergo, saltò sulla predella di un tram di passaggio, che rallentava proprio in quel punto e che lo avrebbe portato alla stazione ferroviaria in viale Italianskij.

Il mercato ortofrutticolo Privoz, a due passi dalla stazione, era una colossale esposizione di prodotti agricoli, derrate e animali da cortile protetta da un'immensa tettoia in lamiera ondulata. Le bancarelle erano disposte a file dietro grosse lastre di calcestruzzo alte fino alla vita che Bourne paragonò d'istinto alle barriere antiterrorismo in cemento nelle strade di Washington. Baracche improvvisate e furgoni che diventano posti in cui dormire circondavano il mercato coperto. Gli agricoltori e gli allevatori venivano da vicino e da lontano, e quelli che erano costretti a viaggiare per ore per coprire lunghe distanze si fermavano di notte a dormire là.

All'interno regnava un tumulto di rumori, odori, grida in diverse lingue: russo, ucraino, rumeno, yiddish, georgiano, armeno, turco. Il profumo di formaggio si mescolava a quello della carne fresca appena macellata, delle verdure, dei tuberi, delle erbe aromatiche, delle spezie, del pollame spennato. Bourne vide donne dai corpi morbidi con maglioni di lana tarmata e il capo coperto da scialli e ampi foulard, presidiare le bancarelle della corsia dei turchi. Per i profani, il mercato rappresentava uno schieramento assolutamente sconcertante di bancarelle contro le quali orde di robusti acquirenti premevano i loro addomi prominenti.

Dopo aver chiesto indicazioni a diverse persone, Bourne si fece strada nella calca e nel clamore fino alla corsia delle uova. Orientandosi, raggiunse la terza bancarella dall'entrata a est che, come da copione, era affollatissima. Un donnone dal viso arrossato e un orso d'uomo – forse Evgenij Feijodovič – stavano scambiando uova con denaro contante. Bourne restò in attesa vicino al lato della bancarella in cui stava in piedi l'uomo, e quando venne il suo turno domandò: «Sei Evgenij Feijodovič?».

L'omone lo fissò, socchiudendo gli occhi. «Chi vuole saperlo?»

«Sto cercando uova marroni, solo marroni. Mi è stato suggerito di venire qui e chiedere di Evgenij Feijodovič.»

L'uomo emise un brontolio, si piegò di lato e disse qualcosa alla sua compagna. La donna annuì senza interrompere per un solo istante il suo ritmo esperto di impacchettare le uova e spalare banconote e monete nelle ampie tasche del suo vestito scolorito.

«Da questa parte» disse Evgenij, accompagnando la frase con un cenno del capo. Indossò un giaccone pesante di lana verde pisello, ridotto alla trama, aggirò la barriera di calcestruzzo e condusse Bourne fuori dal mercato coperto dall'uscita est. Attraversarono la via Srednefontanskaija e sbucarono in piazza Kulikovo Pole. Il cielo era bianco, come se una nuvola ciclopica fosse calata dall'alto per ammantare la città. La luce, uniforme e senza la minima ombra, sarebbe stato il sogno di qualunque fotografo. Rivelava ogni minimo dettaglio.

«Come vedi, questa piazza è molto sovietica, orrenda e molto rétro, ma non in senso buono» esordì Evgenij Feijodovič con una punta di sarcasmo. «Eppure serve a ricordarci il passato, un passato di fame e massacri.»

Evgenij continuò a camminare finché arrivarono a una statua colossale, alta una decina di metri. «Il mio posticino preferito per trattare affari: ai piedi di Lenin. Ai vecchi tempi i comunisti si radunavano qui per le parate.» Le grosse, grasse spalle del contadino si alzarono e si abbassarono. «Quale posto migliore di questo, eh? Adesso Lenin mi protegge dall'alto come un santo patrono bastardo che, ne sono fermamente convinto, è stato bandito e relegato nel feroce girone infernale più basso che esista.»

Gli occhi di Evgenij si ridussero di nuovo a due fessure. Emanava l'odore di lattante, di latte cagliato e zucchero. Aveva sopracciglia folte e sporgenti sotto un'aureola di riccioli capelli castani che si sparpagliavano in ogni direzione come un rotolo di lana di vetro usata.

«E così vuoi uova marroni, eh?»

«In gran quantità» precisò Bourne. «E anche un rifornimento costante.»

«Ah, davvero?» Evgenij si appoggiò al basamento in calcare della statua di Lenin e scrollò fuori da un pacchetto una nera sigaretta turca. L'accese con un rito lento, quasi religioso, aspirando nei polmoni una boccata interminabile. Poi la tenne ferma tra le dita come un hippie che si godesse beato uno spinello. «Come faccio a sapere che non sei dell'Interpol?» disse nel sibilo sommesso di una lenta espirazione fumogena. «O un agente dell'SBU in incognito?» Il riferimento era ai servizi di sicurezza ucraini.

«Perché te lo dico io.»

Evgenij rise. «Sai qual è l'ironia di questa città? È l'essere costruita proprio in riva al mar Nero, ma l'acqua potabile è sempre stata scarsa. Questo in sé non sarebbe così interessante, se non per il fatto che è da qui che Odessa trae il suo nome. Alla corte imperiale di Caterina si parlava francese, capisci? E un buontempone le ha suggerito di chiamare la città "Odessa", perché è quel che risulta foneticamente se si pronuncia "*assez d'eau*" al contrario. "Basta acqua", capisci? È uno scherzo che ci hanno giocato i francesi.»

«Se la lezione di storia è finita» borbottò Bourne, «gradirei incontrarmi con Lemontov.»

Evgenij lo guardò di soppiatto attraverso il fumo acre della sigaretta turca. «Chi?»

«Edor Vladovič Lemontov. Il padrino del narcotraffico qui a Odessa.»

Evgenij ebbe un'impercettibile parvenza di trasalimento, si alzò dal basamento della statua di Lenin, e fissò lo sguardo in un punto lontano oltre Bourne. Gli fece cenno di seguirlo e insieme fecero il periplo del basamento.

Senza voltarsi, Bourne scorse con la coda dell'occhio un uomo che passeggiava con un Dobermann pincher al guinzaglio. Il cane agitò il muso lungo e stretto, guardandosi intorno, i suoi occhi gialli fissarono Evgenij come intuendone la paura.

Quando furono dietro la statua di Lenin, Evgenij disse: «Dunque, dove eravamo rimasti?».

«A Lemontov» disse Bourne. «Il boss.»

«Mi stai dicendo che sono un suo tirapiedi?»

«Se lavori per qualcun altro dimmelo subito» tagliò corto Bourne. «È con Lemontov che voglio concludere affari.»

Bourne percepì la presenza di un altro uomo che si stava avvicinando furtivamente alle sue spalle, ma non si mosse, evitando di mostrare a Evgenij Feijodovič che se n'era accorto, finché la canna fredda di una pistola non gli premette la carne appena dietro l'orecchio destro.

«Ti presento Bogdan Illijanovič.» Avanzando di un passo, Evgenij Feijodovič sbottonò il cappotto di Bourne. «Adesso scopriremo la verità, *tovarič*.» Con un minimo sforzo, le sue dita sollevarono il portafoglio e il passaporto dalla tasca interna del cappotto.

Ritraendosi, Evgenij aprì per primo il passaporto. «Sei moldavo, eh? Ilias Voda.» Il contadino esaminò attentamente la foto. «Sì, sei proprio tu, su questo non ci piove.» Evgenij voltò pagina. «Arrivato direttamente da Bucarest.»

«Le persone che rappresento sono rumene» spiegò Jason Bourne.

Jason osservò Evgenij Feijodovič rovistare nel portafoglio, passando al vaglio tre tipi diversi di documenti di identificazione, compresa una patente di guida e una licenza import-export. Tutti a nome di Ilias Voda. La licenza commerciale era un vero tocco da maestro, pensò Bourne. Tornato a Washington, avrebbe dovuto ricordarsi di ringraziare Deron.

Finalmente, Evgenij gli restituì il portafoglio e il passaporto. Senza perdere d'occhio Bourne, estrasse di tasca un cellulare e compose un numero locale.

«Un nuovo affare» disse laconicamente. «Un certo Ilias Voda. Dice di rappresentare interessi rumeni.» Evgenij allontanò un momento il cellulare dall'orecchio e domandò a Bourne: «Quanto?».

«È Lemontov?»

Evegenij si rabbuiò in volto. «*Quanto?*»

«Cento chili, subito.»

Evgenij lo fissò muto, incantato.

«Il doppio il mese prossimo se tutto fila liscio.»

Evgenij si allontanò di qualche passo, rivolgendo le spalle a Bourne mentre parlava di nuovo al telefono. Poco dopo tornò indietro. Il cellulare era già sparito in tasca.

Un altro cenno quasi impercettibile della testa ordinò a Bogdan Illijanovič di togliere la pistola dalla nuca di Bourne e riporla sotto la palandrana di lana le cui falde sfioravano le caviglie del tizio armato. Bogdan era un uomo dal collo taurino, capelli nerissimi, impomatati sul cranio a riporto da destra a sinistra, formando un ciuffo appiattito, in uno stile che ricordava vagamente la pettinatura preferita a suo tempo da Hitler. Aveva due occhi d'agata luccicanti.

«Domani sera.»

Bourne fissò a lungo il suo interlocutore senza parlare. Avrebbe voluto procedere subito; il tempo era un fattore essenziale. Ogni giorno, ogni ora, portavano Fadi e la sua cellula terrorista più vicini all'attuazione del loro piano d'attacco con un ordigno nucleare. Ma vide nel volto di Evgenij la fredda espressione del professionista incallito. Forzare la mano per cercare di incontrare Lemontov prima del tempo sarebbe stata una mossa sbagliata. Lo stavano mettendo alla prova per stabilire se era deciso al pari di loro. Bourne sapeva che Lemontov voleva del tempo per osservarlo a distanza prima di concedergli udienza. Mettersi a protestare sarebbe stato molto di più che un semplice atteggiamento temerario: lo avrebbe fatto apparire debole.

«Dimmi dove e a che ora» ribatté Bourne.

«Dopo cena. Tieniti pronto. Qualcuno ti chiamerà al telefono dopo che sarai salito in camera. Stai al Samarin, vero?»

Il cameriere che mi ha fatto il nome di Evgenij, pensò Bourne. «Allora non c'è bisogno che ti dica il numero della camera.»

«No.»

Evgenij Feijodovič tese la mano. Mentre Bourne gliela stringeva, disse: «*Gospadin,* Voda. Ti auguro buona fortuna nella tua ricerca.» Non mollò subito la poderosa stretta di mano. «Ora sei entrato nella nostra orbita. Adesso o sei un amico o sei un nemico. Ti prego di tener presente che se cerchi di metterti in contatto con qualcun altro con qualsiasi mezzo e per qualsiasi motivo sarai considerato un nemico. Non ci sarà una seconda occasione.» I denti giallastri del venditore di uova fecero la loro comparsa quando le labbra li scoprirono in una sorta di sorriso sornione. «Per un tradimento del genere non lasceresti mai Odessa da vivo. Questo è poco, ma sicuro.»

Capitolo 14

Martin Lindros, con un pacco di dossier sottobraccio, stava camminando in corridoio, diretto all'ufficio del Grande Vecchio per un briefing convocato in fretta e furia, quando il suo cellulare emise un ronzio. Era Anne Held.

«Buongiorno, signor Lindros. C'è stato un cambiamento di programma. Per favore, raggiunga il direttore di sotto, nel Tunnel.»

«Grazie, Anne.»

Lindros chiuse la comunicazione, poi prese l'ascensore per scendere nel sotterraneo. Il Tunnel era il parcheggio dove il pool di automobili della CIA aveva un vasto garage di rimessaggio e manutenzione ordinaria, e dove il personale di servizio – accreditato su un elenco speciale approvato dalla direzione della CIA – andava e veniva sotto l'esame minuzioso di agenti armati con indosso giubbotti antiproiettile.

Lindros entrò nel Tunnel e presentò il suo tesserino di riconoscimento personale a uno degli agenti in servizio di guardia. Il parcheggio era in effetti un enorme bunker di calcestruzzo e cemento armato a prova di bomba e incendio. C'era solo una rampa che permetteva di raggiungere una strada all'esterno; la rampa poteva essere chiusa ermeticamente a entrambe le estremità in pochi secondi. La Lincoln limousine blindata del Grande Vecchio lo attendeva a motore acceso, la portiera posteriore aperta. Lindros si chinò per salire a bordo e sedette accanto al direttore sul lussuoso sedile di pelle. La portiera si chiuse automaticamente e tutte le serrature si bloccarono. L'autista e l'agente armato al suo fianco annuirono in cenno di saluto, dopo di che la lastra di cristallo scuro antiproiettile a séparé si alzò, escludendo le due persone sedute davanti e isolando i passeggeri nello spazioso compartimento posteriore. I finestrini erano fumé e impedivano che qualcuno potesse vedere all'interno della vettura, mentre i passeggeri riuscivano a vedere l'esterno.

«Hai portato i due dossier?»

«Sissignore.» Lindros annuì consegnando le cartelletta al direttore.

«Hai fatto un ottimo lavoro, Martin.» Il Grande Vecchio fece una smorfia approfondendo ogni ruga del viso fino ad assomigliare a una maschera di cartapesta. «Sono stato convocato dal POTUS.» Il POTUS era l'acronimo preferito nell'ambiente dei servizi segreti della capitale per riferirsi al presidente degli Stati Uniti. «A giudicare dalla crisi – esterna e interna – in cui ci troviamo fino al collo, c'è da chiedersi quanto sarà sgradevole questo colloquio.»

Come risultò in seguito, l'incontro con il presidente si rivelò piuttosto sgradevole. Tanto per cominciare il Grande Vecchio non fu ricevuto nello Studio Ovale, ma nella Sala Bellica, al terzo piano sotterraneo. In secondo luogo il presidente non era solo. Intorno al grande tavolo ovale in mezzo alla sala di cemento armato erano sedute sei persone. La stanza era illuminata solo dagli schermi giganti che brillavano su tutt'e quattro le pareti, e trasmettevano a tamburo battente immagini e filmati di basi militari, missioni aeree di ricognizione, simulazioni di guerra digitali in un assortimento da capogiro.

Il direttore della CIA conosceva alcuni dei suoi interlocutori; il presidente lo presentò agli altri. Da sinistra a destra, il gruppo cominciava con Luther LaValle, lo zar dei servizi segreti del Pentagono, un uomo alto e massiccio, dalle spalle larghe e quadrate, con una spaziosa fronte a cupola segnata da rughe profonde e radi capelli setolosi color grigio canna di fucile. A sinistra di LaValle il presidente presentò Jon Mueller, un ufficiale di grado superiore del Dipartimento della Homeland Security, un tipo dallo sguardo penetrante la cui immobilità assoluta suggerì al direttore della CIA l'estrema pericolosità dell'individuo. L'uomo a sinistra di Mueller non aveva bisogno di presentazioni: Bud Halliday, il segretario della Difesa. Dopo di lui veniva il presidente, un uomo esile e scattante, inappuntabile, dai capelli bianco argento, un viso schietto e una mente acuta. Alla sinistra del presidente sedeva il consigliere per la Sicurezza nazionale: con i capelli nero pece, le spalle sfuggenti e gli occhi inquieti ed eccessivamente lucidi, al Grande Vecchio aveva sempre dato l'idea di un grosso roditore. L'ultima persona a destra era un uomo con gli occhiali che rispondeva al nome di Gundarsson e lavorava per la International Atomic Energy Agency.

«Adesso che siamo tutti riuniti» attaccò il presidente evitando il consueto preambolo di protocollo, «veniamo subito al dunque.» Lo sguardo del presidente si posò insistente sul direttore della CIA. «Siamo nel bel mezzo di una crisi di proporzioni senza precedenti. Siamo stati tutti informati in merito alla situazione, ma poiché la stessa è molto sfuggente, ti dispiace aggiornarci, Kurt?»

Il Grande Vecchio annuì e aprì il dossier riguardante la Dujja. «La liberazione e il ritorno tra noi del vicedirettore Lindros ci ha permesso di accedere a nuovi dati sui movimenti della Dujja, e ha dato un nuovo, formidabile entusiasmo al personale dell'Agenzia. Adesso abbiamo la conferma che una cellula della Dujja si trovava sui monti Simien nella regione nordoccidentale dell'Etiopia, e che i terroristi stavano trasportando uranio come anche una partita di TSG utilizzata per innescare e far esplodere un ordigno nucleare. Dalle analisi delle traduzioni delle più recenti intercettazioni telefoniche della Dujja stiamo cominciando a puntare dritto verso la località in cui riteniamo stiano arricchendo l'uranio.»

«Eccellente» commentò LaValle. «Non appena ci darà conferma delle coordinate ordineremo un attacco aereo chirurgico che, a suon di bombe, riporterà quei gran figli di puttana all'Età della Pietra.»

«Direttore» intervenne Gundarsson, «fino a che punto siamo sicuri che la Dujja disponga delle capacità tecniche per arricchire l'uranio? Dopotutto, non occorre soltanto una mole impressionante di conoscenze pratiche, ma anche un complesso industriale pieno di macchinari ultramoderni e, tra le tante altre cose, di migliaia di centrifughe per ottenere la forma di uranio arricchito necessaria perfino per produrre anche un solo ordigno nucleare.»

«Non ne siamo affatto sicuri» ribatté il direttore, «ma adesso possiamo avvalerci delle testimonianze oculari sia del vicedirettore Lindros sia dell'agente segreto che lo ha liberato e riportato in patria a dimostrazione che la Dujja sta trafficando sia l'uranio sia i TSG.»

«Fin qui, nulla da eccepire» disse LaValle, «ma sappiamo tutti che l'uranio "yellowcake" si trova in abbondanza ed è a buon mercato. Soprattutto, però, lontano anni luce dalla qualità necessaria per la fabbricazione di armi atomiche.»

«Sono d'accordo. Il problema è che l'inconfondibile traccia residua ci porta a credere che la Dujja stia trafficando con polvere di diossido di uranio» disse il direttore. «A differenza dell'uranio "yellowcake", l'UO_2 è a un solo gradino dall'uranio di qualità a uso bellico. Può essere convertito in metallo in qualsiasi decente laboratorio scientifico. Di conseguenza, dobbiamo affrontare come una seria minaccia qualsiasi cosa la Dujja stia pianificando di fare.»

«A meno che non sia tutto un espediente per depistarci» commentò LaValle in tono ostinato. Era un uomo che spesso ricorreva al suo innegabile potere per prendere in contropiede i suoi interlocutori. Peggio ancora, dava l'impressione di godersela un mondo ad atteggiarsi in quella maniera.

Gundarsson si schiarì solennemente la voce. «Sono d'accordo con il direttore. L'eventualità che un'organizzazione terrorista sia in possesso di diossido di uranio è agghiacciante. Quando si tratta del rischio di avere a che fare con un ordigno nucleare non possiamo permetterci il lusso di liquidare la faccenda come un semplice "espediente per depistarci".» Lo scienziato rovistò in una valigetta che aveva al suo fianco ed estrasse un fascio di fogli, che distribuì a tutti i presenti. «Un ordigno nucleare, che sia o non sia una cosiddetta "bomba sporca", ha una certa dimensione, certe specifiche e certi componenti invariabili. Mi sono preso la libertà di stilare un elenco, oltre a produrre dettagliati disegni che ne rappresentano la forma e i possibili segnali di scoperta. Suggerirei caldamente di distribuire queste informazioni a tutte le forze dell'ordine in ogni principale città americana.»

Il presidente annuì. «Kurt, voglio che coordini tu questa operazione.»

«Subito, signore» ribatté il direttore della CIA.

«Solo un momento, direttore» disse LaValle. «Vorrei tornare all'altro agente che ha menzionato. Si tratta di Jason Bourne, giusto? È lo stesso uomo coinvolto nel disastro del terrorista evaso, giusto? È stato lui a far uscire di cella il vostro prigioniero senza adeguata autorizzazione, o sbaglio?»

«Questa è una faccenda strettamente interna, signor LaValle.»

«Almeno in questa sala ritengo che la necessità di essere franchi superi per importanza qualsiasi senso di rivalità tra agenzie di governo» dichiarò lo zar dei servizi segreti del Pentagono. «Onestamente, dubito che si possano prendere sul serio le affermazioni di Bourne.»

«Già in passato Bourne le aveva procurato parecchie

difficoltà gestionali e logistiche, non è così, direttore?» Il commento era del segretario Halliday.

Il Grande Vecchio dava l'impressione di essere mezzo assonnato, in realtà il cervello gli stava girando a mille. Sapeva che era arrivato il momento che tanto temeva. Era sotto attacco. Un attacco coordinato con cura. «Questo cosa c'entra?»

Halliday esibì un sorrisino sarcastico. «Con tutto il dovuto rispetto, direttore, dovrebbe ammettere che quest'uomo è motivo di imbarazzo per la sua Agenzia, per il governo, per tutti noi. Ha permesso che una persona fortemente sospettata di collusione con i terroristi si sottraesse alla custodia della CIA, e nel corso della sua fuga mettesse a repentaglio la vita di non so quanti cittadini innocenti. Consiglierei di levarcelo dai piedi, prima è e meglio è, per il bene di tutti.»

Il direttore respinse al mittente le parole del segretario con uno svolazzo infastidito della mano. «Possiamo tornare all'argomento di cui stavamo trattando, signor presidente? La Dujja...»

«Il segretario Halliday ha ragione» insistette LaValle. «Siamo in guerra con i terroristi. Non possiamo permetterci di perdere il controllo di uno dei loro fiancheggiatori. Data la delicatezza del caso, abbia la cortesia di riferirci quali provvedimenti sta adottando la sua Agenzia contro Jason Bourne.»

«Il punto sottolineato dal signor LaValle è interessante, direttore» lo incalzò il segretario Halliday nella sua più untuosa imitazione di Lyndon Johnson. «Quel fallimento completo in pubblico sull'Arlington Memorial Bridge ci ha fatto un occhio nero a tutti e il morale dei nostri nemici è salito alle stelle proprio quando non ce lo possiamo permettere. A seguito poi della morte collaterale di uno dei vostri...» Halliday schioccò le dita. «Come si chiamava?»

«Timothy Hytner» gli venne in aiuto il direttore della CIA.

«Esatto. Hytner» proseguì il segretario della Difesa come per confermare la risposta del direttore. «Con tutto il dovuto rispetto, direttore, se fossi in lei sarei di gran lunga molto più preoccupato della sicurezza interna dell'Agenzia di quel che sembra dare a vedere.»

Era quello che il Grande Vecchio stava aspettando. Aprì la cartelletta più sottile delle due che Martin Lindros gli aveva consegnato nel Tunnel. «A dire il vero abbiamo appena concluso un'inchiesta interna proprio in relazione alle questioni appena sollevate, signor segretario. Ecco la nostra conclusione.» Il direttore girò la prima pagina dei documenti contenuti nel dossier, lo sospinse sul piano del tavolo verso Halliday e osservò quest'ultimo prenderne possesso con estrema cura.

«Mentre il segretario della Difesa legge, riassumerò le conclusioni per tutti gli altri.» Il direttore della CIA intrecciò le dita, piantò i gomiti sul tavolo e si piegò leggermente in avanti come un professore che si indirizzava ai suoi studenti. «Abbiamo scoperto che all'interno della CIA c'era una talpa. Il suo nome? Timothy Hytner. Era stato proprio lui a ricevere la telefonata dell'agente Soraya Moore che lo informava che il prigioniero era uscito di cella. Era stato Timothy Hytner a chiamare i complici del prigioniero perché attuassero il piano di evasione. Purtroppo per lui, un proiettile destinato alla signorina Moore ha, invece, colpito lui.»

Il direttore passò in rassegna tutte le facce dei presenti, osservandoli uno a uno. «Come ho già detto, la nostra sicurezza interna è sotto controllo. Ora possiamo rivolgere tutta la nostra attenzione a cose più gravi: bloccare la Dujja, sgominare l'organizzazione e consegnare i suoi affiliati alla giustizia.»

Il suo sguardo indugiò per ultimo, a lungo e carico di significato, sul segretario Halliday. Era da quest'ultimo che traeva origine quella sorta di terzo grado a cui era appena stato sottoposto, il direttore ne era certo. Era stato avvertito che Halliday e LaValle ambivano a occupare la sfera di competenza, per tradizione, della CIA; ecco perché lui stesso aveva inventato e diffuso voci sulle sue precarie condizioni di salute fisica e mentale. Negli ultimi sei mesi, nel corso delle riunioni tenute a Capitol Hill, durante i pranzi e le cene sia con i colleghi sia con i suoi diretti rivali, aveva messo in scena una farsa faticosa, fingendo attacchi di depressione, di momentaneo disorientamento. Il suo obiettivo era dare l'impressione che la sua età avanzata stesse cominciando a pesare sul suo rendimento e che non aveva più la stoffa di un tempo. E, infine, che era vulnerabile di fronte a un attacco politico.

In risposta alla sua messinscena, proprio come aveva sperato, finalmente il complotto era emerso dall'ombra. Però c'era una cosa che lo angustiava. Perché il presidente non era intervenuto per fermare la serie di accuse che stava subendo? La sua recita era stata troppo convincente, troppo credibile? Il gruppo dei cospiratori aveva persuaso il presidente della sua incapacità di continuare a essere il direttore della CIA?

La telefonata giunse dodici minuti dopo la mezzanotte. Bourne alzò la cornetta e udì una voce maschile dargli l'indicazione di un incrocio a tre isolati dall'albergo. Aveva avuto ore per prepararsi. Prese il cappotto e uscì dalla camera.

La notte era mite, il vento calmo. Di tanto in tanto una nuvola passava veloce davanti alla luna a tre quarti. La luna era proprio bella: bianchissima, limpida, molto nitida, come la si sarebbe potuta vedere con un telescopio.

Bourne si fermò all'angolo dell'incrocio indicato, le braccia abbandonate mollemente lungo i fianchi. Nel giorno e mezzo trascorso dall'incontro con Evgenij non aveva fatto altro che visitare la città come un turista qualunque. Aveva camminato per chilometri, all'infinito, e quelle lunghe passeggiate gli avevano dato l'occasione di verificare chi lo stava pedinando, quanti erano, quanto duravano i loro turni di sorveglianza. Aveva imparato a memoria le facce dei suoi inseguitori, in caso di necessità avrebbe saputo riconoscerli subito in mezzo a una folla di centinaia o, addirittuta, migliaia di persone. Aveva anche avuto tutto il tempo per osservare la loro metodologia, come pure le loro abitudini. Ormai era in grado di imitare chiunque di loro. Con una faccia diversa, sarebbe potuto essere scambiato per uno dei suoi pedinatori. Per farlo ci sarebbe voluto del tempo, ed era proprio ciò che scarseggiava. Una cosa lo turbava. C'erano volte in cui era sicuro che quegli uomini non si trovavano più nei paraggi: o si stavano dando il cambio o, come passatempo, si era divertito a eludere la sorveglianza. In quegli intervalli di tempo il suo istinto, affilato come un rasoio, gli suggeriva che veniva comunque controllato da qualcun altro. Una delle guardie del corpo di Lemontov? Non lo sapeva, poiché non era mai riuscito a intravederlo neppure di sfuggita.

Il brontolio gutturale di un motore diesel si fece udire alle sue spalle, aumentando sempre più. Bourne non si voltò. Con un orrendo grattare di marce, un *maršrutka* – un minibus – si accostò proprio davanti a lui. La portiera si aprì dall'interno e Bourne salì a bordo.

Si ritrovò a fissare gli occhi d'agata di Bogdan Illijanovič. Capì subito che era meglio non chiedergli dov'erano diretti.

Il *maršrutka* li lasciò all'inizio del viale Francese, che saliva in collina. Si avviarono a piedi sull'acciottolato sotto le acacie maestose, così familiari alla sua memoria inconscia. In cima al viale sorgeva la stazione di una funivia che scendeva alla spiaggia. Era già stato lì, ne era sicuro.

Bogdan lo precedette verso la stazione. Bourne stava per seguirlo, quando una specie di sesto senso lo costrinse a guardarsi alle spalle. Notò che il conducente del minibus non aveva fatto retromarcia per tornare indietro. Si era spaparanzato sul sedile con il cellulare all'orecchio. I suoi occhi dardeggiavano a destra e a sinistra, ma non si soffermavano né su Bogdan né su Bourne.

La funivia, come la giostra di un luna park, includeva gondole a due posti appese in verticale ai cigolanti cavi d'acciaio soprastanti. I due cavi erano tesi a notevole altezza sopra la zona verde, ben al di sopra delle chiome degli alberi e dei fitti cespugli, tra i quali zigzagavano stretti sentieri e ripide scalinate che sbucavano sulla spiaggia Otrada. In piena estate la spiaggia era gremita di bagnanti come lucertole al sole, ma in quel periodo dell'anno, a quell'ora di notte, con il vento che sferzava dal mare sulla sabbia umida, era quasi deserta. Allungando il collo sopra la ringhiera di ferro della terrazza, Bourne scorse in basso un grosso Boxer tigrato che scorrazzava e giocava al chiaro di luna sul bagnasciuga verde pallido, mentre il padrone – un tipo smilzo, con un cappello a tesa larga e le mani affondate nelle enormi tasche di un cappotto di tweed di due o tre taglie più grandi di lui – lo seguiva a distanza. Un'esplosione di caotico pop russo uscì a tutto volume da due piccoli altoparlanti, dopo di che tornò bruscamente il silenzio.

«Girati. Alza le braccia all'altezza delle spalle.»

Bourne fece come Bogdan gli aveva ordinato. Sentì le mani del suo compagno palpeggiarlo da capo a piedi, in cerca di armi o di un filo collegato a una microspia con il quale registrare la transazione e incastrare così Lemontov. Bogdan borbottò un segno di assenso e si ritrasse. Si accese una sigaretta e i suoi occhi si spensero come quelli di un morto.

Quando entrarono nella stazione della funivia, Bourne vide arrivare un'automobile nera. Scesero quattro individui. Sembravano uomini d'affari, vestiti com'erano in giacca e cravatta, ma si capiva che erano piuttosto a disagio in quell'abbigliamento formale. Si guardarono in giro, si stiracchiarono e sbadigliarono, poi diedero un'occhiata intorno, puntando infine lo sguardo su Bourne. Un altro déjà vu percorse la mente di Jason. Anche quella era una situazione già vissuta in passato.

Uno dei presunti uomini d'affari estrasse da una tasca una fotocamera digitale e cominciò a scattare fotografie ai suoi compagni. Seguirono risa e battute, accompagnate da prese in giro tipicamente maschili.

Mentre i quattro, nel loro completo, scherzavano e si comportavano come turisti, Bourne e Bogdan aspettarono che la cabina color rosso mela raggiungesse la stazione in cemento. Bourne restò in piedi con le spalle rivolte verso il primo dei quattro uomini.

«Bogdan Illijanovič, ci stanno pedinando.»

«È logico che siamo seguiti. Sono solo sorpreso che tu me l'abbia fatto notare.»

«Perché?»

«Mi prendi per stupido?» Bogdan estrasse da sotto il cappotto la sua fedele Mauser e la puntò con noncuranza contro Bourne. «Sono i tuoi tirapiedi. Eri stato avvisato. Non avrai una seconda occasione. Ecco la cabina. Sali, *tovarič*. Ti sparerò non appena avremo raggiunto la zona verde.»

Alle 5:33 precise il direttore era ancora nella Sala biblioteca. Fu lì che Lerner lo trovò. La biblioteca della CIA era un'immensa sala, più o meno quadrata, con il soffitto ad altezza doppia. Tuttavia, non conteneva nessun libro. Nemmeno un volume. Ogni frammento di dato, informazione, commento, storia, strategia, tattica – insomma, tutta l'esperienza e la sapienza raccolta dai direttori, dai funzionari e dagli agenti della CIA passati e presenti – era digitalizzato, informatizzato, conservato negli enormi hard-drive collegati in rete a uno speciale server centrale. Sui quattro lati della sala erano schierati in fila sedici terminali.

Il Grande Vecchio aveva visionato i file su Abu Sarif Hamid ibn Ashef al Wahhib, il bersaglio della missione di Alex Conklin, l'unica di cui il direttore fosse a conoscenza che Bourne aveva mancato di portare a termine. Hamid era proprietario di una importante società multinazionale che si occupava di raffinazione petrolifera, produzione di sostanze chimiche, estrazione di ferro, rame, argento, produzione d'acciaio e simili. La suddetta società, la IVT – Integrated Vertical Technologies – aveva la sua sede centrale a Londra, dove il saudita era emigrato quando si era risposato in seconde nozze con un'inglese dell'alta borghesia britannica, tale Holly Cargill, che gli aveva dato tre figli, due maschi e una femmina.

La CIA – nello specifico Conklin – aveva puntato il mirino contro Hamid ibn Ashef. A tempo debito, Conklin aveva mandato Bourne a eliminarlo. Bourne lo aveva rintracciato a Odessa, ma erano sorte delle complicazioni. Bourne aveva sparato al saudita, ma non era riuscito a ucciderlo. Con la vasta rete di agenti segreti e fiancheggiatori a sua disposizione, Hamid ibn Ashef si era nascosto. Bourne ce l'aveva fatta per puro miracolo a fuggire da Odessa e a riportare a casa la pelle.

Lerner si schiarì la gola. Il Grande Vecchio si voltò.

«Ah, Matthew! Prendi una sedia.»

Lerner trascinò una poltroncina a rotelle vicino alla postazione del direttore. «Sta rivangando vecchie ferite, signore?»

«Ricordi l'*affaire* Hamid ibn Ashef? Stavo cercando di scoprire che cos'è stato dei suoi famigliari. Il vecchio sarà vivo o morto? Se è vivo, dov'è finito? Poco dopo il mancato assassinio a Odessa, il figlio minore di Hamid, Karim al Jamil, ha preso le redini della società. Un po' di tempo dopo il figlio maggiore, Abu Ghazi Nadir al Jamuh, è svanito nel nulla, probabilmente per prendersi cura di Hamid ibn Ashef. Questo corrisponderebbe alla tradizione tribale saudita.»

«Che cosa si sa della figlia?» domandò Lerner.

«Sarah ibn Ashef è la più giovane dei tre fratelli. Laica come la madre, per quanto ne sappiamo. Per ovvie ragioni, non è mai stata sul nostro radar.»

Lerner si sporse un poco in avanti. «C'è un motivo specifico per cui sta controllando questa famiglia proprio adesso?»

«È un nodo irrisolto che mi è restato sul gozzo. È l'unico fallimento di Bourne e, alla luce dei recenti avvenimenti, gli insuccessi stanno diventando un mio chiodo fisso in questi giorni.» Il direttore restò immobile un momento, lo sguardo perso nel vuoto, cogitabondo. «Ho detto a Lindros di troncare tutti i legami con Bourne.»

«È stata una saggia decisione, signore.»

«Dici?» Il direttore rivolse a Lerner un'occhiata cupa. «Invece credo di aver commesso un errore. Uno sbaglio che voglio che tu rettifichi. Martin sta lavorando giorno e notte per mobilitare la Typhon al ritrovamento di Fadi. Tu hai una missione diversa. Voglio che scovi Bourne e lo elimini.»

«Signore?!»

«Non fare il finto tonto con me» replicò il Grande Vecchio in tono brusco. «Ti ho tenuto d'occhio nella tua ascesa nella scala gerarchica nella CIA. So quant'eri bravo come agente operativo. Ti sei occupato di diversi lavori sporchi, senza mai fallire. Cosa ancor più importante, sai spremere informazioni anche da un sasso.»

Lerner non rispose nulla, il che, per lui, voleva dire acconsentire. Il suo silenzio però non significava che la sua mente non stesse facendo congetture. *Allora è questo il vero motivo per cui ha favorito la mia promozione. Al vecchio non interessa la riorganizzazione della CIA. Vuole solo usufruire delle mie competenze particolari. Vuole un estraneo che svolga il lavoro sporco che non può affidare a uno dei suoi uomini.*

«Dunque, andiamo avanti.» Il Grande Vecchio agitò

l'indice. «Ne ho abbastanza di quell'insolente figlio di puttana! Ha sempre fatto di testa propria fin dal momento che è entrato a far parte dell'Agenzia. A volte mi viene da pensare che siamo tutti al suo servizio, e non viceversa. Prova ne è il fatto che abbia deciso di fare uscire Cevik di cella. Aveva le sue ragioni, su questo ci puoi scommettere, ma non ci dirà mai di sua spontanea volontà quali fossero. Esattamente come non sappiamo niente di quello che avvenne a Odessa.»

Lerner fu colto alla sprovvista. Si domandò se per caso non avesse peccato di presunzione sottovalutando il Grande Vecchio.

«Non vorrà dirmi che Bourne non è mai stato interrogato in fase post-operativa?»

Il direttore sembrava dispiaciuto oltre che risentito. «Logico che sia stato interrogato al termine della missione, così come tutti gli altri agenti implicati nell'operazione. Ma dichiarò di non ricordare niente di niente... Non un solo particolare. Martin gli credette. Io non l'ho mai bevuta.»

«Basta che me lo ordini. So come strappargli la verità, signore.»

«Non illuderti, Lerner. Bourne si suiciderebbe piuttosto che rivelarti qualcosa.»

«Se c'è una cosa che ho imparato sul campo è che chiunque può essere spezzato.»

«Con Bourne è impossibile. Fidati di me. Lo so. No, lo voglio morto. Questo dovrebbe bastare per farmi stare tranquillo.»

«Sì, signore.»

«Non farne parola con nessuno, compreso Martin. Ha salvato Bourne dal carnefice non so quante volte. Stavolta però non deve scamparla! Martin mi ha garantito di aver troncato i rapporti con Bourne. Trovalo subito.»

«È tutto chiaro, signore.» Lerner si alzò bruscamente.

Il direttore lo guardò negli occhi. «E un'altra cosa,

Matthew: vedi di fare un favore a te stesso. Non tornare qui senza le dovute informazioni.»

Lerner sostenne lo sguardo del direttore senza vacillare. «E quando l'avrò fatto?»

Il Grande Vecchio sapeva riconoscere un tono di sfida meglio di chiunque altro. Si appoggiò allo schienale della poltrona di pelle, giunse le mani, tamburellò insieme i polpastrelli, come assorto in profonda contemplazione. «Forse non otterrai quello che vuoi» disse, «ma potresti avere quel che ti serve.»

Bourne salì sulla scomoda cabina e Bogdan lo seguì. La cabina lasciò la stazione della funivia e scese, dondolando nel vuoto, dalla scogliera ripida.

Bourne disse: «Avevo pensato che quegli uomini fossero dei vostri».

«Non farmi ridere.»

«Sono venuto qui da solo, Bogdan Illijanovič. Voglio concludere un affare con Lemontov.»

I due si fissarono negli occhi per un momento più lungo del dovuto. Tra loro vibrò una specie di tensione animale così intensa da essere percepita come una terza persona lì insieme a loro. La palandrana di lana di Bogdan puzzava di muffa e fumo di sigaretta. Sul suo bavero c'erano scaglie di forfora.

Il cavo d'acciaio della funivia cigolava mentre i cuscinetti a sfera sopra la cabina avanzavano in discesa frenata. All'ultimo momento i quattro uomini saltarono a bordo delle ultime due cabine. Continuavano a vociare e a fare baccano, fingendo di essere alticci.

«Non sopravviveresti a una caduta da questa altezza» osservò Bogdan in tono sommesso. «Nessuno se la caverebbe.»

Bourne lanciò un'occhiata agli uomini che li seguivano. Il mare era agitato. Navi cisterna e piccole petroliere beccheggiavano nella baia, ma i traghetti – come i gabbiani – erano a riposo nel porto. Più al largo il chiaro di luna illuminava le creste delle onde.

Sulla spiaggia il Boxer scorazzava qua e là. Mentre correva sulla sabbia grigia, teneva sollevata la testa. Il suo muso quadrato era grigio di bava e schizzi di spuma di mare. Abbaiò una volta e fu subito zittito dal suo padrone, che gli batté una mano sui fianchi quando passarono sotto un pontile di legno, i piloni verdastri di testa che scricchiolavano sotto la spinta della marea che saliva. A sinistra c'era un labirinto scheletrico di pali e travi di legno, che delimitavano una parte dell'area verde che in passato era stata sottratta al mare. Oltre quella zona sorgeva la lunga fila di chioschi, bar e ristoranti – tutti chiusi e al buio – che d'estate servivano la massa di villeggianti. In fondo alla dolce curva della spiaggia, forse un chilometro a sud, c'era il club nautico, dove le luci brillavano a schiera come un piccolo villaggio.

I quattro uomini sulla funivia erano arrivati sulla spiaggia.

Bogdan disse: «Si deve fare qualcosa».

Nell'attimo stesso in cui lo disse, Bourne capì che lo stava di nuovo mettendo alla prova. Un'occhiata bastò a rivelargli che i quattro erano scomparsi, così, in un batter d'occhio, anche se immaginava che dovevano essere ancora da qualche parte sulla spiaggia. Forse erano nascosti nell'armatura di legno che delimitava una parte del pendio collinoso, o in uno dei tanti chioschi.

Bourne allungò la mano. «Dammi la Mauser che gli vado dietro.»

«Pensi che mi fidi di te al punto di darti la pistola? O che sia davvero così fesso da credere che li ucciderai?» sibilò Bogdan con disprezzo. «Se si tratta di dar loro la caccia lo facciamo insieme.»

Bourne annuì. «Sono già stato qui. Conosco il posto e so come orientarmi. Seguimi.» Si incamminarono sulla sabbia, attraversando la spiaggia in diagonale e allontanandosi dalla battigia. Bourne fece capolino all'imbocco del labirinto di legno, raccolse da terra un grosso pezzo di legno e lo batté contro un palo per saggiarne la robustezza. Rivolse un'occhiata a Bogdan per vedere se il suo compagno avrebbe avuto da ridire, ma Bodgan si limitò ad alzare le spalle. Dopotutto, lui aveva la Mauser.

Avanzarono nell'oscurità, piegandosi di tanto in tanto per evitare di battere la testa contro le travi imbullonate più in basso.

«Quanto siamo vicini al luogo dell'appuntamento con Lemontov?» bisbigliò Bourne.

Bogdan rise senza fare rumore. Il sospetto non gli era scomparso dagli occhi.

Bourne aveva la sensazione che Lemontov potesse essere a bordo di una delle imbarcazioni ancorate nel bacino del club nautico. Si concentrò di nuovo sull'attenta osservazione delle ombre scure. Di fronte a lui, lo sapeva, c'era il primo dei chioschi: il luogo in cui era già stato in passato, ma di cui aveva solo un vago ricordo sepolto nel subconscio.

Strisciarono furtivamente, Bourne un passo avanti a Bogdan. Il chiaro di luna, riflesso sulla sabbia bianca, allungava pallide dita nel mondo sotterraneo di pali e alberature quadrate e travi incrociate. Erano più o meno paralleli al pontile, ormai vicinissimi al chiosco. Bourne ne era certo.

Con la coda dell'occhio notò un movimento, rapido e indistinto. Non cambiò direzione, non si girò, si limitò soltanto a seguire la sagoma con gli occhi. Sulle prime non scorse nulla se non una mescolanza di ombre. Poi, tra la serie di angoli del pontile, vide un arco: una curva che poteva solo appartenere alla figura di un essere umano. Uno, due, tre. Li identificò tutti, uno dopo l'altro. Gli uomini li stavano aspettando in agguato, appostati in diversi punti come una ragnatela celata nel buio, tesa alla perfezione.

Sapevano che era diretto da quella parte, proprio come se fossero in grado di leggergli nel pensiero. Ma come poteva essere? Stava diventando matto? Era come se i suoi ricordi inconsci lo stessero guidando a compiere scelte che portavano inevitabilmente a commettere errori e a correre rischi.

Che cosa poteva fare a quel punto? Si fermò e cominciò a battere in ritirata, ma di colpo sentì la canna della pistola di Bogdan nelle costole, che lo spingeva a proseguire. Anche Bogdan faceva parte di quel tranello? L'ucraino era parte integrante del complotto ideato per prenderlo in trappola?

A un tratto Bourne deviò bruscamente a sinistra, mettendosi a correre verso la spiaggia. Poi si piegò di lato e scagliò il pezzo di legno in direzione di Bogdan, che lo schivò facilmente, ma la reazione istintiva ritardò la mira con la pistola, permettendo a Bourne di evitare il peggio, mettendosi al riparo dietro un pilone di legno una frazione di secondo prima che un proiettile ne scheggiasse un angolo.

Bourne fintò a destra e si lanciò di corsa a sinistra, adottando falcate sempre più ampie con la gamba destra piuttosto che con la sinistra per impedire a Bogdan di prevedere la sua andatura. Un altro sparo, stavolta un po' più lontano dal bersaglio.

Un terzo colpo produsse un foro nella falda del suo cappotto, che svolazzava liberamente per effetto della corsa precipitosa. A quel punto Bourne aveva raggiunto i primi piloni del molo di legno e si era già messo al riparo nel buio.

Il respiro di Bogdan Illijanovič si fece sempre più affannoso man mano che rincorreva l'uomo che diceva di chiamarsi Ilias Voda. Aveva le labbra contratte, a scoprire i denti, e questi ultimi erano serrati per lo sforzo di correre sulla spiaggia che si faceva sempre più paludosa in prossimità del pontile. Aveva le scarpe piene di sabbia, che bagnata ne ricopriva l'esterno, e le falde del cappotto troppo grande macchiate di schizzi di fanghiglia.

L'acqua era ghiacciata. Bogdan non voleva addentrarsi di più nella spiaggia lambita dalla marea, ma a un tratto colse un'immagine di sfuggita della sua preda, e proseguì l'inseguimento. L'acqua gli salì fino alle ginocchia, dopo di che gli bagnò le cosce a ondate impetuose. La marea stava salendo rapida, rallentando la sua avanzata. Stava cominciando a diventare una lotta anche solo per...

Un rumore improvviso e distinto alla sua sinistra lo fece voltare di scatto da quella parte. L'acqua infida gli inzuppava e appesantiva la palandrana di lana, che gli arrivava alle caviglie, poi un'ondata gli fece perdere l'equilibrio. Bogdan inciampò, e in quel preciso momento, proprio quando era fisicamente più vulnerabile, si rese conto del motivo per cui Voda era scappato da quella parte. L'aveva fatto per attirarlo apposta in mare, dove l'acqua avrebbe limitato la sua libertà di movimento.

Al chiaro di luna scorse tre membri del gruppetto di apparenti uomini d'affari, le pistole in pugno, che correvano a perdifiato verso di lui.

Mentre si sforzava di fuggire, l'uomo più vicino a lui premette il grilletto.

Bourne vide arrivare gli uomini prima che Bogdan se ne accorgesse. Era quasi addosso all'ucraino quando il primo colpo staccò una grossa scheggia di legno dal pilone più vicino. Bogdan si stava ancora voltando verso di lui quando scivolò. Bourne lo ripescò, tirandolo su di peso e facendolo girare su se stesso in modo che il suo corpo lo riparasse dagli inseguitori armati.

Un altro dei tre prese la mira e sparò. Un proiettile perforò la spalla sinistra di Bogdan, sbattendolo indietro e facendogli compiere una mezza rotazione a sinistra. Bourne era pronto. Si era preparato assumendo una posa da arti marziali: gambe ben divaricate, ginocchia leggermente flesse, torso sciolto. Era pronto per la mossa successiva. L'energia e la forza gli scaturirono dal basso ventre. Sollevò Bogdan di peso e lo usò come scudo. Adesso i tre uomini erano abbastanza vicini, quasi sul bagnasciuga, schierati a triangolo. Bourne li distingueva benissimo nel freddo chiaro di luna.

Un altro proiettile colpì l'ucraino all'addome, facendolo quasi piegare in due. Bourne lo costrinse a forza a tirarsi subito su, puntando la Mauser impugnata da Bogdan con la propria mano. Premette il grilletto, l'indice sopra il dito di Bogdan. L'uomo a destra, quello più vicino, barcollò e stramazzò in avanti. Un terzo proiettile colpì Bogdan alla coscia, ma in quello stesso momento Bourne aveva già premuto di nuovo il grilletto. L'uomo in mezzo cadde all'indietro, allargando le braccia.

Bourne trascinò Bogdan a destra. Due altri proiettili mancarono la testa dell'ucraino di pochi centimetri. Bourne sparò di nuovo, stavolta sbagliando mira. Il terzo inseguitore si fece avanti zigzagando freneticamente per non farsi colpire, sparando mentre si avvicinava, ma ormai la superficie dell'acqua saliva sempre più in fretta, con sempre maggiore irruenza, e l'uomo perse l'equilibrio. Bourne gli sparò un colpo preciso in mezzo agli occhi.

Nel frastuono assordante successivo agli ultimi colpi esplosi, Bourne avvertì una tensione animale, un vago armeggiare quando Bogdan estrasse una seconda pistola da una fondina ascellare nascosta sotto il cappotto. Aveva perso la prima da qualche parte nell'acqua, nera e piena di melma e alghe, venata di rivoli di sangue. Bourne gli colpì il polso di taglio con la mano, e la pistola sfuggì alla presa dell'ucraino, sparendo nel mare agitato.

Bogdan alzò le mani e con forza disperata chiuse le dita intorno al collo di Bourne. Un'ondata fece cadere

Bourne in ginocchio. Bogdan annaspò, stringendo i pollici per tentare di schiacciare la cartilagine della trachea di Bourne. Jason lo colpì con un pugno a una delle ferite da arma da fuoco. Bogdan reclinò la testa, urlando a squarciagola.

Bourne si alzò, barcollando, e sferrò un altro pugno micidiale che sollevò Bogdan da terra, facendolo stramazzare all'indietro. L'ucraino batté violentemente la testa contro un pilone del molo, e gli sfuggì un fiotto di sangue dalla bocca.

Guardò Bourne un momento. Un sorriso beffardo gli incurvò gli angoli della bocca.

«Lemontov» disse.

Adesso era calato il silenzio sulla spiaggia, a parte quello delle onde che si frangevano contro i pilastri del molo. Nessun rombo sommesso di motore di nave, nessun altro rumore terrestre, finché il Boxer non abbaiò uggiolando, come preso dal panico.

A quel punto Bogdan diede inizio a una risata gorgogliante.

Bourne lo afferrò per il bavero. «Cosa c'è di così divertente, Bogdan Illijanovič?»

«Lemontov.» La voce dell'ucraino era flebile, inconsistente, come uno spiffero d'aria fuoriuscito da un palloncino. Stava rovesciando già gli occhi all'indietro, eppure lottava ancora per pronunciare un'ultima frase. «Non esiste nessun Lemontov.»

Mollando il bavero dell'ucraino, e lasciando affondare nell'acqua il cadavere, Bourne avvertì che qualcuno gli stava piombando di corsa alle spalle, sbucando improvvisamente dall'ombra. Si girò di scatto a sinistra. Il quarto uomo!

Troppo tardi. Bourne sentì un dolore lancinante al fianco, seguito da uno squarcio caldo. Il suo assalitore cominciò a rigirare il coltello nella ferita. Bourne respinse l'uomo con entrambe le mani e la lama che il suo nuovo avversario gli aveva affondato nel fianco uscì dalla ferita, lasciandosi dietro una scia di sangue.

«Aveva ragione, lo sai?» disse lo sconosciuto. «Lemontov è un fantasma che ci siamo inventati per spingerti allo scoperto.»

«*Ci siamo inventati?!*»

L'uomo si fece avanti. Il chiaro di luna, penetrando tra le assi del molo sovrastante, rivelò un volto, stranamente familiare.

«Non mi riconosci, Bourne?» Il ghigno malvagio dell'uomo era feroce, tanto quanto velenoso.

Lo shock fu tremendo quando ricordò il volto che Martin Lindros aveva abbozzato a matita su un foglio di carta.

«Fadi» disse con un filo di voce.

Capitolo 15

«Ho aspettato a lungo questo momento» disse Fadi. In una mano stringeva una Makarov, nell'altra un pugnale dalla lama ondulata, sporca di sangue, simile a un kris malese.

«Ne è passato di tempo dall'ultima volta che ci siamo visti!»

Bourne sentiva la forza impetuosa del mare trascinarlo via. Premette il braccio sinistro sul fianco nel tentativo di tamponare l'emorragia.

«Ho aspettato a lungo, prima di riscuotere la mia vendetta.»

«Vendetta?» ripeté Bourne. Sentiva in bocca un sapore metallico e tutt'a un tratto fu pervaso da una sete ardente. «Per cosa?»

«Non fingere di non saperlo. Non è possibile che tu l'abbia dimenticato... non quello.»

La marea stava salendo, portando con sé melma e alghe marine. Senza distogliere lo sguardo da Fadi, Bourne calò furtivo la mano destra nell'acqua e afferrò una manciata di pantano. Senza il minimo preavviso, scagliò la palla di fango e sporcizia contro Fadi. Il terrorista sparò alla cieca quasi nello stesso istante in cui la massa di poltiglia melmosa e di alghe lo colpì in faccia.

Bourne stava per attaccarlo, ma la marea, che fino a quel momento era stata sua alleata contro Bogdan e gli uomini di Fadi, lo tradì quando un'onda possente lo investì di traverso. Barcollò e inciampò, poi una stilettata di dolore lancinante lo percorse da capo a piedi, il braccio sinistro si staccò dalla ferita sul fianco e il sangue ricominciò a sgorgare abbondante.

A quel punto Fadi si era già ripreso. Tenendo Bourne sotto tiro con la Makarov, avanzò con passo incerto verso di lui, sciabolando l'aria con il pugnale, con cui aveva l'evidente intenzione di sventrare Bourne.

Bourne si sforzò faticosamente di riprendersi ed evitare gli affondi e i fendenti di Fadi spostandosi verso destra, ma un'altra onda rigonfia lo investì in pieno alle spalle, sospingendolo pericolosamente verso la lama del terrorista.

In quell'istante udì accanto a sé un ringhio animale basso e profondo. Il Boxer balzò fuori dall'acqua, urtando con il grosso corpo muscoloso il fianco destro di Fadi. Colto di sorpresa, Fadi cadde nell'acqua, rotolando convulsamente su se stesso, il Boxer gli era addosso, le sue fauci si aprivano e chiudevano a scatto.

«Da questa parte, su, su, presto!»

Bourne sentì il sussurro di una voce provenire dall'oscurità sottostante il pontile. Poi un braccio, magro ma forte, lo afferrò per la vita e lo sospinse con insistenza a sinistra, verso un tragitto serpeggiante, avvolto nella penombra cupa tra i piloni di legno, lontano dal punto in cui si trovavano, verso il chiaro di luna.

Respirando affannosamente, Bourne disse: «Devo tornare indietro e...».

«Non ora.» La voce era decisa, autoritaria. Proveniva dal tipo snello con il cappello a tesa larga che Bourne aveva notato in precedenza sulla spiaggia: il padrone del Boxer. Lo sconosciuto emise un fischio e il cane arrivò di corsa a grandi balzi sotto il pontile, avanzando veloce nell'acqua.

A quel punto Bourne udì le urla delle sirene che si avvicinavano. Qualcuno nel club nautico, che si trovava lì accanto, doveva essersi allarmato per i colpi di arma da fuoco e aveva chiamato la polizia.

Perciò si affrettò a muoversi con passo pesante e strascicato, il dolore per la pugnalata al fianco che aumentava, pulsante, a ogni passo, come se la lama fosse ancora piantata nella carne e Fadi vi stesse rigirando il coltello. A ogni battito cardiaco perdeva altro sangue.

Quando, ansimando e sputacchiando, riemerse in superficie, la prima cosa che Fadi vide con gli occhi arrossati per l'acqua salata fu Abbud ibn Aziz, che si sporgeva da una barca a vela che viaggiava a luci spente. La barca, inclinata leggermente di fianco, aveva tratto vantaggio dalla brezza marina che soffiava verso terra per avvicinarsi alla riva ben più di quanto avrebbero potuto fare molti motoscafi o imbarcazioni veloci senza correre il rischio di arenarsi.

Abbud ibn Aziz allungò in basso un braccio forte e dalla pelle bruna. Aveva la fronte segnata da rughe profonde in un'espressione corrucciata. Mentre Fadi si arrampicava sul ponte di coperta, Abbud gridò un ordine. L'ufficiale in seconda, che era già alla scotta, issò la randa, di modo che la barca virasse di colpo, allontanandosi in fretta dalla riva.

Appena in tempo. Mentre invertivano la rotta, Fadi si voltò e vide la causa della costernazione di Abbud ibn Aziz: tre lance della polizia avevano appena doppiato il promontorio a nord e si stavano dirigendo a tutta velocità verso la zona circostante il lungo pontile di legno.

«Punteremo verso il club nautico» sussurrò Abbud ibn Aziz all'orecchio di Fadi. «Quando saranno abbastanza vicini da perlustrare la zona, noi saremo già attraccati in tutta sicurezza e senza aver attirato la loro attenzione.» Abbud non accennò neppure ai tre uomini che costituivano la scorta di Fadi. Era chiaro che non li avrebbero raggiunti. Erano morti.

«Bourne?»

«Ferito, ma ancora vivo.»

«Gravemente?»

Fadi si distese supino, tergendosi il sangue dal volto. Quel dannato cagnaccio lo aveva morso in tre punti, compreso il braccio destro, che gli faceva un male d'inferno. I suoi occhi brillavano come quelli di un lupo al chiaro di luna. «Abbastanza, forse, da restare menomato come mio padre.»

«Un giusto destino.»

Le luci del club nautico venivano loro incontro rapidamente. «I documenti.»

Abbud ibn Aziz passò a Fadi un pacchetto avvolto in una tela cerata impermeabile.

Fadi prese in consegna il pacchetto, lo rigirò e sputò in acqua. «È una giusta vendetta?» Il leader terrorista scosse il capo vigorosamente per rispondere alla sua stessa domanda. «No, non credo proprio. Non ancora.»

«Da questa parte, da questa parte» sussurrò la voce dal tono incalzante all'orecchio di Bourne. «Non mollare proprio adesso. Siamo quasi arrivati.»

Quasi arrivati?, pensò Bourne. Ogni tre passi che faceva gli sembravano un chilometro. Respirava con estremo affanno e sentiva le gambe pesanti come due colonne di pietra. Era diventato sempre più difficile muoverle. La fatica lo travolgeva a ondate e di tanto in tanto perdeva l'equilibrio, cadendo sulle gambe deboli. La prima volta colse alla sprovvista il suo compagno. Era caduto a faccia in giù nell'acqua, prima di essere risollevato di peso nella notte umida di Odessa. Quindi, come già una volta in passato, venne salvato dall'affogamento.

Tentò di alzare la testa per capire dove si trovavano e dove erano diretti, ma procedere nell'acqua era già abbastanza spossante. Percepiva una particolare familiarità con quell'uomo che si diffondeva nella superficie della sua mente come una macchia d'olio. Eppure, per quanti sforzi facesse, non riusciva a dare un nome a quella persona. Qualcuno emerso dal suo passato. Qualcuno...

«Chi sei?» chiese ansimando.

«Seguimi e basta!» lo spronò la voce ridotta a un bisbiglio. «Non possiamo permetterci di fermarci o perdere tempo. Abbiamo la polizia alle calcagna.»

A un tratto Bourne si accorse dei riflessi di luce che danzavano sull'acqua. Da qualche parte, in un angolino recondito del suo cervello, suonò un campanello, e gli venne in mente un posto: «Il club nautico».

Il suo compagno, che gli sembrava stranamente familiare, puntò verso l'interno prima di raggiungere l'estremità settentrionale della ragnatela di piloni, moli, imbarcaderi, punti d'attracco, passerelle e pontili d'assi di legno. Con uno sforzo immane, avanzarono nei marosi che si frangevano sulla battigia. Bourne cadde in ginocchio. Furibondo, stava per rialzarsi di scatto quando il suo compagno lo tenne giù. Sentì qualcosa di soffice avvolgersi intorno al torace, così stretto da fargli mancare il respiro. Quella cosa invisibile gli venne avvolta più volte intorno al torace finché non perse il conto dei giri. La pressione servì allo scopo. L'emorragia si fermò. Quando si alzò in piedi di nuovo e proseguirono il cammino uscendo dall'acqua e sulla sabbia asciutta, però, una piccola macchia di sangue comparve sulla fasciatura e si andò allargando lentamente, impregnando il tessuto. Ciononostante, nessuna traccia di sangue sarebbe rimasta sulla terra asciutta. Chiunque fosse, il suo compagno era scaltro oltre che coraggioso.

Sulla spiaggia, Bourne poté vedere meglio il Boxer, un grosso maschio di razza dalla corporatura robusta e un'andatura quasi regale. Avevano ormai oltrepassato la parte estrema della fila di chioschi. Verso la terraferma, una scogliera rocciosa si innalzava incombente sopra di loro, silenziosa, quasi minacciosa. Dritto davanti a loro, Bourne scorse una sorta di capanno di legno, non più alto di un metro, verniciato di verde scuro, chiuso con un lucchetto, in cui d'inverno venivano riposti gli ombrelloni.

Il Boxer emise un flebile guaito, e cominciò ad agitare spasmodicamente la coda mozza.

«Sbrigati adesso! Svelto!»

Tenendosi bassi, si lanciarono di corsa in avanti. Dall'acqua arrivava il basso ronzio di un potente motore marino. All'improvviso, sulla destra, la spiaggia fu illuminata a giorno da un intenso bagliore di riflettori, provenienti dalle lance della polizia. I coni di luce setacciarono tutt'intorno, spostandosi gradualmente verso di loro. Di lì a un attimo li avrebbero scoperti.

Con le ultime energie residue i due fuggiaschi si trascinarono sul lato del ripostiglio per ombrelloni rivolto verso l'entroterra, si accovacciarono e si tennero stretti a ridosso del fortunoso riparo. Un attimo dopo piombarono vicino a loro i fasci di luce accecante, passarono avanti e indietro scandagliando la sabbia. Per qualche secondo, che mise a dura prova i loro nervi, il capanno dietro cui erano nascosti venne inquadrato dai riflettori. Un attimo dopo le luci passarono oltre.

Dalle auto della polizia provenivano urla insistenti e ora Bourne riusciva a vedere che un'altra unità della polizia stava avanzando nel club nautico. I poliziotti indossavano elmetti e giubbotti antiproiettile, ed erano armati con fucili d'assalto semiautomatici.

L'uomo che lo stava aiutando a fuggire lo trattenne, poi si lanciarono insieme di corsa verso la base della scogliera a strapiombo. Attraversando la parte superiore della spiaggia, Bourne si sentì nudo e inerme. Sapeva di non avere l'energia e la forza per difendere se stesso, per non parlare di entrambi.

Poi uno spintone alle spalle lo fece cadere di schianto sulla sabbia. A faccia in giù, a fianco dello sconosciuto, scorse altri fasci di luce scandagliare l'oscurità circostante, perpendicolari ai riflettori provenienti dal mare. Alcuni poliziotti in arrivo dal club nautico stavano perlustrando la zona con le torce elettriche. I coni luminosi passarono a una spanna sopra i due, bocconi sulla sabbia. Con la coda dell'occhio Bourne intravide muoversi qualcosa. Un drappello di agenti si stava calando sulla spiaggia dai moli d'attracco e si dirigevano proprio da quella parte.

Reagendo a un silenzioso segnale del suo compagno, Bourne strisciò angosciato all'ombra della scogliera di roccia dove il cane di accucciò, in attesa. Voltatosi indietro, vide che l'uomo si era tolto il cappotto e lo stava usando per cancellare le tracce lasciate sulla sabbia.

Bourne si rimise in piedi, ansimando, ondeggiando sulle gambe fiacche come un lottatore rialzatosi fin troppe volte contro un avversario decisamente superiore.

Vide il suo compagno in ginocchio, aggrappato alle grosse sbarre di ferro di quella che sembrava la grata di una grossa conduttura per le acque nere di scarico. Le grida aumentarono di volume e si moltiplicarono. Gli agenti di polizia erano sempre più vicini.

Bourne si chinò per dare una mano al compagno, insieme riuscirono ad aprire la grata. Notò che qualcuno aveva già rimosso i catenacci.

L'uomo lo spinse all'interno, il Boxer avanzava allegro a passo svelto al suo fianco. Osservò il suo compagno andargli dietro. Quando lo sconosciuto abbassò velocemente la testa, il cappello a tesa larga gli cadde dal capo. L'uomo si girò per recuperarlo e il chiaro di luna gli illuminò il volto.

Bourne trasalì, traendo un brevissimo respiro ansioso che gli provocò un'esplosione di dolore angosciante.

«Tu!»

La persona che gli aveva salvato la vita, i cui modi gli apparivano stranamente familiari, non era affatto un uomo.

Era Soraya Moore.

[illegible]

Restando a un metro [illegible]

Bourne [illegible]

[illegible]

[illegible]

[illegible]

[illegible]

Bourne [illegible]

[illegible]

Capitolo 16

Alle 18:46 il palmare di Anne Held cominciò a vibrare. Era l'agenda elettronica personale, un regalo del suo Grande Amore, non era quella assegnatale per motivi di lavoro dalla CIA. Quando l'afferrò svelta, il rivestimento di plastica nera era caldo per il prolungato contatto con la parte esterna della coscia, dove la teneva allacciata in un apposito fodero di pelle. Sullo schermo comparve il seguente messaggio: VENTI MINUTI. L'APPARTAMENTO DI LUI.

Anne provò un tuffo al cuore di profonda felicità. Il sangue le fluì più veloce nelle vene, perché il messaggio sembrava davvero un incantesimo: il messaggio proveniva dal suo Grande Amore. Il suo Grande Amore era tornato.

Come scusa per assentarsi, Anne aveva detto al Grande Vecchio che aveva una visita ginecologica, il che la faceva ridere, anche se solo interiormente. In ogni caso, lui se l'era bevuta. La sede centrale della CIA era come il pronto soccorso di un ospedale. Lavoravano tutti senza posa per ore, specie da quando Lindros li aveva messi in stato d'emergenza.

Anne uscì dall'edificio, chiamò un taxi e chiese di essere portata a meno di sei isolati da Dupont Circle. Da là, proseguì a piedi. Il cielo terso, la luna che si stagliava nel blu, aveva portato con sé un vento tagliente che rendeva più intenso il freddo invernale. Con le mani affondate nelle tasche del cappotto, malgrado le rigide temperature, Anne si sentiva avvampare.

L'appartamento si trovava sulla 20ª Strada, in uno storico palazzo ottocentesco in stile coloniale, progettato da Stanford White. Premette il campanello e la porta d'ingresso – di vetro molato in un telaio di legno pregiato – fu aperta elettricamente dalla persona che rispose al citofono. Oltre la porta a doppio battente c'erano un atrio e un corridoio perlinati che proseguivano diritto verso il centro dell'edificio e terminavano davanti a una porta vetrata, che dava sul retro e si affacciava su uno stretto giardinetto all'inglese, incastonato tra la costruzione e il palazzo accanto, utilizzato come parcheggio privato.

Anne si fermò davanti alla fila di cassette della posta e percorse con delicatezza, con la punta delle dita, lo sportello rettangolare d'ottone 401, sopra cui era inciso: MARTIN LINDROS.

Al pianerottolo del quarto piano, davanti alla porta di legno verniciato color panna, si fermò, una mano posata sul legno massiccio. Le sembrava di percepire una vibrazione sottile, come se l'appartamento, rimasto vuoto per così tanto tempo, ronzasse di nuova vita. Il corpo del suo amante misterioso, il suo Grande Amore, caldo e magnetico, abitava in quelle stanze, in cui si diffondeva tutta la sua energia.

Le tornò in mente l'ultima volta che si erano separati. Il ricordo portò con sé la stessa sofferenza, acuta come una fitta lancinante alle costole, un'ulteriore ferita al suo cuore. Quella volta l'angoscia era stata più profonda, perché Anne sapeva che non l'avrebbe rivisto per almeno nove mesi. In effetti, adesso erano passati quasi undici mesi dal loro ultimo incontro. Eppure non era solo questione di tempo – un fattore già abbastanza doloroso da sopportare – ma anche la consapevolezza dei cambiamenti che sarebbero sopravvenuti in loro.

Naturalmente Anne aveva riposto quella paura nei più remoti recessi della sua psiche, ma adesso, davanti alla porta dell'appartamento, capì che era stato un enorme peso da sopportare.

Si piegò leggermente in avanti, appoggiando la fronte al legno verniciato, tornando con la memoria a quel lontano addio.

«Sembri così sconvolta» aveva detto lui. «Ti ho già detto che non devi preoccuparti.»

«Come posso?» aveva ribattuto lei. «Non era mai accaduto prima.»

«Mi sono sempre ritenuto una specie di pioniere.» Lui le aveva rivolto un sorriso di incoraggiamento. Poi, vedendo che non era bastato a rincuorarla, l'aveva stretta tra le braccia. «Tempi estremi richiedono misure estreme. Chi meglio di te può comprenderlo?»

«Lo so.» Lei era stata percorsa da un brivido. «Eppure, non posso fare a meno di chiedermi che cosa ne sarà di noi dopo che... tutto questo sarà passato.»

«Perché dovrebbe cambiare qualcosa?»

A quel punto si era staccata da lui quel tanto che bastava per guardarlo negli occhi. «Sai bene perché» gli aveva sussurrato.

«No, invece. Sarò ancora lo stesso, proprio la stessa persona che conosci. Dentro sarò sempre lo stesso. Fidati, Anne.»

E adesso era lì – erano lì entrambi – dopo che tutto era passato. Era il momento della verità: adesso avrebbe potuto constatare di persona quali cambiamenti si erano prodotti in lui per effetto di quegli undici mesi di separazione. Si fidava di lui, ciecamente. Tuttavia la paura con cui aveva convissuto ogni giorno in quegli undici mesi, in quel momento strisciò fuori dal suo nascondiglio, insinuandosi perfidamente nelle sue viscere. Anne stava per varcare la soglia dell'ignoto. Aveva paura di trovarlo così cambiato da non riconoscere più il suo Grande Amore.

Con un brontolio sommesso di disgusto per se stessa, Anne girò il pomo d'ottone e sospinse la porta, spalancandola. Lui l'aveva lasciata aperta per lei. Entrando nel corridoio d'ingresso si sentì come se la sua strada fosse stata tracciata tanto tempo prima e lei avesse vissuto nella morsa di un destino già segnato. Quant'era lontana dal tipo di educazione che i suoi genitori le avevano imposto! Di questo doveva essere grata al suo Grande Amore. Per sbarazzarsene aveva percorso da sola metà strada, questo era vero. Lui aveva saputo domarle la sua indole ribelle, trasformarla in un raggio di luce. Anne non aveva nulla da temere.

Stava per chiamarlo, per pronunciare il suo nome, quando lo udì, udì la sua voce modulata e monotona che aveva imparato a conoscere così bene, fluttuare verso di lei come sospinta da una corrente d'aria. Lo trovò in camera da letto, su uno dei tappeti di Lindros, perché naturalmente non poteva portarsene uno da casa.

Era accovacciato sulle ginocchia, a piedi nudi, il capo coperto da uno zucchetto bianco, il torso piegato talmente in avanti da toccare con la fronte il pavimento. Era rivolto verso La Mecca, e stava pregando.

Anne restò ferma immobile, come se qualsiasi movimento per quanto minimo potesse disturbarlo, e lasciò che la lingua araba la compenetrasse, scorrendo su di lei come una pioggia gentile. Conosceva quella lingua e la parlava fluentemente, in una quantità di dialetti diversi: un fatto che lo aveva affascinato fin dal loro primo incontro.

Quando finì di pregare, lui si alzò e, incrociando il suo sguardo, le sorrise con il volto di Martin Lindros.

«So che cosa vuoi vedere per primo» le disse dolcemente in arabo, sfilandosi la camicia.

«Sì, mostramelo» rispose Anne nella stessa lingua.

Ed ecco là il corpo che lei conosceva così bene. I suoi occhi fissarono il suo addome, il suo torace. Risalendo, incontrò i suoi occhi. Il volto di Martin Lindros, completato dalla retina destra di Lindros. Era stata lei a fornire le fotografie e le scansioni retinali che avevano reso possibile quella trasformazione. Ora Anne esaminò attentamente il suo volto, cosa che non aveva potuto fare nelle due occasioni in cui lui le era passato davanti, entrando e uscendo dall'ufficio del Grande Vecchio. Allora si erano salutati – e riconosciuti – con un breve, impercettibile cenno del capo, scambiandosi un semplice «ciao», come lei avrebbe fatto con il vero Martin Lindros.

Anne rimase stupita. Il volto era perfetto. Il dottor Andursky aveva fatto un lavoro magnifico. La trasformazione era riuscita proprio come il chirurgo aveva promesso, perfino più aderente alla realtà.

Il suo amante segreto si portò le mani al viso, ridendo sommessamente mentre sfiorava i lividi, le abrasioni e i tagli. Era molto soddisfatto di sé e compiaciuto. «Vedi? Il "trattamento rude" che ho ricevuto dai miei "rapitori" è stato calcolato in modo tale da nascondere quel poco che restava delle sottili cicatrici prodotte dal bisturi di Andursky.»

«Jamil...» sussurrò Anne.

Il suo nome per esteso era Karim al Jamil ibn Hamid ibn Ashef al Wahhib. «Karim al Jamil» significava «Karim il bello». Permetteva ad Anne di chiamarlo semplicemente Jamil perché le faceva tanto piacere. Nessun altro si sarebbe mai permesso di farlo.

Senza distogliere lo sguardo dal suo volto, Anne si tolse il cappotto e la giacca del tailleur, si sbottonò la camicetta, abbassò la cerniera lampo della gonna. Con movenze lente, premeditate, si slacciò il reggiseno e abbassò le mutandine. Restò ferma in piedi così, sui tacchi a spillo, con le calze di nylon brillante, la giarrettiera di pizzo, il cuore fremente perché gli occhi di lui la percorrevano tutta, ardenti e desiderosi.

Anne avanzò di un passo, scavalcando il morbido mucchietto di indumenti lasciati cadere e gli si avvicinò cauta.

«Mi sei mancata» le disse Jamil.

Anne lo strinse a sé, accolta dal suo abbraccio. I loro corpi nudi si incontrarono e lei gemette dal piacere. Gli percorse carezzevole con le mani il torace, seguendone in punta di dita le piccole collinette e i delicati avvallamenti che aveva conosciuto la prima notte che avevano trascorso insieme a Londra. Ne era passato di tempo. E Anne si concesse tutto il tempo che desiderava per esplorarlo di nuovo con il tatto. Jamil non le mise alcuna fretta.

«Dimmi com'è stato. Che cosa si sente?»

Karim al Jamil chiuse gli occhi. «Per sei settimane è stato terribilmente doloroso. Il dottor Andursky temeva un'eventuale infezione nel periodo in cui la pelle e i muscoli trapiantati guarivano. Nessuno poteva vedermi, tranne lui e la sua équipe medica. Quando mi visitavano, indossavano sempre guanti in lattice e mascherine. Mi somministravano un antibiotico dopo l'altro.

«Dopo il trapianto della retina non ho potuto aprire l'occhio destro per molti giorni. Mi hanno messo un tampone di cotone incerottato sopra la palpebra chiusa, e sopra una compressa di garza. Mi hanno immobilizzato completamente per un giorno intero, poi per altri dieci giorni non ho potuto muovermi granché. Non riuscivo a prendere sonno, così hanno dovuto sedarmi.

«Ho perso la nozione del tempo. Nonostante quello che mi iniettavano, il dolore non mi dava tregua. Era come avere un secondo cuore, che batteva con il mio. Mi sentivo la faccia in fiamme. Dietro l'occhio destro, sotto la cornea, percepivo come una punta di ghiaccio che non potevo estirpare in nessun modo.

«È stato così. È questo che si prova.»

Anne si stava già arrampicando su di lui, come se fosse il tronco di un albero. Jamil abbassò le mani accarezzandole i fianchi, poi afferrò avidamente le sue natiche. La spinse con le spalle al muro, premendovela contro, inchiodandovela, le sue gambe che lo cingevano, stringendolo appena sopra le anche. Armeggiando un momento con la fibbia della cintura, Jamil si calò i pantaloni. Era talmente turgido da farle male. Anne urlò quando la morse alla base del collo, e di nuovo quando la penetrò.

In cucina, completamente nuda e con una piacevole pelle d'oca che le percorreva il corpo, Anne versò dello champagne in una coppia di flûte di cristallo. Poi lasciò cadere una fragola in ciascun bicchiere e osservò la pioggerellina di bollicine effervescenti. La cucina si trovava sul lato ovest dell'appartamento. Le finestre s'affacciavano su un cortile adiacente all'altro palazzo.

Porse il flûte a Karim al Jamil. «Riconosco ancora tua madre nel colore della tua pelle.»

«Che Allah sia lodato. Senza il suo sangue inglese non sarei mai riuscito a farmi passare per Martin Lindros. Il bis-nonno di Lindros era originario di un paesino della Cornovaglia a non più di ottanta chilometri dalla villa di famiglia di mia madre.»

Anne rise. «Questa sì che è bella!» Era come se, a lungo privata dalla sensazione del suo corpo mascolino, le sue mani potessero sfiorarlo per tutta l'eternità. Posato il calice di champagne sul bancone di granito, Anne afferrò il suo uomo e lo spinse giocosamente sempre più indietro fino a fargli appoggiare le spalle contro la finestra. «Mi sembra un sogno essere qui con te e non riesco a credere che te la sei cavata senza problemi.»

Karim al Jamil le baciò la fronte. «Avevi dei dubbi riguardo al mio piano?»

«Sai bene che li avevo, eccome. Dubbi e paure. Sembrava così... azzardato, così imprudente, impossibile da realizzare.»

«È tutta questione di percezione. Devi vederlo come un orologio. Un orologio esegue una funzione molto semplice: misura i secondi e i minuti. E quando arriva a un'ora emette un rintocco. Semplice, eppure affidabile. Per questo al suo interno ci sono una serie di ingranaggi e di altre parti meccaniche progettate con cura, limate, lucidate e calibrate con precisione, di modo che quando vengono messe in movimento combacino alla perfezione.»

In quell'istante Karim al Jamil vide lo sguardo di Anne

spostarsi dai suoi occhi e posarsi oltre le sue spalle. Una luce terribile le entrò negli occhi.

Karim si voltò e guardò fuori dalla finestra nel cortile adibito a parcheggio tra i due palazzi vicini. Due automobili di fabbricazione americana, ultimo modello, erano ferme, una di fianco all'altra in direzioni opposte. L'auto col muso rivolto a nord aveva il motore al minimo. I finestrini di entrambe le vetture erano completamente abbassati. Era evidente che i due conducenti stavano conversando.

«Cosa c'è?»

«Le due automobili» rispose Anne in un sussurro. «È una tipica formazione da piedipiatti.»

«O di qualsiasi uomo che incontra un amico e abbia voglia di scambiare due chiacchiere.»

«No, c'è qualcosa che...»

Anne si morse il labbro inferiore, interrompendosi. Uno dei due sconosciuti si era sporto fuori dal finestrino quanto bastava perché Anne lo riconoscesse.

«Quello è Matthew Lerner! Maledizione!» Anne fu percorsa da un brivido. «Non ho ancora avuto occasione di dirtelo, ma Lerner mi è entrato in casa di nascosto, l'ha perquisita da cima a fondo e ha lasciato un piccolo cappio di corda nell'armadio a muro della camera da letto, con un paio di mie mutandine appese.»

Karim al Jamil represse tossicchiando una risatina sarcastica. «Ha un certo senso dell'umorismo, glielo concedo. Sospetta di te?»

«No. Se avesse avuto anche solo un vago sospetto a quest'ora sarebbe andato dritto filato dal Grande Vecchio. Sta solo cercando di spaventarmi per costringermi a dare le dimissioni. Mi vuole fuori dai piedi. Credo che voglia sbarazzarsi di me per avvicinarsi di più al direttore e ottenere più potere.»

Nel parcheggio, la discussione fra i due era conclusa. Lerner, a bordo dell'auto rivolta a nord, ripartì, lasciando il suo interlocutore seduto al volante dell'automobile a motore spento. L'uomo non accennò neppure lontanamente ad avviare la macchina. Si accese invece una sigaretta.

Karim al Jamil disse: «In ogni caso ti fa sorvegliare. La nostra sicurezza è stata compromessa». L'arabo si allontanò dalla finestra. «Vestiti. Abbiamo un lavoretto da fare.»

Nel momento stesso in cui la barca a vela entrò nel porticciolo del club nautico gli agenti di polizia salirono a bordo e, com'era tipico di tutti i poliziotti del mondo, cominciarono ad affollare ogni spazio. Il capitano e i marinai, compreso Abbud ibn Aziz, con aria spaventata, mostrarono a turno i documenti di identità allo zelante tenente della polizia ucraina. L'ufficiale si rivolse a Fadi per ultimo.

Senza dire una parola, senza mostrare il benché minimo segno di intimidazione, Fadi gli consegnò i documenti ricevuti poco prima da Abbud ibn Aziz. Lo identificavano come il generale di brigata Viktor Leonidovič Romančenko, della sezione Antiterrorismo dell'SBU. I suoi ordini, allegati ai documenti, erano firmati direttamente dal generale di divisione Igor P. Smeško, comandante generale dell'SBU.

Fadi fu divertito dalla reazione del tronfio tenente di polizia che si metteva lestamente sull'attenti, sbiancando in faccia. Fu una trasformazione istantanea: il signore del feudo era diventato in un baleno un servo.

«Sono qui per dare la caccia a un assassino, un latitante, massima priorità» spiegò Fadi, riprendendo possesso dei suoi documenti falsi. «I quattro uomini sulla battigia sono stati assassinati da lui, perciò lo capisce da sé quanto sia pericoloso.»

«Sono il tenente Kove. Siamo ai suoi ordini, generale.»

Fadi invitò il tenente di polizia e i suoi uomini a scendere dalla barca a vela e a seguirlo a passo svelto, quasi di corsa. «Un avvertimento, tenente» disse al di sopra della spalla. «Giustizierò sommariamente di persona chiunque si azzardi a uccidere il fuggitivo. Informi tutti i suoi subalterni. Questo criminale è mio.»

Il detective Bill Overton era seduto a bordo della sua automobile, a fumare pacificamente. Era rilassato, più felice di quel che era stato da un anno a quella parte. Quel lavoro ufficioso di sorveglianza per incarico di Lerner era una manna dal cielo. Alla fine di quella collaborazione, Lerner gli aveva garantito una raccomandazione per quel posto alla Homeland Security che desiderava tanto. Overton sapeva che Lerner non stava esagerando. Era un uomo di potere, sfruttato per vie traverse. Diceva quel che pensava e pensava sul serio quel che diceva. Tutto quello che il detective doveva fare era eseguire gli ordini di Lerner, senza chiedere perché e per come. Facile per lui; non gliene fregava niente delle intenzioni o mire segrete di Lerner. L'unica cosa che gli interessava era che quell'uomo rappresentava il suo biglietto d'ingresso nell'agognata Homeland Security.

Overton mordicchiò il filtro della sigaretta, aspirandone il fumo. Quel posto significava tutto per lui. Che cos'altro aveva nella vita? Una moglie che gli era ormai indifferente, una madre con il morbo di Alzheimer, una ex moglie che odiava e un paio di figli avvelenati dalla madre, istigati a mancargli di rispetto. Lavoro a parte, nella vita non aveva null'altro di prezioso.

Il che, immaginava, era meglio così per chi faceva parte delle forze dell'ordine.

Poteva anche fumare beato e pensare ai fatti suoi, ma non si era certo dimenticato di quel che doveva fare e dell'addestramento da poliziotto. Aveva controllato i dintorni ogni quindici secondi come un orologio svizzero. Era appostato in modo da avere una vista diretta e sgombra d'ostacoli di tutto il corridoio di ingresso del palazzo: gli bastava guardare attraverso la porta di legno e vetro a reticolo di ferro del retro, dritto fino alla porta anteriore. Dal punto di vista architettonico era una splendida occasione, e lui l'aveva sfruttata al massimo.

A quel punto scorse Anne Held uscire dall'ascensore. La donna si voltò, dirigendosi lungo il corridoio d'ingresso a pianterreno verso la porta sul retro. Camminava con passo affrettato e con un'espressione agitata dipinta sul volto. Overton la osservò sbucare in fretta e furia dalla porta sul retro del palazzo. Aveva l'aria di aver pianto a dirotto. Man mano che si faceva più vicina, Overton notò che il suo viso era rosso e un po' gonfio. Che cosa le era capitato?

Non che gliene importasse. Aveva l'ordine di seguirla ovunque andasse, e a un certo punto di spaventarla a morte: magari urtando di striscio la sua automobile mentre guidava, una rapida aggressione intimidatoria in una via deserta. Una cosuccia qualunque che non avrebbe dimenticato troppo presto, gli aveva detto Lerner. Bastardo senza cuore, pensò Overton. Lo ammirava per quella sua freddezza.

Quando Anne gli passò accanto, apparentemente senza accorgersi della sua presenza, con passo deciso, Overton scese dalla macchina, lasciò cadere a terra la sigaretta, spegnendola con la punta del piede, e con le mani affondate nelle tasche dell'impermeabile foderato la pedinò a distanza di sicurezza. Tra i due palazzi, oltre a loro, non c'era in giro nessuno. Solo loro due. Era impossibile perderla di vista.

Più avanti, il suo bersaglio aveva raggiunto la fine dello spazio aperto tra i due edifici vicini. Anne svoltò l'angolo, imboccando la Massachusetts Avenue NW e Overton allungò il passo per starle dietro.

Proprio in quell'istante qualcosa lo colpì violentemente al capo con tale forza da sollevarlo da terra e farlo stramazzare sull'asfalto come un sacco di patate. Sbatté la testa contro il muro di mattoni del palazzo accanto. Vide le stelle. Ciononostante, l'istinto di sopravvivenza gli fece allungare la mano verso la pistola d'ordinanza, ma il polso destro fu colpito da una botta tremenda, così forte da rendergli inservibile la mano. Il sangue gli colava su metà viso. Un orecchio era in parte lacerato. Overton si voltò e intravide una figura maschile che incombeva minacciosa su di lui. Sollevandosi sulle mani e sulle ginocchia, tentò ancora di afferrare la pistola. Un calcio micidiale alle costole lo fece rotolare su se stesso.

«Cosa... cosa...?»

Non vedeva più niente. Tutto era confuso e indistinto. Un attimo dopo il suo aggressore stava puntando una pistola, sulla cui canna era avvitato un silenziatore.

«No!» Overton sbarrò gli occhi, battendo ripetutamente le palpebre, fissando il volto spietato del suo assassino. Si vergognò di scoprire che non era immune dalle implorazioni. «Ti prego, no!»

Un suono penetrante gli riempì le orecchie, come se la sua testa fosse stata immersa nell'acqua. Per chiunque altro fu simile a un sommesso e discreto colpetto di tosse; per lui fu forte abbastanza da fargli credere che il mondo intero fosse andato in frantumi. Il proiettile gli perforò il cervello e non ci fu più nient'altro che un silenzio terrificante che comprendeva tutto.

«Adesso il problema» disse Soraya dopo che lei e Bourne risistemarono la grata di ferro «è come portarti da un medico.»

Sulla spiaggia, udivano le urla concitate dei poliziotti. Ora ce n'erano altri, più di prima. Forse le lance della polizia avevano attraccato nel porticciolo del club nautico in modo che il personale di bordo desse man forte ai colleghi. Alcuni riflettori potentissimi perlustravano a incrocio la zona. Nell'illuminazione alquanto scarsa della fognatura, Soraya diede una prima occhiata alla ferita di Bourne.

«È profonda, ma sembra pulita» commentò. «Evidentemente non ha perforato nessun organo vitale. Altrimenti non saresti in piedi.» La domanda che la tormentava, alla quale non sapeva trovare risposta, era quanto sangue avesse perso nella fuga, e di conseguenza quanto sarebbe riuscito a resistere ancora. D'altra parte in passato lo aveva già visto stringere i denti come se niente fosse per trentasei ore filate con un proiettile conficcato nella spalla.

«Era Fadi» disse Bourne.

«Cosa?! È qui?!»

«È stato Fadi a pugnalarmi. Il Boxer...»

«Si chiama Oleksandr.» Sentendosi chiamare per nome, il cane rizzò di scatto le orecchie.

«Contro Fadi hai incitato il cane.»

Erano soli, isolati in un ambiente ostile. Non solo la spiaggia brulicava di agenti della polizia ucraina, ora anche Fadi stava dando loro la caccia. «Che cosa ci fa qui Fadi?»

«Ha detto qualcosa a proposito di una vendetta. Non so di cosa diavolo farneticasse. Non mi ha creduto quando gli ho detto che non ricordavo nulla al riguardo.»

Bourne era pallido come un cencio e sudava. Soraya era stata testimone della profondità della sua forza interiore, della sua determinazione non solo di sopravvivere, ma di portare a termine con successo la sua missione a tutti i costi. La Moore attinse dalla sua forza, conducendolo lontano dalla grata di ferro. Con l'unica guida di un fioco chiaro di luna che diminuiva man mano che si allontanavano dalla grata, si affrettarono a percorrere il tunnel inciampando di tanto in tanto.

L'aria era carica di sabbia. Aveva un odore senza vita come la pelle vecchia abbandonata da un serpente. Tutto intorno a loro era un susseguirsi di scricchiolii e cigolii lamentosi, come se degli spiriti angosciati stessero cercando di mettersi in contatto con loro. Blocchi di terra dura e pressata riempivano punti in cui l'arenaria era stata scavata o si era spaccata sotto l'opprimente peso sovrastante. Grossi pali quadrati di legno massiccio, rinforzati da collari di ferro, nero di terriccio, qui e là incrostato di ruggine rossastra, si alzavano a intervalli regolari, imbullonati a travi portanti e tubature. I corridoi puzzavano di marciume e decomposizione, come se la terra in cui erano tortuosamente scavati stesse piano piano morendo.

Soraya aveva una morsa allo stomaco. Che cosa aveva scoperto la polizia? Che cosa si era scordata? Buon Dio, fa' che non abbia dimenticato niente. Odessa era il luogo in cui aveva commesso il suo peggiore sbaglio, un incubo che l'aveva tormentata giorno e notte. Ora il destino aveva messo di nuovo insieme lei e Bourne. Era costretta e decisa a rimediare a ciò che in precedenza era andato storto.

Oleksandr li precedeva di qualche passo, il muso abbassato a fiutare la terra, come se stesse seguendo il suo naso. Bourne procedeva dietro di loro senza lamentarsi. Sentiva il torace come avvolto dalle fiamme. Era costretto a fare ricorso al suo addestramento da spia, mantenendo una respirazione lenta e profonda perfino quando gli sembrava più dolorosa. Presumeva che Soraya avesse trovato un rifugio nel sistema fognario della città, non c'erano né i fetori né le infiltrazioni associate a un sistema del genere. Inoltre, stavano procedendo in discesa anziché in salita. Bourne si ricordò che gran parte di Odessa era stata edificata con blocchi di arenaria scavata dal sottosuolo, il risultato era una rete immensa di catacombe. Durante la Seconda guerra mondiale, i partigiani le avevano usate come base per lanciare attacchi di guerriglia contro gli eserciti invasori rumeni e tedeschi.

Soraya era venuta a Odessa preparata. Aveva acceso una potente torcia allo xeno, a batterie, che teneva allacciata al polso. Bourne non era rassicurato da ciò che vedeva. Le catacombe erano davvero antiche. Peggio ancora, erano in sfacelo, in disperato bisogno di essere puntellate. Qua e là, i due fuggitivi furono costretti ad arrampicarsi sopra una frana di sassi e detriti, che rallentarono considerevolmente la loro avanzata.

Dietro a loro, a un tratto, udirono un prolungato rumore stridente di metallo contro altro metallo, come se un enorme ingranaggio arrugginito venisse costretto a entrare in funzione. Si fermarono di colpo, girati a metà.

«Hanno trovato la griglia d'ingresso» bisbigliò Soraya. «Non c'era modo di sostituire le viti che la imbullonavano. La polizia è entrata nel tunnel!»

«È uno sbirro.» Karim al Jamil aveva in mano il portafoglio aperto di Overton. «Niente meno che un detective della Polizia metropolitana.»

Anne aveva condotto l'automobile di Overton vicino al punto in cui l'uomo giaceva accasciato contro il muro del palazzo vicino. I mattoni chiari erano sporchi del suo sangue.

«È evidente che era sul libro paga di Lerner» osservò Anne. «È probabile che sia stato lui a introdursi furtivamente in casa mia.» Anne scrutò la faccia volgare, da cavallo, della vittima. «Scommetto che gli è piaciuto da impazzire.»

«La domanda a cui dobbiamo rispondere» fece notare Karim al Jamil mentre si alzava da terra «è: quanti altri ne ha Matthew Lerner sul suo libro paga?»

L'arabo fece un cenno col capo e Anne spalancò il baule dell'auto. Dopo essersi chinato, Karim sollevò Overton di peso, sbuffando. «Troppi krapfen e Big Mac.»

«Come tutti gli americani» gli fece eco Anne, osservandolo caricare il cadavere nel baule e chiuderlo di scatto. Scese dall'auto e si avvicinò al tubo di gomma da giardinaggio arrotolato sul suo verricello fissato al muro di mattoni. Aperto il rubinetto, Anne spruzzò il getto d'acqua sul muro, ripulendolo del sangue di Overton. Non aveva provato nessun rimorso per la morte del poliziotto. Al contrario, il suo sangue versato le aveva fatto sentire nel petto il battito intenso di un secondo cuore, colmo d'odio per la società occidentale: lo spreco, l'egoismo dei ricchi, dei privilegiati, delle celebrità americane così impegnate a riprodurre se stesse e così cieche, sorde e mute nei confronti dei più poveri del mondo. Quel sentimento probabilmente aveva sempre albergato in lei. Dopotutto sua madre era stata dapprima una top model e in seguito direttrice di «Town & Country». Suo padre era nato ricco e aristocratico. Non c'era da meravigliarsi che Anne fosse cresciuta in una vita abitata da autisti, maggiordomi, personal trainer, jet privati, settimane bianche a Chamonix, party a Ibiza, tutto entro i confini stabiliti dalle guardie del corpo dei suoi genitori. Qualcuno che fa per te le cose che dovresti fare da solo. Era tutto così artificiale, così privo di contatto con la realtà. La vita come una prigione dorata dalla quale Anne non vedeva l'ora di fuggire. Il suo critico senso di ribellione era stato il suo modo di esprimere l'insofferenza che provava. C'era voluto Jamil per farle capire razionalmente ciò che le sue emozioni le avevano solo lasciato intuire fino ad allora. Gli abiti che indossava a Washington – costosissimi capi d'alta moda – facevano parte della sua copertura. Sotto quei vestiti la pelle le prudeva come se brulicasse di formiche rosse. Alla sera si spogliava di quegli indumenti il più in fretta possibile, senza più degnarli di un'occhiata finché non li rimetteva il mattino seguente.

Con questi pensieri che le ribollivano in testa, salì di nuovo a bordo dell'auto di Overton. Karim al Jamil sedette al suo fianco. Senza la minima esitazione, Anne mise in moto e imboccò la Massachusetts Avenue.

«Dove si va?» domandò.

«Tu dovresti tornare alla CIA» disse Karim al Jamil.

«Lo stesso vale per te» gli fece notare lei. Poi lo guardò dritto negli occhi. «Jamil, quando mi hai reclutata non ero un'ingenua idealista, col desiderio di dichiarare guerra all'ineguaglianza e all'ingiustizia. È l'impressione che hai avuto di me all'inizio, lo so. Dubito che allora tu ti sia reso conto che avevo un cervello capace di pensare autonomamente. Adesso spero tu l'abbia capito.»

«Tu nutri dei dubbi.»

«Jamil, nell'Islam ortodosso le donne sono prive di qualsiasi considerazione. Gli uomini come te vengono allevati ed educati a credere che le donne debbano girare a capo coperto e con il velo a nascondere il loro viso. Non dovrebbero studiare, non dovrebbero pensare con la propria testa. E che Allah le aiuti se cominciano a credere di avere il diritto di essere indipendenti.»

«Non sono stato allevato in questo modo.»

«Grazie a tua madre, Jamil. Dico sul serio. È stata lei a salvarti dalla convinzione che fosse giusto lapidare a morte una donna per peccati immaginari.»

«L'adulterio non è un peccato immaginario.»

«La stessa cosa vale per gli uomini.»

Karim al Jamil restò in silenzio un momento, Anne rise sommessamente. Fu una risata triste, venata di disillusioni riportate a galla dal suo io più profondo. «C'è più di un continente che ci separa, Jamil. C'è da meravigliarsi che io sia terrorizzata quando siamo lontani l'uno dall'altra?»

Karim al Jamil le rivolse un'occhiata. Per qualche ragione trovava impossibile arrabbiarsi con lei. «Non è la prima volta che abbiamo questo genere di discussione.»

«E non sarà l'ultima.»

«Eppure dici di amarmi.»

«Ti amo con tutta me stessa.»

«Malgrado quelli che consideri i miei peccati.»

«Non peccati, Jamil. Difetti. Abbiamo tutti dei punti oscuri. Perfino tu.»

«Sei pericolosa» disse Karim al Jamil, in tutta sincerità.

Anne si strinse nelle spalle. «Non sono affatto diversa dalle vostre donne islamiche, tranne per il fatto che riconosco la forza che c'è in me.»

«Questo è precisamente ciò che ti rende pericolosa.»

«Solo per lo status quo.»

Seguì ancora un momento di silenzio. Anne lo aveva spinto più in là di quello che chiunque altro avrebbe osato fare. Ma questo non gli dispiaceva affatto. Anne non aveva intenzione di bandirlo come la maggior parte delle altre persone che lo circondavano solo per approfittare in qualche misura della sua influenza e del suo potere. In attimi come quello Anne avrebbe voluto intrufolarsi nella sua mente, perché lui non le avrebbe mai confidato spontaneamente che cosa stava pensando, neppure con l'espressione del viso o con i suoi gesti. Karim al Jamil era una sorta di enigma, il che in parte spiegava perché Anne avesse provato una forte attrazione per lui. Gli uomini di solito erano così trasparenti! Non era il caso di Jamil.

Dopo un po', Anne posò la mano su quella di lui. «Lo vedi quanto assomiglia a un matrimonio il nostro rapporto? Nel bene e nel male, ci siamo dentro insieme. Sempre, fino in fondo.»

Lui la guardò per un lungo momento. «Dirigiti a est-sudest. Nell'8ª Strada NE, tra L e la West Virginia Avenue.»

Fadi sarebbe stato felice di piantare un proiettile in mezzo alla fronte del tenente Kove, ma in quel momento non si poteva permettere il lusso di complicazioni. Si accontentò invece di recitare la sua parte a menadito.

Non era per niente difficile: era un attore nato. Sua madre, riconoscendo il suo innato talento, all'età di sette anni, lo aveva iscritto fin da piccolo alla Royal Theatrical Academy. A nove era un attore di prosa completo, il che gli era tornato utile quando le sue idee religiose e politiche si erano fatte più radicali e intransigenti. Raccogliere seguaci – conquistare i cuori e le menti dei poveri, degli oppressi, degli emarginati, dei disperati – era, fondamentalmente, una questione di carisma. Fadi comprendeva la natura essenziale dell'essere un leader di successo: non aveva nessuna importanza quale fosse la tua filosofia; tutto quello di cui dovevi preoccuparti era venderla bene. Non che Fadi fosse un cinico: nessun radicale degno del proprio nome poteva esserlo. Significava semplicemente che aveva imparato la lezione numero uno della manipolazione del mercato.

Questi pensieri suscitarono un abbozzo di sorriso sulle sue labbra carnose, mentre seguiva i fasci di luce in movimento delle torce elettriche della polizia.

«Queste catacombe si estendono a dedalo sotto la città per un totale di duemila chilometri» disse il tenente Kove, cercando di rendersi utile. «Un alveare che arriva fino al villaggio di Nerubaiskoye, a mezz'ora di auto da qui.»

«Di sicuro non tutte le gallerie sono agibili.» Fadi aveva notato i piloni di sostegno delle volte crepati e marcescenti, muri di contenimento a mattoni pericolosamente rigonfi in più punti, diramazioni ostruite da crolli e mucchi di detriti.

«No, signore» ribatté con prontezza il tenente Kove. «Vengono organizzate delle brevi escursioni guidate a partire dal museo di Nerubaiskoye, ma di coloro che si avventurano qui sotto da soli la percentuale di morti e dispersi è estremamente alta.»

Fadi percepiva l'ansia in aumento nel drappello dei tre agenti di polizia scelti dal tenente Kove come scorta nella perlustrazione. Si era accorto che Kove continuava a parlare per soffocare il suo stesso nervosismo.

Chiunque altro si sarebbe fatto influenzare da quell'agitazione tra i suoi compagni, ma Fadi era incapace di provare paura. Affrontava situazioni nuove e rischiose con la ferrea fiducia in se stesso di uno scalatore. La possibilità di fallimento non gli sfiorava mai neppure l'anticamera del cervello. Non che non attribuisse il giusto valore alla vita; solo che non temeva la morte. Per sentirsi pienamente vivo era necessario spingersi all'estremo.

«Se l'uomo è ferito, come mi ha detto, non può andare lontano» osservò il tenente Kove. Che lo dicesse a beneficio di Fadi oppure dei suoi agitati subalterni non fu del tutto chiaro. «Ho una certa esperienza di questi luoghi. Così vicino al mare le catacombe sono particolarmente suscettibili ai crolli, ai cedimenti strutturali e alle frane. Dobbiamo anche prestare attenzione alle buche di fango. In alcuni punti le infiltrazioni d'acqua minano l'integrità del pavimento. Queste buche e fossati sono come sabbie mobili. Un uomo può esservi risucchiato per intero in meno di un minuto.»

Il tenente si interruppe di colpo e tutti si fermarono, restando immobili e senza fiatare. L'uomo in avanscoperta si era voltato a metà verso di loro. Fece un gesto per indicare che aveva udito qualcosa più avanti nella galleria che stavano percorrendo. Rimasero in attesa, in silenzio, sudando copiosamente.

Poi il rumore si ripeté: un attrito attutito, scricchiolante, come quello prodotto dal cuoio sfregato contro la pietra. Il tacco di uno stivale?

L'espressione del tenente di polizia era cambiata. Ora sembrava un cane da caccia che aveva fiutato la preda. Annuì, e ripresero, sempre in silenzio, la marcia.

Anne guidò l'automobile di Overton in un labirinto di strade e quartieri sempre più poveri e degradati, superando a velocità ridotta incroci con semafori rotti e cartelli stradali imbrattati da scritte oscene. Era notte inoltrata; il cinereo crepuscolo invernale di Washington si era arreso alle tenebre, insieme a file e file di case a schiera popolari, strade deserte, musei e monumenti. Era un'altra città su un altro pianeta, ma pur sempre una città con cui Karim al Jamil aveva fin troppa familiarità e nella quale si sentiva del tutto a suo agio.

Risalirono l'8ª finché Karim al Jamil non indicò una

costruzione in blocchi di cemento grezzo a larghezza doppia, sul quale era ancora affissa un'insegna scolorita: M&N BODYWORK. Una vecchia officina meccanica. Anne svoltò in un parcheggio di cemento crepato e si fermò davanti alla saracinesca dell'edificio.

Karim al Jamil scese dalla macchina. Mentre attraversava lo spiazzo, l'arabo spiò intorno indugiando qua e là con lo sguardo. In quella zona, dove erano sopravvissuti ben pochi lampioni, le ombre erano nero pece. Una parvenza di illuminazione arrivava a sprazzi dai fari delle auto di passaggio lungo la L NE a nord, e lungo la West Virginia Avenue a sud. In quell'isolato erano parcheggiate solo due o tre auto, nessuna delle quali nelle vicinanze della struttura davanti alla quale si trovavano. I marciapiedi erano deserti; le finestre delle abitazioni, buie e vuote.

Karim al Jamil aprì un grosso lucchetto con una chiave presa da sotto un punto in cui il calcestruzzo era rotto. Poi sollevò la saracinesca e fece segno ad Anne di avvicinarsi.

La donna mise in moto l'automobile. Quando fu di fianco a Jamil, abbassò il finestrino dalla sua parte.

«Ultima possibilità» le disse l'arabo. «Se vuoi puoi ancora allontanarti e lavartene le mani.»

Anne non rispose nulla, e non si mosse.

Karim al Jamil la scrutò a fondo negli occhi nella luce fioca delle auto che circolavano in lontananza, in cerca della verità. Poi le fece cenno di entrare nella vecchia carrozzeria abbandonata. «Rimboccati le maniche. Mettiamoci al lavoro.»

«Li sento» sussurrò Soraya. «Ma non vedo ancora le luci delle loro torce elettriche. Questo è un buon segno.»

«Fadi sa che sono ferito» bisbigliò Bourne. «Sa che non ho nessuna speranza di seminarli.»

«Non sa che ci sono anch'io» fece notare Soraya.

«Cosa intendi fare?»

La Moore accarezzò il pelo di Oleksandr e il cane le strofinò il naso umido sul ginocchio. Erano giunti a una diramazione, nel punto in cui la catacomba si biforcava a Y. Senza esitare, Soraya gli fece strada, prendendo la galleria di sinistra.

«Come hai fatto a trovarmi?»

«Seguendo la stessa modalità con cui mi metto sulle tracce di qualsiasi bersaglio.»

Quindi era Soraya la persona di cui Bourne aveva intuito il pedinamento, perfino quando gli sgherri di Evgenij Feijodovič erano fuori servizio.

«Inoltre» proseguì la sua compagna, «conosco questa città come le mie tasche.»

«Come mai?»

«Ero a capo della sezione locale della CIA quando tu arrivasti qui.»

«Quando io...?!»

In quell'istante preciso la sua mente fu invasa di ricordi...

... Marie cammina verso di lui, in un luogo circondato da acacie maestose e percorso da strade di ciottoli. Nell'aria aleggia un intenso e penetrante odore minerale, come di mare agitato. Un vento umido le solleva i capelli sopra le orecchie, che le fluiscono sulle spalle come un lungo strascico.

Lui le parla: «Puoi procurarmi quel che mi serve. Ho fede in te».

C'è paura negli occhi di lei, ma anche coraggio e determinazione. «Presto sarò di ritorno» dice. «Non ti deluderò...»

Bourne vacillò sulle gambe, assediato dai quei lampi di memoria improvvisa. Le acacie, le vie acciottolate: era la via d'accesso alla stazione superiore della funivia che scendeva alla spiaggia. Il viso, la voce: non era con Marie che stava parlando. Era...

«Soraya!»

Ora la donna gli aveva cinto il torace con un braccio sotto le ascelle per sostenerlo, temendo che avesse perso tanto di quel sangue da non riuscire a proseguire il cammino.

«Eri tu! Quando sono stato a Odessa anni fa ero qui con te!»

«Ero l'agente locale. Tu non volevi aver niente a che fare con me, ma alla fine non hai avuto altra scelta. Era mio l'informatore che stava raccogliendo e passandoci i dati di cui avevi bisogno per arrivare al tuo bersaglio.»

«Adesso ricordo di aver parlato con te sotto le acacie nel viale Francese. Perché mi trovavo qui? Che cosa diavolo è successo? Tutto questo mi sta facendo impazzire.»

«Ti aiuterò a ricordare colmando i tuoi vuoti di memoria.»

Bourne inciampò. Con forza, Soraya lo sostenne di peso, aiutandolo a rialzarsi.

«Perché non mi hai detto che avevamo già lavorato insieme la prima volta che ho messo piede nel centro operativo della Typhon?»

«Volevo...»

«Quella tua espressione...»

«Siamo quasi arrivati» lo interruppe Soraya.

«Dove?»

«Nel nascondiglio in cui tu e io siamo già stati in passato.»

Avevano percorso almeno un migliaio di metri da quando avevano preso la diramazione a sinistra. In quel punto le condizioni della galleria apparivano particolarmente precarie. Travi e piloni incrinati e infiltrazioni d'acqua ovunque. La catacomba stessa sembrava emettere un suono lamentoso a dir poco terrificante, come se le forze sotterranee in gioco stessero minacciando di far crollare tutto.

Bourne vide che Soraya lo aveva condotto verso uno stretto passaggio nella parete sinistra del tunnel, che era stato eroso dalle infiltrazioni, come se il flusso costante d'acqua avesse, con l'andare del tempo, creato una piccola insenatura. Ben presto si trovarono davanti a una frana che aveva riempito di detriti lo spazio fin quasi alla volta.

Bourne osservò Soraya arrampicarsi sul mucchio di terra

fangosa e dimenarsi sul ventre intrufolandosi tra la sommità della frana e il soffitto della galleria. La seguì, passo dopo passo, appiglio dopo appiglio, verso l'alto, causandosi una nuova ondata di fitte strazianti al fianco ferito. Quando, strisciando come un verme, riuscì a oltrepassare la frana, si sentiva travolto da capo a piedi da un dolore lancinante che pulsava impietoso a ogni battito cardiaco.

La Moore proseguì l'avanzata, precedendo Bourne, scendendo lungo un cunicolo a destra e, infine, giunsero a quella che poteva essere solo definita una camera, dotata di una piattaforma di assi di legno con una pedana che fungeva da letto, ricoperta da una sottile coperta di lana. Di fronte al letto improvvisato c'erano tre tavole di legno più piccole, inchiodate a mo' di ripiani tra due piloni quadrati, sopra le quali erano disposte in bell'ordine diverse bottiglie di acqua e numerose confezioni di cibo in scatola.

«Sono rimaste qui dall'ultima volta» disse Soraya mentre lo aiutava a distendersi sopra il letto di assi.

«Non posso restare qui» protestò Bourne.

«Certo che puoi. Non abbiamo antibiotici e ne hai assolutamente bisogno, e anche il prima possibile. Andrò a prendere un po' di medicinali dalla dottoressa della CIA. La conosco bene e mi fido di lei.»

«Non aspettarti che me ne stia sdraiato quaggiù senza far niente.»

«Oleksandr ti farà compagnia.» Soraya carezzò affettuosamente il muso del Boxer. «Ti farà da guardia, proteggendoti con la propria vita se sarà necessario. Lo farai, vero, Oleksandr? Bravo il mio cagnone.» L'animale parve capire. Andò ad accucciarsi vicino a Bourne, mostrando la piccola punta rosa della lingua tra gli incisivi.

«Tutto questo è una follia.» Jason sporse le gambe dall'orlo del letto improvvisato. «Ci andremo insieme.»

Soraya lo fissò senza parlare per un lungo momento. «D'accordo.»

Bourne si sollevò a fatica dalle assi e, barcollando, si mise in piedi. O, quanto meno, ci provò. Le ginocchia gli cedettero quasi immediatamente dopo che staccò le mani dalla pedana di legno alla quale si reggeva. Soraya lo afferrò appena in tempo, sostenendolo prima che cadesse di schianto, e lo accompagnò di nuovo sul letto.

«Mettiamo da parte questa brillante idea, okay?» L'agente speciale della CIA sfregò le nocche di una mano tra le orecchie triangolari di Oleksandr. «Tornerò indietro fino alla biforcazione della catacomba. Per arrivare dalla dottoressa devo imboccare la diramazione a destra, farò rumore di modo che i poliziotti mi seguano. Li condurrò lontani da te.»

«È troppo rischioso.»

Soraya aspettò un momento prima di ribattere. «Hai per caso un'altra idea?»

Bourne scosse il capo.

«Okay, non starò via troppo tempo, te lo prometto. Non ti abbandonerò.»

«Soraya...»

La donna si voltò di profilo verso di lui, il corpo già girato, pronta a partire.

«Perché non me l'hai detto?»

Soraya mostrò esitazione per una frazione di secondo. «Ho pensato che fosse mille volte meglio per tutti che tu non ricordassi il pasticcio mostruoso che avevo combinato all'epoca.»

Bourne restò a osservarla mentre se ne andava. Le sue parole gli echeggiavano nella testa.

Dopo un quarto d'ora abbondante d'estenuante marcia arrivarono a un incrocio.

«Siamo a uno snodo principale» disse il tenente Kove, mentre il fascio di luce delle torce elettriche scandagliava gli imbocchi della biforcazione a Y.

A Fadi non piacevano le esitazioni. L'indecisione per lui era segno di debolezza. «Ci occorre un'ipotesi attendibile, Kove, in merito a quale delle due diramazioni ha imboccato il fuggiasco.» I suoi occhi si fissarono in quelli del poliziotto. «È lei l'esperto, me lo dica lei.»

In presenza di Fadi era quasi impossibile essere in disaccordo o restarsene con le mani in mano. Kove disse: «La galleria a destra. È quella che avrei scelto se fossi stato al suo posto».

«Benissimo» disse Fadi.

Presero la galleria di destra. In quel preciso momento udirono ancora quello stridore di cuoio sulla pietra, questa volta più netto e distinto, ripetuto a intervalli regolari. Non ci potevano essere dubbi: quelli erano passi che riecheggiavano nel condotto. Stavano per raggiungere la loro preda.

Con lugubre determinazione, Kove pungolò i suoi uomini a proseguire. «Presto! Lo acciufferemo da un momento all'altro.»

«Un attimo.»

Gli agenti di polizia furono di colpo bloccati dalla gelida voce autoritaria di Fadi.

«Signore?»

Fadi rifletté per qualche secondo. «Mi occorre una di quelle torce. Voi proseguirete a destra. Io andrò invece a controllare cosa c'è in fondo all'altra diramazione.»

«Signore, mi scusi, ma non la ritengo una mossa ponderata. Come le ho detto...»

«Non ho mai avuto bisogno che mi si ripetesse due volte la stessa cosa» tagliò corto Fadi. «Questo criminale è dotato di un'intelligenza diabolica. I rumori di passi possono essere un espediente per ingannarci, un modo per farci perdere le sue tracce. Con ogni probabilità, dato che il latitante ha perso molto sangue, lo raggiungerete nella diramazione a destra. Non posso permettermi di non verificare la seconda probabilità.»

Senza pronunciare una sola parola di più, Fadi prese la torcia elettrica offertagli da uno dei poliziotti e, tornato indietro di diversi passi fino alla biforcazione a Y, imboccò il passaggio a sinistra.

Poco dopo aveva di nuovo impugnato il kris dalla lama ondulata.

Capitolo 17

Dopo aver indossato un grembiule ed essersi infilato pesanti guanti da lavoro di gomma, Karim al Jamil tirò la maniglia di avviamento della motosega. Con la voce coperta dal frastuono terrificante, disse: «Il nostro obiettivo di far esplodere un ordigno nucleare in una delle principali città americane è in via di pianificazione da almeno dieci anni». Non che sospettasse che vi fosse una microspia nelle vicinanze, ma il tipo d'addestramento ricevuto non gli avrebbe fatto sottovalutare nessuna delle regole base del codice di sicurezza.

Si accostò al cadavere del detective Overton, che giaceva sopra un tavolo coperto da una lastra di zinco all'interno del locale semivuoto della M&N Bodywork. Alcune luci fluorescenti rossastre sfrigolavano sopra di loro.

«Per ottenere la massima percentuale di riuscita» osservò Anne Held «ti serviva che Jason Bourne ti facesse da garante senza saperlo nel momento in cui ti sei sostituito a Martin Lindros. Naturalmente, Bourne non l'avrebbe mai fatto di sua spontanea volontà, perciò dovevamo trovare il modo di manipolarlo e usarlo a nostro vantaggio. Dato che io avevo libero accesso al dossier di Bourne, abbiamo sfruttato il suo unico punto debole – la memoria – e i suoi molti punti di forza, la lealtà, l'affidabilità, la tenacia e una mente complessa, un'intelligenza sopraffina, al limite del paranoico.»

Anche Anne si era allacciata un grembiule da macellaio. Con la mano destra, coperta da un guanto da lavoro di gomma, impugnava un martello, nella sinistra stringeva uno scalpello a testa larga. Quando Karim al Jamil si mise all'opera con la motosega sui piedi e le gambe di Overton, Anne puntò lo scalpello nella piega interna del gomito sinistro, dopo di che calò un rapido e preciso colpo. La vecchia officina da carrozziere era pullulante di vita e in piena attività, com'era stato nel suo periodo migliore.

«Ma qual è il meccanismo che ti ha permesso di approfittare del punto debole di Bourne?» domandò Anne.

Karim al Jamil le rivolse un sorriso beffardo, mentre si concentrava sul suo macabro lavoro. «Ho trovato la risposta durante la mia ricerca sull'amnesia. Le persone che ne soffrono reagiscono con forza maggiore delle altre alle situazioni emotive. Dovevamo produrre in Bourne un trauma psicologico tale da sconvolgergli i ricordi e scombussolargli la memoria.»

«È quello che hai fatto quando ti ho detto che la moglie di Bourne era morta all'improvviso?»

Karim al Jamil si terse dal volto uno schizzo di sangue. «Come diciamo noi beduini: "La vita è volontà di Allah".» Poi annuì. «Nell'inconsolabile afflizione dovuta alla scomparsa della moglie, la memoria menomata di Bourne – che soffre di amnesia cronica – ha rischiato di sopraffarlo, mettendo a repentaglio la sua salute mentale. Perciò ti ho detto di consigliargli una cura.»

«Adesso capisco.» Anne si ritrasse per evitare un'eruzione gassosa dal corpo di Overton. «Naturalmente il suggerimento è venuto dal suo amico Martin Lindros. Io ho solo fornito a Lindros il nominativo e l'indirizzo del dottor Allen Sunderland.»

«In realtà la telefonata per prendere l'appuntamento è arrivata a noi» disse Karim. «Abbiamo fissato l'appuntamento per Bourne per un martedì, il giorno di chiusura dello studio di Sunderland. Abbiamo sostituito lo psichiatra con il nostro dottor Costin Veintrop, che si è spacciato per Sunderland.»

«Geniale!» Anne era sinceramente ammirata.

Sul pavimento c'era un grande mastello ovale d'acciaio galvanizzato nel quale venivano gettate, una dopo l'altra, le parti del cadavere. Karim al Jamil teneva d'occhio Anne, ma la ragazza non indietreggiò né impallidì una sola volta di fronte a quello che stava facendo. Si dedicava al suo lavoro in modo del tutto pratico e indifferente: un atteggiamento che suscitava in lui compiacimento e stupore. Su una cosa Anne aveva ragione: l'aveva sottovalutata su tutta la linea. Karim non era abituato ad avere a che fare con una donna tanto determinata. La sorella era docile e sottomessa. Sarah era stata una brava ragazza, un onore per la famiglia; dalla sua figura slanciata, dalla classe e dalla mitezza aveva tratto credito e apprezzamento l'intera famiglia. Non meritava di morire così giovane. La vendetta era l'unico modo per riconquistare l'onore perduto che era stato sepolto con lei.

Nella cultura musulmana le donne erano escluse da qualsiasi attività che fosse di pertinenza maschile. Naturalmente la madre di Karim al Jamil era un'eccezione alla regola, ma non si era convertita all'Islam. Per Karim al Jamil rimaneva un mistero il fatto che suo padre non se ne fosse mai curato né l'avesse costretta a convertirsi, sebbene ciò gli avesse procurato molti nemici e avversari tra gli imam e i fedeli. E ancora più singolare, nemmeno per lui la cosa aveva una qualche importanza. Sua madre aveva pianto a lungo la morte della figlia perduta e anche suo padre, travolto ogni giorno dall'afflizione della moglie, era stato costretto a portare dolorosamente il lutto.

«Che cosa ha fatto di preciso Veintrop a Bourne?» domandò Anne.

Tagliando una gamba appena sopra il ginocchio, Karim rispose: «Veintrop è un genio incompreso nell'amnesia. È a lui che mi ero rivolto per chiedere lumi riguardo al tipo particolare di amnesia di cui soffre Bourne. Gli ha inoculato certe proteine prodotte chimicamente in laboratorio, studiate e progettate da lui per stimolare alcune sinapsi – in neurofisiologia è il punto di contatto tra due cellule nervose – in alcune parti del cervello, alterandone la struttura e le funzioni. Lo stimolo agisce da trauma. In base alle sue ricerche, Veintrop ha scoperto che è possibile manipolare i ricordi. L'iniezione delle particolari proteine è in grado di influenzare delle sinapsi specifiche, creando *nuovi* ricordi. Ogni ricordo è creato in modo da essere scatenato nella psiche di Bourne da certi stimoli esterni».

«Definirei questo metodo "lavaggio del cervello"» commentò Anne.

Karim annuì. «In un certo senso è così. Ma abbiamo a che fare con una sperimentazione nuova che non implica coercizione fisica, settimane di privazioni sensoric e torture articolate.»

Il mastello ovale era quasi pieno. Karim fece un cenno ad Anne. Deposero i loro strumenti sul torace di Overton che, a parte la testa, era ancora l'unica parte integra.

«Fammi un esempio» disse Anne.

Sollevarono il catino per le maniglie e lo trasportarono accanto a un pozzo asciutto, che in passato era stato usato per scaricare abusivamente olio lubrificante dei motori d'auto.

«La vista di Hiram Cevik ha fatto scattare nella mente di Bourne un ricordo "aggiunto". È una tattica: per fargli rivelare particolari top secret, gli si fa godere un po' di quella "libertà perduta". Non fosse stato per questo, Bourne non avrebbe mai fatto uscire Fadi di cella. La sua azione ha portato alla realizzazione di due obiettivi in una sola volta: ha permesso a Fadi di fuggire e ha fatto sì che Bourne fosse sospettato di complicità dalla sua stessa organizzazione.»

Inclinarono il mastello sull'orlo del pozzo, rovesciandovi il macabro contenuto, che sparì subito in fondo al buco nero.

«Avevo l'impressione che un solo ricordo "aggiunto"

non bastasse per rallentare i riflessi di Bourne, quindi ho detto a Veintrop di aumentare lo stato di disagio attraverso un elemento fisico: una forte emicrania debilitante ogni volta che scatta un ricordo "aggiunto".»

Mentre riportavano il catino vuoto al tavolo dal piano zincato, Anne disse: «Fin qui è tutto chiaro. Ma non era troppo pericoloso permettere che Fadi venisse catturato a Città del Capo?».

«Tutto quello che escogito e faccio è pericoloso per difetto» dichiarò Karim al Jamil. «Siamo in guerra per i cuori, le menti e il futuro della nostra gente. Per noi non esiste nessuna azione che non valga la pena di essere affrontata. Per quanto riguarda Fadi, prima di tutto fingeva di essere il trafficante internazionale di armi Hiram Cevik. Secondo, sapeva che avevamo fatto in modo che Bourne lo liberasse senza esserne consapevole.»

«E se i farmaci del dottor Veintrop non avessero funzionato, o non nel modo corretto?»

«Be', in quel caso, avevamo sempre te, mia cara. Ti avrei fornito le istruzioni per liberare mio fratello.»

Karim al Jamil accese la motosega e ridusse in pezzi quel che restava del cadavere di Overton. «Per fortuna, non siamo stati costretti ad attuare il piano di riserva.»

«Avevamo previsto che Soraya Moore avrebbe telefonato al direttore della CIA per autorizzare la richiesta di Bourne di far uscire di cella Fadi» commentò Anne. «Invece ha chiamato Tim Hytner per informarlo che sarebbe dovuto andare di fuori a darle man forte sul prato davanti alla sede della CIA. E gli ha detto esattamente dove si sarebbe trovato Fadi di lì a poco. Dato che tenevo sotto controllo tutte le telefonate, sono riuscita a collaborare al piano di fuga.»

Karim raccolse da terra una latta di benzina, svitò il tappo e versò un terzo del contenuto nel pozzo asciutto dove avevano gettato le parti del cadavere. «Allah ci ha perfino fornito il capro espiatorio ideale: Hytner.»

Svitato il tappo del serbatoio dell'auto di Overton, versò la maggior parte di quel che restava nella latta di benzina all'interno della vettura. Nessuna squadra della Scientifica avrebbe cavato il benché minimo indizio dai resti. Indicando l'ingresso di servizio sul retro della costruzione, si ritrasse di qualche passo dall'automobile, facendo cadere, strada facendo, una scia di benzina fino alla macchina.

Si avvicinarono all'ampio lavello di steatite della vecchia officina, si tolsero i guanti e si lavarono braccia e facce sporchi di sangue. Poi si slegarono i grembiuli impermeabili e li gettarono sul pavimento.

Alla porta d'uscita, Anne disse: «C'è ancora da considerare Lerner».

Karim al Jamil annuì. «Dovrai guardarti le spalle finché non decido come sbarazzarcene. Con lui non possiamo risolvere la questione come abbiamo fatto con Overton.»

Karim accese un cerino e lo lasciò cadere sul pavimento. Con una ventata, le fiamme azzurrine divamparono e si diressero in fretta verso l'automobile.

Anne aprì la porta e uscirono insieme nel buio del ghetto.

Molto tempo prima che il decadente edificio della M&N Bodywork si incendiasse, Tyrone aveva avvistato l'uomo e la donna. Fino a quel momento era rimasto accovacciato accanto a un muretto di pietra, nascosto all'ombra di una vecchia quercia. Era vestito con jeans e felpa nera, il cappuccio che gli copriva il capo. Si era trattenuto sul posto, in attesa che DJ Tank gli portasse un paio di guanti di lana perché faceva molto freddo.

Stava alitando sulle mani a coppa per cercare di scaldarle, quando l'auto si era fermata davanti alle rovine della vecchia officina da carrozziere. Aveva tenuto d'occhio per mesi quel posto, sperando che fosse davvero abbandonato: avrebbe voluto usarlo come base per la sua gang. Ma sei settimane prima gli avevano riferito che c'era stato un certo movimento nella zona, specie nella costruzione della vecchia M&N Bodywork, a notte fonda, e con DJ Tank era andato a dare un'occhiata alla situazione.

Nella vecchia officina c'erano delle persone, poco ma sicuro. Due tipi barbuti. Cosa ancor più interessante, all'esterno c'era appostato di guardia un altro uomo, anche lui con la barba. Quando quest'ultimo si era voltato, Tyrone aveva visto chiaramente il bagliore di una pistola infilata nella cintura dei pantaloni. Sapeva chi portava quel genere di barbe folte e incolte: gli ebrei ortodossi o gli estremisti arabi.

Lui e DJ Tank avevano aggirato furtivi l'edificio per spiarvi all'interno. Da una sudicia finestra sul lato, i due uomini con la barba stavano equipaggiando l'ex officina con strani barattoli, attrezzi vari e alcuni macchinari. Sebbene l'impianto elettrico fosse stato rimesso in ordine, e il contratto di fornitura fosse stato rinnovato, era lampante che nessuna ristrutturazione era stata prevista, e quando gli sconosciuti se n'erano andati avevano chiuso la saracinesca anteriore con un enorme lucchetto, che l'occhio esperto di Tyrone aveva giudicato infrangibile.

Restava pur sempre la porta sul retro; nascosta in un vicoletto posteriore della cui esistenza quasi nessuno era a conoscenza. Tyrone però sapeva che c'era. In quella zona difficilmente c'era qualcosa di cui ignorava l'esistenza o su cui avere informazioni.

Dopo che i tre barbuti se n'erano andati, Tyrone aveva forzato la serratura della porta sul retro ed era entrato con DJ Tank. Che cosa vi aveva scoperto? Attrezzi da elettricisti, che non gli avevano suggerito granché circa gli sconosciuti e le loro intenzioni. Ma i barattoli erano tutt'altra faccenda. Tyrone li aveva esaminati uno per uno: tritolo, pentrite, disolfuro di carbonio, ottogene. Sapeva cos'era il tritolo, o TNT, ma non aveva mai sentito nominare le altre sostanze. Aveva telefonato a Deron, che glielo aveva spiegato. A parte il disolfuro di carbonio, si trattava di esplosivi d'alto livello. La pentrite, nota anche come PETN, veniva usata come anima nelle micce detonanti. L'ottogene, o HMX, era un esplosivo a legame polimerico, una sostanza solida come il C4, o esplosivo al plastico. A differenza del tritolo, o TNT, era insensibile agli urti e alle sollecitazioni.

Da quella notte in poi l'episodio gli era rimasto in mente come un tarlo. Tyrone voleva capire che cosa stava succedendo e, di conseguenza, aveva sorvegliato la M&N Bodywork. Infine quella notte la sua costanza era stata premiata.

Guarda, pensò Tyrone. Un cadavere fresco fresco. Sul tavolo dal piano zincato al centro dello stanzone, un uomo e una donna con indosso grembiuli di gomma da macellaio e guanti da lavoro, stavano facendo a pezzi un corpo umano come se fosse un quarto di bue. Che atti mostruosi erano in grado di compiere certe persone! Tyrone scosse la testa mentre lui e DJ Tank spiavano all'interno attraverso il vetro opaco della finestra. E poi vide una cosa che gli fece rizzare i peli sul collo. La faccia del cadavere disteso sul tavolo! Era l'uomo che aveva seguito Miss Spia un paio di giorni prima, quello di cui la donna aveva detto si sarebbe occupata di persona.

Tyrone osservò l'uomo e la donna al lavoro, ma dopo quella scoperta non prestò più attenzione a quello che stavano facendo. Memorizzò i tratti dei loro volti. Aveva la sensazione che Miss Spia avrebbe trovato di enorme interesse ciò che quei due stavano combinando. Poi la notte si illuminò all'improvviso, Tyrone sentì un intenso calore sulla guancia, le fiamme divamparono fuori dalla costruzione.

Il fuoco – più precisamente un incendio doloso – non sorprese più di tanto Tyrone. Ne fu semmai rattristato. Aveva perso per sempre l'opportunità di servirsi della vecchia officina da carrozziere abbandonata. Ma poi gli venne un'idea e sussurrò qualcosa a DJ Tank.

Quando si erano introdotti di nascosto nella M&N Bodywork la prima volta l'interno era strapieno di ogni genere di esplosivi e acceleranti da incendio. Se le sostanze e il materiale erano ancora all'interno, l'esplosione avrebbe raso al suolo l'intero isolato, lui e DJ Tank.

Ma a quel punto si domandò: «Se gli esplosivi non sono più all'interno della costruzione, dove diavolo sono finiti?».

Il segretario della Difesa E. R. «Bud» Halliday non consumava i suoi pasti a ore prestabilite del giorno o della notte. A meno che non fosse convocato d'urgenza dal presidente degli Stati Uniti per un briefing su questioni internazionali, sul senato, o a meno che non stesse scambiando opinioni intorno a una tavola in compagnia del vicepresidente o dei capi di stato maggiore, pranzava e cenava a bordo della limousine. Salvo alcune soste obbligatorie, la sua auto, come uno squalo, non aveva mai requie, continuava a viaggiare indisturbata per le vie e i viali alberati di Washington.

Matthew Lerner gradiva molto i privilegi derivanti dalla compagnia del segretario della Difesa, non ultimo poter condividere il pane con Bud, com'era sul punto di fare quella sera. Fuori da quei finestrini fumé, non era ancora ora di cena. Ma là dentro si era nel suo mondo: la cena veniva servita quando lo stabiliva Bud.

Dopo una breve preghiera, attaccarono con forchette e coltelli i piatti texani: costolette di manzo al sangue, alte due dita, di un rosso brillante; fagioli al sugo con pezzetti di piccantissimo peperoncino rosso; e, unica concessione al regno vegetale relativamente al contorno, patatine fritte. Il tutto annaffiato con bottiglie di Shiner Blonde, la birra chiara «orgogliosamente prodotta», come avrebbe detto Bud, a Fort Worth.

Terminato il pasto, il segretario si pulì mani e bocca col tovagliolo, dopo di che prese un'altra bottiglia di «bionda» e si abbandonò contro lo schienale. «Così il direttore della CIA ti ha assoldato per essere il suo killer.»

«Così pare» rispose Lerner.

Le guance del segretario erano rosse, lucide di un velo di grasso di manzo. «Non hai ancora pensato nulla al riguardo?»

«Non mi sono mai tirato indietro né da un lavoro, né da una sfida» ribatté Lerner.

Bud abbassò lo sguardo sul foglio di carta che Lerner gli aveva consegnato quando era salito sulla limousine. Naturalmente lo aveva già letto, ma fece quel gesto per fare colpo sul suo ospite, espedienti nei quali il segretario era molto abile.

«C'è voluto un po' di lavoro, ma ho scoperto dove si trova Bourne. La sua faccia è spuntata sulle telecamere a circuito chiuso del Kennedy International.» Bud alzò gli occhi dal foglio e succhiò un frammento di manzo carbonizzato che gli si era incastrato tra due molari. «Questo incarico ti porterà a Odessa. È distante dalla sede centrale della CIA.»

Lerner capì che il segretario intendeva sottolineare che la cosa lo avrebbe allontanato dalla missione che gli aveva assegnato in precedenza. «Non necessariamente» ribatté. «Sbrigo questa faccenda per il Grande Vecchio e lui sarà in debito con me. Dovrà portarmi in palmo di mano. Lui lo sa, così come lo so io. Posso fare leva su questo.»

«E per quanto riguarda Anne Held?»

«Le ho messo alle calcagna una persona di cui mi posso fidare.» Lerner raccolse dal piatto l'ultimo rimasuglio di denso sugo speziato con una fetta di pane. «È un tipo molto tenace. Per costringerlo a mollare l'osso si dovrebbe ammazzarlo.»

Bourne fece di nuovo lo stesso sogno. Solo che questa volta sapeva che non si trattava di un sogno. Stava rivivendo un frammento di ricordo, un'altra tessera del puzzle che tornava al suo posto.

In un sudicio vicolo di Odessa, Soraya è china sopra di lui. Lui avverte il rammarico nella voce della donna. «Quel bastardo di Tariq ibn Said mi ha presa in giro fin dal principio» dice lei. «Era figlio di Hamid ibn Ashef, Nadir al Jamuh. È stato lui a darmi l'informazione che ci ha fatti cadere in questa trappola. Jason, ho rovinato tutto.»

Bourne si mette seduto. Hamid ibn Ashef. Doveva trovare il suo bersaglio, e ucciderlo. Ordini di Conklin. «Sai dove si trova adesso?»

«Sì, e questa volta l'informazione è attendibile» dice Soraya. «È sulla spiaggia di Otrada.»

Oleksandr all'improvviso si agitò. Spinse il muso nero contro la coscia di Bourne che, battendo le palpebre per scacciare il ricordo dagli occhi assonnati, si sforzò di concentrarsi sul presente. Doveva essersi addormentato, anche se si era ripromesso di restare sveglio e vigile. Oleksandr l'aveva fatto al suo posto.

Appoggiato alle assi di legno nella piccola cella sotterranea, vide la pelle sul collo del Boxer rizzarsi. Stava arrivando qualcuno!

Ignorando l'ondata di dolore, Bourne sporse le gambe oltre il bordo della pedana che gli faceva da letto. Era troppo presto perché Soraya fosse di ritorno. Appoggiandosi al muro, si sollevò in piedi, restò fermo un momento sulle gambe malferme, sentendo il massiccio e caldo corpo di Oleksandr contro le sue ginocchia. Era ancora debole, ma aveva impiegato il suo tempo in modo produttivo: la meditazione infondeva energia e iperventilava l'organismo. Le sue energie potevano anche essersi indebolite a causa dell'emorragia, ma avrebbe potuto ancora farvi ricorso.

Il cambiamento d'intensità di luce era quasi impercettibile, ma si poteva dedurre che non proveniva da una fonte fissa al soffitto. Saltellava su e giù, il che significava che si trattava di una torcia tenuta in mano da qualcuno che stava venendo verso di lui lungo la galleria.

Al suo fianco, Oleksandr, con il pelo del collo arruffato, si leccò le labbra pregustando l'azione che sarebbe sicuramente seguita. Bourne lo accarezzò tra le orecchie, come aveva visto fare a Soraya. Chi è Soraya, in realtà?, si domandò. Che cosa aveva significato per lui in passato? Le sue reazioni quando aveva messo piede per la prima volta nel centro operativo della Typhon, e che gli erano sembrate strane, al momento, ora avevano un senso. Soraya si era aspettata che la riconoscesse, che ricordasse il tempo che avevano trascorso insieme a Odessa. Che cosa avevano fatto insieme? Perché quel che era successo l'aveva fatta allontanare dal servizio operativo all'estero?

La luce era sempre più nitida. Bourne non aveva più tempo per riflettere sui suoi ricordi. Era tempo di agire: un'ondata di vertigini lo fece barcollare. Si aggrappò al muro di pietra quando le ginocchia cedettero. La luce si fece ancor più brillante e non c'era nulla che potesse fare.

Avanzando a sinistra, Fadi teneva le orecchie ben aperte per cercare di percepire anche il più piccolo rumore. Ogni volta che sentiva qualcosa puntava la luce della torcia in quella direzione. Non vedeva altro che ratti dagli occhi rossi, che si allontanavano precipitosamente zampettando e agitando la lunga coda. Era pervaso da una sensazione di lavoro da dover portare a termine. L'immagine di suo padre – il suo carismatico e potente genitore – ridotto a un vecchio storpio, magro e bavoso, costretto su una sedia a rotelle, a fissare con lo sguardo perso nel vuoto un'infinità grigia, gli accendeva un fuoco nelle viscere. Era stato Bourne a ridurlo in quel modo. Bourne e la donna. Non lontano da lì aveva perfino rischiato di lasciarci la pelle per il colpo di pistola di Bourne. Per Fadi, Jason Bourne era un mago nell'arte del travestimento e del camuffamento, riuscendo a materializzarsi dal nulla, dileguandosi altrettanto misteriosamente. In effetti era stato Bourne a ispirare i suoi camaleontici cambi di identità.

Il suo lavoro e la sua missione nella vita avevano cambiato direzione nel momento in cui il proiettile di pistola sparato da Bourne si era conficcato nella spina dorsale di suo padre, che aveva causato una paralisi istantanea. Peggio ancora, il trauma aveva provocato un ictus, privando suo padre della parola o di un pensiero coerente.

Fadi aveva fatto propria la sua filosofia radicale. Per quanto riguardava i suoi seguaci, non era cambiato niente, ma interiormente Fadi sapeva che ora era tutto diverso. Dalla storpiatura di suo padre per mano di Jason Bourne Fadi aveva ideato il suo piano: infliggere i maggiori danni fisici possibili a Bourne e a Soraya Moore prima di ucciderli di persona. Una morte rapida nel loro caso sarebbe stata intollerabile. Fadi lo sapeva bene, così come lo sapeva suo fratello Karim al Jamil. La morte vivente del loro povero padre li aveva legati come nessun'altra cosa avrebbe potuto fare. Erano diventati una sola mente in due corpi diversi, dedita alla vendetta che avrebbero preteso e riscosso. Così avevano entrambi dedicato tutte le loro energie a quel progetto di vendetta.

Fadi – nato Abu Ghazi Nadir al Jamuh ibn Hamid ibn Ashef al Wahhib – superò il varco nel passaggio alla sua sinistra. Più avanti, la luce della torcia elettrica illuminò altre due diramazioni: una a destra e una a sinistra. Proseguì per diversi metri imboccando prima l'una e poi l'altra senza trovare traccia.

Decidendo di aver commesso un errore di valutazione, tornò sui propri passi, dirigendosi verso la biforcazione. Adesso si stava affrettando per raggiungere il tenente Kove e i suoi uomini. Voleva esser presente quando sarebbe arrivato il momento di uccidere i due fuggitivi. C'era la possibilità che nel fervore dello scontro a fuoco che sarebbe seguito i suoi ordini di non far fuoco su Bourne sarebbero stati dimenticati.

Aveva appena oltrepassato il varco nel passaggio di collegamento quando si fermò un momento a riprendere fiato. Voltandosi, scandagliò il buio con la luce della torcia elettrica. Non notò nulla fuori dal comune, ma si avventurò lo stesso attraverso la breccia. Poco dopo si imbatté nella frana che ostruiva quasi completamente la galleria. Vide i muri rigonfi, le crepe nei muri di contenimento di pietra, gli scricchiolanti piloni di legno. La galleria era un vero disastro, molto pericolosa.

Puntando il fascio di luce sui detriti, notò che in alto c'era un piccolo varco tra la sommità del mucchio e il soffitto della galleria. Stava considerando se fosse largo abbastanza perché un uomo vi potesse passare, quando udì alcuni colpi di arma da fuoco echeggiare nel dedalo di catacombe.

Lo hanno trovato!, pensò. Fatto dietrofront, affrettò il passo ed emerse di nuovo nel passaggio principale, dirigendosi di corsa verso la biforcazione.

Capitolo 18

Stava risalendo la galleria, quando Soraya sentì sibilarle accanto frammenti di pietra che schizzavano da tutte le parti per i proiettili che rimbalzavano sulle pareti. Uno più grosso degli altri la colpì alla spalla, strappandole quasi un urlo. Se lo levò dalla carne in corsa, senza fermarsi, e lo buttò a terra di modo che i suoi inseguitori lo trovassero. Era decisa a proteggere Bourne, e rimediare al terribile errore che aveva commesso l'ultima volta che erano stati a Odessa.

La Moore aveva spento la torcia e stava avanzando guidata unicamente da quanto ricordava di quel posto, il che non era certo il massimo per districarsi lì dentro. Però sapeva di non avere altra scelta. Fino a quel momento aveva contato i passi. Secondo i suoi calcoli, per quanto approssimativi, era ormai a cinque chilometri dalla biforcazione. Mancava un altro paio di chilometri all'ingresso delle gallerie sotterranee vicino alla casa della dottoressa Pavlyna.

Prima avrebbe dovuto superare tre deviazioni e un'altra diramazione. Udì qualcosa. Un istante dopo le catacombe alle sue spalle furono brevemente illuminate. Qualcuno aveva seguito le sue tracce; traendo vantaggio dalla luce, per quanto fioca, per orientarsi, Soraya imboccò di corsa una galleria a destra. Fu avvolta nell'oscurità più totale, e i rumori prodotti dai suoi inseguitori per un momento furono attenuati.

Poi la punta della sua scarpa destra urtò qualcosa. La donna inciampò e cadde in avanti sulle mani e le ginocchia. Sentì il terreno sottostante salire irregolare davanti a lei e provò una fitta dolorosa al cuore: doveva trattarsi di un altro crollo delle pareti e un gran mucchio di detriti. Quanto era estesa la frana? Era necessario rischiare di accendere la torcia che teneva allacciata al polso, anche solo per qualche secondo.

Fu quello che fece, arrampicandosi velocemente sulla nuova frana e superandola in fretta, per proseguire subito dopo dall'altra parte. Nessun rumore alle sue spalle. Era possibile che fosse riuscita a sfuggire alla polizia, anche se non ci sperava troppo.

Continuò nella fuga senza fermarsi, spronandosi a proseguire. Oltrepassò la seconda curva a sinistra, infine la terza e ultima. Circa un chilometro più avanti sapeva che c'era la seconda diramazione, al di là della quale sarebbe stata libera e a destinazione.

Fadi scoprì che i poliziotti avevano avvistato Bourne, uno di loro gli aveva sparato contro. Senza chiedere il permesso a Kove, colpì l'agente con un pugno molto forte. Kove si limitò a restare fermo in silenzio, rosso in faccia, a mordersi il labbro inferiore. Non proferì parola, nemmeno quando Fadi ordinò al drappello di proseguire. Diverse centinaia di metri più avanti, Fadi scorse un grosso frammento di roccia, luccicante di sangue alla luce delle torce. Lo raccolse da terra, lo strinse in pugno e si sentì rincuorato.

Sapeva che seguire la preda in branco in quelle catacombe non aveva senso. Si rivolse a Kove e disse: «Più a lungo rimane nelle gallerie sotterranee, maggiori sono le sue probabilità di sfuggirci. Separi i suoi uomini, li mandi avanti in formazione a ventaglio, ciascuno per conto proprio».

Vedeva che gli uomini agli ordini di Kove stavano man mano perdendo coraggio, la loro apprensione si trasmetteva al loro comandante. Doveva farli avanzare subito o non ce l'avrebbe più fatta a spronarli.

Si avvicinò a Kove e gli sussurrò all'orecchio: «Stiamo perdendo la corsa contro il tempo. Dia subito l'ordine o lo farò io».

Kove sussultò come se fosse entrato in contatto con un cavo elettrico scoperto. Si ritrasse di un passo e si umettò le labbra con la punta della lingua. Per qualche secondo, parve ipnotizzato da Fadi. Poi, con un brivido quasi impercettibile, si voltò verso i suoi subalterni e impartì loro l'ordine di separarsi e allargarsi a ventaglio, assegnando a ognuno una galleria e una diversa diramazione.

Soraya avvertì nel buio la presenza della diramazione che aveva davanti a sé. Un lieve spiffero d'aria raggiunse la sua guancia: era il punto d'ingresso. Dietro di lei, il buio totale. L'umidità era intensa. C'era odore di marciume: le infiltrazioni d'acqua avevano impregnato la terra e il legname delle impalcature, causandone la decomposizione. Si arrischiò ad accendere la torcia per qualche secondo. Non badò alle pareti gocciolanti della galleria, perché scorse la biforcazione a Y meno di una ventina di metri più avanti, di fronte a lei. In quel punto doveva imboccare la galleria a sinistra.

In quello stesso momento una lama di luce sondò il passaggio alle sue spalle. La Moore spense subito la torcia. Sentiva pulsare dolorosamente le tempie; il battito cardiaco era accelerato. I suoi inseguitori avevano intravisto la luce davanti a loro e avevano capito che era lì? Benché dovesse proseguire, non poteva permettersi di compromettere la dottoressa Pavlyna. Anche lei era un'agente della CIA, sotto massima copertura.

Restò immobile, leggermente girata in modo da poter osservare la direzione da cui proveniva. La luce non c'era più. No, era ancora là! Un minuscolo bagliore nel buio, adesso meno diffusa. Qualcuno stava seguendo le sue tracce in quella parte delle catacombe.

Lentamente, cominciò a retrocedere, allontanandosi pian piano dal suo inseguitore, arretrando con estrema cautela verso la biforcazione, senza distogliere neppure un solo istante lo sguardo dal tremolante bagliore di luce alle sue spalle. Continuò a camminare all'indietro, cercando di decidere cosa fare. Poi fu troppo tardi.

Il piede più arretrato affondò nella superficie molle e fangosa del pavimento della galleria. Soraya tentò di spostare di scatto il peso del corpo in avanti, ma il risucchio della buca di fango la trascinò indietro e a terra. Soraya allargò le braccia, agitandole per mantenere l'equilibrio, ma non fu sufficiente. Era già affondata nel fango fino alle cosce. Cominciò a dibattersi, opponendo resistenza.

L'illuminazione improvvisa rischiarò bruscamente la galleria. Una sagoma nera divenne ben presto una forma familiare: un poliziotto ucraino, dall'aspetto massiccio nell'angusto spazio del tunnel.

L'uomo la vide, sbarrò gli occhi, estrasse la pistola.

Alle 22:45 il computer di Karim al Jamil emise un lieve trillo, rammentandogli che mancavano quindici minuti al secondo quotidiano briefing con il direttore della CIA. Un appuntamento improrogabile due volte al giorno. Ma questo lo preoccupava meno della misteriosa scomparsa di Matthew Lerner. Aveva chiesto ragguagli al Grande Vecchio, ma questi gli aveva risposto che Lerner era fuori sede «per un incarico». Il che poteva significare qualsiasi cosa. Come tutti i migliori cospiratori, Karim al Jamil odiava i nodi irrisolti, ed era precisamente quello che Matthew Lerner era diventato. Perfino Anne non sapeva dove fosse finito, ed era molto strano. Di norma, Anne si sarebbe occupata personalmente dell'itinerario di Lerner e di prenotare i relativi biglietti d'aereo. Il direttore stava tramando qualcosa. Karim al Jamil non poteva scartare a priori la possibilità che l'improvvisa scomparsa di Lerner avesse qualcosa a che fare con Anne. Avrebbe dovuto scoprirlo, e il più in fretta possibile. Questo voleva dire affrontare l'argomento con il direttore.

Il monitor del PC emise un altro sommesso trillo: era ora di andare. Karim raccolse dalla scrivania le traduzioni degli ultimi messaggi della Dujja intercettati e redatti dalla Typhon, e prese un paio di fascicoli prima di uscire dall'ufficio. Li lesse strada facendo, salendo al piano di sopra verso l'ufficio del direttore.

Anne lo stava aspettando, seduta alla scrivania nel solito atteggiamento formale. Quando lo vide arrivare i suoi occhi s'illuminarono per un decimo di secondo. Poi disse: «È pronto a riceverla».

Karim al Jamil annuì e le passò davanti. Anne premette un pulsante e lo fece entrare nell'enorme stanza. Il Grande Vecchio era al telefono, ma fece cenno a Karim al Jamil di accomodarsi.

«Esatto. Tutte le sezioni devono restare in stato di massima allerta.»

Sembrava chiaro che stava parlando con il capo del Dipartimento Operazioni.

«Il direttore dell'Agenzia Internazionale dell'Energia Atomica è stato informato nei minimi dettagli ieri mattina» proseguì l'uomo, dopo aver ascoltato per qualche secondo la voce all'altro capo del telefono. «Il personale della IAEA è stato mobilitato ed è al momento sotto il nostro controllo. Sì. Adesso il problema principale è evitare che la Homeland Security complichi tutto. No, finora stiamo mantenendo il più stretto riserbo con la stampa riguardo a tutta questa faccenda. L'ultima cosa di cui abbiamo bisogno è che i media istighino un'ondata di panico tra i civili.» Il direttore annuì. «D'accordo. Tienimi aggiornato, notte e giorno.»

Il Grande Vecchio depose il ricevitore e guardò negli occhi Karim al Jamil. «Ci sono novità?»

«Un'occasione, finalmente.» Karim al Jamil diede al

direttore uno dei documenti che gli era stato consegnato mentre usciva dal suo ufficio. «C'è un'insolita attività a firma della Dujja proveniente dallo Yemen.»

Il direttore annuì mentre esaminava le informazioni raccolte. «Specie a Shabwah, nel Sud del Paese.»

«Shabwah è in una zona di montagna, scarsamente popolata» proseguì Karim al Jamil. «Perfetta per costruire un impianto nucleare sotterraneo.»

«Concordo» disse il Grande Vecchio. «Mandiamo sul posto al più presto possibile alcune unità Skorpion. Questa volta però voglio aiuto da terra.» Il direttore afferrò il telefono. «Ci sono due battaglioni di Ranger della Marina di stanza a Gibuti. Chiederò loro di organizzare un'intera compagnia che si coordini con il nostro personale.» Il direttore aveva lo sguardo pieno d'entusiasmo. «Ottimo lavoro, Martin. Forse i tuoi collaboratori ci hanno fornito i mezzi per stroncare qualcosa sul nascere.»

«Grazie, signore.»

Karim al Jamil sorrise. Il Grande Vecchio avrebbe anche potuto avere ragione, ammesso che le informazioni appena comunicate non fossero state false. Si trattava di puro depistaggio che i seguaci della Dujja avevano diffuso ad arte per via elettronica. Sebbene la regione selvaggia e desertica di Shabwah fosse un nascondiglio eccellente – una località segreta che lui e suo fratello una volta avevano preso in seria considerazione – la vera ubicazione dell'impianto nucleare della Dujja si trovava in un punto imprecisato in prossimità dello Yemen meridionale.

In un certo senso Soraya fu fortunata, benché al momento la cosa non la impressionò granché. Venature di minerale ferroso nelle pareti delle gallerie rendevano impossibile all'agente di polizia mettersi in contatto via radio o via cellulare con il resto della sua unità. Il piedipiatti era completamente isolato.

Riprendendo il controllo di sé, Soraya smise di muoversi. Il suo dibattersi non era servito ad altro che a farla affondare ancora di più nella viscida buca di fango che si apriva sul pavimento. Era immersa fino all'inguine nel pantano e il poliziotto ucraino si stava avvicinando a lei.

Quando riuscì a vederlo in volto, Soraya si rese conto di quanto fosse spaventato. Forse per qualche incidente capitatogli proprio lì dentro. In ogni caso, era fin troppo consapevole dei tanti pericoli in agguato dietro ogni angolo in quelle gallerie. Molto probabilmente aveva immaginato di finire lui stesso in quella melma, fin da quando gli era stato ordinato di mettere piede in quel dedalo infernale.

«Per amor di Dio, la prego, mi aiuti!»

Il poliziotto, ormai sull'orlo della buca, le puntò contro il fascio di luce della torcia. La donna aveva teso il braccio davanti a sé, mentre l'altro era nascosto dietro la schiena.

«Chi sei? Che cosa ci fai qui?»

«Sono una turista. Mi sono persa visitando questo labirinto.» Soraya cominciò a piagnucolare. «Ho paura. Ho paura di affogare.»

«Una turista? Raccontalo a qualcun altro. Mi hanno detto chi sei.» L'agente di polizia scosse il capo. «Per te e il tuo amico è troppo tardi. Ci siete dentro fino al collo.» L'uomo alzò la pistola, tenendola sotto tiro. «Stanotte morirete entrambi.»

«Non esserne così sicuro» ribatté Soraya, sparandogli un colpo dritto al cuore con la sua pistola a canna corta.

Il poliziotto sbarrò gli occhi, dopo di che cadde sulla schiena, come un bersaglio di cartone dalla sagoma umana in un poligono di tiro. La torcia elettrica cadde sonoramente a terra e si spense subito.

«Accidenti!» imprecò Soraya sottovoce.

Ripose la pistola nella fondina ascellare. L'aveva estratta nel momento stesso in cui aveva ritrovato l'equilibrio, l'aveva tenuta nascosta dietro la schiena mentre il piedipiatti si avvicinava. Adesso avrebbe dovuto allungare le braccia in avanti e aggrapparsi ai piedi del morto. Abbassò la parte superiore del torace nel fango, cercando di distendersi orizzontalmente allargando le braccia. La manovra ebbe l'effetto di spingerla più vicino al suo obiettivo.

Stai a galla, pensò. Stai a galla, maledizione!

Allentò i muscoli delle gambe, usando la forza nella parte superiore del busto per spingersi in avanti, un centimetro alla volta, con le braccia distese davanti a sé. Si sentiva risucchiare dal fango, riluttante a mollarle gambe e bacino. Represse un altro attacco di panico e si concentrò per avanzare un centimetro dopo l'altro. Al buio era più difficile. Un paio di volte credette di essere completamente sommersa dalla melma, ormai morta.

Poi le dita sfiorarono della gomma: suole di stivali! Protendendosi di un altro centimetro o due riuscì ad afferrare gli stivali del poliziotto. A quel punto trasse un profondo respiro, e si trascinò in avanti con tutta la forza che aveva. Non si mosse di un centimetro; in compenso, si mosse lui. I piedi e le gambe del cadavere si piegarono, sprofondando nella buca di fango e si fermò.

Soraya non aveva bisogno d'altro. Usando il corpo esanime come appiglio, si trascinò piano, una mano dopo l'altra, attaccandosi alle gambe del morto finché non agguantò il suo cinturone con entrambe le mani. In questo modo uscì pian piano fuori dal fango.

Per un momento rimase distesa bocconi sopra lo sconosciuto, sentendosi battere con forza il cuore in petto e ansimando a pieni polmoni. Dopo un po' rotolò di lato, sul pavimento umido della catacomba e si rimise faticosamente in piedi.

Come aveva temuto, la torcia elettrica del poliziotto non funzionava più. Ripulendo la propria, allacciata al polso, pregò che andasse ancora. Un fioco fascio di luce si accese tremolante, si spense e si riaccese ancora. Adesso che aveva riacquistato un po' di energia e punti d'appoggio, spinse il cadavere nella buca di fango. Poi, aiutandosi con i piedi, ricoprì di terra e pietre le macchie di sangue perse dall'uomo.

Sapendo che le batterie della torcia da polso si stavano esaurendo, imboccò la diramazione a sinistra, dirigendosi verso il punto d'ingresso alle gallerie sotterranee vicino all'abitazione della dottoressa Pavlyna.

Karim al Jamil ibn Hamid ibn Ashef al Wahhib, l'uomo che negli ultimi giorni si era fatto passare per Martin Lindros, stava per portare a termine con successo il proprio piano: violare il mainframe della CIA, l'unità centrale di elaborazione dove erano immagazzinati ogni dato e informazione riservati e segreti. Il problema era che non conosceva il codice di accesso che ne avrebbe aperto le porte e i cancelli. Il vero Martin Lindros, neppure sotto tortura aveva rivelato il proprio codice di accesso personale. E non c'era da stupirsi. Aveva, però, escogitato un'alternativa che era tanto elegante quanto efficace; perché introdursi come un hacker qualunque nel computer centrale della CIA sarebbe stato inutile. Specialisti di maggiore talento e più bravi di lui nel campo dell'informatica e dell'intelligenza artificiale avevano tentato e fallito miseramente. Il firewall della CIA – noto come Sentinel – era una cassaforte inespugnabile.

Avrebbe dovuto penetrare in un computer a prova di hacker senza il codice di accesso. Karim sapeva che se avesse spento l'elaboratore centrale della CIA, i tecnici dell'Agenzia avrebbero rilasciato a tutti – compreso lui – dei nuovi codici. L'unico modo per riuscirci era introdurre nel sistema un virus informatico. Dato che questo non poteva essere fatto dall'esterno – a causa del firewall di Sentinel – doveva provvedere dall'interno.

Di conseguenza, Karim aveva escogitato un sistema,

che non poteva assolutamente fallire, per introdurre il virus nell'immenso edificio che ospitava la sede centrale della CIA. Per lui o per Anne sarebbe stato fin troppo pericoloso introdurlo, senza essere scoperti, nel palazzo, ed erano troppe le misure di sicurezza. No. Non poteva neppure essere fatto entrare in sede da un agente della CIA inconsapevole. Era un problema su cui lui e Fadi si erano scervellati per mesi nel tentativo di risolverlo.

Ecco cos'erano riusciti a inventarsi per superare l'ostacolo. Il messaggio cifrato in codice alfanumerico inciso sul bottone di madreperla che gli agenti della CIA avevano scoperto sulla camicia di Fadi – sotto le spoglie di Hiram Cevik – non era affatto un messaggio cifrato. Il che spiegava perché Tim Hytner non fosse riuscito a decriptarlo nonostante i numerosi tentativi. Erano delle istruzioni passo passo su come ricostruire il virus utilizzando un comune codice binario informatico: stringa di comandi *root-level*, che funzionava senza lasciare nessuna traccia. Una volta ricostruito su un computer della CIA, i comandi *root-level* attaccavano il sistema operativo – in quel caso, UNIX –, alterandone i comandi di base. Il processo avrebbe creato il caos, mettendo fuori uso tutti i terminali della CIA nell'arco di sei minuti.

C'era anche un contropiano, se per qualche ragione Hytner avesse capito che non si trattava di un reale messaggio cifrato, di modo che potesse comunque avviare le procedure del caso per la disabilitazione, perché le stesse erano scritte al contrario.

Karim richiamò sul computer il file alla cui inutile decifrazione stava lavorando Hytner, digitò al contrario i comandi scritti in codice binario, e salvò il risultato in un nuovo file. Uscì dal sistema Linux OS e adottò un linguaggio C++. Con una semplice operazione «taglia e incolla», aggiunse la serie di comandi a quello che stava facendo per avviare il procedimento di cui aveva bisogno per ricostruire il virus in linguaggio C++.

A Karim al Jamil sarebbe bastato premere un pulsante sulla tastiera per attivare il virus. In un decimo di secondo si sarebbe insinuato nel sistema operativo: lungo la rete e i vari recessi dell'intranet. In altre parole, avrebbe intasato e poi alterato il flusso di dati in entrata e in uscita dall'elaboratore centrale della CIA, bypassando perciò le difese garantite da Sentinel. Tutto questo poteva essere realizzato soltanto da una postazione collegata in rete *all'interno* della CIA, perché il firewall Sentinel avrebbe bloccato sul nascere qualsiasi attacco proveniente dall'esterno.

Prima, però, aprì su un altro monitor un file e cominciò a inserirvi una serie di dati, compreso il messaggio cifrato che stava utilizzando per creare il virus.

Dopo di che, stampò una copia del contenuto del file, inserì le pagine in un dossier della CIA e chiuse a chiave il fascicolo in uno schedario. Con un semplice *click* del mouse cancellò il file dal monitor, richiamando al suo posto il programma che stava concludendo la propria attivazione. Poi, con un piccolo sospiro di soddisfazione, premette il tasto di invio.

Il virus era stato attivato.

Capitolo 19

Abbud ibn Aziz, davanti al mare in compagnia dei suoi pensieri più lugubri, vide emergere Fadi dal tombino con la grata di ferro. Erano passate più di tre ore da quando il leader terrorista e il drappello di poliziotti ucraini erano scomparsi nella conduttura. Abituato a comprendere il linguaggio non verbale del suo leader, capì subito che Bourne non era stato trovato. Questa era davvero una pessima notizia, perché così era per Fadi. Alle sue spalle i poliziotti annaspavano in cerca d'aria pulita.

Abbud ibn Aziz udì la voce lamentosa di Kove. «In questa operazione ho perso un uomo, generale Romančenko.»

«Io ho perso molto di più, tenente» ribatté Fadi seccato. «Il suo uomo non è riuscito a catturare Bourne. È stato ucciso a causa della sua incompetenza, una giusta punizione, dovrei aggiungere. Invece di lagnarsene con me, dovrebbe fare tesoro di questo episodio. I suoi uomini non sono abbastanza preparati e determinati.»

Prima che Kove avesse il tempo di ribattere, Fadi si diresse a grandi passi verso la spiaggia e di lì al molo dove era ormeggiata la barca a vela.

«Salpiamo» ordinò salendo a bordo.

Era proprio di pessimo umore. In quei momenti Fadi era assai volubile, Abbud ibn Aziz lo sapeva meglio di chiunque altro. Era proprio arrivato il momento di parlargli di Karim al Jamil.

Attese che la barca salpasse, con le vele spiegate. Si lasciarono alle spalle gli agenti di polizia, addentrandosi nella notte nel mar Nero, facendo rotta per un punto d'attracco in cui Abbud ibn Aziz aveva fatto preparare un'automobile che li portasse all'aeroporto. Seduto a prua accanto a Fadi, lontani dall'equipaggio costituito da due soli uomini, offrì al suo capo qualcosa per cibarsi e dissetarsi. Mangiarono insieme in silenzio, a eccezione delle onde tagliate dallo scafo e dell'occasionale fischio di qualche nave di passaggio al largo.

«Mentre eri via, ho ricevuto una comunicazione dal dottor Senarz» si decise finalmente Abbud ibn Aziz. «Ritiene che il dottor Veintrop sia in grado di completare gli ultimi procedimenti tecnici a completamento dell'ordigno nucleare, anche se il dottor Veintrop lo nega.»

«Il dottor Veintrop sta rimandando di proposito» commentò Fadi.

Abbud ibn Aziz annuì. «È proprio ciò che pensa il dottor Senarz. Personalmente sono incline a credergli. Dopotutto, il fisico nucleare è lui. Comunque non sarebbe la prima volta che Veintrop pone dei problemi.»

Fadi rifletté un momento. «D'accordo. Chiama tuo fratello. Digli di andare a prendere Katja Veintrop e di portarla a Miran Shah, dove ci incontreremo con lui. Sono convinto che non appena il dottor Veintrop avrà avuto modo di constatare coi suoi occhi cosa siamo disposti a fare a sua moglie, tornerà a più miti consigli.»

Abbud ibn Aziz guardò l'orologio. «L'ultimo aereo di linea è decollato un'ora fa. Il prossimo non partirà che stasera.»

Fadi sedeva con la schiena ritta, lo sguardo fisso davanti a sé. Abbud ibn Aziz sapeva che il suo capo stava pensando al passato, tornando al momento in cui suo padre era stato gravemente ferito da un colpo di pistola. I suoi sensi di colpa per quella disgrazia erano insostenibili. Molte volte, Abbud ibn Aziz gli aveva suggerito di tenere la mente e le energie rivolte al presente. Ma l'incidente era stato complicato dal profondo dolore del tradimento e dell'omicidio. Sua madre non gli aveva mai perdonato la morte della sua unica figlia. La madre di Abbud ibn Aziz non avrebbe mai e poi mai caricato il figlio di un peso del genere. Forse perché era islamica; la madre di Fadi era invece cristiana, e questo rendeva le cose diverse. Anche lui aveva incontrato Sarah ibn Ashef numerose volte, ma fino a quella notte fatidica a Odessa non le aveva mai riservato un solo pensiero. Fadi, d'altro canto, era per metà inglese; chi mai poteva capire a fondo che cosa pensava di sua sorella, o che cosa provava per lei?

Abbud ibn Aziz si sentì contrarre i muscoli dell'addome. Si umettò le labbra e attaccò il discorso che aveva già preparato mentalmente.

«Questo piano di Karim al Jamil comincia a preoccuparmi.» Fadi rimase immobile senza dir nulla; il suo sguardo perso in lontananza non vacillò neppure un secondo. Aveva udito le parole di Abbud ibn Aziz? Lui immaginava di sì. Proseguì. «Innanzitutto la tua reticenza. Ti pongo delle domande e tu rifiuti di rispondere. È mia intenzione verificare che non vi siano falle nel nostro piano, ma tu e tuo fratello sembrate non curarvene. Poi c'è il grande rischio dell'impresa. Se falliremo, l'intera rete della Dujja sarà in pericolo, e i nostri finanziatori smascherati.»

«Perché sollevi simili questioni adesso?» Fadi non si era mosso, né aveva distolto lo sguardo interiore dal passato. La sua voce pareva quella di un fantasma, il che fece rabbrividire Abbud.

«Le ho pensate fin dall'inizio. Ma adesso ho scoperto l'identità della donna con cui Karim al Jamil ha imbastito una relazione.»

«La sua amante?» domandò Fadi. «Cosa c'è che non va?»

«Tuo padre ha scelto un'infedele come amante, Fadi. È diventata sua moglie.»

Fadi girò di scatto la testa. I suoi occhi neri erano come quelli di un rapace puntati sulla propria preda. «Stai passando il segno, Abbud. È di mia madre che parli.»

Abbud ibn Aziz non ebbe altra scelta se non rabbrividire di nuovo. «Parlo dell'Islam e del Cristianesimo, Fadi. Amico mio, conviviamo con l'occupazione cristiana delle nostre nazioni, che minaccia il nostro modo di vivere. Questa è la battaglia che abbiamo promesso di combattere, e vincere. È la nostra identità culturale, la nostra stessa essenza, a essere in pericolo.

«Karim al Jamil va a letto con un'infedele, pianta il suo seme nel suo grembo, si confida magari con lei... Se questo piccolo dettaglio dovesse arrivare all'orecchio dei nostri confratelli... ne sarebbero indignati e ne chiederebbero a gran voce la morte.»

Fadi si fece scuro in volto. «È una minaccia quella che sento proferire dalle tue labbra?»

«Come puoi anche solo pensare una cosa del genere? Io non ne farei mai parola con nessuno.»

Fadi si alzò, divaricando le gambe per contrastare il beccheggio della barca a vela, e guardò dall'alto il suo vicecomandante. «Eppure ti intrometti in questioni che non ti riguardano, spiando mio fratello. Ti permetti di rivolgerti a me con questo tono, e mi ritieni responsabile della situazione.»

«Amico mio, cerco solo di mettervi in guardia dall'influenza malefica dell'infedele. So, anche se altri lo ignorano, che questo piano è stato concepito da Karim al Jamil. Tuo fratello frequenta il nemico. Lo so bene, perché tu stesso mi hai ordinato di vivere in mezzo al nemico. So bene quante distrazioni offre la cultura occidentale. Il solo fetore di questi abomini mi fa rivoltare lo stomaco. Ma ci sono altre persone per cui potrebbe non essere altrettanto esecrabile un simile modello di vita.»

«Ti riferisci a mio fratello?»

«Potrebbe darsi. Come posso saperlo? Per quanto mi riguarda, non posso affermarlo con sicurezza, visto che tra noi c'è un muro.»

Fadi agitò i pugni. «Ecco, finalmente la verità viene a galla! Sei risentito perché vieni tenuto all'oscuro dei dettagli del piano, anche se questa è la volontà di mio fratello.» Piegatosi in avanti, Fadi allungò un sonoro ceffone in pieno viso al suo vicecomandante. «Ora capisco il motivo di tutte queste lamentele: vuoi essere elevato di rango. Hai sete di conoscenza, Abbud ibn Aziz, perché la conoscenza è potere, e maggiore potere è quello che vai cercando.»

Abbud ibn Aziz, tremando, non si mosse di un millimetro, non osò alzare la mano sulla guancia infiammata. Era consapevole che Fadi sarebbe stato capace di gettarlo fuori bordo, lasciandolo in mezzo al mare ad annegare, senza alcun rimorso. Ciononostante, ormai doveva andare sino in fondo, altrimenti non se lo sarebbe mai perdonato.

«Fadi, se ti mostro una manciata di sabbia, cosa vedi?»

«Adesso ti metti a fare gli indovinelli?»

«Ci vedo il mondo. Ci vedo la mano di Allah» si affrettò ad aggiungere Abbud ibn Aziz. «Sarà l'arabo vissuto all'interno di una tribù che c'è in me. Sono nato e cresciuto nel deserto. Il purissimo, splendido deserto. Tu e Karim invece siete nati e cresciuti in una metropoli occidentale. Certo, per sconfiggere il nemico lo si deve conoscere, come mi hai insegnato tu. Ma rispondi a questa domanda: che cosa succede quando cominci a identificarti con il tuo nemico? Non è possibile che tu stesso *diventi* il nemico?»

Fadi non riusciva a stare fermo sulle sue gambe. Era prossimo a un eccesso di collera. «Osi insinuare...»

«Non insinuo niente, Fadi. Credimi. È una questione di fiducia. Di fede. Se non ti fidi di me, se non hai fede in me, cacciami subito. Me ne andrò senza dire una sola parola, ma ci conosciamo da una vita intera. Io ti devo tutto. Mentre tu ti sforzi di proteggere Karim al Jamil, il mio unico desiderio è proteggere te da tutti i pericoli, dentro e fuori la Dujja.»

«Allora la tua ossessione ti ha reso pazzo.»

«È possibile.» Abbud ibn Aziz rimase seduto, fermo nelle proprie posizioni, il che avrebbe indotto forse il leader terrorista a scagliarlo in mare. «Dico solo che l'isolamento che Karim al Jamil si è autoimposto lo rende autonomo oltre misura. Non sapresti convincermi del contrario. Forse questo va unicamente a vostro vantaggio. Sono, però, convinto che un simile rapporto rivela una grave lacuna. Vi alimentate a vicenda. Non c'è nessun intermediario, nessuna terza parte che garantisca un minimo equilibrio.»

Abbud ibn Aziz si arrischiò ad alzarsi, lentamente, con prudenza. «Adesso ti prego di chiederti: "Le tue motivazioni e quelle di Karim al Jamil sono davvero pure?". Conosci la risposta: non lo sono. Sono state offuscate, corrotte dalla sete di vendetta. Tu e Karim al Jamil dovete dimenticarvi di Jason Bourne, dimenticare cos'è diventato vostro padre. Era un grand'uomo, su questo non c'è dubbio. Ma il suo tempo è finito, mentre il tuo è all'inizio. Così va la vita. Cercare di ostacolarla è un atto di arroganza. Si rischia di esserne travolti e sepolti come sotto un aratro.

«Devi concentrarti sul futuro, non sul passato. Adesso devi pensare al tuo popolo. Sei nostro padre, il nostro protettore, il nostro salvatore. Senza di te, siamo come sabbia nel vento, non siamo nulla. Tu sei la nostra stella. Ma solo se le tue ragioni, le tue motivazioni più profonde, tornano a essere di nuovo pure.»

A quel punto, per lungo tempo, nessuno dei due aggiunse altro. Abbud ibn Aziz si sentiva come se un enorme peso gli fosse stato tolto dalle spalle. Credeva nel suo ragionamento; credeva in ogni parola pronunciata fino a quel momento. Se quella doveva essere la sua fine, l'avrebbe accettata. Sarebbe morto sapendo di aver adempiuto al suo dovere nei confronti del suo capo e amico.

Fadi non lo stava più fissando con rabbia; non era più consapevole delle lontane luci di Odessa che brillavano nell'oscurità della notte. Il suo sguardo si era di nuovo perso nel vuoto, la sua essenza era fuggita per andare a rifugiarsi nel suo io più profondo dove, Abbud ibn Aziz sospettava – o sperava con tutte le forze – nemmeno a Karim al Jamil era permesso entrare.

I computer fuori uso avevano seminato il caos nella sede centrale della CIA. A ogni membro disponibile del Dipartimento Codici e Segnali era stato ordinato di affrontare il problema del virus informatico. Un terzo del personale aveva scollegato Sentinel – il firewall della CIA – dalla rete, per poter eseguire le operazioni di diagnostica di terzo livello. Gli altri analisti stavano utilizzando un software per eliminare il virus dall'intranet della CIA. Il software, ideato dalla DARPA per la CIA, impiegava un algoritmo euristico d'ultima generazione. Trattandosi di un codice «mutante», si adattava in continuazione al tipo di virus incontrato.

Da tutti i locali e gli edifici annessi nessuno poteva entrare o uscire. Nella Sala riunioni insonorizzata di fronte agli uffici del Grande Vecchio, nove uomini erano seduti intorno a un tavolo di lucida radica. Davanti a ogni poltrona era posizionato uno schermo, direttamente incassato nel piano del tavolo, e un paio di bottigliette di acqua minerale fresche. L'uomo alla sinistra del Grande Vecchio, il capo della cosiddetta C&S, del Dipartimento Codici e Segnali, veniva continuamente aggiornato in tempo reale sui minimi progressi dai suoi collaboratori. Gli aggiornamenti apparivano prima sul suo monitor, subito dopo venivano «ripuliti» – cioè resi inintelligibili ai non addetti presenti in quella sala – e quindi ritrasmessi su uno dei sei schermi piatti che rivestivano le pareti tappezzate di feltro nero opaco.

«Nulla deve trapelare da queste mura» esordì il direttore. Quel giorno sentiva tutti i suoi sessantotto anni sulle spalle. «Quel che è accaduto oggi deve restare qui dentro.» Un giorno o l'altro, lo intuiva, quel peso gli avrebbe spezzato la schiena. Ma non quel giorno. Non oggi, maledizione!, pensò.

«Non è stato compromesso nulla.» Quelle parole provenivano dal capo del Dipartimento Codici e Segnali, mentre scrutava le informazioni non ancora ripulite che passavano a flusso costante sul suo monitor. «Questo virus, a quanto pare, non è stato immesso dall'esterno. La diagnostica su Sentinel è stata completata. Il firewall stava eseguendo il suo lavoro come sempre, proprio come era programmato a fare. Non è stato quindi violato. Lo ripeto: non è stato violato.»

«Allora cosa diavolo è successo?» chiese in tono rabbioso il direttore. Stava già ringraziando la sua buona stella per il fatto che il segretario della Difesa non avrebbe mai saputo nulla di quel disastro.

Il capo della C&S alzò il capo. Era completamente calvo e la testa lucida rifletté la luce del suo monitor. «Per quel che siamo in grado di stabilire in questa fase... possiamo ipotizzare di aver subito un attacco dall'interno.»

«*Dall'interno?!*» esclamò Karim al Jamil con espressione incredula. Era seduto alla destra del Grande Vecchio. «Sta insinuando che c'è un traditore all'interno della CIA?»

«Così sembrerebbe» rispose Rob Batt, il capo del Dipartimento Operazioni, il più influente dei cosiddetti Sette, com'erano noti per gli addetti ai lavori i direttori dei sette dipartimenti di cui era composta l'Agenzia.

«Rob, voglio che lo verifichi immediatamente» disse il Grande Vecchio. «Confermalo, o assicuraci che non corriamo rischi al riguardo.»

«Posso occuparmene io» intervenne Karim, ma se ne pentì subito.

Lo sguardo da cobra di Rob Batt si spostò nella sua direzione. «Non hai già abbastanza da fare, Martin?» chiese in tono sommesso.

Il direttore si schiarì la voce. «Martin, quel che mi serve da te è che concentri tutte le risorse di cui disponi su come fermare la Dujja.» L'ultima cosa di cui aveva bisogno in quel momento, pensò il direttore, era uno scontro di competenze tra due dipartimenti. Si rivolse al direttore della C&S. «Tra quanto tempo il sistema operativo-informatico tornerà alla normalità?»

«Potrebbe volerci un giorno intero o di più.»

«È inaccettabile» scattò il Grande Vecchio. «Ho bisogno di una soluzione che ci permetta di essere operativi entro due ore al massimo.»

Il capo del Dipartimento Codici e Segnali si grattò il lucido cranio. «Be', potremmo usare la rete di supporto parallela. Questo comporterebbe la distribuzione di nuovi codici di accesso per tutti i presenti nell'edificio...»

«Fallo!» tagliò corto il direttore della CIA in tono autoritario. Poi diede un colpo violento a mano aperta sul tavolo. «Bene, signori. Sappiamo tutti cosa fare. Togliamoci questa merda dalle scarpe prima che cominci a puzzare!»

Sprofondando e riaffiorando più e più volte dallo stato di incoscienza, Bourne fu di nuovo visitato dagli eventi del passato, che erano diventati un tormento dalla morte di Marie.

... È a Odessa, e sta correndo. È notte. Un vento gelido che sa di salmastro e di elementi minerali, che soffia dal mar Nero, lo sospinge lungo la solita via acciottolata. Lei è tra le sue braccia... la donna ferita. Perde sangue a un ritmo terrificante. Lui guarda il foro che ha lasciato la pallottola, capisce che la donna morirà. Proprio mentre è colpito da questo pensiero, lei apre gli occhi. Sono invasi da un pallore quasi cadaverico, le pupille dilatate dal dolore. Sta cercando di guardarlo in faccia dalle tenebre all'estremo limite della sua esistenza.

Lui non può fare niente; può solo portarla via dalla piazza in cui le hanno sparato. Lei muove appena le labbra. Non riesce a dare voce a quello che vorrebbe comunicargli. L'orecchio di Bourne si bagna di sangue quando lo avvicina alla bocca socchiusa della donna.

La sua voce, fragile come vetro sottile, riverbera contro il tim-

pano di Bourne, ma quel che ode è solo il rumore del mare, le onde si riversano sulla battigia, si ritirano. A lei manca il respiro, il fiato la tradisce. Non resta altro che il tonfo irregolare delle scarpe di Bourne sui ciottoli rotondi della strada...

Lui barcolla, cade. Striscia a terra finché non sente la schiena contro un muro di mattoni. Non sa rinunciare alla presa sulla donna, a staccare le braccia dal suo corpo inerte. Chi è? La scruta in viso, sforzandosi di concentrarsi. Se riuscisse a riportarla in vita potrebbe chiederle il suo nome. Avrei potuto salvarla, pensa, in preda alla disperazione.

Ora, in un lampo, sta tenendo tra le braccia Marie. Il sangue non c'è più, ma la vita non è ritornata ad animare il suo corpo. Marie è morta. Avrei potuto salvarla, ripete nella sua mente, in preda alla disperazione...

Si sveglia, piangendo per il suo amore perduto, per la sua vita perduta. «Avrei dovuto salvarti!» Tutt'a un tratto capì perché quel ricordo frammentario del passato è tornato al momento della morte di Marie.

Il senso di colpa lo stava straziando. Il senso di colpa per non aver protetto Marie dalla morte. Capì che aveva avuto la possibilità di salvare la donna insanguinata del suo incubo e non ce l'aveva fatta.

«Martin, scusa... Devo parlarti.»

Karim al Jamil si voltò e vide Rob Batt che lo osservava. Il capo del Dipartimento Operazioni non se n'era andato come tutti gli altri. Nel locale oscuro erano rimasti lui e Karim.

Karim gli rivolse un'espressione volutamente neutra. «Come hai ribadito, Rob, ho un mucchio di lavoro da sbrigare.»

Batt aveva mani molto grandi. I palmi erano troppo scuri, come se fossero stati sporchi di sangue. Li allargò, in un gesto conciliante. Ma stavolta in quell'esibizione di pura forza animale c'era qualcos'altro di minaccioso.

«Sii paziente. Ci vorrà solo un minuto.»

Karim tornò al suo posto e sedette al tavolo di fronte al collega. Batt era una di quelle persone per le quali un ufficio era qualcosa di intollerabile. Portava quei completi in doppio petto come se l'interno fosse foderato di setole pungenti. La sua faccia dalla pelle coriacea, abbronzantissima, segnata da rughe profonde e rovinata dalle intemperie, poteva essere quella di una persona che aveva sciato a Gstaad un mese o era stato in missione sui monti dell'Afghanistan. Karim trovava il particolare interessante, dato che aveva trascorso tanto tempo nei negozi d'abbigliamento e nelle migliori sartorie del mondo, a farsi vestire con i più raffinati abiti di taglio occidentale.

Unì le dita affusolate a formare una guglia, e si stampò in faccia un mezzo sorriso. «Cosa posso fare per te, Rob?»

«Per essere franco, sono un po' preoccupato.» A quanto pareva, il capo del Dipartimento Codici e Segnali non sprecava tempo.

Karim, sentendo accelerare il battito cardiaco, mantenne il solito tono formale. «Da cosa?»

«Be', hai passato un momentaccio. Un periodo molto difficile. A dirla tutta, ho la sensazione che faresti meglio a prenderti qualche settimana di riposo. Per rilassarti un po'... e per essere esaminato da altri specialisti.»

«Strizzacervelli, intendi.»

Batt proseguì come se l'altro non avesse neppure fiatato. «Il direttore non ha dato peso alle mie preoccupazioni. Ha detto che il tuo lavoro era troppo prezioso... specialmente in questo momento di crisi.» Batt contorse le labbra in quello che qualcun altro avrebbe potuto scambiare per un sorriso.

«Ma poco fa, ti sei proposto di scovare chi diavolo ha immesso questo virus nel nostro elaboratore centrale, chiunque sia stato.» Gli occhi del direttore della C&S, simili a quelli di un serpente, scrutarono Karim. «Prima d'ora non avevi mai invaso l'ambito di mia competenza.

Anzi, ti ricordo che avevamo fatto un patto di non ingerenza permanente.»

Karim non disse nulla. Se fosse stata una trappola? Se Lindros e Batt non avessero mai fatto un patto di quel genere?

«Gradirei sapere perché sei venuto meno al nostro accordo» proseguì Batt. «Mi piacerebbe tanto sapere perché, nelle tue attuali condizioni di salute, avresti voluto accollarti altro lavoro, oltre al carico abituale che ti compete.» La voce del capo del Dipartimento Codici e Segnali si era abbassata di volume e, nello stesso tempo, aveva rallentato. Se fosse stato un predatore, Batt avrebbe cominciato a girare intorno a Karim, in attesa del momento opportuno per trarre il massimo vantaggio dal suo attacco.

«Scusa tanto, Rob. Volevo solo rendermi utile, tutto qui. Non c'era nessuno che...»

Batt allungò in avanti il capo in modo così brusco e con tale rapidità che Karim dovette trattenersi a forza per impedirsi di balzare indietro.

«Sono preoccupato per te, Martin, lo capisci?» Le labbra di Batt, già sottili di natura, erano compresse in due semplici linee esangui. «A differenza del nostro impareggiabile superiore, che ti ama come un figlio, che ti perdona tutto, la mia apprensione assomiglia più a quella di un fratello maggiore per quello più piccolo.»

Batt allargò di nuovo le mani enormi e le appoggiò sul tavolo. «Tu hai vissuto con il nemico, Martin. Il nemico ha cercato di rovinarti il cervello, di confonderti le idee. Lo so benissimo, così come lo sai tu. E sai come lo so?»

«Sono sicuro che l'esito dei miei esami attitudinali...»

«Al diavolo gli esami!» replicò Batt senza giri di parole. «I risultati degli esami psicologici vanno bene agli accademici, cosa che né tu né io siamo. Quegli sprovveduti stanno ancora disquisendo sui risultati. Resteranno chiusi nel loro buco fino al Giorno del Giudizio. Per sopperire alla mancanza di una diagnosi certa, siamo stati costretti a prendere per buona l'opinione di Jason Bourne, un lupo solitario che nel migliore dei casi è da considerare un uomo dalla psiche instabile e, nel peggiore, una minaccia al protocollo della CIA. Ma è l'unica persona che ti conosca meglio di chiunque altro. Che ironia della sorte! Non lo trovi divertente?» Batt inclinò la testa di lato. «Perché diavolo mantieni un rapporto d'amicizia con lui?»

«Dai un'occhiata al suo dossier» ribatté Karim. «Per me – per tutti *noi* – Bourne è molto più prezioso di tutti i tuoi migliori agenti.» Io che tesso le lodi di Jason Bourne! Questa sì che *è* un'ironia della sorte!, pensò Karim al Jamil.

Batt non si lasciò scoraggiare. «È il tuo *comportamento* che mi preoccupa, capisci, Martin? Sotto certi aspetti è ottimo, perfetto... esattamente come è sempre stato. Ma sotto altri, meno evidenti, più sottili...» Il capo del Dipartimento Codici e Segnali scosse la testa. «Be', diciamo solo che c'è qualcosa che non mi convince. Sei sempre stato un tipo solitario. "Troppo bravo per sporcarsi a stare in nostra compagnia" dicevano i direttori degli altri dipartimenti. Io no. Mai. Io ti ho inquadrato subito. Sei un serbatoio di idee. Solitario come sei, anche in questo caso avrai avuto un'idea precisa della situazione. Tu non hai alcun bisogno di chiacchiere inutili che in questi corridoi vengono scambiate per amicizia.»

Karim si chiese se fosse arrivato il momento tanto temuto – una possibilità che aveva messo in conto durante la preparazione del piano – in cui uno dei colleghi di Lindros avrebbe nutrito dei sospetti sulla sua identità. Aveva calcolato, però, che le probabilità che ciò accadesse erano molto scarse. In fondo, il suo tempo nella CIA nei panni di Martin Lindros era questione di pochi giorni, non di più. E come Batt aveva appena detto, Lindros era sempre stato una specie di lupo solitario. Malgrado tutto, era sull'orlo del precipizio: doveva decidere in che modo neutralizzare il capo del Dipartimento Codici e Seganli.

«Se hai notato qualche anomalia nel mio comportamento, Rob, sono più che certo che sia da imputare all'enorme stress della situazione attuale. Una delle cose in cui sono un maestro è disporre la mia vita in compartimenti stagni. Ti assicuro che il passato non è un problema.»

Per un momento seguì una lunga pausa di silenzio. Karim aveva l'impressione che una belva estremamente pericolosa gli fosse appena passata accanto, così vicina da avvertirne il forte odore selvatico e muschiato.

Batt annuì. «Allora abbiamo finito, Martin.» Il direttore della C&S si alzò, tendendogli la mano. «Sono contento di questo scambio sincero.»

Mentre usciva dalla sala, Karim fu grato di aver sparso prove attendibili in merito all'identità del «traditore». Altrimenti Batt avrebbe affondato gli artigli nel suo corpo.

«Ciao, Oleksandr. Bravo il mio cagnone.»

Trasportando una grossa e pesante sacca in spalla, Soraya ritornò con un terribile presagio di morte al nascondiglio sotterraneo in cui aveva lasciato Bourne. Alla luce della lampada a petrolio, lo trovò privo di sensi a causa della grave emorragia. Il Boxer era accucciato al suo fianco. I suoi occhi marroni chiari e luminosi sondarono quelli della padrona, come per chiedere aiuto.

«Non preoccuparti» disse Soraya, a beneficio del cane e di Bourne. «Adesso sono qui.»

Estrasse dalla sacca tutto il materiale sanitario ricevuto dalla dottoressa Pavlyna, compresi alcuni sacchetti di plastica colmi di vari liquidi. Toccò la fronte a Bourne per assicurarsi che non fosse febbricitante, e recitò a memoria l'elenco di procedure che la dottoressa le aveva impartito.

Aperta la busta trasparente, estrasse un ago ipodermico e lo infilò in una vena sul dorso della mano sinistra di Bourne. Poi inserì l'estremità del tubicino di gomma collegato al primo sacchetto di liquido nell'apposita apertura della valvola, iniziando l'iniezione graduale dell'antibiotico ad ampio spettro. Rimosse la fasciatura improvvisata, completamente impregnata di sangue, lavò la ferita con la soluzione salina sterile. Un antisettico, aveva detto la dottoressa, avrebbe solo ritardato il processo di cicatrizzazione.

Avvicinata la lampada a petrolio, esaminò la ferita in cerca di corpi estranei: fili, capelli, frammenti di tessuto, qualsiasi cosa. Con sollievo, non trovò nulla. Ai margini del taglio c'era qualche piccolo lembo di tessuto devitalizzato che eliminò con l'aiuto di una forbicina da chirurgo.

Impugnato il sottile ago ricurvo con l'apposita maniglia, bucò la pelle e trascinò nel foro il filo di nylon di sutura. Con la massima cautela, unì i due margini della ferita fino a farli combaciare, esattamente come le aveva fatto vedere la dottoressa Pavlyna. Con delicatezza, si assicurò di non tirare troppo la pelle e di non stringere più del dovuto i punti, altrimenti sarebbe aumentato il rischio di infezione. Annodò l'ultimo punto di sutura e tagliò il resto del filo di nylon ancora attaccato all'ago. Infine, coprì la cucitura con una compressa di garza sterile, dopo di che avvolse una benda pulita ai lati della ferita, per mantenere ferma la compressa.

A quel punto il sacchetto di antibiotico era ormai vuoto. Soraya lo staccò dall'ago, sostituendo il tubicino con quello di un sacchetto di fisiologica.

Un paio d'ore più tardi, Bourne cominciò a riprendersi.

Finalmente, aprì gli occhi.

Soraya gli sorrise. «Sai dove ti trovi?»

«Sei tornata» sussurrò Jason.

«Te l'avevo detto, no?»

«Fadi?»

«Non ho idea di dove sia finito. Ho ucciso uno dei poliziotti, ma non ho incrociato nessun altro. Penso che abbiano rinunciato alle ricerche.»

Bourne chiuse gli occhi. «Ricordo, Soraya. Ricordo tutto.»

Soraya scosse il capo. «Adesso riposa. Ne parleremo dopo.»

«No.» L'espressione di Bourne era piuttosto lugubre. «Dobbiamo parlarne ora.»

Che cosa gli era accaduto? Si era svegliato e si era sentito subito diverso, come se la sua mente fosse stata liberata dalla stretta di una morsa d'acciaio. Era come se fosse uscito dalla confusione inesorabile in cui si era trascinato, un caos fatto di voci, immagini e costrizioni. Le feroci emicranie di cui soffriva da tempo erano sparite, così com'erano scomparse le parole ossessionanti. Ricordò perfettamente quello che gli aveva detto il dottor Sunderland circa le modalità di formazione dei ricordi, come un'attività cerebrale anormale provocata da un trauma psicologico o da condizioni estreme potesse influire sulla creazione dei ricordi e sulla loro riproposizione durante la veglia.

«Per la prima volta mi rendo conto di quanto sia stato idiota anche solo a prendere in considerazione l'idea di fare uscire di cella Cevik, addirittura portarlo fuori dal settore penitenziario della Typhon» disse. «Mi sono capitate altre cose strane. Per esempio, un'emicrania terribile mi paralizzava quando Fadi stava mettendo in atto il suo piano di evasione.»

«Quando hanno sparato a Tim.»

«Esatto.» Bourne tentò di sedere, ed ebbe un sussulto per il dolore.

Soraya gli andò accanto. «Non muoverti.»

Bourne non si sarebbe mai fatto fermare da un piccolo fastidio. «Aiutami a sedere.»

«Jason...»

«Fallo e basta» la interruppe.

Soraya gli cinse il torace con un braccio, spingendolo e sostenendolo mentre si tirava su, infine lo aiutò ad appoggiare la schiena alla parete della galleria, in modo che avesse un punto stabile d'appoggio.

«Questi malesseri che non riesco a spiegarmi mi hanno messo in una serie di situazioni pericolose» proseguì. «In ogni caso, mi hanno indotto a un comportamento di cui Fadi ha tratto vantaggio.»

«Di sicuro si tratta solo di coincidenze» osservò Soraya.

Il sorriso di Bourne fu quasi doloroso. «Soraya, se c'è una cosa che ho imparato nella vita è che una coincidenza è molto spesso il sintomo di una cospirazione.»

Soraya sorrise alle sue parole. «Adesso parli come un vero paranoico.»

«Non è un caso che proprio le mie paranoie mi abbiano mantenuto in vita.» Bourne si agitò leggermente. «E se ne avessi le prove?»

Soraya incrociò le braccia all'altezza del petto. «Per esempio?»

«Partiamo dalla premessa che queste circostanze, come le chiami tu, abbiano la loro radice in una cospirazione. Come ho detto, sono servite tutte ad aiutare Fadi.»

«Vai avanti.»

«Le forti emicranie sono cominciate dopo che ho consultato il dottor Sunderland, l'esperto della memoria raccomandatomi da Martin.»

Soraya aggrottò le sopracciglia. Tutt'a un tratto, non c'era più nulla di divertente in quello che Bourne stava dicendo. «Perché eri andato da lui?»

«Stavo quasi impazzendo a causa di certi ricordi che riemergevano di continuo come flashback, relativi alla mia prima visita qui, a Odessa. Allora non sapevo nemmeno che si trattasse di Odessa, per non parlare di cosa avevo fatto qui.»

«Ma questi ricordi... come potrebbero far parte di questa assurda cospirazione di cui farnetichi?»

«Non lo so» ammise Bourne.

«È *impossibile*!» Soraya si accorse che stava perorando una causa contro di lui.

Bourne agitò una mano. «Lasciamo da parte un momento i ricordi. Quando lo stavo riportando in patria, Martin mi ha detto che dovevo recarmi qui – a prescindere da qualsiasi ostacolo avessi incontrato sulla mia strada – per trovare Lemontov, il principale finanziatore della Dujja. Martin pensava che se avessi catturato Lemontov, i fondi destinati alla Dujja si sarebbero prosciugati.»

Soraya annuì. «Il ragionamento fila.»

«Sarebbe filato se Lemontov fosse esistito. Invece non è così.» L'espressione di Bourne era assolutamente impenetrabile. «Non solo, ma Fadi *sapeva* di Lemontov. *Sapeva che Lemontov era tutta un'invenzione!*»

«E allora?»

Bourne staccò la schiena dal muro e la guardò negli occhi. «Come diavolo faceva, Fadi, a sapere di Lemontov?»

«Dimentichi che Lindros è stato interrogato a lungo dai terroristi della Dujja. Forse gli hanno fatto credere cose non vere per depistarlo.»

«Questo presupporrebbe che sapevano che sarebbe stato liberato.»

Soraya rifletté un momento. «Questa faccenda del fantomatico Lemontov è interessante. Lindros ne aveva parlato anche con me. È lui il motivo per cui sono qui. Ma perché? Perché Martin ci ha mandati entrambi qui?»

«Per dare la caccia a un fantasma» commentò Bourne. «Inseguire il fantomatico Lemontov non era altro che un diversivo. Fadi ci stava aspettando. *Sapeva* che saremmo venuti a Odessa. Era pronto a uccidermi... anzi, aveva *bisogno* di uccidermi. Gliel'ho letto negli occhi, l'ho sentito nella sua voce. Aspettava da tempo di trovarsi davanti a me per la resa dei conti.»

Soraya sembrava piuttosto scossa.

«Un'altra cosa» aggiunse Bourne. «Sull'aereo, tornando a casa, Martin mi ha raccontato che i suoi carcerieri continuavano a fargli domande in merito a una vecchia missione operativa che aveva come obiettivo Hamid ibn

Ashef. Una missione a cui io avevo partecipato in prima persona. Continuava a chiedermi se me la ricordavo.»

«Perché Lindros avrebbe voluto sapere di una missione progettata da Alex Conklin?»

«Sai bene perché» disse Bourne. «Fadi e Martin in qualche modo sono collegati.»

«*Cosa?!*»

«È coinvolto anche il dottor Sunderland.» La teoria di Bourne era di una logica implacabile. «Il trattamento del dottor Sunderland per la mia amnesia mi ha indotto in qualche modo a commettere una serie di errori in momenti cruciali.»

«Com'è possibile?»

«Una delle tecniche impiegate nel lavaggio del cervello è usare un colore, un suono particolare, una parola-chiave o una frase per far scattare una certa reazione nel soggetto a distanza di tempo.»

Nel mio buco non c'è nulla che si possa bruciare. Quelle parole erano rimbombate in ogni angolo della mente di Bourne fino a convincerlo che stava per impazzire.

Jason recitò la frase a Soraya. «L'ha ripetuta Fadi. Questa frase ha scatenato l'emicrania. Fadi sapeva che avrebbe agito da molla d'innesco dato che Sunderland l'aveva instillata nel mio subconscio.»

«Ricordo l'espressione che hai fatto quando Fadi ha pronunciato quella frase» proseguì Soraya in quel ragionamento. «Ricordo anche che ha detto di aver passato del tempo a Odessa, se non sbaglio.»

«La missione di Odessa per assassinare Hamid ibn Ashef è la chiave di tutto, Soraya. Tutto ci conduce ai giorni di quella missione specifica.» Bourne era impallidito, sembrava di colpo prosciugato di ogni energia. «È in atto una cospirazione. Ma qual è il suo scopo finale?»

«Ma ciò che davvero non riesco a capire è come abbiano fatto a costringere Lindros ad aiutarli.»

«Non l'hanno costretto. Conosco Martin meglio di chiunque altro. Non l'avrebbe mai fatto.»

Soraya allargò le mani. «Quale altra spiegazione potrebbe esserci?»

«E se l'uomo che ho liberato dalla Dujja, l'uomo che ho riportato alla CIA, l'uomo di cui mi sono fatto garante... non fosse Martin Lindros?»

«Basta così.» Soraya aveva alzato le mani in un gesto di resa. «Hai appena varcato il confine tra la paranoia e la psicosi totale.»

Bourne ignorò la reazione della compagna. «E se l'uomo che ho riportato in America, l'uomo che in questo momento è al comando della Typhon... fosse un impostore?»

«Jason, ti rendi conto di quello che stai dicendo? Assomiglia a Lindros, parla come Lindros, si muove come Lindros. Per amor di Dio, ha passato perfino l'esame della scansione della retina!»

«È possibile raggirare una scansione della retina» osservò Bourne. «Basterebbe un trapianto della retina o della cornea. E se questo impostore si è dato la pena di sottoporsi a una serie di operazioni di chirurgia plastica per rifarsi il viso, il trapianto della retina sarebbe stato solo una passeggiata.»

Soraya scosse la testa. «Hai idea delle implicazioni di quello che stai affermando? Un uomo sotto falsa identità alla sede centrale della CIA, in un posto di comando, in grado di controllare più di mille agenti operativi in ogni angolo della terra. È impossibile, è assolutamente folle.»

«È per questo che il loro piano ha funzionato. Tu, io, tutti gli esperti della Typhon e della CIA... siamo stati tutti manipolati, sviati, ingannati. Era questo il loro obiettivo, fin dall'inizio. Mentre eravamo in capo al mondo, Fadi ha fatto entrare clandestinamente negli Stati Uniti i suoi agenti, e ha spedito l'ordigno nucleare – in pezzi separati – nella località in cui intendono farlo esplodere.»

«Quello che stai dicendo è mostruoso.» Soraya stava

seriamente rischiando uno shock. «È un'ipotesi pazzesca. Nessuno ti crederà. Non ci riesco neppure io.»

Soraya si lasciò cadere sul bordo della pedana di assi che fungeva da letto. «Senti, hai perso molto sangue. Sei esausto, non hai le idee chiare, non riesci a pensare come dovresti. Hai bisogno di dormire e poi...»

«C'è un solo modo di verificare se il Martin Lindros che ho riportato a Washington è lui oppure no» continuò Bourne. «Devo trovare il vero Martin Lindros. Se la mia ipotesi è esatta, e ho ragione su tutta la linea in merito a quanto ho affermato finora, significa che è ancora vivo. Al terrorista serve vivo.» Bourne tentò di alzarsi dal letto. «Dobbiamo...»

Un'ondata di tremendi capogiri lo costrinse a fermarsi e ad accasciarsi contro la parete della galleria. Soraya lo aiutò a risollevarsi, riappoggiando la schiena contro il muro. Le palpebre di Bourne erano appesantite dalla fatica.

«Qualunque cosa decidiamo di fare, adesso devi *assolutamente* riposarti e dormire» disse Soraya con fermezza. «Siamo entrambi esausti, e tu hai bisogno di guarire.»

Pochi secondi dopo, Bourne si era arreso a un sonno profondo. Soraya si distese sul pavimento vicino alla pedana di legno. Poi aprì le braccia. Oleksandr andò ad accucciarsi contro di lei, posando il capo sul petto della padrona. Soraya era piena di dubbi ma... E se Bourne avesse avuto ragione? Le conseguenze di un disegno del genere erano inconcepibili. Eppure non riusciva a pensare ad altro.

«Oleksandr» sussurrò al cane. «Cosa dobbiamo fare?»

Il Boxer rivolse il muso verso di lei e le leccò il viso.

Soraya chiuse gli occhi, trasse alcuni respiri profondi, emettendo dei sospiri sommessi. Pian piano, sentendo il confortante battito del cuore dell'animale contro di sé, si assopì.

[illegible] [illegible] [illegible] [illegible] [illegible] [illegible]

[illegible] [illegible] [illegible] [illegible] [illegible] [illegible] [illegible] [illegible] [illegible] contro la parete della [illegible]

[illegible] [illegible] [illegible] [illegible] [illegible] [illegible] [illegible] [illegible] [illegible] [illegible] [illegible] [illegible] [illegible] [illegible] [illegible] [illegible] [illegible] [illegible] [illegible]

[illegible] [illegible]

[illegible] [illegible] [illegible] [illegible] [illegible] [illegible]

[illegible] [illegible] [illegible] [illegible] [illegible] [illegible] [illegible] [illegible]

[illegible] [illegible]

Capitolo 20

Matthew Lerner e Jon Mueller si erano conosciuti dieci anni prima per via di un incidente in un bordello di Bangkok. I due avevano parecchio in comune oltre al gusto per le prostitute, il bere smodato e gli omicidi. Come Lerner, Mueller era un tipo solitario, un genio autodidatta nel campo dell'operazione tattica e dell'analisi strategica. Nel momento stesso in cui si incontrarono la prima volta, scorsero qualcosa nell'altro che li attrasse reciprocamente, nonostante Lerner fosse della CIA e Mueller, all'epoca, dell'NSA.

Uscendo dal terminal degli arrivi all'aeroporto di Odessa, sempre più vicino al suo bersaglio, Lerner stava pensando a Jon Mueller e a tutto quello che gli aveva insegnato quando il suo cellulare trillò. Era Weller, dalla sede centrale della Polizia metropolitana di Washington, dove Lerner aveva sul libro paga vari «collaboratori».

«Cosa c'è?» chiese Lerner non appena riconobbe la voce del sergente addetto all'accettazione.

«Overton è scomparso. Ho pensato che volessi saperlo.»

Lerner si bloccò di colpo, e gli altri passeggeri lo urtarono, passandogli accanto. «Cosa?!»

«Non si è presentato al turno di servizio. Non risponde al cellulare. Non è tornato a casa. È svanito nel nulla.»

Con la mente in subbuglio, Lerner osservò passare un paio di poliziotti. Si fermarono a parlare con un collega proveniente dalla direzione opposta, dopo di che proseguirono, con sguardo vigile.

Weller azzardò a chiedergli: «Overton stava lavorando a un tuo caso, non è così?».

«Aveva finito già da tempo» mentì Lerner. Quello che Overton faceva per conto suo non riguardava Weller. «Ehi, grazie per avermi informato.»

«È per questo che mi paghi» disse Weller prima di riagganciare.

Lerner ritirò la valigia e si spostò a lato del terminal passeggeri. L'istinto gli suggeriva che Overton non solo era scomparso: era pure morto. A quel punto gli sorse spontanea una domanda: «Perché Anne Held l'ha fatto uccidere?». Era certissimo che la Held c'entrasse con la scomparsa di Overton.

Forse aveva sbagliato a sottovalutare quella sgualdrina. Era chiaro che non si era lasciata intimidire dall'effrazione di Overton in casa sua. Altrettanto chiaramente, aveva deciso di passare al contrattacco. Peccato fosse così lontano. Avrebbe tratto immenso piacere a confrontarsi di persona con lei. Ma al momento aveva un pesce più grosso da cuocere in padella.

Sul cellulare compose un numero di Washington che non compariva sull'elenco telefonico. Attese che la chiamata superasse i soliti controlli e smistamenti di sicurezza. Infine, rispose una voce familiare.

«Ehilà, Matt.»

«Ciao, Jon. Ho un incarico piuttosto interessante da affidarti.»

Jon Mueller rise. «Tutti i tuoi incarichi sono interessanti, Matt.»

Lerner descrisse fisicamente Anne Held, aggiornando Mueller sulla situazione.

«L'escalation ti ha colto di sorpresa, eh?»

«L'ho sottovalutata» ammise Lerner. Lui e Jon non avevano segreti. «Vedi di non fare lo stesso errore.»

«Intesi. La farò fuori.»

«Dico sul serio, Jon. Questa puttanella da quattro soldi ha le unghie affilate. Dispone di risorse di cui ignoro l'entità. Non avrei mai immaginato che avrebbe eliminato

Overton. Ma non agire prima di aver parlato con il segretario. È lui che comanda in questa partita, tocca a lui decidere se lanciare o meno il dado.»

La dottoressa Pavlyna lo stava aspettando oltre la fila dei banchi della Dogana e dell'Immigrazione. Lerner non ci aveva riflettuto prima, ma con un nome simile avrebbe dovuto capire che era una donna. Era a capo della sezione locale della CIA a Odessa. Una donna. Lerner si ripromise di prendere provvedimenti a riguardo al più presto dopo il suo rientro a Washington.

La dottoressa era piuttosto attraente, alta, imponente, capelli folti e neri, leggermente brizzolati, dal viso non poteva avere più di quarant'anni.

Uscirono dal terminal, ritrovandosi in un pomeriggio più caldo di quel che Lerner aveva previsto. Non era mai stato a Odessa prima di allora. Si era aspettato il tipico clima moscovita, che aveva disgraziatamente sopportato innumerevoli volte.

«È fortunato, signor Lerner» disse la Pavlyna mentre attraversavano una strada, diretti al parcheggio. «Sono entrata in contatto con questo Bourne di cui è in cerca. Non un contatto diretto, badi bene. Pare abbia subito una ferita al fianco. Nessun organo vitale leso, ma comunque un taglio profondo. Ha perso molto sangue.»

«Com'è a conoscenza di tutti questi particolari se non l'ha visto di persona?»

«Non è solo. È con una dei nostri. Soraya Moore. È comparsa alla mia porta questa notte. Mi ha detto che Bourne non era in condizione di accompagnarla, per via della ferita. Le ho dato antibiotici, materiale da sutura, garze sterili e tutto l'occorrente.»

«Dove sono?»

«L'agente Moore non me l'ha detto, io non gliel'ho chiesto. Questioni di riservatezza operativa.»

«Peccato» commentò Lerner, sinceramente dispiaciuto. Si domandò cosa diavolo ci facesse Soraya a Odessa. Come aveva saputo che Bourne era lì? L'aveva mandata sul posto Martin Lindros? Perché Lindros avrebbe dovuto fare una cosa del genere? Era risaputo che Bourne andava in missione da solo. L'incarico dato a Soraya non aveva senso. Gli sarebbe piaciuto chiamare Lindros per chiedergli spiegazioni al riguardo, ma non poteva farlo. Anche la sua presenza a Odessa era top secret, un punto chiarito con autorità alla dottoressa Pavlyna quando il Grande Vecchio le aveva telefonato di persona.

Si fermarono vicino a una Skoda Octavia RS nuova fiammante, color argento, una vettura piccola ma comoda. La dottoressa Pavlyna aprì le portiere e salirono a bordo.

«Il direttore mi ha ordinato di fornirle tutta l'assistenza possibile.» La dottoressa Pavlyna mise in moto l'auto, attraversò il parcheggio fino all'uscita e pagò il biglietto. «Ci sono stati nuovi sviluppi. Pare che Bourne sia ricercato dalla polizia ucraina per l'omicidio di quattro uomini.»

«Questo significa che sarà costretto a filarsela da Odessa il più in fretta possibile.»

«Di sicuro è quello che farei io nei suoi panni.» Pavlyna aspettò che si formasse un varco nel traffico e vi si immise.

L'occhio esperto di Lerner registrava ogni dettaglio intorno a sé. «Questa è una città sufficientemente grande. Sono certo che esistono molte strade e modi per andarsene.»

«Naturalmente.» La dottoressa annuì. «A Bourne resteranno poche soluzioni praticabili. Per esempio, la rafforzata presenza della polizia all'aeroporto. Non può andarsene di là.»

«Non ne sarei tanto sicuro. Quell'uomo è un vero e proprio camaleonte.»

Sterzando a sinistra, la dottoressa Pavlyna si portò sulla corsia di sorpasso e accelerò. «Dimentica che è gravemente ferito. In un modo o nell'altro la polizia lo sa.»

«Allora cos'altro?» chiese Lerner. «Treno, automobile?»

«Né l'uno né l'altro. La rete ferroviaria non lo porterebbe fuori dall'Ucraina; in auto il viaggio sarebbe troppo lungo e risulterebbe pericoloso: blocchi stradali e via dicendo. Specie nelle sue condizioni.»

«Resta solo la fuga per mare.»

La dottoressa annuì. «Odessa è collegata a Istanbul con un traghetto passeggeri, ma salpa solo una volta alla settimana. Bourne dovrebbe restare nascosto per quattro giorni prima della partenza della prossima nave.» La donna rifletté un momento prima di accelerare. «La linfa vitale di Odessa è il commercio. Traghetti ferroviari, bastimenti e navi da trasporto merci salpano a tutte le ore del giorno dal porto per destinazioni diverse: Bulgaria, Georgia, Turchia, Cipro, Egitto. La sorveglianza è scarsa. Se vuole un parere personale, questa è l'opportunità migliore di cui dispone.»

«Allora per prima cosa sarà meglio dirigersi al porto» disse Lerner, «o ci sfuggirà.»

Evgenij Feijodovič entrò con passo deciso nel mercato ortofrutticolo Privoz. Si diresse subito nella corsia delle uova senza effettuare le sue solite tappe per fumare e chiacchierare con la sua cerchia di amici. Quella mattina non aveva tempo per loro; non aveva tempo per niente, a parte tagliare la corda alla svelta da Odessa.

Magda, la socia con cui divideva la bancarella, era già arrivata. Le uova venivano dalla fattoria di lei. Lui era il socio che aveva messo il capitale.

«Non è venuto nessuno a chiedere di me?» domandò alla donna non appena girò intorno al bancone.

Magda stava togliendo le uova dalle scatole, separandole a seconda del colore e della dimensione. «C'è più pace che in chiesa.»

«Perché usi questa espressione?»

Qualcosa nel tono di voce di Evgenij interruppe l'occupazione di Magda. Si fermò e alzò lo sguardo sul socio. «Evgenij Feijodovič, cosa diavolo hai?»

«Niente.» Evgenij era impegnato a raccogliere i suoi effetti personali.

«Uhm. Hai l'aria di aver visto il sole a mezzanotte.» La donna piantò i pugni sui fianchi larghi da contadina. «E dove credi di andare? Oggi ci sarà da brigare come dannati fino al tramonto.»

«Devo occuparmi di una faccenda» disse Evgenij.

Magda gli sbarrò il passo. «Non pensare nemmeno lontanamente di piantarmi in asso così. Abbiamo stipulato un contratto.»

«Fatti dare una mano da tuo fratello.»

La donna sporse il petto in fuori. «Mio fratello è un idiota.»

«Allora è perfetto per questo mestiere.»

Evgenij la urtò con una spallata, mentre Magda diventava rossa di rabbia. L'uomo si allontanò in fretta a grandi passi, ignorando gli strilli indignati di lei e le occhiate di disapprovazione dei venditori vicini.

Quella mattina, strada facendo verso il mercato, aveva ricevuto una telefonata con la notizia agghiacciante che Bogdan Illijanovič era stato ucciso mentre stava accompagnando il moldavo Ilias Voda dritto nella trappola tesa da Fadi, il terrorista. Evgenij era stato ricompensato profumatamente per fare da gancio, cioè portare il bersaglio – in questo caso Voda – al cosiddetto «punto d'accesso». Finché non aveva ricevuto una telefonata da uno dei suoi contatti in polizia non aveva la benché minima idea di cosa volesse fare Fadi con Ilias Voda, o che il loro incontro sarebbe finito in un omicidio plurimo. Bogdan Illijanovič era morto, con lui tre uomini di Fadi e, peggio ancora, un agente di polizia.

Evgenij sapeva che se avessero arrestato qualcuno il primo nome a saltar fuori sarebbe stato il suo. A Odessa era praticamente l'ultima persona in grado di sostenere un'indagine accurata della polizia. I suoi mezzi di sussistenza – la sua stessa vita – dipendevano da un assoluto anonimato, da un'esistenza vissuta nell'ombra. Una volta che gli avessero puntato addosso i riflettori sarebbe stato un uomo morto.

Ecco perché stava fuggendo, perché doveva lasciarsi con la massima urgenza il passato alle spalle e trasferirsi altrove, se tutto andava bene, fuori dall'Ucraina. Aveva in mente di trasferirsi momentaneamente a Istanbul. L'uomo che lo aveva assoldato per quel lavoretto risiedeva lì. Poiché Evgenij era l'unico a essersi salvato da quella trappola, forse l'uomo gli avrebbe offerto un lavoro. Rivolgersi a una delle sue abituali fonti di spaccio di stupefacenti era fuori discussione. L'intera rete di spacciatori sarebbe stata messa sotto controllo e interrogata. Meglio troncare i legami con tutti, meglio ricominciare da capo altrove. Nel «ramo» scelto da Evgenij, Istanbul era una base più ospitale di molte altre che gli venivano in mente, specie tra le località più vicine.

Si affrettò a fendere la folla che aveva cominciato a intasare i punti d'ingresso al mercato coperto. Si sentiva pungere la nuca, come se fosse già nel mirino di qualche killer.

Stava oltrepassando una pila di cassette contenenti dei polli senza becco, che si agitavano disperati come se avessero già perso la testa, quando vide davanti a sé una coppia di poliziotti avanzare a fatica nella ressa. Non aveva bisogno di chiedere a qualcuno come mai si trovassero lì.

Mentre imboccava un'altra via, una donna sbucò all'improvviso da dietro due pile di cassette di polli. Con i nervi a fior di pelle, Evgenij si ritrasse di un passo con aria spaventata, serrando le dita sul calcio della pistola.

«La polizia è qui, hanno teso una trappola» gli sussurrò la sconosciuta.

A Evgenij la donna sembrava in parte araba, e la cosa

era del tutto normale. Una buona parte del suo mondo era arabo.

La donna si affrettò a dire: «Vieni con me. Posso portarti fuori di qui senza che nessuno ti noti».

«Non farmi ridere. Per quel che ne so, potresti essere un'agente dell'SBU.»

Evgenij fece per allontanarsi dalla sconosciuta, e dai due piedipiatti appena avvistati. Soraya scosse la testa. «Ti stanno aspettando da quella parte.»

Evgenij tirò dritto per la sua strada. «Non ti credo.»

Soraya lo seguì, facendosi largo tra la massa di gente a spallate fino a precederlo di un passo o due. A un tratto si fermò bruscamente, indicò con la testa una certa direzione. Evgenij sentì una palla di ghiaccio formarsi in fondo allo stomaco.

«Ti avevo detto che era una trappola, Evgenij Feijodovič.»

«Come fai a sapere come mi chiamo? Come fai a sapere che la polizia mi sta cercando?»

«Lascia perdere. Non c'è tempo.» Soraya lo tirò per la manica. «Da questa parte, presto! È la nostra unica speranza di sfuggire agli sbirri.»

Evgenij annuì. Che cos'altro poteva fare? La donna lo ricondusse sui loro passi. Furono costretti a camminare di sbieco per passare attraverso gli stretti passaggi tra casse e cassette dai vari generi alimentari. Le pile erano talmente alte da risultare invisibili agli agenti di polizia che si aggiravano nel mercato affollato.

Finalmente sbucarono in una via e si affrettarono ad attraversarla nonostante il traffico. Evgenij vide che erano diretti verso una vecchia Skoda scalcinata.

«Sali dietro» disse la sconosciuta con tono cortese mentre si metteva al volante dell'auto.

Travolto da una sorta di panico, Evgenij Feijodovič fece come gli veniva detto, spalancò la portiera posteriore e salì in macchina. Chiuse dietro di sé la portiera e la donna partì subito. Fu solo a quel punto che Evgenij si accorse che un uomo era seduto immobile sul sedile posteriore, proprio accanto a lui.

«Ilias Voda!» esclamò con voce strozzata.

«Stavolta ci sei cascato tu.» Jason Bourne gli sottrasse la pistola e il pugnale.

«Cosa?!» Evgenij Feijodovič, scioccato dal fatto di essere stato disarmato, lo fu ancora di più notando quanto Voda fosse pallido e debole.

Bourne si girò verso di lui. «In questa città non hai più nessuna speranza, *tovarič*.»

Deron aveva spesso detto che Tyrone sapeva essere un osso davvero duro. Quando si ficcava in testa certe idee, non poteva – o non voleva – mollarle finché non trovava una soluzione. E in quel momento era proprio in quella disposizione d'animo nei confronti delle due persone che aveva visto fare a pezzi il cadavere del poliziotto e incendiare la M&N Bodywork. Arrivarono i vigili del fuoco, e poi i piedipiatti. All'interno della costruzione in blocchi di cemento non restava più niente, a parte cenere e carbone. Quello era il Distretto Nord Est, il che significava che dell'incendio non importava niente a nessuno. Nel giro di un'ora i pompieri e gli sbirri si erano arresi alle fiamme, e con un sospiro di sollievo della popolazione locale i mezzi di soccorso si erano messi al sicuro nei quartieri popolati dai bianchi.

Tyrone sapeva perfettamente cos'era accaduto. Non che qualcuno gli avesse chiesto niente. Neppure avrebbe detto loro qualcosa se si fossero presi la briga di interrogarlo. Anzi, non aveva neppure telefonato al suo amico Deron in Florida per metterlo al corrente dei fatti.

Nei bassifondi della capitale, strappavi di mano il coltello al tuo peggiore nemico quando lo colpivi fino a fargli perdere i sensi per aver dato noia a te, a tua sorella, alla tua ragazza, o per qualsiasi altra faccenda. A dieci o undici anni, Tyrone si era già guadagnato un certo rispetto nel quartiere, il che aumentava esponenzialmente quando il Masta Blasta – il boss di colore della gang a cui si apparteneva – ti affidava una Saturday Night Special con il calcio coperto di nastro adesivo e i numeri di serie limati.

Naturalmente si doveva usarla, perché non si voleva passare per vili, per damerini, o peggio ancora, per dei cacasotto. A dire il vero non era poi così difficile, perché ci si era già fatti una certa esperienza facendo saltare le cervella a un mucchio di gente giocando alla PlayStation. Come si scopriva ben presto, la realtà non era molto diversa. Solo che si doveva stare molto più attenti, dopo il fattaccio, perché l'omicidio non si trasformasse in una mossa sbagliata che poneva fine alla carriera di malvivente.

Eppure dentro Tyrone c'era qualcosa, una sensazione sempre più palpabile che gli suggeriva che quello non fosse l'unico modo in cui impostare la propria vita. Naturalmente c'era Deron, che come lui era nato e cresciuto nel ghetto. Ma aveva avuto la fortuna di avere una madre onesta e un padre che lo amava. Tyrone aveva il sospetto che quelle cose contassero qualcosa, anche se non riusciva a coglierne a fondo il significato. Poi Deron se n'era andato lontano a studiare nel mondo dei bianchi e tutti nel ghetto, compreso Tyrone, avevano odiato il suo coraggio, ma quand'era tornato gli avevano perdonato tutto, perché avevano visto che non li aveva abbandonati. Per questo, gli volevano ancora più bene, e gli si facevano intorno per proteggerlo.

Seduto sotto la pianta di fronte alle macerie fumanti della vecchia officina da carrozziere, Tyrone stava contemplando la distruzione del suo sogno, cioè trasformare quell'edificio nella tana della sua gang. Eppure stava anche pensando che quel sogno, dopotutto, non fosse ciò che desiderava davvero. Fissava i muri spogli, anneriti, in blocchi di cemento grezzo, e non gli sembravano molto diversi dalla sua vita.

Estrasse il telefonino. Non aveva il numero di Miss Spia. Come fare per mettersi in contatto con lei? Come farle sapere che aveva una 411... come le chiamava Deron? *Intel*?... be', per dirle che aveva un'informazione per lei? Se fosse venuta a cercarlo, se si fosse fatta quattro passi con lui per qualche minuto come l'ultima volta... Si sforzò di convincersi che questa era l'unica cosa che voleva da lei. Non era ancora capace di affrontare la verità riguardo quella ragazza.

Chiamò il 411, il servizio informazioni della compagnia telefonica. L'unico numero della CIA segnato in elenco era quello dell'ufficio Pubbliche Relazioni. Tyrone sapeva benissimo che razza di presa per i fondelli era quel trucco, ma chiamò lo stesso il numero che gli era stato fornito.

«Posso esserle utile?» domandò una voce maschile da giovane bianco con tono gentile e piuttosto elegante.

«Sto cercando di mettermi in contatto con un'agente con cui ho parlato un paio di giorni fa» disse Tyrone, un po' imbarazzato dal suo accento da ghetto.

«Qual è il nome dell'agente?»

«Soraya Moore.»

«Attenda un istante, prego.»

Tyrone udì alcuni scatti di smistamento di linee e tutt'a un tratto si fece paranoico. Si alzò in piedi e cominciò a camminare nervosamente sulla strada.

«Signore? Mi potrebbe indicare il suo nome e il suo recapito telefonico, per piacere?»

Tyrone cominciò a camminare più in fretta, come se così facendo potesse lasciarsi alle spalle quella richiesta. «Voglio solo parlare con...»

«Se mi fornisce il suo nominativo e il suo recapito telefonico farò in modo che l'agente Moore riceva il suo messaggio.»

A quel punto Tyrone si sentì in gabbia, in un mondo

di cui ignorava tutti i particolari. «Le dica solo che so chi le ha messo il sale sulla coda.»

«Scusi, signore, che sa... *cosa*?»

Tyrone ebbe la sensazione che la sua stessa ignoranza venisse usata come un'arma contro la quale era impotente. Di proposito, il mondo a cui apparteneva era calato all'interno di un mondo più ampio. Una volta andava fiero di quella distinzione. Ora, d'un tratto, capiva che poteva essere un difetto.

Ripeté quello che aveva appena detto e interruppe la comunicazione. Buttò il cellulare e si ripromise di chiedere a DJ Tank di procurargliene un altro, da utilizzare come telefonino «usa e getta». Quello vecchio era appena diventato «bollente».

«Chi sei in realtà?» domandò Evgenij Feijodovič con tutta la stanchezza del mondo sulle spalle.

«Ha importanza?» rispose Bourne.

«Immagino di no.» Evgenij aveva lo sguardo fisso fuori dal finestrino dell'auto mentre attraversavano la città. Ogni volta che vedeva un'auto della polizia o un piedipiatti, contraeva istintivamente i muscoli. «Non sei neppure moldavo, eh?»

«Il tuo socio, Bogdan Illijanovič, ha tentato di uccidermi.» Osservando la faccia del suo interlocutore, Bourne aggiunse con cautela: «Non sembri sorpreso».

«Oggi» ribatté Evgenij Feijodovič «non mi sorprende niente.»

«Chi ti ha assoldato?» chiese Bourne in tono brusco.

Evgenij girò la testa. «Non ti aspetterai davvero che te lo dica?»

«È stato Fadi, il saudita?»

«Non conosco nessun Fadi.»

«Però conosci Edor Vladovič Lemontov, un trafficante internazionale di stupefacenti inesistente.»

«A dire il vero non ho mai detto di conoscerlo.» Evgenij Feijodovič tornò a guardare fuori dal finestrino. A giudicare dal sole erano diretti a sudovest. «Dove stiamo andando?»

«Al cimitero.»

Evgenij ostentò una malcelata disinvoltura. «Dovrei recitare le mie ultime preghiere.»

«Ti conviene!»

Soraya guidava in modo aggressivo, pur restando entro i limiti di velocità consentiti. L'ultima cosa che volevano era attirare l'attenzione di un'autopattuglia della polizia. Finalmente uscirono dalla città e si lasciarono alle spalle la periferia di Odessa, solo per ritrovarsi in un guazzabuglio di fabbriche enormi, impianti industriali, depositi, capannoni e scali ferroviari.

Poco più avanti c'era un'interruzione nella vasta zona industriale, dove era sorto un nuovo villaggio, con negozi e case apparentemente inconsistenti tra le costruzioni gigantesche tutto intorno a lato della Statale. Soraya svoltò in una stradina laterale che ben presto si ricoprì di fogliame.

Oleksandr era accucciato nel cortile del suo padrone – un amico di Soraya – che, al momento, non si vedeva. Il Boxer alzò la testa quando la Skoda voltò nel vialetto d'accesso alla casa. La dacia alle spalle del cane era di dimensioni moderate, situata in una piccola altura, protetta dai vicini da un folto boschetto di abeti e cipressi.

Quando Soraya fermò l'auto, Oleksandr si alzò e trotterellò verso di loro. Abbaiò in segno di saluto quando vide la donna scendere dall'automobile.

«Mio Dio, ma è una bestia enorme!» esclamò sottovoce Evgenij Feijodovič.

Bourne gli rivolse un sorriso. «Benvenuto al cimitero.» Afferrò l'ucraino per il bavero e lo trascinò fuori dall'auto in cortile.

Vedendo una faccia che non conosceva, Oleksandr drizzò le orecchie e ringhiò forte. Poi scoprì i denti.

«Permettimi di presentarti il tuo carnefice.» Bourne spinse Evgenij verso il cane.

L'ucraino parve sbalordito. «Il cane?»

«Oleksandr ha assaggiato la faccia di Fadi» disse Bourne. «E da allora non ha più mangiato.»

Evgenij Feijodovič rabbrividì. Poi chiuse gli occhi. «Come vorrei essere da un'altra parte!»

«Non lo desideriamo tutti?» ribatté Bourne, in tutta sincerità. «Dimmi solo chi ti ha assoldato.»

Evgenij Feijodovič si terse la faccia sudata. «Mi ucciderà, non c'è dubbio.»

Bourne alzò la mano verso il cane. «Se non altro in questo modo avrai un po' di tempo.»

In quel momento, proprio come avevano programmato di fare, Soraya impartì a Oleksandr un comando con un gesto preciso della mano. Il cane balzò in avanti contro Evgenij, il quale si lasciò sfuggire un gridolino acuto.

All'ultimo istante Bourne abbassò la mano e afferrò il cane per il collare, trattenendolo a breve distanza dall'ucraino. La manovra costò a Bourne più di quanto avrebbe dovuto. Il corpo fu percorso da ondate di dolore, che partivano dalla ferita che aveva al fianco. Ma non si lasciò sfuggire alcuna espressione di sofferenza. Ciononostante, si accorse che gli occhi di Soraya lo scrutavano, penetranti, leggendogli dentro con gran facilità.

«Evgenij Feijodovič» disse Bourne, «come puoi chiaramente vedere, Oleksandr è grosso e molto forte. Mi sto stancando la mano. Hai ancora cinque secondi prima che lo lasci andare.»

Con la mente eccitata dall'adrenalina scatenata dal terrore, Evgenij decise in soli tre secondi: «D'accordo, tieni lontano quel cane».

Bourne gli si avvicinò con calma, trattenendo a fatica

il Boxer. Evgenij aveva gli occhi talmente sbarrati da mostrare tutto il bianco intorno alle pupille.

«Per chi lavori, Evgenij Feijodovič?»

«Si chiama Nesim Hatun.» L'ucraino non riusciva a staccare gli occhi dal cane. «Ha la base a Istanbul... nel quartiere di Sultanahmet.»

«Dove, di preciso, a Sultanahmet?» incalzò Bourne.

Evgenij si ritrasse spaventato da Oleksandr. Bourne gli aveva permesso di alzarsi sulle zampe posteriori, così da essere alto come l'ucraino. «Non lo so» rispose Evgenij. «Lo giuro. Ti ho detto tutto quello che so.»

Nel momento in cui Bourne mollò il collare di Oleksandr, il cane spiccò un poderoso balzo in avanti. Evgenij Feijodovič lanciò un urlo straziante. Una macchia scura comparve al cavallo dei pantaloni dell'ucraino mentre veniva travolto e gettato a terra.

Un attimo dopo Oleksandr era seduto sul suo torace a leccargli la faccia.

«Per quanto riguarda i porti con scalo merci ci sono due scelte» disse la dottoressa Pavlyna. «Odessa e Il'ičëvsk, sette chilometri a sudovest della città.

«Lei per quale soluzione opterebbe?» domandò Matthew Lerner. Erano a bordo dell'auto della dottoressa, diretti verso l'estremità nord di Odessa, dove si susseguivano i cantieri navali.

«Odessa è il porto più vicino» rispose Pavlyna. «Ma è anche sicuramente il posto in cui la polizia ha disposto più agenti di sicurezza. D'altro canto, Il'ičëvsk sembra più probabile perché è più lontano dalla zona della caccia all'uomo. Ci sarà giusto qualche poliziotto di zona. Inoltre è un complesso portuale più grande e attivo, con traghetti e navi con programmi orari più frequenti.»

«Allora devono essere andati a Il'ičëvsk.»

La dottoressa Pavlyna cambiò corsia, preparandosi a

effettuare un'inversione di marcia, in modo da potersi dirigere a sud. «L'unico problema saranno i blocchi stradali della polizia.»

Lasciatasi alle spalle la strada principale, Soraya proseguì il viaggio attraverso stradine secondarie, perfino certi stretti vicoli nei quali riusciva a malapena a far passare la Skoda.

«Anche così» osservò Bourne, «non escluderei la possibilità di imbatterci in un blocco tra qui e Il'ičëvsk.»

Avevano lasciato Evgenij Feijodovič nel cortile anteriore della casa dell'amico di Soraya, sorvegliato da Oleksandr. Tre ore dopo la loro partenza, quando non avrebbe comportato alcun rischio per loro, l'amico di Soraya l'avrebbe lasciato libero di andare.

«Come ti senti?» Soraya stava guidando in un dedalo di vicoli stretti bordati di capannoni industriali. Qua e là in lontananza s'intravedevano le gru su binari e galleggianti del porto di Il'ičëvsk. Quel tragitto risultava senz'altro più lento, ma anche più sicuro della strada principale.

«Sto bene» rispose Bourne, ma Soraya capì che stava mentendo. Era ancora pallido, il viso contratto dal dolore, il respiro affannoso e ansimante.

«Sono contenta di sentirlo» replicò Soraya con pesante sarcasmo. «Perché, che ti piaccia o no, ci imbatteremo in un blocco tra meno di tre minuti.»

Bourne guardò la strada. C'erano diverse automobili e camion fermi in fila per passare oltre un varco tra due autoblindo della polizia parcheggiati perpendicolarmente alla strada. Due agenti di polizia in tenuta antisommossa stavano interrogando gli occupanti delle vetture, guardando dentro i bagagliai o – nel caso dei camion – controllando i vani posteriori di carico e verificando la parte sotto gli assali. Avevano i volti tesi, ispezionavano con metodo e cura. Non lasciavano nulla al caso.

Soraya scosse il capo. «Non c'è modo di passare da qui, né posso imboccare alcuna strada alternativa. L'acqua è alla nostra destra, l'arteria a scorrimento veloce alla nostra sinistra.» L'agente speciale della CIA guardò nello specchietto laterale la coda di automezzi che si stava formando dietro di loro, tra cui vi era un'altra auto della polizia. «Non posso nemmeno invertire la marcia senza rischiare di essere fermata.»

«È ora di mettere in atto il piano B» commentò Bourne in tono cupo. «Stai attenta agli sbirri alle nostre spalle, io terrò d'occhio quelli davanti.»

Dopo aver vuotato la vescica contro il muro di mattoni di una casa, Valerij Petrovič tornò al suo posto. A lui e al suo collega era stato impartito l'ordine di verificare che nessuna vettura in coda davanti al blocco stradale tentasse un'inversione di marcia. Valerij considerava con una certa insofferenza quell'incarico. Si trovava lì non per caso, ma perché aveva vinto a carte e ai dadi un sacco di soldi al suo sergente; e quello era un tipo vendicativo. Bastava vedere cosa aveva fatto al povero Michail Arkanovič per aver mangiato per sbaglio i suoi *pierogi*, per quanto fossero rivoltanti.

Valerij Petrovič stava considerando un paio di soluzioni per rimediare alla situazione in cui si era cacciato quando vide qualcuno scendere da una Skoda sgangherata, a sette automobili di distanza dalla testa della coda. Incuriosito, il poliziotto allungò il passo accanto alle facciate dei capannoni, tenendo gli occhi incollati a quella figura. Aveva appena capito che si trattava di un uomo, quando questi si dileguò furtivamente in un sudicio vicolo tra due costruzioni. Dando un'occhiata in entrambe le direzioni, l'agente si rese conto che nessun altro aveva notato quell'uomo.

Per mezzo secondo pensò di ricorrere al walkie-talkie

per avvisare il collega riguardo a quel tipo sospetto. Tanto gli bastò per rendersi conto che quello era il suo biglietto per tornare nelle grazie del sergente. Non si sarebbe lasciato sfuggire una simile occasione lasciando che qualcun altro catturasse quello che poteva benissimo essere il fuggitivo a cui stavano dando la caccia. Non aveva nessuna intenzione di fare la fine di Michail Arkanovič. Estratta la pistola dalla fondina, si affrettò impaziente e da solo nel vicolo.

Dopo una rapida valutazione della zona alle spalle dei capannoni, Bourne aveva stabilito quale fosse la strada migliore per aggirare a piedi inosservato il blocco stradale. In circostanze normali non ci sarebbero stati problemi. In quel momento, però, le circostanze non erano affatto normali. In passato era già stato ferito durante altre missioni, ben più di una volta, ma di rado così gravemente. Durante il tragitto in auto per arrivare a casa del proprietario del cane aveva cominciato a sentir salire la febbre. Adesso era scosso dai brividi. La fronte era calda; la bocca asciutta. Aveva bisogno di riposo, e di antibiotici – un ciclo completo – per rimettersi dalla debolezza provocata dalla coltellata al fianco.

Il riposo era fuori discussione e non avrebbe saputo dove procurarsi altri antibiotici. Non avesse avuto un motivo urgente per fuggire subito da Odessa si sarebbe potuto rivolgere alla dottoressa della CIA, ma anche quella era un'ipotesi non fattibile.

Si trovava nella zona allo scoperto dietro i capannoni. Un'ampia strada asfaltata dava accesso a una fila di moli di carico. Qua e là erano sparsi autoarticolati e camion frigorifero, con la parte posteriore rivolta ai moli del porto merci o posteggiati sul lato opposto della strada di servizio, dov'erano fermi a motore spento, in attesa che tornassero i rispettivi autisti.

Mentre procedeva verso la zona parallela al blocco stradale sull'altro lato delle costruzioni alla sua sinistra, superò un paio di carrelli elevatori, evitandone le grosse casse di legno che trasportavano da una banchina di carico all'altra.

Vide il suo inseguitore – un poliziotto – riflesso nel parabrezza di un carrello elevatore. Senza perdere il passo, salì dolorosamente i gradini di una banchina di carico e passò tra due pile di scatole entrando in un capannone. Tutti i lavoratori, notò, avevano appuntate alle tute targhette identificative della capitaneria di porto.

Trovò gli spogliatoi e il modo per entrarvi inosservato. Il turno era cominciato da un po' e la saletta era deserta. Passò davanti alle file di armadietti, provando ad aprirne qualcuno a caso. Il terzo armadietto gli fornì quello che andava cercando: un'uniforme del servizio di manutenzione. La indossò, non senza essere pervaso da una serie di fitte lancinanti in tutto il corpo a partire dal fianco ferito. Cercò anche negli altri armadietti, ma non trovò nessuna targhetta identificativa. A ogni modo sapeva come rimediare a quell'inconveniente. Uscendo dagli spogliatoi, urtò di proposito un uomo che vi stava entrando, e borbottò qualche scusa. Mentre si affrettava a ritornare alle banchine di carico, si agganciò alla tuta la targhetta che aveva sottratto allo sconosciuto.

Controllò l'area circostante, ma del suo inseguitore non c'era traccia. Si allontanò a piedi, passando accanto alle cabine vuote dei camion le cui merci erano in procinto di essere scaricate sui moli di cemento, dove ogni cassa, barile o contenitore veniva poi vagliato sull'elenco del materiale di spedizione o sulla bolla di carico.

«Alt!» disse una voce alle sue spalle. «Fermo là!» Bourne vide il poliziotto al volante di uno dei muletti privo del carico. L'agente di polizia mise in moto il veicolo e puntò dritto verso di lui.

Sebbene il carrello elevatore non fosse veloce, Bourne si ritrovò comunque in svantaggio. A causa della direzione presa dal muletto, era imprigionato in uno spazio angusto, costeggiato da un lato dagli automezzi parcheggiati e dall'altro da una fila di costruzioni in blocchi di cemento grezzo simili a bunker, nelle quali avevano sede gli uffici delle ditte di spedizione.

Il traffico era sostenuto e tutti erano troppo impegnati nelle rispettive faccende per notare il carrello elevatore fuori posto rincorrere la sua preda. Ma la situazione poteva cambiare da un momento all'altro.

Bourne si voltò e si mise a correre. A ogni falcata il muletto guadagnava terreno. Evitò il muletto una volta, poi due, zigzagando per non farsi raggiungere. Le forche d'acciaio emettevano una pioggia di scintille ogni volta che sfregavano contro il muro di cemento.

Bourne aveva quasi raggiunto l'estremità delle banchine di carico più vicina al blocco stradale. Nell'ultimo vano di scarico merci c'era un enorme autoarticolato posteggiato. L'unica possibilità di fuga per Bourne era correre dritto verso la motrice, abbassarsi sulle ginocchia e passare sotto il rimorchio all'ultimo momento. Ce l'avrebbe anche fatta, ma all'ultimo istante i muscoli della gamba sinistra non ressero allo sforzo.

Barcollò, andando a sbattere contro la cabina della motrice. Un attimo dopo le punte delle forche del muletto si piantarono nella lamiera del rimorchio, non lasciando a Bourne possibilità di fuga.

Si sforzò di riprendersi, di non pensare al dolore tanto forte da impedirgli di muoversi. Il poliziotto cambiò marcia e il carrello elevatore avanzò con forza. Le due forche affondarono nella fiancata dell'autoarticolato, sospingendo Bourne contro il camion.

Ancora pochi secondi e sarebbe rimasto schiacciato tra il muletto e l'autoarticolato.

Capitolo 21

Bourne fece un respiro profondo e si girò sul fianco. Nello stesso tempo appoggiò le mani sulla piatta sommità dei due bracci anteriori del muletto, sollevando prima il torso e poi le gambe. Allargò i piedi sulla predella di metallo davanti alla cabina del carrello elevatore e si issò sul parabrezza.

L'agente di polizia innestò la retromarcia in un disperato tentativo di far cadere Bourne, ma le due forche erano penetrate in profondità nella cabina dell'autoarticolato e ora il muletto era incastrato.

Approfittando della situazione, Bourne girò intorno al parabrezza verso il lato aperto dell'automezzo. Il poliziotto estrasse la pistola e cercò di puntarla contro il fuggiasco ma, prima che avesse il tempo di premere il grilletto, Bourne gli sferrò un calcio, centrando con la punta della scarpa la testa del poliziotto. Gli slogò l'osso della mandibola.

Bourne afferrò la pistola del poliziotto e gli sferrò un pugno sul plesso solare, facendolo piegare in avanti su se stesso. Poi si voltò e saltò a terra. Il contraccolpo sulla gamba si ripercosse sul fianco ferito e la fitta che ne seguì fu quasi insopportabile.

Bourne si allontanò di corsa, superando la linea del blocco stradale attraverso il fitto boschetto per sbucare dall'altra parte. Quando raggiunse il ciglio della strada, alcuni chilometri dopo il blocco della polizia, era ormai senza fiato ed esausto. La Skoda era là ad attenderlo, la portiera del passeggero già aperta e il volto di Soraya, teso e angosciato, che lo fissava dall'interno dell'auto. Soraya lo osservò fin quando non salì a bordo dell'auto. Bourne chiuse la portiera e la Skoda ripartì.

«Stai bene?» gli chiese. «Cosa diavolo è successo?»

«Sono stato costretto ad adottare il piano C» disse Bourne. «E poi il piano D.»

«Non c'era nessun piano C e D.»

Bourne abbandonò il capo all'indietro sul poggiatesta. «È quello che intendo.»

Giunti a Il'ičëvsk sotto un banco di nubi cariche di pioggia, Lerner disse: «Mi porti al molo dove partono i traghetti. Voglio controllare la prima nave passeggeri in partenza, perché è là che Bourne è sicuramente diretto».

«Non sono d'accordo.» La dottoressa Pavlyna guidava la vettura tra le stradine del porto con la sicurezza di una persona abituata a farla più e più volte. «La struttura portuale dispone di un policlinico. Mi creda quando le dico che ormai Bourne avrà assolutamente bisogno di quello che soltanto un ospedale può offrire.»

Lerner, che non aveva mai preso un ordine da una donna in vita sua, non digeriva l'idea di accettare il suggerimento della dottoressa Pavlyna. In effetti non digeriva nemmeno che gli stesse facendo da autista e da guida. Ma per il momento serviva al suo scopo. Questo non significava che la competenza dimostrata da Pavlyna non lo mettesse di cattivo umore rendendolo sgarbato e scontroso.

Il'ičëvsk era molto estesa, un paesaggio urbano fatto di costruzioni basse, piatte, enormi capannoni, depositi e silos, impianti di stoccaggio a freddo, terminal per container e gru molto alte, galleggianti su immense chiatte. A ovest, numerosi motopescherecci erano ormeggiati ai moli, dove venivano liberati del loro carico e riparati. Il porto, costruito in una sorta di arco intorno a un'insenatura naturale in quel punto del mar Nero, comprendeva sette diversi complessi di carico e scarico merci. Sei di essi erano specializzati in settori come il ferro e l'acciaio, gli oli tropicali, il legname, i prodotti ortofrutticoli, gli oli combustibili e i fertilizzanti. Uno era un immenso silo per cereali con relative condutture per il carico diretto delle granaglie nelle stive delle navi. Il settimo complesso di carico era destinato alle navi traghetto e alle cosiddette «ro-ro», un diminutivo del termine inglese *Roll-on/Roll-off*. Queste ultime erano particolari navi traghetto, dalle dimensioni enormi, le cui stive di carico ospitavano container trasportati sia su rotaia con i treni merci sia su gomma con motrici a rimorchio, treni e camion caricati direttamente sul traghetto e alloggiati nella gigantesca stiva. Sopra il ponte destinato ai treni e ai camion c'era quello per i passeggeri, il capitano della nave e i membri dell'equipaggio. Il principale difetto nella progettazione di queste navi era l'instabilità. Bastava che pochi centimetri di acqua penetrassero all'interno della stiva per fare inclinare la ro-ro e farla affondare. Ciononostante, nessun'altra imbarcazione serviva allo scopo con la stessa efficienza, perciò quel tipo di nave traghetto continuava a essere usato in tutta l'Asia e il Medio Oriente.

Il policlinico era situato più o meno a metà strada tra il terminal 3 e il terminal 6. Era un insignificante edificio su due piani. La dottoressa Pavlyna accostò di fianco all'ospedale e spense il motore.

Si voltò verso Lerner e disse: «Entrerò da sola. Così non ci saranno problemi con gli agenti di sicurezza».

Proprio mentre la dottoressa si apprestava ad aprire la portiera, Lerner l'afferrò per un braccio. «Credo sia meglio che l'accompagni.»

La dottoressa Pavlyna abbassò lo sguardo sulla mano del collega un momento prima di ribattere: «Sta rendendo tutto più difficile. Lasci che me ne occupi io. Conosco chi lavora qui dentro».

Lerner aumentò la presa sul braccio. Il suo ghigno rivelò una robusta dentatura. «Se conosce chi ci lavora, dottoressa, la sicurezza non farà storie. Dico bene?»

Lei gli riservò una lunga occhiata, come se lo vedesse per la prima volta. «C'è qualche problema?»

«Non da parte mia.»

La dottoressa Pavlyna liberò il braccio dalla sua stretta. «Se ci sono problemi dovremmo risolverli ora. Stiamo operando sul campo...»

«So benissimo dove siamo, dottoressa.»

«... dove i fraintendimenti e i malintesi possono provocare errori fatali.»

Lerner scese dall'auto e si avviò verso la porta d'ingresso del policlinico. Poco dopo udì le scarpe della dottoressa Pavlyna far scricchiolare la ghiaia prima che lo raggiungesse sull'asfalto.

«Può anche essere stato mandato sul posto dal direttore, ma io resto comunque la caposezione locale.»

«Per il momento» replicò Lerner in tono spensierato.

«È una minaccia?» La dottoressa Pavlyna non ebbe esitazioni di sorta. Uomini di ogni risma avevano tentato di intimidirla fin da quando era bambina. Si era presa il suo bagaglio di percosse in gioventù prima di imparare a rendere pan per focaccia con il suo arsenale di armi. «Lei è ai miei ordini, qui. Lo capisce, vero?»

Lerner si attardò qualche istante davanti alla porta. «Capisco che devo trattare con lei mentre sono qui.»

«Lerner, lei è stato sposato?»

«Sposato e divorziato. Felicemente.»

«Come mai la cosa non mi sorprende?» Quando la dottoressa tentò di passargli davanti, Lerner la fermò afferrandola ancora per il braccio.

Pavlyna disse: «Non le piacciono molto le donne, eh?».

«Non quelle che credono di essere degli uomini.»

Stabilito come la pensava, le lasciò andare il braccio.

La dottoressa aprì la porta, ma per un attimo sbarrò l'ingresso del collega con il suo corpo. «Per amor di Dio, tenga chiusa la bocca, altrimenti comprometterà ogni cosa.» Ciò detto, si fece da parte per lasciarlo entrare. «Perfino un retrogado come lei dovrebbe arrivare a capirlo.»

Con il pretesto di un aggiornamento su una missione speciale, Karim al Jamil si procurò un invito a colazione con il Grande Vecchio. Non che non avesse pronte questioni da sottoporgli, ma la missione era una montatura, e tutto ciò che gli avrebbe detto era frutto della sua fantasia. D'altra parte, però, rifilare falsità al direttore della CIA a colazione gli procurava un indescrivibile piacere. I ricordi che il dottor Veintrop aveva «trapiantato» artificialmente nel subconscio di Bourne avevano portato il soggetto al cosiddetto «punto d'agguato». In un modo o nell'altro Bourne si era ripreso quanto bastava per sparare a quattro agenti, uccidendoli tutti, e sfuggire a Fadi. Ma suo fratello era riuscito a vibrargli una coltellata al fianco. A quel punto Bourne era vivo o morto? Se Karim al Jamil avesse potuto scommetterci, avrebbe puntato una cifra molto alta sulla prima possibilità.

Arrivato all'ultimo piano della sede centrale della CIA si costrinse a riprendere il ruolo di Martin Lindros.

Perfino durante una crisi, il Grande Vecchio consumava i suoi pasti come d'abitudine.

«Restare incatenato alla stessa scrivania, a fissare per ore e ore lo stesso monitor, un giorno dopo l'altro, basta e avanza per fare ammattire un uomo» dichiarò mentre Karim al Jamil si accomodava di fronte a lui. Il piano era diviso in due. L'ala ovest era destinata a una palestra privata e a una piscina olimpionica. Quella est, dove si trovavano in quel momento, ospitava alloggi privati off limits per chiunque tranne che per il Grande Vecchio.

Erano nella sala in cui i direttori dei sette dipartimenti, di tanto in tanto, erano stati invitati a turno. Aveva l'aspetto e l'atmosfera di una serra, con pavimento in cotto e un alto grado di umidità, l'ideale per ospitare un'ampia varietà di piante tropicali e orchidee. Chi fosse a curarle era materia di ipotesi fantasiose e leggende; nessuno lo sapeva veramente, proprio come nessuno sapeva chi occupava la dozzina di uffici a ingresso off limits dell'ala est, ammesso che lì dentro ci fosse qualcuno.

Naturalmente questa era la prima volta che Karim al-Jamil era ammesso al cosiddetto «Circuito del gerbillo», come veniva chiamata la misteriosa ala est dell'ultimo piano. Per quale motivo quel nome? Perché il direttore possedeva tre gerbilli in tre diverse gabbiette, l'una di fianco all'altra. In ognuna era recluso un gerbillo che come unico svago disponeva di una ruota sulla quale correva incessantemente. Un po' come gli agenti della CIA.

Quei due o tre direttori che si lasciavano andare a parlare delle loro colazioni con il Grande Vecchio affermavano che questi trovava rilassante osservare i gerbilli al lavoro: un po' come fissare un pesce in un acquario. Tra gli agenti però l'ipotesi più accreditata era che al direttore piaceva, in un modo quasi perverso, ricordare che, come nell'antico mito greco di Sisifo, il lavoro della CIA era senza lode né fine.

«D'altro canto» stava dicendo il Grande Vecchio in quel momento, «il tipo di lavoro in sé può far impazzire un uomo.»

La tavola era apparecchiata con una tovaglia inamidata di un bianco immacolato, due tazze e piattini di porcellana, un cestino di croissant e ciambelle alla crema, due caraffe, una di caffè forte appena preparato, l'altra di Earl Grey, il tè preferito dal Grande Vecchio.

Karim al Jamil si servì il caffè, che bevve nero. Al direttore piaceva il tè all'inglese, con latte e molto zucchero. Non c'era traccia di cameriere, ma un carrello portavivande d'acciaio cromato era accanto al tavolo, per tenere in caldo le caraffe.

Sfogliando le carte che aveva portato con sé, Karim al

Jamil domandò: «Comincio ora l'aggiornamento o aspetto Lerner?».

«Lerner non ci farà compagnia» rispose il direttore con aria enigmatica.

Karim al Jamil cominciò. «Le unità Skorpion sono a tre quarti di strada dalla destinazione nella regione di Shabwah, nello Yemen del Sud. Il reparto di Marine d'appoggio, di stanza a Gibuti, è stato mobilitato.» Karim guardò l'orologio. «Venti minuti fa sono atterrati a Shabwah e sono in attesa di ordini da parte dei comandanti delle nostre unità Skorpion.»

«Eccellente.» Il direttore si riempì una seconda volta la tazza di tè e vi versò un goccio di latte e lo zucchero. «Ci sono progressi nell'individuazione della località specifica dei trasbordi di materiale?»

«Ho incaricato due squadre della Typhon di analizzare separatamente due diversi pacchetti di informazioni. Al momento siamo piuttosto sicuri che l'impianto nucleare segreto della Dujja si trovi in un punto non ancora precisato entro un raggio di ottanta chilometri dall'obiettivo.»

Il direttore stava fissando le tre gabbie contenenti i suoi laboriosi gerbilli. «Non è possibile restringere il campo con maggior precisione?»

«L'ostacolo principale è rappresentato dalle montagne. Tendono a distorcere e riflettere i segnali elettronici. Ma stiamo lavorando per scoprire qualcosa al più presto.»

Il Grande Vecchio annuì con aria assente.

«Signore, se posso chiederlo, a cosa sta pensando?»

Per un attimo parve che l'anziano direttore della CIA non avesse nemmeno sentito la sua domanda. Poi girò la testa, incrociando lo sguardo di Karim al Jamil. «Non saprei, ma ho come la sensazione che mi sfugga qualcosa... qualcosa di importante.»

Karim al Jamil mantenne il respiro regolare e non cambiò espressione per non tradire alcun segno di costernazione. «C'è niente che possa fare per aiutarla, signore? Se si tratta di Lerner...»

«Perché nomini proprio Lerner?» domandò il direttore in tono un po' troppo precipitoso.

«Non abbiamo mai parlato del fatto che ha preso il mio posto alla testa della Typhon.»

«Tu eri scomparso e la Typhon era priva di direttore.»

«E lei ha pensato bene di mettervi a capo un estraneo?»

Il Grande Vecchio depose la tazza di tè sul piattino, producendo un rumore sgradevole. «Stai contestando la mia scelta, Martin?»

«Assolutamente no.» Sii prudente, pensò Karim al Jamil. «Ma mi ha fatto un certo effetto vederlo seduto sulla mia poltrona quando sono tornato.»

Il Grande Vecchio corrugò la fronte. «Sì, posso capirlo.»

«E ora, nel bel mezzo di quest'ultima crisi, Lerner è sparito nel nulla.»

«Servi la colazione, ti spiace, Martin?» disse il direttore. «Ho fame.»

Karim al Jamil aprì il carrello portavivande e prese due piatti con uova e pancetta. Mancò poco che vomitasse a quella vista. Non si era mai abituato alla carne suina, tanto meno alle uova fritte nel burro. Mentre appoggiava un piatto davanti al direttore, disse: «Se ancora si dubita di me dopo quello che ho passato lo capisco benissimo».

«Non si tratta di questo» ribatté il Grande Vecchio, di nuovo un po' troppo precipitoso.

Karim al Jamil sistemò sul tavolo il proprio piatto. «Allora cosa c'è in ballo? Gradirei saperlo. I misteri fra lei e Matthew Lerner mi fanno sentire di non avere la sua piena fiducia.»

«Considerata l'importanza che ha per te questa cosa, Martin, ti farò una proposta.»

Il Grande Vecchio si interruppe un momento per masticare una forchettata di uova e pancetta, deglutire e pulirsi le labbra secondo la pessima imitazione di un gentiluomo inglese.

Karim al Jamil provò quasi dispiacere per il vero Martin Lindros, che si doveva adeguare a simili atteggiamenti a pranzo. «E dicono che noi siamo barbari!»

«So che al momento sei oberato di lavoro» proseguì il direttore. «Ma se riuscissi a trovare il modo di svolgere con discrezione una piccola indagine per conto mio...»

«Chi o cosa?»

Il direttore tagliò con il coltello un altro boccone di uova e vi pose sopra con la forchetta un pezzo di pancetta abbrustolita. «Di recente mi è giunto all'orecchio, attraverso certi canali non ufficiali, che ho un nemico nell'ambiente politico di Washington.»

«Dopo tanti anni a capo della CIA» osservò Karim al Jamil, «l'elenco dei nemici deve essere piuttosto lungo.»

«Naturalmente, ma questo è un avversario ostinato. Devo avvisarti di fare estrema attenzione. È molto influente.»

«Mi auguro che non sia il presidente» disse Karim scherzando.

«No, ma è molto vicino al presidente.» Il Grande Vecchio non aveva riso alla sua battuta ed era serissimo. «È il segretario della Difesa, Ervin Reynolds Halliday, soprannominato "Bud" nella cerchia dei suoi tirapiedi. Dubito molto che abbia veri amici.»

«E chi li ha in questa città?»

Il direttore emise una delle sue rarissime risate. «Parole sante.» Si infilò in bocca una forchettata di uova e pancetta, masticò adagio e trasferì il boccone in una sola guancia per continuare a parlare. «Tu e io, Martin, siamo amici. O qualcosa di molto simile a due amici, comunque. Perciò questo accordo resta tra noi.»

«Può contare su di me, signore.»

«So di poterlo fare, Martin. La cosa migliore che ho fatto negli ultimi dieci anni è stata agevolare la tua ascesa al vertice della scala gerarchica della CIA.»

«Apprezzo molto la fiducia che mi ha concesso, signore.»

Il direttore fece come se non avesse sentito il commento dell'uomo che aveva di fronte. «Dopo che Halliday e il suo fedele pit bull, LaValle, hanno tentato di tendermi un'imboscata nella Sala Bellica presidenziale, ho fatto alcune ricerche. Ho scoperto che quei due bastardi stanno organizzando in segreto servizi di intelligence paralleli. Stanno invadendo il nostro campo di competenza.»

«Il che significa che dobbiamo fermarli.»

Gli occhi del Grande Vecchio diventarono due fessure. «Proprio così, Martin. Disgraziatamente hanno già fatto la loro prima mossa, non potevano scegliere momento peggiore: quando la Dujja sta per attuare un attentato su scala mondiale.»

«Forse è stato premeditato.»

Il direttore ripensò all'agguato subito nella Sala Bellica della Casa Bianca. Non c'era dubbio che Halliday e LaValle stessero cercando di metterlo in imbarazzo davanti al presidente. Ritornò col pensiero al presidente che si abbandonava contro lo schienale della poltrona, predisponendosi ad assistere in silenzio al loro scambio polemico. Si era già schierato dalla parte del segretario della Difesa? Voleva che il controllo della CIA fosse assunto dal Pentagono? Il Grande Vecchio rabbrividì solo all'idea di militari al comando della raccolta di informazioni segrete. Non riusciva neppure a immaginare quali libertà si sarebbero presi Halliday e LaValle disponendo di maggiori poteri. C'era una ragione validissima perché il Pentagono e la CIA avessero poteri separati e autonomi. Senza quella suddivisione il rischio di instaurazione di uno stato di polizia era reale e imminente.

«Che genere di informazioni sta cercando?»

«Sporche.» Il direttore deglutì. «Più sono marce, meglio è.»

Karim al Jamil annuì. «Mi servirà qualcuno che...»

«Chiunque tu voglia. Dimmi il nome.»

«Anne Held.»

Il direttore fu colto alla sprovvista. «La *mia* Anne Held?» chiese, stupito. Poi scosse vigorosamente la testa. «Scegli qualcun altro.»

«Ha appena detto di usare "discrezione". Non posso impiegare un agente speciale. O è Anne o non se ne fa niente.»

Il direttore lo scrutò a fondo per cogliere un eventuale segno di bluff. Apparentemente, non ne trovò. «D'accordo» concesse.

«E adesso mi dica tutto di Matthew Lerner.»

Il Grande Vecchio lo fissò per qualche secondo negli occhi. «Si tratta di Bourne.»

Dopo un lungo momento di imbarazzo durante il quale l'unica cosa che si udiva era il rumore prodotto dai gerbilli che giravano all'impazzata sulle loro ruote, Karim al Jamil soggiunse in tono pacato: «Che cosa c'entra Jason Bourne con Matthew Lerner?».

Il direttore depose il coltello e la forchetta sul piatto. «So che cos'ha significato Bourne per te, Martin. Hai un certo rapporto, per quanto inspiegabile, con lui. Il fatto puro e semplice è che Bourne è il peggior genere di veleno per la CIA. Di conseguenza, ho mandato Lerner a eliminarlo.»

Per un attimo Karim al Jamil stentò a credere alle sue orecchie. Il direttore aveva assoldato Lerner per far fuori Bourne? Per sottrarre a lui e a suo fratello la soddisfazione di una vendetta a lungo covata e meticolosamente ideata? No, non avrebbe permesso niente del genere.

La rabbia omicida – quella che suo padre definiva il «vento del deserto» – si impossessò di lui. Dall'esterno, l'unico segno che un occhio esperto avrebbe saputo cogliere di quel tumulto interiore sarebbe stato una fugace dilatazione delle narici, che in ogni caso il suo interlocutore, avendo ripreso a mangiare, mancò di notare.

Karim al Jamil tagliò le uova e guardò il tuorlo, che

aveva una macchiolina rossa sulla superficie, spandersi sul piatto.

«È stata una mossa avventata» fu il suo commento non appena ebbe ripreso il pieno controllo delle sue emozioni. «Le avevo assicurato che avrei troncato i miei rapporti con lui.»

«Ci ho riflettuto e sono giunto alla conclusione che non era la decisione adatta.»

«Avrebbe dovuto parlarne con me.»

«Avresti solo cercato di convincermi a ripensarci» replicò il direttore in tono brusco. Era chiaramente compiaciuto del modo in cui aveva risolto al meglio una situazione delicata. «Ormai è troppo tardi. Non puoi più fermare l'ingranaggio, Martin. Perciò non provarci nemmeno.» Il Grande Vecchio si pulì la bocca col tovagliolo. «Il bene del gruppo viene prima dei desideri dell'individuo. Lo sai benissimo come chiunque altro qui dentro.»

Karim al Jamil rifletté sull'estrema pericolosità di ciò che il direttore della CIA aveva messo in moto. Oltre a costituire una minaccia alla loro personale vendetta, la presenza di Lerner sul campo costituiva un fattore imprevedibile, un elemento che né lui né Fadi avevano preso in considerazione. Il nuovo scenario minacciava il successo del loro piano. Aveva appreso da Fadi – attraverso un canale criptato che sfruttava in segreto il sistema di comunicazioni esterno della CIA – che suo fratello aveva accoltellato Bourne. Se la faccenda non fosse stata subito risolta, correvano il rischio che Lerner venisse a sapere dell'agguato che aveva subito Bourne e, logicamente, cercasse di scoprire l'identità di chi aveva tentato di ucciderlo. Oppure, se avesse scoperto che Bourne era già stato ucciso, avrebbe voluto sapere chi era l'assassino. In ogni caso, questo avrebbe condotto a pericolose complicazioni.

Alzandosi da tavola, Karim al Jamil disse: «Ha considerato la possibilità che Bourne uccida Lerner?».

«Ho incaricato Lerner proprio per via della sua reputazione.» Il Grande Vecchio sollevò la tazza, notò che il tè si era freddato e tornò a deporla sul piattino. «Gli uomini del suo stampo non esistono più.»

Lo stesso si può dire di Bourne, pensò Karim al Jamil, non senza amarezza.

Notando il sangue fresco sul sedile dell'auto, Soraya disse: «A quanto pare ti sono saltati un paio di punti. Non ce la farai a proseguire senza cure mediche».

«Scordatelo» ribatté Bourne. «Dobbiamo filarcela di qui al più presto. Il cordone di polizia si stringerà sempre più.» Bourne si guardò intorno. «E poi dove lo trovo un dottore da queste parti?»

«Al porto c'è un policlinico.»

Soraya attraversò Il'ičëvsk e parcheggiò a fianco di una costruzione a due piani, accanto a una Skoda Octavia RS ultimo modello. Si accorse delle terribili smorfie di dolore di Bourne quando scese dall'auto. «Sarà meglio entrare dall'ingresso laterale.»

«Questo non ci eviterà comunque problemi con il servizio di sicurezza» disse Bourne. Strappandosi una parte della fodera del cappotto, estrasse un pacchetto sigillato. Lacerata la confezione, tirò fuori una serie di documenti di identificazione. Poi passò rapidamente in rassegna il contenuto della busta, anche se durante il viaggio in aereo aveva memorizzato tutti i documenti falsi procuratigli da Deron. «Adesso mi chiamo Mykola Petrovič Tuz. Sono un generale di brigata del DZND, il Dipartimento per la Protezione della Sicurezza Statale e antiterrorismo dell'SBU.» Si avvicinò a Soraya e la prese per un braccio. «Ecco come faremo. Tu sei mia prigioniera. Una terrorista cecena.»

«In questo caso» disse Soraya, «sarà meglio che metta sul capo questo foulard nero.»

«Nessuno ti degnerà di uno sguardo e tanto meno ti

faranno domande» spiegò Bourne. «Saranno solo spaventati a morte.»

Bourne aprì la porta del policlinico e spinse con durezza Soraya davanti a sé. L'infermiere chiamò subito un addetto alla sicurezza.

Bourne mostrò le sue credenziali del DZND. «Generale di brigata Tuz» disse in tono brusco. «Mi hanno inferto una coltellata e ho bisogno di un dottore.» Vide gli occhi dell'addetto alla sicurezza dardeggiare verso Soraya. «Questa donna è mia prigioniera. È una kamikaze cecena.»

L'addetto alla sicurezza impallidì all'istante poi disse: «Da questa parte, prego, generale».

L'uomo parlò brevemente nel suo walkie-talkie, dopo di che li accompagnò lungo una serie di corridoi fino a una saletta da visita medica tipica di un pronto soccorso.

L'addetto indicò il lettino. «Ho avvertito il direttore del policlinico. Si accomodi pure, generale.» Innervosito dal presunto grado militare di Bourne e dalla presenza di Soraya, l'uomo estrasse la pistola e la tenne sotto tiro. «Mettiti là contro quel muro mentre visitano il generale.»

Bourne mollò il braccio a Soraya, rivolgendole un cenno d'assenso quasi impercettibile. Lei andò nell'angolo della saletta e sedette su una sedia mentre l'addetto alla sicurezza cercava di tenerla d'occhio senza guardarla direttamente in faccia.

«Un generale di brigata dell'SBU» disse il direttore del policlinico seduto dietro la scrivania. «Non può essere di certo il vostro uomo.»

«Giudicheremo noi» ribatté Matthew Lerner in un russo passabile.

La dottoressa Pavlyna lo fulminò con un'occhiata incendiaria prima di rivolgersi di nuovo al funzionario. «Ha detto che ha subito una ferita da taglio?»

L'amministratore annuì. «È ciò che mi hanno appena riferito.»

La dottoressa si alzò dalla sedia. «Allora credo che dovrei vederlo.»

«Ci andremo insieme» disse Lerner. Il vicedirettore ad interim della CIA era rimasto in piedi a ciondolare presso la porta.

«Sarebbe imprudente.» Il tono con cui ribatté Pavlyna conteneva un'enfasi significativa per Lerner.

«Concordo.» Il direttore dell'ospedale si alzò e girò intorno alla scrivania. «Se il paziente è davvero chi dice di essere sarei io ad andarci di mezzo per violazione al regolamento sulla privacy.»

«Ciononostante» insistette Lerner, «accompagnerò ugualmente la dottoressa.»

«Mi costringerà a chiamare il servizio di sicurezza» replicò in tono severo il funzionario. «Il generale non ha idea di chi lei sia o del motivo della sua presenza. In effetti, potrebbe ordinare il suo arresto immediato o perfino che le sparino addosso. Non voglio che accada nulla del genere nel mio policlinico.»

«Resti qui» disse la dottoressa Pavlyna, rivolta a Lerner. «L'avvertirò per telefono non appena avrò stabilito l'identità del paziente.»

Lerner non disse nulla quando la dottoressa Pavlyna e il direttore uscirono dall'ufficio. Ma non aveva nessuna intenzione di starsene fermo a girarsi i pollici, lasciando che la dottoressa assumesse il comando dell'operazione. La donna non conosceva il vero motivo per cui lui si trovasse a Odessa né del perché stesse cercando Jason Bourne. Neppure un solo istante aveva creduto che il paziente fosse una persona diversa da Bourne. Un generale di brigata della polizia segreta ucraina proprio lì con una ferita di coltello nel fianco? Impossibile.

Non avrebbe permesso che la dottoressa Pavlyna creasse scompiglio. La prima cosa che avrebbe detto a Bourne sarebbe stata che Matthew Lerner – cioè lui – era stato mandato d'urgenza da Washington a cercarlo. Questo avrebbe fatto scattare subito una serie di campanelli d'allarme nel cervello di Bourne. Quel bastardo avrebbe tolto l'incomodo dal policlinico prima di dargli il tempo di raggiungerlo. E poi sarebbe stato molto più difficile da localizzare.

Il problema era che non sapeva dov'era il paziente. Andò alla porta, fermò la prima persona che passava in corridoio e chiese dove fosse in cura il generale di brigata. L'infermiera gli indicò la direzione. Lerner la ringraziò e risalì il corridoio talmente concentrato su quel che aveva da fare che non vide la ragazza impugnare il ricevitore di un telefono a parete, e chiedere di parlare con il direttore.

«Buongiorno, generale. Sono la dottoressa Pavlyna» disse nell'attimo stesso in cui varcò la soglia della saletta da visita. Poi, rivolgendosi al direttore, aggiunse: «Non è il nostro uomo».

Seduto sul lettino sanitario, Bourne non vide nulla negli occhi della donna che gli rivelasse che stava mentendo, ma quando la vide dardeggiare lo sguardo in direzione di Soraya, si affrettò a dire: «Stia lontana dalla mia prigioniera, dottoressa. È pericolosa».

«Prego, generale, si distenda.» Mentre Bourne obbediva, la dottoressa Pavlyna indossò un paio di guanti in lattice da chirurgo, tagliò la camicia di Bourne impregnata di sangue e cominciò a levare con cautela la fasciatura insanguinata. «È stata la donna a ferirla con il coltello?»

«Sì» disse Bourne.

La dottoressa palpeggiò delicatamente la zona circostante la ferita, saggiando la soglia di sofferenza di Bourne. «Chiunque abbia eseguito questi punti di sutura ha fatto un lavoro eccellente.» Pavlyna guardò Bourne negli occhi. «Ma lei si deve essere mosso un po' troppo. Dovrò sistemare la parte in cui i punti si sono aperti.»

Il direttore mostrò alla dottoressa dov'erano le attrezzature mediche e aprì con una chiave l'armadietto a vetri dov'erano riposti i farmaci. Pavlyna scelse un flacone dal secondo ripiano, contò quattordici pastiglie e le avvolse in un pezzo di carta. «Voglio anche che prenda queste. Una pastiglia due volte al giorno per una settimana. È un antibiotico ad ampio spettro, molto efficace, per eliminare il rischio di infezioni. La prego di prenderle e attenersi alla dose prescritta.»

Bourne prese il pacchettino e lo ripose in tasca.

La dottoressa Pavlyna prese poi una bottiglietta di disinfettante, alcune compresse di garza sterile, ago e filo da sutura. Appoggiò tutto sul tavolo. Poi preparò una siringa.

«E questo cos'è?» domandò Bourne.

«Anestetico.» La dottoressa gli punse il fianco con la siringa e iniettò il liquido. Di nuovo, guardò fisso negli occhi Bourne. «Non si preoccupi, generale. Agisce a livello locale. Eliminerà il dolore, ma non indebolirà la reattività mentale o fisica.»

Mentre la dottoressa dava inizio all'operazione di sutura, il telefono interno a parete trillò in tono discreto. Il funzionario andò a rispondere, impugnò il ricevitore e rimase un momento in ascolto. «Va bene, ho capito. Grazie, infermiera» poi riagganciò il ricevitore.

«Dottoressa Pavlyna» disse. «A quanto pare il suo amico non ce l'ha fatta a reprimere la propria impazienza. Sta venendo qui.» L'uomo si diresse alla porta. «Mi occupo io di lui» aggiunse e uscì dalla saletta.

«Quale amico?» domandò Bourne.

«Nulla di cui preoccuparsi, generale» rispose la dottoressa Pavlyna. Poi gli lanciò un'occhiata significativa. «Un suo amico della sede centrale.»

Strada facendo verso la saletta in cui il paziente stava ricevendo le cure mediche, Lerner passò davanti ad altre tre stanze. Si prese il tempo necessario per spiare all'interno di ognuna. Stabilito che erano identiche, memorizzò l'ambiente interno e la disposizione dell'arredamento: il lettino sanitario, le sedie, l'armadio a vetri, gli armadietti, il lavandino... Conoscendo la fama di Bourne, sapeva di avere solo un'occasione per fargli saltare le cervella.

Estrasse la Glock dalla fondina e avvitò sulla canna il silenziatore. Avrebbe preferito non usarlo, perché avrebbe limitato la gittata e la precisione del colpo, ma in quell'ambiente non aveva altra scelta. Se voleva portare a termine la missione e uscire vivo dall'edificio doveva uccidere Bourne senza creare scompiglio. Dal momento in cui il direttore della CIA gli aveva assegnato quell'incarico, sapeva che non sarebbe riuscito neppure con la tortura a strappare informazioni a Bourne. Il modo migliore per eliminarlo era spararargli con quanta più rapidità ed efficienza possibile, senza dargli la minima possibilità di reagire.

In quell'istante il direttore del policlinico svoltò l'angolo del corridoio e si trovò di fronte a lui. Aveva un'espressione di disapprovazione dipinta sul volto.

«Mi scusi, ma le è stato chiesto di restare nel mio ufficio finché non l'avessero avvertita telefonicamente» disse, affrontando Lerner di petto. «Devo chiederle di tornare subito...»

Lerner vibrò un colpo violento con la canna della pistola alla tempia dell'uomo. Questi stramazzò al suolo in modo scomposto e privo di sensi. Lerner prese l'uomo per il bavero e lo trascinò in una delle salette vuote, dove lo abbandonò dopo aver chiuso la porta.

Tornò in corridoio e percorse il resto del tragitto fino alla destinazione finale senza ulteriori intralci. In piedi, davanti alla porta chiusa, si predispose mentalmente a compiere un omicidio in modo freddo e calcolato. Afferrata la maniglia della porta con la mano libera, la abbassò lentamente e la tenne ferma. La tensione omicida invadeva ogni parte del suo corpo.

Di colpo, lasciò andare la maniglia, spalancò la porta con un calcio, entrò nella saletta con una sola, ampia falcata. Premette tre volte il grilletto in rapida successione contro la sagoma umana distesa sul lettino.

Capitolo 22

Lerner impiegò qualche decimo di secondo per comprendere quello che gli occhi gli comunicavano. Vide i rotoli di materiale sanitario disposti sul lettino.

Nell'intervallo di tempo tra l'azione e la reazione del killer, Bourne, in piedi a lato della porta, gli piantò nel collo una siringa piena di un potente anestetico. Lerner, rompendo la siringa prima che Bourne avesse il tempo di iniettargli l'intera dose, si gettò a corpo morto su Bourne.

Jason lo colpì un paio di volte. Lerner premette involontariamente il grilletto della Glock. Il proiettile colpì al torace l'addetto alla sicurezza.

«Cosa sta facendo?!» strillò la dottoressa Pavlyna. «Aveva detto...» Lerner, sferrando una gomitata al fianco sanguinante di Bourne, le sparò in fronte a bruciapelo. Il corpo della dottoressa fu scaraventato all'indietro nelle braccia di Soraya.

Bourne cadde sulle ginocchia, il dolore era insopportabile. Mentre Lerner afferrava Bourne per il collo, Soraya lanciò contro il collega della CIA la sedia su cui era stata seduta fino a quel momento. Lerner mollò la presa e barcollò all'indietro, sparando in aria a casaccio. L'agente Moore vide la pistola dell'addetto alla sicurezza morto sul pavimento, oltre il lettino e, per una frazione di secondo, pensò di correre a prenderla. Lerner, ripresosi dal colpo con spaventosa rapidità, si frappose inconsapevolmente tra lei e l'arma.

Dal momento che Lerner pareva un po' stordito, Soraya si lanciò verso Bourne, lo alzò di peso e uscì dalla saletta insieme a lui. Un paio di pallottole esplose dalla pistola col silenziatore scrostavano di striscio la parete accanto alla quale stavano correndo i due fuggitivi.

Una volta fuori dall'edificio, Soraya spinse Bourne sul sedile del passeggero della Skoda, e si mise al volante. Avviò il motore e, in uno stridio di pneumatici e tra i sassolini di ghiaia che schizzavano tutto intorno, inserita la retromarcia effettuò un testacoda e ripartì a tutta velocità.

Appoggiato al lettino sanitario, Lerner si rimise in piedi barcollando. Scosse la testa, cercando di schiarirsi le idee. Si portò la mano al collo per estrarre la siringa rotta ancora conficcata nella carne. Che cosa gli aveva iniettato Bourne?

Restò fermo in piedi alcuni secondi, malfermo sulle gambe. Si aggrappò al lettino per non perdere l'equilibrio. Preso da capogiri, si diresse verso il lavandino, dove si sciacquò la faccia. L'unico risultato fu quello di rendere ancor più annebbiata la sua vista. Poi scoprì che faceva fatica a respirare.

Muovendo alla cieca la mano sul bancone, tastò un piccolo contenitore di vetro. Lo afferrò e se lo mise davanti agli occhi, a un dito dal naso. Midazolam. Era questa la sostanza che Bourne gli aveva iniettato. Un anestetico ad azione rapida, con effetto quasi immediato e totale, studiato per indurre il sonno prima delle operazioni chirurgiche. Sapeva, però, come neutralizzarne gli effetti. Andò all'armadietto dei farmaci e vi rovistò finché non trovò una fiala di epinefrina, il componente chimico di base dell'adrenalina. Prese le siringhe sterili, ne tolse una dalla confezione di cellophane, aspirò il farmaco e spruzzò qualche goccia di liquido dalla punta dell'ago per eliminare eventuali bolle d'aria che potevano essersi formate all'interno e si fece l'iniezione.

L'intontimento e il senso di vertigine svanirono in un

attimo. Tornò a respirare normalmente. Si abbassò sulle ginocchia accanto al cadavere della dottoressa Pavlyna e, frugandole addosso, trovò le chiavi dell'auto.

Pochi minuti dopo, ritrovata la strada che conduceva alla porta laterale del policlinico, uscì all'aperto. Avvicinandosi alla vettura della dottoressa, notò nella ghiaia i solchi paralleli prodotti da una macchina ripartita sgommando. Le tracce di pneumatici andavano verso lo scalo dei traghetti.

Istruito a suo tempo dalla dottoressa Pavlyna circa le strutture presenti nel porto di Il'ičëvsk, Lerner sapeva con precisione dov'era diretto Bourne. Vide di fronte a sé un'enorme nave traghetto ro-ro. Con la vista ancora un po' annebbiata, lesse il suo nome: *Itkursk*.

Lerner sogghignò. Dopotutto, gli si parava davanti una seconda occasione per uccidere Bourne.

Il capitano della ro-ro *Itkursk* fu più che lieto di accogliere a bordo il generale M.P. Tuz del DZND e la sua affascinante assistente. Assegnò loro la cabina di lusso riservata ai VIP, una cabina con oblò e toilette privata. Le pareti erano bianche, ricurve verso l'interno come lo scafo della nave traghetto. Il pavimento era di assi di legno consunte dall'uso. C'erano un letto matrimoniale, uno scrittoio, due sedie, uno stretto armadio con appendiabiti e un bagno.

Dopo essersi levato il cappotto, Bourne sedette sul letto. «Tutto bene?»

«Stenditi.» Soraya buttò il soprabito su una sedia ed estrasse un ago ricurvo da chirurgo e un rocchetto di filo da sutura. «Ho del lavoro da sbrigare.»

Bourne fece come richiesto. Sentiva tutto il corpo in fiamme. Con la sadica competenza di un professionista, Lerner gli aveva sferrato una gomitata al fianco in modo da procurargli il dolore più forte. Bourne annaspò in cerca d'aria quando Soraya si mise all'opera per ricucirlo una seconda volta.

«Lerner ti ha fatto una bella sorpresa» osservò Soraya. «Cosa ci fa qui? Cosa diavolo crede di fare tentando di ucciderti?» Bourne fissava il basso soffitto della cabina. Era abituato ai tradimenti della CIA e ai tentativi di eliminarlo fisicamente. In un certo qual modo si era reso immune alla calcolata inumanità dell'Agenzia. Ma una parte di sé trovava difficile accettare l'ipocrisia dell'organizzazione. Il direttore della CIA era spesso pronto a ricorrere a lui quando non disponeva di altre risorse, ma la sua ostilità nei suoi confronti era evidente.

«Lerner è il mastino personale del Grande Vecchio» disse Bourne. «Posso supporre che è stato mandato qui con lo scopo di eseguire un ordine di eliminazione fisica.»

L'agente Moore lo fissò negli occhi. «Come puoi affermare una cosa del genere e mantenere la calma?»

Bourne fece una smorfia quando l'ago gli passò nella carne e il filo di sutura nel foro. «È l'unico modo per valutare questa situazione in modo oggettivo e distaccato.»

«Ma la tua stessa agenzia governativa...»

«Soraya, mettiti in testa che non ho mai fatto parte della CIA. Mi hanno arruolato attraverso un gruppo speciale che si occupava di operazioni top secret. Lavoravo a stretto contatto solo con il mio addestratore, non con il Grande Vecchio né con altri all'interno dell'Agenzia. La stessa cosa vale per Martin. Non è mai stato il mio superiore. In base al rigido codice della CIA sono considerato un individualista, un cane sciolto. Uno senza guinzaglio e perciò imprevedibile.»

Soraya lo lasciò solo per andare un momento in bagno. Pochi secondi dopo tornò con un guanto di spugna che aveva inzuppato di acqua calda. Premette il guanto sulla ferita appena ricucita finché il sangue cessò di uscire.

«Jason» disse. «Guardami. Perché non mi guardi?»

«Perché» rispose lui, fissando lo sguardo negli occhi

dal taglio mediorientale di Soraya «quando ti guardo non vedo affatto te. Vedo la mia Marie.»

Soraya si sedette sulla sponda del letto. «Ci assomigliamo così tanto?»

Bourne riprese a studiare il soffitto della cabina. «Al contrario. Non le assomigli per niente.»

«Allora perché...»

La sirena possente della ro-ro riempì la cabina. Poi avvertirono un piccolo sommovimento in avanti, seguito da un dondolio quasi impercettibile. La nave traghetto era appena salpata e stavano uscendo dal porto, in viaggio attraverso il mar Nero diretti a Istanbul.

«Penso che tu mi debba una spiegazione» continuò Soraya.

«Abbiamo mai... prima d'ora, intendo.»

«No. Non te l'avrei mai chiesto.»

«E io? L'ho chiesto a te in passato?»

«Jason, ti conosci meglio di quel che dai a intendere.»

«Se fosse così, non avrei mai fatto uscire di cella Fadi. Né mi sarei lasciato attirare in una trappola sulla spiaggia di Odessa.» Bourne riportò lo sguardo sul viso di Soraya in paziente attesa. «È già abbastanza difficile non essere in grado di ricordare.» La sua memoria era fatta di frammenti: i suoi e... quelli di qualcun altro. «Ma avere dei ricordi che ti portano fuori strada...»

«Come? Perché?»

«Il dottor Sunderland ha introdotto a mia insaputa certe proteine di sintesi nelle sinapsi del mio cervello.» Bourne si sforzò di sedersi sul letto, rifiutando l'offerta d'aiuto di Soraya. «Sunderland è in combutta con Fadi. L'operazione faceva parte del piano del terrorista saudita.»

«Jason, abbiamo già parlato di questo. È un'ipotesi folle. Tanto per cominciare, Fadi come poteva sapere che ti serviva un consulto da uno specialista della memoria? In secondo luogo, come avrebbe potuto immaginare da quale psicanalista ti saresti rivolto?»

«Due ottime domande. Disgraziatamente, non ho ancora trovato risposte. Ma considera questo particolare: Fadi aveva informazioni relative alla CIA sufficienti per sapere chi era Lindros. Era al corrente dell'esistenza della Typhon. Le notizie in suo possesso erano molto dettagliate, e gli hanno permesso di creare un impostore che ha ingannato tutti, me compreso, perfino il sofisticatissimo scanner biometrico della retina.»

«Potrebbe far parte della cospirazione?» domandò Soraya. «La cospirazione di Fadi?»

«Sembra la visione di un paranoico, ma sto cominciando a convincermi che tutti questi incidenti – il trattamento antiamnesia di Sunderland, il rapimento di Martin e la sua sostituzione con un sosia, la vendetta di Fadi e il suo odio nei miei confronti – siano tutti collegati, parti diverse di un piano ideato ed eseguito per annientarmi insieme a tutta la CIA.»

«Come possiamo scoprire se hai ragione o torto? Come possiamo trovare un senso logico in tutto questo?»

Bourne guardò Soraya per qualche secondo. «Dobbiamo tornare all'inizio. Alla prima volta che sono venuto a Odessa, quando tu eri la caposezione locale. Ma per farlo devo colmare i miei vuoti di memoria.»

Soraya andò alla finestra, dove restò a fissare la distesa d'acqua, il litorale a mezzaluna di Odessa velato di foschia che si stavano lasciando alle spalle.

Per quanto fosse penoso, Bourne spostò le gambe fuori dal letto e si alzò in piedi. Gli effetti dell'anestesia locale stavano svanendo; un dolore più profondo cominciò a pulsargli in tutto il corpo quando l'entità del danno prodotto dalla gomitata di Lerner lo investì come un treno merci. Barcollò e per poco non cadde di nuovo sul letto, ma riuscì a mantenere l'equilibrio. Inspirò a pieni polmoni lunghe boccate d'aria per diversi secondi, rallentando il respiro. Pian piano, il dolore diminuì a un livello tollerabile. A quel punto attraversò la cabina e si fermò in piedi vicino a Soraya.

«Dovresti tornare a distenderti a letto» disse lei in tono assente.

«Soraya, perché ti è così difficile raccontarmi cosa accadde quella prima volta?»

Per un momento Soraya non rispose. Poi sussurrò: «Pensavo di essermi lasciata tutto alle spalle. Che non sarei più stata costretta a ripensarci».

Bourne l'afferrò dolcemente per le spalle e la girò verso di sé. «Per amor di Dio, cosa è successo?»

Gli occhi di Soraya, neri e luminosi, si orlarono di lacrime. «Abbiamo ucciso qualcuno, Jason. Tu e io, insieme. Un civile. Un innocente. Una ragazza che aveva appena vent'anni.»

Sta correndo per strada reggendo qualcuno nelle braccia. Le sue mani sono imbrattate di sangue. Il sangue della ragazza...

«Chi?» domandò con tono brusco. «Chi abbiamo ucciso?»

Soraya stava tremando, come in preda a un gelo terribile. «Si chiamava Sarah.»

«Sarah e poi?»

«Non so altro.» Le lacrime presero a sgorgarle sulle guance. «Lo so perché me lo dicesti tu. Mi dicesti che prima di esalare l'ultimo respiro le sue ultime parole furono: "Mi chiamo Sarah. Ricordati di me".»

Dove mi trovo?, si domandò Martin Lindros. Aveva sentito un gran caldo, la polvere sulla pelle quando lo avevano fatto scendere dall'aereo, ancora incappucciato. Un veicolo – una jeep o un camioncino – su cui l'avevano fatto salire aveva percorso un morbido declivio. Poi, in un ambiente rinfrescato da un impianto di aria condizionata, lo avevano fatto proseguire a piedi per almeno un chilometro. Aveva udito scorrere un chiavistello, una porta veniva aperta e lui spinto all'interno. La porta sbatté alle sue spalle e sentì di nuovo il chiavistello. Era rimasto in piedi, cercando di non fare nient'altro che respirare a fondo e regolarmente. Poi aveva alzato le mani e si era levato il cappuccio.

Si trovava più o meno al centro di una stanza quadrata, di circa cinque metri per cinque, costruita in modo solido ma piuttosto rudimentale, in cemento armato. Conteneva un lettino sanitario alquanto datato, un piccolo lavandino d'acciaio inossidabile, una fila di bassi armadietti sopra i quali erano allineate in ordine scatole e scatole di guanti in lattice da chirurgo, sacchetti di cotone idrofilo, tamponi, bottigliette di disinfettante, liquidi e attrezzature varie.

L'infermeria era priva di finestre, e ciò non lo sorprese, dato che supponeva di essere sottoterra. Ma dove? Di sicuro si trovava in un luogo con un clima di tipo desertico, ma non nel deserto vero e proprio, dove costruire qualcosa sottoterra era impensabile. Perciò, doveva essere in un Paese caldo e montagnoso. Dagli echi dei passi e delle parole dei suoi carcerieri ebbe l'impressione che l'impianto sotterraneo dovesse essere di grandi dimensioni. Di conseguenza doveva essere situato in una località segreta, lontana da occhi indiscreti. Gli venivano in mente almeno una mezza dozzina di regioni del genere – per esempio la Somalia – ma scartò la maggior parte delle ipotesi perché geograficamente troppo vicine al Ras Dascian. Camminò nella stanza in senso antiorario, per esaminare con più accuratezza ciò che lo circondava con l'occhio sinistro, l'unico sano. Se avesse dovuto scommettere, avrebbe puntato su una regione tra Afghanistan e Pakistan. Un territorio vastissimo, molto accidentato, privo di leggi, da nord a sud e da est a ovest governato da etnie e tribù i cui mecenati erano alcuni dei più pericolosi terroristi del mondo.

Gli sarebbe piaciuto fare qualche domanda al riguardo a Muta ibn Aziz, ma il fratello di Abbud era sbarcato dall'aereo alcune ore prima di atterrare.

Sentendo scorrere il chiavistello e la porta aprirsi, si voltò e vide entrare un uomo magro che portava gli occhiali, la pelle del viso butterata e una zazzera di capelli castano chiaro e grigi. Martin si avventò contro l'uomo, che si fece semplicemente da parte con un passo, rivelando la presenza delle due guardie armate alle sue spalle. La presenza dei due balordi non lo dissuase dal suo intento, ma i calci dei loro fucili da assalto semiautomatici lo fecero stramazzare a terra.

«Non la biasimo per il desiderio di farmi del male» disse il dottor Andursky, in piedi davanti al corpo di Lindros. «Se fossi nei suoi panni forse proverei la stessa rabbia.»

«Se potesse esserlo, nei miei panni!»

Questa risposta suscitò nel dottor Andursky un sorriso. «Sono venuto a verificare le sue condizioni di salute.»

«Erano queste le sue intenzioni quando ha asportato il mio occhio destro?» urlò Lindros.

Uno degli uomini a guardia del prigioniero premette la bocca del fucile d'assalto semiautomatico contro il petto di Lindros per sottolineare come sarebbero andate le cose, se non l'avesse piantata.

Il dottor Andursky parve indifferente all'esplosione di collera di Lindros. «Come ben sa, avevo bisogno del suo occhio. Mi occorreva la retina da trapiantare nell'occhio di Karim al Jamil. Senza quella, non ce l'avrebbe mai fatta a ingannare lo scanner biometrico della retina della CIA. Non sarebbe mai riuscito a farsi passare per lei, a prescindere dall'ottimo lavoro di chirurgia plastica che ho svolto sul suo volto.»

Lindros spinse bruscamente da parte la canna del fucile mettendosi a sedere. «Fa sembrare la cosa talmente ovvia e naturale.»

«La scienza *è* ovvia» ribatté il dottor Andursky. «Perché non si stende sul lettino in modo che possa esaminare a che punto è la guarigione del suo occhio?»

Lindros si alzò da terra, tornò verso il lettino e vi si distese supino. Il dottor Andursky, circondato dalle guardie del corpo, con un paio di forbici da chirurgo tagliò le bende sporche che coprivano l'occhio destro di Lindros. Mentre osservava l'orbita vuota ancora poco cicatrizzata, espresse un mugugno di disapprovazione.

«Avrebbero potuto medicarla meglio.» Il dottor Andursky pareva seccato. «Con l'ottimo lavoro che avevo fatto...»

Andò a lavarsi le mani al lavandino, indossò un paio di guanti in lattice e si mise all'opera per pulire e disinfettare l'orbita vuota. Lindros non sentiva nulla di più del doloroso fastidio che lo accompagnava ormai da molto tempo.

«Immagino si sia già abituato alla visione monoculare.» Com'era sua consuetudine, il dottor Andursky lavorava con rapidità ed efficienza. Sapeva cos'era necessario fare, e come farlo.

«Ho un'idea» disse Lindros. «Perché non espianta l'occhio destro a Fadi e non lo trapianta su di me?»

«Tipica mentalità da Antico Testamento.» Il dottor Andursky rifece la fasciatura sopra l'orbita vuota. «Qui è solo, Lindros. Non c'è nessuno ad aiutarla.»

Quand'ebbe finito, Andursky si strappò i guanti in lattice. «Per lei non c'è via di scampo da questo girone infernale.»

Jon Mueller incrociò il segretario della Difesa Halliday mentre usciva dal Pentagono. Halliday non era solo. Aveva al suo seguito due attendenti, una guardia del corpo e diversi «pesci pilota»: generali di brigata ansiosi di entrare nelle grazie del grand'uomo.

Notando Mueller con la coda dell'occhio, Halliday gli fece un gesto con la mano, un gesto che conosceva bene. Questi restò indietro, in fondo alle scale, e all'ultimo momento si accodò al corteo del segretario mentre Halliday si infilava nella sua limousine. Non si dissero nulla finché i due attendenti non furono fatti scendere nei pressi dell'ufficio del segretario. Poi si alzò la tramezza di separazione tra i passeggeri nella parte posteriore dell'auto e l'autista e la guardia del corpo sul sedile anteriore. Mueller aggiornò sinteticamente Halliday.

Nubi temporalesche di insoddisfazione passarono sull'ampia fronte del segretario. «Lerner mi ha assicurato che è tutto sotto controllo.»

«Matt ha commesso l'errore di dare in appalto il lavoro a un'altra persona. Mi occuperò io di Anne Held.»

Il segretario annuì. «D'accordo, ma ti avverto, Jon: nessuno deve risalire a me, intesi? Se qualcosa va storto, non alzerò un dito. Anzi, potrei benissimo essere io a processarti. Da questo momento in poi sei solo.»

Mueller sogghignò come un selvaggio. «Non stia in apprensione, signor segretario, sono solo da moltissimo tempo. Ci sono abituato.»

«Sarah. Solo Sarah. Non hai mai seguito la pista della ragazza?»

«Non c'era niente da seguire. Non riuscivo nemmeno a ricordare che faccia avesse. Era notte e tutto è accaduto così in fretta. E poi ti hanno sparato. Stavamo fuggendo, inseguiti. Ci siamo nascosti nelle catacombe e poi siamo fuggiti. L'unica cosa che mi rimaneva era un nome. Non ci fu alcuna registrazione ufficiale del suo decesso, nessuna annotazione del cadavere rinvenuto; fu come se la ragazza non fosse mai esistita.» Soraya abbassò la testa. «Anche se ci fosse stato un modo per scoprire chi fosse, la verità è che io... non ce la facevo. Volevo dimenticarla, dimenticare che era morta.»

«Ricordo che correvo in una via acciottolata, tenendola in braccio, il suo sangue era ovunque.»

Soraya annuì. Aveva un'espressione angosciata. «Hai visto che si muoveva ancora. L'hai raccolta dal selciato. E in quel preciso momento ti hanno sparato. Io risposi al fuoco e all'improvviso ci ritrovammo sotto una grandine di proiettili. Ci separammo. Tu andasti a cercare il bersaglio dell'operazione, Hamid ibn Ashef. Da quanto mi raccontasti in seguito, quando ci rivedemmo nelle catacombe, lo trovasti e gli sparasti, ma non eri sicuro di averlo ucciso.»

«E Sarah?»

«A quel punto era morta da un pezzo. La lasciasti da qualche parte, per andare a eliminare Hamid ibn Ashef.»

Nella cabina seguì una lunga pausa di silenzio. Bourne si voltò, andò verso la brocca dell'acqua e si versò mezzo bicchiere. Aprì il cartoccio di carta che gli aveva dato la dottoressa Pavlyna e ingerì una delle pastiglie di antibiotico. L'acqua aveva un gusto insignificante, leggermente amarognolo.

«Come sono andate le cose?» Bourne aveva le spalle rivolte verso Soraya. Non voleva guardarla in faccia mentre gli raccontava cos'era accaduto.

«La ragazza spuntò nel luogo in cui ci eravamo incontrati con la mia fonte. Lui mi disse dov'era Hamid ibn Ashef. In cambio gli demmo la somma di denaro che aveva chiesto. Stavamo concludendo la transazione quando l'avvistammo. Stava correndo. Non so perché. Inoltre aveva la bocca aperta come se stesse urlando qualcosa. Stava gridando anche la mia fonte. Pensammo che lui avesse fatto la spia... il che, come scoprii in seguito, era vero. Ci aveva traditi il mio collaboratore. Le sparammo. Tutt'e due. E lei cadde.»

Bourne andò a sedersi sul letto, assalito da una profonda stanchezza.

Soraya avanzò verso di lui. «Ti senti bene?»

Bourne annuì e trasse un profondo respiro. «Fu un errore» disse.

«Pensi che questo cambi qualcosa per lei?»

«Potresti perfino non averla colpita.»

«Così come potrei averla colpita. In ogni caso, questo mi assolverebbe?»

«Stai annegando nei sensi di colpa.»

Si guardarono negli occhi. La sirena della *Itkursk* risuonò ancora, smorzata e lamentosa. La nave traghetto li faceva ondeggiare lentamente, procedendo verso sud nel mar Nero. Nella loro cabina c'era un silenzio talmente profondo che Soraya immaginò di sentire il ronzio dei pensieri nella sua mente freneticamente al lavoro per cercare di dipanare un intricato mistero.

Bourne disse: «Soraya, stammi bene a sentire. Credo che la morte di Sarah sia la chiave di tutto ciò che è accaduto e di quello che sta succedendo ora».

«Non dirai sul serio!» ma, dall'espressione del viso di Bourne, capì che non stava scherzando. «Vai avanti» gli disse.

«Ritengo che Sarah sia il punto centrale della vicenda. Sono convinto che la sua morte abbia dato il via a tutto questo.»

«Il piano della Dujja di far esplodere un ordigno nucleare in una grande città americana? Mi sembra un tantino azzardato.»

«Non il piano in sé. Sono sicuro che quello era già stato programmato» osservò Bourne. «Ritengo che i tempi di attuazione siano cambiati. Penso che la morte di Sarah abbia dato fuoco alla miccia.»

«Questo vorrebbe dire che Sarah è collegata alla tua missione di uccidere Hamid ibn Ashef.»

Bourne annuì. «Sarebbe l'ipotesi più attendibile. Non credo si sia trovata per caso nel luogo dell'appuntamento con la tua fonte.»

«Perché avrebbe dovuto essere lì? Come avrebbe potuto saperlo?»

«Magari dalla tua fonte» disse Bourne. «Quel serpente ci aveva tradito con la gente di Hamid ibn Ashef. In quanto al perché Sarah fosse là, non ne ho la più pallida idea.»

Soraya si accigliò. «Che legame c'è tra Hamid ibn Ashef e Fadi?»

«Ho riflettuto sulle informazioni che hai avuto dalla tua amica della Scientifica del Fire Department.»

«Il disolfuro di carbonio... l'accelerante usato da Fadi all'Hotel Constitution.»

«Esatto. Una delle cose che mi hai detto di aver scoperto sull'uso del disolfuro di carbonio è che è un agente flottante... un metodo di separazione chimica delle miscele. Gli agenti flottanti sono stati studiati e applicati verso la fine del XX secolo su scala commerciale, principalmente nel processo di estrazione dell'argento.»

Gli occhi di Soraya si illuminarono. «Una delle attività della Integrated Vertical Technologies è la lavorazione dell'argento. E la IVT è un'azienda di proprietà di Hamid ibn Ashef.»

Bourne annuì. «La IVT è l'azienda che ha finanziato la Dujja in tutti questi anni.»

«Ma Sarah...»

«Per quanto riguarda Sarah, o qualsiasi altro risvolto della vicenda, siamo bloccati su questa nave finché non sbarcheremo a Istanbul e non avremo la possibilità di connetterci a Internet. E i nostri cellulari sono inutilizzabili.»

Soraya si alzò. «In questo caso, andrò a prendere qualcosa da mangiare. Non so tu, ma io sto morendo di fame.»

«Andiamoci insieme.»

Bourne fece per alzarsi, ma Soraya lo sospinse di nuovo sul letto. «Hai bisogno di riposare, Jason. Procuro io il cibo per entrambi.»

L'agente Moore gli rivolse un sorriso, prima di voltargli le spalle e dirigersi verso la porta.

Bourne restò sdraiato per qualche minuto, sforzandosi di ricordare altri particolari della missione fallita per eliminare Hamid ibn Ashef. Ricordò Sarah correre nella piazza, la bocca aperta. Che cosa stava gridando? A chi stava urlando? Ne sentì il peso tra le braccia e si concentrò per tentare di udire la sua flebile voce.

Invece gli tornò in mente quella di Fadi, echeggiante

sotto il grande pontile di legno di Odessa: *Ho aspettato a lungo questo momento. Ne è passato di tempo dall'ultima volta che ci siamo visti! Tanto tempo, prima di avere la mia vendetta.*

Nel piano di Fadi c'era qualcosa di strettamente personale. Il terrorista saudita lo aveva cercato a lungo, guidandolo con estrema cura, abilmente, fino a farlo cadere nella rete di una cospirazione di proporzioni senza precedenti. Era stato lui a cercare in capo al mondo l'uomo che si fingeva Lindros; lui ad aver garantito per l'impostore alla Bleak House. Anche quello faceva parte del piano. Fadi lo aveva sfruttato per infiltrarsi nella CIA ai massimi livelli.

Incapace di restare sdraiato, Bourne si mise a sedere sul letto, colpito da una serie di lancinanti fitte di dolore. Sciolse i muscoli per quanto gli fu possibile, poi andò in bagno: una doccia e un piccolo lavandino in metallo, WC di porcellana, uno specchio esagonale. Sulla mensola c'erano un paio di salviette piuttosto consunte, due grosse saponette, apparentemente da bucato.

Aprì il rubinetto della doccia, aspettò che lo spruzzo d'acqua diventasse caldo e vi si mise sotto con cautela.

Il pomeriggio si era fatto grigio, il sole era scomparso dietro nuvoloni scuri che trattenevano a stento quello che presto si sarebbe trasformato in un diluvio. Un vento umido si era alzato impetuoso da sudovest.

In piedi sul parapetto di tribordo della *Itkursk*, Matthew Lerner stava fumando una sigaretta quando vide Soraya Moore emergere da una delle cabine di lusso sul ponte principale.

La osservò scendere da una scaletta di metallo a uno dei ponti più bassi. Provò l'impulso di seguirla e piantarle nella nuca il punteruolo da ghiaccio che aveva in tasca. Questo l'avrebbe reso piuttosto felice, ma dal punto di vista professionale sarebbe equivalso a un suicidio. Proprio come sarebbe stato un suicidio ricorrere all'uso di una pistola sulla nave. Stava dando la caccia a Bourne. Uccidere l'agente Moore avrebbe complicato una situazione già abbastanza compromessa. Avrebbe dovuto improvvisare, e quello non era il migliore degli scenari, sebbene sul campo l'arte dell'improvvisazione fosse quasi sempre necessaria.

Si rivolse verso le onde rigonfie quando Soraya giunse sul ponte dove stava lui, e si girò per un paio di secondi nella sua direzione. Lerner aspirò l'aspra sigaretta turca e lanciò il mozzicone fuori bordo.

Poi si girò. La Moore era sparita. Il mare era di un grigio canna di fucile, la nave stessa era dipinta di nero e bianco. Attraversando rapidamente il ponte, Lerner salì la scaletta che conduceva al ponte principale e si diresse verso la porta delle cabine destinate ai personaggi facoltosi.

Badando alla ferita e stando attento a non bagnare la fasciatura, Bourne si insaponò con una delle due pesanti saponette. L'indolenzimento e la tensione muscolare se ne andarono via piano piano, insieme agli strati di sudore e sporco. Avrebbe voluto restare più a lungo sotto il getto d'acqua calda, ma era su una nave traghetto, non su un transatlantico di lusso. L'acqua fredda arrivò troppo in fretta, dopo di che la doccia smise di spruzzare acqua, quando Bourne non aveva ancora fatto in tempo a sciacquarsi.

Quasi nello stesso istante notò con la coda dell'occhio un lampo confuso, come un movimento. Giratosi di colpo, si accovacciò sul fondo della doccia. I suoi riflessi e la scivolosità del corpo gli salvarono la vita, evitandogli di finire trafitto dal punteruolo da ghiaccio impugnato da Lerner. Urtò la paratia della doccia quando Lerner gli diede uno spintone.

Usando il taglio della mano, duro e calloso, il killer al soldo del direttore della CIA sferrò due rapidi colpi di karatè all'addome di Bourne, per stordirlo e permettergli di vibrare un altro colpo con il punteruolo da ghiaccio. Bourne parò un terzo colpo di karatè, sfruttando l'appoggio della paratia contro cui era appoggiato di schiena per colpire l'avversario al torace con il calcagno sinistro, mentre Lerner stava entrando nella doccia, che crollò di colpo all'indietro, scivolando sulle mattonelle lucide del pavimento del bagno.

Bourne uscì dalla doccia. Afferrò una saponetta e la avvolse in una salvietta. Stringendo nella mano destra entrambe le estremità della salvietta, la usò a mo' di frusta per parare gli attacchi dell'avversario. Bloccò una tremenda mossa di karatè con l'avambraccio sinistro, e poi vibrò un colpo al plesso solare dell'avversario con la sua arma improvvisata.

La grossa saponetta da bucato nella salvietta colse Lerner del tutto impreparato. L'uomo barcollò cadendo all'indietro nella cabina. Poi, divaricando le gambe e flettendo leggermente le ginocchia, attese la reazione successiva di Bourne. Bourne frustò l'aria con la salvietta all'altezza delle ginocchia, costringendo Lerner a deviare il colpo con il punteruolo.

Bourne calò fulmineo dall'alto il piede sinistro sul polso di Lerner, bloccandoglielo sul pavimento. Lerner riuscì a liberarsi con uno strattone sul piede umido e scivoloso di sapone di Bourne. Di nuovo in grado di attaccare, Lerner vibrò un colpo verso l'alto con il punteruolo da ghiaccio, mancando di poco il piede di Bourne. Sferrò una ginocchiata con la gamba destra al lato sinistro del torace di Bourne.

Il dolore fu terribile, tanto che Bourne mostrò i denti in una smorfia dolorosa. Le nocche di Lerner, dure come ferro, lo colpirono alla spalla destra. Bourne cedette leggermente sulle gambe, il suo avversario ne approfittò per agganciare con il calcagno la caviglia di Bourne.

Lerner rovinò addosso a Bourne, che prima di cadere

diede un pugno verso l'alto. Il sangue schizzò tutto intorno, imbrattando entrambi quando con le nocche Bourne centrò l'avversario al naso, rompendoglielo. Lerner si deterse il sangue dagli occhi con la mano libera. Bourne lo mandò a gambe all'aria, colpendolo alla base della gabbia toracica. Lerner gemette di sorpresa e dolore sentendo cedere due costole, poi emise un ruggito di rabbia, scatenandosi in una serie di mosse micidiali di karatè. Nonostante le mani libere, Bourne non riuscì a evitare i suoi attacchi e a proteggersi completamente. Solo un terzo dei colpi varcò le sue difese, ma bastarono per indebolire la sua già compromessa capacità di resistenza.

Senza sapere come, si ritrovò la mano di Lerner sulla gola, salda come una morsa. Inchiodato supino sul pavimento, vide la punta del punteruolo da ghiaccio calare sul suo occhio destro.

A quel punto aveva una sola possibilità. Il controllo razionale fu sostituito dall'istinto omicida. Nessun pensiero, nessuna paura. Colpì con violenza con i palmi delle mani aperti le orecchie di Lerner in un movimento a tenaglia. I colpi disorientarono Lerner, e crearono una pressione forte, tale che quando Bourne staccò di colpo le mani, i timpani ne furono lacerati.

Il punteruolo si fermò a mezz'aria, tremando nella mano improvvisamente immobile di Lerner. Bourne allontanò con il polso la mano dell'avversario, agguantò Lerner per la camicia e lo fece cadere a terra. La sua fronte si scontrò con violenza contro il naso di Lerner.

Lerner rovesciò gli occhi all'indietro per il dolore, ma continuò comunque a stringere in mano il punteruolo. Il suo istinto reagì in automatico. La mano destra armata calò un colpo sul braccio destro di Bourne, proprio mentre si girava di lato.

Bourne sferrò un pugno a mani unite sul lato destro del collo di Lerner, che stramazzò sulle ginocchia dibattendosi convulsamente. Irrigidendo le dita, Bourne le affondò con violenza sotto la mandibola. Sentì lacerarsi pelle, muscolo, tessuto e cartilagine.

La cabina, d'un tratto, diventò rossa.

Bourne si ritrovò nel buio totale. Di colpo si sentì abbandonare da ogni energia. Tremò, scosso dai brividi, e si accasciò privo di sensi.

Capitolo 23

Stringendo le dita intorno al braccio di Katja Veintrop, Muta ibn Aziz scese in ascensore nell'impianto nucleare sotterraneo della Dujja, a Miran Shah.

«Potrò vedere mio marito, adesso?» domandò la donna.

«Sì» rispose Muta ibn Aziz, «ma questo incontro non renderà felici nessuno dei due, te lo garantisco.»

Le porte scorrevoli dell'ascensore si aprirono. Uscendo dalla cabina, Katja fu scossa da un brivido.

«Ho la sensazione di trovarmi nelle viscere dell'inferno» disse, guardando intorno a sé gli spogli corridoi di cemento.

La fredda illuminazione non poteva nulla contro la bellezza di Katja Veintrop, che Muta ibn Aziz aveva fatto coprire con estrema modestia. La donna era alta, slanciata, i seni sodi, bionda, gli occhi azzurri. La pelle era liscia e splendente. Una piccola costellazione di lentiggini le abbelliva il naso. Niente di tutto questo importava a Muta ibn Aziz.

Durante le polverose, monotone otto ore di viaggio in Land Rover fino a Miran Shah, Muta ibn Aziz aveva rivolto il pensiero ad altre questioni. Era già stato a Miran Shah una volta, tre anni prima. Ci era andato con suo fratello Abbud ibn Aziz; con loro c'era il dottor Costin Veintrop. Erano stati mandati là da Fadi, per accompagnare lo scienziato dal laboratorio di Bucarest a Miran Shah.

In quell'occasione Veintrop era di pessimo umore e malinconico, essendo stato da poco licenziato dalla Integrated Vertical Technologies per reati che giurava di non aver commesso. Ed era vero, ma questo non fu sufficiente, perché la semplice accusa era bastata a chiudergli le porte di qualsiasi università o programma di assegnazione di fondi per la ricerca.

A quel punto Fadi si era fatto avanti con la sua offerta. Fadi non si era neppure scomodato a mascherare l'obiettivo di ciò che gli stava proponendo. Che vantaggio ne avrebbe tratto dal nascondergliélo? Il dottore l'avrebbe ben presto capito da solo. Veintrop era abbagliato dalla somma di denaro promessa. Ma come aveva scoperto in seguito, oltre a possedere un'intelligenza a dir poco brillante, il dottore rumeno si concedeva dei miseri scrupoli morali. Fadi aveva così abbandonato la carota in favore del bastone. Il bastone era in questo caso rappresentato da Katja. Fadi aveva capito abbastanza in fretta che Veintrop avrebbe fatto praticamente di tutto pur di evitare incidenti alla sua bella Katja.

«Sua moglie è al sicuro con me, dottore» aveva detto Fadi quando Muta ibn Aziz e suo fratello erano spuntati a Miran Shah con Veintrop. «Più al sicuro che in qualsiasi altro posto del pianeta.» Aveva mostrato a Veintrop un video di Katja girato due giorni prima. La donna piangeva disperatamente, implorava il marito di raggiungerla. Anche Veintrop aveva pianto calde lacrime. Poi, asciugandosi gli occhi, aveva accettato l'offerta di Fadi. Ma nel suo sguardo tutti avevano letto l'ombra della preoccupazione.

Dopo che il dottor Senarz aveva condotto Veintrop nel laboratorio di Miran Shah, Fadi si era voltato verso i fratelli Aziz. «Veintrop farà ciò che vogliamo? Qual è la vostra opinione?»

I due fratelli convennero che il dottore non avrebbe creato difficoltà. «Finché lo minacceremo con il bastone farà tutto quello che gli chiederemo.»

Ma questa era stata l'ultima volta in cui i due fratelli si erano trovati d'accordo durante il soggiorno di quattro giorni nella città sotterranea sotto gli aridi monti desertici, che facevano da confine naturale tra Pakistan occidentale e Afghanistan. In quei passi di montagna un uomo poteva lasciarci la pelle, indipendentemente da quanto fosse bene addestrato e bene armato ed equipaggiato. Miran Shah era l'aspro territorio selvaggio in cui nessun rappresentante del governo o dell'Esercito pachistano osava avventurarsi. I talebani, al-Qaida, la Jihad internazionale, i fondamentalisti islamici di ogni risma e colore... Miran Shah brulicava di terroristi, molti dei quali erano ostili gli uni agli altri, poiché una delle menzogne meglio riuscite degli americani era stata quella secondo la quale tutte le organizzazioni terroriste sarebbero coordinate e comandate da uno o due uomini, o un pugno di persone. Era un'idea ridicola. Tra le varie sette musulmane c'erano un'infinità di inimicizie d'antica data, di obiettivi totalmente diversi, che interferivano tra loro. Ciononostante, il mito resisteva. Fadi, cresciuto ed educato in Occidente, impratichitosi dei principi della comunicazione di massa, aveva sfruttato la menzogna degli americani a danno degli stessi per costruire la reputazione della Dujja, insieme alla propria.

Mentre accompagnava Katja lungo i corridoi per l'incontro con suo marito e con Fadi, Muta ibn Aziz non poté fare a meno di riflettere sulla spinosa questione che lo aveva fatto litigare con suo fratello. La loro divergenza risaliva a tre anni prima e il tempo non aveva fatto altro che irrigidire le loro rispettive posizioni. La spinosa questione aveva un nome: Sarah ibn Ashef, l'unica sorella di Fadi e Karim al Jamil. L'assassinio di Sarah aveva cambiato la vita di tutti loro, generando segreti, bugie e ostilità laddove prima non c'era mai stata nessuna controversia. La morte di Sarah aveva distrutto due famiglie. Dopo quella notte fatale a Odessa quando la ragazza aveva spalancato le braccia ed era stramazzata sul selciato della piazza, Muta ibn Aziz e suo fratello erano in qualchc modo morti con lei. Esternamente agivano come se nulla fosse cambiato, interiormente i loro pensieri non avevano più seguito gli stessi binari. Ormai erano perduti.

Svoltato l'angolo di un corridoio, Muta ibn Aziz vide suo fratello uscire da una porta spalancata e fargli un cenno. Muta lo detestava quando faceva così. Era il gesto di un professore che si rivolge a un allievo per un rimprovero.

«Sei qui» disse Abbud ibn Aziz, avvicinandosi al fratello per ammanettare Katja sulla soglia della porta.

La stanza era spaziosa, sebbene avesse per necessità il soffitto basso. Era arredata in modo essenziale: sei sedie di plastica sagomata, un tavolo con il piano zincato, armadietti pensili lungo il muro di sinistra, un lavandino e un fornello elettrico a una sola piastra.

Fadi era in piedi al centro della stanza, rivolto verso di loro. Aveva le mani appoggiate sulle spalle del dottor Veintrop, che era seduto, chiaramente non per voler suo, su una delle sedie.

«Katja!» esclamò a voce alta quando vide la moglie. La sua espressione si illuminò, ma la luce nei suoi occhi si spense nel momento in cui tentò di alzarsi e di andarle incontro, senza riuscirci.

Esercitando la pressione necessaria su Veintrop per impedirgli di muoversi dalla sedia, Fadi fece cenno a Muta ibn Aziz, che lasciò andare la donna. Con un grido inarticolato, Katja corse dal marito, inginocchiandosi davanti a lui.

Veintrop le accarezzò i capelli e il viso, disegnando con le dita ogni contorno e profilo come se avesse bisogno di assicurarsi che la moglie non fosse un miraggio o un sosia. Aveva visto cosa il dottor Andursky era stato in grado di fare sul volto di Karim al Jamil. Che cosa gli avrebbe impedito di eseguire le stesse operazioni di chirurgia plastica su qualche donna russa, trasformandola in una Katja fasulla che gli avrebbe mentito e seguito il gioco degli arabi?

Da quando Fadi lo aveva «reclutato» con l'inganno e

la forza, la sua paranoia era cresciuta sempre più. Tutto ruotava intorno al complotto attuato per ridurlo in schiavitù. In questo non era lontano dalla verità.

«Adesso che siete stati riuniti, più o meno» disse Fadi al dottor Veintrop, «gradirei che la piantasse di procrastinare l'inevitabile. Abbiamo una tabella di marcia da rispettare e i suoi tentennamenti e ritardi continui non ci stanno affatto agevolando nella nostra missione.»

«Non sto prendendo tempo» si schermì Veintrop. «I microcircuiti...» Il dottore si interruppe bruscamente, facendo una smorfia di dolore. Fadi aveva aumentato la stretta sulle sue spalle.

Fadi fece un cenno ad Abbud ibn Aziz, che si apprestò a uscire dalla stanza. Tornò poco dopo in compagnia del dottor Senarz, il fisico nucleare.

«Dottor Senarz» esordì Fadi, «mi spieghi come mai l'ordigno nucleare che le ho ordinato di costruire non è ancora stato completato.»

Il dottor Senarz fissò Veintrop. Senarz aveva studiato ed effettuato il suo apprendistato sotto la guida del famoso fisico nucleare pachistano Abdul Qadeer Khan. «La parte di lavoro che mi compete è stata completata» disse. «Il diossido di uranio in polvere che mi avete consegnato è stato convertito in HEU, o uranio arricchito, la forma metallica necessaria per la testata nucleare. In altri termini, abbiamo l'isotopo fissile necessario. Anche l'involucro esterno dell'ordigno è stato costruito. Stiamo solo aspettando il dottor Veintrop. Il suo lavoro è di cruciale importanza, come ben sa. Senza di esso, non avrà l'ordigno che ha richiesto.»

«Perciò, caro Costin, eccoci al punto della questione di cui ci stiamo occupando.» La voce di Fadi era calma, suadente, neutra. «Con il suo aiuto il mio piano avrà successo; senza, è destinato a fallire. Un'equazione tanto semplice quanto elegante, per metterla in termini scientifici. Perché non mi sta aiutando?»

«Il processo è più difficile del previsto.» Veintrop non riusciva a staccare gli occhi dalla moglie.

Fadi disse: «Dottor Senarz?».

«Il lavoro di miniaturizzazione del dottor Veintrop è stato completato da giorni, ormai.»

«Che cosa ne sa lei di miniaturizzazione?» intervenne Veintrop in tono brusco. «Quanto afferma non corrisponde alla verità.»

«Non voglio solo delle semplici opinioni, dottor Senarz» disse Fadi con lo stesso tono brusco.

Quando il dottor Senarz estrasse di tasca un piccolo taccuino con la copertina di pelle rosso scuro, Veintrop emise un gemito involontario. Katja, allarmata, si avvinghiò al suo corpo.

Senarz mostrò il taccuino. «Questi sono gli appunti del dottor Veintrop.»

«Lei non ne ha diritto!» strillò Veintrop.

«Ah, ma lui invece ha ogni diritto» ribatté Senarz, offrendo il taccuino a Fadi, che lo prese in consegna.

«Lei appartiene a me, Veintrop. Tutto quello che fa, tutto quello che pensa, scrive o sogna è mio» sentenziò il leader della Dujja.

Katja gemette. «Costin, cosa hai fatto?»

«Ho venduto l'anima al diavolo» mormorò Veintrop.

Abbud ibn Aziz doveva aver ricevuto un cenno da Fadi, perché batté sulla spalla del dottor Senarz e lo scortò fuori dalla stanza. Il rumore della porta che si chiudeva sbattendo fece sobbalzare Veintrop.

«Il tempo è scaduto» concluse Fadi nel suo tono più gentile.

Muta ibn Aziz agguantò Katja e con uno strattone violento la separò dal marito. Nello stesso tempo Fadi rinsaldò la presa sulle spalle del dottore, tirandolo a sé con forza. Veintrop tentò inutilmente di alzarsi.

«Non glielo chiederò un'altra volta» disse Fadi nello stesso tono gentile.

Muta ibn Aziz colpì Katja con un colpo tremendo alla nuca.

«No!» urlò Veintrop mentre Katja stramazzava a faccia in giù sul pavimento.

Nessuno gli prestò la benché minima attenzione. Muta ibn Aziz sollevò la donna di peso fino a farla sedere, le girò intorno, andandole davanti, e la colpì con un diretto al volto così forte da romperle il naso. Il sangue schizzò dappertutto, macchiandoli entrambi.

«No!» strillò Veintrop.

Afferrata la donna per i lunghi capelli biondi, Muta ibn Aziz le sferrò un pugno alla guancia sinistra. Le lacrime rigarono il viso già gonfio della donna mentre piangeva disperata.

«Basta!» gridò Veintrop. «Per amor di Dio, basta! Vi imploro!»

Muta ibn Aziz ritrasse il pugno sporco di sangue.

«Non me lo faccia ripetere un'altra volta» disse Fadi all'orecchio del dottore. «Non mi costringa a diffidare di lei, Costin.»

«Va bene.» Anche Veintrop aveva cominciato a piangere. Il suo cuore si stava rompendo in diecimila pezzetti che non sarebbe mai più stato in grado di rimettere insieme. «Farò quello che vuole. Terminerò le miniaturizzazioni nel giro di un paio di giorni.»

«Due giorni, Costin.» Fadi lo afferrò per i capelli in modo che guardasse dritto negli occhi il suo carceriere. «Non un minuto di più. Intesi?»

«Sì.»

«Altrimenti nemmeno il dottor Andursky sarà in grado di rimettere in sesto Katja.»

Muta ibn Aziz trovò suo fratello nella sala operatoria del dottor Andursky. Era là che a Karim al Jamil era stata data la faccia di Martin Lindros. Era là che a Karim al Jamil era stata data una nuova iride, una nuova pupilla e, cosa più importante di tutte, una nuova retina che avrebbe dimostrato senza ombra di dubbio agli scanner biometrici della CIA che Karim al Jamil era Lindros.

Con sollievo di Muta ibn Aziz, la sala operatoria al momento era deserta, a parte la presenza del fratello.

«Dobbiamo dire la verità a Fadi.» La voce di Muta ibn Aziz era bassa, il tono insistente.

Fissando gli strumenti medici, Abbud ibn Aziz disse: «Non sai pensare ad altro? È la stessa identica frase che hai pronunciato tre anni fa».

«Le circostanze sono cambiate. Radicalmente. È nostro dovere dirglielo.»

«Dissento con quanta più forza possibile, proprio come allora» ribatté Abbud ibn Aziz. «Anzi, dirò di più: è nostro dovere nascondere la verità a Fadi e a Karim al Jamil.»

«Nel tuo ragionamento non c'è alcuna logica.»

«Davvero? Il problema adesso è lo stesso che al principio. Con la morte di Sarah ibn Ashef loro due hanno sofferto in modo intollerabile. Poteva andar peggio? Sarah ibn Ashef era il fiore prediletto di Allah, la depositaria dell'onore delle loro famiglie, la bella innocente destinata a una vita di felicità. È di vitale importanza che la sua memoria sia mantenuta senza macchia. Il nostro dovere è salvaguardare Fadi e Karim al Jamil dalle distrazioni esterne.»

«Distrazioni!» gridò Muta ibn Aziz. «Definisci in questo modo la verità sulla sorella di Fadi e Karim?»

«Tu come la definiresti?»

«Un disastro totale, una disgrazia oltre ogni portata...»

«Vorresti farti latore di questa terribile verità con Fadi? A che scopo? Che cosa cerchi di ottenere?»

«Tre anni fa ho risposto a questa tua domanda dicendo che volevo semplicemente dire la verità» ribatté Muta ibn Aziz. «Adesso il loro piano comprende la vendetta nei confronti di Jason Bourne.»

«Non capisco per quale motivo dovremmo fermarli. Bourne è una minaccia per tutti noi... te compreso. Tu eri là quella notte, proprio come me.»

«La loro ossessione di vendicare la morte della sorella ha accecato la mente di entrambi. E se avessero fatto il passo più lungo della gamba?»

«Con quell'uomo?» Abbud ibn Aziz rise.

«Eri con Fadi la prima volta a Odessa; eri ancora con lui la seconda, poco tempo fa. Dimmi, ce l'ha fatta a uccidere Bourne?»

Abbud ibn Aziz reagì al tono gelido del fratello. «Bourne ha riportato una grave ferita. Fadi gli ha dato una caccia spietata nei sotterranei della città. Dubito che sia sopravvissuto. In ogni caso non ha nessuna importanza. È stato messo in condizione di non nuocere più: ora non può farci del male o intralciarci. È la volontà di Allah. Qualunque cosa sia successa, è passata. Qualunque cosa debba accadere, accadrà.»

«Io dico che finché c'è una minima probabilità che Bourne sia ancora vivo, nessuno di noi può dormire tranquillo. Invece se raccontassimo la verità a Fadi e a Karim...»

«Basta! È la volontà di Allah!»

Abbud ibn Aziz non si era mai rivolto al fratello minore con tale veemenza. Tra loro, Muta ibn Aziz lo sapeva bene, si ergeva la morte di Sarah ibn Ashef come un colossale macigno, un argomento al quale tutt'e due pensavano spesso, ma di cui mai e poi mai parlavano.

Il silenzio era un male, Muta ibn Aziz ne era convinto, che avvelenava il loro legame fraterno. Credeva anche che un giorno il silenzio invocato sulla verità avrebbe distrutto lui e suo fratello.

Un'ondata di disperazione lo invase completamente. In quei momenti aveva l'impressione di essere in trappola; che a prescindere dai suoi sforzi per liberarsi di quel peso, e da quali azioni avesse scelto di intraprendere, lui e suo fratello erano condannati al fuoco inestinguibile riservato ai malvagi. *La illaha ila'llah!,* pensò. Che Allah possa impedire al fuoco eterno di divorarci!

A sottolineare gli oscuri pensieri di Muta, Abbud ribadì l'atteggiamento che aveva adottato fin dall'inizio, la notte della morte della ragazza. «Riguardo a Sarah ibn Ashef ognuno terrà per sé il proprio parere» disse in tono autoritario. «Tu mi obbedirai senza discutere, come hai sempre fatto. Esattamente come devi fare. Noi non siamo individui, fratello, siamo anelli della catena famigliare. *La illaha ila'llah!* Il destino di uno è il destino di tutti. Ricordatelo»

L'uomo seduto a gambe accavallate a capo di un tavolino di legno ricoperto di attrezzature e arnesi fissò Fadi con sguardo cupo. Senza dubbio ciò dipendeva dal fatto che gli era rimasto l'uso di un solo occhio: il sinistro. L'altro, nascosto sotto il tampone di cotone bianco, era un cratere annerito.

Dopo essersi tolto le scarpe con un rapido movimento, Fadi si diresse verso di lui sul pavimento di cemento. A Miran Shah ogni pavimento, muro, soffitto era di cemento ed era identico agli altri. Fadi sedette di fronte all'uomo.

Pescò da un barattolo di vetro una manciata di grani di caffè tostati solo poche ore prima. Li mise in un mortaio d'ottone, impugnò il pestello e li macinò fino a farli diventare una polvere sottile. Un tegamino di rame era posato sul cerchio di un fornellino a gas da campeggio. Fadi versò l'acqua da una brocca nel pentolino, dopo di che accese il fornello. Un cerchio di fiamme azzurre lambì il fondo di metallo.

«È da un po' che non ci incontriamo» esordì Fadi.

«Ti aspetti davvero che beva in tua compagnia?» ribatté Martin Lindros.

«Mi aspetto che ti comporti come un essere umano civile.»

Lindros rise con profonda amarezza, toccò il centro

del tampone sull'occhio destro con la punta dell'indice. «Sarei l'unico essere civile qui dentro.»

«Prendi un dattero» disse Fadi, spingendo verso il prigioniero un piatto da portata ovale su cui era disposta una montagnola di frutti essiccati. «Sono ancora più buoni intinti in questo burro di capra.»

Quando l'acqua cominciò a bollire, Fadi versò nel pentolino la polvere del caffè. Poi prese una tazzina, il cui contenuto profumava di semi di cardamomo macinati di fresco. La sua concentrazione era rivolta al caffè in infusione. Un istante prima che il caffè debordasse tolse il pentolino dal fornello, con le dita della mano destra lasciò cadere nel caffè pochi semi di cardamomo macinati e versò il liquido nero e fumante in una piccola teiera. Un frammento di fibra di palma inserito nel beccuccio serviva a impedire che il caffè macinato e bollito non si riversasse nelle tazzine, lasciando filtrare così solo il liquido nero, senza fondo. Mettendo da parte il pentolino, Fadi versò il *qahwa* – il caffè arabo – in un paio di tazzine senza manico. Servì Lindros per primo, come avrebbe fatto ogni beduino in onore dell'ospite, benché prima di allora nessun beduino si fosse mai seduto a gambe incrociate in una tenda di quel tipo: immensa, sotterranea, fatta di pareti di cemento di mezzo metro di spessore.

«Come sta tuo fratello? Spero che vedere attraverso il mio occhio gli conferisca una prospettiva diversa sul mondo. Forse non sarà più così bramoso di distruggere l'Occidente.»

«Desideri proprio discutere di distruzione, Martin? Allora parliamo dell'esportazione forzata da parte dell'America di una cultura della decadenza, di gente che vuole tutto subito, che non comprende più il significato della parola "sacrificio". Parliamo dell'occupazione militare, commerciale e culturale del Medio Oriente da parte degli Stati Uniti, del suo deliberato annientamento delle antiche tradizioni.»

«Le tradizioni di cui parli includono la distruzione con dinamite o cannonate di antiche statue religiose, come fecero i talebani in Afghanistan. Le tradizioni a cui ti riferisci includono la lapidazione delle donne che commettono adulterio, mentre i loro amanti sono liberi e impuniti.»

«Io – un beduino saudita – coi talebani non ho proprio nulla da spartire, esattamente come te. E per quanto riguarda le adultere è necessario tener presente la legge islamica. Non siamo individui, Martin, ma parte di un'unità famigliare. L'onore della famiglia è riposto nelle sue figlie. Se le nostre sorelle si macchiano, l'ontra e la vergogna si riflettono su tutta la famiglia finché la donna non viene recisa dal nucleo.»

«Uccidere la propria carne e il proprio sangue è disumano.»

«Perché ciò non rientra nella vostra cultura.» Fadi fece un gesto d'invito con la mano. «Bevi.»

Lindros alzò la tazzina, la portò alle labbra e ingollò tutto il suo contenuto.

«Devi sorseggiarlo, Martin. Gustarlo adagio.» Fadi riempì di nuovo la tazzina di Lindros, poi bevve il suo caffè in tre piccoli sorsi. Con la mano destra prese un dattero, lo intinse nel burro e se lo mise in bocca. Masticò lentamente, con aria meditabonda, poi sputò il lungo nocciolo del frutto. «Ti farebbe bene provarne uno. I datteri sono deliziosi e molto nutrienti. Sai che Maometto interrompeva i suoi digiuni con i datteri? Per questo lo facciamo anche noi, perché ci porta più vicini ai nostri ideali.»

Lindros lo fissò, silenzioso e penserioso.

Fadi si pulì la mano destra in un piccolo asciugamano. «Un tempo mio padre preparava il caffè dalla mattina alla sera. Questo è il miglior complimento che potrei fargli... o a qualsiasi altro beduino. Significa che è un uomo generoso.» Fadi si riempì un'altra volta la tazzina di caffè.

«Tuttavia, mio padre non può più prepararsi il caffè. Anzi, in effetti non può più fare niente se non fissare il vuoto. Mia madre gli parla, ma lui non riesce a risponderle. Sai perché, Martin?» Fadi bevve il caffè in tre sorsi come la prima volta. «Perché si chiama Abu Sarif Hamid ibn Ashef al Wahhib.»

L'occhio sano di Lindros si contrasse in un lieve spasmo involontario.

«Già, proprio così» continuò Fadi. «Hamid ibn Ashef. L'uomo che Jason Bourne aveva l'incarico di uccidere. Un incarico ricevuto da voi, dalla CIA.»

«Per questo mi hai fatto prigioniero?»

«Credi sia così?»

«Quella non era una missione organizzata da me. Tu sei pazzo. All'epoca non conoscevo nemmeno Jason Bourne. Il suo superiore era Alex Conklin, che è morto.» Lindros cominciò a ridere.

Senza alcun preavviso, Fadi si scagliò oltre il tavolino e afferrò Lindros per il bavero. Lo scosse con tale violenza che Lindros sbatté i denti.

«Ti ritieni così intelligente, Martin! Ora la pagherai. La pagherete cara, tu e Bourne.»

Fadi afferrò Lindros alla gola come se volesse strappargli la laringe. Traeva un evidente piacere dai rantoli emessi da Lindros.

«Bourne è ancora vivo, così mi hanno detto, solo che è vivo per miracolo ed è gravemente ferito. Nonostante tutto, smuoverà mari e monti pur di trovarti, specie se sarà convinto che ci sarò qui anch'io a fargli compagnia.»

«Cosa... cosa hai intenzione... di fare?» Lindros riuscì a malapena a sussurrare per il respiro affannoso.

«Gli fornirò l'informazione che gli serve per trovarti qui a Miran Shah, Martin. Quando arriverà, ti ucciderò davanti ai suoi occhi. Poi sarà il suo turno.»

Fadi accostò la faccia a quella di Lindros, fissandolo

nell'occhio sinistro come per trovarvi tutte le cose che Lindros gli stava nascondendo. «Alla fine Bourne invocherà la morte, Martin. Di questo puoi starne certo. Ma per lui la morte tarderà ad arrivare. Prima di mettere fine ai suoi giorni, mi assicurerò che sia testimone della distruzione atomica della capitale americana.»

Libro terzo

Capitolo 24

La bara viene calata nella fossa. I riflessi balenano sulle maniglie, la targa con l'iscrizione fissata sul coperchio crea minuscole spire di luce. In risposta a un gesto enfatico del ministro di culto, la bara resta sospesa a mezz'aria. Il pastore, elegante nel suo abito di taglio europeo si sporge talmente sopra la fossa che Bourne è sicuro vi cadrà dentro. Ma non cade. Con forza sovrumana strappa il coperchio alla bara.

«Cosa stai facendo?!» chiede Bourne.

Il pastore si gira verso di lui, fa un cenno mentre lascia scivolare nella fossa il pesante coperchio di mogano. Bourne si accorge che non è affatto un ministro religioso. È Fadi.

«Dai» dice Fadi in arabo saudita. Si accende una sigaretta e porge a Bourne il pacchetto di fiammiferi. «Dai un'occhiata.»

Bourne fa un passo in avanti, sbircia nella bara aperta...

... e si ritrova seduto sul sedile posteriore di un'automobile. Guarda fuori dal finestrino e vede un paesaggio che gli è familiare, ma che non sa riconoscere. Scuote la spalla all'autista.

«Dove stiamo andando?»

L'autista si volta. È Lindros. Nel suo volto c'è qualcosa che non va. È pieno di ombre o cicatrici: è il Lindros che ha riportato alla sede centrale della CIA. «Dove pensi che andiamo?» chiede il Lindros sotto mentite spoglie, aumentando di velocità.

Sporgendosi in avanti, Bourne scorge una figura in piedi sul ciglio della strada. Stanno per raggiungerla. È una giovane donna, un'autostoppista con il pollice alzato: Sarah. Le sono quasi arrivati di fianco quando lei fa un passo di lato sulla traiettoria dell'auto.

Bourne tenta di gridare un avvertimento all'autista, ma sco-

pre di essere muto. Sente l'auto sbandare e sobbalzare, vede volare in aria il corpo di Sarah, il sangue che sgorga da lei. In un gesto di rabbia, allunga le mani verso l'autista...

... e si ritrova a bordo di un autobus. I passeggeri, dalle espressioni vacue, ignorano la sua presenza. Bourne avanza lungo la corsia centrale tra le file di sedili. Il conducente dell'autobus indossa un completo di sartoria confezionato in Europa. È il dottor Sunderland, lo specialista della memoria di Washington.

«Dove stiamo andando?» gli chiede Bourne.

«Te l'ho già detto» gli fa notare il dottor Sunderland.

Attraverso il parabrezza Bourne riconosce la spiaggia di Odessa. Vede Fadi fumare una sigaretta, sorridere, aspettare.

«È stato tutto organizzato» dice il dottor Sunderland, «fin dall'inizio.»

L'autobus rallenta. C'è una pistola nella mano di Fadi. Il dottor Sunderland gli apre la portiera, Fadi sale a bordo, prende la mira, poi preme il grilletto...

Bourne si svegliò al suono di riecheggianti colpi di pistola. Qualcuno torreggiava sopra di lui. Un uomo dal mento ricoperto di barba, occhi infossati e l'attaccatura dei capelli a dir poco bassa, quasi scimmiesca. Una luce inconsistente si proiettava dall'oblò, illuminando la faccia dello sconosciuto. Alle sue spalle il cielo era striato di blu e bianco.

«Generale Mykola Petrovič Tuz! Si è svegliato, finalmente!» Il già incomprensibile russo dello sconosciuto era peggiorato dall'evidente indole da beone incallito. «Sono il dottor Korovin.»

Per qualche secondo Bourne non ricordò dove si trovava. La cuccetta che beccheggiava leggermente sotto di lui gli provocò d'istinto un tuffo al cuore. Un déjà vu! Era già stato lì, si era già trovato in quella situazione... Aveva perso di nuovo la memoria?

Poi tutto tornò a galla. Riconobbe intorno una piccola infermeria, si rese conto di trovarsi sulla *Itkursk*, ricordò di essere il generale di brigata Mykola Petrovič Tuz, e disse con voce impastata: «Voglio vedere la mia assistente».

«Sicuro!» Il dottor Korovin arretrò di un passo. «È proprio qui.»

Il viso del dottore fu sostituito da quello di Soraya Moore. «Generale» esclamò in tono incisivo. «Posso constatare che sta meglio.»

Bourne le lesse chiaramente l'angoscia nello sguardo. «Dobbiamo parlare» sussurrò.

Soraya si voltò verso il dottore. «Ci può lasciare soli, per favore?» chiese in tono gentile.

«Certo» disse il dottore. «Nel frattempo andrò a informare il capitano che il generale si sta riprendendo.»

Non appena la porta si richiuse dietro di loro, Soraya sedette sulla sponda della cuccetta. «Lerner è stato zavorrato e gettato in mare» disse sottovoce. «Quando l'ho identificato come una spia straniera, il capitano è stato fin troppo contento di farci quella cortesia. Anzi, è stato un vero sollievo per lui. Personalmente non vuole nessuna pubblicità, lo stesso dicasi per la compagnia di trasporti marittimi, sicché Lerner è finito fuori bordo.»

«Dove siamo?» chiese Bourne.

«A una quarantina di minuti di navigazione da Istanbul.» Soraya lo prese per un braccio mentre Bourne tentava di mettersi seduto. «Circa il fatto che Lerner fosse a bordo del traghetto... né tu né io ce n'eravamo accorti.»

«Penso di non essermi accorto anche di un'altra cosa, un particolare perfino più importante» precisò Bourne. «Passami i pantaloni.»

I suoi pantaloni erano appesi alla spalliera di una sedia. Soraya glieli mise in mano. «Devi assolutamente mangiare qualcosa. Il dottore ti ha iniettato molti liquidi mentre ti medicava! Dice che in un paio d'ore dovresti sentirti molto meglio.»

«Un momento e sono in piedi.» Bourne sentiva un vago indolenzimento alla ferita sul fianco. Intorno al bicipite destro, dove il punteruolo l'aveva graffiato malamente, c'era una fasciatura, ma non gli procurava alcun dolore. Chiuse gli occhi, ma questo non fece altro che fargli riaffiorare alla mente il sogno di Fadi, l'impostore, Sarah e il dottor Sunderland.

«Jason, cosa c'è?»

Bourne riaprì gli occhi. «Soraya, non è stato solo il dottor Sunderland a giocarmi brutti scherzi nella psiche.»

«Cosa intendi?»

Frugando nelle tasche dei pantaloni, Bourne trovò un pacchetto di fiammiferi. *Fadi si accende una sigaretta, poi passa a Bourne il pacchetto di fiammiferi.* Era una delle tante immagini del suo sogno, ma gli era accaduta davvero nella realtà. Sotto l'influenza dei ricordi indotti per effetto chimico nel suo subconscio dal dottor Sunderland, Bourne aveva portato Fadi fuori dalla cella e dal braccio di detenzione della Typhon. All'aperto, Fadi aveva acceso una sigaretta usando un pacchetto di fiammiferi... *Nel mio buco non c'è nulla che si possa bruciare, perciò mi permettono di tenerli*, aveva detto. Poi aveva consegnato a Bourne i fiammiferi.

Perché l'aveva fatto? Era stato un gesto così banale, notato e registrato nella memoria a malapena, specie con tutto quello che era seguito. Fadi invece aveva contato proprio su quello.

«Un pacchetto di fiammiferi?» disse Soraya, osservando l'oggetto.

«Quello che mi ha consegnato Fadi fuori dalla sede centrale della CIA.» Bourne aprì il pacchetto di fiammiferi. Era tutto rovinato, gli angoli piegati, la scritta a stampa quasi illeggibile a causa del bagno involontario fatto da Bourne nel mar Nero sulla spiaggia di Odessa.

L'unica cosa rimasta intatta erano gli strati più interni, dai quali i fiammiferi erano stati spezzati di volta in volta. Con l'unghia del pollice, Bourne sollevò a forza le punte della graffetta metallica che fissava i fiammiferi al cartoncino. Sotto, trovò un piccolissimo e piatto ovale di metallo e ceramica.

«Mio Dio! Ti aveva messo addosso una microspia!»

Bourne esaminò da vicino l'oggetto. «È un localizzatore.» Lo consegnò a Soraya. «Voglio che lo butti in mare. E subito anche!»

Soraya prese la microspia miniaturizzata e uscì dalla cabina. Poco dopo era già di ritorno.

«Adesso parliamo di altre questioni.» Bourne guardò Soraya negli occhi. «È chiaro che Tim Hytner ha fornito a Fadi tutte le informazioni che gli servivano.»

«La talpa non era Tim» dichiarò Soraya con fermezza.

«So che era tuo amico e perciò...»

«Non è questo il motivo, Jason. Il sosia di Lindros ha fatto di tutto per mostrarmi la prova documentata che Tim fosse il traditore.»

Bourne trasse un profondo respiro, ignorando il dolore che ciò gli causava, sporse i piedi dalla cuccetta, posandoli sul pavimento. «Allora ci sono buone probabilità che Hytner non fosse colpevole, dopotutto.»

Soraya annuì. «Il che significa che una talpa è ancora all'opera all'interno della CIA.»

Erano seduti al caffè Kaktüs, meno di un isolato a sud di Istiklal Caddesi – viale dell'Indipendenza – nel Distretto di Beyoglu, il quartiere più moderno di Istanbul. Il loro tavolino era occupato da piattini di *meze* e tazzine di caffè turco, forte e denso. L'interno del locale pubblico era tutto un brusio di chiacchiere e conversazioni in tante lingue diverse, il che tornava a loro favore.

Bourne aveva mangiato con gusto e, alla terza tazzina di caffè, aveva cominciato a sentirsi di nuovo un uomo, seppure ferito. Finalmente, disse: «È chiaro che non possiamo fidarci di nessuno alla CIA. Se tu avessi a disposizione un computer qui a Istanbul, sapresti introdurti nel sistema centrale superando il firewall Sentinel?».

Soraya scosse la testa. «Nemmeno Tim ci sarebbe riuscito.»

Bourne annuì. «Allora devi tornare a Washington per individuare la talpa. Finché rimarrà indisturbato al suo posto nulla all'interno della CIA sarà sicuro, compresa l'indagine sul piano della Dujja. Dovrai tenere d'occhio il sosia di Martin. Dato che entrambi lavorano per Fadi, l'uomo che ha assunto l'identità di Martin potrebbe condurti alla talpa.»

«Andrò a parlare direttamente col Grande Vecchio.»

«Questo è proprio quello che *non* dovrai fare. Non abbiamo nessuna prova concreta. Sarebbe la tua parola contro quella dell'impostore. Ti sei già compromessa per via del tuo legame con me. E poi il Grande Vecchio vuole bene a Lindros come a un figlio. Si fida ciecamente di lui. È questo che rende il piano di Fadi così brillante.» Bourne scosse il capo. «No, non andresti da nessuna parte accusando Lindros. La miglior cosa è tenere gli occhi, le orecchie aperte e la bocca chiusa. Non voglio che il finto Lindros abbia sentore di essere stato scoperto. Sarà già abbastanza sospettoso nei tuoi confronti. Dopotutto ti aveva mandata a Odessa per tenermi d'occhio.»

Un sorriso tetro comparve sul volto malconcio di Bourne. «Gli daremo quel che desidera. Gli racconterai che sei stata testimone oculare della lotta tra me e Lerner sul traghetto, nel corso della quale ci siamo uccisi a vicenda.»

«È per questa ragione che mi hai fatto buttare in mare il localizzatore?»

Bourne annuì. «Fadi gli confermerà che è finito in fondo al mar Nero.»

Soraya sorrise. «Bene. Adesso sì che stiamo facendo progressi!»

A un isolato dal Kaktüs c'era un Internet Café. Soraya andò a pagare alla cassa il periodo di tempo di cui avrebbe usufruito della postazione, mentre Bourne prendeva posto davanti a un computer libero nella parte più interna del locale. Stava già avviando una ricerca sul dottor Allen Sunderland, quando l'agente Moore sistemò una sedia accanto alla sua. A quanto pareva Sunderland aveva effettivamente ricevuto numerosi premi ed era autore di numerosi trattati. Uno dei siti comparsi nell'elenco proposto dal motore di ricerca conteneva una fotografia dell'eminente specialista della memoria.

«Questo non è l'uomo che mi ha sottoposto al trattamento dell'amnesia» disse Bourne, fissando l'immagine. «Fadi ha usato un sostituto. Un dottore che ha corrotto o costretto con qualche mezzo a trafficare con le sinapsi del mio cervello, introducendovi dei neurotrasmettitori, che hanno cancellato certi ricordi, ma ne hanno anche creati dei falsi. Ricordi ex novo il cui scopo era quello di convincermi ad accettare il sosia di Martin, ricordi con lo scopo di condurmi in una trappola e alla morte.»

«È orribile, Jason. È come se qualcuno fosse entrato nella tua psiche.» Soraya gli posò una mano sulla spalla. «Come puoi combattere contro una cosa del genere?»

«Il fatto è che non posso. A meno che non trovi l'uomo che mi ha fatto questo.»

Bourne ritornò col pensiero alla conversazione avuta a suo tempo con il falso dottor Sunderland. La foto sulla scrivania della bellissima bionda che Sunderland aveva chiamato «Katja». Anche quello faceva parte della sua copertura? Bourne fece uno sforzo mnemonico e riuscì a figurarsi il tono di voce di Sunderland. No, sulla donna era stato sincero. Almeno lei doveva essere una persona reale per l'uomo che si era fatto passare per Allen Sunderland.

E poi c'era l'accento del dottore. Bourne ricordò di averlo riconosciuto come rumeno. Almeno certi particolari erano autentici. Il falso Sunderland era veramente un dottore: uno psichiatra specialista nella ricostruzione dei ricordi; era rumeno; era sposato con una donna che si chiamava Katja. La bella Katja, che davanti all'obbiettivo fotografico era così rilassata e a suo agio da poter essere una top model. Questi frammenti di informazione non erano granché, se ne rendeva conto, ma era pur sempre meglio del buio totale.

«Ricominciamo dall'inizio.» Le dita di Bourne volavano sulla tastiera del computer. Pochi secondi dopo aveva trovato notizie su Abu Sarif Hamid ibn Ashef al Wahhib, fondatore della Integrated Vertical Technologies. «Sposato trentatré anni fa con Holly Cargill, figlia minore di Simon e Jacqui Cargill, della nota Cargill & Denison, procuratori legali e intermediari d'affari d'alto livello. I Cargill fanno parte dell'élite della società londinese. Affermano che il loro lignaggio risale addirittura all'epoca di Enrico VIII.» Le dita di Bourne continuarono il loro balletto sulla tastiera. Il monitor continuò a trasmettere dati. «Holly ha dato tre figli ad Hamid ibn Ashef. Il primogenito è Abu Ghazi Nadir al Jamuh ibn Hamid ibn Ashef al Wahhib. Poi il fratello minore, Jamil ibn Hamid ibn Ashef al Wahhib, il quale, tra parentesi, ha assunto la presidenza della IVT lo stesso anno in cui siamo andati per la prima volta a Odessa.»

«Due settimane dopo che tu sparasti ad Hamid ibn Ashef» gli fece notare Soraya da sopra la spalla. «E cosa si dice del terzo figlio?»

«Ci sto arrivando.» Bourne scese lungo la pagina web con il cursore. «Ecco qui. Il terzo rampollo è femmina.» A quel punto il cuore gli si bloccò in gola. Pronunciò il nome della ragazza con voce strozzata. «Sarah ibn Ashef. Deceduta.»

«La nostra Sarah» sussurrò Soraya.

«Sembrerebbe di sì.» D'un tratto, tutte le tessere del mosaico tornavano al loro posto. «Mio Dio! Fadi è uno dei figli di Hamid ibn Ashef!»

Soraya era sbalordita. «Il primogenito, suppongo, dato che Karim ha assunto la presidenza della IVT.»

Bourne ricordò il suo violento incontro con Fadi sulla spiaggia del mar Nero. *Ho aspettato a lungo questo momento,* aveva detto Fadi. *Ne è passato di tempo dall'ultima volta che ci siamo visti! Tanto tempo, prima di riscuotere la mia vendetta.* Quando lui gli aveva chiesto a cosa si riferisse, Fadi aveva ringhiato: *Non fingere di non saperlo. Non è possibile che tu l'abbia dimenticato... non quello.* Poteva voler dire una cosa soltanto.

«Ho ucciso sua sorella» concluse Bourne, abbandonandosi contro la spalliera della sedia. «Per questo mi hanno coinvolto nel loro piano di distruzione di massa.»

«Siamo, però, ancora lontani dal conoscere l'identità dell'uomo che impersona Martin Lindros» osservò Soraya.

«Né sappiamo se Martin è ancora vivo.» Bourne riportò l'attenzione sul computer. «Forse possiamo scoprire qualcosa in merito all'altro impostore.» Bourne entrò nel sito web della Integrated Vertical Technologies. Una tabella elencava l'organigramma della società, compreso il personale del settore Ricerca e Sviluppo, sparso in una decina di diversi Paesi.

«Se stai cercando l'uomo che ha assunto l'identità del dottor Sunderland sarà come cercare un ago in un pagliaio.»

«Non per forza» ribatté Bourne. «Dimentichi che l'uomo che stiamo cercando era comunque uno specialista.»

«Nella ricostruzione della memoria...»

«Esatto.» Poi Bourne si ricordò di un altro particolare emerso dalla conversazione avuta con il dottor Sunderland fasullo. «E della miniaturizzazione.»

Tra quelli che sembravano i candidati più probabili, c'erano dieci laureati. Bourne fece ricerche su ognuno di loro, cercando notizie in rete. Nessuno aveva eseguito il trattamento antiamnesia su di lui.

«E adesso?» chiese Soraya.

Bourne uscì dal sito web della IVT, riaprendo la homepage della sede centrale e passò in rassegna le notizie storiche della società. Un quarto d'ora di scrupolose ricerche in una quantità di articoli su annunci di fusioni, bollettini trimestrali interni, rapporti aziendali, assunzioni e licenziamenti di personale lo portarono alla scoperta di una voce relativa a un certo dottor Costin Veintrop, uno specialista in nanoscienza biofarmaceutica, microscopia della lettura a scansione elettronica e medicina molecolare.

«Pare che il dottor Veintrop sia stato licenziato dalla IVT per presunto furto di proprietà intellettuale.»

«Questo non avrebbe dovuto farlo allontanare dal personale?» osservò Soraya.

«Esattamente il contrario. Rifletti. Un licenziamento pubblico come questo ha escluso Veintrop da qualsiasi lavoro legale di ricerca scientifica e da ogni possibile cattedra universitaria. Ed è così finito dalle stelle alle stalle.»

«Proprio il genere di situazione che il fratello di Fadi, in veste di presidente generale della società, poteva benissimo architettare. A quel punto o il dottore decideva di lavorare alle dipendenze di Fadi o niente.»

Bourne annuì. «È un'ipotesi sulla quale vale la pena indagare.» Compose sulla tastiera il nome del dottor Costin Veintrop e trovò il suo curriculum vitae. Benché molto interessante, non portò a niente di nuovo. Però la conferma emerse dal link a una piccola sezione fotografica. C'era una foto ricordo del dottore in posa a una cerimonia di premiazione. Al suo fianco la moglie: la splendida bionda la cui foto Bourne aveva visto nell'ufficio del vero dottor Sunderland. Era una ex modella di «Perfect 10», una nota rivista patinata per uomini. Il suo nome era Katja Stepanova Vdova.

Il capitano Marlin Dorph, comandante in capo delle unità Skorpion Five e Skorpion Six del Dipartimento Operazioni della CIA, poco prima dell'alba riunì alle due squadre speciali il contingente di marines nei paraggi della città di Al Ghaydah, nella regione dello Shabwah, nello Yemen del Sud.

Dorph era l'uomo adatto a quell'incarico. Conosceva lo Shabwah come le sue tasche. La sanguinosa storia di quella regione era tatuata sulla sua pelle da numerose vittorie e altrettante sconfitte. Malgrado il governo yemenita assicurasse del contrario, lo Shabwah era infestato di gruppi militanti terroristi islamici. Durante la Guerra Fredda, Unione Sovietica, Germania dell'Est e Cuba avevano impiantato una rete di campi di addestramento nascosti in quell'inospitale regione montagnosa. Durante quel periodo, Al Ghaydah, presidiata da istruttori terroristi cubani, era diventata nota per l'addestramento e l'armamento del Fronte popolare per la liberazione dell'Oman. In una città vicina, i soldati della Germania dell'Est erano impegnati a istruire gli elementi chiave del Partito comunista saudita e del Fronte di liberazione del Barhain nella destabilizzazione delle attività civili, compresa la manipolazione dei mass media allo scopo di diffondere le ideologie dei gruppi eversivi in ogni angolo dei loro rispettivi Paesi, minando la vita spirituale dei popoli a cui appartenevano. Benché i sovietici e i loro Paesi satellite avessero abbandonato lo Yemen al suo destino nel 1987, le cellule terroriste non se n'erano andate, ritrovando nuovo vigore e fanatico entusiasmo nella leadership di al-Qaida.

«Ancora niente?»

Dorph si voltò e si trovò davanti il capitano Lowrie, comandante delle unità dei marines che avrebbero accompagnato la Skorpion Five e la Skorpion Six all'impianto nucleare segreto della Dujja. Lowrie era alto, coi capelli biondi, poderoso come un orso e l'espressione due volte più feroce.

Dorph, che aveva visto gente del suo stampo compiere atti di eroismo e morire in battaglia, gli mostrò il telefono satellitare Thuraya che aveva in mano. «Sto aspettando conferma da un momento all'altro.»

Si erano dati appuntamento su un altopiano bruciato dal sole a est di Al Ghaydah. La città brillava nella luce dell'alba, spazzata dal vento, circondata da montagne e deserto. Le costruzioni di fango essiccato e calce, alte dieci o dodici piani, erano simili a scatole con finestre allungate che davano alle facciate l'aspetto di antichi templi. Il tempo sembrava essersi fermato, come se la storia, in quella landa desolata, si fosse fermata.

Sull'altopiano i membri dei due gruppi militari erano silenziosi, tesi, preparati allo spiegamento di forze che sapevano imminente. Capivano cosa c'era in gioco; ognuno dei presenti era pronto a dare la propria vita per garantire la sicurezza del proprio Paese.

Mentre aspettava, Dorph estrasse il suo GPS e mostrò al suo omologo dei marines la presunta località del loro obiettivo. Era a meno di cento chilometri a sud-sudovest dalla loro attuale posizione.

Il Thuraya emise un ronzio. Dorph lo portò all'orecchio e ascoltò mentre l'uomo che credeva fosse Martin Lindros gli confermava le coordinate che aveva segnalato sul GPS di Dorph.

«Signorsì» disse Dorph a bassa voce nel ricevitore. «Tempo d'arrivo previsto: venti minuti. Può contare su di noi, signore.»

Interrotta la comunicazione, Dorph fece un cenno d'assenso a Lowrie. Insieme, impartirono gli ordini ai loro uomini, che salirono, senza proferire parola, a bordo dei quattro elicotteri Chinook. Pochi secondi dopo i rotori si misero in movimento, girando sempre più in fretta. I Chinook decollarono in coppia, sollevando immense nuvole di polvere e sabbia che vorticarono verso l'alto in una nebbia sottile, oscurando in parte i velivoli finché non si portarono in quota di volo orizzontale. Poi si inclinarono leggermente in avanti e partirono a tutta velocità, rotta sud-sudovest.

La Sala Bellica, quarantacinque metri sotto il pianterreno della Casa Bianca, sembrava un alveare ribollente d'attività. Gli schermi piatti al plasma trasmettevano immagini, riprese dal satellite, dello Yemen meridionale secondo diversi gradi di dettaglio, da una visione d'insieme a uno specifico punto di riferimento topografico, tutti particolari del territorio circostante Al Ghaydah. Altri monitor presentavano proiezioni tridimensionali della zona dell'obiettivo e l'avanzata dei quattro elicotteri Chinook.

I presenti in sala erano il presidente; Luther LaValle, lo zar dei servizi segreti del Pentagono, accompagnato da due generali; il segretario della Difesa Halliday; il consigliere per la Sicurezza Nazionale; Gundarsson della IAEA. L'unico assente era Jon Mueller.

«Dieci minuti al contatto» annunciò il Grande Vecchio. Indossava una cuffia con microfono, collegata alla rete per le comunicazioni radio criptate del capitano Dorph.

«Mi ricordi ancora di quali armi dispone la forza d'attacco» biascicò il segretario Halliday seduto alla sinistra del presidente.

«I Chinook sono stati progettati appositamente per noi dalla McDonnell Douglas» spiegò pazientemente il Grande Vecchio. «In effetti, più che normali Chinook, assomigliano a elicotteri d'attacco Apache, sempre di produzione della McDonnell Douglas. Come gli Apache, sono attrezzati con mirini di rilevamento e acquisizione del bersaglio e indicatori-localizzatori a raggio laser. I Chinook resistono ai colpi di proiettili fino a 23mm di calibro. Per quanto riguarda le armi offensive, trasportano un equipaggiamento completo di missili guidati Hellfire, tre mitragliatrici a nastro brandeggiabili M-230 da 30mm e dodici razzi Hydra 70, che vengono sparati dal lanciarazzi a canna multipla M-261. I razzi sono predisposti con testate singole munite di spolette di detonazione a impatto o spolette multiopzione con comando di detonazione a tempo e a distanza.»

Il presidente rise forse un po' troppo forte. «Questi dettagli dovrebbero soddisfare perfino te, Bud.»

«Perdoni il mio sconcerto, direttore» insistette Halliday, «ma non ha fatto nessun accenno alla grave falla nel sistema di sicurezza della CIA prodottasi nella vostra sede centrale.»

«Quale falla?» Il presidente era sbalordito; poi, con il sangue che gli affluiva al volto, fu preso dalla collera. «A cosa si riferisce, Bud?»

«Siamo rimasti vittima di un virus informatico» spiegò senza scomporsi il direttore della CIA. Come ha scoperto la facceda virus?, pensò di sfuggita. «I nostri esperti ci assicurano che l'integrità del sistema centrale non è stata violata. Ce lo garantisce il nostro firewall Sentinel. In questo momento stanno ripulendo tutta la rete informatica.»

«Se fossi nei suoi panni, direttore» insistette il segretario Halliday, «non sottovaluterei episodi di questo tipo. Non con questi terroristi che ci soffiano sul collo.»

Come avrebbe fatto ogni fedele vassallo, LaValle si intromise per dare man forte al signore del suo feudo. «Direttore, ci ha appena detto che i vostri esperti stanno eliminando il virus. Resta il fatto che la sua Agenzia ha subito un attacco informatico.»

«Non è la prima volta» ribatté il direttore della CIA. «E mi creda, non sarà l'ultima.»

«Tuttavia» proseguì LaValle, «un attacco dall'esterno...»

«Non è stato dall'esterno.» Il direttore fulminò lo zar dello spionaggio del Pentagono con uno sguardo insostenibile. «Grazie all'intuito del vicedirettore Martin Lindros abbiamo scoperto una pista elettronica che risale fino alla talpa... il defunto Tim Hytner. Il suo ultimo atto in vita è stato introdurre il virus nel sistema con la scusa di "decriptare" un messaggio cifrato della Dujja che in seguito si è rivelato essere il codice binario colpevole dell'attivazione del virus.»

Lo sguardo del Grande Vecchio si spostò sul presidente. «Adesso, per favore, torniamo al grave problema di cui ci stavamo occupando.» Quanti altri futili attacchi dovrò sopportare da questi due bastardi prima che il presidente vi ponga fine?, si domandò, seccato.

L'atmosfera nella sala era tesa, mentre le immagini si alternavano sugli schermi al plasma. Gli occhi erano incollati al monitor che mostrava l'avanzamento dei quattro Chinook della CIA sopra il territorio montagnoso. La grafica era la stessa di quella di un videogioco, ma una volta cominciato l'attacco ogni somiglianza con un gioco sarebbe finita.

«Hanno superato l'uadi più a occidente» riferì il direttore. «Ora l'unica cosa che li separa dall'impianto segreto della Dujja è una piccola catena montagnosa. La oltrepasseranno imboccando il canyon a sudovest della loro attuale posizione. Vi entreranno due alla volta.»

«Abbiamo incontrato nebbia da irraggiamento» riferì Marlin Dorph al direttore. Quel tipo di nebbia era uno strano fenomeno che si verificava all'alba o di notte ed era causato dal raffreddamento dell'irraggiamento della superficie terrestre, quando uno strato d'aria relativamente umida restava intrappolata appena sopra la superficie terrestre dalla pressione prodotta da una corrente d'aria più secca.

«Siete entrati in contatto visivo con l'obiettivo?» gli ronzò nell'orecchio la voce del direttore, flebile e resa metallica dal sistema di criptazione e disturbo delle comunicazioni radio.

«Negativo, signore. Ci stiamo dirigendo sul posto per eseguire una perlustrazione, ma due Chinook restano in formazione in retroguardia.» Dorph si rivolse a Lowrie, che annuì. «Norris» disse Lowrie via radio al pilota dell'elicottero, «scendi di quota.»

Lowrie osservò il Chinook d'appoggio che si abbassava e i rotori che disperdevano la nebbia da irraggiamento.

«Là!» gridò Lowrie.

Dorph vide un gruppo di cinque o sei uomini armati che, sbigottiti, alzarono gli occhi al cielo. Dorph seguì la pista che stavano percorrendo e vide un gruppo di edifici bassi, simili a bunker. Sembravano le tipiche strutture edili di un campo d'addestramento terrorista, probabilmente era così che la Dujja avrebbe camuffato la sua base segreta.

Il Chinook, dopo essere sceso di quota, stava approntando le mitragliatrici M-230. Pochi secondi dopo il terreno eruttò polvere per effetto di una sventagliata di proiettili da 30mm. Gli uomini a piedi si tuffarono a terra, risposero al fuoco, si sparpagliarono, spararono di nuovo invano, e infine furono falciati dalle raffiche.

«Andiamo!» ordinò Dorph nell'astina del microfono. «Il complesso si trova a mezzo chilometro di distanza, dritto davanti a noi.» Il Chinook si tuffò in picchiata. Dorph udì aumentare il frastuono dei rotori quando gli altri due elicotteri d'appoggio lasciarono la loro posizione perimetrale, seguendo il Chinook di comando.

«Approntare gli Hellfire!» grido Dorph. «Voglio che ogni elicottero sia pronto a lanciare un missile al mio segnale.» Dai diversi angoli di tiro i missili avrebbero provocato il crollo dei muri più massicci.

Dorph vide gli altri tre elicotteri convergere sull'obiettivo. «Al mio segnale» ripeté. «Ora!»

Quattro missili Hellfire partirono dai Chinook. Centrarono in pieno il complesso, esplodendo a pochi secondi di distanza l'uno dall'altro, provocando un'immensa palla di fuoco. L'onda d'urto si ripercosse sugli elicotteri, mentre enormi nuvole ribollenti di denso e oleoso fumo nero si innalzavano dall'obiettivo.

Poi si scatenò l'inferno.

Soraya Moore, in coda al gate d'imbarco per il volo di linea per Washington all'aeroporto internazionale Atatürk di

Istanbul, impugnò il cellulare. Da quando aveva lasciato Bourne non aveva fatto altro che riflettere sulla situazione alla sede centrale della CIA. Bourne aveva ragione: il Lindros sotto mentite spoglie occupava una posizione perfetta. Perché si era dato tanta pena per infiltrarsi nella CIA? Per le informazioni che vi poteva carpire? Soraya non ne era convinta. Fadi era abbastanza intelligente da sapere che non c'era nessuna possibilità che il suo uomo riuscisse a trafugare i dati superando il sistema di sicurezza della CIA. Poteva solo essersi infiltrato nella sede centrale per ostacolare il lavoro della Typhon nel contrastare la Dujja. A parer suo questo significava un piano offensivo. Disinformazione attiva. Se il personale della CIA era impegnato a dare la caccia a fantasmi, Fadi e la sua cellula terrorista potevano introdursi negli Stati Uniti senza farsi notare. Era la classica operazione di depistaggio dell'attenzione, un trucco usato dai prestigiatori. Spesso risultava il più efficace.

Bourne le aveva detto che non potevano rivolgersi al direttore, però poteva fare di meglio che contattare il Grande Vecchio: incontrare Anne Held. A lei avrebbe potuto rivelare tutto e Anne avrebbe trovato il modo di avvicinare il direttore senza che nessun altro lo sapesse. Questo avrebbe tagliato fuori la talpa, chiunque fosse.

Soraya avanzò nella coda dei passeggeri. Il gate di imbarco era stato aperto. Soppesò ancora se la sua idea fosse buona, dopo di che compose il numero privato di Anne. Il telefono all'altro capo squillò più volte e Soraya si ritrovò a pregare che Anne rispondesse. Non avrebbe mai rischiato di lasciarle un messaggio vocale sulla segreteria telefonica, neppure un semplice invito a richiamarla. Al settimo squillo, udì la voce della donna.

«Anne, grazie al cielo!» Adesso la fila dei passeggeri procedeva regolarmente. «Sono Soraya. Ascolta, ho pochissimo tempo. Sto tornando a Washington. Non dire niente finché non ho finito di parlare. Ho scoperto che il Martin Lindros riportato a casa da Bourne dall'Etiopia è un impostore.»

«Un impostore?»

«È quello che sto dicendo.»

«È impossibile!»

«So che sembra una follia.»

«Soraya, non so cosa ti sia successo laggiù, ma credi a me, Lindros è chi dice di essere. Ha perfino superato il controllo della retina.»

«Per favore, dammi il tempo di finire. Quest'uomo... chiunque sia... lavora per Fadi. È stato infiltrato nella nostra sede centrale per impedirci di seguire le tracce della Dujja. Anne, bisogna che tu informi il Grande Vecchio.»

«Adesso so che ti sei bevuta il cervello. Se vado a dire al Grande Vecchio che Lindros è un sosia infiltrato, mi fa subito ricoverare in manicomio.»

Soraya era quasi arrivata davanti al gate d'imbarco. Aveva esaurito il tempo a disposizione. «Anne, devi credermi. Devi trovare il modo di convincerlo.»

«Non senza prove» ribatté Anne. «Una qualsiasi basterà.»

«Ma io non...»

«Ho qui carta e penna. Dammi le informazioni sul volo su cui ti stai imbarcando. Verrò a prenderti io all'aeroporto. Ne riparleremo ed escogiteremo qualcosa insieme prima di recarci alla sede centrale.»

Soraya dettò ad Anne il numero del volo e l'ora d'arrivo. Poi fece un cenno di ringraziamento all'assistente di terra quando questa le riconsegnò il talloncino della carta d'imbarco.

«Grazie, Anne, sapevo di poter contare su di te.»

I missili Sidewinder sbucarono dal nulla.

«Sul fianco destro!» urlò Dorph, ma gli allarmi di bordo erano già scattati e stavano facendo un frastuono infernale all'interno del Chinook. Dorph vide un missile colpire in pieno l'elicottero più in basso, che esplose in una palla di fuoco, subito inglobato nella tremenda eruzione di fumo che si alzava dalle costruzioni distrutte. Un secondo elicottero, in fase di manovra evasiva, fu colpito in coda. La sezione posteriore si staccò dalla fusoliera, il resto si inclinò di fianco e precipitò in spirale nel caos sottostante.

Dorph lasciò perdere l'altro elicottero. Barcollando, raggiunse il pilota proprio mentre il Chinook si inclinava in virata nella prima delle manovre evasive.

«Missile in arrivo, Skip» disse il pilota. «Ce l'abbiamo dritto di coda.» Il pilota manovrò la cloche, piegandola e girandola come un joystick. Il Chinook eseguì una serie di arrampicate, giravolte e picchiate da far venire il voltastomaco.

«Continua così» ordinò Dorph. Poi fece un cenno all'ufficiale artigliere. «Mi occorre che regoli una spoletta con detonatore a tempo sui cinque secondi.»

L'ufficiale sbarrò gli occhi. «Cinque secondi sono troppo pochi, Skip. Rischiamo di essere investiti dall'esplosione.»

«È quello che spero» ribatté Dorph. «E che non provochi troppi danni.»

Dorph guardò fuori dal finestrino, mentre l'ufficiale artigliere si metteva all'opera. A meno di cento metri da lui, un altro Sidewinder colpì il suo bersaglio. Il terzo Chinook precipitò come un sasso. Restavano solo loro.

«Skip, missile in arrivo» annunciò il pilota. «Non so fino a quando riuscirò a mantenere in efficienza il velivolo.»

Se tutto va bene non sarai costretto a gettare la spugna, pensò Dorph. Poi batté una mano sulla spalla del pilota. «Al mio segnale, vira a sinistra e scendi in picchiata, più rapidamente che puoi. Capito?»

Il pilota annuì. «Roger, Skip.»

Il fischio assordante prodotto dal Sidewinder lacerava l'aria nel tentativo di raggiungerli. Non avevano più tempo.

L'ufficiale artigliere fece un cenno d'assenso a Dorph. «Tutto pronto, Skip.»

«Lancia!» ordinò Dorph.

Ci fu una specie di pigolio sommesso quando il razzo Hydra 70 fu lanciato. Dorph contò al alta voce: «Uno... due...». Dopo di che diede un colpetto alla spalla del pilota. «Ora!»

L'elicottero virò di colpo a sinistra e poi s'inclinò in picchiata. La terra venne loro incontro rapidamente quando l'Hydra esplose. Il boato spinse tutti in avanti e verso destra. Dorph avvertì il calore dell'esplosione perfino attraverso la fusoliera corazzata del Chinook. Quella era l'esca, e il Sidewinder – un missile aria-aria guidato da un meccanismo elettronico termoguidato – puntò dritto al centro dell'esplosione, saltando in aria.

Il Chinook vibrò paurosamente, esitò un momento mentre il pilota si sforzava di farlo uscire dalla manovra in picchiata, poi – ondeggiando come un pendolo – si raddrizzò, stabilizzandosi.

«Ben fatto.» Dorph strinse la spalla del pilota. «State tutti bene?» Il comandante vide i cenni di assenso e i pollici alzati con la coda dell'occhio. «Okay, adesso andiamo a beccare l'aereo che ha abbattuto i nostri compagni.»

Dopo che Soraya uscì per raggiungere l'aeroporto, Bourne cominciò a elaborare i suoi piani per scovare e interrogare Nesim Hatun, l'uomo che aveva assoldato Evgenij Feijodovič. Secondo quanto affermava Evgenij, Hatun aveva la base nel quartiere di Sultanahmet, a una certa distanza da dove Jason si trovava in quel momento.

Si reggeva a malapena in piedi. Finora aveva impedito alla sua mente di soffermarsi sul dolore, ma la ferita che Fadi gli aveva inferto lo stava privando della sua forza. La lotta cruenta con Matthew Lerner aveva prodotto altre lesioni al suo corpo. Sapeva che sarebbe stato avventato, probabilmente suicida, seguire le tracce di Nesim Hatun nelle sue attuali condizioni fisiche.

Perciò andò in cerca di un *achab.* Questi erboristi tradizionali si trovavano soprattutto in Marocco. Tuttavia, gli innumerevoli microclimi presenti in Turchia davano nutrimento a più di 11.000 specie di erbe e piante, perciò non sarebbe stato sorprendente scoprire che tra i tanti negozi di Istanbul ci fosse una farmacia o un'erboristeria gestita da un marocchino esperto in fitochimica.

Dopo tre quarti d'ora passati a gironzolare e a fare domande ai passanti e ai negozianti, Bourne trovò ciò che gli serviva. Era in mezzo a un mercato formicolante di gente, una botteguccia con le vetrine strette e polverose.

All'interno, l'*achab* era seduto su uno sgabello, intento a macinare erbe in un mortaio con pestello. Alzò lo sguardo su Bourne, con occhi sbiaditi e miopi.

L'aria era pregna di odori in modo quasi soffocante, i profumi intensi e sconosciuti di erbe e piante medicinali essiccate, steli, peduncoli, funghi, foglie, spore, petali, fiori e altro. Le pareti del negozio erano coperte dal pavimento al soffitto di scaffali in legno e ripiani su cui era disposto il vasto assortimento di merci dell'erborista. Quel poco di luce che riusciva a penetrare all'interno attraverso le vetrine veniva sconfitto dalla polvere aromatica accumulata da anni di lavoro alla macina.

«Posso esserle utile?» domandò l'*achab* in un turco dall'inflessione marocchina.

Bourne si sbottonò la camicia fino alla cintola, scoprendo le fasciature e i cerotti, i lividi bluastri, i graffi e le abrasioni su cui si era seccato il sangue.

L'*achab* non si scompose, alzò un indice e gli fece segno di avvicinarsi. Era un ometto, basso e magro fino a sembrare emaciato, la pelle scura e coriacea di un abitante del deserto. «Più vicino, per favore.»

Bourne obbedì.

L'erborista batté ripetutamente le palpebre sugli occhi di un marrone slavato. «Di cosa ha bisogno?»

«Di tirare avanti» rispose Bourne in arabo marocchino.

L'*achab* si alzò, andò a un cassetto e tirò fuori quella che sembrava una manciata di peli di capra. «*Huperzia serrata*. Un muschio raro che si trova nella Cina settentrionale.» L'erborista tornò a sedere sul suo sgabello, mise da parte il mortaio e il pestello, e cominciò a strappare a pezzetti il muschio essiccato. «Che ci creda o no, tutto ciò di cui ha bisogno si trova qui dentro. Il muschio neutralizzerà l'infiammazione che le sta prosciugando il corpo di ogni energia. Al contempo intensificherà la sua reattività mentale.»

L'*achab* si voltò, tolse un bollitore da un fornello caldo e versò un po' di acqua appena sotto il livello di ebollizione in una teiera di rame. Poi introdusse i ciuffi di muschio nella teiera, vi versò altra acqua quasi bollente, mise il coperchio alla teiera e depose il bollitore accanto al mortaio e al pestello.

Riabbottonandosi la camicia, Bourne si accomodò su uno sgabello di legno.

Attesero in silenzio che l'infuso alle erbe macerasse. Gli occhi dell'*achab* potevano anche essere acquosi e miopi, cionondimeno non mancavano di registrare nella memoria ogni tratto del volto di Bourne. «Chi è lei?»

Bourne rispose sinceramente: «Non lo so».

«Forse un giorno lo saprà.»

L'infuso era pronto. L'*achab* usò le sue lunghe dita per riempire un bicchiere. Il liquido era scuro, denso, ed emanava un intenso odore d'acquitrino.

«Adesso beva.» Il marocchino porse a Bourne il bicchiere. «Tutto d'un fiato, per piacere.»

Il gusto era indescrivibile, ma Bourne lo deglutì fino all'ultima goccia.

«Entro un'ora si sentirà fisicamente più forte e mentalmente più esuberante» disse l'*achab*. «Il processo proseguirà per diversi giorni.»

Bourne si alzò, ringraziò l'uomo e lo pagò. Fuori, nel mercato, andò prima in un negozio d'abbigliamento e si rivestì dalla testa ai piedi con un abito tradizionale turco. Il proprietario gli fornì le indicazioni per arrivare in Istiklal Caddesi, sull'altra sponda del Corno d'Oro, di fronte a Sultanahmet. Giunto sul posto, entrò in un negozio di forniture teatrali, dove scelse una barba posticcia e una bomboletta di colla spray. Si incollò la barba davanti alla vetrina del negozio.

Poi si attardò a frugare tra gli altri articoli offerti dal negozio, comprò quello che gli serviva e ripose tutto in una vecchia cartella di pelle di seconda mano. A mano a mano che acquistava il materiale si caricò di un'ira implacabile. Non riusciva a levarsi di mente quello che Veintrop e Fadi gli avevano fatto. Il nemico gli si era insinuato nella psiche, influenzando subdolamente i suoi pensieri, destabilizzando le sue decisioni. Come aveva fatto Fadi a mettere Veintrop nello studio di Sunderland?

Estratto il cellulare di tasca, pescò nella rubrica interna il numero di Sunderland, compose i prefissi internazionali necessari e poi il numero a 11 cifre. Lo studio non era aperto a quell'ora, ma una voce registrata gli chiese se desiderava fissare un appuntamento, se voleva gli orari di ufficio del dottor Sunderland, se desiderava le indicazioni stradali per arrivarci da Washington, dal Maryland o dalla Virginia. Bourne premette il numero richiesto per la seconda opzione. La voce registrata lo informò che il dottore riceveva in studio dalle 10:00 alle 18:00 il lunedì e da mercoledì a venerdì. Lo studio era chiuso il martedì. Martedì era proprio il giorno in cui aveva incontrato il Sunderland fasullo. Chi aveva preso l'appuntamento per lui?

Il sudore gli imperlò l'attaccatura dei capelli quando il cuore accelerò i battiti. Come avevano saputo i complici di Fadi che lo stava facendo uscire di cella? Soraya aveva avvertito telefonicamente Tim Hytner, il che spiegava perché avesse sospettato di lui. Ma Hytner non era la talpa.

Chi aveva accesso alle chiamate da cellulare alla rete fissa interna della CIA? Chi aveva la possibilità di ascoltare ogni comunicazione, a parte la talpa? Doveva essere stata la stessa persona che gli aveva fissato l'appuntamento con il dottor Sunderland il giorno in cui il vero dottore teneva chiuso lo studio.

Anne Held!

Oh, Cristo!, pensò. Il braccio destro del Grande Vecchio. Non era possibile! Eppure era l'unica spiegazione che avesse una logica in tutta quella faccenda. Quale persona migliore per Fadi, o per chiunque volesse sapere cosa avveniva al centro della ragnatela dell'Agenzia?

Bourne armeggiò nervosamente con il cellulare. Doveva avvertire Soraya prima che salisse a bordo dell'aereo. La segreteria telefonica di Soraya si attivò nell'immediato, il che significava che il suo telefonino era già spento. Si era imbarcata, era già in volo per Washington, dritta verso la catastrofe.

Bourne le lasciò un messaggio, avvertendola che con ogni probabilità la talpa all'interno della CIA era Anne Held.

Capitolo 25

«Entra pure, Martin.» Il direttore della CIA fece un cenno d'invito a Karim, che era appena comparso sulla soglia del suo sancta sanctorum. «Sono contento che Anne ti abbia trovato.»

Camminando con il solito aplomb, Karim coprì la distanza che lo separava dalla sedia di fronte all'immensa scrivania del direttore. Quel lento procedere gli ricordò la sfida rappresentata da due file di lapidatori che un traditore beduino era costretto ad affrontare andando incontro alla morte. Se ce la faceva ad arrivare vivo in fondo al corridoio umano, la sua fine era rapida, misericordiosa, altrimenti veniva abbandonato moribondo nel deserto in pasto agli avvoltoi.

Udiva un brusio diffuso. Tra il personale della CIA si era scatenata una strana atmosfera di festa e lutto dopo la notizia che l'impianto nucleare segreto della Dujja nello Yemen meridionale era stato distrutto, sebbene nell'incursione ci fossero state molte vittime tra le fila americane. Il direttore era sempre stato in contatto con il capitano Dorph, il comandante della missione. Lui e gli agenti delle unità speciali Skorpion e alcuni marines erano stati gli unici a sopravvivere all'attacco. Il bilancio dei morti era pesante: tre Chinook carichi di marines e agenti delle unità Skorpion della CIA. L'impianto nucleare era protetto da due MiG di fabbricazione sovietica armati di missili aria-aria Sidewinder. L'elicottero di Dorph li aveva abbattuti entrambi dopo la distruzione dell'obiettivo.

Karim sedette. Aveva sempre i nervi a fior di pelle quando si accomodava su quella poltrona. «Signore, so che abbiamo pagato un prezzo esorbitante, ma dato il successo della missione contro la Dujja, mi sembra particolarmente ed eccessivamente cupo.»

«Sono addolorato per le vittime, Martin.» Il Grande Vecchio gemette come se stesse male. «Non è che non provi sollievo... e un'innegabile soddisfazione per la vendetta che mi sono preso dopo che nella Sala Bellica della Casa Bianca mi avevano quasi fatto allo spiedo.» Le folte sopracciglia del direttore si unirono in un'espressione corrucciata. «Ma, detto tra noi, c'è qualcosa che non mi convince.»

Karim sentì salire lungo la spina dorsale una fitta d'ansia. Senza nemmeno accorgersene, si spostò in avanti sull'orlo della poltrona. «Non la seguo, signore. Dorph ha confermato che l'impianto ha subito quattro colpi diretti, tutti da angolazioni diverse. Non c'è dubbio che non ne sia rimasta traccia, come sono stati abbattuti i due caccia ostili che lo difendevano.»

«È vero.» Il direttore annuì. «Tuttavia...»

I pensieri di Karim erano in ebollizione, tutti rivolti a individuare, evitando esitazioni, le varie alternative. L'istinto e il sesto senso del direttore erano ben noti. Aveva mantenuto il suo posto per così tanti anni soltanto perché aveva imparato a essere un buon politico, e Karim sapeva che sarebbe stato imprudente cercare semplicemente di calmarlo. «Se potesse essere più preciso...»

Il Grande Vecchio scosse, sconsolato, la testa. «Magari potessi farlo!»

«Le nostre informazioni segrete sono state confermate, signore.»

Il direttore si abbandonò contro lo schienale della poltrona e si grattò il mento. «Ecco cosa mi frulla in testa: perché i due MiG hanno aspettato a lanciare i missili finché l'impianto non è stato distrutto?»

«Forse hanno subito un ritardo perché disturbati a livello elettronico.» Karim si stava muovendo su un terreno delicato, e ne era perfettamente consapevole. «Ha sentito Dorph... c'era nebbia da irraggiamento.»

«La foschia era bassa sulla superficie terrestre. I MiG sono arrivati dall'alto; la nebbia da irraggiamento non li ha disturbati. E se avessero aspettato *apposta* finché l'impianto non fosse fatto saltare in aria?»

Karim tentò di ignorare il ronzio alle orecchie. «Signore tutto questo non ha senso.»

«Lo avrebbe se l'impianto nucleare era solo un giocattolo» dichiarò il Grande Vecchio.

Karim non poteva lasciare che il direttore – o chiunque altro nella CIA – seguisse quel tipo di ragionamento e supposizioni. «Forse ha ragione, signore, adesso che mi ci fa pensare.» Karim si alzò. «Vado subito a verificare.»

Gli occhi penetranti del Grande Vecchio lo spiarono da sotto le sopracciglia aggrottate. «Siedi, Martin.»

Un silenzio pesante calò nell'ufficio. Perfino il flebile brusio dei festeggiamenti si era attenuato man mano che il personale della CIA tornava al lavoro.

«E se la Dujja volesse indurci a credere che abbiamo distrutto il suo impianto nucleare segreto?»

Naturalmente questo era proprio quello che era avvenuto. Karim si sforzò di mantenersi calmo.

«So di aver fatto bere al segretario Halliday che Tim Hytner era la talpa» proseguì ostinato il direttore. «Questo però non vuol dire che ne sia convinto. Se la mia intuizione è esatta, eccoti un'altra serie di supposizioni: o Hytner è stato incastrato dalla vera talpa o non era l'unica mela marcia nella CIA.»

«Sono tutti grossi "se", signore.»

«Allora, Martin, dimostrami il contrario. Fanne la tua priorità. Usa tutte le risorse necessarie.»

Il Grande Vecchio piantò le mani sul tavolo e le usò come leva per alzarsi. Era pallido e smorto. «Cristo santo, Martin, se la Dujja ci ha ingannati, vuol dire che non li abbiamo fermati. In questo caso sono prossimi a lanciare il loro attacco.»

Muta ibn Aziz arrivò a Istanbul poco dopo mezzogiorno e andò immediatamente da Nesim Hatun. Questi dirigeva il Miraj Hammam, un bagno turco, nel Distretto di Sultanahmet. Si trovava in un vecchio edificio, vasto e dalla struttura irregolare, in una via secondaria a meno di cinque isolati da Hagia Sophia, la grande moschea fatta edificare da Giustiniano nel 532 d.C. L'hammam era sempre frequentato da clienti facoltosi, con prezzi più alti di quelli dei bagni turchi nelle zone meno turistiche della città. Era stato un hammam per anni: da ben prima che Hatun nascesse.

Hatun andava fiero di aver corrotto le persone giuste affinché la sua attività commerciale fosse recensita su tutte le migliori guide turistiche. L'hammam era un'ottima fonte di reddito, specie per gli standard turchi. A renderlo davvero ricco era stato, però, il suo lavoro per Fadi.

Uomo dagli immensi appetiti, Hatun aveva un corpo da scricciolo e il viso crudele di un avvoltoio. Dai suoi occhi neri si poteva scorgere un'anima avvelenata: veleno che Fadi aveva identificato, fatto uscire allo scoperto e alimentato con cura. Hatun aveva avuto molte mogli, tutte o morte o esiliate in campagna. I suoi dodici figli, che lui amava e di cui si fidava ciecamente, amministravano l'hammam per conto suo. Hatun, che aveva il cuore come un pugno chiuso, preferiva che fosse così. E anche Fadi.

«*Merhaba, habibi!*» disse Hatun in segno di saluto quando Muta ibn Aziz varcò la soglia. Baciò l'ospite su entrambe le guance e lo accompagnò, attraverso il dedalo di sale i cui pavimenti e muri erano coperti dai tipici mosaici sulla parte retrostante l'hammam, che circondava un piccolo giardino al centro del quale cresceva la palma da datteri. L'aveva portata fin là da un caravanserraglio del Sahara, sebbene all'epoca la palma fosse solo un germoglio, a malapena più grosso del suo dito indice. Hatun aveva profuso maggiori attenzioni in quell'unico albero di quello che aveva fatto con una qualsiasi delle sue mogli.

Sedettero su fresche panche di pietra alla luce filtrata del sole. Due delle figlie di Hatun servirono tè dolce e pasticcini. Una di loro portò un narghilè – la tradizionale pipa ad acqua – riccamente decorato, che i due uomini condivisero.

Questi rituali e il tempo necessario per eseguirli erano la norma nella vita sociale in Oriente. Significavano cementare l'amicizia, mostrando educazione e rispetto adeguati alle persone civili. Persino in tempi moderni c'erano uomini come Nesim Hatun che osservavano scrupolosamente quegli usi e costumi, mantenendo accesa la lampada della tradizione nel bagliore al neon dell'era elettronica.

Infine, Hatun spinse da parte il narghilè. «Vieni da molto lontano, amico mio.»

«A volte, come sai fin troppo bene, le forme di comunicazione più antiche sono le più sicure.»

«Capisco benissimo e non potrei essere più d'accordo» annuì Hatun. «Io stesso uso un cellulare nuovo ogni giorno, e comunque parlo sempre al telefono in termini generici e nel modo più vago possibile.»

«Non abbiamo più avuto notizie da Evgenij Feijodovič.»

Hatun aggrottò le sopracciglia. «Bourne l'ha scampata a Odessa?»

«Questo non lo sappiamo. Ma il silenzio di Feijodovič è allarmante. Fadi è scontento, come è giusto che sia.»

Hatun allargò le braccia. Le sue mani erano sorprendentemente piccole, con dita delicate come quelle di una ragazza. «Come lo sono io. Stai certo che verificherò io stesso che fine ha fatto Evgenij Feijodovič.»

Muta ibn Aziz assentì. «Nel frattempo dobbiamo desumere che si è compromesso e che Bourne abbia saputo di te.»

Nesim Hatun rifletté un momento. «Questo Bourne... dicono sia una specie di camaleonte. Se è ancora vivo, se trova il modo di venire qui... come faccio a saperlo?»

«Fadi lo ha pugnalato al fianco sinistro. In modo grave. Fisicamente è messo male. Non penso tarderà ad arrivare. Potrebbe già essere qui in giornata.»

Nesim Hatun avvertì il nervosismo del suo ospite. «La realizzazione del piano di Fadi deve essere vicinissima» ipotizzò.

I due si alzarono e rientrarono in casa, passando attraverso una serie di stanze silenziose, sontuose come il giardino all'esterno.

«Resterò qui per il resto del giorno e della notte. Se entro domattina Bourne non si sarà fatto vivo, non lo vedremo più. E anche se dovesse venire in seguito, ormai sarà troppo tardi.»

Hatun annuì. Allora aveva ragione. L'attacco di Fadi al cuore degli Stati Uniti era imminente.

Muta ibn Aziz fece un cenno: «In fondo al giardino c'è un tramezzo. Aspetterò là dietro. Se Bourne verrà a Istanbul, vorrà senz'altro farti qualche domanda. Questo lo permetterai, ma durante il colloquio manderò uno dei tuoi figli a farti chiamare con una scusa, io e te discuteremo proprio là dietro».

«In modo che Bourne possa origliare. Ho capito.»

Muta ibn Aziz si avvicinò di un passo ad Hatun e la sua voce si ridusse a un sussurro. «Voglio che Bourne sappia chi sono. Voglio che sappia che tornerò da Fadi.»

Nesim Hatun annuì. «Così ti seguirà.»

«Esatto.»

Fin dal principio Jon Mueller aveva capito dove l'uomo di Lerner, il detective Overton, si era messo nei guai. Pedinando Anne Held scoprì senza troppe difficoltà chi sorvegliava la donna. C'era differenza tra sorveglianza e pedinamento: Mueller non stava cercando di seguire Anne Held, ma di scoprire chi la stesse proteggendo dalla sorveglianza esterna. Per farlo, era rimasto molto più indietro e più in alto. All'inizio aveva usato gli occhi più che il binocolo, perché gli occorreva vedere l'ambiente immediatamente circostante la Held con un'angolazione quanto più ampia possibile. Il binocolo avrebbe inquadrato solo delle sezioni ridotte della stessa zona. Però sarebbe tornato utile non appena avesse identificato l'uomo che la sorvegliava.

In effetti c'erano tre uomini, che lavoravano a turni di otto ore ciascuno. Il fatto che fossero impegnati ventiquattr'ore su ventiquattro non sorprese granché Mueller. Il pedinamento di Overton li aveva di sicuro messi in allarme e resi più cauti. Mueller aveva previsto tutto e aveva ideato un piano.

Per ventiquattr'ore aveva osservato il gruppo di agenti che vigilavano su Anne Held. Si era annotato le loro abitudini, peculiarità, manie, predilezioni, metodi operativi, le piccole differenze tra l'uno e l'altro. Il tipo che faceva il turno di notte aveva bisogno di un rifornimento costante di caffè per restare sveglio, mentre quello che montava in servizio al mattino usava di continuo il cellulare. L'uomo del turno pomeridiano e serale fumava come un turco. Mueller scelse quest'ultimo perché il suo innato nervosismo lo rendeva il più vulnerabile.

Mueller sapeva che avrebbe avuto a disposizione una sola occasione, di conseguenza fece in modo che capitasse a tiro quell'opportunità. Ore prima aveva rubato un furgone dei servizi pubblici nella zona retrostante la Potomac Electric Power Company in Pennsylvania Avenue. In quel momento era al volante del furgone dell'azienda elettrica quando Anne Held salì su un taxi che l'attendeva davanti alla sede centrale della CIA.

Quando la vettura partì, Mueller aspettò, paziente come la morte. Poco dopo udì un motore che si avviava.

Una berlina Ford bianca sbucò dal parcheggio in cui era rimasta sull'altro lato della strada e il sorvegliante del turno pomeridiano prese posizione due automobili dietro il taxi. Mueller seguì entrambi nel traffico intenso.

Neppure dieci minuti dopo Anne Held era scesa dal taxi e aveva proseguito a piedi. Mueller conosceva bene quel metodo operativo. La donna si stava dirigendo a un appuntamento. La circolazione stradale era tale che l'agente del pomeriggio non poté seguirla in macchina. Mueller aveva dedotto il particolare prima del sorvegliante, perciò aveva accostato al marciapiede e posteggiato il furgone nella 17ª NW, in una zona in cui era vietato parcheggiare, consapevole comunque che nessuno avrebbe avuto da ridire su un furgone dei servizi pubblici in sosta lì.

Sceso dal veicolo, si incamminò con passo spedito verso il punto in cui l'uomo che vigilava su Anne Held si era fermato. Raggiuntolo, batté con le nocche sul finestrino. Quando il conducente abbassò il finestrino, Mueller disse: «Ehi, amico», dopo di che gli sferrò un diretto appena sotto l'orecchio sinistro.

Il forte colpo fece perdere i sensi all'uomo, che Mueller adagiò allo schienale dell'auto, lasciandolo in posizione eretta col capo contro il poggiatesta. Poi si avviò lungo il marciapiede, tenendosi a distanza di sicurezza dalla Held che risaliva a piedi la via.

Anne Held e Karim stavano gironzolando nella Corcoran Gallery della 17ª NW. L'impressionante collezione di opere d'arte era esposta all'interno di una magnifica costruzione di marmo bianco in stile georgiano che una volta Frank Lloyd Wright aveva definito l'architettura meglio progettata di tutta Washington. Karim si fermò davanti a una grande tela di Robert Bechtel, un pittore di San Francisco, un cosiddetto fotorealista il cui valore artistico gli risultava incomprensibile.

«Il direttore sospetta che l'obiettivo dell'incursione aerea fosse una simulazione» stava dicendo Karim. «Questo vuol dire che sospetta che le informazioni della Dujja intercettate e decifrate dalla Typhon siano in realtà false piste.»

Anne era scioccata. «Su cosa fonda questi sospetti?»

«I piloti dei MiG hanno commesso un errore. Hanno aspettato a lanciare i missili fino a quando i Chinook americani non avevano raso al suolo il complesso abbandonato. *Dopo* l'avvenuta distruzione, capisci? Avevano l'ordine di permettere il bombardamento in modo che gli americani credessero che l'incursione avesse avuto successo, ma avrebbero dovuto arrivare sul posto qualche minuto più tardi di quando si sono presentati. Hanno pensato che la nebbia li avrebbe celati dalla vista dei Chinook, ma gli americani hanno trovato il modo di dissipare la foschia con i rotori degli elicotteri. Adesso il Grande Vecchio vuole che indaghi su una fuga di notizie all'interno della CIA.»

«Pensavo che avessi convinto chiunque che la talpa fosse Hytner.»

«Tutti, a quanto pare, tranne lui.»

«Cosa facciamo?» chiese Anne.

«Acceleriamo sulla tabella di marcia.»

Anne si guardò intorno con circospezione, senza darlo a vedere, ma nervosamente.

«Non c'è nulla di cui preoccuparsi» dichiarò Karim. «Dopo aver cremato Overton ho predisposto delle salvaguardie.» Karim guardò l'orologio e si avviò verso l'uscita. «Vieni. Soraya Moore atterrerà fra tre ore.»

Al volante del furgone della Potomac Electric Power Company, Jon Mueller era a meno di un isolato dalla Corcoran Gallery. Adesso era certo che Anne Held si fosse recata a un appuntamento segreto. Questo avrebbe tenuto occupato Lerner, ma non lui. Una volta eliminata, non avrebbe avuto nessuna importanza con chi si era incontrata.

Non appena vide la Held sbucare dall'ingresso della mostra d'arte, si immise nel traffico. Poco più avanti il semaforo all'incrocio di Pennsylvania Avenue era ancora verde, quando la donna scese le scale della galleria, fino al marciapiede, ma mentre Mueller le si stava facendo vicino, diventò giallo. Mueller aveva solo un'automobile davanti a sé. Cambiando in fretta la marcia e dando di gas, effettuò una brusca sterzata e superò velocemente la macchina che si stava fermando, passando col rosso in un coro di imprecazioni, urla rabbiose e insistenti colpi di clacson.

Mueller premette l'acceleratore puntando dritto contro Anne Held.

Il proiettile che infranse il finestrino laterale del furgone produsse una sorta di scampanio lontano nello spazio e nel tempo. Mueller non ebbe nemmeno il tempo di accorgersene perché il proiettile gli perforò il cervello e uscì dalla parte opposta, spappolandogli metà scatola cranica.

Un attimo prima che il furgone sbandasse, perdendo il controllo, Karim afferrò Anne per un braccio e la trascinò indietro sul marciapiede. Quando, poi, si schiantò contro due automobili, Karim si allontanò con Anne con passo sempre più sostenuto dalla scena dell'incidente.

«Cos'è successo?» domandò Anne.

«L'uomo al volante del furgone aveva intenzione di renderti l'ennesima vittima di un pirata della strada.»

«Cosa?!»

Karim fu costretto a stringerle forte il braccio per impedirle di voltarsi indietro a guardare. «Continua a camminare come se niente fosse» le disse. «Andiamo via di qui.»

Tre isolati più avanti un Lincoln Aviator con targa diplomatica aveva accostato al marciapiede con il motore al minimo. Con un unico movimento fluido Karim aprì la portiera del SUV e spinse dentro Anne. La seguì subito dopo, richiuse la portiera di scatto e l'Aviator partì.

«Stai bene?» le domandò.

Anne annuì. «Sono solo un po' scossa. Cosa diavolo significa tutto questo?»

«Avevo predisposto un servizio di sorveglianza segreto per proteggerti.»

Sul sedile anteriore c'erano l'autista e il suo assistente. Entrambi avevano tutta l'aria di essere funzionari diplomatici. Per quel che ne sapeva Anne erano *realmente* impiegati d'ambasciata arabi. Ma non lo sapeva, né lo voleva sapere. Così come non voleva sapere dov'erano diretti. Nel suo lavoro, essere troppo informati, o troppo curiosi riguardo alle cose sbagliate, poteva condurre a morte sicura.

«Mi sono documentato su Lerner, così quando il Grande Vecchio mi ha detto che lo aveva mandato a Odessa ho sospettato che qualcuno perfino più in alto nelle gerarchie dei servizi segreti ti si sarebbe attaccato alle costole. Non mi sbagliavo. Un certo Jon Mueller della Homeland Security. Mueller e Lerner erano due puttanieri amiconi. Il fatto interessante è che Mueller è sul libro paga del segretario della Difesa Halliday.»

«Questo implica che con ogni probabilità anche Lerner è agli ordini del segretario della Difesa.»

Karim annuì, si sporse in avanti e ordinò all'autista di rallentare quando il suono delle sirene della polizia, del pronto soccorso e dei vigili del fuoco aumentò, per poi diminuire. «A quanto pare Halliday vuole accrescere il potere del Pentagono. Vuole mettere le mani sulla CIA e rimodellarla a propria immagine. Possiamo sfruttare a nostro vantaggio la confusione creata da questa guerra di competenze tra agenzie di governo diverse.»

Ormai l'Aviator aveva raggiunto la zona settentrionale della città. Costeggiando il lato nordorientale di Rock Creek Park finalmente arrivarono sul retro di una grossa impresa di pompe funebri gestita da una famiglia pachistana.

Quest'ultima era anche proprietaria dell'edificio, grazie al capitale ricevuto dalla consociata internazionale della Integrated Vertical Technologies, confluito per vie traverse tramite una delle società con sede alle Bahamas e alle Cayman, che Karim aveva costituito nel corso degli anni da quando aveva sostituito il padre alla presidenza della multinazionale. Di conseguenza, avevano ristrutturato da cima a fondo l'edificio, in base alle direttive di Karim.

Tra le sue disposizioni c'era quella di far sembrare il retro della costruzione una banchina di carico. In effetti, per quanto ne sapevano i fornitori dell'impresa di pompe funebri, si trattava *davvero* di una banchina di carico. Quando l'autista del Lincoln Aviator svoltò nel recesso della banchina, il «muro» di calcestruzzo sul retro si aprì scorrendo in un'apposita nicchia d'alloggiamento. La vettura imboccò la rampa che scendeva nel sottosuolo e si fermò nel vasto sotterraneo, dopo di che tutti scesero.

Barili e casse di legno erano accumulati a ridosso del muro più vicino: era il materiale che fino a poco tempo prima era stato in deposito nell'officina in disuso della M&N Bodywork. A sinistra degli esplosivi era posteggiata una Lincoln limousine nera con una targa ben nota.

Anne si avvicinò alla vettura, sfiorò con la punta delle dita la superficie brillante dell'auto. Poi si voltò verso Karim al Jamil. «Dove ti sei procurato l'auto del Grande Vecchio?»

«È una copia esatta, in ogni particolare, perfino la blindatura e gli speciali vetri antiproiettile.» Karim aprì una delle portiere posteriori. «Tranne che per una cosa.»

Quando la portiera si era aperta la plafoniera si era accesa. Guardando nell'ampio abitacolo, Anne si meravigliò che la limousine fosse una riproduzione perfetta del modello originale fin nei minimi dettagli, compresa la folta moquette blu reale. Anne osservò Karim che sollevava un angolo della moquette, non ancora incollata sul fondo. Servendosi della lama di un coltellino a serramanico, Karim forzò il rivestimento, alzando quel tanto che bastava perché Anne vedesse che cosa c'era sotto.

Al di sotto della moquette erano disposti panetti rettangolari di una sostanza simile alla plastilina di color grigio chiaro.

«Esatto» disse Karim al Jamil, reagendo al brusco e sonoro trasalimento di Anne. «Qui c'è abbastanza C4 da far saltare in aria dalle fondamenta la sede centrale della CIA.»

Capitolo 26

Il distretto municipale in cui Nesim Hatun svolgeva un'attività di cui Bourne era ancora ignaro prendeva nome dal sultano Ahmet I, che nel corso del primo decennio del XVII secolo aveva fatto edificare la Moschea Blu nel cuore di quella che gli europei del XIX secolo chiamavano Stamboul. Era il centro nevralgico di quello che un tempo era l'immenso Impero Bizantino, che al suo apice si estendeva dalla Spagna meridionale alla Bulgaria e all'Egitto.

La Sultanahmet moderna non aveva perso né la sua architettura spettacolare né la sua capacità di stupire e intimorire. Il centro era una collinetta chiamata l'Ippodromo, la Moschea Blu da un lato e Hagia Sophia costruita un secolo prima, dall'altro. Le due moschee erano collegate tra loro da un piccolo parco. Attualmente l'attività sociale del distretto si svolgeva nei pressi di Akbiyik Caddesi, il viale dei Baffi Bianchi, alla cui estremità settentrionale sorgeva il Palazzo del Topkapi. Ai lati dell'ampio viale si susseguivano negozi, bar, caffè, drogherie, ristoranti e, ogni mercoledì mattina, c'era un mercato all'aperto.

Tra le numerose persone che camminavano e vociavano intasando Akbiyik Caddesi, Bourne era praticamente irriconoscibile. Indossava l'abito tradizionale turco, e metà volto era coperto da una barba posticcia.

Si fermò a una bancarella a comprare del *simit* – pane al sesamo – e un pallido yogurt giallo, e li mangiò guardandosi intorno. Gli approfittatori svolgevano i loro loschi traffici, i mercanti strillavano i prezzi dei loro prodotti, i venditori ambulanti offrivano le loro merci, gli acquirenti locali tiravano sul prezzo mentre i turisti erano sistematicamente raggirati dai locali. Uomini d'affari attaccati ai cellulari, ragazzini che si scattavano foto l'un l'altro con i telefonini, adolescenti che suonavano musica assordante appena scaricata. Risa e pianti, sorrisi di innamorati, urla colleriche durante le liti. L'agitarsi ribollente delle emozioni e della vita umana illuminava l'ampio viale come un'insegna al neon, brillando attraverso nubi di fumo aromatico che si alzavano da bracieri sui quali rosolavano carne di montone e costine d'agnello, e si indoravano kebab alle verdure.

Terminato il pasto, Bourne si diresse in un negozio di tappeti, dove acquistò una piccola stuoia da preghiera, mercanteggiando cordialmente con il titolare quando si trattò di pagare. Alla fine, erano entrambi soddisfatti dell'affare concluso.

La Moschea Blu verso la quale Bourne si stava incamminando, con la stuoia da preghiera sottobraccio, era circondata da sei minareti. La caratteristica derivava da un fraintendimento. Il sultano Ahmet I aveva detto al suo architetto che voleva che la moschea avesse un minareto dorato. *Altin* era il termine turco per «oro», ma l'architetto aveva frainteso e aveva costruito invece *alti* – «sei» – minareti. Ciononostante, Ahmet I rimase comunque compiaciuto del risultato, perché all'epoca nessun altro sultano aveva una moschea con così tanti minareti.

Come si addiceva a un edificio di tale magnificenza, la moschea aveva diverse porte d'ingresso. La maggior parte dei visitatori entrava dal lato nord, ma i musulmani preferivano il lato ovest. Fu da quella porta che Bourne fece il suo ingresso. Appena varcata la soglia, si fermò, si levò le scarpe e le mise da parte riponendole in un sacchetto di plastica offertogli da un giovincello. Si coprì il capo, dopo di che si lavò i piedi, la faccia, il collo e gli avambracci a un lavabo di pietra. Entrando a piedi scalzi nella moschea vera e propria, distese la piccola stuoia sul pavimento di marmo ricoperto di tappeti e si inginocchiò.

L'interno della moschea era, nell'autentico stile bizantino, rivestito di decorazioni complesse, intagli filigranati, aloni di lampade di ferro e rame battuto, immense colonne dipinte di blu e oro, altissime e meravigliose vetrate istoriate che salivano fin quasi all'apice della volta centrale. L'energia che emanava da tutto questo era tanto commovente quanto innegabile.

Bourne recitò le preghiere musulmane, con la fronte poggiata alla stuoia che aveva appena comprato. Era assolutamente sincero nel suo fervore mistico, percependo su di sé i secoli di storia incisi nella pietra, nel marmo, nell'oro zecchino e nei lapislazzuli con cui la moschea era stata costruita e abbellita con tanta fede. La spiritualità assumeva manifestazioni diverse, veniva chiamata con molti nomi, ma tutte parlavano direttamente al cuore dell'uomo in una lingua antica come il tempo.

Quando ebbe finito di pregare, si alzò e arrotolò la stuoia. Si attardò ancora nella moschea. Il fruscio sibilante di seta e cotone, il mormorio sommesso di preghiere appena bisbigliate, la corrente nascosta delle voci appena sussurrate, ogni suono e movimento umano salivano a raccogliersi sotto l'immensa cupola della moschea, turbinanti come granelli di zucchero nel caffè denso, alterandone sottilmente il sapore.

In realtà, mentre sembrava perso in mistica contemplazione, Bourne stava osservando di nascosto i fedeli che concludevano le loro preghiere. Individuò un uomo più vecchio degli altri, con la barba striata di bianco, che arrotolò la propria stuoia e si avviò con passo lento verso la fila di scarpe. Bourne arrivò alle sue scarpe proprio mentre l'anziano stava calzando le proprie.

Il vecchio, che aveva un braccio deforme, osservò Bourne rimettersi le scarpe. «Lei è nuovo di qui, signore» disse in turco. «Non l'ho mai vista prima d'ora.»

«Sono appena arrivato, signore» ribatté Bourne con un sorriso deferente.

«Cosa la porta a Istanbul, figliolo?»

Uscirono insieme dall'ingresso ovest.

«Sto cercando un lontano parente» rispose Bourne. «Un uomo che si chiama Nesim Hatun.»

«È un nome piuttosto comune da queste parti» disse il vecchio. «Sa niente di più preciso su di lui?»

«Oh, so solo che svolge la sua attività commerciale, di qualunque cosa si tratti, qui a Sultanahmet» spiegò Bourne.

«Ah, allora posso esserle d'aiuto.» Il vecchio ammiccò alla luce del sole. «C'è un Nesim Hatun che, insieme ai suoi dodici figli, dirige il Miraj Hammam in Bayramfirini Sokak, una via non lontana da qui. Le indicazioni da seguire sono abbastanza semplici.»

Bayramfirini Sokak – la via del Forno in festa, a metà di Akbiyik Caddesi – era un poco più tranquilla dei viali affollati e frenetici di Istanbul. Nondimeno, le grida acute e i richiami dei mercanti, gli slogan dei venditori ambulanti di derrate alimentari, i particolari strilli e belati prodotti da chi stava mercanteggiando qualcosa, stipavano la stretta via come una fitta nebbia. Bayramfirini Sokak scendeva dritta fino al mar di Marmara come un ripido sentiero di montagna. Lungo la strada sorgeva una quantità di case private adibite a pensione e l'hammam di Nesim Hatun, l'uomo che aveva assunto Evgenij Feijodovič per conto di Fadi perché aiutasse quest'ultimo a condurre Bourne nella trappola mortale sulla spiaggia di Odessa.

La porta dell'hammam era di legno spesso e scuro, scolpito con disegni geometrici in stile bizantino. Era fiancheggiata da una coppia di urne colossali, usate in origine come contenitori per le scorte di olio destinate alle lampade. Tutto l'insieme costituiva un'entrata imponente.

Bourne nascose la cartella di pelle dietro l'urna di sinistra. Poi aprì la porta ed entrò nell'androne fiocamente illuminato che precedeva il cortile interno. Il brusio cacofonico della città svanì all'istante e Bourne fu come avvolto dalla quiete di una foresta ammantata di neve. Ci volle un momento perché lo scampanio nei timpani dell'ingresso diminuisse. Bourne si ritrovò in uno spazio esagonale al centro del quale c'era una fontana di marmo dalla quale zampillava l'acqua. Su quattro lati c'erano archi scolpiti sostenuti da colonne scanalate, oltre i quali c'era una combinazione di lussureggianti giardini chiusi e corridoi silenziosi, illuminati da lampade.

Sarebbe potuto essere il vestibolo di una moschea o di un monastero medievale. Come in quasi tutti gli edifici islamici, l'architettura era impressionante. Siccome l'Islam proibiva l'uso di immagini di Allah o, in effetti, di qualsiasi creatura vivente, il desiderio scultoreo degli artigiani islamici veniva incanalato nella struttura stessa e nelle infinite decorazioni che su di essa venivano eseguite.

Non era una semplice coincidenza che l'hammam rammentasse una moschea. Entrambi erano luoghi di riverente raccoglimento oltre che di incontro comunitario. Dato che gran parte della religione era basata sulla purificazione del corpo, all'hammam era riservato un posto speciale nella vita dei musulmani.

Bourne fu accolto da un *tellak* – «un massaggiatore» – un giovanotto snello con una faccia affilata. «Gradirei molto vedere Nesim Hatun. Abbiamo in comune un socio in affari. Evgenij Feijodovič.»

A quel nome il *tellak* restò impassibile. «Vado a vedere se mio padre è disponibile.»

Superata la zona di sicurezza del Washington National Airport, Soraya stava per accendere il cellulare quando vide Anne Held farle un cenno di saluto. Soraya provò un improvviso senso di sollievo quando abbracciò la collega.

«Bentornata» disse Anne. «È così bello rivederti.»

Soraya allungò il collo, guardandosi intorno. «Qualcuno ti ha seguita?»

«No, naturalmente. Sono stata attenta.»

Soraya si avviò con Anne fuori dal terminal. Provava una sgradevole tensione nervosa. Un conto era essere in missione a combattere il nemico, un altro tornare a casa e trovarsi una vipera in seno. Soraya cominciò a elaborare le proprie emozioni come avrebbe fatto qualsiasi brava attrice, ripensando a una tragedia avvenuta anni prima: il giorno in cui il suo adorato cane, Ranger, era stato investito da una macchina proprio sotto i suoi occhi. Ah, bene, pensò, ecco le lacrime.

Il volto di Anne si incupì. «Cosa c'è?»

«Jason Bourne è morto.»

«Cosa?!» Anne era così scioccata che si bloccò, fermando anche la collega, nel bel mezzo dell'atrio brulicante di persone. «Com'è successo?»

«Il direttore aveva incaricato Lerner di cercare Bourne ed eliminarlo. I due hanno lottato. È finita che si sono uccisi a vicenda.» Soraya scosse il capo. «Il motivo per cui sono tornata è per tenere d'occhio l'uomo che si spaccia per Martin Lindros. Prima o poi commetterà un errore.»

Anne la allontanò leggermente da sé. «Sei sicura delle informazioni che hai riguardo a Lindros? Ha appena diretto magistralmente un attacco contro l'impianto nucleare segreto della Dujja nello Yemen del Sud. È stato raso al suolo.»

Soraya avvampò in viso. «Mio Dio! Avevo ragione! Ecco perché la Dujja si è data tanta pena per infiltrare un suo uomo nella CIA. Se è stato Lindros a organizzare l'incursione, puoi essere certa che l'impianto nucleare era un'esca. La CIA si sbaglia di grosso se ritiene di aver scongiurato la minaccia.»

«In questo caso, prima torniamo alla sede centrale meglio è, non credi?» Anne cinse le spalle di Soraya con un braccio e la sospinse oltre le porte a vetri automatiche nell'umida e fredda aria invernale di Washington. Il bagliore dei monumenti illuminati dai fari incideva un maestoso disegno sulle nuvole basse e scure. Anne condusse Soraya a una berlina Pontiac che faceva parte del parco auto della CIA, dopo di che si mise alla guida.

Si accodarono alla lunga fila di automezzi diretti verso l'uscita. Strada facendo verso il centro di Washington, Soraya, sporgendosi leggermente in avanti, diede un'occhiata allo specchietto retrovisore esterno. Era un'abitudine, ormai radicata da anni in lei. Lo faceva senza neppure pensarci, che si trovasse in missione operativa o meno. Proprio dietro di loro notò una Ford nera, ma non diede peso alla cosa finché non la notò una seconda volta. Adesso era un'automobile più indietro, ma si manteneva alla loro stessa velocità sulla corsia di destra. Non era ancora sufficiente per stabilire se erano seguite, ma quando alla terza occhiata la Ford era ancora là, Soraya intuì che, date le circostanze, era certa che qualcuno stesse alle loro calcagna.

Si voltò verso Anne per avvertirla, ma notò che la collega stava guardando nel retrovisore. Senza dubbio anche lei aveva notato la Ford. Ma quando non disse nulla al riguardo né eseguì alcuna manovra evasiva, Soraya si sentì stringere lentamente la bocca dello stomaco. Cercò di calmarsi dicendosi che dopotutto Anne era l'assistente del Grande Vecchio. Era adatta al lavoro d'ufficio e poco abituata persino ai primi rudimenti del lavoro da agente sul campo.

Soraya si schiarì la gola. «Anne, credo che ci stiano seguendo.»

Anne mise la freccia, spostandosi sulla corsia di destra. «Allora sarà meglio rallentare.»

«Cosa? No! Cosa stai facendo?»

«Se rallentano anche loro, allora sapremo...»

«No, devi accelerare invece» disse Soraya. «Allontanati da loro il più in fretta possibile.»

«Voglio vedere chi c'è in quell'auto» ribatté Anne, diminuendo ulteriormente di velocità, mentre deviava verso il ciglio della strada.

«Sei matta!»

Soraya allungò una mano verso il volante, ma la ritrasse bruscamente quando vide la Smith & Wesson J-frame nella mano destra di Anne.

«Che cosa diavolo credi di fare?!»

Stavano procedendo a velocità ridotta oltre il margine della strada, verso la bassa recinzione metallica. «Dopo tutto quello che mi avevi detto non potevo lasciare la sede disarmata.»

«Sai almeno come usarla?»

La Ford nera le seguì fuori strada e si fermò qualche metro più indietro. Due uomini dalla pelle scura scesero dalla vettura e si diressero verso di loro.

«Mi alleno al poligono di tiro due volte al mese» disse Anne, puntando la canna della Smith & Wesson alla tempia della collega. «E adesso scendi dall'auto.»

«Anne, cosa stai...?»

«Fa' come ti ho detto!»

Soraya annuì. «Va bene.» Piegandosi a destra, allungò la mano verso la maniglia d'apertura della portiera. Quando vide gli occhi di Anne spostarsi sulla portiera, alzò il braccio sinistro di scatto, spingendo il braccio destro di Anne verso l'alto. Partì un colpo dalla pistola, il proiettile bucò il tetto della Pontiac.

Soraya sferrò una gomitata alla tempia di Anne. Sentendo lo sparo, i due sconosciuti corsero verso la vettura. Accorgendosene, Soraya si sporse rapidamente sopra il corpo accasciato di Anne, aprì la portiera dalla sua parte e la spinse fuori dall'auto.

Proprio quando i due uomini, con le pistole in pugno, raggiunsero la parte posteriore della Pontiac, Soraya si mise al volante, innestò la marcia e premette l'acceleratore. Sobbalzò un momento sul ciglio sterrato della strada, dopo di che, trovato un varco nel traffico, si immise nella circolazione, facendo stridere e fumare gli pneumatici. La sua ultima occhiata nello specchietto le rivelò che i due tizi stavano tornando di corsa verso la Ford nera. Quello che le fece tremare le mani sul volante fu la vista di Anne Held, sorretta dai due, aiutata a salire sul sedile posteriore dell'automobile.

Nesim Hatun era comodamente seduto su un lettino di legno ammorbidito da un mucchio di soffici cuscini di seta, sotto le fronde verdeggianti e fruscianti della sua adorata palma da datteri. Ne stava mangiando appunto i frutti freschi, infilandoseli in bocca uno dopo l'altro, masticando pensoso, gustando e deglutendo la polpa dolcissima, e sputando il lungo nocciolo bianco in una fondina. Accanto al gomito destro c'era un tavolino ottagonale sopra il quale campeggiava un vassoio d'argento cesellato, con una teiera e un paio di bicchieri di vetro.

Quando suo figlio accompagnò Bourne – che si era tolto la barba prima di entrare nel bagno turco – all'ombra della palma da datteri, Hatun girò la testa, mantenendo impassibile la faccia da avvoltoio. Tuttavia i suoi occhi verde oliva non nascosero una certa curiosità.

«*Merhaba,* amico mio.»

«*Merhaba,* Nesim Hatun. Il mio nome è Abu Bakr.»

Hatun si grattò la barbetta puntuta. «Il nome del compagno del profeta Maometto.»

«Ti porgo le mie scuse per aver disturbato la quiete del tuo splendido giardino.»

Nesim Hatun annuì alle buone maniere dell'ospite. «Il mio giardino non è che un misero pezzo di terra.»

Congedando il figlio con un cenno della mano, invitò Bourne: «Prego, accomodati accanto a me, amico mio».

Jason srotolò e stese il tappetino da preghiera in modo che i fili di seta della trama brillassero ai raggi dorati del sole che si infiltrava tra le fronde della palma.

Hatun si levò un sandalo e posò il piede nudo sul tappetino. «Un bellissimo esempio dell'arte della tessitura. Ti ringrazio, amico mio, di questa generosità inaspettata.»

«Un piccolo dono simbolico del tutto indegno di te, Nesim Hatun.»

«Ah, be', Evgenij Feijodovič non si è mai disturbato a farmi un regalo del genere.» Hatun puntò gli occhi in quelli di Bourne. «E come sta il nostro comune amico?»

«Quando l'ho lasciato» rispose Bourne «era in un bel mucchio di guai.»

Il volto di Hatun parve scolpito nella pietra. «Non capisco a cosa ti riferisci.»

«Allora, permettimi di illuminarti» disse Bourne sottovoce. «Evgenij Feijodovič ha fatto precisamente quello per cui l'hai pagato. Come lo so? Perché sono stato io a portare Bourne alla spiaggia di Otrada. L'ho attirato nella trappola che Fadi aveva preparato apposta per lui. Ho fatto quello per cui Evgenij Feijodovič mi aveva assunto.»

«Ne dubito, Abu Bakr.» Hatun sollevò il busto verso Bourne. «Evgenij Feijodovič non avrebbe mai assoldato un turco per quel particolare tipo di lavoro.»

«No, è logico. Bourne si sarebbe insospettito.»

Hatun scrutò a fondo Bourne con i suoi occhi rapaci. «Perciò la domanda resta: chi sei?»

«Mi chiamo Bogdan Illijanovič» rispose Bourne, identificandosi come l'uomo che aveva ucciso sulla spiaggia di Otrada. Aveva messo in bocca la protesi dentale e i batuffoli che aveva comprato nel negozio di forniture teatrali a Beyoglu. Di conseguenza, la mandibola e le guance erano piuttosto modificate. Gli incisivi erano leggermente sporgenti e allargati.

«Parli un turco impeccabile, per essere ucraino.» Hatun concluse la frase con una certa dose di disprezzo. «E adesso suppongo che il tuo capo voglia il saldo del prezzo pattuito.»

«Evgenij Feijodovič non è più in condizione di ricevere niente. Per quanto riguarda me, voglio solo ciò che mi sono guadagnato.»

Una qualche emozione sembrò pervadere Nesim Hatun. Il turco servì per entrambi il tè dolce, offrendo uno dei due bicchieri a Bourne.

Quando ebbero entrambi bevuto, Hatun disse: «Forse la ferita che hai al fianco andrebbe medicata».

Bourne abbassò lo sguardo sulle macchioline di sangue che si intravedevano negli indumenti. «È solo un graffio. Nulla di più.»

Nesim Hatun stava per replicare quando ricomparve il figlio che aveva accompagnato Bourne. Il giovanotto rivolse al padre un segnale senza parlare.

Hatun si alzò. «Abbi la compiacenza di scusarmi un momento. Devo occuparmi di una piccola questione rimasta in sospeso. Ti assicuro che sarò presto di ritorno.» Seguendo il figlio oltre un'arcata, Hatun scomparve dietro un tramezzo di legno riccamente decorato.

Bourne si alzò e cominciò a passeggiare nel giardino come per ammirarlo. Così facendo, oltrepassò la stessa arcata e si fermò nella parte che precedeva il tramezzo. Nel punto in cui si trovava sentiva due uomini che discutevano sottovoce. Uno era Nasim Hatun. L'altro...

«... usando un messaggero, Muta ibn Aziz» disse Nesim Hatun. «Come hai detto tu stesso, in questa fase finale del piano non dovrebbe essere stata fatta alcuna intercettazione di comunicazioni con i cellulari. Eppure dici che è accaduto.»

«Questa notizia era di vitale importanza sia per te sia per me» disse Muta ibn Aziz. «Fadi si è messo in contatto con suo fratello. Jason Bourne è morto.» Muta ibn Aziz si avvicinò di un passo al suo interlocutore. «In questo caso il tuo compito è stato portato a termine.»

Muta ibn Aziz abbracciò Hatun e lo baciò sulle guance. «Parto stasera alle 20:00. Andrò dritto da Fadi. Dato che Bourne è morto, non ci saranno ulteriori ritardi. Siamo al finale della partita.»

«*La illaha ila'llah!*» Hatun emise un sospiro. «Adesso vieni, amico mio, ti accompagno alla porta.»

Bourne si voltò, attraversò il giardino in silenzio, risalì in fretta il corridoio laterale e uscì dall'hammam.

Con il piede premuto sull'acceleratore, Soraya sapeva di trovarsi nei guai. Senza perdere di vista la Ford nello specchietto retrovisore, estrasse il cellulare e lo accese. Ci fu un trillo sommesso. Aveva un messaggio sulla segreteria telefonica. Premette il pulsante di ascolto e sentì quello che Bourne le aveva lasciato detto riguardo ad Anne.

Aveva un gusto amaro in bocca. Sicché la talpa era Anne. «Quella cagna! Come ha potuto?» Soraya batté il pugno sul volante. «Che vada all'inferno, maledetta!»

Mentre riponeva il cellulare, udì un forte urto, metallo contro metallo, un colpo spaventoso, e fu costretta a ricorrere a tutta la forza che aveva per evitare che la Pontiac, sbandando pericolosamente, andasse a scontrarsi con un camion che procedeva nella corsia accanto.

«Cosa diavolo...!»

Un Lincoln Aviator, mastodontico e minaccioso come un carro armato M-1 Abrams, l'aveva speronata. Adesso era davanti a lei. Senza preavviso, decelerò di colpo e Soraya lo tamponò involontariamente. Gli stop del SUV non funzionavano, o li avevano scollegati apposta.

Soraya sterzò all'improvviso, cambiando corsia, dopo di che si affiancò all'Aviator. Tentò di sbirciare all'interno, per vedere chi c'era al volante, ma i finestrini fumé erano talmente scuri che non riuscì a distinguere neppure un vago profilo.

L'Aviator mosse verso di lei, urtando con la fiancata le portiere sul lato sinistro della Pontiac. Premendo ripetutamente i pulsanti degli alzacristalli elettrici, Soraya scoprì in fretta che erano bloccati. Sostituendo il piede destro con il sinistro sul pedale dell'acceleratore, sferrò alcuni calci alla portiera schiacciata con il calcagno del piede destro. La portiera non si mosse, incastrata a causa dell'urto violento. Con una fitta d'ansia, tornò alla posizione di guida. La tachicardia era ormai alle stelle, il sangue pulsava con forza nei timpani.

A quel punto l'Aviator accelerò, superandola, zigzagando nel traffico come aveva fatto lei, finché Soraya non lo perse di vista. Doveva assolutamente uscire dall'autostrada. Cominciò a cercare i cartelli che indicavano l'uscita successiva. Era tre chilometri più avanti. Il sudore le scendeva copioso sulla fronte, si spostò sulla corsia di destra in modo da essere in posizione per imboccare la prossima rampa d'uscita.

In quel momento l'Aviator sbucò alla sua sinistra e sterzò verso di lei, speronandola con estrema violenza, schiacciando le portiere anche da quel lato. Evidentemente il SUV era rimasto apposta indietro nel traffico, senza farsi vedere, in modo da poterla cogliere di sorpresa arrivandole da dietro. Soraya premette il pulsante dell'alzacristalli elettrico, tentò di azionare la maniglia d'apertura della portiera, ma sia la portiera sia il finestrino erano bloccati. Adesso nessuna portiera si sarebbe più aperta. Soraya era a tutti gli effetti intrappolata nella vettura, prigioniera all'interno della Pontiac che procedeva a tutta velocità.

[illegible] che, non [illegible] [illegible] [illegible] profilo.

A metà [illegible], verso di [illegible] per [illegible] [illegible] sul lato sinistro dell'[illegible] [illegible] [illegible] [illegible] [illegible] [illegible] [illegible] [illegible] [illegible] [illegible] [illegible] [illegible] [illegible] [illegible] [illegible] [illegible] [illegible] [illegible] [illegible] tempo.

A quel punto [illegible] [illegible] [illegible] [illegible] [illegible] [illegible] [illegible]. Comunque [illegible] [illegible] [illegible] chilometri [illegible] [illegible] sulla fronte [illegible] [illegible] [illegible].

[illegible] [illegible] [illegible] [illegible] [illegible] [illegible] [illegible] [illegible] [illegible] [illegible] [illegible] [illegible] [illegible] [illegible] [illegible].

Capitolo 27

Bourne recuperò la borsa di pelle da dietro l'urna, dopo di che girò l'angolo dell'edificio e risalì con passo spedito e felpato il lato dell'hammam, in cerca della via secondaria sulla quale si apriva la porta di servizio posteriore dei bagni turchi di Nesim Hatun.

Si fermò in attesa di Muta ibn Aziz, il messaggero che lo avrebbe condotto dritto da Fadi.

Camminando, Bourne aprì la borsa, vi frugò dentro, trovò la bomboletta di colla spray e si riapplicò la barba posticcia. Completato di nuovo il travestimento semitico, seguì Muta ibn Aziz fuori dal vicolo, sbucando nel trambusto schiamazzante di Sultanahmet. Per quasi quaranta minuti mantenne il passo della sua preda, che né si fermava né si guardava intorno. Era chiaro che sapeva benissimo dov'era diretto. Nel cuore affollato del quartiere, con un fiume di gente che si muoveva in ogni direzione, era difficile non perdere di vista Muta ibn Aziz. D'altra parte la folla implacabile tornava anche a vantaggio di Bourne, perché gli era d'aiuto nel mantenere l'anonimato. Anche se il suo bersaglio usava le superfici riflettenti dei veicoli e delle vetrine, non scoprì il suo pedinatore.

Usciti da Sultanahmet entrarono nel Distretto di Eminonu.

Finalmente, l'imponente mole a cupola della stazione Sirkeci si profilò di fronte a Bourne. Muta ibn Aziz aveva intenzione di prendere un treno per raggiungere Fadi? No, Bourne lo vide superare l'entrata principale della stazione ferroviaria e proseguire di fretta, attraverso la calca di gente ammassata.

Muta e Bourne passarono accanto a un numeroso gruppo di turisti che aveva fatto cerchio intorno a tre *Mevlevi*, o Dervisci roteanti. I lunghi abiti bianchi spiegati intorno mentre danzavano ruotavano nella loro estatica *sema* al suono monotono di antichi inni islamici. Girando su se stessi, i *Mevlevi* riempivano l'aria di sudore odoroso di mirra e zafferano. L'atmosfera intorno a loro era carica di un misticismo sconosciuto, un altro mondo si intravedeva per poi scomparire.

Di fronte alla stazione centrale c'era il molo di Adalar Iskelesi. Bourne indugiò senza farsi notare, mescolandosi a un crocchio di turisti tedeschi, mentre osservava Muta ibn Aziz comprare un biglietto di sola andata per Büyükada. Forse il suo obiettivo partiva da là, pensò Bourne, probabilmente in traghetto. Ma per dove? Non aveva importanza. Bourne era deciso a salire su qualsiasi mezzo di trasporto Muta ibn Aziz avesse scelto per recarsi da Fadi.

Al momento, uscire dalla Pontiac tutta incartocciata era l'ultimo dei problemi di Soraya. In cima alla lista dei guai c'era l'Aviator che le stava praticamente attaccato. Il segnale dell'uscita successiva dall'autostrada le passò sopra come una macchia confusa di colore, Soraya si preparò alla manovra. Avvistò la rampa a due corsie e scelse quella di sinistra. L'Aviator, a poca distanza, la seguì. Davanti a lei c'erano auto su entrambe le corsie, ma un rapido controllo nel retrovisore le fece scoprire il varco nel traffico in uscita. Adesso doveva solo sperare che la trasmissione della Pontiac non cedesse per lo sforzo tremendo a cui l'avrebbe sottoposta.

Soraya sterzò brutalmente. La Pontiac deviò nella corsia di destra sulla rampa in uscita prima che il conducente dell'Aviator avesse il tempo di reagire, poi frenò di colpo, innestò la retromarcia e premette l'acceleratore.

Urtò l'Aviator a gran velocità, proprio mentre il SUV si stava spostando nella sua corsia. Il paraurti posteriore del fuoristrada le ruppe il faro anteriore sinistro. Ma a quel punto Soraya si stava già allontanando a tutta velocità, in retromarcia, giù per la rampa in uscita. Ovunque rumore di clacson, urla e stridii di freni e pneumatici mentre le auto dietro di lei si toglievano di mezzo per evitare la collisione.

Con il clacson premuto, anche l'Aviator fece retromarcia. Verso la cima della rampa un automobilista al volante di una Toyota grigia si fece prendere dal panico e tamponò l'auto che lo precedeva. Sbandò, finendo di sbieco, bloccando entrambe le corsie, e quindi anche la via all'Aviator.

Soraya raggiunse la corsia d'emergenza dell'autostrada, dopo di che innestò la prima e ripartì, diretta a Washington.

«Sarebbe facile spingere da parte la Toyota» disse il conducente dell'Aviator.

«Non preoccuparti» ribatté l'uomo sul sedile posteriore. «Lasciala andare.»

Sebbene fossero entrambi personale diplomatico di stanza all'ambasciata saudita, facevano anche parte della cellula «dormiente» di Washington di Karim. Quando l'Aviator raggiunse la città, l'uomo sul sedile posteriore accese un GPS. Apparve sul display una sezione stradale del centro di Washington, con un punto luminoso in movimento. L'uomo premette il pulsante di composizione automatica di un numero sul suo cellulare.

«Il soggetto è sfuggito al cappio» disse l'uomo che stava seduto dietro. «È alla guida della Pontiac che abbiamo attrezzato con un dispositivo elettronico di localizzazione. Punta nella vostra direzione. A giudicare dalla velocità, dovrebbe entrare nel vostro campo visivo fra trenta secondi.»

L'uomo attese pazientemente finché il conducente della Ford nera disse: «L'ho avvistata. Si sta dirigendo verso nordest».

«Seguitela» ordinò l'uomo. «Sapete cosa fare.»

Durante il viaggio in traghetto fino all'isola di Büyükada, Bourne chiacchierò con una famiglia di turisti cinesi. Parlò loro in mandarino, scherzando con i bambini, indicando gli edifici importanti della città mentre si lasciavano Istanbul alle spalle, e raccontando la complessa storia della città. Per tutto il tempo, non perse mai di vista Muta ibn Aziz.

Il messaggero di Fadi se ne stava da solo in disparte, appoggiato al parapetto del traghetto, a fissare il mare e la striscia di terra verso la quale erano diretti. Non si muoveva né si guardava intorno.

Quando Muta ibn Aziz si voltò e rientrò, Bourne si scusò con la famiglia cinese e lo seguì. Vide l'uomo ordinare un tè al bar di bordo. Bourne gironzolò nel locale, soffermandosi a guardare con interesse una rastrelliera di cartoline e cartine topografiche locali. Scelta una mappa di Büyükada e dei suoi paraggi, arrivò alla cassa un attimo prima di Muta ibn Aziz. Parlò al cassiere in arabo. L'uomo dai grandi baffi e una croce d'oro appesa a una catenina al collo scosse il capo, ribattendo in turco. Bourne fece segno che non capiva.

Muta ibn Aziz si sporse in avanti e disse: «Mi scusi, amico, ma il sudicio infedele le sta dicendo di pagare».

Bourne mostrò una manciata di monete. Muta ibn Aziz pescò l'importo giusto e lo diede al cassiere. Bourne aspettò che l'arabo pagasse il suo tè, dopo di che disse: «Grazie, amico. Temo proprio che alle mie orecchie il turco assomigli più ai grugniti dei maiali che a una lingua».

Muta ibn Aziz rise. «Una battuta veritiera.» Fece un gesto d'invito e i due uscirono insieme sul ponte scoperto.

Bourne seguì il messaggero di Fadi nel punto in cui era stato fino a poco prima, al parapetto della nave. Il sole era caldo e contrastava il freddo portato dal vento che soffiava dal mar di Marmara.

«I cristiani sono i porci del mondo» dichiarò Muta ibn Aziz.

«E gli ebrei sono le scimmie» soggiunse Bourne.

«Che la pace sia con te, fratello. Vedo che abbiamo letto gli stessi testi scolastici.»

«La Jihad sul sentiero di Allah è il culmine dell'Islam» disse Bourne. «Non ho mai avuto bisogno che un maestro me lo spiegasse. Ho l'impressione di essere nato sapendolo già.»

«Come me, sei Wahhabi.» Muta ibn Aziz lo guardò interessato con la coda dell'occhio. «Proprio come in passato abbiamo avuto successo quando ci siamo alleati ai musulmani per scacciare i crociati cristiani dalla Palestina, nello stesso modo trionferemo ancora sui crociati moderni che occupano le nostre terre.»

Bourne annuì. «La pensiamo allo stesso modo, fratello.»

Muta ibn Aziz sorseggiò il tè. «Queste tue credenze ti spingono anche ad agire, fratello? O sono solo chiacchiere da caffè o da bar?»

«A Sharm el-Sheikh e a Gaza ho versato il sangue degli infedeli.»

«L'iniziativa individuale va applaudita» rifletté a voce alta Muta ibn Aziz, «ma più grande è l'organizzazione, maggiori danni possono essere inflitti ai nostri nemici.»

«Lo credo anch'io.» È arrivato il momento di lanciare l'esca, pensò Bourne tra sé e sé. «Ho pensato spesso di unirmi alla Dujja, ma me lo ha sempre impedito una considerazione.»

Il bicchierino di plastica del tè si fermò a metà strada senza arrivare alle labbra di Muta ibn Aziz. «E in cosa consisterebbe?»

Con calma, si disse Bourne con prudenza. «Non so se

posso confidartelo, fratello. Dopotutto, ci siamo appena conosciuti. Le tue intenzioni...»

«Sono le stesse che animano te» dichiarò Muta ibn Aziz con una sveltezza appena ritrovata. «Te lo garantisco.»

Jason Bourne preferì tentennare ancora, mostrandosi indeciso.

«Fratello, non è forse vero che abbiamo parlato di una filosofia che ci accomuna? Non è forse vero che condividiamo una certa visione del mondo e del suo futuro?»

«Sì, è vero.»

Bourne sporse in fuori le labbra. «D'accordo, allora, fratello. Ma ti avverto: se sei stato sleale, ti giuro che lo scoprirò e infliggerò la punizione del profeta.»

«*La illaha ila'llah.* Ogni parola uscita dalla mia bocca corrisponde alla verità.»

Bourne disse: «Ho studiato a Londra con il leader della Dujja».

«Non so di cosa...»

«Per favore, non menzionerò mai il vero nome di Fadi. Ma conoscerlo personalmente mi dà una consapevolezza della sua famiglia che altri non hanno.»

La curiosità di Muta ibn Aziz, più finta che reale fino a quel momento, adesso si era fatta sincera. «Perché questo lo consideri un deterrente per entrare a far parte della Dujja?»

«Ah, be', è per via del padre, capisci? O per essere più precisi, della sua seconda moglie. È inglese. Peggio ancora: è cristiana.» Bourne scosse la testa, rafforzando le implicazioni delle sue ultime parole con un'espressione feroce. «Per un vero musulmano è proibito essere amico fedele di una persona che non crede in Allah e nel suo profeta. Eppure quell'uomo ha sposato un'infedele, si è accoppiato con lei. Fadi è il prodotto di questa unione. Dimmi, fratello, come posso seguire una creatura del genere? Come posso credere a una sola parola di quanto afferma, quando il diavolo si cela dentro di lui?»

Muta ibn Aziz fu preso alla sprovvista. «Eppure Fadi ha fatto moltissimo per la causa.»

«Questo è innegabile» ribatté Bourne. «Ma parlando in termini di sangue – che come sappiamo non può essere né ignorato né rinnegato –, mi sembra che Fadi sia come una tigre sottratta alla giungla, condotta in un ambiente nuovo e affettuosamente addomesticata da una famiglia adottiva. È solo questione di tempo: prima o poi la tigre tornerà alla sua vera natura, rivolgendola contro coloro che lo hanno adottato e li annienterà.» Bourne scosse di nuovo la testa, questa volta in una sconsolata tristezza assolutamente credibile. «È un errore cercare di cambiare la natura della tigre, fratello. Su questo non ci possono essere dubbi.»

Muta ibn Aziz girò la testa per fissare il mare, dove il profilo di Büyükada si stagliava sull'acqua, sorta di mitica Atlantide dimenticata nel tempo, fissata nel tempo. Avrebbe voluto dire qualcosa che confutasse l'opinione del suo interlocutore, ma in un modo o nell'altro non riuscì a trovare in sé il coraggio o la voglia per farlo. Doppiamente deprimente, pensò, sentire la verità dalla bocca di quest'uomo.

Mentalmente, Soraya si stava riprendendo in fretta, non solo dalla violenza della fuga precipitosa dal Lincoln Aviator, ma anche dallo shock per il tradimento di Anne Held. Stava riacquistando il suo abituale sangue freddo. Santo cielo, quante storie Anne e chissà chi altro mi hanno raccontato in questi anni?, pensò. Quanti segreti avranno spifferato alla Dujja?

Soraya guidava quasi senza esserne cosciente. I colori del giorno sembravano eccessivamente saturi, resi più vividi da una strana vibrazione che rendeva auto, vie, case, persino le nuvole, estranee, minacciose, maligne. Il suo io più profondo era imprigionato nell'orrore provato per quell'abietta verità.

Le faceva male la testa e il corpo le tremava tutto per le scariche di adrenalina causate dall'inseguimento.

Doveva nascondersi da qualche parte, finché non si fosse ripresa, finché non avesse deciso come muoversi. Le occorreva un alleato a Washington. Pensò alla sua amica Kim Lovett, ma scartò subito l'idea. La situazione era troppo pericolosa per coinvolgerla. In secondo luogo, molti colleghi all'interno della CIA, e in particolare Anne Held, sapevano della sua amicizia con Kim.

Le serviva qualcuno di assolutamente sconosciuto all'interno della CIA. Accese il cellulare e compose il numero di Deron che aveva segnato in rubrica. Pregò che fosse già tornato dalla sua visita al padre in Florida. Provò una fitta al cuore quando udì la voce registrata di Deron sulla segreteria telefonica.

Adesso cosa faccio? Dove vado? A chi mi rivolgo?, si domandò, disperata. Aveva bisogno di un porto in mezzo a quella tempesta appena agli inizi, e subito. Poi, un istante prima di farsi prendere dal panico, si ricordò di Tyrone. Era solo un giovane aitante, ma Deron aveva abbastanza fiducia in lui da affidargli la propria protezione. Tyrone era stato l'unico ad avvertirla quando l'avevano pedinata a casa di Deron. Ciononostante, anche se Tyrone l'avesse aiutata, anche se avesse corso il rischio di fidarsi di lui, come avrebbe fatto a contattarlo?

Poi ricordò che Tyrone le aveva detto che si recava spesso a un certo cantiere edile. Dov'era? Soraya si sforzò di ricordarlo.

In Florida stanno tirando su un bel po' di caseggiati popolari alti dieci piani. Mi reco laggiù ogni volta che posso, tanto per vedere come vanno le cose, sai. Voglio sfruttare ogni possibilità che mi danno, capisci?

Florida Avenue!

Per la prima volta dopo molta strada, Soraya si rese conto di dove fosse finita: nel quadrante nordest della capitale, proprio dove voleva essere.

Büyükada era la più grande delle Isole dei Principi, così chiamate perché in epoche antiche gli imperatori bizantini esiliavano i principi che li avevano scontentati od offesi in quel piccolo arcipelago di isole al largo della costa di Istanbul. Per tre anni Büyükada aveva accolto Lev Trotzkij, che vi scrisse la *Storia della rivoluzione russa.*

A causa di questo passato, le isole erano rimaste deserte per anni, uno dei tanti cimiteri della sanguinosa storia dell'Impero Ottomano. In tempi moderni, tuttavia, Büyükada era stata trasformata in una sontuosa e paesaggistica località alla moda per gente benestante, cosparsa di immense aiuole fiorite, vialetti alberati e lussuose ville in stile neobizantino.

Bourne e Muta ibn Aziz scesero dal traghetto. Sul molo si abbracciarono, augurandosi la misericordia e la protezione di Allah.

«*La illaha ila'llah*» disse Bourne.

«*La illaha ila'llah*» ribatté il messaggero di Fadi quando si separarono.

Bourne aspettò di vedere da che parte andasse il compagno di viaggio, dopo di che spiegò la cartina dell'isola. Ruotando leggermente la testa, continuò a osservare il suo bersaglio con la coda dell'occhio. Muta ibn Aziz aveva noleggiato una bicicletta. Siccome sull'isola era vietata la circolazione di veicoli a motore, i mezzi di trasporto erano soltanto tre: bicicletta, cavallo con calesse e a piedi. L'isola era grande abbastanza che decidere di muoversi solo a piedi era un suicidio.

Adesso che conosceva il mezzo di trasporto scelto da Muta ibn Aziz, Bourne rivolse di nuovo l'attenzione alla cartina dell'isola. Sapeva che il messaggero di Fadi sarebbe partito di là alle otto di sera, ma la località esatta e le modalità di trasporto rimanevano ancora un mistero.

Entrato nel negozio che noleggiava biciclette, scelse un modello munito di cestino agganciato al manubrio. Non sarebbe stata veloce come quella noleggiata da Muta ibn

Aziz, ma gli serviva il cestino per metterci la borsa di pelle. Pagato in anticipo il negoziante, partì nella direzione presa dal suo bersaglio, salendo verso l'interno dell'isola.

Lontano dal molo e da sguardi indiscreti, si fermò all'ombra di una palma, frugò nella borsa in cerca del trasponditore radar che rilevava il NET, il piccolo localizzatore nanoelettronico che Soraya in segreto gli aveva messo addosso per seguire i suoi movimenti. Aveva sistemato il NET addosso a Muta ibn Aziz quando si erano abbracciati sul molo. In un posto simile, dove era vietata la circolazione degli automezzi, sarebbe stato impossibile seguire l'uomo in bicicletta senza farsi notare.

Acceso il trasponditore, inserì il nome della località in cui si trovava. Vide apparire sul display il punto luminoso intermittente che rappresentava la sua posizione attuale. Premette un altro pulsante e poco dopo localizzò il segnale. Rimontò in sella alla bici e ripartì, ignorando il dolore al fianco e pedalando con vigore finché non raggiunse una discreta velocità, anche se la strada serpeggiava tortuosamente in salita.

Soraya costeggiò a passo d'uomo il perimetro meridionale dell'immenso cantiere edile all'incrocio tra la 9ª e Florida Avenue. I lavori di costruzione del nuovo quartiere residenziale che avrebbe sostituito i fatiscenti caseggiati popolari della zona con palazzoni di dieci e più piani d'acciaio e cristallo erano cominciati da un pezzo. Le scheletriche strutture di due grattacieli erano state quasi completate. Dappertutto c'erano gru gigantesche che si alzavano in aria e spostavano travi e putrelle d'acciaio come fossero leccalecca. Bulldozer spingevano da parte montagne di macerie; grandi autoarticolati venivano scaricati vicino a una fila di uffici installati in piccoli prefabbricati verso le quali si dirigeva un serpentone di grossi cavi elettrici.

Soraya guidò la Pontiac malridotta, entro cui era prigioniera, ai margini del cantiere. Stava cercando Tyrone. Nel suo momento di disperazione, si era ricordata che quello era il posto preferito dal giovane di colore, che andava là ogni giorno, o almeno così le aveva detto.

Il motore della Pontiac fece degli strani rumori, dopo di che tornò alla normalità. Negli ultimi dieci minuti i suoni emessi dal motore dell'auto si erano fatti sempre più forti e frequenti. Soraya stava pregando che non si fondesse prima di trovare Tyrone.

Percorso per intero il lato perimetrale a sud del cantiere, svoltò a nord, in direzione di Florida Avenue. Stava cercando qualche punto d'osservazione in cui Tyrone potesse tenersi nascosto nell'ombra, in modo da non farsi vedere dalle centinaia di muratori e operai che lavoravano nel cantiere. Ne individuò un paio, ma a quell'ora della mattina nessuno dei due era all'ombra. E Tyrone non c'era. Soraya si rese conto che sarebbe dovuta arrivare fino al confine nord del cantiere prima di poterlo, forse, avvistare.

Florida Avenue era mezzo chilometro più avanti, quando Soraya sentì un forte e secco suono metallico. La Pontiac sobbalzò, poi vibrò paurosamente. Il motore cedette con un ultimo sommesso verso. Soraya imprecò e batté un pugno sul cruscotto, come se l'automobile fosse una televisione la cui ricezione richiedeva una migliore sintonia.

Quando si sganciò la cintura di sicurezza si accorse della Ford nera. Aveva appena svoltato l'angolo dell'isolato e stava puntando verso di lei.

«Dio, aiutami!» mormorò tra sé.

Sdraiatasi di lato sul sedile e rannicchiatasi in posizione fetale, di schiena, diede un calcio con entrambi i piedi contro il finestrino laterale, che era fatto di un vetro di sicurezza, quindi difficile da infrangere. Soraya ci provò una seconda volta, senza alcun risultato.

Poi commise l'errore di voler spiare fuori, al di sopra del cruscotto. La Ford era così vicina che vide i due uomini seduti all'interno. Trasalendo, si sdraiò di nuovo e si rimise al lavoro. Altri due calci e il vetro si ruppe, anche se i frammenti restarono al loro posto.

Poi il finestrino si frantumò con un boato. Una grandine di schegge di vetro le piovve addosso. Qualcuno aveva infranto il vetro dall'esterno. Uno dei due uomini che occupava la Ford allungò un braccio all'interno. Soraya gli si avventò contro, ma non appena lo afferrò per il braccio il suo compagno la colpì con una pistola Taser a scarica elettrica.

Soraya si afflosciò, come se avesse perso di colpo tutte le forze. I due la sollevarono di peso e la estrassero in qualche modo e con brutalità dal finestrino della Pontiac. Nel ronzio terribile che le aveva invaso la testa, Soraya udì una salva di parole in arabo. Un'esplosione di risa. Sentì le mani dei due terroristi palpeggiarla ovunque. Non poteva reagire, era completamente inerme.

Poi uno di loro le puntò una pistola alla testa.

Capitolo 28

In piedi al centro della cella senza finestre nelle profondità più segrete del complesso sotterraneo di Miran Shah, Martin Lindros sfiorò con la mano i muri. L'aveva fatto tante di quelle volte da quando l'avevano portato lì che ormai percepiva le barre di ferro come ossa che si incrociavano sotto il cemento ruvido.

Ogni lato misurava quindici passi; l'unica interruzione era rappresentata da un pagliericcio su una rete imbullonata al muro e, di fronte a esso, un WC e un lavandino, entrambi d'acciaio inossidabile. Lindros passeggiava avanti e indietro, come un animale in gabbia che impazziva in silenzio per la reclusione forzata. Tre coppie di tubi fluorescenti rosso porpora erano incassati nel soffitto. Troppo in alto perché il prigioniero riuscisse ad arrivarci, nemmeno con uno dei suoi salti migliori, non erano protetti da una mascherina metallica e di conseguenza risplendevano spietatamente per sedici ore al giorno.

Quando le luci venivano spente, Lindros si stendeva a dormire, ma i tubi fluorescenti avevano la strana abitudine di riaccendersi all'improvviso proprio quando stava per sprofondare nel sonno, svegliandolo di soprassalto come un pesce preso all'amo. Da questi dettagli, Lindros aveva dedotto quasi subito che era sotto sorveglianza continua. Aveva anche scoperto un minuscolo foro nel soffitto tra due coppie di luci – senza dubbio un'ulteriore causa di quel continuo bagliore – dal quale un cavo a fibre ottiche con obbiettivo miniaturizzato lo osservava. Il grado di raffinatezza di quella reclusione si addiceva alla Dujja.

Era un'ulteriore conferma, se mai ce ne fosse stato bisogno, che si trovava nel cuore della cellula terrorista.

Era difficile non immaginarsi Fadi che lo teneva d'occhio, se non di persona, passando, di tanto in tanto, in rassegna le registrazioni video di lui e della sua cella. Chissà come se la godeva ogni volta che osservava Lindros aggirarsi come un pazzo nella cella! Probabilmente non vedeva l'ora di assistere al momento in cui il suo prigioniero avrebbe varcato la soglia che distingueva un essere umano da un animale. Lindros ne era sicuro, furioso e impotente stringeva i pugni fino a farseli diventare bianchi.

La porta della cella si spalancò rumorosamente e Fadi entrò, il volto incupito e stravolto di collera cieca. Senza dire una parola si diresse verso Lindros e lo colpì con un poderoso gancio alla testa. Lindros stramazzò al suolo, stordito e in preda alla nausea. Fadi lo colpì con un calcio.

«Bourne è morto. Mi hai sentito, Lindros? Morto!» Nella voce di Fadi c'era una nota terrificante, un lieve tremore che lasciava intuire che il terrorista era stato spinto sull'orlo di un abisso emotivo. «L'inconcepibile è accaduto. Mi hanno defraudato della vendetta che avevo meticolosamente pianificato. Tutto rovinato dall'imprevisto!»

Riprendendosi, Lindros si sollevò su un gomito. «Il futuro è imprevedibile» disse.

Fadi si accovacciò, la faccia a sfiorare quella del prigioniero. «Infedele! Allah conosce il futuro. E lo mostra al virtuoso.»

«Ti compatisco, Fadi. Non sai riconoscere la verità nemmeno quando ti guarda negli occhi.»

Con il volto stravolto in una feroce smorfia, Fadi afferrò Lindros per il colletto della camicia e lo scaraventò sul pavimento della cella. Poi gli strinse la gola con entrambe le mani, impedendogli di respirare.

«Può darsi che non sia stato capace di uccidere Jason Bourne con le mie mani, però ci sei qui tu. Ammazzerò te al suo posto.» Con gli occhi strabuzzati dalla furia cieca,

Fadi strinse il collo di Lindros in una morsa. Lindros scalciò e si dibatté disperato, ma non aveva né la forza né il punto d'appoggio per disarcionare Fadi o per staccarsi da quella presa.

Stava per perdere conoscenza, roteando l'occhio sano nell'orbita, quando Abbud ibn Aziz apparve sulla soglia della cella.

«Fadi...»

«Esci!» urlò il leader della Dujja. «Lasciami solo!»

Abbud ibn Aziz avanzò di un passo nella cella. «Fadi, si tratta di Veintrop.»

Fadi aveva rovesciato gli occhi all'indietro. Il Vento del Deserto – la furia omicida – si era impossessato di lui.

«Fadi!» insistette Abbud. «Devi venire subito.»

Mollando la stretta, Fadi si alzò e si voltò verso il vicecomandante. «Per quale motivo? Perché devo venire subito? Dimmelo, prima che uccida anche te.»

«Veintrop ha terminato il lavoro.»

«Tutte le salvaguardie sono a posto?»

«Sì» rispose Abbud. «L'ordigno nucleare è pronto per l'impiego.»

Tyrone stava mangiando un hamburger da due etti, mentre osservava con occhio da ingegnere autodidatta l'ascesa costante di una mastodontica trave d'acciaio agganciata al cavo di una gru, quando la Pontiac malconcia era stata presa d'assalto. Due uomini in giacca e cravatta scesero precipitosamente da una Ford nera che aveva puntato a tutta velocità sulla Pontiac. I due stavano parlando tra loro, ma, con il baccano del cantiere, Tyrone non riusciva a sentire una sola parola.

Tyrone si alzò dalla cassa che gli faceva da panchina e si avviò verso i due sconosciuti. Uno dei due reggeva un'arma: né una pistola né un coltello, notò Tyrone, ma una Taser.

Poi, mentre uno dei due sfondava con un calcio il finestrino della Pontiac dal lato del conducente, Tyrone riconobbe una delle guardie vista fuori dalla M&N Bodywork. Quella gente stava decisamente invadendo la sua zona.

Lasciato cadere a terra il sandwich, Tyrone accelerò il passo in direzione della Pontiac. L'automobile aveva tutta l'aria di essere stata presa di mira da un TIR. Dopo aver sfondato il vetro, uno dei due allungò una mano all'interno dell'auto. L'uomo con la Taser usò l'arma sull'occupante della vettura, chiunque fosse. Poco dopo, i due uomini cominciarono a tirar fuori di peso il conducente neutralizzato dalla scarica elettrica.

Tyrone era abbastanza vicino da distinguere che si trattava di una donna. I due la rimisero in piedi brutalmente e la rigirarono quel tanto che bastò perché Tyrone la vedesse in faccia. Si sentì percorrere la spina dorsale da un sudore gelido. Miss Spia! Con la mente in subbuglio iniziò a correre.

Con il frastuono costante dei lavori del cantiere, i due killer non si accorsero di lui finché non li raggiunse. Uno di loro spostò la pistola dalla testa di Miss Spia contro di lui. Alzando le mani in segno di resa, Tyrone si fermò di colpo a un passo da loro. Non poté fare a meno di tenere gli occhi incollati sulla donna. Aveva la testa ciondoloni sul petto e le gambe sembravano diventate di gomma. L'avevano stordita con una scarica elettrica ad alto voltaggio.

«Togliti dai piedi!» disse l'uomo con la pistola. «Gira i tacchi e fila.»

Tyrone adottò un'espressione spaventata. «Sì, signore» rispose in tono mite.

Si voltò lentamente, abbassando le mani sui fianchi. Il coltello a serramanico gli scivolò senza problemi nella mano destra. Tyrone fece scattare la lama retrattile e, girandosi di scatto, lo affondò fino all'impugnatura nel costato dell'uomo armato di pistola, come aveva imparato a fare negli scontri tra gang di strada per le guerre per il controllo del quartiere.

L'uomo lasciò cadere a terra la pistola. Rovesciò gli occhi all'indietro e le gambe gli cedettero. Il compagno tentò di estrarre la Taser, ma doveva occuparsi anche di Miss Spia. Spinse la donna contro la fiancata accartocciata della Pontiac, ma nello stesso istante fu colpito in pieno dal pugno di Tyrone che gli ruppe il setto nasale. Un getto di sangue accecò l'uomo. Tyrone rincarò la dose con una ginocchiata nei genitali, subito dopo gli prese la testa e gliela sbatté contro lo specchietto laterale della Pontiac.

Mentre l'uomo stramazzava a terra, stordito, Tyrone gli sferrò un calcio possente nel fianco, rompendogli tre o quattro costole. Poi si chinò, recuperò il coltello a serramanico, cinse le spalle di Miss Spia, sorreggendola sotto le ascelle, l'accompagnò alla Ford nera con il motore acceso, l'adagiò con cautela sul sedile posteriore. Non appena fu al volante, controllò di nuovo i paraggi del cantiere. Fortunatamente, la Pontiac aveva nascosto la scena alla vista dei manovali. Nessuno si era accorto dell'accaduto.

Tyrone sputò fuori dal finestrino verso i due uomini a terra. Inserita la marcia, si allontanò senza problemi dal cantiere, stando ben attento a non superare i limiti di velocità. Mancava solo che uno sbirro lo fermasse per qualche infrazione al codice stradale!

Salendo i tornanti del fianco della collina, Bourne passò davanti a una serie di ville, case costruite da banchieri greci e armeni nel XIX secolo. Attualmente erano proprietà delle famiglie più benestanti di Istanbul, le cui attività commerciali, come quelle dei loro antenati ottomani, si estendevano in ogni campo.

Mentre pedalava, mantenendo una debita distanza da Muta ibn Aziz e seguendolo sul trasponditore radar, pensò al fratello di Fadi, Karim, l'uomo che aveva preso le sembianze e l'identità di Martin Lindros, arrivando perfino a farsi trapiantare l'occhio destro. In apparenza era proprio l'ultima persona che ci si sarebbe aspettato di vedere direttamente implicato nel piano eversivo della Dujja. Dopotutto, Karim era il brillante rampollo della famiglia, l'uomo subentrato al padre alla presidenza della Integrated Vertical Technologies quando questi era stato ridotto su una sedia a rotelle dal proiettile di Bourne. Era il fratello legittimo di Fadi, l'esperto uomo d'affari, simile agli imprenditori senza scrupoli che avevano costruito i palazzi moderni che lo circondavano in quel momento.

E ora, per la prima volta, Bourne poteva capire l'ossessione dei due fratelli, caparbiamente intenzionati a vendicare l'assassinio della sorella. Sarah, la fulgida stella della famiglia, era la depositaria dell'onore di Hamid ibn Ashef al Wahhib, un onore che si estendeva nell'arco di molti secoli, perfino sopra le distese sconfinate del deserto arabico. Il loro prestigio era radicato nei 3000 anni di storia della penisola arabica, del Sinai, della Palestina. I loro antenati erano venuti dal deserto, si erano risollevati sconfitta dopo sconfitta, cancellando ignominiose ritirate per riconquistare la penisola arabica, sottraendola ai nemici. Il loro patriarca, Muhammad ibn Abd al Wahhab, era stato uno dei grandi riformisti islamici. Verso la metà del 1700 aveva unito le forze con Muhammad ibn Saud per creare una nuova entità politica. Centocinquanta anni più tardi, le due famiglie avevano espugnato Riyad, ed era nata l'Arabia Saudita moderna.

Per quanto fosse difficile da capire per un occidentale, Sarah ibn Ashef incarnava tutto questo. Era più che logico che i suoi fratelli avrebbero smosso mari e monti per vendicare la sua morte. Era per questo che si erano presi tutto il tempo necessario per tessere l'annientamento totale di Bourne: prima la mente, poi il corpo. A loro non sarebbe bastato andarlo semplicemente a cercare per giustiziarlo, sparandogli un colpo alla nuca. Il piano era di stroncarlo nello spirito, prima, e poi di farlo uccidere da Fadi, a mani nude.

Bourne sapeva che la notizia della sua morte avrebbe fatto impazzire di rabbia entrambi i fratelli. In quell'instabile condizione emotiva sarebbero stati più inclini a commettere qualche errore. E lui ne avrebbe tratto vantaggio.

Doveva assolutamente informare Soraya dell'identità dell'uomo che si stava spacciando per Martin Lindros. Estratto di tasca il cellulare, compose i prefissi internazionali del Paese e della città, e poi il numero dell'agente Moore. Il gesto di telefonarle lo fece pensare al fatto che non aveva più avuto sue notizie da tempo. Guardò l'orologio. A meno che non fosse in ritardo, il suo aereo doveva essere ormai atterrato a Washington.

Soraya non rispose alla chiamata e Bourne cominciò a preoccuparsi. Per ragioni di sicurezza non lasciò un altro messaggio sulla segreteria telefonica. Dopotutto, si supponeva che fosse morto. Sperò che la collega non fosse caduta in mani nemiche. Ma se il peggio era accaduto, doveva prendere le debite precauzioni da Karim, che senza dubbio avrebbe tenuto sotto controllo il cellulare di Soraya. Si appuntò mentalmente di riprovare a chiamarla di lì a un'ora. Avrebbe voluto telefonarle poco dopo le sette di sera, ossia meno di un'ora prima che Muta ibn Aziz partisse da Büyükada per raggiungere Fadi, ovunque si trovasse.

Siamo al finale della partita, aveva detto il messaggero di Fadi ad Hatun. Bourne provò un brivido freddo percorrergli la schiena. Era rimasto così poco tempo per scovare Fadi e impedirgli di fare esplodere la bomba atomica.

Secondo la cartina comprata sul traghetto, l'isola consisteva di due colline separate da una valle. Ora stava salendo la collina meridionale, Yule Tepe, in cima alla quale sorgeva il monastero di San Giorgio, del XII secolo. A mano a mano che saliva in quota, la strada asfaltata diventava una pista sterrata. Ormai le palme avevano lasciato il posto a lembi di fitta pineta, ombreggiata, misteriosa e deserta. Anche le ville erano ormai alle spalle.

Il monastero era costituito da una serie di cappelle su tre livelli, oltre a diversi fabbricati adiacenti. Il punto luminoso che rappresentava la posizione di Muta ibn Aziz sul display del trasponditore radar da qualche minuto era stazionario. La pista sterrata si era fatta troppo sassosa e irregolare per la bicicletta. Presa la borsa di pelle dal cestino, Bourne appoggiò la bici su un fianco e proseguì a piedi.

Non vedeva né turisti né custodi, nessuno. Era ormai sera e il buio stava cominciando a calare. Passando vicino all'edificio principale in rovina, proseguì la salita verso la cima del colle. In base al trasponditore, Muta ibn Aziz era all'interno dell'edificio più piccolo poco più avanti. Oltre i vetri delle finestre brillava la luce di una lampada.

Mentre si avvicinava, il puntino luminoso cominciò a muoversi. Riparandosi dietro il tronco di un pino maestoso, restò a spiare mentre il messaggero di Fadi, con in mano un'antiquata lanterna a petrolio, usciva dalla costruzione e si allontanava in direzione di due colossali blocchi di pietra, addentrandosi nel fitto della foresta di conifere.

Bourne effettuò una rapida ricognizione della zona, assicurandosi che nessuno stesse sorvegliando l'edificio. Poi si intrufolò all'interno passando oltre la porta annerita dal fumo. Alcune lampade a olio splendevano fiocamente nella sera. La cartina identificava la costruzione come un antico manicomio per pazzi criminali. L'interno era alquanto spoglio; chiaramente non veniva utilizzato da tempo. Tuttavia le prove del suo macabro passato erano evidenti. Sul pavimento di pietra erano saldati anelli in ferro, presumibilmente usati per incatenare i detenuti quando diventavano violenti. Una porta spalancata a sinistra dava accesso a una piccola stanza, del tutto spoglia, a parte alcune tele incerate e vari attrezzi da muratore.

Bourne tornò nella sala principale. Sotto una fila di finestre rivolte a nord verso il bosco c'era un lungo tavolo da refettorio di legno scuro. Sul tavolo, entro un ovale di luce fornita da un lume a petrolio, era steso, aperto, un grande foglio di carta spessa. Avvicinatosi, Bourne vide che si trattava di una carta geografica con un piano di volo segnato a matita. La esaminò con attenzione. La rotta aerea puntava a sudest, attraversava quasi tutta la Turchia nella sua lunghezza, oltre i margini meridionali dell'Armenia e dell'Azerbaijan, sopra il mar Caspio, e poi, attraverso una sezione di Iran, tagliava diagonalmente attraverso l'Afghanistan in tutta la sua larghezza, con un atterraggio finale nella regione montagnosa appena oltre il confine, nel Pakistan occidentale, una regione infestata di terroristi.

Sicché Muta ibn Aziz non aveva intenzione di usare un'imbarcazione per lasciare Büyükada, ma un jet privato con il permesso di entrare nello spazio aereo iraniano e serbatoi abbastanza capienti per compiere il viaggio di 3500 chilometri senza scali per i rifornimenti.

Bourne guardò fuori dalla finestra il fitto bosco di conifere in cui Muta ibn Aziz era scomparso. Si stava chiedendo dove potesse essere nascosta una pista di decollo adatta a un jet tra quegli alberi, quando avvertì un rumore. Stava per voltarsi, poi un dolore tremendo e insopportabile gli esplose nella nuca. Ebbe la sensazione di stare per cadere a terra. Poi, l'oscurità.

Capitolo 29

Anne non aveva mai visto Jamil così fuori di sé dalla rabbia. Era infuriato con il direttore della CIA. E ce l'aveva anche con lei. Non aveva alzato un dito su di lei né si era messo a urlare. Aveva adottato un atteggiamento di gran lunga peggiore: la ignorava.

Mettendosi al lavoro, Anne era afflitta da una disperazione che pensava di essersi ormai lasciata alle spalle. Si era abituata al ruolo dell'amante: stare sola il giorno del proprio compleanno, alla festa di San Valentino, a Natale e agli anniversari. Tutto questo era negato a un'amante.

All'inizio Anne aveva trovato intollerabile quella particolare solitudine. Aveva cercato di telefonargli quando lui non poteva stare con lei nei giorni – e nelle notti! – in cui lo desiderava più ardentemente. Finché lui non le aveva spiegato con tatto, ma anche con fermezza, che lei non poteva chiamarlo quando voleva. Quando non era fisicamente con lei, Anne doveva dimenticarsi della sua esistenza. Com'è possibile?, si era chiesta malinconicamente mentre gli sorrideva. Era di vitale importanza, Anne lo sapeva, che lui fosse convinto che lei capiva. L'istinto le suggeriva che se non fosse stato così, si sarebbe allontanato da lei. L'avrebbe piantata e lei ne sarebbe morta.

E così, per la propria sopravvivenza, con lui preferiva fingere. E pian piano aveva imparato come tirare avanti. Naturalmente non riusciva a scordarsi di lui, quando non era con lei. Quello era impossibile. Ma era arrivata al punto di considerare il tempo trascorso con lui come una specie di film che si vedeva e rivedeva in privato. Nei momenti di pausa, poteva riassaporare ogni scena del film, come faceva chiunque con le pellicole che più adorava, quelle che non ci si stancava mai di rivedere anche un'infinità di volte. In questo modo, Anne era in grado di condurre la sua vita in modo più o meno normale. Perché nei più profondi recessi del suo io, dove osava guardare solo di tanto in tanto, sapeva che senza di lui la sua vita era vissuta solo a metà.

E ora, siccome aveva involontariamente permesso a Soraya di scappare, lui non le rivolgeva più la parola. Passava davanti alla sua scrivania, andando o tornando dalle riunioni con il Grande Vecchio come se lei non ci fosse, ignorando il gonfiore alla guancia sinistra dove il gomito di Soraya le aveva lasciato un ricordo cocente. Il peggio era ormai accaduto: l'aveva deluso.

Si domandò se Karim avesse ricevuto le informazioni sul segretario Halliday. Per un momento era stata certa che fosse così, ma poi il Grande Vecchio le aveva chiesto di fissare un appuntamento con Luther LaValle, lo zar dei servizi segreti del Pentagono, e non con il segretario Halliday. Che cosa gli passava per la mente?

Anne era anche all'oscuro del destino di Soraya. Era stata catturata? Uccisa? Non lo sapeva perché Jamil l'aveva tagliata fuori da tutto. Non aveva più la sua fiducia. Non poteva più saziarsi del suo corpo, caldo come il vento del deserto. In cuor suo, sospettava che Soraya fosse ancora viva. Se la cellula terrorista di Jamil avesse fatto prigioniera l'agente Moore, sicuramente lui le avrebbe perdonato l'errore commesso. Anne si sentiva rabbrividire. Le rivelazioni che Soraya aveva da fare su di lei erano una ghigliottina sospesa sul suo collo. La sua vita sarebbe stata svelata per quello che era: una menzogna. Sarebbe stata processata per alto tradimento.

Una parte della sua mente prese a occuparsi come al solito della routine quotidiana. Ascoltò il Grande Vecchio quando la convocò nel suo ufficio; prese nota dei promemoria che lo riguardavano e li stampò perché lui li firmasse. Fece le telefonate che lui le chiese di fare, programmò la lunga giornata del direttore con la precisione di una campagna militare. Protesse le sue linee telefoniche con la tenacia di sempre. Ma un'altra parte della sua mente stava cercando freneticamente di immaginare come riscattarsi agli occhi dell'uomo che amava.

Doveva assolutamente riconquistare Jamil. La redenzione poteva presentarsi sotto svariate forme, ma non per Jamil. Lui era un beduino; il suo pensiero era radicato nelle antiche usanze del deserto. Esilio o morte: le scelte erano solo quelle. Anne avrebbe dovuto trovare Soraya. Le sue mani grondanti di sangue erano le sole cose che lo avrebbero ricondotto da lei. Avrebbe dovuto uccidere Soraya personalmente.

Bourne si svegliò. Cercò di muoversi, ma scoprì di essere legato con delle corde a due anelli di ferro fissati al pavimento dell'antico manicomio criminale. Un uomo era accovacciato accanto a lui, un occidentale dalla mascella prominente, gli occhi azzurri come ghiaccio. Indossava una giacca di pelle foderata di pelliccia e un berretto con un distintivo d'argento a forma di ali.

Il pilota del jet. Dall'aspetto e dall'atteggiamento, Bourne capì che era uno di quegli aviatori che si ritenevano una sorta di cowboy volanti.

L'uomo sogghignò, fissandolo. «Che cosa stavi facendo qui?» Parlava in un arabo stentato, in risposta al travestimento di Bourne. «Controllavi il mio piano di volo. Stavi spiando.» Scosse il capo in modo esagerato, come una tata che sgridava il bambino. «È vietato. Hai capito? Vie-ta-to.» Il pilota sporse in fuori le labbra. «Sei una spia?» aggiunse in inglese.

Poi mostrò a Bourne quello che aveva in mano: il NET miniaturizzato. «Cosa cazzo è questo? Eh? Razza di bastardo schifoso. Chi sei? Chi ti ha mandato?» L'uomo estrasse un coltello, avvicinò la lunga lama al viso di Bourne. «Rispondimi, maledizione, o ti faccio a fettine come un tacchino ripieno a Natale! Sai cos'è Natale? Eh?»

Bourne lo fissò con sguardo vacuo, sgranando gli occhi. Socchiuse la bocca e pronunciò una frase a bassa voce.

«Cosa?» Il pilota gli si avvicinò. «Cos'hai detto?»

Sfruttando la forza del bacino, Bourne alzò di scatto le gambe, in modo che le caviglie si incrociassero dietro il collo del pilota. Facendo forza sulle gambe, rovesciò il pilota e lo atterrò. L'uomo batté il capo sul pavimento di marmo con tale forza che lo zigomo si fratturò. Perse i sensi all'istante.

Ruotando il collo, Bourne vide il coltello sul pavimento, dietro la testa dell'aviatore. Era dall'altra parte della fila di anelli di ferro. Sollevate le gambe, si rannicchiò su se stesso e cominciò a dondolare avanti e indietro, aumentando gradualmente velocità. Quando ritenne di avere slancio a sufficienza, si spinse indietro con tutta la forza. Sebbene ancorato agli anelli, ai quali era legato per i polsi, eseguì una capriola all'indietro, superando gli anelli e atterrando sulle ginocchia dall'altra parte.

Allungata una gamba, afferrò il coltello con la punta del piede e gli diede un colpetto in modo che l'impugnatura battesse contro l'anello al quale era legata la mano destra. Piegando l'anello in basso, finché fu quasi parallelo al pavimento, afferrò il coltello. Appoggiato il filo della lama sulla corda, cominciò a tagliare il legaccio.

Era un'operazione complicata. Non riusciva a imprimere abbastanza pressione quindi ci avrebbe impiegato un'eternità. Dal punto in cui era in ginocchio non riusciva a vedere il display del trasponditore radar e non aveva idea di dove si trovasse Muta ibn Aziz. Per quel che ne sapeva, il messaggero di Fadi avrebbe potuto piombargli addosso da un momento all'altro.

Finalmente recise la corda. Liberata una mano, tagliò

quella che teneva legata la mano sinistra. Recuperato il trasponditore, controllò il display. Il punto luminoso che segnalava la posizione di Muta ibn Aziz era piuttosto lontano.

Bourne rovesciò il pilota sulla schiena e cominciò a spogliarlo, rivestendosi con i suoi indumenti, anche se la camicia era troppo stretta e i pantaloni troppo grandi. Dopo di che recuperò la borsa di pelle e vi pescò i vari articoli acquistati nel negozio di forniture teatrali a Istanbul. Disposto uno specchietto sul pavimento, in modo da potersi vedere bene in faccia, si levò le protesi dalla bocca. Poi iniziò il processo di trasformazione «cosmetica» nel pilota.

Si spuntò i capelli, adattandoli alla pettinatura dello sconosciuto, schiarì l'incarnato del viso, aggiunse un paio di protesi per dare alla mandibola una forma prominente simile a quella dello sconosciuto. Non disponeva di lenti a contatto colorate, ma nell'oscurità il travestimento avrebbe retto il gioco. Poteva sempre tenere il berretto del pilota un po' calato sulla fronte e sugli occhi.

Diede un'altra occhiata al trasponditore, poi esaminò il portafoglio e i documenti del pilota. Si chiamava Walter B. Darwin. Era un espatriato americano, i passaporti che aveva con sé lo identificavano come cittadino di ben tre Paesi diversi. Bourne ne aveva già intuito il motivo. Darwin aveva un tatuaggio militare su una spalla e la scritta FOTTITI sull'altra. Che cosa ci facesse in capo al mondo a fornire un mezzo di trasporto a dei terroristi rimaneva un mistero. Non che avesse importanza. La carriera d'aviatore mercenario di Darwin era ormai finita. Bourne trascinò il corpo nudo dell'americano in una stanza interna e lo coprì con un polveroso telone impermeabile.

Tornato nella sala principale, si diresse al tavolo e piegò la carta geografica. Mancavano venti minuti alle otto. Tenendo d'occhio il punto luminoso intermittente sul display del trasponditore, ripose la carta nella borsa, dove aveva già rimesso tutte le sue cose, prese una delle lampade a petrolio e andò in cerca della pista d'atterraggio.

Anne sapeva che Soraya era troppo furba per tornare o anche solo avvicinarsi al suo appartamento. Fingendosi Kim Lovett, l'amica di Soraya che faceva parte della Scientifica del Fire Department di Washington, telefonò sia alla madre sia alla sorella di Tim Hytner. Nessuno di loro aveva più visto o sentito Soraya da quando era andata a trovarli per dare loro la triste notizia della morte di Tim. Se Soraya si fosse recata ancora da loro, li avrebbe avvertiti di guardarsi da una donna di nome Anne Held. Ma sicuramente la prima cosa che Soraya avrebbe voluto fare era rivolgersi alla sua migliore amica. Anne stava per telefonare a Kim Lovett, ma all'ultimo istante ebbe un ripensamento. Invece, quando uscì dall'ufficio quella sera, prese un taxi e andò dritta ai laboratori scientifici della FIU, l'Unità investigativa dei vigili del fuoco, all'incrocio tra Vermont Avenue e l'11ª.

Trovata la strada per il laboratorio di Kim, entrò senza bussare.

«Sono Anne Held» disse. «Soraya lavora con me.»

Kim si alzò dalla poltroncina, interrompendo il suo lavoro: due vassoi d'acciaio colmi di cenere, frammenti d'ossa carbonizzate e un cencio parzialmente bruciato. Si stiracchiò come un gatto, tolse i guanti in lattice e porse la mano.

«Dunque» disse Kim, «che cosa la porta in questo macabro luogo?»

«In effetti, si tratta di Soraya.»

Sul volto di Kim si dipinse subito la preoccupazione. «Le è successo qualcosa?»

«È quello che sto cercando di scoprire. Mi chiedevo se per caso l'avesse sentita di recente.»

Kim scosse la testa. «Ma non è insolito.» Kim rifletté un momento. «Può darsi che non c'entri nulla, ma una o due settimane fa si è presentato un detective della polizia che ha chiesto di lei. Si sono incontrati qui al laboratorio. Voleva che Soraya lo portasse con sé per non so quale indagine, ma lei rifiutò. Però ho avuto la sensazione che il suo interesse per lei andasse al di là delle questioni professionali.»

«Ricorda la data e il nome del detective?»

Kim ci pensò e le fornì la data. «Per quanto riguarda il nome, devo averlo annotato da qualche parte.» Frugò in uno dei tanti pacchi di fascicoli sul banco di lavoro. «Ah, eccolo qui!» disse, tirando fuori un bigliettino strappato da un foglio di carta. «Detective William Overton.»

Com'è piccolo il mondo!, pensò Anne uscendo dalla sede della FIU. È così pieno di coincidenze. Lo sbirro che l'aveva pedinata, aveva sorvegliato a distanza anche Soraya. Adesso era morto, naturalmente, ma forse poteva ancora suggerirle dove trovare Soraya.

Anne, dopo una semplice telefonata, scoprì il distretto di polizia del detective William Overton, l'indirizzo della centrale e il nome del suo comandante. Una volta arrivata al distretto, presentò le sue credenziali e disse al sergente addetto alla reception che doveva parlare con il capitano Morrell per una questione della massima urgenza. Quando il sergente tentennò, come sapeva benissimo avrebbe fatto, Anne buttò lì il nome del Grande Vecchio. Il sergente impugnò subito il telefono. Cinque minuti dopo un giovane agente in uniforme l'accompagnò nell'ufficio del capitano Morrell.

Questi congedò l'agente in uniforme, offrì ad Anne una sedia e chiuse la porta. «In che cosa posso esserle utile, signorina Held?» Morrell era un tipo basso dai capelli radi, un paio di baffi ispidi e occhi che avevano visto troppi morti. «Il sergente all'ingresso mi ha detto che si tratta di una questione della massima urgenza.»

Anne andò subito al punto. «La CIA sta indagando sulla scomparsa del detective William Overton.»

«Bill Overton? Il *mio* Bill Overton?» Il capitano Morrell era sinceramente sconcertato. «Perché mai...?»

«È una questione di sicurezza nazionale» disse Anne, ricorrendo alla solita frase a effetto davanti alla quale nessuno osava insistere. «Devo vedere tutte le sue registrazioni in entrata e uscita e i relativi rapporti di servizio nell'ultimo mese. E anche i suoi effetti personali.»

«Certo. Naturalmente.» Morrell scattò in piedi. «L'indagine sulla sua scomparsa è in corso, perciò abbiamo tutta la documentazione qui.»

«La terremo informata di ogni ulteriore sviluppo, capitano» assicurò Anne.

«Lo apprezzo molto.» Morrell aprì la porta e urlò in corridoio: «Ritchie!». Lo stesso giovane agente rispuntò volenterosamente. «Ritchie, fai vedere alla signorina Held la roba di Overton.»

«Signorsì.» Ritchie si rivolse ad Anne. «Prego, se mi vuole seguire, madame.»

Madame! Dio, la cosa la fece sentire vecchia.

Ritchie la portò quasi in fondo al corridoio e giù per una scaletta di ferro in un ampio locale interrato, protetto da una grata di ferro dal pavimento al soffitto, accessibile attraverso una porta chiusa a chiave. L'agente aprì la serratura pescando la chiave in un mazzo, dopo di che accompagnò Anne in fondo a una corsia tra due lunghe file di pratici scaffali di ferro. Ogni scatola di cartone, tutte disposte in ordine alfabetico, era contrassegnata da un'etichetta battuta a macchina. Ritchie tirò fuori due grosse scatole e le appoggiò su un tavolo a ridosso del muro sul fondo. «Questa contiene il materiale ufficiale dell'inchiesta» disse l'agente, indicando la scatola a sinistra. «Nell'altra ci sono i suoi effetti personali.»

Ritchie restò in attesa come un cagnolino. «Posso esserle d'aiuto?»

«Va bene così, agente Ritchie» disse Anne con un sorriso. «Me la sbrigo da sola.»

«D'accordo. Sono nella stanza accanto, se dovesse aver bisogno di me.»

Rimasta sola, Anne prese la scatola di sinistra, la svuotò del contenuto e dispose tutto in ordine sul tavolo. Mise da parte i fascicoli con i rapporti di servizio di Overton. Non appena si fu assicurata che in tutto il resto non ci fosse nulla di interessante, si concentrò sui rapporti. Esaminò ogni fascicolo e ogni documento con la massima cura, metodicamente, prestando particolare attenzione alle annotazioni a partire dalla data che le aveva indicato Kim Lovett, cioè il giorno in cui Overton aveva incontrato per la prima volta Soraya alla FIU. Non c'era niente.

«Tutte scemenze!» sbottò. Dopo di che svuotò la scatola di destra dagli effetti personali di Overton. Questi risultarono perfino più pietosi di quel che si aspettasse: un pettine da quattro soldi e una spazzola tra le cui setole c'erano ancora alcuni capelli; due pacchetti di chewing-gum, uno aperto; una camicia blu, macchiata sul davanti con quella che sembrava salsa marinara; un'orrenda cravatta a strisce blu e rosse; la fotografia di un ragazzo che sorrideva, in tenuta da football, probabilmente il figlio di Overton; due scatolette di noccioline ricoperte di cioccolato ancora intatte. Era tutto.

«*Merde!*»

Con un gesto convulso del braccio, Anne fece cadere dal tavolo i miseri resti dell'esistenza di Overton. Poi notò qualcosa di bianco spuntare dal taschino della camicia. Chinandosi sul pavimento, estrasse l'oggetto afferrandolo con la punta delle dita. Era un riquadro di carta a righe, piegato in quattro. Un foglietto per appunti. Anne lo aprì e vi trovò scarabocchiato a penna sfera:

S. MOORE – 8 & 12 NE (CTRL)

Il cuore di Anne accelerò. Era quello che stava cercando. *S. MOORE* senza alcun dubbio si riferiva a Soraya; *(CTRL)* poteva significare «controllare». Naturalmente, l'8ª Strada non incrociava la 12ª nella zona nordest, né in nessun altro quartiere del distretto. Eppure, era chiaro che Overton avesse seguito Soraya nel settore nordest. Cosa diavolo ci stava facendo laggiù? Di qualunque cosa si trattasse, Anne l'avrebbe taciuto alla CIA.

Restò in piedi un attimo a fissare l'appunto criptico che Overton aveva preso solo per proprio uso, cercando di cavarci qualcosa. Poi fu colta da un'idea, e cominciò a ridere. La dodicesima lettera dell'alfabeto era la «L». L'incrocio tra l'8ª Strada e la L North East.

Se Soraya era ancora viva, era più che probabile che avrebbe esalato il suo ultimo respiro proprio a quell'indirizzo.

Quando Bourne oltrepassò i due grandi blocchi di pietra, la lampada a petrolio rivelò il sentiero imboccato da Muta ibn Aziz. Si dirigeva a ovest per almeno un chilometro prima di deviare bruscamente a nordest. Saliva su un leggero pendio, dopo di che proseguiva in modo rettilineo verso nord, scendendo in una piccola conca che risaliva poi gradualmente all'inizio di quello che aveva tutta l'aria di essere un altopiano di dimensioni considerevoli.

Per tutto il tragitto, Bourne non fece che avvicinarsi sempre più a Muta ibn Aziz, infatti negli ultimi minuti non si era praticamente mosso. Il bosco di conifere era ancora fitto, il tappeto di aghi di pino secchi sotto i piedi emanava un odore aromatico e attutiva ogni rumore.

Dopo cinque minuti di cammino, però, la foresta terminò di colpo. Era evidente che in quel punto gli alberi erano stati tagliati per far posto alla pista d'atterraggio in terra battuta in fondo alla quale era posteggiato un piccolo jet.

Muta ibn Aziz era là, ai piedi della scaletta. Bourne sbucò dal sentiero tra gli alberi con passo deciso, puntando verso l'aereo, un Citation Sovereign. Il cielo nero come la pece era punteggiato di stelle, che brillavano freddamente come diamanti sul cuscinetto di velluto scuro di un gioielliere. Un vento leggero, profumato di salsedine, soffiava sulla sommità piatta della collina.

«È ora di partire» disse Muta ibn Aziz. «È tutto pronto?»

Bourne annuì. Muta ibn Aziz premette un pulsante su un piccolo oggetto nero che aveva in mano e le luci di segnalazione a bordo pista si accesero. Bourne lo seguì sulla scaletta dell'aereo, ritirandola non appena fu all'interno. Bourne andò dritto a sedersi nella cabina di pilotaggio. Aveva familiarità con i Citation. Quel tipo di velivolo aveva un raggio d'azione di 4500 chilometri e una velocità massima di 826 chilometri orari.

Preso posto sul sedile del pilota, accese il pannello dei comandi e azionò diversi interruttori, accendendo in sequenza gli strumenti di bordo e seguendo con ordine l'intricato elenco di controllo della strumentazione precedente al decollo. Era tutto in ordine.

Mollati i freni a mano, spinse in avanti le manette di regolazione dei reattori. Il Citation Sovereign rispose subito ai comandi. Rullò lungo la pista, aumentando di velocità. Poi si sollevò in un cielo color inchiostro salendo rapidamente, lasciandosi il Corno d'Oro – la porta dell'Asia – alle spalle.

Capitolo 30

«Perché lo fanno?» chiese Martin Lindros in un russo impeccabile.

Steso supino nell'infermeria di Miran Shah, fissò dal basso il viso tumefatto di Katja Stepanova Vdova, la giovane moglie del dottor Veintrop.

«Perché fanno cosa?» ribatté Katja in un sussurro, mentre gli medicava in modo piuttosto approssimativo le abrasioni al collo. La donna aveva seguito un corso da assistente infermiera dopo che il marito l'aveva convinta a lasciare il lavoro di fotomodella per «Perfect 10».

«I dottori e gli scienziati che ci sono qui: suo marito, Senarz, Andursky. Perché si sono messi al servizio di Fadi?» Nominando Andursky, il chirurgo plastico che aveva modellato il volto di Karim con le sue sembianze, trapiantandogli perfino il suo occhio, Lindros si domandò: perché non si prende lui cura di me, invece di questa maldestra dilettante? Ma appena si fu posto la domanda, trovò da solo la risposta. Non era più di alcuna utilità né a Fadi né a suo fratello.

«Sono uomini» osservò Katja. «Questo vuol dire che sono deboli. Fadi scopre le loro debolezze e le usa per ricattarli. Per Senarz è stato il denaro. Per Andursky la pedofilia omosessuale.»

«E per Veintrop?»

Katja fece una smorfia. «Ah, mio marito. Lui pensa di avere un nobile compito, essere costretto a lavorare per Fadi perché Fadi lo ricatta minacciando me. Naturalmente si inganna. La verità è che lo sta facendo per orgoglio, per riconquistare la dignità perduta. Il fratello di Fadi lo ha licenziato su due piedi dalla IVT con delle false accuse. Mio marito ha bisogno di lavorare. Ecco qual è il suo punto debole.»

Katja si abbandonò un momento contro lo schienale della sedia, unendo le mani in grembo. «Crede che non sappia cosa rischio in questa storia? Ma Costin insiste, capisce? Perciò, quale altra scelta mi resta?»

«Lei è libera di decidere, Katja. Tutti hanno un'alternativa. Deve solo trovarla dentro di sé.» Lindros lanciò un'occhiata alle due guardie armate oltre la soglia dell'infermeria. Stavano confabulando a bassa voce. «Non vuole fuggire da qui?»

«E Costin?»

«Suo marito ha concluso la sua parte di lavoro per Fadi. Una donna con un briciolo di cervello dovrebbe capire che adesso è diventata di peso.»

«Non è vero!»

«Katja, siamo tutti capaci di prenderci in giro. E così ci mettiamo nei guai. Lei non vede più in là del suo naso o di quello di suo marito.»

La donna restò seduta immobile a fissarlo negli occhi.

«Abbiamo anche la capacità di cambiare, Katja. Sta a noi decidere che dobbiamo farlo per poter andare avanti. Per sopravvivere.»

Katja distolse lo sguardo un momento, come fa la gente quando è spaventata, quando si è fatta ormai un'idea precisa ma ha bisogno di essere incoraggiata per portarla a termine.

«Chi l'ha conciata così, Katja?» chiese Lindros con dolcezza.

La moglie del dottor Ventrop riportò di colpo lo sguardo su di lui e Lindros le lesse negli occhi l'ombra di paura che vi era in agguato. «Fadi! Fadi e il suo scagnozzo. Per convincere Costin a completare il suo lavoro sull'ordigno nucleare.»

«È assurdo» commentò Lindros. «Se Veintrop sapeva che Fadi l'aveva catturata, questo sarebbe dovuto bastargli per rifiutarsi di collaborare, a meno che non la liberassero.»

Katja si morse il labbro inferiore e mantenne lo sguardo incollato sul compito che stava svolgendo. Terminò la medicazione e si alzò.

«Katja, perché non vuole rispondere?»

La bellissima moglie del dottor Veintrop non si voltò mentre usciva dall'infermeria.

In piedi sotto la pioggia gelata all'angolo tra la 8ª Strada e la L NE, Anne Held sentiva la presenza della compatta Smith & Wesson J-frame nella tasca destra dell'impermeabile come una terribile deformazione appena diagnosticata al proprio corpo.

Sapeva che avrebbe rischiato tutto, che avrebbe fatto di tutto pur di liberarsi dell'orribile sensazione di vuoto dentro di sé e di non appartenere più a nessun posto preciso. L'unica cosa da fare era dimostrare a se stessa ancora una volta che valeva qualcosa. Se avesse ucciso Soraya, Jamil l'avrebbe accolta di sicuro a braccia aperte. Avrebbe sentito di essere ancora amata.

Alzando il bavero per ripararsi dalla pioggia battente, cominciò a camminare. In quel quartiere avrebbe dovuto avere paura – la polizia di sicuro l'aveva –, ma stranamente non provava alcun timore. In fondo, non era così strano. Non le era rimasto più niente da perdere.

Svoltò l'angolo della 7ª Strada. Che cosa stava cercando? Che genere di indizi le avrebbero rivelato la presenza di Soraya se le sue congetture erano esatte? Passò un'auto, poi un'altra. Alcune facce – nere, ispaniche, ostili, strane – la fissarono con insistenza mentre le vetture transitavano indifferenti. Un tipo al volante sogghignò, poi agitò oscenamente la lingua nella sua direzione. Anne infilò la mano in tasca e strinse le dita sulla Smith & Wesson.

Proseguendo, tenne d'occhio le case davanti alle quali passava: in rovina, decadenti, segnate dalla miseria, dall'abbandono, dalle fiamme. Spazzatura e macerie riempivano i minuscoli giardini antistanti le abitazioni, come se la via fosse abitata da addetti alla raccolta dei rifiuti che mettevano in esposizione per la vendita le loro squallide merci. L'aria era pregna del fetore di marciume e urina, in una desolante atmosfera di sconfitta e disperazione. Cani randagi scorrazzavano qua e là, ringhiando e mostrandole i denti giallastri.

Si sentiva annegare, aggrappata disperatamente all'unica cosa che potesse salvarla impedendole di affogare. Sentiva il palmo della mano scivolosa di sudore sul calcio della pistola. Alla fine era arrivato il giorno, pensò vagamente, in cui tutte le ore passate al poligono di tiro ad allenarsi sarebbero servite a qualcosa. Udiva ancora la voce bassa e profonda dell'istruttore addetto all'uso delle armi da fuoco alla CIA che le correggeva la postura o la presa mentre ricaricava la Smith & Wesson d'ordinanza.

Ripensò a sua sorella Joyce, al dolore patito nell'infanzia che avevano condiviso. Ma di sicuro c'erano stati anche momenti di pura gioia e felicità, come le notti in cui avevano dormito insieme nello stesso letto, raccontandosi storie di fantasmi, tanto per vedere chi delle due sarebbe stata la prima a strillare di paura. Adesso Anne si sentiva come uno di quei fantasmi, che vagava in un mondo in cui poteva solo tormentare la gente. Attraversò la strada, oltrepassando uno spiazzo sterrato ingombro di erbacce alte fino alla vita. Vecchi pneumatici, corrugati e decrepiti come la faccia di un vecchio centenario, bottiglie di plastica vuote, siringhe e profilattici usati, cellulari rotti, un calzino rosso con un buco nell'alluce. E... un braccio troncato.

Anne fece un balzo, spaventata, il cuore le martellava contro la cassa toracica. Era solo il braccio di una bambola. La tachicardia non diminuì. Fissò con lugubre morbosità il braccio mozzato. Era come il futuro abortito di Joyce, gettato in un intrico di erbacce secche. Che differenza c'è tra il futuro di Joyce e il mio presente?, si domandò. Erano passati anni dall'ultima volta che aveva pianto. Adesso aveva l'impressione di aver dimenticato del tutto come si faceva.

Il giorno era calato nella tomba della notte; la fredda pioggia si era trasformata in nebbia. L'umidità sembrava congelarsi sul dorso delle mani e sui capelli. Di tanto in tanto una sirena faceva sentire il suo suono angosciante, solo per scomparire di nuovo in un silenzio imbarazzante.

Alle sue spalle udì il brontolio di un motore. Si fermò, con il cuore in gola, in attesa che l'auto passasse oltre. Quando non la vide arrivare, riprese a camminare, allungando il passo. L'automobile, sbucando dalla nebbia, le stava dietro.

All'improvviso Anne fece dietrofront e, con la mano stretta sul calcio della pistola, si diresse verso la vettura, che si fermò. Il finestrino dal lato del conducente si abbassò, rivelando un volto lungo e avvizzito, il colore di una vecchia suola di scarpa, la metà inferiore del quale era ispido e grigio di barba.

«Ha l'aria di essersi persa» disse l'uomo al volante con una voce resa roca da anni di nicotina. «Taxi privato.» L'uomo si toccò la tesa del berretto da baseball in segno di saluto. «Ho pensato che forse le serviva uno strappo. In fondo a questo isolato c'è una gang di teppisti che già si leccano i baffi solo a pensarla.»

«So badare a me stessa.» La paura improvvisa la spinse a mettersi sulla difensiva.

Il tassista abusivo le scoccò un'espressione un po' delusa. «Come preferisce.»

Mentre lo sconosciuto innestava la prima, Anne disse: «Aspetti!». Poi si deterse la fronte sudata. Si sentiva come assalita da una febbre molto alta. Chi voleva prendere in giro? In quel momento non avrebbe avuto il fegato di sparare a Soraya, tanto meno ucciderla.

Afferrata la maniglia della portiera posteriore, salì in fretta sul taxi e fornì al tassista il suo indirizzo di casa. Non voleva tornare alla sede centrale della CIA. Non avrebbe saputo affrontare né Jamil né il Grande Vecchio. Si domandò se sarebbe mai stata capace di guardarli in faccia di nuovo.

Poi notò che il tassista si era voltato per scrutarla in viso.

«Cosa c'è?» chiese Anne, in tono un po' troppo aggressivo.

Il tassista emise una specie di grugnito compiaciuto. «È dannatamente carina.»

Anne estrasse una manciata di banconote e gliele agitò sotto il naso. «Ha intenzione di darmi un passaggio o no?»

Il tassista si umettò le labbra e innestò la prima.

Mentre l'auto partiva, Anne si sporse in avanti. «Tanto perché lo sappia» disse, «ho una pistola.»

«Anch'io, sorella.» Il tassista brizzolato la fissò con uno sguardo lascivo e un sorrisetto malizioso sulle labbra. «Anch'io.»

Il direttore della CIA incontrò Luther LaValle al Thistle, un ristorante alla moda all'incrocio tra la 19ª e la Q. Aveva detto ad Anne di prenotargli un tavolo al centro della sala, perché quando parlava con LaValle voleva che fossero circondati da rumorosi avventori.

Lo zar dei servizi segreti del Pentagono si era già accomodato, quando il Grande Vecchio sbucò dalla fitta nebbia invernale e varcò la soglia del chiassoso ristorante. Indossava un completo blu marina, un'immacolata camicia bianca e cravatta regimental a righe blu e rosse, sulla quale era appuntata una spilla smaltata della bandiera americana, LaValle sembrava un pesce fuor d'acqua circondato da tutti quei giovani.

Il torace da pugile di LaValle gonfiava il completo, rendendolo ridicolo come tutti gli uomini eccessivamente muscolosi. Sembrava Bruce Banner nel processo di trasformazione nell'Incredibile Hulk. Sorridendo beffardamente, si alzò dal suo whisky e soda per stringere la mano offerta dal direttore in modo un po' affrettato.

Il Grande Vecchio gli sedette di fronte. «È stato gentile ad accettare l'invito con così breve preavviso, Luther.»

LaValle allargò le mani dalle dita particolarmente tozze. «Che cosa prende?»

«Un Oban» ordinò il Grande Vecchio al cameriere che gli era comparso accanto. «Doppio, con un bel cubetto di ghiaccio, ma solo se è grande.»

Il cameriere gli rivolse un cortese cenno d'assenso e sparì nella folla.

«I grossi cubetti di ghiaccio vanno meglio per i liquori» spiegò il direttore al compagno. «Impiegano più tempo a sciogliersi.»

Lo zar dei servizi segreti del Pentagono non fece commenti, limitandosi a fissare il Grande Vecchio con aria d'attesa. Quando arrivò lo scotch di malto, i due alzarono i rispettivi bicchieri e brindarono.

«Stasera il traffico è insopportabile» commentò il direttore.

«È la nebbia» rispose LaValle con aria disinteressata.

«Quand'è stata l'ultima volta che ci siamo visti così, a quattr'occhi?»

«Non ricordo.»

Entrambi sembravano parlare a beneficio della giovane coppia del tavolo accanto. Le loro frasi neutrali si disponevano tra loro come pedine, già sacrificate sul campo di battaglia di una scacchiera immateriale. Il cameriere tornò coi menu. LaValle e il direttore li sfogliarono, ordinarono, e furono di nuovo lasciati soli.

Il direttore estrasse un dossier dalla valigetta e lo depose sul tavolo, chiuso. Poi vi calò sopra pesantemente il palmo della mano aperta. «Presumo che sia al corrente del furgone dell'azienda elettrica che ha perso il controllo davanti alla Corcoran Gallery.»

«Un incidente stradale?» LaValle si strinse nelle spalle. «Sa quanti ne capitano a Washington a ogni ora del giorno e della notte?»

«Questo è diverso» disse il Grande Vecchio. «Il furgone ha tentato di investire uno dei miei dipendenti.»

LaValle sorseggiò il whisky e soda. Il direttore della CIA pensò che bevesse come una vecchia zitella.

«Chi?»

«Anne Held, la mia assistente personale. Martin Lindros era con lei. L'ha salvata per miracolo.»

LaValle si abbassò ed estrasse il suo dossier. Riportava il sigillo del Pentagono sulla copertina. LaValle lo aprì e, senza proferire parola, lo rigirò, sospingendolo sul tavolo.

Mentre il Grande Vecchio cominciava a leggere, LaValle disse: «Qualcuno all'interno della vostra sede centrale invia e riceve messaggi, regolarmente».

Il direttore rimase scioccato per più di un particolare. «Da quando il Pentagono tiene sotto controllo le comunicazioni della CIA? Maledizione! È una grave violazione del protocollo interagenzie!»

«L'ho ordinato io, con il benestare del presidente. Lo abbiamo ritenuto necessario. Quando il segretario Halliday ha saputo della presenza di una talpa all'interno della CIA...»

«Da Matthew Lerner, il suo tirapiedi» ribatté animatamente il direttore. «È inutile e controproducente che Halliday tenti di prendere il mio posto. Inoltre, senza di me, il presidente viene informato in modo improprio e incompleto.»

«È stato per il bene dell'Agenzia.»

Un'espressione di profonda indignazione si dipinse sul volto del direttore. «Sta forse insinuando che non so più cos'è bene per la CIA?»

LaValle calò un dito sul dossier, e parve una pugnalata. «Qui, vede? Il segnale elettronico "a cavallo" delle onde radio ed elettroniche della CIA. È criptato. Non siamo riusciti a decifrarlo. Inoltre non sappiamo chi riceva ed effettui le comunicazioni. Ma dai dati raccolti risulta evidente che non può essere Hytner, l'agente che avevate identificato come la talpa. Da questa data in poi era già morto.»

Il Grande Vecchio spinse da parte il dossier del Pentagono e aprì il suo. «Io indagherò su questa fuga di notizie, se di questo si tratta» disse. Era più che probabile che quegli idioti avessero intercettato qualche comunicato clandestino tra la Typhon e uno dei suoi agenti operativi sotto copertura all'estero. Naturalmente il Dipartimento Operazioni ultrasegrete di Martin non impiegava i normali canali della CIA. «E lei si occuperà del segretario della Difesa.»

«Mi scusi?» Per la prima volta da quando era iniziata la conversazione, LaValle parve imbarazzato e perplesso.

«Il furgone della società elettrica di cui le accennavo poc'anzi, quello che ha tentato di investire Anne Held.»

«Per essere franco, il segretario Halliday mi ha confidato di sospettare che Anne Held sia la talpa all'interno della...»

A quel punto arrivarono gli antipasti: colossali gamberoni rosa immersi in salsa cocktail rosso sangue.

Prima che LaValle avesse il tempo di impugnare la forchetta, il direttore gli porse un foglio di carta che aveva appena pescato dal dossier fornitogli da Martin. «Il furgone che per poco non l'ha uccisa era guidato dal defunto Jon Mueller.» Il Grande Vecchio attese una frazione di secondo. «Lei conosce benissimo Mueller, Luther. Non finga il contrario. Era un agente speciale della Homeland Security, ma aveva ricevuto l'addestramento dall'NSA. Conosceva bene Matthew Lerner. Anzi, per dirla tutta, i due erano compagni di sbronze e gran puttanieri. Entrambi creature di Halliday.»

«Ha qualche prova a supporto di questa teoria?» chiese LaValle.

Il Grande Vecchio era più che pronto per quella domanda. «Conosce già la risposta. Ma ho quanto basta per avviare un'inchiesta. Depositi oscuri sul conto corrente bancario di Mueller, una Lamborghini che Lerner non poteva affatto permettersi, viaggi a Las Vegas dove i due amiconi perdevano fiumi di contanti ai tavoli da gioco. L'arroganza genera ottusità. È un assioma antico come il mondo.» Il direttore riprese il foglio di carta. «Le assicuro che quando l'inchiesta arriverà al Senato, nella rete che verrà lanciata non resterà impigliato solo Halliday, ma anche tutti quelli che gli sono vicini.»

Il direttore della CIA incrociò le braccia. «Francamente, non desidero uno scandalo di tale gravità e portata. Non farebbe altro che aiutare i nostri nemici all'estero.» Il direttore sollevò un gamberone con la forchetta. «Ma questa volta il segretario è andato oltre ogni limite. Crede di poter fare tutto quello che vuole, perfino autorizzare un assassinio usando i nostri agenti governativi.»

A quel punto il Grande Vecchio si interruppe per dare il tempo alle sue parole di fare effetto. Quando gli occhi dello zar dei servizi segreti del Pentagono incrociarono di nuovo i suoi, disse: «Mi oppongo a ciò con forza. Non posso passar sopra a un atto così imprudentemente illecito. E sono convinto che non possa farlo neanche lei».

Muta ibn Aziz era sovrappensiero, seduto a rimirare il cielo fuori dal finestrino del jet. Un cielo blu scuro, quasi nero. Sotto di lui scorreva la superficie liscia del mar Caspio, offuscata, di tanto in tanto, da striature di nuvole che avevano il colore delle ali di un gabbiano.

Muta era relegato in un angolo buio della Dujja, e stava eseguendo l'umiliante e puerile compito del messaggero, mentre suo fratello si crogiolava sotto le luci della ribalta del favore di Fadi. Tutto per colpa di quanto accaduto a Odessa, della menzogna che aveva raccontato a Fadi e a Karim, e che Abbud gli aveva proibito di svelare. Abbud aveva detto che doveva tacere per il bene di Fadi, ma ora, riflettendo sulla situazione, si rendeva conto che era solo un'altra menzogna preparata da suo fratello. Abbud insisteva a nascondere la verità sulla morte di Sarah ibn Ashef per il proprio tornaconto personale, per il consolidamento del suo potere all'interno della Dujja.

Destandosi, Muta vide la linea scura della terraferma entrare nel suo campo visivo. Guardò l'orologio. Erano in perfetto orario. Si alzò e si stiracchiò, esitante. Il pensiero andò all'uomo ai comandi del jet. Sapeva che non era il vero pilota; aveva mancato di fargli il segnale convenuto di riconoscimento quando era emerso dal bosco. Chi era? Un agente della CIA di sicuro; più probabilmente, Jason Bourne. Ma poi aveva ricevuto un SMS tre ore prima che gli confermava che Jason Bourne era morto, in base alle dichiarazioni di un testimone oculare e al localizzatore elettronico, che ora si trovava sul fondo del mar Nero.

Però... E se il testimone oculare mentiva? Se Bourne, scoperto il localizzatore, lo avesse buttato in mare? Chi altri poteva essere quel dannato pilota se non Jason Bourne, il «camaleonte»?

Muta ibn Aziz risalì il corridoio tra i sedili e si affacciò nella cabina di pilotaggio. L'uomo ai comandi mantenne l'attenzione sulla fila di quadranti che aveva davanti a sé.

«Stiamo per entrare nello spazio aereo iraniano» disse Muta. «Ecco qui il codice che devi trasmettere via radio.»

Bourne annuì.

Muta era in piedi alle sue spalle, le gambe leggermente divaricate, lo fissava da dietro. Poi estrasse dalla fondina la sua Korovin TK.

«Trasmetti a terra il codice» ordinò.

Ignorandolo, Bourne continuò a pilotare l'aereo.

Muta ibn Aziz fece un passo in avanti e appoggiò la canna della pistola alla nuca di Bourne. «Trasmetti immediatamente il codice via radio.»

«Altrimenti?» disse Bourne. «Mi spari? Sai pilotare un Citation Sovereign?»

Naturalmente Muta non lo sapeva fare; era quello il motivo per cui era salito a bordo del jet con quell'impostore. In quell'istante la radio di bordo gracchiò.

Una voce leggermente alterata dalle apparecchiature elettroniche disse in farsi: «*Salām aleikom. Esmetān chī st?*»

Bourne rispose al microfono: «*Salām aleikom*».

«*Esmetān chī st?*» ripeté la voce. «Qual è il vostro nome?»

Muta disse: «Sei pazzo? Dagli subito il codice!».

«*Esmetān chī st!*» ripeté un'altra volta la voce alla radio. Non era più una domanda. «*Esmetān chī st!*» Era un ordine.

«Maledizione, trasmetti il codice!» Muta stava tremando di rabbia e terrore. «Altrimenti ci abbatteranno!»

Capitolo 31

Bourne inclinò il jet in virata così stretta, scivolando d'ala a sinistra, che Muta ibn Aziz fu scaraventato a gambe all'aria contro la paratia di destra. Mentre l'arabo tentava faticosamente di rimettersi in piedi, Bourne diresse l'aereo in picchiata, virando simultaneamente a destra. Muta ibn Aziz barcollò all'indietro e batté la testa sul bordo del portello d'entrata.

Bourne lanciò un'occhiata dietro di sé. Il messaggero di Fadi giaceva privo di sensi.

Sul radar erano comparsi due caccia che lo stavano raggiungendo alle spalle. Il governo iraniano, sempre con i nervi a fior di pelle, non aveva perso tempo ad autorizzare il decollo della difesa aerea. Bourne invertì a semicerchio la rotta ed entrò in contatto visivo. Gli iraniani avevano mandato a intercettarlo una coppia di J-6 di fabbricazione cinese, un'imitazione del vecchio MiG-19 sovietico usato a metà degli anni Cinquanta. Quei caccia erano talmente obsoleti che la fabbrica di Chengdu li aveva messi fuori produzione da oltre dieci anni. Ciononostante, i due vecchi J-6 erano armati e il Sovereign no. Jason Bourne doveva fare qualcosa per contrastarli.

I due piloti iraniani si erano aspettati che l'intruso invertisse di nuovo la rotta e fuggisse a tutta velocità, lasciandoseli possibilmente in coda. Invece aveva abbassato in picchiata il muso del Sovereign, aumentando la velocità e dirigendosi verso di loro. Allarmati, i piloti iraniani non fecero nulla fino all'ultimo istante, quando entrambi virarono uno a sinistra e l'altro a destra per togliersi dalla rotta del Sovereign ed evitare la collisione.

Non appena i due effettuarono la manovra evasiva, Bourne tirò a sé la cloche e puntò il muso del jet in verticale, eseguendo una gran volta che lo posizionò alle spalle dei due caccia. I due aerei iraniani, descrivendo due traiettorie a trifoglio, puntarono di nuovo su di lui da due direzioni diverse.

Dopo di che cominciarono a sparare. Bourne si tuffò in picchiata sotto il fuoco incrociato e questo cessò immediatamente. Scegliendo il J-6 di destra perché era quello più vicino, Bourne si inclinò in brusca virata verso il caccia. Lo lasciò sfilare sotto di sé, facendo credere al pilota che aveva commesso un errore tattico. Effettuò una serie di manovre evasive mentre la mitragliatrice cominciava a fare fuoco, aspettò finché il vecchio J-6 non gli fu in coda, dopo di che sollevò di nuovo il muso del Sovereign. Il pilota iraniano aveva visto la manovra precedente ed era pronto a reagire, lanciandosi a sua volta in arrampicata in coda al bersaglio. Sapeva quale sarebbe stata la mossa successiva: tuffare il Sovereign in vertiginosa picchiata. Questo fu esattamente quello che fece Bourne, con una variante: si inclinò in virata stretta a destra. Il J-6 lo seguì, anche se Bourne spinse le manette di regolazione dei reattori al massimo, il jet andava a tutta velocità. Il velivolo cominciò a vibrare per effetto della tremenda forza tranciante. Bourne aumentò ancora il grado di discesa sia della virata sia della picchiata.

Dietro di lui, il J-6 stava vibrando e sobbalzando in modo tremendo. A un tratto una manciata di rivetti e bulloni si staccò dall'ala sinistra. L'ala si piegò e si accartocciò come se fosse stata colpita da un pugno invisibile. Poi fu strappata dall'attacco nella fusoliera. Le due sezioni del J-6 si disintegrarono in un ammasso confuso di ferraglie e lamiere lacerate e contorte, precipitando in spirale verso terra.

Una raffica di proiettili crivellò la fusoliera del Sovereign quando il secondo J-6 arrivò in picchiata. Bourne era in prossimità del confine con l'Afghanistan e lo avrebbe attraversato di lì a pochi secondi. Il J-6 iraniano, imperterrito, proseguì l'inseguimento, con i motori che fischiavano e le mitragliatrici che facevano fuoco.

Poco più a sud del punto in cui era entrato nello spazio aereo afgano sorgeva una catena montuosa che aveva inizio nell'Iran settentrionale. In quel punto i monti non erano troppo elevati. Bourne, in quel momento, si trovava a nordovest di Koh-i-Markhura. Puntando a est-sudest, Bourne lanciò il Sovereign in picchiata verso le vette più alte.

Il J-6 stava vibrando e sobbalzando nella fase finale di uscita dalla picchiata. Avendo visto cos'era successo al suo compagno, il pilota iraniano non aveva nessuna intenzione di avvicinarsi troppo al Sovereign. Però continuava a stargli in scia, in posizione arretrata e a una quota leggermente superiore, sparando di tanto in tanto qualche raffica nel tentativo di colpire i reattori.

Bourne si accorse che il pilota stava cercando di spingerlo in una stretta vallata tra due montagne davanti a loro. Nello spazio ristretto, il pilota iraniano sperava di ridurre al minimo la manovrabilità decisamente superiore del Sovereign, costringendolo a seguire il canale tra le due vette e lì abbatterlo.

Le montagne svettarono loro davanti, bloccando la luce da ambo i lati. Le massicce pareti di roccia scorsero rapidamente in una visione indistinta. Entrambi gli aerei erano oltre la sella e nel canale aereo tra le due vette. Il pilota iraniano aveva costretto il Sovereign ad andare esattamente dove voleva. Cominciò a sparare con foga, sapendo che la preda aveva uno spazio d'azione più limitato per le manovre evasive che poteva adottare.

Bourne sentì altri proiettili bucare la carlinga del Sovereign. Se il J-6 avesse colpito un motore, sarebbe stata la fine. E la fine sarebbe arrivata prima di avere la possibilità di reagire. Ruotando l'aereo in verticale sull'ala destra, si tolse dalla linea di tiro. Ma la manovra non avrebbe fatto altro che rinviare l'inevitabile. A meno di non trovare una soluzione definitiva, il J-6 lo avrebbe sicuramente abbattuto.

Alla sua sinistra scorse una spaccatura frastagliata nella parete rocciosa della montagna. Vi si diresse subito. Avvistò quasi immediatamente il pericolo: una guglia di roccia viva che si ergeva proprio al centro dell'apertura, dividendola a metà.

Il passaggio in cui si trovavano adesso era così stretto che, in scia a Bourne, anche il J-6 aveva adottato la stessa posizione di volo in verticale su un'ala. Bourne manovrò leggermente il Sovereign in modo da tenere il profilo dell'aero tra il J-6 e la guglia di roccia.

Per quel che ne sapeva il pilota iraniano, stavano per passare entrambi in verticale nell'apertura tra le pareti di roccia a strapiombo. Il militare era così impegnato a seguire e ad abbattere alla prima occasione il Sovereign che quando, all'ultimo istante, la sua preda si spostò leggermente a destra per potersi infilare nella spaccatura, non ebbe nessuna possibilità di reazione. La guglia gli si parò davanti all'improvviso, agghiacciandolo con la sua spaventosa vicinanza. L'aereo si schiantò frontalmente contro la cuspide di roccia, trasformandosi in una palla di fuoco dalla quale eruttò una colonna di fumo nero. Il J-6 e il suo pilota, ormai ridotti a una grandine di rottami incandescenti, svanirono come per mano di un prestigiatore.

Soraya si svegliò al suono di un bimbo che piagnucolava. Tentò di muoversi, ma gemette quando i suoi nervi traumatizzati si ribellarono a quella sua intenzione. Il bimbo prese a strillare, quasi fosse stato provocato dai gemiti della donna. Soraya si guardò intorno. Era in una stanza sudicia, invasa di luce. Gli odori sgradevoli di cucina ed esseri umani ammassati in uno spazio ristretto saturavano l'aria. Un poster dozzinale di Gesù Cristo era appiccicato di sbieco sul lurido muro di fronte a lei. Dove si trovava?

«Ehi!» chiamò.

Un attimo dopo sulla soglia comparve Tyrone. Teneva in braccio una neonata. Il viso della bimba era talmente stravolto di collera che tutti i lineamenti erano come risucchiati da un rugoso punto centrale. Sembrava un pugno più che un viso di bimba.

«Ciao, come ti senti?»

«Come se avessi appena sostenuto quindici round contro Lennox Lewis.» Soraya fece un altro sforzo, ancor maggiore, per riuscire a sedersi. Mentre ci metteva tutto l'impegno possibile, disse: «Amico, ti devo proprio un favore».

«Un giorno o l'altro ti prendo in parola.» Tyrone le sorrise, entrando in camera.

«Che fine hanno fatto i tipi della Ford nera? Non ti hanno seguito?»

«Sono morti. Stai certa che non ti daranno più fastidio.»

La neonata disperata girò la testolina, fissando negli occhi Soraya con la pura e semplice vulnerabilità che hanno solo i bambini molto piccoli. Le urla si attenuarono in singhiozzi contenuti.

«Da' qui.» Soraya allungò le mani. Tyrone trasferì la bimba dalle sue braccia a quelle di Soraya. Subito la neonata le appoggiò la testolina sul seno ed emise un gridolino rauco. «Ha fame, Tyrone.»

Il giovane di colore uscì dalla stanza e qualche minuto dopo tornò con un biberon pieno di latte. Lo capovolse e provò la temperatura del latte sul polso.

«Va bene» disse, consegnando il biberon a Soraya.

Lei restò ferma a fissarlo un momento.

«Cosa c'è?»

Soraya appoggiò la tettarella del biberon alle labbra della neonata. «Non avrei mai pensato che fossi un uomo di casa.»

«Non avresti mai potuto immaginare che fossi padre?»
«Questa bimba è tua?»
«Macché. È di mia sorella.» Tyrone girò a metà il busto e chiamò: «Aisha!».
Sulla soglia della porta non comparve nessuno per un bel pezzo, ma Tyrone doveva avere intravisto del movimento, perché aggiunse: «Dai, vieni qui».
Soraya vide un'ombra, poi una bambina magrolina dai grandi occhi color caffè che si fermò sulla soglia della porta.
«Su, non fare la timida, ragazza.» La voce di Tyrone si era addolcita. «Questa qui è Miss Spia.»
Aisha fece un'espressione spaventata. «Miss Spia! Fai paura?»
Tyrone rise allegramente. «Macché. Lo vedi come tiene Darlonna? Non la mordi, vero, Miss Spia?»
«No che non ti mordo, Aisha. A patto che mi chiami Soraya.» La donna sorrise alla bambina, che era una vera bellezza. «Pensi di farcela?»
Aisha la fissò, arricciandosi una ciocca di capelli sull'indice. Tyrone stava per sgridarla di nuovo, ma Soraya lo bloccò dicendo: «Hai un nome così carino! Quanti anni hai, Aisha?».
«Sei» rispose la bambina con un filo di voce. «Che cosa vuol dire il tuo nome? Il mio vuol dire "viva e sana".»
Soraya rise. «Il mio è arabo. *Soraya* è una parola farsi. Significa "principessa".»
Aisha sgranò gli occhi, meravigliata e avanzò di alcuni passi nella stanza. «Sei una principessa vera?»
Cercando di reprimere una risata, Soraya le rispose in un tono esageratamente solenne: «No, non una principessa vera, no».
«È una *specie* di principessa.» Tyrone riuscì a ignorare l'occhiata di Soraya. «Solo che non le è permesso dirlo.»
«Perché?» A suo agio, ora, la bambina si avvicinò.

«Perché delle persone cattive la stanno cercando» disse Tyrone.

La bambina alzò gli occhi verso il giovane padre. «Come quelli che hai ucciso tu, papà?»

Nel silenzio imbarazzato che seguì, Soraya udì i rumori fastidiosi provenienti dalla strada: l'improvviso rombo di alcune motociclette di grossa cilindrata, il frastuono assordante di musica hip-hop, il baccano di discussioni animate.

«Vai a giocare con zia Libby» le disse Tyrone, in tono gentile.

Aisha lanciò un'ultima occhiata verso Soraya, poi ruotò a trottola su se stessa e uscì dalla stanza.

Tyrone si voltò verso la donna, ma prima che lei avesse il tempo di dire qualcosa si levò una scarpa e la scagliò con forza, con un tiro da esperto, in un angolo. Soraya si girò e vide un grosso topo riverso su un fianco. Il tacco della scarpa di Tyrone gli aveva schiacciato la testa. Avvolto il ratto in un vecchio giornale, Tyrone si pulì la scarpa e portò via il topo.

Quando tornò, Tyrone disse: «Riguardo alla madre di Aisha, è una vecchia storia di cui tutti sanno qui nel quartiere. È stata falciata da un'auto di passaggio da cui sparavano all'impazzata. Era con due cugini che avevano fatto arrabbiare certi gangster della zona, passando in un viottolo durante una consegna di droga». Tyrone si rabbuiò. «Non ho potuto proprio lasciar perdere.»

«No» disse Soraya. «Immagino di no.»

La bimba si era appisolata, dopo aver vuotato il biberon. Era accoccolata tra le braccia di Soraya, respirava profondamente e regolarmente.

Tyrone ammutolì, d'un tratto intimidito. Soraya piegò il capo di lato.

«Cosa c'è?»

«Be', ho una cosa importante da dirti, o almeno credo che sia importante.» Sedette sulla sponda del letto. «È una storia un po' lunga, ma cercherò di riassumertela senza perdermi in chiacchiere.»

Le raccontò della M&N Bodywork, la carrozzeria in disuso, di come lui e DJ Tank l'avessero tenuta d'occhio per utilizzarla come covo della loro gang. Le raccontò di averci visto uomini armati e di come lui e DJ Tank vi si fossero intrufolati dopo che gli sconosciuti se n'erano andati. Le spiegò che cosa avevano scoperto, «l'esplosivo al plastico e un mucchio di merda». Poi le disse della coppia – uomo e donna – che avevano fatto a pezzi il corpo di un uomo.

«Mio Dio!» esclamò Soraya, interrompendolo a quel punto. «Sapresti descrivere l'uomo e la donna?»

Tyrone cominciò l'identikit, dipingendo a parole un quadro paurosamente preciso del Lindros fasullo e di Anne Held. Quanto poco conosciamo le persone, pensò Soraya con profonda amarezza. Con quanta facilità ci traggono in inganno.

«Okay» disse dopo un momento di lugubre riflessione, «poi cosa è successo?»

«Hanno incendiato l'officina. L'hanno completamente bruciata fino alle fondamenta.»

Soraya rifletté. «Perciò ormai gli esplosivi erano stati trasferiti altrove.»

«Di sicuro.» Tyrone annuì. «C'è anche un'altra cosa. Quei due tipi dai quali ti ho liberata, sai, tra la 9ª e Florida Avenue... Ne ho riconosciuto uno. Era di guardia quella sera fuori dalla vecchia carrozzeria.»

Capitolo 32

Nel corso dell'ultima fase del combattimento aereo Muta ibn Aziz aveva cominciato a dare qualche segno di ripresa. Bourne si accorse che si era rimesso in piedi, anche se a fatica. Non poteva abbandonare i comandi dell'aereo per affrontare il terrorista, perciò doveva trovare un altro modo per neutralizzarlo.

Il Sovereign stava per oltrepassare il baratro montagnoso. Quando Muta ibn Aziz gli puntò la canna della pistola alla tempia destra, Bourne diresse il Sovereign verso l'ultima vetta dell'accidentata catena montuosa.

«Che cosa stai facendo?» chiese Muta.

«Metti via la pistola» disse Bourne, concentrandosi sulla cima che si stava parando di fronte a loro.

Muta guardò fuori dal parabrezza, come ipnotizzato. «Andiamo via da qui.»

Bourne mantenne il muso del Sovereign puntato contro la vetta.

«Ci ammazzeremo tutti e due!» Muta si umettò nervosamente le labbra. Poi si decise a togliere la pistola dalla testa di Bourne. «Va bene, va bene! Vedi solo di...»

Erano spaventosamente vicini alla montagna.

«Getta la pistola fuori dalla cabina» ordinò Bourne.

«È troppo tardi!» urlò Muta ibn Aziz. «Non ce la faremo mai!»

Bourne mantenne le mani ferme sulla cloche. Con un grido disperato, Muta buttò la pistola sul pavimento.

Bourne tirò indietro con forza la cloche. Il jet schizzò verso l'alto. La montagna andò loro incontro a una velocità terrificante. All'ultimo istante Bourne vide il passaggio libero a destra, come se la mano di Dio si fosse allungata in basso a spezzare metà vetta. Bourne virò al momento giusto e con l'inclinazione precisa; una spanna di più e lo spuntone di roccia avrebbe spaccato la punta dell'ala destra al loro passaggio. Volarono a un filo dalla vetta scoscesa, dopo di che, ancora in arrampicata, furono fuori dalla catena montuosa, in salita costante verso il cielo blu.

Sulle mani e sulle ginocchia, Muta sgattaiolò indietro verso la pistola. Bourne questa volta era pronto a reagire. Aveva già inserito il pilota automatico. Sganciata la cintura di sicurezza, balzò addosso all'arabo, sferrandogli un pugno tremendo alle reni. Con un grido smorzato, Muta crollò bocconi sul pavimento della cabina.

Bourne si impossessò della pistola, poi legò il terrorista con un rotolo di filo elettrico che trovò in un armadietto. Trascinatolo nella cabina di pilotaggio, tornò a sedere al posto di guida, disinserì il pilota automatico e regolò la rotta puntando un po' più a sud. Adesso erano a metà del territorio afgano che dovevano sorvolare per raggiungere Miran Shah, appena oltre il confine orientale con il Pakistan. La località era stata cerchiata in rosso sulla carta geografica del pilota.

Muta ibn Aziz si abbandonò a una lunga sequela di imprecazioni beduine.

«Sai Bourne» soggiunse. «Avevo ragione. Hai creato la storia della tua morte.»

Bourne gli rivolse un sorrisetto beffardo. «Dobbiamo proprio chiamare *tutti* con il loro vero nome? Allora cominciamo con Abu Ghazi Nadir al Jamuh ibn Hamid ibn Ashef al Wahhib. Ma "Fadi" è più breve e centra il bersaglio.»

«Com'è possibile che tu sappia...?»

«So anche che tuo fratello, Karim, si è sostituito a Martin Lindros.»

Gli occhi neri di Muta tradirono un'espressione di sincero stupore.

«E poi c'è la sorella, Sarah ibn Ashef.» Con tetra soddisfazione, Bourne osservò lo sguardo attonito del messaggero di Fadi. «Sì, so anche questo.»

Muta era diventato terreo in volto. «Ti ha detto come si chiamava?»

Improvvisamente Bourne capì. «Tu eri là a Odessa quando ci tesero una trappola all'appuntamento con il nostro contatto. Io sparai a Sarah ibn Ashef quando attraversò di corsa la piazza. Riuscimmo per un soffio a sfuggire all'agguato rischiando la vita.»

«Tu la soccorresti» disse Muta ibn Aziz. «Portasti via con te Sarah ibn Ashef.»

«Era ancora viva» ribatté Bourne.

«Ti disse qualcosa?»

Muta pose la domanda senza pensarci, così d'istinto che Bourne capì che desiderava disperatamente una risposta. Perché? A Bourne mancava qualche dettaglio nella ricostruzione della storia. Di cosa era all'oscuro?

Aveva quasi esaurito quanto sapeva della faccenda. Ma era di vitale importanza che continuasse a far credere al suo avversario che era al corrente di molto più di quello che in realtà aveva in mano. Decise che era meglio non dire niente.

Il suo silenzio ebbe effetto su Muta, che all'improvviso si agitò. «Ti ha fatto il mio nome, vero?»

Bourne mantenne un tono di voce neutro. «Perché avrebbe dovuto?»

«Te lo ha fatto, non è così?» Adesso Muta era in preda alla frenesia, si dibatteva tirando i legacci in un senso e nell'altro nel vano tentativo di liberarsi. «Che cos'altro ti ha detto?»

«Non ricordo.»

«*Devi* ricordarlo per forza.»

Bourne aveva fatto abboccare Muta ibn Aziz. Non gli restava altro che portarlo a bordo. «Una volta sono stato da un dottore, uno specialista della memoria, che mi ha detto che le descrizioni delle cose che ho dimenticato, anche se frammentarie, possono sbloccare quei ricordi.»

Si stavano avvicinando al confine. Bourne iniziò la discesa graduale che li avrebbe portati nell'aspra regione montuosa nella quale si nascondevano le cellule terroriste più pericolose al mondo.

Muta lo fissò con espressione incredula. «Fammi capire. Vuoi che ti aiuti a ricordare.» Il messaggero di Fadi proruppe in una risata priva di umorismo. «Non credo proprio.»

«Va bene.» Bourne rivolse l'attenzione all'ambiente, che cominciava a rivelare dettagli sempre più chiari. «Sei stato tu a fare domande. In ogni caso, a me non importa.»

Pareva terribilmente preoccupato. Muta fece una smorfia come di dolore, poi trasalì. Bourne si domandò per quale ragione. Non mostrò alcun segno visibile di interesse, ma pensò di alzare la posta in gioco, perciò disse: «Sei minuti all'atterraggio, forse meno. Faresti meglio a prepararti». Voltandosi a dare un'occhiata fugace a Muta ibn Aziz, scoppiò a ridere. «Ah, sì, sei già legato.»

A quel punto Muta disse: «Non fu un incidente».

«Disgraziatamente» disse Karim, «LaValle ha ragione.»

Il direttore della CIA sobbalzò sulla poltrona. Era chiaro che non aveva più voglia di sentire altre brutte notizie. «Certo. La Typhon sfrutta di norma le trasmissioni della CIA.»

«Questo è vero, signore. Ma dopo una logorante ricerca elettronica ho scoperto tre comunicati allegati in segreto alle normali comunicazioni dei quali non posso rendere conto.»

Erano seduti fianco a fianco nel sesto banco della navata destra della Foundry United Methodist Church nella 16ª Strada NW. Dietro a loro, fissata con quattro viti, una targa d'ottone che diceva: SU QUESTO BANCO, FIANCO A

FIANCO, SEDETTERO IL PRESIDENTE FRANKLIN D. ROOSEVELT E IL PRIMO MINISTRO WINSTON CHURCHILL ALLA MESSA DI NATALE DEL 1941. Il che significava che la funzione aveva avuto luogo appena tre settimane dopo l'attacco giapponese a Pearl Harbor. Giorni tragici, in effetti, per l'America. Per quanto riguardava la Gran Bretagna, grazie a un penoso disastro bellico e civile, aveva guadagnato un importante alleato. Quel luogo, perciò, era carico di grande significato per il Grande Vecchio. Era dove andava a pregare, a cercare ispirazione, a trovare la forza morale per compiere gli oscuri e difficili atti che spesso gli si richiedeva.

Mentre guardava il dossier che il suo vicedirettore gli aveva appena passato, il direttore era consapevole, senza la minima ombra di dubbio, di dover affrontare un'altra di quelle azioni.

Emise un lungo sospiro e aprì il dossier. Eccola là, nero su bianco, la terribile verità. Tuttavia, alzò il capo e pronunciò con voce tremante: «Anne?».

«Temo proprio di sì, signore.» Karim fece bene attenzione a tenere le mani abbandonate in grembo a palmi in su. Gli serviva dare l'impressione di essere devastato dalla dolorosa scoperta, proprio come lo era in modo evidente il Grande Vecchio. La notizia aveva scosso profondamente il direttore. «Tutti e tre i comunicati provenivano da un palmare di proprietà di Anne. Uno strumento non autorizzato dalla CIA, uno del quale finora ignoravamo l'esistenza. A quanto risulta Anne era anche riuscita a sostituire e a manipolare certe informazioni per metterci falsamente sulla pista di Hytner.»

Per un lungo minuto il direttore non disse niente. Avevano parlato sottovoce per via della strabiliante acustica della chiesa; ma quando aprì di nuovo la bocca il suo compagno fu obbligato a chinarsi verso di lui per riuscire a comprenderlo.

«Qual era la natura dei tre comunicati segreti?»

«Sono stati inviati su una banda criptata» disse Karim. «Ho messo al lavoro i miei analisti più esperti per decifrarli.»

Il Grande Vecchio annuì con aria assente. «Ottimo lavoro, Martin. Non so cosa farei senza di te.»

In quel periodo, specialmente in quel momento, il direttore sembrava più vecchio di quel che fosse in realtà. Con il terribile tradimento della leale Anne, una scintilla vitale lo aveva come abbandonato. Era seduto ricurvo in avanti, la testa incassata nelle spalle, come se prevedesse ulteriori traumi psichici.

«Signore» disse Karim sottovoce. «Dobbiamo adottare un'azione immediata.»

Il direttore annuì, lo sguardo era perso nel vuoto, concentrato su pensieri e ricordi che il suo compagno non poteva neppure immaginare.

«Ritengo che questa faccenda debba essere trattata e risolta in privato» proseguì Karim. «Deve restare soltanto tra lei e me. Che cosa ne dice?»

Gli occhi lucidi del Grande Vecchio si voltarono a inquadrare il volto del vicedirettore. «Sì, una soluzione privata, sicuro.» La sua voce ormai era ridotta a un sussurro afono. Si incrinò sulla parola «soluzione».

Karim si alzò. «Andiamo?»

Il direttore lo guardò; nei suoi occhi si stava facendo strada una paura terribile. «Adesso?»

«Sarebbe meglio, signore... per tutti.» Karim aiutò il Grande Vecchio ad alzarsi dal banco. «Anne non è in sede. Immagino sia a casa.»

Poi consegnò con discrezione una pistola al direttore della CIA.

Dopo alcune ore Katja tornò in infermeria a controllare il gonfiore sul collo di Lindros. Si inginocchiò accanto alla brandina sulla quale Martin giaceva. Armeggiò con la fasciatura in modo talmente maldestro che le salirono le lacrime agli occhi.

«Non sono brava come infermiera» commentò con un sospiro, come parlando a se stessa. «Non sono capace di far niente.»

Lindros le rivolse uno sguardo sfuggente, ricordando com'era finita la loro ultima conversazione. Si domandò se fosse il caso di dire qualcosa o se sarebbe stato peggio, allontanandola un'altra volta da sé.

Dopo un lungo silenzio teso, Katja disse: «Ho riflettuto su quel che mi ha detto».

Lindros la guardò negli occhi. Erano di uno strabiliante colore grigio-azzurro, come il cielo prima dell'inizio di un temporale.

«Credo che Costin volesse che Fadi mi facesse del male. Perché? Perché avrebbe dovuto desiderare che qualcuno mi picchiasse? Perché aveva paura che lo lasciassi? Perché voleva che vedessi com'è pericoloso il mondo fuori dal nostro focolare domestico? Non lo so. Ma non avrebbe dovuto...» Katja si portò una mano alla guancia e trasalì al tocco delle sue stesse dita. «Non avrebbe dovuto permettere che Fadi mi picchiasse.»

«No» disse Lindros. «Non avrebbe dovuto.»

Katja annuì.

«Allora mi aiuti» la incalzò Lindros. «Altrimenti nessuno di noi uscirà vivo di qui.»

«Io non... non so se ce la faccio.»

«Ci sarò io con lei.» Lindros si mise seduto sul lettino dell'infermeria. «Se me lo permette, l'aiuterò a cambiare. Ma lo deve volere veramente. Deve volerlo con tutte le sue forze, preparandosi a rischiare anche il tutto per tutto.»

«Tutto.» Katja gli rivolse un sorriso così carico di rimorso che Lindros provò una fitta al cuore. «Sono nata con niente. Sono cresciuta con niente. Poi, grazie a un incontro casuale, mi è stato dato tutto. O almeno così mi avevano detto, e per un po' ci ho creduto. Ma in un certo senso quella vita era peggio di quando non avevo niente. Se non altro il nulla era reale. Poi conobbi Costin. Promise di portarmi via da quella situazione così irreale, perciò lo sposai. Ma il suo mondo era falso quanto quello che mi ero creata io, e pensai: "Quale è il mio posto nella vita? Non esiste da nessuna parte".»

Lindros le sfiorò il dorso della mano. «Siamo entrambi stranieri in questo mondo.»

Katja ruotò leggermente la testa lanciando un'occhiata fugace ai guardiani. «Conosce un modo per fuggire da qui?»

«Sì» rispose Lindros, «ma è necessario essere in due.» Vide nei suoi occhi la paura, ma anche una scintilla di speranza.

Finalmente Katja disse: «Cosa devo fare?».

Anne stava facendo le valigie quando udì il motore di un'auto di grossa cilindrata fermarsi nella via davanti a casa, tenendo il motore al minimo. Quando alzò la testa, il motore si spense. Stava per rivolgere di nuovo l'attenzione ai bagagli, ma una specie di sesto senso, o la paranoia, la spinse ad attraversare la camera da letto al primo piano e a guardare fuori dalla finestra.

Vide la lunga auto blindata nera del direttore della CIA. Il Grande Vecchio scese dalla vettura, seguito da Karim al Jamil. Anne si sentì quasi mancare. Che cosa stava succedendo? Perché erano venuti a casa sua? Soraya era forse riuscita, in un modo o nell'altro, a mettersi direttamente in contatto con il Grande Vecchio per informarlo del suo tradimento? No di certo, visto che Jamil era con lui. Jamil non avrebbe mai permesso che Soraya si avvicinasse alla sede centrale della CIA, tanto meno le avrebbe consentito di arrivare al Grande Vecchio.

E se...?

Aprì il secondo cassetto, vi rovistò in cerca della Smith & Wesson che aveva riposto nel solito nascondiglio quando era tornata a casa.

Di sotto il campanello suonò facendola trasalire, anche se non avrebbe dovuto. Infilata la pistola nella cintura della gonna agganciata intorno alla vita, uscì dalla camera da letto, e scese le scale di legno lucidato, andando alla porta d'ingresso. Attraverso gli ottagoni di vetro giallo traslucido intravedeva le sagome di due uomini. Erano le persone più importanti per lei e lo erano state per gran parte della sua vita da adulta.

Sospirando profondamente, afferrò la maniglia d'ottone, si dipinse in volto un sorriso e aprì la porta.

«Ciao, Anne.» Il Grande Vecchio parve riflettere il suo stesso sorriso fasullo. «Scusa se ti disturbo a casa, ma la questione è piuttosto urgente...» A quel punto gli mancò la voce per proseguire.

«No, nessun disturbo» ribatté Anne.

Anne si ritrasse dalla soglia e i due entrarono nel piccolo vestibolo dal pavimento in marmo. Un mazzo di gigli di serra spuntava da un vaso di cristallo a stelo sistemato al centro di un tavolino ovale dalle lunghe gambe sottili. Anne li invitò a entrare in salotto, un locale molto accogliente con due divani di seta che si fronteggiavano davanti a un caminetto di pietra bianca con venature rossicce, sopra il quale faceva bella mostra di sé una mensola di legno pregiato. Anne li invitò ad accomodarsi, ma tutti parvero voler restare in piedi. I due non si tolsero i cappotti.

Anne non osava guardare in faccia Jamil per paura di quello che avrebbe potuto scoprirvi. D'altra parte il volto del Grande Vecchio era già abbastanza deprimente. Era completamente esangue, borse sotto gli occhi, l'aria disfatta da anziano depresso. Quand'è diventato così vecchio e decrepito, si domandò Anne. Dov'era finito l'uomo di un tempo? Sembrava che fosse passato in un baleno, che fosse solo ieri quando era ancora una ragazza vivace all'università di Londra, con null'altro davanti a sé se non un futuro brillante e che, allora, appariva infinito.

«Gradirà di certo una tazza di tè» disse all'uomo anziano che le stava davanti. «Ho nella dispensa una confezione dei suoi biscotti preferiti allo zenzero.» Ma il suo tentativo di mantenere un tono colloquiale fallì miseramente.

«Niente, grazie, Anne» disse il direttore. «Per nessuno dei due.» Adesso la sua espressione era diventata davvero afflitta, come se stesse lottando contro i dolorosi effetti di un paio di calcoli renali o di un tumore. Da una tasca interna del cappotto estrasse un fascicolo arrotolato. Aprendolo sullo schienale di uno dei due soffici divani di seta disse: «Ci siamo accorti di una cosa davvero spiacevole, temo». L'indice del direttore si appuntò sulla prima stampata del sottile fascio di documenti. «Sappiamo tutto, Anne.»

La Held si sentì come se le fosse caduto un macigno addosso. Riuscì a malapena a respirare. «Sapete... che cosa?»

«Sappiamo tutto di te.» Il Grande Vecchio non ce la faceva proprio a guardarla negli occhi. «Sappiamo che eri in contatto con il nemico.»

«Cosa?! Io non...»

Il direttore alzò lo sguardo e la trafisse con i suoi occhi implacabili. Anne conosceva quello sguardo agghiacciante; l'aveva visto rivolgere ad altre persone che poi il Grande Vecchio aveva cancellato dalla sua lista. Non le aveva più viste né sentite.

«Sappiamo che *sei* il nemico.» La voce del direttore della CIA era carica d'ira e ripugnanza. Anne sapeva che non c'era nulla che il Grande Vecchio disprezzasse di più di un traditore.

Istintivamente, la donna rivolse lo sguardo verso Jamil. Che cosa stava pensando? Perché non prendeva le sue difese? E poi, fissando il suo volto impassibile, tutto le fu chiaro. Capì come l'avesse sedotta sia con la sua presenza fisica sia con le sue idee e di come si fosse servito di lei. Per lui era solo una pedina sacrificale che voleva tanto quanto qualunque altro membro della sua organizzazione terrorista.

Ciò che più la sconvolse fu che avrebbe dovuto saperlo: fin dall'inizio, avrebbe dovuto leggergli dentro. Ma era stata così sicura di sé, così incline a ribellarsi contro le odiose convenzioni dell'aristocrazia britannica vecchio stile da cui discendeva. Karim aveva visto quanto era stata pronta a ripudiare i suoi genitori. Aveva tratto vantaggio dal suo zelo, come anche dal suo corpo. Aveva commesso alto tradimento per lui; quante migliaia di persone sarebbero morte a causa della sua complicità? Mio Dio, pensò. Mio Dio!

Voltandosi verso Karim, disse: «Scoparmi è stato il meno, eh?».

Quella fu la sua ultima frase, e non avrebbe più sentito la replica di lui, ammesso che l'arabo avesse mai avuto intenzione di risponderle, perché il direttore della CIA aveva già impugnato la pistola e le sparò tre colpi alla testa. Dopo tutti quegli anni, era ancora un tiratore scelto.

Gli occhi vitrei di Anne erano fissi su Karim quando il corpo cedette di schianto.

«Maledetta!» Il Grande Vecchio volse lo sguardo altrove. La sua voce era carica di veleno. «Che Dio la maledica!»

«Mi occuperò io di far sparire il cadavere» disse Karim. «Preparerò anche un comunicato stampa con la notizia della sua prematura scomparsa, mascherata con un'adeguata storia di copertura. E telefonerò personalmente ai suoi genitori.»

«No» disse il direttore senza più energia. «Tocca a me farlo.»

Karim si avvicinò alla sua ex amante che giaceva riversa in una pozza di sangue. La guardò dall'alto. Che cosa stava pensando? Doveva salire al primo piano e aprire il secondo cassetto dell'armadio. Poi, mentre girava il cadavere con la punta del piede, vide che la fortuna non lo aveva abbandonato. Non sarebbe stato costretto a salire di sopra in camera da letto. Recitò una silenziosa preghiera ad Allah.

Indossati lestamente un paio di guanti in lattice, recuperò la Smith & Wesson sfilandola dalla cintura di Anne. Lodò il fatto che la sua ex amante avesse avuto la presenza di spirito di armarsi. Scrutandola in viso un momento cercò di evocare un briciolo di emozione. Non provò nulla. Il suo cuore batteva con lo stesso ritmo di sempre. Non poteva dire che non le sarebbe mancata. Anne aveva servito al suo scopo, aiutandolo perfino a smembrare Overton. Il che significava che tutto sommato aveva scelto bene. Era stata uno strumento che lui aveva addestrato di persona per impiegarlo contro i suoi nemici, nulla di più.

Karim al Jamil si alzò, tenendo tra i piedi la figura scomposta di Anne. Il direttore gli rivolgeva ancora le spalle. «Signore» disse. «Qui c'è ancora una cosa che deve assolutamente vedere.»

Il Grande Vecchio trasse un respiro profondo. Si terse gli occhi bagnati di lacrime. «Di cosa si tratta, Martin?» domandò, girandosi.

Karim gli sparò dritto al cuore con la Smith & Wesson di Anne.

Non fu un incidente.

Bourne, concentrandosi più di quel che aveva fatto fino a quell'istante sulla sequenza di comandi in preparazione all'atterraggio, riuscì a ignorare quella frase carica di significato. Stavano sorvolando Zhawar Kili, un noto focolaio di al-Qaida finché i militari americani non l'avevano bombardato nel novembre del 2001. Dopo di che, disse: «Che cosa non fu un incidente?».

«La morte di Sarah ibn Ashef.» Muta ibn Aziz era senza

fiato, terrorizzato, nello stesso tempo si sentiva leggero, finalmente libero. Quanto aveva desiderato rivelare a qualcuno il suo abominevole segreto! Gli era cresciuto intorno al cuore come la conchiglia secreta da un'ostrica, strato dopo strato, diventando con il passare del tempo orrendo e gibboso, duro e impenetrabile.

«Certo che è stato un incidente» insistette Bourne. A quel punto doveva insistere; era l'unico modo per spingere Muta ibn Aziz a parlare. «Chi potrebbe saperlo meglio di me? Fui io a spararle.»

Bourne a quel punto si voltò a guardarlo, ma con un'occhiata profondamente scettica. «Ti stai inventando tutto.»

Muta ibn Aziz parve offeso. «Perché dovrei mentirti?»

«Andiamo dritti al punto, d'accordo? Vuoi confondermi le idee per fare leva in qualche modo sul mio subconscio. L'hai fatto perché Fadi e suo fratello mi dessero la caccia.» Bourne aggrottò le sopracciglia. «Ci siamo mai incontrati prima d'ora? Ti conosco? Tu e tuo fratello nutrite qualche rancore nei miei confronti?»

«No, no, no!» Muta ibn Aziz adesso era irritato, ed era proprio alla rabbia che Bourne voleva condurlo. «La verità è che... Mi è perfino difficile trovare le parole per...»

Il terrorista rivolse lo sguardo altrove per un attimo, e Bourne era attento a non perdere neppure un dettaglio di quel che sarebbe seguito. L'arrivo a Miran Shah delineato sulla carta dal vero pilota era prossimo. Il punto d'atterraggio si trovava al centro di una stretta vallata – un canale sarebbe stato il termine più adatto, adesso che Bourne la vedeva – tra due montagne appena oltre il confine occidentale del Pakistan, una zona selvaggia, accidentata e desertica.

Il cielo era limpido – di un blu intenso, penetrante – e a quell'ora del giorno il riverbero del sole era minimo. Le montagne di un grigio-marrone, di roccia vulcanica, dello stesso gruppo montuoso del fiume Kurram – calcare, selce scura, scisto verde – erano spoglie, brulle, prive di vita. Istintivamente, Bourne perlustrò gli immediati paraggi. Scrutò le pendici dei monti, incise da numerosi e profondi canaloni, a sudest in cerca di grotte e crepacci, a est per tutta la lunghezza del canale in cerca di bunker, a nord attraverso una serie di colli pedemontani inframmezzati da un burrone immerso in un'ombra scura, disseminato di massi. Non c'era alcun segno dell'impianto nucleare della Dujja, nulla creato per mano di un uomo, nemmeno una capanna o un accampamento.

Sarebbe atterrato di lì a pochi secondi. Diminuì la velocità del Sovereign e scorse la pista d'atterraggio proprio davanti a sé. A differenza di quella da cui era decollato, questa era ricoperta d'asfalto. Ancora nessun segno di costruzioni, tanto meno di un complesso moderno di laboratori scientifici. Era nel posto sbagliato? Quella località sperduta e desertica era l'ennesimo stratagemma di Fadi? Era una trappola?

Ormai era troppo tardi per preoccuparsi di quell'eventualità. I carrelli e i flap erano abbassati. Bourne aveva ridotto la velocità.

«Ti stai abbassando troppo» disse Muta ibn Aziz, improvvisamente agitato. «Toccherai terra troppo presto. Tira su il muso! Per amor di Dio, tiralo su!»

Bourne sorvolò il primo ottavo di pista, pilotando il Sovereign con destrezza e abbassandolo adagio finché i carrelli non toccarono terra. Erano atterrati, rullando lungo la pista. Bourne spense i motori e la maggior parte dell'illuminazione interna. In quell'istante vide una massa scura avventarsi contro l'aereo da destra.

Ebbe solo il tempo di rendersi conto che Muta ibn Aziz doveva aver telefonato ai suoi complici a Miran Shah, informandoli della vera identità del pilota, l'inafferrabile Jason Bourne, prima che la paratia di destra esplodesse verso l'interno con un boato terrificante. Il Sovereign vibrò da cima a fondo e, come un elefante ferito, crollò sulle ginocchia, i carrelli frontali e i relativi montanti spezzati.

I rottami che saltarono in aria con forza fracassarono quasi tutto all'interno della cabina di pilotaggio. I quadranti della strumentazione di bordo andarono in frantumi, le manette furono tranciate. Cavi elettrici tronchi penzolavano dai vani squarciati del soffitto. Muta ibn Aziz, ancora con i polsi legati, che si trovava a ridosso della paratia che era stata sfondata, giaceva rannicchiato sotto un grosso pezzo di fusoliera accartocciato. Bourne, agganciato al sedile di pilotaggio con la cintura di sicurezza nella parte opposta della cabina, se l'era cavata con qualche graffio, livido, piccole ferite superficiali e una leggera commozione cerebrale.

L'istinto gli fece riprendere i sensi. Alzò la mano e sganciò la cintura di sicurezza. Barcollando, si avvicinò a Muta ibn Aziz, calpestando e triturando sotto le scarpe i frammenti di vetro. Tossì con forza, quasi soffocato dall'aria satura di microframmenti di metallo, pezzettini di fiberglass e plastica surriscaldata.

Dopo aver constatato che Muta respirava ancora, sollevò il rottame contorto, annerito, bruciacchiato e ancora bollente, spingendolo da parte. Quando si abbassò sui talloni, vide che una scheggia di metallo, più o meno della forma e della dimensione di una lama di spada, si era piantata nell'addome di Muta.

Guardò in faccia il terrorista, lo schiaffeggiò per fargli riprendere i sensi. Muta socchiuse gli occhi, ammiccando più volte, schiarendo la vista con difficoltà.

«Non mi sono inventato niente» disse con un filo di voce. Un rivoletto di sangue gli colava sul mento da un angolo della bocca. Si raccoglieva nel cavo della gola, sotto il pomo d'Adamo e tra le clavicole, scuro, denso, emanando un intenso odore di rame.

«Sei in fin di vita» disse Bourne. «Dimmi che cos'è accaduto a Sarah ibn Ashef.»

Un lento sorriso si formò sulla bocca di Muta. «Allora vuoi proprio saperlo.» Il respiro raschiante gli entrava e usciva dai polmoni trafitti con un suono simile al lugubre grido di una bestia preistorica. «Dunque la verità *è* importante per te, dopotutto.»

«Dimmelo!» gli urlò Bourne.

Jason afferrò Muta ibn Aziz per il colletto della camicia, sollevandolo e scuotendolo nel tentativo di fargli sputare il rospo. In quello stesso momento un drappello di terroristi della Dujja irruppe all'interno dell'aereo dallo squarcio nella fusoliera. Strapparono Bourne dall'uomo che stava morendo, che tossiva e ansimava.

Seguì il caos generale – una mischia di corpi in movimento, voci che si sovrapponevano, un guazzabuglio di frasi in arabo, una serie di ordini brevi e concitati, e risposte ancora più brusche e imprecise –, mentre lo trascinavano quasi privo di sensi sul pavimento insanguinato, e poi fuori, nelle aride distese desertiche di Miran Shah.

Libro quarto

Capitolo 33

Soraya Moore, all'angolo della 7ª NE, con Tyrone armato fino ai denti che le faceva da guardia del corpo, chiamò la sede centrale della CIA da un telefono pubblico.

Quando Peter Marks sentì la sua voce, abbassò la propria riducendola a un sussurro.

«Cristo santo!» esclamò Marks. «Cosa diavolo hai combinato?»

«Io non ho fatto proprio niente, Peter» replicò Soraya con veemenza.

«Allora perché hanno diramato una direttiva a tutti i dipartimenti con l'obbligo di riferire direttamente al direttore Lindros qualsiasi notizia su possibili contatti telefonici o di altro genere con te?»

«Perché Lindros non è Lindros.»

«È un impostore, giusto?»

Soraya si sentì risollevare il morale. «Allora lo sai!»

«Quello che so è che il vicedirettore Lindros ha convocato una riunione plenaria della Typhon e ci ha informati che avevi perso il controllo dei nervi e che eri andata fuori di testa. È stata la morte di Bourne, giusto? Comunque, tra le altre cose ha detto che avresti fatto delle accuse a dir poco folli contro di lui.»

Oh, mio Dio!, pensò Soraya. Ha messo tutta la CIA contro di me.

Soraya avvertì una nota di sospetto nella voce di Marks, ma proseguì comunque imperterrita. «Vi ha mentito, Peter. La verità è troppo complicata per essere spiegata al telefono, ma devi ascoltarmi. I terroristi stanno per attuare un piano per far saltare in aria la sede centrale della CIA.» Soraya sapeva di dare l'impressione di essere ansiosa, perfino un po' folle. «Per piacere, ti supplico, Peter. Fai rapporto al Grande Vecchio. Avvertilo che è fissato entro le prossime ventiquattro ore.»

«Il Grande Vecchio e Anne Held sono alla Casa Bianca, in riunione con il presidente. Resteranno là per un bel po', mi ha riferito il vicedirettore Lindros.»

«Allora parla con uno dei capidipartimento... meglio ancora, con tutti e cinque. Tutti tranne Lindros.»

«Senti, vieni in sede. Costituisciti. Possiamo aiutarti.»

«Non sono pazza» dichiarò Soraya, anche se sentiva il pericolo di diventarlo ogni ora di più.

«Allora la conversazione è finita.»

Mentre si volgeva verso le due guardie fuori dall'infermeria, Katja sbottonò con le lunghe dita delicate i primi due bottoni della camicetta. Non aveva mai portato il reggiseno in vita sua. Aveva degli splendidi seni e ne era consapevole.

Le sentinelle giocavano allo stesso gioco di sempre, le cui regole Katja non era mai riuscita a capire. Naturalmente non c'era di mezzo nessuna somma di denaro, per quanto piccola; perché questa l'avrebbe reso un gioco d'azzardo, e ciò era proibito dalla legge islamica. Lo scopo sembrava essere l'affinamento dei tempi di reazione.

Per distrarli dalla loro occupazione aveva deciso di ricorrere a un espediente della sua vecchia vita, quella dalla quale Costin aveva tanto insistito perché ne uscisse. Quando le due guardie si accorsero di lei, si fermò e si girò di profilo. Aveva fatto così in una sessione fotografica di «Perfect 10», inarcando la schiena leggermente e spingendo i seni sodi in fuori.

Poi, in un movimento lento, con aria disarmante, si girò verso di loro. Gli occhi dei due erano incollati al suo corpo mozzafiato.

Katja sentiva un dolore pulsante allo sterno, nel punto in cui aveva ordinato a Lindros di colpirla con un pugno. Si aprì la camicetta abbastanza da mostrare loro il livido, così recente che la pelle era di un rosso infuocato, e stava cominciando a gonfiarsi.

«Guardate!» disse, del tutto invano. «Guardate cosa mi ha fatto quel bastardo!»

Bastarono quelle parole ai due carcerieri per precipitarsi all'interno dell'infermeria. Lindros era steso supino, a occhi chiusi. Aveva la faccia sporca di sangue. Sembrava respirasse a malapena.

Il più alto delle due sentinelle si voltò verso Katja, in piedi alle sue spalle. «E *tu* cosa gli hai fatto?»

In quel preciso momento, Lindros piegò indietro la gamba, aprì gli occhi e con il piede destro sferrò con quanta più forza poté un calcio nei genitali dell'arabo che gli era più vicino. Il carceriere emise un piccolo gemito di sorpresa e dolore e crollò sul pavimento.

Quello più alto, girandosi lentamente perché distratto dal panorama offerto da Katja, ricevette un colpo sul pomo d'Adamo con le durissime nocche del pugno di Lindros piegato a cuneo. L'uomo tossì, sbarrando gli occhi, annaspando con una mano verso la fondina della pistola. Katja, istruita da Lindros, gli sferrò un calcio nella parte posteriore del ginocchio. Mentre lo spilungone cadeva, la sua tempia destra ricevette un violento pugno di Lindros.

Martin e Katja trascorsero i cinque minuti successivi a spogliare i due sorveglianti, a legarli e a imbavagliarli. Lindros li trascinò uno alla volta in uno sgabuzzino di servizio, nascondendoveli come se fossero due sacchi di spazzatura. Infine indossarono gli abiti che avevano sottratto loro: Katja con quelli del tipo più piccolo, Lindros con quelli dello spilungone.

Mentre si vestivano, Lindros le sorrise. Katja allungò una mano e gli pulì dalla guancia un residuo di sangue.

Lindros si era punto un dito per la messinscena della faccia sporca di sangue.

«Com'è andata?» le domandò.

«Ne abbiamo ancora di strada da fare prima di essere liberi.»

«Hai ragione.» Lindros raccolse le armi delle due guardie: due pistole e due fucili da assalto semiautomatici. «Sai come si usano queste?»

«So come si preme un grilletto» rispose Katja.

«Sarà sufficiente.»

Lindros la prese per mano e fuggirono insieme dall'infermeria.

Al contrario di quel che si era aspettato, Bourne non subì violenze da parte dei terroristi. Anzi, quando fu trascinato fuori dal Sovereign semidistrutto non gli fu inflitto nessun tipo di maltrattamento. I componenti della cellula erano tutti sauditi. Bourne lo dedusse dall'aspetto esteriore e dal dialetto arabo che parlavano.

Non appena le suole delle sue scarpe toccarono l'asfalto catramato della pista d'atterraggio, lo rimisero in piedi e lo costrinsero a seguirli accanto a una parete a strapiombo di scisto, dove li attendevano due camion militari corazzati, nascosti sotto pesanti teloni mimetici. Non c'era da meravigliarsi che non li avesse notati quand'era in volo.

Lo condussero al più grande dei due veicoli, da vicino sembrava un centro di comando mobile. I portelli posteriori si spalancarono, spuntarono due braccia robuste, Bourne fu sollevato di peso e issato all'interno. I portelli blindati d'acciaio si richiusero sbattendo rumorosamente.

Dall'oscurità color inchiostro una voce familiare in un bellissimo accento aristocratico inglese disse: «Ciao, Jason».

Alcune luci rosse si accesero, Bourne fu costretto a ripararsi gli occhi per abituare gli occhi a quell'intensità. Vide intorno a sé una quantità di strumenti elettronici montati in batteria; stavano emettendo in silenzio misteriosi rilevamenti. Su un lato, un giovane saudita sorvegliava un isolotto di apparecchiature. Indossava una cuffia professionale per intercettazioni. Di tanto in tanto, annotava delle frasi su un bloc notes, estrapolandole da quello che stava ascoltando.

Alla sua sinistra, vicino al punto in cui Bourne era in piedi, c'era un soldato tanto muscoloso da fare paura: probabilmente era quello che lo aveva alzato di peso per introdurlo nel centro di comando mobile. Fissava Bourne con un'espressione priva di qualsiasi emozione. Il cranio rasato, le braccia scolpite nella roccia incrociate su un petto altrettanto muscoloso, aveva l'aria di un eunuco a guardia dell'harem di un sultano.

Tuttavia la guardia del corpo stava sorvegliando una terza persona già presente sul camion, seduta alla consolle di comando. L'uomo doveva essersi voltato sulla poltroncina girevole non appena Bourne era stato trascinato a bordo. Sogghignava soddisfatto, il sorriso gli andava da un orecchio all'altro, il che ne smentiva il suo portamento regale.

«Dobbiamo piantarla di incontrarci così, Jason.» L'uomo sporse all'infuori le labbra color rubino. «Oppure no, forse non è un caso fortuito che ci si veda nei momenti più propizi.»

«Che mi venga un colpo!» disse Bourne, riconoscendo l'uomo magrolino dagli occhi scuri e il naso adunco. «Feyd al Saoud!»

Il capo della polizia segreta saudita balzò in piedi e corse ad abbracciare Bourne, baciandolo affettuosamente sulle guance.

«Amico mio, amico mio! Che Allah sia lodato, sei ancora vivo! Non avevamo idea che tu fossi a bordo dell'aereo. E come avremmo potuto? È l'aereo di Fadi!» Agitando un dito come per ammonire un bambino, l'arabo disse, fingendosi arrabbiato: «In ogni caso, non mi avevi avvertito di quello che stavi facendo».

Bourne e Feyd al Saoud si conoscevano da anni. Una volta avevano lavorato insieme, in Islanda. In quell'occasione il saudita aveva rischiato la morte, ma un luogotenente che all'ultimo momento l'aveva sostituito aveva perso la vita al suo posto.

«Avevo sentito dire che i sauditi erano sulle tracce di Fadi, anche se pubblicamente lo negavano.»

«Fadi è saudita» spiegò Feyd al Saoud, facendosi subito serio. «È un problema saudita.»

«È uno scandalo saudita, vorrai dire» ribatté Bourne. «Temo che sia diventato un problema di tutti.»

Il capo della polizia segreta saudita proseguì informando l'amico in merito all'identità di Fadi, come pure di ciò che lui e suo fratello, Karim al Jamil, avevano pianificato, compresa l'infiltrazione nella CIA. «Forse credi di avere localizzato il campo base della Dujja» disse Bourne, «ma ti posso assicurare che non è questo. Quello che c'è qui, da qualche parte, è l'impianto nucleare segreto di arricchimento dell'uranio impoverito, dove hanno costruito l'ordigno nucleare che intendono far esplodere da qualche parte negli Stati Uniti.»

Feyd al Saoud annuì. «Adesso tutto comincia a farsi più chiaro.» Il saudita si voltò e richiamò su un monitor una mappa di pilotaggio tattico della zona per fare orientare Bourne. Poi passò a mostrargli in successione una serie di immagini dal satellite IKONOS.

«Queste sono state scattate la settimana scorsa, a intervalli di due minuti l'una dall'altra» spiegò Feyd. «Noterai che nella prima immagine vediamo Miran Shah come lo vediamo adesso: brulla, desolata, desertica. Ma qui, nella seconda immagine, si notano due veicoli simili a jeep. Sono diretti più o meno a nordovest. E adesso cosa vedi nella terza immagine? Miran Shah di nuovo spoglia e desertica. Nessun essere umano, nessun veicolo. Nel giro di due minuti dove sono andate a finire le due jeep? È impossibile che siano uscite dal campo visivo del satellite IKONOS.» Feyd si abbandonò contro lo schienale della poltroncina. «Dopo i dati che ti ho fornito, a quale conclusione giungi?»

«L'impianto segreto della Dujja si trova sottoterra» rispose Bourne.

«È l'unica spiegazione possibile. Abbiamo monitorato senza interruzione le comunicazioni dei terroristi. Da dove provenissero, non eravamo ancora riusciti a stabilirlo con precisione... fino a poco fa. Il segnale proviene da sotto le rocce e la sabbia. Stranamente, proviene *dall'interno* dell'impianto segreto. Dal mondo esterno non si è verificata alcuna comunicazione da quando siamo qui, vale a dire da tre ore.»

«Quanti uomini hai portato con te?» domandò Bourne.

«Compreso me, dodici. Come hai visto tu stesso, abbiamo dovuto travestirci anche noi da militanti della Dujja. Qui siamo nel Waziristan settentrionale, la provincia pachistana più conservatrice nella regione ovest del Paese. La popolazione tribale Pashtun locale ha profondi legami religiosi ed etnici con i Talebani. Questo spiega perché offrono rifugio ai terroristi di al-Qaida e della Dujja. Non sarei potuto presentarmi qui con maggiori rinforzi senza sollevare un polverone.»

In quell'istante l'uomo con la cuffia strappò il foglietto del bloc notes sul quale aveva preso freneticamente appunti e lo consegnò al suo superiore.

«Qualcosa nella crosta terrestre o forse nella copertura principale dell'impianto sotterraneo sta interferendo con il monitoraggio elettronico.» Il capo della polizia segreta saudita diede una rapida scorsa alle note scritte a mano, dopo di che le passò a Bourne. «Credo che faresti meglio a dare un'occhiata.»

Jason lesse la trascrizione araba:

«(?) mancano entrambi. Abbiamo trovato le guardie nello sgabuzzino degli (?).»
«Da quanto tempo?»
«(?) venti minuti. (?) non sa dirlo per certo.»
«Mobilitate (?) di cui potete fare a meno. Mandate (?) all'entrata. Trovateli.»
«E poi?»
«Uccideteli.»

Lindros e Katja avevano attraversato di corsa le catacombe moderne nel sottosuolo di Miran Shah. L'allarme era partito dagli altoparlanti fissati a intervalli regolari sulle pareti dell'installazione sotterranea. L'entrata era ormai in vista quando l'allarme aveva smesso di suonare, e Lindros aveva subito cambiato direzione. Adesso erano diretti all'interno del complesso.

Da ciò che aveva potuto sentire e da ciò che aveva visto, Lindros aveva dedotto che l'impianto della Dujja si sviluppava su due piani. Il piano superiore conteneva gli alloggi del personale, la cucina e la mensa, il centro comunicazioni e altri locali di servizio similari. L'infermeria si trovava a quel piano. Ma la sala operatoria dove il dottor Andursky gli aveva espiantato l'occhio destro, dove aveva effettuato le operazioni di chirurgia plastica modificando il volto di Karim, erano al piano inferiore, insieme ai laboratori di fisica nucleare: l'immensa sala dove veniva prodotto l'uranio arricchito, che poi veniva messo al riparo in un'area ancora più all'interno, il laboratorio di fusione a doppia parete e via dicendo.

«Si sono accorti che siamo fuggiti» disse Katja. «Adesso cosa facciamo?»

«Adottiamo il piano B» ribatté Lindros. «Dobbiamo raggiungere il centro comunicazioni.»

«Ma quello è ancor più lontano dall'entrata» osservò Katja. «Non ce la faremo mai a uscire vivi di qui.»

Svoltarono di corsa un angolo e si trovarono di fronte

un lungo corridoio che fungeva da spina dorsale dell'installazione. Tutto là sotto – sale, corridoi, scale, ascensori – era più grande del normale. A prescindere da dove ci si trovava, ci si sentiva piccoli e insignificanti. In quel complesso sotterraneo c'era qualcosa di terrificante in sé e per sé, come se non fosse stato progettato per delle persone, ma per un esercito di macchine e robot. Da quei locali l'umanità era stata come esclusa.

«Prima dobbiamo pensare alla sopravvivenza, poi alla fuga» disse Lindros. «E questo comporta far sapere ai miei connazionali dove ci troviamo.»

Sebbene fosse nervoso, Lindros rallentò il passo, rinunciando a correre per un passo spedito. Non gli piaceva il grande e lunghissimo corridoio a galleria appena imboccato. Se li avessero scoperti lì, non avrebbero potuto scappare o nascondersi da nessuna parte.

Come intuendo il suo timore peggiore, due uomini spuntarono all'estremità opposta del corridoio. Avvistando i due fuggitivi, imbracciarono le armi. Uno dei due avanzò verso di loro, mentre l'altro restava fermo in posizione di copertura. I loro fucili semiautomatici puntavano contro di loro.

«Devo trovare il modo di avvertire tutti nella sede centrale della CIA» disse Soraya.

«Ma l'hai sentito tu stessa che non si fidano di te» ribatté Tyrone. «Non otterrai alcun aiuto da loro, indipendentemente da quanto ti dai da fare.»

«Però posso continuare a provarci, no?»

Tyrone annuì. «Questo è vero.»

Ecco perché erano nascosti in una tabaccheria, dove un vecchio e decrepito salvadoregno stava rollando a mano marijuana cubana che inseriva egli stesso in sigari cubani Partagàs e Montecristo, per venderli a prezzo maggiorato via Internet a clienti ansiosi di riceverli. Tyrone era il proprietario della tabaccheria, per cui la maggior parte dei profitti spettava a lui. Era solo uno squallido bugigattolo nella 9ª NE, ma se non altro era un'attività in apparenza legale.

In ogni caso, quel giorno la sudicia vetrina della tabaccheria permetteva loro una vista più o meno chiara della Ford nera che Tyrone aveva rubato ai due arabi fatti fuori al cantiere edile. Il ragazzo di colore l'aveva parcheggiata di fronte al suo negozio sull'altro lato della strada, dov'era, in quel momento, in attesa come loro.

Avevano escogitato quell'idea di comune accordo. Dato che Soraya non poteva più presentarsi alla sede centrale della CIA, né poteva telefonare a nessuno all'interno senza rischiare di essere rintracciata, le serviva un altro modo per intrufolarsi dentro.

«Conosco il fatto mio, ragazza» aveva detto Tyrone, «e la mentalità dei malviventi. Quegli arabi cacasotto ormai avranno capito che i due scagnozzi non torneranno più a casa. Pensi che lasceranno perdere la faccenda? No, cazzo. Cercheranno la macchina e te. Non rinunceranno a scovarvi. Puoi star sicura che verranno qui perché è il posto in cui ti hanno avvistata l'ultima volta.» Tyrone sogghignò. Aveva un bel sorriso e denti bianchissimi. «Quando arriveranno qui, li seguiremo come mosche sulla merda.»

Era un piano pericoloso, ma che poteva funzionare: Soraya doveva ammetterlo. Per giunta non le veniva in mente nessun'altra alternativa per evitare di essere sbattuta in un'oscura cella segreta della CIA o, con maggiori probabilità, di essere uccisa.

«Fadi ha con sé dei prigionieri» disse Feyd al Saoud.

«Forse ne conosco uno» disse Bourne. «Martin Lindros.»

«Ah, sì!» Il capo della sicurezza saudita annuì. «L'uomo di cui il fratello di Fadi ha preso l'identità. Allora può darsi che sia ancora vivo. E gli altri?»

«Non ne ho la più pallida idea» ribatté Bourne.

«In ogni caso dobbiamo affrettarci se vogliamo salvarli.» Feyd al Saoud aggrottò le sopracciglia. «Ma non sappiamo ancora come fare a entrare.»

«Quei veicoli che mi hai fatto vedere con le immagini dal satellite IKONOS» osservò Bourne «devono pur essere andati da qualche parte. Non troppo lontano, entro un raggio di mille metri dal punto in cui ci troviamo in questo momento.» Bourne indicò il monitor. «Puoi stamparmi quell'immagine?»

«Certamente.» Feyd batté alcuni tasti sulla tastiera del computer. Subito ci fu un ronzio sommesso; poi il foglio di carta uscì dalla stampante. Il capo della sicurezza saudita glielo consegnò.

Bourne uscì dal centro di comando mobile, seguito da Feyd al Saoud e dalla massiccia guardia del corpo, il cui nome era Abdullah.

Bourne si fermò lungo il lato sudest della pista ed esaminò la carta topografica, confrontandola con l'immagine presa dal satellite IKONOS.

«Qui non c'è niente.» Feyd al Saoud si piantò i pugni sui fianchi. «Non appena siamo arrivati ho mandato in ricognizione tre uomini. Sono tornati un'ora dopo senza aver trovato nulla.»

«Eppure» insistette Bourne, «quei veicoli devono pur essere andati *da qualche parte*!»

Camminò in linea retta davanti a sé, sulla pista. A destra c'era il Sovereign semidistrutto, che non avrebbe mai più volato. A sinistra c'era l'inizio della pista. Con l'immaginazione, rivide il Sovereign in fase d'atterraggio.

Tutt'a un tratto gli tornò in mente Muta ibn Aziz. *Ti stai abbassando troppo* aveva detto a un certo punto. *Toccherai terra troppo presto.* Perché l'arabo si era agitato così tanto? Al peggio i carrelli del Sovereign avrebbero toccato terra all'inizio della pista catramata. Perché questo avrebbe dovuto rendere apprensivo Muta ibn Aziz? Perché avrebbe dovuto importargli?

Bourne si diresse a sinistra, lungo la pista, verso il punto in cui questa cominciava. Mantenne lo sguardo fisso sulla striscia asfaltata. Poco dopo era arrivato quasi in prossimità dell'inizio, il punto che Muta ibn Aziz voleva assolutamente evitare. Di cosa aveva paura? Quando un aereo atterrava succedevano tre cose: una tremenda combinazione di tre forze, vale a dire attrito, calore e peso. Quale di quei tre elementi voleva evitare?

Bourne si accovacciò e toccò il terreno con la punta delle dita. Sembrava una normale pista d'atterraggio d'asfalto catramato, ne aveva infatti tutto l'aspetto, tranne che per una cosa essenziale.

«Senti qui» disse Bourne all'amico. «La pista dovrebbe essere bollente per il sole cocente.»

«Non è calda.» Feyd al Saoud toccò l'asfalto in più punti intorno a sé. «Non lo è per niente.»

«Il che vuol dire» concluse Bourne «che non è asfalto normale.»

«Che materiale potrebbero aver usato i terroristi della Dujja per costruirlo?»

Bourne si alzò. «Non dimenticare che hanno accesso alla sofisticate tecnologie della IVT.»

Bourne si allontanò di parecchi metri, sempre lungo la pista. Quando arrivò all'altezza del punto in cui alcuni segni indicavano che il Sovereign aveva toccato terra sui carrelli, si abbassò di nuovo sui talloni e allungò la mano verso l'asfalto. E ne staccò facilmente un pezzetto.

«Caldo?» chiese Feyd al Saoud.

«Questo è asfalto.»

«Allora cosa c'è là in fondo?»

«Non lo so, ma l'uomo che era con me sull'aereo – il messaggero di Fadi – non voleva farmi atterrare in quel punto.»

Tornato all'inizio della pista, Bourne l'attraversò perpendicolarmente, in tutta la larghezza. Stava già elaborando nella sua mente un piano d'azione. Dovevano penetrare all'interno dell'installazione sotterranea e scovare Fadi prima che i suoi uomini trovassero i prigionieri. Se c'era anche una sola probabilità che uno di loro fosse Lindros...

Bourne esaminò ancora l'immagine topografica ripresa dal satellite, comparandola con la ricognizione che aveva effettuato in fase d'atterraggio. Un impianto per l'arricchimento dell'uranio aveva bisogno di acqua, e in grande quantità. Ed era lì che entrava in gioco il burrone immerso nell'ombra scura, disseminato di massi. Lo aveva notato dal cielo e lo aveva colpito.

Il piano che stava prendendo in considerazione poteva funzionare, ma sapeva che a Feyd al Saoud non sarebbe piaciuto. E se non fosse riuscito a convincere il suo amico, non avrebbe di certo funzionato. Forse non avrebbe neppure raggiunto lo scopo desiderato *perfino* con la collaborazione del capo della polizia segreta saudita, ma Bourne non vedeva altra soluzione praticabile.

Portatosi a bordo pista, si accovacciò ancora una volta, esaminando attentamente il manto asfaltato. Poi chiese ad Abdullah di dargli una mano.

Bourne e Adbullah cominciarono a smuovere insieme la copertura, abbassando e sollevando ritmicamente il bordo dell'asfalto, piegando la punta delle dita sotto il margine ricurvo. Con uno sforzo titanico cominciarono a tirare a sé l'intera superficie quasi fosse un pesante tappeto.

«Questo» disse Bourne «è materiale sintetico di copertura.»

Feyd al Saoud si fece avanti, chinandosi leggermente. Stava osservando lo strano materiale, che aveva circa sei centimetri di spessore e il colore e la stessa grana di una pista d'asfalto catramata. Chiaramente, non era asfalto. Era impossibile affermare con certezza cosa fosse. Non che avesse importanza. Ciò che era più interessante, quello che stavano tutti osservando con una fiera concentrazione di gioia mista a trionfo, era ciò che si stendeva sotto lo strato che stavano pian piano sollevando.

Un portellone d'acciaio, grande come la serranda di un garage doppio, era montato rasente il terreno.

Capitolo 34

«Che cosa ci fate qui?» gridò il terrorista che si era fatto avanti. Era chiaramente agitato per la situazione.

«Ci hanno mandato a...»

«Fatti vedere meglio! Non sei uno dei nostri! Gettate subito a terra le armi!»

Lindros alzò immediatamente le mani in segno di resa. Avere un fucile semiautomatico puntato addosso non era per niente divertente.

«Non sparate!» disse in arabo. «Non sparate!» A Katja, invece, mormorò: «Cammina davanti a me. Fai esattamente come ti dico. E per amor di Dio, qualunque cosa accada, tieni in alto le mani».

Cominciarono a camminare verso l'uomo più vicino, che aveva assunto una posizione semiaccovacciata. Sorvegliandolo con la coda dell'occhio, Lindros guardò anche il compagno che lo copriva diversi metri più avanti. In quel momento era lui a rappresentare il vero problema.

«Alt!» intimò il terrorista quando furono a pochi metri da lui. «Giratevi.»

Katja obbedì. Mentre lei si voltava di schiena, Lindros estrasse fulmineamente di tasca un flacone di alcol che aveva preso in infermeria, lo stappò con il pollice e schizzò il contenuto in faccia al terrorista.

«Giù!» gridò poi a Katja.

Lindros scavalcò con un salto la donna, mentre lei si buttava a terra. Balzando addosso al terrorista rannicchiato e stordito, raccolse il fucile semiautomatico e premette il grilletto, sparando a raffica nel corridoio. Diversi proiettili colpirono al braccio e alla gamba il terrorista più distante, che ruotò su se stesso e finì scaraventato contro un muro. L'uomo rispose al fuoco all'impazzata, senza nemmeno prendere la mira. Con una breve raffica di tre colpi Lindros lo abbatté.

«Vieni!»

Lindros colpì il terrorista, che si stava ancora sfregando gli occhi accecati dall'alcol, alla base del cranio con il calcio del fucile da assalto, poi lo perquisì in cerca di altre armi. Trovò una pistola e un pugnale a lama grossa. Con Katja che lo tallonava, si lanciò di corsa attraverso il corridoio, raccolse il fucile semiautomatico del secondo terrorista e lo passò a Katja.

Si diressero verso il centro comunicazioni, che secondo Katja si trovava a sinistra in fondo al corridoio.

All'interno c'erano due uomini, occupati di fronte alle loro attrezzature elettroniche. Lindros si accostò furtivamente all'uomo seduto a destra, gli mise una mano sotto il mento. Subito il terrorista tentò di liberarsi, Lindros tirò a sé la sua testa e gli recise la gola con il pugnale. Quando il secondo addetto alle comunicazioni si voltò, annaspando nel tentativo di alzarsi, Lindros lo colpì in pieno petto con il pugnale. Con un piccolo gorgoglio, l'uomo inarcò la schiena con i polmoni che si stavano già riempiendo di sangue. Mentre questi stramazzava al suolo, senza vita, Lindros sedette al suo posto e cominciò a regolare il sistema di comunicazione.

«Non stare lì in piedi a piagnucolare» ordinò a Katja. «Fai la guardia alla porta. Premi il grilletto appena vedi qualcosa muoversi e continua a sparare finché non si muove più!»

L'auricolare di Feyd al Saoud gracchiò. Il saudita alzò la mano e lo premette all'orecchio per migliorare la ricezione. Dopo qualche secondo annuì. «Ho capito.» Rivolgendosi a Bourne, disse: «Dobbiamo tornare al centro di comando mobile. Subito!».

I tre uomini percorsero la distanza che li separava dal veicolo in un lampo. All'interno, trovarono l'ufficiale addetto alle comunicazioni che gesticolava concitatamente. Non appena li vide, si levò la cuffia e premette sull'orecchio sinistro solo una delle due cuffie auricolari, in modo che gli altri potessero sentire in simultanea quello che stava intercettando.

«Ho ricevuto un segnale di richiesta di soccorso proveniente dall'interno dell'installazione» spiegò rapidamente in arabo. «L'uomo dice di chiamarsi Martin Lindros. Dice che...»

Lanciandosi avanti, Bourne strappò la cuffia dalle mani dell'uomo e la indossò.

«Martin?» disse nell'astina del microfono. «Martin, sono Jason.»

«Jason... sei vivo?»

«Vivo e vegeto.»

«Fadi crede che... morto.»

«Proprio quello che voglio che pensi.»

«... sei adesso?»

«Proprio qui, sopra di te.»

«... Dio. Sono qui con una certa Katja.»

«Katja Veintrop?»

Ci fu un breve sospiro beffardo, che poteva anche sembrare un principio di risata, durante il quale Fadi, che stava ascoltando la conversazione grazie al sistema di comunicazione ausiliario, fece un cenno ad Abbud ibn Aziz. Poi il leader della Dujja si rimise a origliare, con il cuore che batteva come un martello pneumatico. Bourne era vivo! Vivo e lì! Oh, dolce vendetta! Poteva andar meglio di così?

«Avrei dovuto saperlo.»

«Martin, come... la situazione?»

«... ostili eliminati. Siamo bene armati. Finora, nessun problema.»

Fadi vide che Abbud ibn Aziz stava già ordinando ai suoi uomini di raggiungere il centro comunicazioni.

«Martin, ascolta... venendo a prendervi.»

«Adesso dobbiamo trovare un posto più sicuro.»

«... accordo, ma... e resistete finché non sarò entrato.»

«Lo faremo.»

«Martin, la sede centrale non è... senza di te. Maddy non fa che chiedere... te la ricordi, vero?»

«Maddy? Come potrei dimenticarla?»

«Bene. Resisti. Chiudo.»

Fadi toccò la ricetrasmittente miniaturizzata che aveva nell'orecchio destro e che lo collegava ai suoi capisquadra. «Adesso sappiamo cos'è capitato al Sovereign» disse ad Abbud ibn Aziz. «La presenza di Bourne qui a Miran Shah spiega la comunicazione che ho avuto dai nostri a Riyadh. Due caccia sono stati fatti decollare d'urgenza nell'Iran settentrionale quando un aereo che corrisponde alla descrizione del Sovereign si è rifiutato di trasmettere il codice lasciapassare. Da allora non si è saputo più niente dei caccia iraniani.»

Fadi uscì in corridoio. «Tutto mi fa dedurre che Bourne in qualche modo abbia dirottato l'aereo. Dobbiamo presumere che abbia ucciso sia Muta ibn Aziz sia il pilota.»

Fadi abbracciò il compagno. «Coraggio, amico mio. Tuo fratello è morto da martire... nel modo in cui tutti desideriamo morire. È un eroe.»

Abbud ibn Aziz annuì con aria tetra. «Sentirò la sua mancanza» disse. Poi baciò Fadi sulle guance. «Il piano d'emergenza è stato attivato» riferì. «Quando l'aereo pareva non dovesse più arrivare, ho caricato io stesso sull'elicottero l'ordigno nucleare. Il secondo jet è pronto al decollo a Mazar-i-Sharif. Ho trasmesso il segnale a tuo fratello. Adesso che non puoi più partire direttamente da qui, è imperativo che tu ti metta in viaggio subito. La scadenza è tra dodici ore esatte, quando Karim al Jamil farà esplodere le cariche di C4.»

«Il tuo piano non ammette repliche. Ma non posso ignorare il fatto che Bourne è vivo. E che *ora è qui.*»

«Vai. Devi partire adesso. Mi occuperò io di Bourne. Tu hai faccende più importanti di cui...»

Fadi ribolliva di una collera cieca. «Pensi che possa permettere che l'assassinio a sangue freddo di mia sorella non trovi la giusta vendetta? Bourne deve morire per mano mia... per mano mia, capisci?»

«Naturalmente.»

Abbud ibn Aziz si sentiva scoppiare il cervello: le sue peggiori paure erano state appena confermate. Fadi faceva una distinzione netta tra la missione della Dujja e la vendetta privata bramata da lui e da suo fratello. E la precedenza era chiara, oltre che controproducente. Poi il pensiero che lui, Abbud ibn Aziz, fosse responsabile della negativa e morbosa piega presa dagli eventi lo tormentava da tempo. Era tutta colpa di suo fratello, Muta ibn Aziz, la cui voce non faceva che risuonargli in testa in continuazione, ammonendolo per la menzogna che aveva architettato sulla morte di Sarah ibn Ashef.

Ma era sua precisa responsabilità – continuava a ripetersi come un mantra – tenere concentrato Fadi sulla partita finale: la carta nucleare che la Dujja – e di tutte le organizzazioni terroriste, soltanto la Dujja – era in grado di giocare. Quantificare tempo, energie, capitali e conoscenze spesi per giungere a quell'obiettivo era pressoché impossibile. Mettere tutto a repentaglio a quel punto solo per l'ossessivo bisogno di Fadi di sfogare la sua vendetta era intollerabile.

Un'improvvisa raffica di armi semiautomatiche proveniente dalla parte più interna dell'installazione sotterranea li fece fermare tutti.

«Lindros!» Fadi restò un momento in ascolto delle voci

gracchianti nell'auricolare. «Altri sei uomini eliminati.» Fadi digrignò i denti. «Vai subito a sistemare lui e la moglie di Veintrop.»

Anziché tornare indietro, Abbud ibn Aziz si lanciò di corsa verso la rampa d'entrata. Se non era riuscito a distogliere Fadi dal suo folle piano con la ragione, doveva eliminare la causa della sua morbosa ossessione. Doveva assolutamente trovare Jason Bourne e ucciderlo di persona.

«Eccoli là» disse Tyrone.

Una Chevy bianca passò lentamente accanto alla Ford per la seconda volta. In prossimità dell'incrocio, l'auto rallentò e posteggiò in doppia fila. Scesero due uomini. A Tyrone sembrarono quasi identici di viso e corporatura ai due arabi che aveva ammazzato. Però quei due erano più giovani. Indossavano entrambi completi di taglio occidentale.

Uno dei due restò indietro, pulendosi i denti con uno stuzzicadenti, mentre l'altro si avvicinò con circospezione alla Ford. Dalla tasca interna della giacca estrasse un'asticella d'acciaio piatta e flessibile. Fermandosi a pochi passi dalla vettura nera con aria indifferente, inserì a forza l'asticella tra il finestrino del conducente e l'intelaiatura metallica. Due o tre rapidi strappi bastarono per sollevare il pulsante di blocco della portiera e far scattare la serratura. Con un unico movimento fluido, l'arabo aprì la portiera e sedette al volante.

«Bene» annunciò Tyrone. «È arrivato il momento di agire.»

«Sta arrivando qualcuno» disse Katja.

Lindros le corse incontro, la prese per mano e insieme si precipitarono fuori dal centro comunicazioni. Alle loro spalle sentiva risuonare delle urla concitate.

«Vai avanti» mormorò a Katja. «Aspettami dietro l'angolo.»

«Cosa vuoi fare? Perché ti fermi?»

«Jason mi ha comunicato un segnale in codice dal doppio significato. Primo: era sicuro che la nostra conversazione radio era sotto controllo. Secondo: ha in mente un piano specifico. Devo dargli la possibilità di penetrare all'interno dell'installazione senza troppi problemi. Quello che gli serve è un'azione diversiva.»

Katja annuì, con gli occhi sbarrati dalla paura. Non appena fu scomparsa dietro l'angolo del corridoio, Lindros si voltò e vide spuntare il primo terrorista. Rimase in attesa, immobile come la morte, reprimendo il desiderio di sparare subito. Quando tutto il gruppo fu nel corridoio, avanzando con passo cauto verso il centro comunicazioni, aprì il fuoco, falciandoli tutti con una raffica interminabile.

Poi, prima che ne comparissero altri, si girò e corse dietro a Katja. L'espressione di sollievo della donna quando lo vide era palpabile.

«Adesso dove andiamo?» domandò la rumena, mentre correvano verso una rampa di scale di cemento grezzo.

«Ci allontaniamo dal punto in cui ci stanno cercando» spiegò Lindros.

Erano scesi al piano inferiore, dove c'erano gli impianti, i laboratori e le sale operatorie. Tutti i locali erano disposti in ordine geometrico. Ogni laboratorio, notò Lindros, era a doppia parete, tra le sale operatorie e le installazioni nucleari c'erano due serie di massicce porte blindate.

«Dobbiamo trovare un nascondiglio sicuro.»

Siccome era così ben nascosto, il portellone non aveva bisogno di serratura.

Bourne era in piedi da solo sul bordo dell'apertura. Naturalmente Feyd al Saoud si era opposto con forza, ma alla fine si era lasciato convincere e aveva accettato il piano dell'amico americano. Bourne riteneva che non avesse altra scelta. Un attacco frontale con gli uomini di cui disponeva sarebbe equivalso a un suicido. Seguendo l'idea di Bourne, invece, c'era una probabilità di riuscita.

Il portellone era perfettamente levigato. Non c'erano maniglie né alcun altro mezzo visibile per sollevarlo a mano. Dunque per i veicoli in entrata e in uscita dal rifugio sotterraneo doveva esserci un meccanismo di apertura elettrica che poteva essere attivato a distanza con un telecomando a bordo dei veicoli stessi. Questo significava che doveva esserci un ricevitore situato sul portellone stesso o nelle sue immediate vicinanze.

A Bourne bastarono pochi secondi per individuare la scatoletta di collegamento contenente il ricevitore. Dopo aver smontato il coperchio, esaminò i circuiti e armeggiò con i fili elettrici per far funzionare il meccanismo senza bisogno del telecomando. Le sospensioni idrauliche si misero in movimento. Il portellone si aprì piano, sollevandosi silenziosamente, scoprendo una rampa d'accesso di cemento sporca qua e là d'olio lubrificante, la stessa rampa, Bourne ne era certo, dalla quale erano scesi sottoterra ed erano scomparsi i due veicoli rilevati dal satellite IKONOS. Bourne si mise in spalla il fucile da assalto semiautomatico, prima di scendere nel sotterraneo.

La luce riflessa del giorno si esaurì presto, lasciandolo nella penombra più completa. La situazione non era delle migliori, se ne rendeva conto. Presumendo che Fadi avesse intercettato la sua conversazione alla radio, qualcuno in agguato lo stava aspettando da qualche parte in prossimità della base della rampa.

Addossandosi alla parete, puntò il fucile da assalto davanti a sé scrutando il corridoio, in penombra. Non vide nessuno; nessun movimento di alcun genere. La cosa non lo sorprese affatto, ma lo rese ancora più cauto.

Avanzò di qualche passo, tenendosi accovacciato a ridosso del muro. Di fronte a sé, alcune lampade elettriche a basso voltaggio, incassate in piccole nicchie a intervalli regolari su entrambe le pareti della galleria, gli fornivano un'illuminazione sufficiente, benché scarsa, per dedurre la disposizione dei locali in quella parte del complesso sotterraneo.

Sulla destra, subito dopo la rampa, la galleria si diramava all'ingresso della zona destinata al parcheggio sotterraneo. Riuscì a distinguere le sagome di un certo numero di 4×4 parcheggiati in file ordinate. Di fronte a lui, si apriva un corridoio leggermente più stretto che sembrava inoltrarsi al centro delle installazioni.

Mentre proseguiva con prudenza, Bourne notò qualcosa con la coda dell'occhio. Un vago scintillio metallico, simile a quello di un'arma da fuoco. Si spostò a destra, tuffandosi tra le auto.

Una grandine di proiettili sollevò un nugolo di schegge di cemento dal pavimento, a pochi centimetri da lui. Qualche frammento di calcestruzzo gli graffiò la guancia. La raffica proveniva *dall'interno* del parcheggio. Una coppia di fari si accese all'improvviso, accecandolo temporaneamente e costringendolo a restare fermo un istante, disorientato. Contemporaneamente, un motore si accese con un rombo basso e profondo, accompagnato da uno stridore di gomme. Uno degli automezzi blindati 4×4 si mosse a tutta velocità verso di lui.

Capitolo 35

Bourne corse verso il veicolo, spiccò un balzo all'ultimo istante e atterrò sul cofano del 4×4. Sfruttando la combinazione di forza inerziale della vettura e della propria irruenza, si raggomitolò, mentre rotolava contro il parabrezza.

Il vetro si frantumò per il colpo e Bourne usò il gomito e l'avambraccio per staccare rapidamente i pezzi di vetro dal telaio rimasti sul parabrezza. Poi si infilò all'interno dell'abitacolo e si ritrovò sul sedile accanto a un uomo che, data l'impressionante somiglianza con Muta ibn Aziz, non poteva essere altri che suo fratello, Abbud.

Abbud ibn Aziz aveva appena impugnato una pistola, ma Bourne si tuffò sul volante e sterzò bruscamente a destra. La forza centrifuga spinse con violenza il suo corpo contro quello del terrorista. Dalla pistola partì un colpo accidentale, che assordò entrambi, ma il proiettile non colpì nessuno, andando a conficcarsi nel montante della portiera. Abbud ibn Aziz premette il grilletto ancora due volte prima che il veicolo si schiantasse contro la parete di cemento.

Bourne, che si era preparato all'impatto, fu scaraventato in avanti e poi indietro contro lo schienale. Accanto a lui, Abbud ibn Aziz sbatté la testa sulla parte superiore del volante, procurandosi un ampio taglio alla fronte, dal quale sgorgò subito sangue, oltre a una brutta frattura all'arcata sopraccigliare destra.

Dopo avergli strappato la pistola, Bourne lo colpì con un ceffone in piena faccia perché non voleva che perdesse i sensi. Sapeva di aver poco tempo, ma era deciso ad andare a fondo al mistero della morte di Sarah ibn Ashef.

«Che cosa accadde quella notte a Odessa, Abbud?»

Evitò apposta di pronunciare la seconda metà del nome del terrorista, un chiaro segno di disprezzo.

L'arabo reclinò il capo, appoggiandolo al sedile. Il sangue, che colava dalle ferite, lo imbrattava ovunque. «Cosa intendi dire?»

«Siete stati voi a colpire a morte Sarah ibn Ashef.»

«Sei pazzo.»

«Muta me l'ha confessato. Me l'ha *confessato*, Abbud. Siete stati voi a sparare alla sorella di Fadi, non io. Tutta questa vendetta si sarebbe potuta evitare se soltanto tu avessi detto la verità.»

«La verità?» Abbud sputò un filo di sangue. «Nel deserto non esiste il concetto di verità. Le dune di sabbia cambiano forma in continuazione, come la verità.»

«Perché hai mentito?»

Abbud ibn Aziz cominciò a tossire, vomitando sangue.

«Dimmi perché hai mentito riguardo alla morte di Sarah ibn Ashef.»

Il terrorista sputò ancora, quasi soffocando. Quando si fu ripreso, mormorò: «E per quale motivo dovrei parlartene?».

«Per te è finita, Abbud. Stai per morire. Questo lo sai già, vero? Morire per un banale incidente d'auto non ti aprirà le porte del paradiso, ma se sarò io a ucciderti, avrai una morte da martire, piena di gloria.»

Abbud distolse lo sguardo, come se in quel modo potesse sfuggire il destino che lo attendeva. «Sono stato costretto a mentire a Fadi. La verità lo avrebbe distrutto.»

«Il tempo a tua disposizione si sta esaurendo.» Bourne gli puntò il coltello alla gola. «In questo momento sono l'unico che ti può aiutare. Da un istante all'altro sarà troppo tardi. Avrai perso la tua possibilità di *shahada*.»

«Che cosa ne sai della *shahada* tu che sei un infedele?»

«So che senza Jihad non ci può essere martirio. So che la Jihad è la onnicomprensiva battaglia per la verità. Se non confessi la verità non ci può essere Jihad, non ci può essere *shahada* per te.

«Senza il mio aiuto non sarai in grado di ergerti a testimone della verità che è Allah.» continuò Bourne. «Perciò, la tua guerra santa per la causa di Allah – l'intera tua vita – sarà stata vana e senza senso.»

Del tutto inaspettatamente, Abbud ibn Aziz sentì salire le lacrime agli occhi. Il suo nemico aveva ragione. In quel momento supremo aveva bisogno di lui. Allah l'aveva posto di fronte a quella terribile scelta: testimoniare la verità o essere condannato al fuoco eterno della dannazione. In quel momento preciso, capì che Muta ibn Aziz aveva avuto ragione. Alla fine erano state le sabbie mutevoli della verità a seppellirlo. Se solo avesse confessato subito la verità! Ma ora, per morire da uomo retto, per essere mondato dai peccati e puro agli occhi di Allah e di tutto ciò che riteneva santo, avrebbe dovuto tradire Fadi.

Abbud chiuse gli occhi un istante, rinunciando a ogni espressione di odio e sfida. Quando li riaprì e fissò in faccia il nemico.

«Sono stato io a sparare a Sarah ibn Ashef, non Muta ibn Aziz. Ho *dovuto* ucciderla. Sei giorni prima della sera in cui morì scoprii che intratteneva una scandalosa relazione amorosa. La presi in disparte e affrontai l'argomento. Non si diede neppure la pena di negarlo. Le ricordai che la legge del deserto le imponeva il suicidio. Mi rise in faccia. Le dissi che suicidandosi avrebbe risparmiato ai suoi fratelli il dispiacere di ucciderla con le proprie mani. Mi rispose, ordinandomi di non farmi più vedere.»

Abbud si interruppe. Rievocare il trauma psicologico del confronto con Sarah gli aveva sottratto quel minimo di energia che gli restava. Di lì a poco recuperò un po' di forza. «Quella sera Sarah ibn Ashef era in ritardo e si stava affrettando per raggiungere il suo amante. Andava di corsa. Aveva ignorato i miei ammonimenti. Aveva scelto di continuare a tradire la sua famiglia. Ero scandalizzato, ma non sorpreso. Avevo perso il conto delle occasioni in cui mi aveva detto che avevamo sovvertito l'Islam, che avevamo travisato e distorto le sante parole di Allah per favorire la nostra causa, per giustificare il nostro... come lo definiva?... ah, sì, il nostro morboso rapporto con la morte. Aveva voltato le spalle al deserto, al suo retaggio beduino. A quel punto, l'unica cosa che poteva dare alla sua famiglia era la vergogna e l'umiliazione. Le sparai. Ne sono fiero. Fu un'uccisione virtuosa.»

Bourne, nauseato e con una pena profonda in cuore, aveva ascoltato abbastanza. Senza dire una sola parola, recise la gola ad Abbud ibn Aziz con il coltello, un taglio netto. Scese dal veicolo mentre una pozza di sangue allagava il sedile anteriore.

Nel momento in cui Abbud ibn Aziz si era allontanato nella direzione opposta contravvenendo ai suoi ordini, Fadi aveva estratto la pistola e l'aveva puntata alla schiena del compagno. Non fosse stato per l'improvvisa raffica di proiettili che li investì, avrebbe sparato al suo vicecomandante. Per quanto lo riguardava non c'erano scuse per l'insubordinazione. Gli ordini andavano eseguiti senza riflettere né fare domande. Lì non si era all'ONU; con lui non si discuteva.

Mentre correva verso il centro comunicazioni fu colpito da uno strano pensiero, a cui avrebbe preferito non dare ascolto. I fratelli Aziz da un po' di tempo si comportavano in modo strano. I loro frequenti diverbi in passato erano diventati leggendari, tanto che ora tutti si aspettavano che stessero sempre a litigare, senza preoccuparsi della presenza degli altri o di qualche interferenza da parte di chicchessia. Di recente, però, le loro discussioni erano avvenute soprattutto a porte chiuse, terminate le quali nessuno dei due voleva accennare all'argomento della lite. Fadi aveva notato che l'attrito crescente tra loro stava cominciando a interferire con il loro lavoro. Questo era il motivo per cui aveva mandato Muta ibn Aziz a Istanbul. Doveva separarli, dare a entrambi lo spazio per esaurire e risolvere la loro inimicizia. Ora Muta ibn Aziz era morto e Abbud ibn Aziz aveva disobbedito agli ordini. Per una ragione o per l'altra, non poteva più confidare in nessuno dei due.

Vide la strage perpetrata da Lindros nell'attimo in cui svoltò l'angolo in direzione del centro comunicazioni. Con aria tetra, quasi collerica, scavalcò i cadaveri uno dopo l'altro come un ombroso cavallo arabo. Controllò i morti e l'interno del centro comunicazioni. Otto uomini in totale, tutti morti. Lindros doveva essersi procurato altre armi.

Imprecando sottovoce, stava per fare dietrofront e tornare alla rampa d'ingresso quando sentì fischiare l'auricolare.

«Abbiamo avvistato i fuggitivi» disse uno dei suoi uomini nella ricetrasmittente.

Fadi tese ogni muscolo del corpo. «Dove?»

«Al piano inferiore» rispose. «Si stanno dirigendo verso i laboratori di lavorazione dell'uranio.»

La testata!, pensò Fadi.

«Dobbiamo avvicinarci?»

«Mantenetevi a distanza di sicurezza, ma per nessuna ragione dovete impegnarli in uno scontro a fuoco, è chiaro?»

«Signorsì.»

Questa conversazione ebbe l'effetto di fargli accantonare, almeno per il momento, i propositi di vendetta. Se Lindros avesse scoperto la testata atomica e l'elicottero, l'avrebbe avuta vinta. Dopo tanto tempo, dopo tanti sacrifici, dopo l'estenuante e infinito lavoro, non gli sarebbe rimasto più nulla.

Risalì di corsa il corridoio, svoltò a sinistra, poi ancora a sinistra. Gli si paravano davanti le porte aperte di un montacarichi. Entrò nell'ampia cabina e premette il pulsante sul quadro comandi. Le porte scorrevoli si chiusero e Fadi cominciò a scendere.

A un certo punto, mentre avanzavano nel dedalo di laboratori del piano inferiore, Lindros si accorse che erano sorvegliati. Questo non solo lo preoccupò, ma lo spaventò anche. Perché non li attaccavano, come aveva fatto il primo gruppo di terroristi?

Mentre correvano, vide Katja piangere. La violenza e la morte a cui aveva assistito inerme avrebbe scosso chiunque, specie un civile senza alcuna esperienza di carcere e azioni di spionaggio. Katja aveva comunque retto bene a quella prova.

Tutt'a un tratto si staccò da lui e si buttò verso una porta aperta, dopo di che, piegandosi in avanti, vomitò. Lindros le cinse la vita per cercare di sostenerla. Lo sguardo gli cadde per caso sul laboratorio davanti al quale si erano fermati. Era la sala operatoria dove il dottor Andursky gli aveva espiantato l'occhio destro, adiacente alla sala dove aveva trasformato Karim in un suo sosia terrificante. Al termine di quell'infernale lavoro, Andursky aveva mostrato a Lindros la sua opera, in modo che il nuovo Martin Lindros chiedesse al Martin Lindros originale di fornirgli i propri ricordi: quanto bastava, almeno, per ingannare gli inquirenti della CIA e Jason Bourne. Era stato allora che Lindros aveva escogitato una frase in codice che sperava avrebbe messo in allarme Jason.

Sulle prime la sala operatoria gli parve deserta, poi Lindros scorse, spaventato e nascosto sotto uno dei due lettini sanitari, il volto smunto del dottor Andursky.

Avvinghiata al torace muscoloso di Tyrone, Soraya era seduta alle spalle del giovane di colore sulla sua Kawasaki

Ninja ZX-12R Passion Red. La motocicletta viaggiava sulla 5ª NE e stava seguendo sia la Ford nera recuperata dai terroristi arabi sia la Chevy bianca. Stavano svoltando verso nordovest, all'imbocco di Florida Avenue.

Tyrone era un abile pilota che, Soraya lo poteva testimoniare, conosceva Washington come le sue tasche. Zigzagava abilmente tra i veicoli, cambiando di continuo posizione e mantenendosi al riparo da chi lo precedeva. Un momento era tre auto più indietro rispetto alle loro prede e un attimo dopo si lasciava distanziare di cinque veicoli. Soraya non ebbe mai la sensazione che stessero per perdere i loro obiettivi.

In Florida Avenue tagliarono verso il quadrante nordovest, girarono a destra in Sherman Avenue NW e si diressero a nord. All'incrocio con Park Road NW le due auto effettuarono un lieve scarto a destra verso l'inizio di New Hampshire Avenue, poi svoltarono quasi immediatamente a sinistra in Spring Road, che a sua volta conduceva nella 16ª NW e da qui girarono a destra.

Adesso erano di nuovo diretti a nord, più o meno paralleli al confine orientale di Rock Creek Park. Oltrepassato rasenti il confine nordorientale del parco, le due auto svoltarono sul retro della camera ardente di una grossa impresa di pompe funebri, puntando verso la banchina di carico di servizio. Tyrone spense il motore della Ninja e, insieme a Soraya, scese dalla moto. Mentre osservavano la scena, al riparo degli alberi, il muro interno del lato destro della banchina di carico cominciò ad aprirsi.

Attraversata la strada, Tyrone e Soraya notarono la telecamera a circuito chiuso di sorveglianza, che era montata su una staffa a muro girevole che ruotava lentamente da un lato all'altro per inquadrare tutta la zona.

Entrambe le auto entrarono nell'apertura e scesero la rampa di cemento, fino a un attimo prima nascosta dal muro. Osservando la telecamera a circuito chiuso, l'agente Moore calcolò che se avessero seguito a piedi i veicoli, la telecamera li avrebbe ripresi di certo. Stava infatti ruotando nell'altro senso, ma lentamente, troppo lentamente. Il muro di cemento si stava di nuovo chiudendo.

Tyrone e Soraya si avvicinarono pian piano, stando attenti a evitare l'angolo di inquadratura della telecamera. Poi, quando il muro era per metà chiuso, Soraya fece a Tyrone un segnale. Partendo di corsa verso l'apertura che andava diminuendo, balzarono oltre il muro che si chiuse alle loro spalle con un rumore secco. Sulla rampa di cemento sotterranea si addossarono al muro, nell'ombra.

Feyd al Saoud era al margine sudovest del burrone disseminato di massi. Finalmente i suoi uomini erano al loro posto e le cariche innescate. Per quanto sembrasse incredibile, la Dujja disponeva di tecnologia per rifornire l'installazione segreta alimentata dall'acqua tratta dal fiume sotterraneo. I suoi uomini avevano scoperto tre enormi condutture e le relative valvole che ne regolavano il flusso all'interno del complesso. Dovevano distruggere quelle valvole.

Feyd al Saoud si spostò di alcune centinaia di metri e vide i suoi agenti, perfettamente addestrati, circondare in cerchio il burrone. Sollevando il braccio, richiamò l'attenzione dei suoi due esperti artificieri.

Nell'afa e nell'immobilità totale del momento, riandò con la mente a quando Jason Bourne gli aveva descritto il suo piano. La sua prima reazione era stata di scetticismo. Aveva detto che era una vera follia. Poi aveva aggiunto: «Entreremo alla vecchia maniera. Con un assalto frontale».

«Condannerai a morte i tuoi uomini» aveva ribattuto Bourne. «Sono convinto che Fadi abbia intercettato la mia conversazione radio con Lindros, e, di conseguenza, che in precedenza avesse avuto accesso anche alle comunicazioni tra te e i tre agenti che avevi mandato in ricognizione.»

«E tu, allora?» aveva osservato Feyd al Saoud. «Se penetri all'interno da solo, i suoi uomini ti uccideranno in men che non si dica.»

«Qui ti sbagli» aveva replicato Bourne. «Fadi deve uccidermi con le sue mani. Qualsiasi altra soluzione è per lui inaccettabile. Inoltre il suo punto debole è che crede di aver capito qual è il mio piano. Si aspetta un'azione diversiva. Lindros gliene fornirà una per indurlo a sentirsi erroneamente compiaciuto di sé. Fadi si convincerà di aver scoperto la mia tattica e crederà che la situazione sia sotto controllo.»

«Ed è qui che entriamo in gioco noi.» Feyd al Saoud aveva annuito. «Hai ragione. Il piano è così poco ortodosso che potrebbe funzionare.»

Feyd al Saoud guardò l'orologio. Adesso che si era convinto di offrire il suo appoggio a Bourne, non vedeva l'ora di cominciare, ma Bourne aveva insistito perché si attenessero rigorosamente alla tabella di marcia del suo piano. «Mi devi dare quindici minuti» gli aveva detto.

Mancavano ormai solo novanta secondi.

Il capo del servizio segreto saudita osservò l'estrema confusione in fondo al burrone, che, come scoprì in seguito, non era affatto un burrone. Bourne aveva visto giusto: era il letto asciutto di quello che un tempo era un fiume, il cui fondo stava lentamente sprofondando nella falda acquifera sotterranea. Il corso d'acqua era quello da cui l'installazione segreta della Dujja traeva rifornimento costante di acqua corrente necessaria per il processo d'arricchimento dell'uranio. I suoi uomini avevano sistemato le cariche esplosive all'estremità del letto asciutto dalla parte del complesso sotterraneo. L'attacco sarebbe servito a due scopi: avrebbe travolto o fatto annegare i terroristi presenti nel sottosuolo e avrebbe reso sicuri i contenitori di uranio arricchito fino a quando un intero complemento di esperti sauditi e della CIA non avesse preso in consegna l'installazione in via permanente.

Mancavano quindici secondi. Feyd al Saoud passò in rassegna i suoi uomini, uno per uno, con un'ultima occhiata. Erano stati informati di tutti i possibili rischi: sapevano qual era la posta in gioco. Sapevano cosa fare.

Il capo del servizio segreto saudita abbassò il braccio. I detonatori furono attivati. Le cariche accoppiate esplosero con alcuni secondi di ritardo le une dalle altre, ma per Feyd al Saoud e i suoi agenti risuonarono come un unico lungo boato, una folata di vento lacerante, una grandinata di detriti di roccia, seguiti poi dal rumore che tutti stavano aspettando: il rombo profondo e pauroso di una massa di acqua che scorreva impetuosa dentro il corso scavato nella roccia viva.

All'interno dell'installazione sotterranea della Dujja le potenti esplosioni diedero l'impressione di spaventose scosse telluriche. Tutto quello che c'era sugli scaffali della sala operatoria finì a terra in un fracasso di vetri e oggetti infranti. Gli sportelli di armadi e armadietti si spalancarono e il loro contenuto si riversò nella stanza, coprendo il pavimento con un lago di liquidi, schegge di vetro, pezzi di plastica e una miriade di strumenti chirurgici.

Katja, aggrappata a Lindros e allo stipite della porta, si asciugò la bocca e disse: «Vieni! Dobbiamo uscire subito da qui!».

Lindros sapeva che avevano pochissimo tempo a disposizione per trovare un posto sicuro in cui rifugiarsi finché il peggio non fosse passato.

Eppure non riusciva a muoversi. Si sentiva come inchiodato al terreno. I suoi occhi erano incollati sul volto del dottor Andursky. Quante volte nel corso della convalescenza dopo lo stupro chirurgico a cui quel medico l'aveva sottoposto aveva sognato di ucciderlo! Anzi, ucciderlo non sarebbe bastato a colmare la sua ira. Cristo santo! Quanti *metodi* che si era inventato per farla pagare ad Andursky! In certi giorni quelle fantasie sempre più elaborate erano state l'unica cosa che gli aveva impedito di perdere il lume della ragione. Ciononostante, si era svegliato in continuazione da un sogno in cui uno stormo di corvi si cibava delle carni di Andursky, scorticandolo vivo, esponendo al sole il suo scheletro perché la sabbia trasportata con forza dal vento ripulisse e levigasse le ossa di quel poco di sembianza di vita che restava. Il sogno era così dettagliato, così reale che a volte Lindros non aveva potuto fare a meno di sentire di aver oltrepassato l'orlo che conduceva alla pazzia.

Perfino in quel momento, sebbene sapesse quanto fosse urgente mettersi in salvo, capiva che non avrebbe mai trovato sollievo finché Andursky fosse rimasto in vita. Quindi si rivolse a Katja: «Vai. Avvicinati il più possibile al laboratorio nucleare, poi arrampicati nella conduttura dell'impianto di aria condizionata e resta là».

«Verrai con me!» Katja lo tirò per il braccio. «Andiamo via insieme.»

«No, Katja, c'è una cosa che devo fare.»

«L'avevi promesso. Hai detto che mi avresti aiutata.»

Lindros si girò verso di lei, fissandola con l'unico occhio sano. «Infatti ti ho aiutata, Katja. Ma devi capire... se non resto qui e non faccio quel che devo, sarò sempre come una specie di... morto vivente.»

Katja rabbrividì. «Allora resterò qui con te.»

Un terribile scossone fece tremare il complesso sotterraneo, trasmettendo a ogni muro e pavimento una vibrazione terribile. Da qualche parte, non lontano, Lindros udì il cigolio di un muro che si schiantava.

«No» si affrettò a dire, riportando l'attenzione sulla donna. «Non è possibile.»

Katja alzò il fucile semiautomatico. «Invece io dico di sì.»

Lindros cedette e assentì. Che cos'altro poteva fare? Avevano poco tempo. Sentiva avvicinarsi uno scrosciare sempre più forte e più spaventoso e sempre più vicino.

Acqua!, pensò. «Dio santo, Jason sta allagando il complesso!»

Senza aggiungere una sola parola avanzò nella sala operatoria semidistrutta, seguito da Katja, che rimase un po' indietro, con il fucile da assalto puntato verso il corridoio. Negli ultimi minuti, da quando avevano lasciato il centro comunicazioni, Katja aveva osservato come l'aveva usata Lindros e ora pensava di aver appreso un minimo l'impiego di quell'arma.

Lindros si fece avanti e si parò davanti al dottor Andursky. Per tutto il tempo il chirurgo era rimasto nella stessa posizione, accovacciato tutto tremante sotto il lettino sanitario sopra il quale aveva espiantato l'occhio a Lindros. Aveva lo sguardo fisso su Martin, un po' come una lepre rannicchiata, ipnotizzata dalla paura, mentre un gufo cala in volo dall'alto in silenzio per afferrarla con gli artigli.

Attraversando la sala operatoria, Lindros dovette sforzarsi di tener chiusa la bocca, di respirare adagio, di impedire al nauseante odore dolciastro dell'anestetico di intasargli le narici. Si concentrò, ancora una volta, per reprimere il terrore di impotenza e rabbia che non avevano fatto altro che paralizzarlo quando si era svegliato con quella macabra sorpresa.

Eppure adesso, lì davanti a sé, aveva il dottor Andursky, poteva afferrarlo per il bavero, trascinarlo fuori da sotto il lettino.

«Salve, dottore» disse Lindros.

«No, la prego, no! Io non volevo. Mi hanno costretto.»

«Prego, mi illumini, dottore. Dopo tutti i bambini che le hanno fornito... l'hanno costretta a espiantarmi l'occhio? Hanno insistito perché lo facesse... altrimenti? Si sarebbero rifiutati di rifornirla di altre vittime innocenti?»

«Martin» chiamò Katja, con gli occhi sbarrati dalla paura. «Non c'è più tempo. Vieni via subito! Ti scongiuro, per amor di Dio!»

«Sì, sì, le dia retta. Abbia pietà.» Adesso Andursky stava piangendo. «Lei non può capire. Sono un debole.»

«E io invece prendo forza a ogni respiro che faccio» ribatté Lindros. Martin attirò Andursky a sé, finché furono vicinissimi, uno di fronte all'altro.

L'uomo si mise a strillare e a dibattersi come una marionetta, tentando disperatamente di divincolarsi. Lindros lo stringeva in una terribile stretta mortale. Ogni fibra del suo essere era rivolta verso un unico fine. In una sorta di estatica trance sentiva sotto i polpastrelli dei pollici i morbidi tessuti elastici dei bulbi oculari. Trasse un profondo respiro ed espirò piano mentre spingeva lentamente i pollici nelle orbite degli occhi di Andursky.

Il chirurgo gridò, ma fu improvvisamente interrotto quando Lindros affondò con forza i pollici. Andursky si dibatté ancora un po', scosso da quel poco di energia galvanica che gli restava in corpo e che il suo sistema nervoso autonomo emetteva ancora. Poi, anche quella si esaurì e, liberato dalla morsa di Lindros, scivolò sul pavimento come se gli si fossero dissolte le ossa.

Capitolo 36

Fadi udì le urla strazianti provenienti dall'ampio impianto che lui stesso aveva progettato e aiutato a costruire, vide le crepe formarsi nei muri di cemento armato come squarciate da fulmini zigzaganti. Poi un assordante rombo gutturale riecheggiò in tutte le gallerie e i corridoi: Fadi capì che l'acqua stava allagando tutto, tonnellate di acqua inarrestabile stavano per invadere i laboratori, e l'unica cosa alla quale pensò fu l'ordigno atomico.

Corse a precipizio nel corridoio oltre l'ascensore. Si fece largo tra guardie armate che si stavano raccogliendo e lo guardavano in cerca di ordini. Disse loro di recarsi all'entrata e trovare Bourne, dopo di che si dimenticò della loro esistenza. In fondo era solo carne da macello. Che importanza aveva se morivano? Ce n'erano tanti altri là da dove venivano, una scorta infinita di giovani che chiedevano a gran voce di seguirlo, ansiosi di dare la vita per lui, di martirizzarsi per la causa, sognando un mondo fatto di virtù e rettitudine, un mondo senza infedeli.

Che quella brutale prospettiva gli fosse stata imposta dai suoi nemici era un dato di fatto, una parola d'ordine in base alla quale aveva vissuto tutta la sua vita da adulto. Se l'era ripetuto un'infinità di volte al giorno, sebbene non gli fosse mai passato per la mente di dover giustificare a se stesso una qualsiasi delle sue decisioni o delle sue azioni. La sua mente, il suo cuore e la sua mano erano guidati da Allah: ne era assolutamente convinto. La possibilità che il loro piano potesse fallire non l'aveva mai neppure sfiorato fino a quel momento. Adesso invece quel pensiero sostituiva tutti gli altri, perfino il suo ossessivo bisogno di vendicarsi per la menomazione di suo padre e la morte di sua sorella.

Scendendo le scale di corsa, il leader della Dujja trovò il piano inferiore già allagato da una spanna d'acqua. Estrasse dalla fondina la Glock 36 e controllò che fosse carica. L'acqua raggiunse i polpacci e aumentava a ogni passo che faceva. Aveva l'impressione di camminare controcorrente, come andando incontro alla marea, e quella sensazione lo riportò con la mente all'incontro con Bourne sotto il pontile sulla spiaggia di Odessa. Come avrebbe voluto finirlo laggiù! Non fosse stato per quel dannato cane, ce l'avrebbe fatta.

Ma non era il momento più adatto per le recriminazioni, e non era certo un uomo abituato a rimuginare sui «se». Era un tipo pragmatico, e questo gli imponeva di raggiungere l'elicottero con il suo importantissimo carico. Purtroppo l'uscita segreta che dava accesso alla piattaforma d'atterraggio per l'elicottero – un piccolo eliporto perfettamente mimetizzato – era in fondo al piano inferiore dell'installazione. Il sito era stato ideato apposta, perché l'uscita segreta sarebbe stata più vicina agli impianti di fisica nucleare, dove si sarebbe diretto nel caso in cui il complesso fosse stato scoperto e attaccato.

Quello che non aveva affatto calcolato era che il gruppo nemico scoprisse il fiume sotterraneo. La sezione dell'installazione in cui si trovava era anche quella in cui l'acqua stava irrompendo a ritmo più veloce. Una volta giunto a destinazione, però, non avrebbe più avuto problemi, dato che la piattaforma per l'elicottero era dotata di grossi tombini di drenaggio tutt'intorno al perimetro. Stava pensando a questo quando, di corsa, passò davanti alla porta aperta della sala operatoria e scorse Katja. In modo piuttosto ridicolo, la donna imbracciava uno dei suoi fucili da assalto semiautomatici. Ma non fu la moglie di Veintrop a fermarlo. Fu piuttosto la vista di Martin Lindros, in piedi, le mani sporche di sangue, sopra il cadavere dell'uomo che lo aveva mutilato: il dottor Andursky.

La cantilenante litania in arabo saliva dalla penombra sottostante la camera ardente. Gli uomini di Karim stavano pregando, rivolti verso la Mecca. Dal fondo della rampa la luce fioca si diffondeva verso l'alto come dita di una mano. Tyrone calzava scarpe sportive con la suola di gomma, Soraya se le era tolte per rendere silenziosi i suoi passi.

Avanzando con cautela sulla rampa, Soraya e Tyrone spiarono nel piano interrato. La prima cosa che Soraya notò furono le due vetture che avevano seguito fin lì: la Chevy bianca e la Ford nera. Oltre le due auto c'era quella che aveva tutta l'aria di essere una scintillante limousine nera. Lungo il fianco sinistro della Ford erano schierati in fila quattro uomini, inginocchiati su tappetini da preghiera, curvi fino a toccar terra con la fronte. A destra c'era una porta a vetri. L'agente Moore allungò il collo, ma l'angolazione la sfavoriva, cosicché non riuscì a vedere oltre la porta a vetri.

Rimasero in attesa. Quando gli uomini finirono di recitare le loro preghiere, si alzarono e arrotolarono i tappetini. Poi il gruppo si separò. Due uomini scomparvero su per una scala a chiocciola d'acciaio, salendo nella camera ardente vera e propria. I due rimasti indossarono guanti in lattice, aprirono le portiere della Ford e procedettero a esaminarne l'interno con la precisione e la meticolosità di una squadra della Scientifica.

Curiosa di sapere cosa ci fosse oltre la porta a vetri, Soraya fece segno a Tyrone di restare fermo e di coprirla, se necessario. Tyrone annuì, estrasse una Saturday Night Special, con l'impugnatura coperta di nastro isolante nero, e si ritrasse nell'ombra. Soraya si sentì confortata dalla sua presenza; non era la prima volta che Tyrone l'aveva protetta in quelle ultime ore. Il giovane nero era avveduto, pratico, conosceva le strade di Washington e quel particolare distretto meglio di lei.

Osservando i due agenti arabi esaminare l'interno della Ford, Soraya aspettò che avessero entrambi le spalle rivolte verso l'imbocco della rampa, poi corse, senza produrre il benché minimo rumore, verso la porta. Girato il pomo della maniglia, l'aprì e si intrufolò nel corridoio retrostante.

Fu pervasa subito dal gelo intenso che emanava dalle camere refrigerate in cui venivano conservati i cadaveri. Di fronte si stendeva un breve ma ampio corridoio sul quale si aprivano sei porte. Sbirciando oltre lo stipite della prima, scoprì i corpi esanimi dei due uomini che l'avevano aggredita al cantiere edile. In conformità all'austera tradizione islamica saudita, i due morti erano stati distesi su alcune tavole di legno, dopo di che vestiti con semplici abiti di tela. Per loro non ci sarebbe stata nessuna imbalsamazione.

La donna si sentì quasi mancare. I cadaveri erano la prova schiacciante che Karim stava operando in quel quartiere con un gruppo di terroristi della Dujja. Com'era possibile che la CIA non avesse avuto nemmeno sentore di quella cellula «dormiente»? Come avevano potuto essere così sordi e ciechi? Le attrezzature di sorveglianza ultramoderne andavano benissimo e svolgevano alla perfezione il loro lavoro, ma perfino la miglior rete di sicurezza elettronica non poteva controllare ogni essere umano che si intrufolava clandestinamente entro i confini degli Stati Uniti.

La seconda e la terza stanza che oltrepassò erano vuote, ma nella quarta un uomo vestito di scuro che le rivolgeva la schiena era chino su un tavolo da imbalsamazione. Indossava guanti in lattice e stava usando un'apposita macchina per introdurre nel corpo che giaceva sul tavolo uno spettrale liquido rosa. Si interrompeva di continuo, metteva da parte la sonda e poi, con le mani, massaggiava la carne, bianca come quella di un pesce, per agevolare l'uniforme circolazione del fluido nelle vene e nelle arterie del cadavere. Quando l'imbalsamatore si spostò dal lato destro del cadavere a quello sinistro, Soraya fu in grado di scorgere dapprima la testa e poi la faccia del defunto. Non appena il suo cervello superò lo shock iniziale e fu in grado di elaborare l'immagine, l'agente Moore fu costretta a mordersi il labbro inferiore per impedirsi di urlare.

No!, pensò. Nella sua mente, la paura e il panico ingaggiarono una battaglia per il dominio delle emozioni. Non può essere!

Eppure era così.

Lì, nella camera ardente di proprietà della Dujja, c'era il cadavere del direttore della CIA. Il Grande Vecchio era morto, con un foro di proiettile al cuore.

Dopo aver memorizzato la pianta dell'installazione appesa al muro, Bourne uscì di corsa dalla zona destinata a parcheggio. Avvistò subito un gruppo di terroristi che correva nella sua direzione. Per mettersi al riparo dalle prime raffiche di mitra, salì a bordo del veicolo più piccolo lì vicino. Come tutti gli altri, anche questo aveva la chiave inserita nel motorino d'accensione.

Diede gas e, rombando, uscì nell'ampia galleria, dopo di che premette l'acceleratore, facendo partire il veicolo a tutta velocità. Il 4×4 si diresse contro gli uomini armati della Dujja, investendoli o scaraventandoli di lato. Jason proseguì a tutta velocità finché non raggiunse il montacarichi.

Le porte scorrevoli si spalancarono e vi entrò con il veicolo, tirando sotto quattro uomini che erano all'interno. Sceso dal 4×4, premette il pulsante per il piano inferiore. Recuperò un fucile da assalto semiautomatico di uno dei quattro terroristi morti, mentre l'enorme cabina cominciava a scendere.

Giunto a destinazione, il montacarichi si fermò, ma le porte non si aprirono. L'acqua filtrava all'interno dal corridoio esterno. Aperto il pannello del quadro comandi sulla parete, Bourne azionò la leva manuale. Anche questa non sortì alcun effetto.

Bourne si arrampicò sul tetto della vettura, da lì colpì più volte e con forza con il calcio del fucile la botola quadrata sul soffitto della cabina. Finalmente cedette. La tolse di mezzo e, messo il fucile a tracolla, si issò fuori. Sul tetto della cabina, si inginocchiò accanto alla scatola di controllo e l'aprì. All'interno vi era il circuito d'attivazione dell'apertura e della chiusura delle porte. Armeggiando con i fili elettrici, aprì le porte scorrevoli. L'acqua, gorgogliando, invase la cabina del montacarichi sottostante.

Tornato al volante del 4x4, ingranò la prima e sbucò nel piano inferiore allagato. L'acqua arrivava a metà gamba. Si diresse verso il laboratorio di fisica nucleare, il livello dell'acqua saliva pian piano, presto avrebbe raggiunto il motore, che si sarebbe bloccato.

Ma proprio di fronte a lui vide Fadi in piedi al centro del corridoio, a sbarrargli la strada. Il terrorista teneva stretto davanti a sé, come uno scudo umano, Martin Lindros. Il braccio sinistro intorno al collo del prigioniero. Fadi gli puntava alla tempia la Glock 36.

«La mia caccia termina qui, Bourne!» urlò Fadi, superando il frastuono dell'acqua e il rombo del motore del 4×4. «Spegni la macchina! Scendi giù! Subito!»

Bourne obbedì. Ormai, più vicino al terrorista saudita, notò che aveva un auricolare. Fadi aveva *effettivamente* ascoltato le loro comunicazioni.

«Getta a terra il fucile da assalto! Butta tutte le armi! E adesso, tenendo le mani bene in vista, cammina lentamente verso di me.»

Bourne avanzò a fatica nell'acqua, gli occhi puntati sul

volto deturpato di Martin. L'unico occhio sano dell'amico lo guardava con orgoglio feroce. Bourne intuì che Lindros stava per fare la sua mossa, e voleva avvertirlo di lasciar perdere: il suo piano era già pronto per chiudere la partita con Fadi. Ma un bisturi spuntò nella mano sinistra di Martin. Quando lo piantò all'improvviso nella coscia di Fadi, quest'ultimo premette il grilletto della Glock. La canna della pistola era puntata alla sua tempia. La pugnalata imprevista provocò uno spasmo involontario di shock e dolore, così il colpo fu deviato e il proiettile esplose sullo zigomo destro di Lindros, ferendo la cavità orbitale dell'occhio espiantato. La forza d'urto scaraventò Martin oltre la soglia nella sala operatoria.

Bourne balzò subito addosso all'avversario. Con la spalla più avanti urtò Fadi al plesso solare, mentre il terrorista stava annaspando nel tentativo di strapparsi dal corpo il bisturi. Caddero entrambi all'indietro nell'acqua, che adesso arrivava alle ginocchia. Bourne afferrò la canna della Glock e la rigirò, rivolgendola verso l'alto. Il colpo successivo andò a vuoto e il proiettile si perse nella galleria. Fadi estrasse il bisturi dalla coscia e, nel tentativo di portare a termine quello che aveva iniziato, vibrò un colpo al fianco sinistro di Bourne.

Bourne sollevò verso l'alto la Glock, e la mano destra di Fadi con essa, cosicché la lama colpì la canna della pistola. Fadi si rese conto che la pistola sarebbe stata inservibile nell'acqua, quindi la lasciò andare. Afferrò Bourne per la camicia, e lo rigirò sulla schiena. Servendosi del gomito destro, tenne la testa di Bourne sott'acqua e vibrò una serie di fendenti con la punta del bisturi.

Dibattendosi convulsamente, Bourne riuscì a evitare l'affilatissima lama. Al contempo alzò le braccia in modo che le mani e gli avambracci emergessero dall'acqua. Colpì con tutta la forza Fadi alle orecchie con una presa a tenaglia. Il terrorista inarcò la schiena, portando entrambe le mani all'orecchio destro. Il terribile colpo di

Bourne gli aveva schiacciato nel timpano l'auricolare ricetrasmittente, frantumando l'apparecchio miniaturizzato all'interno del dotto auricolare.

Fadi perse il bisturi e l'equilibrio. Bourne sforbiciò l'acqua con le gambe, poi si rigirò sul fianco con un colpo di reni. La manovra spinse Fadi lontano da lui quel tanto che bastava perché si sollevasse fuori dall'acqua.

Bourne, mentre si lanciava contro Fadi, udì un feroce ruggito dal fondo del corridoio, qualche centinaio di metri più avanti. Scuotendo la testa, Fadi stava cercando di sbarazzarsi dei dolorosi effetti del timpano rotto, un rivolo di sangue gli colava dall'orecchio destro. Bourne allungò una mano verso di lui e sentì il morso del pugnale a lama ondulata del terrorista sul dorso della mano. Il sangue sgorgò dal taglio.

Sfilandosi la cintura dai pantaloni, Bourne se l'avvolse intorno alle nocche, usando gli strati di cuoio per parare e deviare i fendenti di Fadi. Il cuoio colpito dalla lama, però, cominciò a cedere e a sfaldarsi. Ancora pochi secondi e Bourne sarebbe rimasto senza difese.

Il rombo aumentò, diventando un urlo stridente. Che cosa stava succedendo? Fadi, vedendo l'avversario in difficoltà, aumentò gli attacchi con precisi colpi di taglio e di punta. Bourne fu costretto ad arretrare verso la sala operatoria.

Poi, con la coda dell'occhio, notò un movimento indistinto. Qualcuno era sbucato dalla porta della sala operatoria arrancando nell'acqua. Una donna: Katja Veintrop. Le guance rigate di lacrime, aveva le mani imbrattate di sangue: il sangue di Martin. Era stata lei a tentare la fuga con Lindros. Ma poi Fadi li aveva trovati. Perché Martin non l'aveva portata al riparo in un nascondiglio sicuro come aveva pianificato? Ormai era troppo tardi.

«Guarda cosa gli hanno fatto!» gemette Katja.

Bourne le vide brillare in mano un oggetto metallico.

Guadando il corridoio, Katja arrancò verso di lui. In

quel momento il boato raggiunse un livello assordante e pauroso. La donna girò la testa verso il fondo del corridoio. Seguendo il suo sguardo, Bourne vide un muro d'acqua dal pavimento fin quasi al soffitto avanzare verso di loro.

La lama del coltello di Fadi vibrò un ennesimo fendente. L'ultimo strato di cuoio cadde dal pugno insieme ai brandelli della cintura, lasciando scoperte le nocche insanguinate.

«Torna indietro!» urlò a Katja. «Mettiti al riparo!»

Katja continuò ad avanzare verso di lui. L'acqua arrivava ormai alla vita, e la corrente era così impetuosa che la donna non poteva più tornare indietro. Fadi tentò un ultimo affondo, ma Bourne sferrò un calcio nell'acqua, facendogli perdere l'equilibrio. Il coltello si piegò di lato; Bourne colpì la lama di piatto con l'avambraccio ferito con cui si stava difendendo, facendola volare in aria e disarmando così il terrorista.

Rendendosi conto di essere ostacolata dal turbinio d'acqua gorgogliante, Katja lanciò a Bourne l'oggetto metallico che stringeva in pugno.

Jason allungò il braccio e afferrò lo strumento chirurgico – una sega oscillante con lama da ventidue centimetri. Con un unico movimento, la impugnò, e affondò la lama alla base della gola di Fadi, spingendo con forza verso il basso, oltre la clavicola e fino allo sterno.

Fadi lo fissò inebetito, a bocca aperta. In punto di morte restò come paralizzato, impotente, senza più pensieri. I suoi occhi, velandosi rapidamente fino a diventare vitrei, rivelarono che stava invano cercando di capire qualcosa.

Il muro d'acqua stava per piombare loro addosso. Per Bourne non ci fu altro da fare che salire sul corpo senza vita di Fadi. Aggrappatosi disperatamente con la punta delle dita alla griglia di protezione dell'impianto di ventilazione interno, si issò verso l'alto. Poi si voltò e allungò una mano verso Katja. In seguito, non seppe mai se la rumena avrebbe potuto farcela a raggiungere la sua mano. Katja restò là sotto immobile, nell'acqua che le arrivava alla vita, a fissare il vuoto mentre Bourne le gridava di muoversi.

Stava per scendere a prenderla quando l'acqua l'investì con una furia colossale, facendogli mancare il respiro. Il muro d'acqua travolse Katja trascinandola via. Il fiume impetuoso ruggì e schiumò nei meandri dell'installazione sotterranea della Dujja, sommergendo ogni cosa e spazzando via tutto.

Capitolo 37

Nel cuore di Feyd al Saoud c'era la convinzione che un giorno – non a breve, forse nemmeno mentre era ancora in vita – la guerra contro i terroristi intenti a far fuoco e fiamme per distruggere il suo Paese sarebbe stata vinta. Ci sarebbe voluto un grande impegno, una volontà di ferro, alleanze non propriamente ortodosse come quella instaurata con Jason Bourne, che avevano colto un barlume della mentalità araba e capito ciò di cui erano stati testimoni. Più di tutto ci sarebbero volute pazienza e perseveranza durante gli inevitabili compromessi. Ma la ricompensa sarebbe stata simile al giorno che stava vivendo in quel momento.

Dopo aver fatto detonare una seconda serie di cariche di C4 per deviare il flusso del fiume sotterraneo, i suoi uomini erano penetrati all'interno del complesso della Dujja attraverso la breccia prodotta dall'esplosione. Il capo del servizio segreto saudita era in piedi ai margini del piccolo eliporto mimetizzato, che sembrava il fondo spianato di un pozzo. Sopra di lui l'apertura nella roccia viva si allargava come un imbuto verso l'alto; in cima era coperta da un gigantesco telone di un materiale speciale con un disegno che la rendeva indistinguibile dalla roccia circostante.

L'acqua era defluita, inghiottita dagli enormi condotti di scolo costruiti nel piano inferiore del complesso sotterraneo.

Davanti a lui, su una piattaforma rialzata, ancora intatto, era parcheggiato l'elicottero che – ne era certo – avrebbe trasportato Fadi all'appuntamento con l'aereo insieme all'ordigno nucleare. Un altro dei suoi agenti aveva preso in custodia il pilota.

Benché morisse dalla voglia di sapere come Bourne fosse riuscito nel suo piano, Feyd al Saoud era riluttante ad abbandonare a terzi la custodia dell'elicottero. Per giunta, il fatto che fosse lì in piedi a guardia dell'elicottero, anziché a osservarlo prendere il volo mentre Fadi fuggiva, la diceva lunga sulla vittoria ottenuta da Bourne. Aveva tuttavia mandato i suoi uomini a cercare l'amico americano. Desiderava condividere quel momento con lui.

L'uomo che portarono in superficie era un tipo anziano dalla fronte alta e spaziosa, il naso prominente e occhiali dalla montatura d'acciaio con una lente rotta.

«Vi ho chiesto di cercare Jason Bourne e mi riportate questo.» L'irritazione di Feyd al Saoud mascherava tutta la sua apprensione. Dov'era finito Bourne? Era ferito da qualche parte nei meandri di quel girone dantesco? Era ancora vivo?

«Quest'uomo dice di chiamarsi Costin Veintrop» disse il capopattuglia.

Sentendo pronunciare il suo nome in un arabo concitato, l'uomo precisò: «*Dottor* Veintrop». A questo fece seguire qualche espressione in un arabo talmente approssimativo da risultare incomprensibile.

«Parli in inglese, per piacere» intervenne Feyd al Saoud nel suo impeccabile inglese.

Visibilmente sollevato, Costin Veintrop disse: «Grazie a Dio, siete arrivati! Mia moglie e io eravamo tenuti prigionieri».

Feyd al Saoud lo scrutò in volto, muto come la Sfinge.

Veintrop si schiarì la gola. «Lasciatemi andare, vi prego. Devo trovare mia moglie.»

«Afferma di essere il dottor Costin Veintrop e che lei e sua moglie eravate prigionieri dei terroristi.» L'ansia crescente di Feyd al Saoud per il destino toccato in sorte al suo amico lo stava rendendo più irascibile. «So chi era tenuto prigioniero qui, e non eravate certo voi.»

Veintrop allora si rivolse all'uomo che l'aveva condotto lì. «Mia moglie, Katja, è all'interno dell'impianto. Può dirmi se l'avete trovata?»

Imbeccato dal suo superiore, il capopattuglia si limitò a fissare Veintrop in silenzio.

«Oddio!» gemette Veintrop, passando angosciato al nativo rumeno. «Dio santo!»

Feyd al Saoud gli riservò un'occhiata sprezzante, prima di voltarsi verso un rumore prodotto da un movimento alle sue spalle.

«Jason!»

Alla vista dell'amico, Feyd al Saoud corse verso l'entrata della piattaforma per l'elicottero. Bourne era accompagnato da un altro agente del distaccamento saudita. Sostenevano in due un uomo alto e ben piantato, la cui faccia sembrava essere passata in un tritacarne.

«Allah!» esclamò Feyd al Saoud. «Fadi è vivo o morto?»

«Morto» rispose secco Bourne.

«E questo chi è, Jason?»

«Il mio amico Martin Lindros» disse Bourne.

«Accidenti!» Il capo del servizio segreto saudita fece cenno all'ufficiale medico della squadra di prendere in consegna Lindros. «Jason, l'ordigno nucleare è a bordo dell'elicottero. È contenuto, strano a dirsi, in una valigetta nera. Com'è riuscito Fadi a ottenere una cosa del genere?»

Bourne fissò con aria minacciosa e per un lungo momento Veintrop. «Salve, dottor Sunderland... o dovrei dire piuttosto Costin Veintrop?»

Veintrop trasalì.

Feyd al Saoud inarcò un sopracciglio. «Conosci quest'uomo?»

«Ci siamo già incontrati una volta» spiegò Jason Bourne. «Il dottor Sunderland è un ricercatore di talento, con un gran numero di specializzazioni. Compresa la miniaturizzazione.»

«Quindi è stato lui a costruire i microcircuiti che hanno permesso di contenere la bomba atomica all'interno di una semplice valigetta.» L'espressione di Feyd al Saoud era sempre più cupa. «Afferma che lui e sua moglie erano prigionieri.»

«Ero davvero prigioniero» insistette Veintrop. «Voi non capite, io...»

«Adesso sai chi è» lo interruppe Bourne, rivolto all'amico saudita. «In quanto a sua moglie...»

«Dov'è?» Veintrop respirava affannosamente. «Sa dov'è? Voglio la mia Katja!»

«Katja è morta.» Bourne pronunciò quella frase senza mezzi termini, quasi con brutalità. Non aveva nessuna compassione da riservare all'uomo che aveva complottato con Fadi e Karim per annientarlo nella sua psiche, manipolando il suo subconscio. «Katja mi ha salvato la vita. Ho cercato di proteggerla a mia volta, ma il muro d'acqua l'ha travolta e trascinata via.»

«È una menzogna!» urlò Veintrop, pallido come un cadavere. «L'avete presa! L'avete catturata!»

Bourne lo afferrò e lo trascinò nel locale interno da cui era sbucato. Dopo il diluvio, gli agenti sauditi stavano disponendo in fila i cadaveri trovati. Vicino al corpo di Fadi c'era quello di Katja. Aveva la testa piegata in modo innaturale.

Veintrop emise un gemito disperato che parve quasi inumano. Vedendolo crollare in ginocchio, Bourne provò un acuto dispiacere per la bellissima donna che si era sacrificata per aiutarlo a uccidere Fadi.

A quanto pareva, Katja aveva desiderato la morte di Fadi tanto quanto lui.

Lo sguardo gli cadde su Fadi. Gli occhi, sbarrati, sembravano fissarlo con odio feroce. Bourne levò di tasca il cellulare. Era bagnato. Si accovacciò e scattò alcune fotografie del volto di Fadi. Poi si alzò e trascinò Veintrop di nuovo nel piccolo eliporto.

Bourne si rivolse a Feyd al Saoud. «Il pilota è ancora a bordo dell'elicottero?»

Il capo del servizio segreto saudita annuì. «È sorvegliato da uno dei miei» precisò. Dopo di che indicò un punto della piattaforma. «E qui c'è la valigetta.»

«Siete sicuri che sia l'ordigno?» domandò Veintrop.

Feyd al Saoud rivolse un'occhiata al suo esperto, che fece cenno di sì con il capo. «Ho aperto la valigetta di persona. È proprio una bomba nucleare.»

«Be', allora...» insistette Veintrop con una strana nota vibrante nella voce «se fossi in voi l'aprirei di nuovo. Forse non avete visto tutto.»

Feyd al Saoud interrogò con lo sguardo Bourne, il quale assentì. «Apritelo» ordinò il capo del servizio segreto saudita.

L'esperto appoggiò con cautela la valigetta sul pavimento di cemento, fece scattare le serrature e alzò il coperchio.

«Guardate sulla sinistra» disse Veintrop. «Verso la parte posteriore.»

Il saudita allungò il collo e si ritrasse d'istinto, spaventato. «Un timer, ed è stato attivato.»

«Il conto alla rovescia è partito dopo che avete aperto la valigetta senza usare il codice di sicurezza.»

Bourne riconobbe una singolare nota nella voce del dottore rumeno. Era trionfo quello che si percepiva.

«Quanto tempo manca?» domandò Feyd al Saoud.

«Quattro minuti e trentasette secondi.»

«Ho ideato io il circuito del timer» disse Veintrop. «E posso fermarlo.» Il dottore guardò in faccia i presenti, uno dopo l'altro. «In cambio, voglio la libertà. Nessun processo. Nessuna trattativa. Una nuova vita. E un bel po' di contanti.»

«È tutto qui?» Bourne colpì il dottore con un ceffone

talmente forte da sbatterlo contro il muro. Poi lo riagguantò quando rimbalzò indietro. «Coltello» disse.

Feyd al Saoud sapeva cosa sarebbe successo e passò un coltello a Bourne.

Nell'attimo stesso in cui Jason prese l'arma affondò la lama un centimetro sopra la rotula sinistra di Veintrop.

Costin Veintrop lanciò un urlo. «Cosa fai?» gridò. Poi cominciò a piangere senza controllo.

«No, dottore, qui non si tratta di quello che ho fatto io, ma di quello che hai fatto *tu.*» Bourne si accovacciò accanto all'uomo caduto a terra, mantenendo la lama insanguinata sotto gli occhi dello scienziato rumeno. «Hai meno di quattro minuti per disattivare il timer.»

Tenendosi il ginocchio ferito, Veintrop dondolava avanti e indietro. «E per quanto... per quanto riguarda le mie condizioni?»

«Queste sono le *mie* condizioni.» Bourne diede un colpetto di piatto con il coltello e Veintrop lanciò un altro urlo.

«Va bene, va bene!»

Bourne alzò lo sguardo. «Dategli la valigetta.»

Quando la valigetta fu posta di fronte al dottore, Bourne disse: «È tutta tua, dottore. Osserverò ogni tuo minimo movimento».

Bourne si alzò e vide che Feyd al Saoud lo fissava, le labbra carnose sporte in fuori in un silenzioso fischio di sollievo.

Bourne fissò Veintrop armeggiare sul timer. In base all'orologio da polso di Bourne, gli ci vollero più di due minuti, al termine dei quali lo scienziato si abbandonò all'indietro appoggiandosi contro il muro e stringendo il ginocchio ferito.

Feyd al Saoud fece cenno al suo esperto di verificare il lavoro.

«I fili sono tagliati» disse l'uomo. «Il timer è fermo. Non c'è alcuna minaccia di detonazione.»

Veintrop riprese il suo dondolio. «Ho bisogno di un analgesico» disse senza energia.

Feyd al Saoud chiamò l'ufficiale medico, dopo di che fece per prendere l'ordigno nucleare. Bourne se ne appropriò prima di lui.

«Questo mi servirà per arrivare a Karim.»

Il capo del servizio segreto saudita aggrottò le sopracciglia. «Non capisco.»

«Seguirò la strada che avrebbe fatto Fadi per raggiungere Washington» dichiarò Bourne con un tono che non lasciava spazio a repliche.

Anche così, Feyd al Saoud ribatté: «Pensi sia prudente, Jason?».

«Mi sa tanto che a questo punto la prudenza non c'entri molto» replicò Bourne. «Karim ha assunto una tale posizione di potere all'interno della CIA da essere praticamente intoccabile. Dovrò scegliere un'altra strada.»

«Allora mi aspetto che tu abbia un piano.»

«Ho sempre un piano.»

«D'accordo. Il mio ufficiale medico si prenderà cura del tuo amico.»

«No» disse Bourne. «Martin viene con me.»

Ancora una volta, Feyd al Saoud riconobbe il tono inflessibile nella voce di Bourne. «Allora il mio medico verrà con voi.»

«Grazie» disse Bourne.

Feyd al Saoud aiutò l'amico americano a caricare Martin Lindros sull'elicottero. Mentre Bourne dettava gli ordini di volo al pilota di Fadi, il capo del servizio segreto saudita fece scendere dall'elicottero il suo agente di custodia, dopo di che aiutò l'ufficiale medico a prendersi cura di Lindros, sistemandolo alla meglio all'interno del velivolo.

«Quanto gli resta da vivere?» domandò Feyd al Saoud sottovoce al medico, poiché era evidente che Lindros era in fin di vita.

L'ufficiale medico si strinse nelle spalle. «Un'ora, o poco più.»

Bourne aveva finito di dare le indicazioni al pilota, andò a sedersi al suo posto e si preparò al decollo. «Ti devo chiedere un favore.»

Feyd al Saoud si alzò. «Qualsiasi cosa, amico mio.»

«Prima di tutto mi occorre un telefono. Il mio non funziona più.»

Uno degli agenti sauditi consegnò a Feyd al Saoud il proprio cellulare. Bourne trasferì la scheda interna contenente tutti i suoi numeri di telefono nel nuovo apparecchio.

«Grazie. Poi vorrei che ti mettessi in comunicazione con i tuoi contatti interni al governo americano e li avvertissi che l'aereo che prenderò è classificato come missione diplomatica saudita. Non appena avrò parlato con il pilota ti invierò il piano di volo. Non voglio problemi con la Dogana e l'Immigrazione.»

«Consideralo fatto.»

«Poi vorrei che chiamassi la CIA e riferissi la stessa cosa. Nel loro caso, però, precisa l'orario d'arrivo previsto quaranta minuti dopo l'orario reale che ti indicherò una volta che il pilota avrà controllato le condizioni meteorologiche.»

«La mia telefonata alla CIA metterà in allarme l'impostore...»

«Sì» disse Bourne. «Proprio così.»

L'espressione di Feyd al Saoud era a dir poco preoccupata. «Hai in mente un gioco letale, Jason.»

Dopo questo avvertimento, il saudita abbracciò il suo amico americano. «Allah ti ha dotato di ali. Possa Egli proteggerti nella tua missione.»

Feyd al Saoud baciò Bourne su entrambe le guance alla maniera araba, dopo di che scese dall'elicottero. Il pilota premette un pulsante che fece ritrarre la copertura mimetica sovrastante l'eliporto segreto. Quando fu certo che tutti gli uomini a terra si fossero allontanati dal rotore principale, avviò il motore a turbina.

Bourne sedette accanto a Lindros e gli prese una mano. L'occhio sano di Martin si socchiuse agitando la palpebra. Osservò Bourne, sorrise con quel che gli restava della bocca, e strinse forte la mano all'amico.

Bourne si sentì salire le lacrime agli occhi. Con un grande sforzo di volontà, le trattenne. «Fadi è morto, Martin» disse mentre il frastuono dei rotori andava aumentando. «Hai realizzato il tuo piano. Sei un eroe.»

Capitolo 38

Karim era in ritardo per la riunione amministrativa plenaria dei vertici della CIA. Voleva che tutti e sette i capidipartimento fossero seduti intorno al tavolo quando avrebbe fatto il suo ingresso. La Sala riunioni era accanto a quella del direttore. C'era addirittura una porta di comunicazione con l'ufficio del Grande Vecchio. Di proposito, Karim entrò proprio da quella porta. Voleva rendere evidente ai Sette, senza bisogno di proferire parola, a quale livello si trovasse rispetto a loro nella gerarchia della CIA.

«Il direttore si scusa» disse bruscamente, prendendo posto sulla poltrona del Grande Vecchio. «Anne, che si trova con lui, mi ha appena riferito che è ancora in riunione con il presidente e i capi di stato maggiore.»

Karim aprì un corposo dossier, di cui solo le prime cinque pagine erano autentiche: ammesso di poter definire in questo modo le informazioni fasulle elaborate per mesi. «Dato che ormai l'imminente minaccia della Dujja è rientrata, dato che la cellula terrorista è ormai lo scheletro di se stessa, è tempo di passare ad altre questioni.»

«Un momento, Martin» intervenne la voce autoritaria di Rob Batt, il capo del Dipartimento Operazioni. «Prima di archiviare questa crisi, si dovrebbe considerare il problema rappresentato da Fadi, che è ancora a piede libero.»

Karim si abbandonò contro lo schienale della poltrona, rigirando una penna stilografica tra le dita. La cosa peggiore che potesse fare, lo sapeva benissimo, era impedire quella linea di indagine. Come la riunione plenaria aveva indicato alcuni giorni prima, era personalmente sulla lista nera di Batt. Non aveva nessuna intenzione di aumentare il livello di sfiducia, già alto, nei suo confronti.

«Ma certo» disse Karim, «discutiamo pure di dare la caccia a Fadi.»

«Sono d'accordo con Rob» intervenne Dick Symes, il capo del Dipartimento Intelligence. «Sono a favore dell'impegno di una percentuale significativa di personale ai fini della sua cattura.»

Intorno al tavolo ci furono diversi cenni di assenso da parte degli altri capidipartimento.

Di fronte a quella reazione Karim disse: «In assenza del direttore naturalmente attueremo quella che la maggioranza ritiene la scelta migliore. Tuttavia vorrei puntualizzare alcune cose. Primo: avendo sbaragliato la principale base d'operazioni della Dujja non abbiamo idea se Fadi sia vivo o morto. Se si trovava all'interno o nelle immediate vicinanze dell'installazione, nello Yemen meridionale, non c'è dubbio che è stato ucciso insieme al resto della cellula. Secondo: se al momento dell'incursione aerea era altrove, non abbiamo idea di dove possa essere adesso. Di certo si sarà nascosto in un rifugio sicuro. Io dico di lasciar passare un po' di tempo e vedere cosa riusciamo a intercettare nella rete delle comunicazioni della Dujja. Attenderei che l'ambiente del terrorismo islamico creda che abbiamo rivolto l'attenzione altrove. Se Fadi è vivo, presto comincerà a farsi di nuovo sentire, e allora lanceremo l'esca».

Karim li guardò in faccia uno per uno. Nessuno dei Sette aveva un'espressione corrucciata, nessun segno di diniego, nessuno sguardo torvo.

«Terzo, forse il punto più importante: dobbiamo mettere in ordine casa nostra» proseguì Karim. «Posso confermare le voci secondo cui il direttore è stato oggetto di attacchi da parte del segretario della Difesa Halliday e dal suo lacchè del Pentagono, Luther LaValle. Halliday sapeva della nostra talpa, sapeva anche dell'introduzione di un virus informatico all'interno del sistema centrale dell'Agenzia. Anche il defunto Matthew Lerner era al soldo di Halliday.»

La notizia provocò una certa agitazione nei presenti. Karim alzò le mani, mostrandone i palmi. «Lo so, lo so, abbiamo patito tutti lo scompiglio causato dal tentativo di Lerner di riformare la CIA. E adesso sappiamo perché i cambiamenti ci sembravano così estranei: erano stati ordinati da Halliday e dai suoi scagnozzi dell'NSA.

«Be', Lerner è morto. Qualsiasi influenza avesse qui il segretario della Difesa, ora è finita. Adesso che la talpa è stata eliminata, siamo liberi di procedere come si sarebbe dovuto fare anni fa. Dobbiamo ristrutturare la CIA nell'Agenzia meglio equipaggiata per muovere guerra al terrorismo globale.

«Ecco perché la mia prima proposta è quella di assumere gli arabi e i musulmani più qualificati espulsi dalle altre agenzie di governo sull'onda dell'11 settembre. Se vogliamo qualche probabilità di vincere questa nuova guerra, dobbiamo comprendere i terroristi che compongono il mosaico dei nostri nemici. Dobbiamo piantarla di confondere gli arabi in generale con i musulmani, i sauditi coi siriani, gli azerbaijani con gli afgani, i sunniti con gli sciiti.»

«È difficile non essere d'accordo con queste linee» dichiarò Symes.

«Possiamo ancora mettere ai voti la proposta di Rob» osservò Karim in tono conciliante.

Tutti gli occhi si rivolsero verso il capo del Dipartimento Operazioni. «Non sarà necessario» disse Batt. «Ritiro il mio suggerimento in favore di quello di Martin.»

Bourne era seduto sul pavimento dell'elicottero di fronte all'ufficiale medico saudita e alla sua borsa nera. Tra loro giaceva il corpo insanguinato di Martin Lindros. Il dottore continuava a somministrargli antidolorifico per via endovenosa.

«L'unica cosa che posso fare» aveva detto il dottore mentre si allontanavano da Miran Shah dopo il decollo, «è farlo soffrire il meno possibile.»

Bourne fissava il volto deturpato di Lindros, cercando di immaginare l'amico com'era in passato. Ci riuscì solo in parte. Il proiettile calibro 45 della pistola di Fadi era esploso sul lato destro della testa, distruggendo la cavità orbitale e metà arcata sopraccigliare. Il medico era riuscito a fermare l'emorragia, ma siccome la pistola aveva sparato a bruciapelo, il proiettile aveva intaccato organi vitali. Secondo il dottore, l'effetto a cascata si era protratto abbastanza a lungo da rendere inutile qualsiasi tentativo di salvargli la vita.

Martin stava dormendo un sonno agitato. Osservandolo, Bourne provava un misto di rabbia e disperazione. Perché era successo proprio a Martin? Perché non era riuscito a salvarlo? Sapeva che la sua angoscia derivava dal senso di impotenza. Era la stessa identica sensazione che aveva provato vedendo Marie viva per l'ultima volta. Era un'emozione che Bourne non riusciva proprio a sopportare. Gli si seppelliva nella psiche come un prurito che non riusciva a grattar via, come una voce beffarda che non sapeva zittire.

Distolse lo sguardo. Erano saliti di quota al di sopra delle montagne, quindi accese il cellulare e tentò di chiamare l'agente Moore. Il telefonino della collega suonava, il che era buon segno. Soraya non rispose, il che poteva essere un cattivo presagio. Questa volta, le lasciò un breve messaggio vocale sulla segreteria telefonica che evocava Odessa. Sarebbe risultato criptico per chiunque, a parte Soraya.

Poi digitò il numero di Deron. Era ancora in Florida.

«Ho un problema che solo tu puoi risolvere» disse Bourne senza preamboli.

«Spara.»
Questo tipo di conversazioni abbreviate era tipica tra di loro.
«Mi serve un kit completo.»
«Nessun problema. Dove sei?»
«A circa dieci ore da Washington.»
«Okay. Tyrone ha le chiavi. Ti darà tutto lui. Atterri al Dulles o al Reagan International?»
«Nessuno dei due. Abbiamo in programma di atterrare diciotto chilometri a sud di Annandale» rispose Bourne, fornendo a Deron le coordinate della località in Virginia che aveva ricevuto via radio dal pilota dell'aereo. «È all'estremo confine est della tenuta della Sistain Labs.» La Sistain era una sussidiaria della IVT. «Grazie, Deron.»
«Figurati. Vorrei solo essere presente al tuo arrivo.»
Quando Bourne interruppe la telefonata, Martin si risvegliò dal suo sonno agitato.
«Jason.»
Il debolissimo sussurro di Martin costrinse Bourne ad avvicinare la testa alle labbra dell'amico. L'odore di carne lacerata e morte incombente era nauseante.
«Sono qui, Martin.»
«L'uomo che ha preso il mio posto...»
«È Karim. Il fratello di Fadi, lo so. Ho capito tutto, Martin. È cominciato tutto con la missione a Odessa affidatami da Conklin. Ero con Soraya all'appuntamento con il nostro contatto locale. Una giovane donna è spuntata di corsa, diretta verso di noi. Era Sarah ibn Ashef, la sorella di Fadi e Karim. Le sparai, ma non la colpii come avevo supposto. Fu uccisa da uno degli uomini di Fadi. La uccise perché la ragazza intratteneva una relazione sentimentale disonorevole.»
L'unico occhio di Martin, bordato di rosso, che brillava ancora di vita, fissò Bourne. «È Karim... che devi... fermare, Jason.» Martin stava ormai rantolando, il fiato gli usciva a brevi sospiri, impastati di muco rosa e sangue. «È

lui quello più scaltro, il giocatore di scacchi... il ragno appostato al... centro della... Gesù, della... ragnatela.»

Il suo unico occhio era spalancato e si muoveva a causa degli spasmi di dolore. «Fadi... Fadi era solo la... facciata, il punto di... aggregazione. Karim è quello... davvero... pericoloso.»

«Martin, ho sentito ogni parola che hai detto, adesso devi riposarti» disse Bourne.

«No, no...» Lindros sembrava preso da una frenesia strana. «Avrò un sacco di tempo per... riposare quando... sarò... morto.»

Aveva ricominciato a sanguinare. L'ufficiale medico si chinò su di lui, lo pulì del sangue appena colato con una compressa di garza sterile che ben presto fu completamente impregnata.

«Per Karim non si tratta... solo dell'America, Jason. È la CIA stessa. Ci odia... odia tutti... in modo viscerale... con ogni fibra... del suo essere. Ecco... ecco perché è... stato disposto a... mettere in gioco... tutto, tutta la vita... corpo e anima... per... penetrare... all'interno.»

«Che cosa ha intenzione di fare? Martin, che cosa ha intenzione di fare?»

«Distruggere la CIA.» Martin fissò negli occhi Bourne. «Vorrei tanto sapere... di più. Cristo, Jason... che pasticcio ho combinato!»

«Non è stata colpa tua, Martin.» Bourne era serio. «Se ti ritieni in qualche modo responsabile di tutto questo... sarò davvero irritato con te.»

Lindros tentò di ridere, ma con le poche forze residue non ce la fece. «Non credo mi sgriderai... vero?»

Bourne gli asciugò la bocca.

Poi, all'improvviso, qualcosa balenò sul volto di Lindros: una specie di finestra si spalancò su un luogo freddo e oscuro. Cominciò a tremare.

«Jason, ascolta, quando tutto questo... sarà... finito, voglio che tu faccia recapitare una dozzina di rose a... Moira.

Troverai il suo indirizzo nel... mio cellulare a casa mia. Crematemi. Portate le mie ceneri ai Cloisters... a New York.»

Bourne si sentiva bruciare gli occhi. «Certo. Farò tutto quello che vuoi.»

«Sono felice che tu... sia qui.»

«Sei il mio migliore amico, Martin. Il mio *unico* amico.»

«Allora è un po' triste... per tutt'e due.» Lindros tentò di sorridere, poi vi rinunciò, stremato. «Sai... cosa... tra noi, Jason... ci lega? Tu... non riesci a ricordare il tuo passato... io invece non riesco... a sopportare di ricordare... il mio.»

A quel punto giunse il momento fatale. Bourne lo avvertì chiaramente. Un istante prima l'occhio sano di Martin lo stava guardando con serietà e intelligenza, ora era perso nel vuoto, fisso su qualcosa che Bourne aveva percepito tante volte, ma non aveva mai guardato in faccia.

Inorridita non solo da quello di cui era testimone, ma anche da ciò che esso implicava, Soraya restava immobile, come ipnotizzata, a fissare la salma parzialmente imbalsamata del Grande Vecchio. È come vedere tuo padre morto, pensò. Sai che un giorno o l'altro dovrà succedere, ma quando arriva il momento, non riesci a fartene una ragione. Per lei, come per tutti alla CIA, il direttore era sempre stato, almeno all'apparenza, indistruttibile oltre che invincibile. Era stato la loro bussola morale, la facciata del loro potere a livello mondiale per così tanti anni che adesso, di fronte alla sua morte, si sentiva nuda e così indifesa.

Sull'onda del primo shock si era sentita invadere da una gelida morsa di panico. Morto il Grande Vecchio, chi avrebbe diretto la CIA? Naturalmente c'erano i capidipartimento, ma tutti, dai vertici ai gradini più bassi della gerarchia, sapevano che il successore sarebbe stato Martin Lindros.

Questo significava che il Lindros sotto mentite spoglie stava al momento dirigendo l'Agenzia. Dio santo!, pensò. Porterà la CIA al disastro totale... questo aveva sempre fatto parte del piano. Che colpo per Fadi e la Dujja poter annientare la più efficace agenzia di spionaggio degli Stati Uniti poco prima di fare esplodere una bomba atomica sul suolo americano!

In un batter d'occhio, a Soraya fu tutto chiaro. I fusti di C4 che Tyrone aveva visto erano destinati alla sede centrale della CIA. Ma come diavolo avrebbero fatto i terroristi della Dujja a far passare gli esplosivi oltre il servizio di sicurezza? Soraya era certa che Fadi avesse escogitato un sistema. Forse sarebbe stato più semplice ora che il falso Lindros aveva portato a segno un colpo di Stato.

Soraya si riscosse di colpo. Dato l'assassinio del Grande Vecchio, era imperativo avere accesso alla sede centrale della CIA. Doveva informare i sette capidipartimento raccontando loro tutta la verità. Al diavolo la sua sicurezza personale! Come fare a entrare? Karim l'avrebbe scoperta nell'attimo stesso in cui avesse presentato la tessera di riconoscimento al servizio di sicurezza della sede centrale. E non c'era modo di intrufolarsi all'interno dell'edificio senza essere scoperti.

Mentre l'elicottero scendeva attraverso le nuvole verso il campo d'aviazione privato a Mazar-i-Sharif, Bourne sedette accanto a Martin Lindros, a capo chino. Aveva la mente satura di pensieri, ricordi e di altro genere che non andavano da nessuna parte. Ora un elemento essenziale della sua vita se n'era andato. Solo in quel momento, nel periodo immediatamente successivo alla morte di Lindros, Bourne capì quanto l'amico fosse stato importante per lui. L'amnesia poteva causare molti disagi alla mente umana, compresa la follia... o almeno una parvenza di follia, che più o meno era la stessa cosa.

Esser stato capace di stringere amicizia con Martin dopo che Conklin era stato assassinato aveva rappresentato un'ancora di salvezza per lui. Ora Martin era morto. Non c'era più Marie dalla quale fare ritorno. Quando il livello di stress sarebbe stato eccessivo, cosa gli avrebbe impedito di scivolare nella pazzia totale?

Bourne tenne stretta la valigetta, quando il pilota atterrò sulla pista asfaltata.

«Tu vieni con noi» ordinò al pilota. «Mi serve il tuo aiuto ancora per un po'.»

Il pilota si alzò e, insieme a Bourne, sollevò il corpo di Lindros. Con una certa difficoltà, lo calarono dall'elicottero. Un jet ad alta velocità attendeva a bordo pista, rifornito di carburante e pronto al decollo. I due uomini effettuarono il trasferimento e Bourne parlò con il pilota del jet. Poi ordinò al primo di riportare l'ufficiale medico a Miran Shah, avvertendolo che la squadra di Feyd al Saoud avrebbe tenuto sotto controllo sia il volo di ritorno sia le comunicazioni.

Dieci minuti dopo i due uomini e la salma a bordo del jet rullarono lungo la pista. Guadagnando velocità, il velivolo si alzò da terra e attraverso le nubi che presagivano un temporale.

Da quando aveva ricevuto la telefonata di Soraya, Peter Marks aveva scoperto che gli era impossibile concentrarsi sul proprio lavoro. Le comunicazioni criptate della Dujja gli sembravano praticamente marziano. Fingendo una forte emicrania, le passò a un collega.

Per un po' di tempo rimase seduto alla sua scrivania a riflettere. Non poteva fare a meno di esaminare ogni aspetto di quello che la Moore gli aveva riferito, come anche la sua reazione. All'inizio dovette superare l'irritazione. Come osava Soraya tentare di coinvolgerlo nel pasticcio in cui si era cacciata? In quel momento per poco non aveva preso il telefono e premuto il numero interno di Lindros per riferirgli tutto.

Ma quando la mano era ormai a metà strada sopra la tastiera numerica, qualcosa lo aveva fermato. Che cos'era? A giudicare dalle apparenze, le affermazioni di Soraya erano così strampalate che non meritavano nemmeno di essere prese in considerazione. Tanto per cominciare, lo sapevano tutti che la minaccia nucleare della Dujja era stata neutralizzata. In secondo luogo, Lindros stesso aveva avvisato tutti che l'agente Moore era uscita di senno alla morte di Bourne. E di sicuro al telefono aveva dato l'impressione di aver perso del tutto la ragione.

Ma poi era emerso l'avvertimento riguardo al pericolo per la sede centrale della CIA. Con tutti gli anni di servizio alle spalle, sarebbe stata una negligenza ignorare ciò che gli aveva detto Soraya. Per la seconda volta, si trovò ad allungare la mano verso il telefono per chiamare Lindros. A fermarlo fu una falla nel suo ragionamento: perché una parte delle sue osservazioni sarebbe stata vera e l'altra inventata? Marks stentava a credere che qualcuno, e a maggior ragione Soraya, potesse essere così svitato.

Il che significava che era di nuovo al punto di partenza. Che cosa fare riguardo a quella telefonata? Marks tamburellò le dita sulla scrivania. Poteva scegliere di non fare niente e dimenticare che la conversazione avesse avuto luogo. Ma se qualcosa fosse accaduto alla sede centrale non se lo sarebbe mai perdonato, presumendo che fosse ancora vivo per sentire il peso del senso di colpa.

Prima di ripensarci e lasciar perdere, Marks afferrò il ricevitore e chiamò il suo contatto alla Casa Bianca.

«Ehi, Ken. Sono Peter» disse. «Ho un messaggio urgente per il direttore. Potresti chiamarmelo? È a rapporta dal POTUS.»

«No, Peter, non c'è. Il POTUS è in riunione con i capi di stato maggiore.»

Peter sentì il cuore perdere un colpo. «Quando se n'è andato il direttore?»

«Aspetta in linea un secondo. Controllo il registro.» Pochi secondi dopo, Ken disse: «Sei sicuro dell'informazione? Il direttore della CIA non è stato qui oggi e non è sull'agenda del POTUS né di nessun altro».

«Grazie, Ken» rispose Peter con voce strozzata. «Evidentemente mi sono sbagliato.»

Oh, Cristo santo!, pensò. Soraya è matta come me. Peter guardò oltre la porta aperta del tramezzo. Intravedeva un angolo dell'ufficio di Lindros. Se quello non è Lindros, chi sta dirigendo la Typhon?

Impugnò immediatamente il cellulare. Non appena riuscì ad avere la padronanza delle dita, premette il pulsante di composizione automatica del numero di Soraya.

Capitolo 39

Tyrone stava aspettando pazientemente Soraya quando la vide fare capolino dalla porta a vetri. Proprio in quell'istante, l'agente speciale della CIA sentì vibrare in tasca il cellulare. Tyrone le fece segno di via libera. La donna corse al riparo nell'ombra all'imbocco della rampa.

«I due tizi hanno finito» disse Tyrone sottovoce. «Sono saliti tutti quanti.»

«Sarà meglio filarcela» concluse Soraya.

Ma prima che avesse il tempo di risalire la rampa, Tyrone l'afferrò per un braccio. «Dobbiamo occuparci ancora di qualcosa qui.» Poi indicò le auto. «La vedi quella oltre la Ford?»

«Cosa c'è di strano?» Soraya allungò il collo. «È una limousine.»

«Sì, ma *non* è una limousine qualsiasi. Ha la targa del governo.»

«Targa del governo?!»

«Non solo. È una targa della CIA.»

Cogliendo l'occhiata interrogativa di Soraya, Tyrone spiegò: «Deron mi ha insegnato a riconoscerle e a stare all'erta». Il giovane di colore fece un cenno con la testa. «Controlla tu stessa.»

La donna girò attorno alla Ford. Vide la lunghissima limousine scintillante e la targa. Per un attimo le mancò il respiro. Non solo era una targa della CIA: era quella della limousine del Grande Vecchio. Tutt'a un tratto capì perché i terroristi si erano presi la briga di imbalsamare il direttore. Avevano bisogno del suo corpo, il che significava solo due cose: doveva essere gestibile e non doveva puzzare.

Il suo cellulare vibrò ancora. Soraya lo estrasse di tasca e guardò il display. Era Peter Marks. Cosa diavolo voleva? Tornando sui propri passi da Tyrone disse: «Hanno ucciso il direttore della CIA. Quella è la sua limousine».

«Già, ma che cosa vogliono farci?»

«Forse è lì che lo hanno ucciso.»

«È plausibile.» Tyrone si grattò il mento. «Ma li ho visti armeggiare per molto tempo all'interno.»

Il cellulare di Soraya vibrò per la terza volta. Stavolta era Bourne. Soraya aveva un disperato bisogno di dirgli che cosa aveva appena scoperto, ma ora non poteva rischiare una conversazione prolungata. «Dobbiamo uscire subito di qui, Tyrone.»

«Vai tu» disse Tyrone, con gli occhi rivolti alla limousine. «Io resterò qui ancora un po'.»

«È troppo pericoloso» ribatté Soraya. «Ce ne andiamo subito tutt'e due.»

Tyrone alzò la pistola. «Non darmi ordini. Io non ti ho detto cosa avrei fatto. Scegli per te.»

Soraya scosse il capo. «Non me ne vado senza di te. Non voglio che tu sia coinvolto più di quanto non lo sia già.»

«Ma sentite! Ho ucciso due uomini per te. Più coinvolto di così!»

Soraya doveva ammettere che non aveva tutti i torti. «Quello che non capisco è perché tu ti sia lasciato coinvolgere fin dall'inizio.»

Tyrone le sorrise perché aveva capito che l'aveva convinta a non opporsi alla sua decisione. «Quali vantaggi potrei trarne, intendi? Deron e io siamo cresciuti nel ghetto. I ragazzi di strada come noi fanno le cose per due soli motivi: per soldi o per fregare qualcuno. Se hai un po' di fortuna, tutt'e due. Adesso è un po' che osservo Deron e gli faccio da guardia del corpo. Si è tirato fuori dai guai; ha fatto qualcosa di buono nella vita, mettendo a frutto l'esperienza maturata sulla strada. Lo ammiro molto per questo, ma ho sempre pensato: "Lui è lui e io sono io". Adesso con questa storia ho capito di avere tra le mani un'occasione importante per il mio futuro.»

«Così corri anche il rischio di farti ammazzare.»

Tyrone alzò le spalle. «Non più di quanto mi capiti ogni giorno nel ghetto.»

A quel punto Tyrone tirò fuori di tasca un palmare.

«Credevo avessi solo apparecchi "bruciabili"» commentò Soraya, riferendosi ai cellulari «usa-e-getta» che gli aveva visto utilizzare.

«Una persona soltanto sa di questo PET. Quella che me l'ha dato.»

«PET?»

«Già. Personal Electronic Thingy.»

Tyrone controllò il palmare; lesse un'e-mail. «Accidenti!» esclamò. Poi alzò lo sguardo. «Che cosa stiamo aspettando? Usciamo da questo posto.»

Risalirono la rampa fino al quadro elettrico che avevano scoperto in precedenza, da dove si accendevano e spegnevano le luci e si apriva e chiudeva elettricamente il finto muro a serranda. «Che cosa ti ha fatto cambiare idea?»

Tyrone fece una smorfia. «Deron mi ha detto di mollare subito tutto. Devo andare a prendere Bourne.»

Nascosto nei pressi dell'ascensore, Peter Marks fece un cenno a Rob Batt quando i Sette emersero dalla Sala riunioni. Marks aveva lavorato per Batt prima di essere stato selezionato da Martin Lindros per la Typhon. In effetti, metaforicamente parlando, per mentalità e metodologia era stato svezzato da Batt, e considerava ancora il capo del Dipartimento Operazioni il suo mentore all'interno della CIA.

Perciò non fu per niente strano che Marks, dopo essersi fatto vedere con discrezione dal vecchio dirigente, ricevesse subito la sua attenzione. Batt si congedò dagli altri e svoltò nel corridoio in cui Marks lo aspettava.

«Che ci fai qui, Peter?»

«In effetti stavo aspettando proprio lei.» Marks si guardò intorno con fare nervoso. «Dobbiamo parlare.»

«È urgente?»

«Urgentissimo, signore.»

Batt aggrottò le sopracciglia. «Okay. Nel mio ufficio.»

«All'aperto sarebbe meglio, signore.»

Il capo del Dipartimento Operazioni gli rivolse un'occhiata strana, carica di curiosità, dopo di che si strinse nelle spalle.

Presero l'ascensore, scesero a piano terra, attraversarono l'atrio e, infine, uscirono dall'ingresso principale. Sul lato est della zona verde di proprietà della CIA antistante la sede centrale c'era un roseto, e fu lì che Marks invitò Batt a seguirlo. Quando furono a ragionevole distanza dall'edificio, Marks riferì a Batt parola per parola ciò che gli aveva detto Soraya Moore.

«Lì per lì non ci credevo nemmeno io, signore» disse Marks, notando l'espressione di Batt. «Poi ho chiamato un amico alla Casa Bianca. Il Grande Vecchio non è lì, e non ci è mai andato.»

Batt si sfregò il doppio mento con la mano. «Allora dove si trova?»

«È proprio questo il punto, signore.» Marks, già notevolmente a disagio e in apprensione, si faceva sempre più agitato di minuto in minuto. «Negli ultimi quaranta minuti sono stato attaccato al telefono. Non ho idea di dove sia, nessuno lo sa.»

«Anne?»

«Anche lei è svanita nel nulla.»

«Cristo santo!»

Marks ricontrollò per l'ennesima volta i dintorni. «Signore, per quanto incredibile possa sembrare, ritengo che dobbiamo prendere le affermazioni di Soraya molto sul serio.»

«Incredibile è il termine adatto, Peter. Per non dire folle. Non dirmi che credi a questa...» Batt scosse il capo, a corto di parole. «Dove diavolo è?»

«Questo non lo so» ammise Marks. «L'ho chiamata un paio di volte sul cellulare, ma non ha risposto. È terrorizzata che Lindros possa trovarla.»

«Spererei bene che lo sia. Dobbiamo farla venire qui al più presto e interrogarla a fondo su queste illazioni prima che diffonda il panico all'interno dell'Agenzia.»

«Se si sbaglia, allora dove sono finiti il Grande Vecchio e Anne?»

Batt uscì dal roseto, avviandosi verso la sede. «È quello che voglio scoprire il prima possibile» rispose.

«E per quanto riguarda Soraya?»

«Quando richiama falle credere che stai dalla sua parte. Convincila a venire qui.»

Mentre il capo del Dipartimento Operazioni spariva all'interno della sede centrale, il cellulare di Marks squillò. Peter controllò il display. Premuto un pulsante, disse: «Ciao, Soraya. Senti, stavo riflettendo su quel che mi hai detto. Ho verificato alla Casa Bianca: sia il Grande Vecchio sia Anne sono scomparsi».

«Certo che lo sono!» la udì ribattere. «Ho appena visto il direttore. È steso su un tavolo da obitorio con un foro di proiettile al cuore.»

Karim era seduto nella Sala riunioni adiacente gli uffici del Grande Vecchio insieme ai Sette. Stavano tutti ascoltando il messaggio del servizio segreto saudita che li informava dell'occupazione dell'installazione nucleare della Dujja a Miran Shah. Diversamente dagli altri presenti, Karim ricevette il comunicato con un misto di confusione e trepidazione. Si trattava di uno stratagemma di suo fratello a causa dell'enorme aumento dell'allarme antiterrorismo in quegli ultimi giorni, oppure era successo davvero?

Sapeva che c'era soltanto un modo per scoprirlo. Uscì dalla stanza, ma strada facendo verso l'ascensore notò Peter Marks con la coda dell'occhio. Era la seconda volta che notava la sua presenza al piano dirigenziale della sede centrale, dove non avrebbe dovuto trovarsi. Un campanello d'allarme gli squillò in testa e, anziché prendere l'ascensore con alcuni capidipartimento, svoltò a sinistra. Dall'angolo del corridoio dietro il quale si fermò a sbirciare si poteva vedere la porta d'entrata della Sala riunioni. Quando spuntò Rob Batt, Marks lo avvicinò. I due confabularono qualche secondo. Batt, all'inizio un po' freddo, annuì e i due entrarono nella Sala riunioni, chiudendosi la porta alle spalle.

Karim raggiunse con passo spedito l'ufficio del direttore, passando davanti alla scrivania dell'anticamera dove un giovane agente del Dipartimento Analisi stava sostituendo Anne. L'uomo gli fece un cenno di saluto, quando Karim entrò senza fermarsi nell'ufficio del Grande Vecchio.

Sedutosi alla sua scrivania, Karim premette un pulsante. Due voci provenienti dalla Sala riunioni divennero subito udibili.

«... da Soraya» stava dicendo Marks. «Afferma di aver visto il cadavere del direttore in un obitorio con un foro di proiettile al cuore.»

«Ma cosa dice? Ho parlato con Martin. Ha appena sentito al telefono il Grande Vecchio.»

«Dove si trova?»

«In giro per faccende private, con Anne» rispose Batt, accompagnando l'affermazione con quello che sembrava uno sbadiglio.

«Soraya ha anche sentito Bourne.»

«Figurati! Bourne è morto.»

«No, invece. Ha trovato il vero impianto nucleare. È a Miran Shah, al confine con...»

«So dov'è Miran Shah, Peter» scattò Batt. «Cosa sono tutte queste stronzate?»

«Bourne ha detto che può verificare tutto, chiedendo conferma a Feyd al Saoud.»

«È proprio quello di cui ho bisogno! Chiedere informazioni al capo del servizio segreto saudita!»

«Soraya mi ha anche riferito che Bourne ha ucciso Fadi. Sta venendo qui a bordo dell'aereo privato del leader terrorista.»

La conversazione non era ancora conclusa, ma Karim aveva sentito abbastanza. Si sentiva formicolare tutta la pelle del corpo. Avrebbe voluto mettersi a urlare, strapparsi le braccia e le gambe, farsi a pezzi.

Dopo essere uscito come una furia dall'ufficio, prese l'ascensore e scese a piano terra. Invece di prendere una vettura della CIA nell'area di parcheggio sotterranea, per la quale avrebbe dovuto firmare un registro di consegna, uscì a piedi dalla porta d'ingresso principale, allontanandosi in fretta dalla sede centrale della CIA.

La notte era già calata nel quartiere. Il cielo plumbeo, invaso di nuvole minacciose, sembrava assorbire le luci della città.

Karim si fermò all'incrocio tra la 21ª e Constitution Avenue e chiamò con il cellulare un servizio di taxi. Sette angoscianti minuti più tardi il taxi prenotato accostò al marciapiede e Karim salì a bordo.

Tredici minuti dopo, il terrorista scese davanti a un'agenzia di autonoleggi e si allontanò a piedi. Non appena il taxi sparì, fece dietrofront, entrò nell'agenzia e prese un'automobile usando una tessera di riconoscimento falsa. Pagò in contanti, ritirò la GM, chiese delucidazioni su come raggiungere il Dulles International Airport di Washington e partì.

In realtà, non aveva nessuna intenzione di andare al

Dulles. La sua destinazione era la pista d'atterraggio privata della Sistain Labs a sud di Annandale.

Il jet, inclinandosi in virata a bassa quota sopra Occoquan Bay, puntò a nord verso la pista d'atterraggio privata sulla penisola a forma di pugno che si inoltrava dritta nel mare. Seguendo le luci di segnalazione a bordo pista, il pilota fece atterrare l'aereo su una minuscola pista. Mentre rullavano, perdendo rapidamente velocità a ogni metro, Bourne scorse Tyrone in sella alla sua Ninja, che portava a tracolla una valigetta di pelle rigida. Bourne guardò l'orologio. Erano in perfetto orario. Questo voleva dire che aveva all'incirca trentacinque minuti per prepararsi a incontrare Karim.

In viaggio, aveva parlato più volte al telefono con Soraya. Si erano aggiornati a vicenda. Fadi era morto. La minaccia nucleare della Dujja era rientrata, ma Karim aveva ucciso il Grande Vecchio e consolidato il suo potere all'interno della CIA. Adesso stava tramando di distruggere la sede centrale dell'Agenzia con tutto il suo personale all'interno, ordendo il devastante attentato dinamitardo con l'esplosione della bomba nucleare. Soraya aveva un alleato all'interno della CIA: un agente speciale della Typhon che rispondeva al nome di Peter Marks. Però Soraya non sapeva fino a che punto il suo collega si sarebbe spinto contro le regole per aiutarla.

Per quanto riguardava la morte del Grande Vecchio, Bourne provava sentimenti contrastanti. Lo avevano fatto sentire il nipotino prodigio, un ostinato ribelle che, tornato a casa, era stato costretto a subire l'ira sprezzante e malevola di un nonno cocciuto. Più di una volta il direttore della CIA aveva tentato di farlo assassinare. Ma in fondo il Grande Vecchio non lo aveva mai capito e, di conseguenza, aveva sempre provato terrore nei suoi confronti. Bourne poteva biasimarlo per molte cose, ma non per quello. Jason Bourne non si era mai adeguato alla CIA: lo avevano costretto ad adattarsi a forza a un'agenzia di governo che disprezzava gli individualismi. Personalmente non aveva mai chiesto di entrare a far parte della «famiglia», ciononostante era un elemento essenziale in quel mondo. O piuttosto, lo era stato.

A quel punto si concentrò su Karim.

L'aereo si era fermato sulla pista d'atterraggio; i reattori diminuirono di giri fino allo spegnimento. Portandosi dietro il pilota, Bourne si avviò nel corridoio della cabina passeggeri, aprì il portello, abbassò la scaletta per Tyrone, che si era affiancato al jet in motocicletta.

Il ragazzo di colore salì a bordo e depose ai piedi di Bourne la valigetta nera.

«Ciao, Tyrone. Grazie mille.»

«Ehi, qui dentro serve un po' di luce. Non si riesce a vedere quasi niente.»

«È proprio questo il punto.»

Tyrone si avvicinò e lo scrutò con attenzione. «Ehi, sembri proprio un arabo.»

Bourne rise. Prese la valigetta, andò a sedersi e la aprì. Tyrone si accorse del pilota arabo, un uomo dalla pelle scura, con la barba, che lo fissava con sguardo torvo, aveva un'espressione a metà tra la sfida e la paura.

«E quello chi è?»

«Un terrorista» rispose semplicemente Bourne. Poi si interruppe un momento per valutare la situazione. «Non dirmi che ti prudono le mani, eh?»

Tyrone rise. «Ne ho uccisi già due per tirar fuori dai guai Miss Spia.»

«Chi sarebbe questa Miss Spia?»

Gli occhi di Tyrone emisero un lampo. «So che tu e Deron siete amiconi, ma vedi di non prendermi in giro, fratello.»

«Non lo sto facendo, Tyrone. Scusa, ma ho i minuti contati.» Bourne accese una delle plafoniere sopra i sedili, attivò il cellulare e richiamò sul display le foto che aveva scattato del volto di Fadi. Poi cominciò ad aprire vasetti di vetro, flaconi, tubetti e a maneggiare vari tipi di protesi. «Ti spiacerebbe spiegarmi di cosa stavi parlando mentre finisco qui?»

Tyrone ebbe un momento di esitazione. Scrutò Bourne per vedere se per caso non lo stesse prendendo in giro. Decise che si era sbagliato. «Stavo parlando di Miss Spia. Soraya.»

Osservando le foto di Fadi, Bourne inserì in bocca alcuni cuscinetti e protesi e modellò mascella e mandibola. «Allora ti devo ringraziare.»

«Ehi, cosa è successo alla tua voce, amico?»

«Come puoi constatare coi tuoi stessi occhi, mi sto trasformando in un altro uomo.» Proseguendo nel camuffamento, Bourne scelse una folta barba tra quelle disponibili nella valigetta, e con un paio di forbici ne fece la replica esatta di quella di Fadi. La incollò al viso e si diede un'occhiata nello specchio contenuto nella valigetta.

Poi consegnò il cellulare a Tyrone. «Fammi un piacere, ti spiace? Mi serve il tuo parere. Dimmi quanto assomiglio all'uomo ritratto in queste foto.»

Tyrone sbatté le palpebre, meravigliato, come se stentasse a credere a quello che Bourne gli aveva chiesto di fare. Poi esaminò le immagini una a una. Prima di passare alla successiva, ogni volta la confrontava attentamente con la faccia di Bourne.

«Sei identico a lui!» disse alla fine. «Come ci riesci?»

«È un dono» dichiarò Bourne, in tutta sincerità. «Adesso senti. Dovresti farmi un altro piacere.» Bourne guardò l'orologio. «Tra una decina di minuti circa il bastardo a cui Soraya stava dando la caccia verrà qui. Voglio che per allora tu sia lontano. Ho bisogno che ti prenda cura di una certa faccenda. Una cosa molto importante. Nella cabina qui dietro c'è il mio caro amico, Martin Lindros. È morto.

Vorrei che tu contattassi un'impresa di pompe funebri. Le sue spoglie devono essere cremate. Lo farai per me?»

«Ho la motocicletta, perciò me lo posso benissimo caricare in sella. Ti va bene?»

Bourne annuì. «Trattalo con rispetto, Tyrone, okay? Adesso vai. E non usare la porta anteriore.»

«Mai usata.»

Bourne rise. «Ci vediamo dall'altra parte.»

Tyrone gli scoccò un'occhiata curiosa. «L'altra parte di cosa?»

Capitolo 40

In viaggio per la Virginia, Karim telefonò ad Abd al Malik all'impresa di pompe funebri.

«Mi occorrono subito tre uomini alla Sistain Labs.»

«Così non ci resterà più nessuno.»

«Fallo e basta!» tagliò corto Karim.

«Un momento, signore.» Dopo una breve pausa, Abd al Malik riferì: «Sono appena partiti».

«Il corpo del direttore della CIA è pronto?»

«Ci vorranno ancora una quarantina di minuti, forse di più, signore. Non è uno dei soliti lavori di imbalsamazione.»

«Che aspetto ha? Questo è ciò che più conta.»

«Splendido, signore. Ha le guance rosa.» Abd al Malik emise un mugolio compiaciuto. «Mi creda, il servizio di sicurezza non sospetterà di nulla.»

«Bene. Non appena hai finito, mettetelo sulla limousine. La tabella di marcia ha subito un'accelerata. Fadi vuole che la sede centrale della CIA salti in aria al più presto possibile. Chiamami quando sarete pronti.»

«Sarà fatto» disse Abd al Malik.

Abd al Malik, il più esperto della cellula «dormiente» di Karim nel Distretto di Columbia, e il suo capo, non l'avevano mai deluso.

Non c'era molto traffico. Gli ci vollero trentotto minuti per arrivare al cancello d'entrata principale, sul lato ovest della tenuta di proprietà della Sistain Labs. L'azienda era deserta. Si trattenne a fatica un paio di volte durante il tragitto:

una prima volta quando un ragazzo al volante di una lussuosa auto sportiva gli aveva tagliato la strada; e, di nuovo, quando un camionista gli era arrivato alle spalle e aveva suonato il clacson assordante con insistenza. In entrambe le occasioni aveva estratto la Glock dalla fondina, pronto a premere il grilletto, ma all'ultimo istante si era trattenuto.

Era Bourne che voleva, non quei poveri idioti. La sua ira – il «vento del deserto» che aveva ereditato dal nonno – stava montando sempre più, sollecitandolo a reazioni spropositate per qualsiasi stimolo. Ma lì non era nel deserto, non era tra beduini che evitavano di irritarlo.

Era colpa di Bourne. C'era sempre di mezzo Bourne. Era stato lui ad assassinare l'innocente Sarah, l'orgoglio della famiglia. Karim le aveva perdonato le sue opinioni, le sue assenze ingiustificate, il suo desiderio di indipendenza, imputando ogni cosa al sangue inglese che scorreva anche nelle sue vene. Lui aveva vinto il suo retaggio occidentale, il che spiegava perché avesse avviato un programma di rieducazione per la sorella con la filosofia del deserto, l'*ethos* saudita.

Bourne aveva ucciso Fadi, la figura simbolica. Fadi che aveva confidato in tutto e per tutto nella pianificazione e nei finanziamenti del fratello maggiore, proprio come Karim aveva contato sulla protezione del fratello minore. Aveva perdonato a Fadi il suo temperamento irascibile, i suoi eccessi, perché quelle peculiarità erano di vitale importanza in un leader pubblico, che attirava fedeli sia con la sua retorica focosa sia con le sue azioni incendiarie.

Adesso erano morti entrambi: l'innocente e il comandante, una la torre della forza morale, l'altro la torre della forza fisica. Di tutti i figli di Abu Sarif Hamid ibn Ashef al Wahhib restava solo lui. Vivo, ma solo. Non gli rimanevano altro che i cari ricordi di Fadi e Sarah. Gli stessi ricordi di cui faceva tesoro suo padre: disabile, paralizzato, costretto a letto, bisognoso di un'imbracatura speciale per essere spostato sulla sedia a rotelle.

Quella sarebbe stata la fine per Bourne. Lo giurò a se stesso. Sarebbe stata la fine per tutti gli infedeli.

Imboccò il lungo viale d'ingresso e lo seguì nelle sue curve delicate che costeggiavano i bassi edifici di mattoni neri e vetro verde dei laboratori. Un'ultima curva a sinistra intorno al complesso industriale lo portò in vista del campo d'atterraggio. Dietro il jet parcheggiato sulla pista si stendeva lo specchio d'acqua grigio-azzurra a mezzaluna adiacente Occoquan Bay.

In prossimità della pista, Karim rallentò e scrutò a lungo, con attenzione, la zona. Il jet era fermo all'estremità più lontana del manto d'asfalto. Non c'era nessun veicolo in vista. Nessuna imbarcazione viaggiava nelle fredde acque invernali di Belmont Bay. Nessun elicottero orbitava sopra la sua testa o nelle vicinanze. Fadi era morto, eppure Bourne era seduto al suo posto a bordo del jet.

Naturalmente, a parte Bourne, non ci sarebbe stato nessun altro lì. A differenza sua, Bourne non aveva nessuno a dargli man forte o ad appoggiarlo. Karim fermò l'auto lontano dal jet, accese una sigaretta, aspettò. Non molto tempo dopo la Ford nera con gli uomini a bordo giunse sul posto e si fermò a fianco della sua auto.

Karim scese dalla vettura e impartì gli ordini ai tre, spiegò che cosa si aspettava da loro e cosa avrebbero dovuto fare. Poi sedette sul paraurti anteriore dell'auto, a fumare immobile un'altra sigaretta, mentre la Ford si dirigeva verso la pista.

Quando la vettura raggiunse l'aereo, il portello si aprì verso l'interno e la scaletta venne abbassata. Due uomini scesero dall'automobile e vi salirono sopra.

Karim gettò a terra il mozzicone di sigaretta e lo spense schiacciandolo sotto il tallone della scarpa. Poi, alla guida dell'auto presa a noleggio, tornò indietro lungo il viale, verso la misteriosa costruzione isolata al margine nord della tenuta, scura sullo sfondo della discarica.

«Posso aiutarti, Soraya» disse Peter Marks, con il cellulare premuto all'orecchio, «ma dovremmo incontrarci da qualche parte.»

«Perché? Tu devi essere i miei occhi e le mie orecchie alla CIA. Mi serve che sorvegli le mosse dell'impostore.»

«Non so dove sia finito Lindros» ribatté Peter. «Non è nel suo ufficio. In effetti non lo si trova più da nessuna parte qui in sede. Non ha detto nulla al suo assistente. Cos'è? C'è forse qualche epidemia?»

Marks udì il breve trasalimento di Soraya. «Cosa c'è?» le chiese.

«Okay» disse Soraya. «Diamoci pure un appuntamento. Il posto lo scelgo io.»

«Come vuoi tu.»

Soraya gli fornì l'indirizzo dell'impresa di pompe funebri al confine nordest di Rock Creek Park. «Recati là» disse, «più in fretta che puoi.»

Marks uscì con una vettura di servizio della CIA, coprendo il tragitto a tempo di record. Si fermò all'altro lato della strada, a un isolato dal retro della camera ardente. Restò in auto in attesa, come gli aveva detto Soraya. Prima di lasciare la sede centrale aveva pensato di recarsi da Rob Batt per strappargli il permesso di portare con sé alcuni agenti, ma l'urgenza dell'appuntamento rendeva necessario non perdere tempo a convincere Batt a dirottare laggiù degli effettivi.

Soraya batté sul vetro del finestrino dal lato del passeggero, facendolo sobbalzare. Era così assorto nei suoi pensieri che non l'aveva vista avvicinarsi. Questo lo rese doppiamente nervoso, perché si trovava sul campo, dove Soraya aveva un enorme vantaggio su di lui. In tanti anni di carriera nella CIA, Marks era stato solo un imbrattacarte. Questo, forse, era il vero motivo per cui non aveva voluto portarsi dietro nessuno. Aveva qualcosa da dimostrare al suo mentore.

Marks sollevò il pulsante di blocco della portiera, Soraya salì. Non aveva di certo l'aria di essersi bevuta il cervello.

«Ho voluto farti venire qui» disse Soraya «perché quella è la camera ardente dove c'è la salma del Grande Vecchio.»

Peter ascoltò quelle parole come se facessero parte di un sogno in cui aveva immaginato di essere il protagonista. Aveva stretto la mano sul calcio della pistola d'ordinanza, quando la collega aveva aperto la portiera e non poteva accorgersene. A quel punto, come in un sogno, le puntò la pistola alla testa e disse: «Mi dispiace, Soraya, ma tu torni in sede con me».

I due terroristi saliti a bordo dell'aviogetto ammiccarono nella cupa penombra. Parvero sbalorditi quando lo riconobbero.

«Fadi!» esclamò il più alto dei due uomini. «Dov'è Jason Bourne?»

«È morto» rispose Bourne. «L'ho ucciso a Miran Shah.»

«Karim al Jamil ci ha detto che l'avremmo trovato a bordo.»

Bourne alzò la valigetta con l'ordigno nucleare. «Come potete constatare, si sbagliava. C'è stato un cambiamento nel piano. Devo incontrare mio fratello.»

«Subito, Fadi.»

Non perquisirono neppure l'aereo, e non si accorsero del pilota che Bourne aveva legato e imbavagliato.»

Mentre lo accompagnavano alla Ford nera, quello più alto disse: «Tuo fratello è qui vicino».

Salirono tutti a bordo della vettura, Bourne si accomodò sul sedile posteriore al fianco di uno dei terroristi. Mantenne la faccia al riparo dalle luci di segnalazione della pista, l'unica illuminazione in zona. Finché avesse nascosto il viso nella penombra, non ci sarebbero stati problemi. Quegli uomini stavano reagendo a una voce conosciuta e a una gestualità a loro familiare. Erano quelle le armi più efficaci di un «camaleonte». Si doveva convincere la mente, non l'occhio.

L'uomo al volante mise in moto e si allontanò dalla pista d'atterraggio, effettuò un'ampia curva verso nord e si fermò di fianco a una costruzione di mattoni neri che sorgeva a una certa distanza dalle altre. Bourne intravide il pozzo della discarica mentre uno dei terroristi apriva una grande saracinesca scorrevole di lamiera ondulata e lo invitava a entrare.

L'interno era enorme e vuoto. Non c'erano muri di separazione. Macchie d'olio sul pavimento di cemento indicavano che si trattava, in effetti, di un hangar. La luce proveniva dall'esterno attraverso lo spiraglio della saracinesca, da alcune piccole finestre quadrate poste in alto, ma si disperdeva nella vastità dell'interno, inghiottita da grandi chiazze di buio.

«Karim al Jamil» chiamò il tipo alto, «sull'aereo c'era tuo fratello, non Jason Bourne. È qui con noi e ha la bomba.»

Una figura sbucò nell'ombra.

«Mio fratello è morto» disse Karim.

Alle spalle di Bourne, i tre terroristi tesero i muscoli.

«Non vengo da nessuna parte con te» disse Soraya.

Marks stava per replicare, quando il muro sul retro della camera ardente si mosse, aprendosi.

«Cosa diavolo...?» disse Marks, sbalordito.

Soraya approfittò della sua sorpresa e scese con estrema rapidità dall'auto. Marks stava per inseguirla quando vide emergere dal garage sotterraneo la limousine del direttore, che svoltò nella direzione opposta e si allontanò in fretta. Marks lasciò perdere Soraya. Mise in moto l'auto e seguì la limousine. Gli avevano detto che il Grande Vecchio era fuori sede per faccende private. Che cosa ci faceva lì?

Mentre seguiva la limousine udì vagamente Soraya che gli gridava di tornare indietro. La ignorò. Era logico che dicesse così: era certa che il Grande Vecchio fosse morto.

Davanti a lui, la limousine si fermò a un semaforo rosso. Marks si affiancò alla lunga vettura e abbassò il finestrino.

«Ehi!» gridò. «Peter Marks, CIA! Abbassa il finestrino!»

Il finestrino del conducente restò fermo al suo posto. Marks inserì le luci di sosta temporanea, scese dall'auto e andò a battere il pugno sul vetro.

Poi estrasse la tessera di riconoscimento. «Abbassa, maledizione!»

Il finestrino si abbassò elettricamente. Marks ebbe una fugace visione del Grande Vecchio seduto dietro in modo un po' rigido. L'uomo al volante gli puntò in faccia una Luger P-08 e premette il grilletto.

La detonazione gli fece esplodere i timpani. Marks fu scagliato all'indietro, a braccia aperte, morto prima ancora di toccare terra.

Il finestrino della limousine risalì con un sibilo e, quando il semaforo divenne verde, la lunga automobile nera ripartì.

Karim fissava con sguardo intenso Bourne. «È impossibile. Fratello, mi avevano detto che eri morto.»

Bourne alzò con orgoglio la valigetta. «Eppure» pronunciò con la voce di Fadi, «eccomi qui in guisa dell'angelo distruttore.»

«Morte agli infedeli!»

«Morte!» Anche se sapeva di avere di fronte Karim, per Bourne era sconcertante affrontare l'uomo che era una copia perfetta del suo migliore amico. «Siamo di nuovo insieme, fratello!»

Martin lo aveva avvertito che Karim era il più pericoloso dei due. *È lui il giocatore di scacchi,* aveva detto Martin, *il ragno appostato al centro della ragnatela.* Bourne non si faceva illusioni. Nel momento stesso in cui Karim gli avesse rivolto una domanda intima, una alla quale solo il fratello avrebbe saputo rispondere, la messinscena sarebbe finita.

Non ci volle molto.

Karim gli fece un cenno d'invito. «Vieni qui alla luce, fratello, così che ti possa finalmente vedere di nuovo dopo tanti mesi di separazione.»

Bourne avanzò di un passo, la luce, per quanto fioca, gli investì il volto.

Karim restò immobile. Inclinò la testa, come se fosse stato colto da una paralisi. «Sei un camaleonte straordinario proprio come lo era Fadi.»

«Fratello, ho portato la bomba. Come puoi confondermi con qualcun altro?»

«Ho sentito un agente della CIA riferire...»

«Non mi dirai che era Peter Marks!» Bourne tentò l'azzardo perché non gli restava altra scelta. Marks era l'unico della CIA a cui Soraya si sarebbe rivolta.

Di nuovo confuso, Karim corrugò la fronte. «Cosa sai di lui?»

«Marks è una spalla di Soraya. Stava solo riferendo le informazioni false con cui l'avevamo imbeccata.»

Karim si abbandonò a un ghigno da lupo; il dubbio svanì dai suoi occhi. «Risposta sbagliata. La CIA ritiene che mio fratello sia morto nell'incursione aerea al falso impianto della Dujja nello Yemen del Sud. Questo però tu non potevi saperlo, eh, Bourne?»

Karim fece un cenno e i tre uomini alle spalle di Jason lo agguantarono, bloccandogli le braccia lungo i fianchi. Senza distogliere gli occhi da quelli di Bourne, Karim fece un passo in avanti e gli strappò di mano la valigetta.

Soraya stava correndo dove Peter Marks giaceva morto, riverso sull'asfalto con le braccia e le gambe divaricate, quando udì il rombo inconfondibile di una motocicletta di grossa cilindrata arrivarle alle spalle. Estratta la pistola, si girò e riconobbe Tyrone in sella alla sua Ninja. Aveva appena lasciato la salma di Lindros all'obitorio di un'impresa di pompe funebri.

Rallentando, la fece salire al volo, dopo di che ripartì a tutto gas.

«Hai visto anche tu cos'è successo? Hanno ucciso Peter.»

«Dobbiamo fermarli.» Tyrone passò con il rosso al semaforo. «Metti insieme tutte le tessere del mosaico – l'esplosivo al plastico C4, una riproduzione della limousine del tuo capo, il tuo boss disteso su un tavolo da imbalsamazione – e cosa ottieni?»

«È così che hanno intenzione di entrare alla CIA!» concluse Soraya. «Gli agenti della sicurezza daranno un'occhiata di sfuggita al Grande Vecchio seduto sul sedile posteriore e faranno passare la limousine con un cenno, consentendole l'ingresso al parcheggio sotterraneo.»

«Alle fondamenta dell'edificio.»

Piegandosi sul manubrio della Ninja, Tyrone accelerò.

«Non possiamo sparare alla limousine» osservò Soraya, «senza correre il rischio di far esplodere il carico di C4 e uccidere Dio solo sa quanti passanti.»

«E non possiamo permetterle di avvicinarsi alla sede centrale della CIA» ribatté Tyrone. «Allora cosa facciamo?»

La risposta arrivò quando uno dei finestrini posteriori della limousine si abbassò e qualcuno cominciò a sparare loro addosso.

Bourne era in piedi immobile, non accennava neppure a fare un passo. Cercava di allontanare dalla mente l'immagine del volto deturpato di Martin Lindros, ma in realtà scoprì che non voleva farlo. Martin era con lui, gli parlava, gli chiedeva di impartire un castigo per tutto ciò che aveva subito. Bourne ne percepiva la presenza; Bourne udiva le sue parole.

«Pazienza» gli sussurrava in silenzio.

Proiettandosi al centro della scena, sentiva dov'erano gli altri tre terroristi in relazione a se stesso. Poi disse: «Il mio unico rammarico è che non ho mai terminato quello che avevo cominciato a Odessa. Tuo padre è ancora vivo».

«Solo tu puoi definirlo "vivere"» lo rimbeccò Karim. «Ogni volta che sono in sua presenza giuro di fartela pagare cara per come lo hai ridotto.»

«Peccato che lui non ti possa vedere come sei oggi» osservò Bourne. «Prenderebbe una pistola e ti ucciderebbe lui stesso. Se solo fosse in grado di farlo.»

«Ti capisco, Bourne, meglio di quel che credi.» Karim era in piedi a meno di un passo da Jason. «Guardati. Per chiunque, tranne che per noi due, tu sei Fadi e io sono Lindros. Siamo isolati, ognuno rinchiuso nel proprio mondo, separati dagli altri, avvinti dal desiderio di vendetta. Non è quello che stai forse pensando in questo momento? Non è forse così che hai pianificato ogni cosa? Non è per questo che ti sei camuffato in modo da sembrare mio fratello?»

Karim passò la valigetta da una mano all'altra. «È anche per questo che hai tentato di farmi abboccare al tuo amo. Un uomo fuori di sé dalla collera è più facile da sconfiggere. Non è così che funziona il Tao di Jason Bourne?» Karim rise. «In realtà, con quest'ultimo camaleontico travestimento mi hai reso un servizio di inestimabile valore. Sei convinto che ti sparerò in fronte, qui, subito, adesso. Quanto ti sbagli! Perché dopo che avrò fatto esplodere la bomba atomica, dopo che avrò distrutto il quartier generale della CIA, ti porterò tra le macerie di quel che resta dell'Agenzia. Allora ti sparerò. E così, eliminato Fadi, il famigerato terrorista ricercato in tutto il mondo, Martin Lindros diventerà un eroe nazionale. E adesso che ho ucciso il direttore della CIA, chi credi che un presidente riconoscente promuoverà al suo posto?»

Karim rise. «Dirigerò io l'Agenzia, Bourne. Sarò in condizione di rimodellarla a mia immagine. Ti sembra abbastanza ironico tutto questo?»

L'accenno al destino della sede centrale della CIA evocò nella mente di Bourne la voce di Martin. Non ancora, pensò. Non ancora.

«Quello che trovo davvero ironico» disse «è quel che è successo a Sarah ibn Ashef.»

Negli occhi di Karim sprizzò un lampo incendiario. Colpì Bourne al volto con un manrovescio. «Tu, il suo assassino, non sei degno di pronunciare il nome di mia sorella!»

«Non sono stato io ad assassinarla» dichiarò Bourne lentamente, scandendo bene le parole.

Karim gli sputò in faccia.

«Non avrei neppure potuto spararle. Soraya e io eravamo troppo lontani. Eravamo entrambi armati di pistola, lo stesso modello, una Glock 21. Sarah ibn Ashef era dall'altra parte della piazza quando l'hanno colpita. Come di certo ben sai, la Glock ha un'ottima precisione di tiro fino a venticinque metri. Tua sorella ne era almeno a una cinquantina da noi quando è stata uccisa. All'epoca non me ne resi conto; tutto avvenne troppo in fretta.»

Il volto contratto come una maschera, Karim colpì ancora Bourne con un ceffone.

Avendo previsto il colpo, Bourne lo evitò parzialmente. «Però Muta ibn Aziz mi ha rinfrescato la memoria. Lui e suo fratello quella notte erano nella posizione giusta. Erano alla distanza giusta.»

Karim afferrò Bourne alla gola. «Osi farti beffe della morte di mia sorella?» Il terrorista stava tremando di rabbia. «I due fratelli erano come parenti per me. Anche solo insinuare...»

«Ed è proprio perché *erano* come fratelli che Abbud ibn Aziz ha sparato a tua sorella, uccidendola.»

«Ti strangolerò per questo!» urlò Karim, cominciando a strozzare Bourne. «Ti farò pentire di essere nato!»

Tyrone zigzagava con la Ninja nelle vie di Washington, inseguendo la limousine. Sentiva i proiettili fischiare loro intorno. Sapeva cosa si provava a essere presi di mira dalle armi da fuoco; conosceva l'angoscia straziante di avere una persona cara uccisa da gente che sparava per strada, viaggiando a bordo di un'auto assassina. La sua unica difesa era stata lo studio. Conosceva i proiettili nello stesso modo in cui i suoi compagni della gang conoscevano i rapper o le pornodive. Conosceva le caratteristiche di ogni calibro, di ogni Parabellum, di ogni proiettile a punta cava. La sua Walther PPK era caricata con proiettili a cavità completa: più micidiali di quelli a punta cava. Quando colpivano bersagli morbidi – carne umana, per esempio – si espandevano al punto di disintegrarsi. Il bersaglio aveva l'impressione di essere stato colpito da un M-80. Inutile dire che provocava danni letali all'interno dell'organismo.

L'uomo a bordo della limousine li stava prendendo di mira con una calibro 45, ma la gittata era limitata e il grado di precisione basso. Ciononostante, Tyrone era conscio di dover escogitare un modo per farlo smettere del tutto.

«Guarda là in fondo alla via» gli disse Soraya all'orecchio. «Lo vedi quell'edificio dai vetri neri sei isolati più avanti? Quella è la sede centrale della CIA.»

Accelerando ulteriormente, Tyrone portò in un batter d'occhio la Ninja a fianco della limousine, sul lato sinistro. Questo li portò entro l'arco d'azione della Luger, ma la breve distanza tornava anche a loro vantaggio.

Impugnata la sua pistola a canna corta, Soraya prese la mira e sparò. Il proiettile a nucleo cavo colpì il terrorista in pieno volto. Ci fu un'esplosione di sangue e di frammenti d'osso fuori dal finestrino abbassato.

«Hanno ucciso Sarah ibn Ashef e hanno tenuta celata la loro complicità» disse Bourne in un sussurro, con voce strozzata. «Lo fecero per proteggere te e Fadi. Perché la dolce e innocente Sarah aveva da un po' intessuto un legame sentimentale disonorevole.»

«Bugiardo!»

Bourne respirava con difficoltà, ma doveva continuare a parlare. Aveva capito fin dall'inizio che la psicologia era la sua arma migliore contro un uomo come Karim, l'unica che lo avrebbe portato a salvarsi la pelle. «Lei odiava quello che tu e Fadi eravate diventati. Aveva preso la sua decisione. E aveva voltato le spalle al suo retaggio beduino.»

Vide qualcosa esplodere nel volto di Karim.

«Taci!» urlò Karim. «Questa è la più assurda delle menzogne! È tutto falso!»

Bourne intuì che il terrorista stava, senza riuscirci, cercando di convincere se stesso. Aveva finalmente ricomposto tutte le tessere del puzzle della morte di Sarah e questo lo stava uccidendo.

«Mia sorella era il fulcro morale della famiglia! Tu hai distrutto tutto! È stato il suo assassinio a far prendere a me e a mio fratello questa decisione. Sei tu il colpevole di tutta questa violenza, di tanta morte e distruzione!»

Bourne si ritrasse di un passo e piantò con forza il calcagno sul collo del piede dell'uomo che si trovava dietro di lui. Contemporaneamente, ruotò il busto, liberandosi dalla stretta dell'uomo alla sua destra. Affondando il gomito del braccio piegato nel plesso solare dell'uomo alla sua sinistra, sferrò un colpo di karatè con il taglio dell'altra mano, andando a finire con le dita tese sulla base del collo del terzo uomo.

Udì lo scrocchio delle vertebre fratturate. L'uomo crollò a terra di schianto. A quel punto un altro uomo alle sue spalle lo aveva stretto tra le braccia nel tentativo di bloccarlo. Bourne si piegò in avanti, scagliando l'uomo sopra di sé addosso a Karim.

Il terrorista a sinistra era ancora piegato su se stesso e stava cercando di riprendere fiato. Raccogliendo una Luger caduta sul pavimento, Bourne colpì l'uomo alla testa con il calcio della pistola. Il terrorista che aveva scaraventato addosso a Karim aveva estratto la pistola. Bourne gli sparò a bruciapelo e quest'ultimo stramazzò a terra.

Restava Karim. Era sulle ginocchia, la valigetta proprio davanti a sé. Aveva gli occhi iniettati di sangue, carichi di una luce folle che provocò a Bourne un brivido lungo la spina dorsale. In altre occasioni Jason aveva visto un uomo sull'orlo della pazzia e capì che Karim era ormai capace di tutto.

Mentre stava formulando questi pensieri, Karim prese dalla tasca una piccola scatoletta d'acciaio inossidabile. Bourne la riconobbe all'istante: era un detonatore a distanza.

Karim alzò il dispositivo, il pollice parzialmente premuto su un pulsante nero. «Ti conosco, Bourne. E so che sei mio. Non mi sparerai. Sai che posso far esplodere a distanza venti chili di C4 sulla rampa del parcheggio sotterraneo della CIA.»

Non c'era tempo per ragionare; non c'era tempo per i ripensamenti. Bourne udì nella mente il sussurro spettrale di Martin. Puntò la Luger e sparò a Karim alla gola. Il proiettile perforò i tessuti molli, frantumò la colonna vertebrale e recise il midollo spinale. Avvinto da un dolore quasi paralizzante, l'arabo sedette di schianto a terra. Fissava Bourne, incredulo. Tentò di muovere le dita, ma non rispondevano più agli stimoli cerebrali.

Con gli occhi che perdevano vitalità, Karim notò vicino a sé le nocche di uno dei suoi uomini morti. Comprendendo che cosa stava per accadere, Bourne si gettò verso di lui, mentre con un ultimo sforzo Karim si rovesciò sul fianco. Il detonatore sbatté contro le nocche dell'uomo morto.

Alla fine Bourne lasciò andare Karim e la voce di Martin tacque nella sua mente. Bourne fissò l'occhio destro di Karim – l'occhio espiantato di Martin – e ricordò l'amico morto. Presto avrebbe inviato dodici rose a Moira; presto avrebbe portato le ceneri di Martin ai Cloisters, a New York.

Un pensiero insistente era ancora presente nella sua mente, come l'amo senza esca di un pescatore. Quando ne aveva avuto la possibilità, perché Karim non aveva tentato di far detonare l'ordigno nucleare? Perché solo la limousine esplosiva, che avrebbe avuto effetti molto più limitati?

Si voltò, vide la valigetta sul pavimento di cemento. Le serrature a scatto erano aperte. Karim le aveva aperte nella vana speranza di innescare il timer? Bourne si accovacciò; stava per chiudere le serrature, quando un gelido brivido lo percorse talmente forte da fargli battere i denti.

Aprì la valigetta. Sbirciando all'interno, cercò il timer e vide che era effettivamente inattivo. Il LED era spento, i fili elettrici scollegati. Allora che cosa...?

Sondando col dito dietro il groviglio di cavi, guardò più da vicino e, all'improvviso, gli si gelarono le ossa. Un sencondo timer era stato attivato quando Karim aveva fatto scattare le serrature. Un altro timer che Veintrop aveva installato all'interno, ma di cui non aveva detto nulla.

Bourne si accovacciò, sentendosi scorrere lungo la schiena gocce di sudore gelido. A quanto pareva, la Dujja – e il dottore – avrebbero ottenuto la loro vendetta.

Capitolo 41

Quattro minuti e un secondo. Era il tempo che restava a Bourne in base al display digitale del secondo timer.

Jason chiuse gli occhi; poi rievocò un'immagine delle mani di Veintrop che armeggiavano sui fili del dispositivo a orologeria. Rivedeva ogni movimento effettuato dal dottore, ogni rotazione del polso, ogni dito piegato. Non aveva avuto bisogno di nessuno strumento. C'erano sei fili: rosso, bianco, nero, giallo, blu e verde.

Bourne aveva memorizzato in quale ordine Veintrop li avesse scollegati. Il dottore aveva riattaccato due volte il filo nero: prima al contatto su cui era stata avvolta l'estremità del filo bianco, poi al contatto del filo rosso.

Ricordare la procedura di Veintrop non fu un problema per Bourne. Anche se constatò che il secondo timer, come il primo, era alimentato da un'altra serie di sei fili in codice colorato, i due timer erano diversi. Di conseguenza, nessuno dei contatti ai quali i fili erano collegati era nello stesso posto.

Estratto di tasca il cellulare, Bourne chiamò il numero di Feyd al Saoud nella speranza che potesse costringere Veintrop a dirgli come disattivare il secondo timer. Feyd al Saoud non rispose. Bourne non ne fu sorpreso. Montagnosa com'era, la zona di Miran Shah era un disastro per i cellulari. Ma era valsa comunque la pena fare un tentativo.

3:01.

Veintrop aveva cominciato con il filo blu, poi con quello verde. Bourne prese tra pollice e indice il filo blu, pronto a staccarlo dal contatto. Tuttavia ebbe un momento di esitazione. Perché, si domandò, il secondo timer avrebbe dovuto disattivarsi allo stesso modo? Veintrop aveva progettato quell'ingegnosa trappola miniaturizzata. Il secondo timer sarebbe entrato in gioco solo se il primo fosse stato disattivato. Perciò non avrebbe avuto senso progettarlo con la stessa sequenzialità.

Bourne tolse le mani dal secondo timer.

2:01.

Lì la questione non era come disattivare il timer; era piuttosto comprendere la mente diabolica di Veintrop. Se il primo timer era stato disattivato, avrebbe significato che qualcuno conosceva l'ordine col quale scollegare i fili. Nel secondo timer, l'ordine poteva essere invertito, o perfino cambiato in così tante combinazioni che sarebbe stato impossibile imbattersi in quella giusta prima di fare esplodere inavvertitamente la bomba atomica.

1:19.

Il tempo delle ipotesi era terminato. Doveva prendere una decisione, e doveva essere quella giusta. Scelse di invertire specularmene l'ordine. Afferrò tra pollice e indice il filo rosso e stava per staccarlo dal contatto quando notò un particolare. Si chinò sulla valigetta, esaminando il secondo timer. Spostando da parte, con estrema cautela, il fascio di fili colorati, scoprì che il timer era fissato alla parte principale dell'ordigno in modo del tutto diverso dal primo.

0:49.

Bourne estrasse il primo timer dal suo alloggiamento per vedere meglio cosa c'era sotto. Poi lo liberò dal detonatore, al quale era collegato con un unico filo. Adesso poteva esaminare senza problemi il secondo timer. Era alloggiato direttamente contro il detonatore. Il problema era che non riusciva a vedere dove i due fossero fissati.

0:27.

Spostò di poco il secondo fascio di fili, stando ben attento a non scollegarne nessuno. Con un'unghia sollevò il bordo destro del secondo timer, allontanandolo dal detonatore. Niente.

0:18.

Fece scivolare l'unghia sotto il bordo sinistro. Non si smuoveva. Applicò un'ulteriore pressione e, lentamente, si sollevò. Là sotto vide il filo avvolto a spire come un piccolo serpente. Lo toccò con la punta dell'indice, lo mosse piano, e proprio come un serpente si srotolò. Bourne stentava a credere ai suoi occhi.

Il filo non era collegato al detonatore!

0:10.

Udì nella sua mente la voce del dottor Veintrop. *Ero davvero prigioniero*, aveva detto. *Voi non capite, io...* Bourne non gli aveva permesso di terminare la frase. Di nuovo, il problema da risolvere era l'enigma nella mente di Veintrop. Era un uomo a cui piaceva giocare con elaborati indovinelli: la sua ricerca lo dimostrava. Se Fadi lo aveva trattenuto contro la sua volontà, se Fadi aveva usato Katja per ricattarlo, Veintrop avrebbe tentato in un certo qual modo di vendicarsi del terrorista saudita.

Bourne raccolse il primo timer e controllò il filo penzolante. Il rivestimento dello strato isolante di plastica era intatto, ma l'anima di rame scoperta all'estremità era molle. Gli restò tra le dita, non più di due centimetri di lunghezza. Il filo era fasullo. Bourne levò le mani dall'ordigno nucleare, sedette sul pavimento e osservò il piccolo display del secondo timer esaurire i secondi. Il cuore gli batteva dolorosamente contro la gabbia toracica. Se si fosse sbagliato...

0:00.

Non si era sbagliato. Non accadde nulla. Non ci fu nessuna detonazione, nessun olocausto nucleare. Seguì solo il silenzio. Veintrop si era preso la sua rivincita contro i suoi carcerieri. Sotto il naso di Fadi, aveva segretamente disarmato l'ordigno.

Bourne cominciò a ridere. Veintrop era stato costretto a innescare il dispositivo primario, ma con il secondo timer di supporto aveva in un modo o nell'altro scaltramente gabbato Fadi e gli altri scienziati della Dujja. Bourne chiuse la valigetta e la prese per la maniglia mentre si alzava.

Uscendo dall'hangar non fece altro che ridere.

Capitolo 42

Dopo l'esplosione della limousine carica di panetti di C4, Soraya invocò il potere delle sue credenziali della CIA. Gli edifici circostanti, solidi, monumentali palazzi governativi, avevano riportato solo danni superficiali, nulla di strutturale. La via però era un disastro. Si era aperta un'enorme voragine, nella quale erano precipitati, come fiammeggianti meteore, i resti inceneriti della vettura del direttore. L'unico aspetto positivo era che a quell'ora di sera nei paraggi non circolava nessuno.

Decine di auto della polizia, camion dei pompieri, ambulanze e mezzi di pronto intervento e della manutenzione pubblica affollavano tutta la zona, che era stata delimitata da un cordone di agenti. L'erogazione dell'energia elettrica era saltata in un raggio di due chilometri e mezzo, e l'area più vicina all'esplosione era senza acqua, dato che le condutture principali erano distrutte.

Soraya e Tyrone avevano fornito le dichiarazioni alla polizia, ma l'agente speciale Moore aveva già visto Rob Batt e Bill Hunter, il capo del Dipartimento della Sicurezza, sul luogo dell'incidente, che si stavano dando da fare per prendere in mano le redini della situazione. Batt la notò e le fece cenno di stare tranquilla mentre parlava con il capitano di polizia che si era fatto carico del coordinamento delle forze dell'ordine sul posto.

«Tutti questi ufficiali mi rendono nervoso come un prete di fronte agli applausi» disse Tyrone.

Soraya rise. «Non preoccuparti. Ci sono io a proteggerti.»

Tyrone ribatté con un sogghigno, ma Soraya notò che le stava attaccato come un segugio. Con il baccano infernale degli operai che spostavano mezzi e attrezzature, gridandosi ordini l'un l'altro, e con la confusione di veicoli che affluivano lì intorno, sembravano travolti da una marea di rumori.

Sopra di loro volteggiava l'elicottero di una rete televisiva. Ben presto fu raggiunto da un altro elicottero di un telegiornale nazionale. Con un rombo assordante, una pattuglia di caccia dell'Aeronautica militare, prontamente mobilitata e armata, effettuò un volo radente di passaggio. Ondeggiando, agitarono le ali, dopo di che scomparvero nel cielo sgombro di nuvole.

New York era avvolta in una fitta nebbia la mattina in cui Bourne arrivò ai cancelli dei Cloisters. Entrò, tenendosi stretta al petto l'urna di bronzo contenente le ceneri di Martin Lindros. Aveva inviato le dodici rose a Moira, poi quando lei lo aveva chiamato aveva scoperto che rappresentavano un tacito addio da parte di Martin per lei.

Bourne non aveva mai conosciuto Moira. Martin gliel'aveva solo menzionata una volta, una sera che i due avevano alzato parecchio il gomito.

Jason la vide per la prima volta in quell'occasione, una figura snella, morbida nelle forme e con capelli scuri a incorniciarle il viso. Si erano dati appuntamento davanti a un albero che era potato in modo da allargare le fronde a ridosso dei blocchi di pietra del muro di un edificio. Moira era stata a lungo all'estero per lavoro; era tornata a casa, disse, solo poche ore prima della telefonata di Bourne. A quanto pareva, aveva pianto a lungo.

Gli rivolse un cenno di saluto e si incamminarono insieme verso il parapetto a sud. Sotto di loro c'era una distesa di alberi. Sulla destra Bourne intravide la superficie piatta dell'Hudson. Il fiume sembrava opaco, pigro e stagnante.

«Ognuno di noi lo conosceva a suo modo.» Moira pronunciò quelle parole in tono prudente, come se avesse paura di svelare troppo di ciò che lei e Martin avevano condiviso.

Bourne commentò: «Ammesso che sia possibile conoscere davvero qualcuno».

La donna aveva gli occhi gonfi e arrossati. Senza alcun dubbio aveva trascorso gli ultimi giorni a piangere. Dal viso dai tratti affilati e dai grandi e penetranti occhi nocciola si capiva che doveva avere un carattere forte. Effondeva un'insolita serenità, come se fosse una donna soddisfatta di sé. Sarebbe stata un'ottima compagna per Martin, pensò Bourne.

Jason levò il coperchio all'urna. All'interno c'era un sacchetto pieno di polvere carbonizzata, la materia della vita. Moira aprì il sacchetto. Sollevarono insieme l'urna oltre il parapetto, la rovesciarono e osservarono la cenere grigia fluttuare nel vento, fino a confondersi con la nebbia.

Moira fissò a lungo le forme indistinte degli alberi sotto di loro. «Quello che conta è che entrambi lo abbiamo amato.»

Bourne pensò che quello fosse il commiato perfetto, una riflessione che regalava una sorta di pace a tutti e tre.

Indice

Finito di stampare nel luglio 2010 presso
il Nuovo Istituto Italiano d'Arti Grafiche - Bergamo
Printed in Italy

RCS Libri

ISBN 978-88-17-04319-9